大 師 名 作 坊

MASTERPIECE 50

金色筆記

多麗斯・萊辛◎著
程惠勤◎譯

目次

前言

本書的結構如下：

全書本身有一個骨架，或叫做框架，即題爲〈自由女性〉的一部普通的短篇小說，約有六萬字，可以獨立成篇。但這部短篇小說分成五個部分，又被四部筆記各階段的內容一一隔開。這四部筆記，分別爲黑色、紅色、黃色和藍色筆記，屬於〈自由女性〉的主人公安娜・沃爾夫。她同時使用四個筆記本，而不是一部，按她自己的話說，是因爲她不得不把事情一一分開，以避免可能導致的混亂、無序——乃至崩潰。來自外界與內部精神世界的壓力最終結束了這幾部筆記，一條條粗粗的黑鋼筆線斜斜劃掉了一頁又一頁的筆記。然而在這些筆記本一一終結的時候，從支離破碎的內容裡誕生出一部新的東西，那就是：〈金色筆記〉。

在這些筆記中人物們進行著討論、推理，也把事物教條化、貼上標籤、讓事物彼此分割——有時候他們的調子在他們所處的時代中是如此的普遍，也就失去了個人的特徵，你可以在舊式的道德劇中爲他們一一找到名字，教條先生和「我是自由的因爲我沒有歸屬」先生，「我必須擁有愛情和幸福」小姐及「我必須把每件事都做得無可挑剔」太太，「到哪兒去找一個眞正的女人」先生和「哪兒有眞正的男人」小姐，「我瘋了因爲人們說我瘋了」先生，以及「生活就是要體驗一切」小姐，「我幹革命所以我就是一個革命者」先生，以及「如果我們能處理好這個小問題，或許我們就可以忘掉不敢面對大問題的過去」先生和夫人。但是他們也彼此反映著對方，成爲對方的某一面，並使對方產生出相關的思想和行爲——從總體來說，他們互爲彼此。而在金色筆記深入下去之後，事物開始合而爲一，區域被打碎了，在分裂結束之後形式便不復存在——這是本書第二主題的勝利，即整體性的勝利。

安娜與「垮掉了」的美國人索爾・格林，他們瘋狂、不正常、神經錯亂——不管用哪個詞。他們彼此把對方打碎，把對方變成自己、變成別的人，衝破那些錯誤的方式和規則，它們曾經構成了他們的過去，並且是他們賴以支撐自己和彼此的支柱，直到這些東西全部瓦解、消失。他們聆聽到了彼此的心聲，從對方身上認出了自己。索爾・格林，那個曾經心懷嫉妒、並且毀滅著安娜的男人，現在支持她、給她建議，還為她設想了她的下一部小說的主題，「自由女性」，一個頗具諷刺性的題目。它將這樣開始：「兩個女人單獨待在倫敦的一所公寓裡。」而安娜，曾經因為對索爾的嫉妒而陷於瘋狂，並且充滿占有欲、咄咄逼人，現在卻把那本漂亮的金色新筆記本送給了索爾，以前她曾拒絕這樣做。她還為索爾的下一部小說提供了主題，並寫出第一個句子：「在阿爾及利亞一座貧瘠的山坡上，一個士兵望著月光把他的來福槍照得閃閃發亮。」而在由他們倆共同記錄的金色筆記本中，哪一個是索爾，哪一個是安娜，已無從可辨，你也已分辨不出他們與書中其他人物之間還有什麼區別。

這一個「打碎」的主題，也就是當人們的精神「崩潰」時一種自我治癒的方式，一種由內心的自我來驅除虛假的雙重人格以及人格分裂的方式，這樣的主題別人當然已經寫過，我也曾經寫過。然而除去那個零星的短篇之外，這還是我第一次在一部長篇裡寫到這個主題。在這裡，由於經驗還未及形成思想和模式，因而便顯得更少雕琢，更接近於人的體驗——也許這樣更有價值，因為材料更為原始之故。

但是沒有人更多地注意到這個中心主題，因為這部小說立刻被友好的和敵意的書評家們給同時貶低了。他們或把它認作是一部關於性戰爭的小說，或被婦女們宣布為兩性戰爭中一件有力的武器。

從那時以來我一直被人們誤解，因為我最不願意做的事就是拒絕支持婦女。

現在轉到「婦女解放」這個課題——毫無疑問，我是支持的。因為，正如許多國家的婦女們激憤而有根有據的呼籲所指出的，婦女只是二等公民。倒是有人認眞地傾聽了一下她們的呼聲，如果僅僅從這個角度來說，可以說她們是成功的。各個階層中以前持敵視或不以爲然態度的人們現在都說：「我支持她們的目標，不過我討厭她們聲嘶力竭的叫嚷，還有她們那種庸俗而缺乏教養的方式。」這是所有的革命運動中不可避免、也很容易看淸的一個階段；那些生活得太舒適、因而意識不到別人在爲她們爭取權利的人，必定會與改革者們脫離關係。但是我以爲婦女解放運動不會取得太大成就——這並不是因爲其目標有什麼錯誤，而是因爲現在已經很淸楚整個世界正在我們所切身經歷的這些政治和社會大動蕩中動搖以至瓦解，並將重組成一種全新的格局。也許等到我們取得勝利的時候，如果能勝利，婦女解放運動的目標就顯得微乎其微且古怪了。

然而這部小說並不是女權運動的鼓手。它描寫了許多種女人的情感，包括好鬥、敵意和怨恨，並把它們變成了文字。顯然，許多女性的思維、感覺和經歷一經現身，便會令人們大吃一驚。一瞬間諸多古老的武器開始發動，與往常一樣，主要的武器集中於「她不像個女人」，「她是一個仇恨男人的女人」。這種特定的指控似乎是不可破滅的。男人們，以及許多女人們，都認爲主張婦女參政的女人是男性化的，並且殘酷無情。當婦女們要求得到比自然賦予她們的更多一些的時候，據我所知，沒有一個社會的反應不是如此，這不光是男人，也是一部分婦女所作的描繪。有許多婦女對《金色筆記》這部小說感到憤怒。女人們相互間所說的話，她們在廚房裡的牢騷、抱怨、閒話，或者她們所淸淸楚楚談論的自己的受虐狂傾向，通常是她們絕不願意大聲嚷嚷出來的——也許一個男人會碰巧聽到。女人們是些膽小鬼，因爲她們充當半奴隸的時間太長了。那些敢於說出自己與所愛的男人在一起時的眞實想法、感受和體驗的女人，依然是很小的一部分。大部分婦女當聽見一個男人對她說：「你不夠女人，你太富有攻擊性，你讓我不能像個男人」時，仍然表現得像望見扔過來的石子而急急逃竄的小狗一樣。在我看來，任何一個女人，只要嫁給了利用此種威脅的男人，或者不管怎麼說拿這些男人當一回事的女人，全是自作自受。因爲這樣的男人不啻於一個惡霸，對他所處的這個世界及其歷史一無所知——男人和女人，無論過去還是現在，在不同的社會中都擔當了數不清的角色，所以這樣的男人純屬無知，或者是出於被淘汰的恐懼——總之，一個膽小鬼。……我寫下這些評語的時候，就像是在寫一封要寄回遙遠的過去的信：我敢肯定再過十年所有我們現在以爲理所當然的事情全都會被掃蕩得乾乾淨淨。

（那麼爲什麼還要寫小說？眞的，爲什麼！我想我們不得不繼續活下去，就好像……）

人們在看有些作品的時候，其閱讀方法往往是錯誤的，因爲這些作品往往越過議論的階段，而具體地假設出未來社會中的一些情形。我這部小說給人的感覺就好像由女權運動創造的那些觀念當時就已經存在了，事實上這本書的初版日期一九六二年比之女權運動早了十年。如果它是現在第一次出版，人們便會這樣去看待它：世事變化得太快了；而不是僅僅對此做出強烈的反應。某些僞君子們過時了，比方說，十年以前，或者甚至就在五年以前，還是一個性反抗的年代，那時候小說和戲劇都是由那些對女性極盡刻薄的男性寫出來的，尤其是在美國，當然也有英國，婦女們被描繪成悍婦和不忠者，尤其是被指責爲暗中破壞者、挖牆角者。但是男性作家的這種態度卻被看作是天經地義的，如同堅固的哲學基礎一樣，十分的正常，當然不會有人認爲他們仇視女性、好鬥或者神經不正常。這種狀況現在仍然繼續著——但是好多了，毫無疑問。

寫這本書的時候我一直深陷其中，以致根本沒去考慮出版以後會怎麼樣。陷進去的原因不僅僅由於這是一部很難寫的書——我把寫作計劃擱在腦子裡，一步一步從頭寫來，事實上我的確寫得很艱苦，不過更多的原因卻在於寫作過程中我又不斷獲得的認識。也許在給自己設定一個嚴絲合縫的結構和種種限制後，卻可以在最意想不到的地方得到全新的東西。那些本不屬於我的種種想法和經驗都是在寫作的過程中自己冒出來的。這樣一來，我眞正寫作這部書所用的時間，不僅僅指我原計劃想寫的內容，實在是令自己也感到震驚：這些東西改變了我嚴密的計劃。當我走完這一個具體的過程，把書稿交給出版商和朋友們看的時候，我才意識到我寫了一部關於性戰爭的書，並且很快發現我再說什麼也無從改變人們的這一判斷了。

然而這部書的精髓，它的整個結構，以及這部作品中所有的一切都在表明，無論是暗示還是明說，我們不可以割裂它們，不能孤立地看待它們。

「束縛。自由。善。惡。肯定。否定。資本主義。社會主義。性。愛。……」安娜在〈自由女性〉中說出了這一個主題，應該說她是大聲喊出來的，伴隨著鑼鼓聲……或者這是我的想像。就像我願意相信在《金色筆記》這樣一部小說中，其內含的〈金色筆記〉這一章應成爲其中心章節，擔當起主題的實質內涵，並表現出全書的主題。

然而並非如此。

另外一些主題也進入了這部作品的構成之中，那對我來說是一個極爲嚴峻的時刻，因爲這麼多年來保存在我頭腦中的思想和主題現在全部聚集到了一起。

其中的一個動因是由於在英國目前還找不出一部眞正像樣的小說，能把一百年以前、亦即上個世紀中葉的英國知識階層的氣氛和社會氣氛描繪得堪與托爾斯泰筆下的俄國、斯湯達爾筆下的法國相提並論。讀一讀《紅與黑》、《盧西安・盧萬》，會對法國了解得像一個法國人一樣淸楚，而讀一下《安娜・卡列尼娜》，你便熟知了俄國。但是還沒有這樣的一部維多利亞的小說誕生出來。哈代曾告訴我們什麼是貧窮，什麼是擁有超越時間限制的想像力，什麼是犧牲品。喬治・艾略特在拓展自己的領域方面是出色的，但是在我看來她爲成全一個維多利亞婦女的形象而付出了代價，因爲她不得不表現得像一個好女人，即便在她與當時的僞君子們無法調和的時候也不例外——有許多事情她沒能弄明白，因爲她遵從了道德。梅瑞迪斯❶，那位奇怪地被低

❶梅瑞迪斯：Meredith（一八二八～一九〇九），英國小說家，詩人，其內心獨白技巧爲意識流先導。

估了的作家，或許是最接近過這個主題的一位。而特羅洛普❷，曾嘗試過這個題目，卻失之於視野的狹窄。還沒有一部小說具備威廉．莫里斯❸一部出色的傳記中那種活躍的思想和尖銳的矛盾衝突。

當然想做一番這樣的嘗試，從我這方面來說是有一定前提的，那就是假設女性對於生活的領悟能力與男性一樣準確……把這個問題放在一邊不說，先不做任何考慮，我決定讓這部小說帶上我們這個時代的意識形態的印記，因爲我們這個時代中最廣泛的爭執都是在社會主義的各環節內部展開的；而那些運動、戰爭、革命，在參與者看來不外乎是各種各樣的社會主義的前奏。（我想我們至少得承認別人或以後的人如何看待我們這個時代會與我們根本不同——正如當我們回顧發生在英國、法國或甚至是俄國的革命時，我們的看法與當時當地的人也是全然不同的。）然而「馬克思主義」的思想及其各派分支已經迅疾而有力地滲透進社會的各個角落，即便當它有一天偏離了正軌，它早已爲一般人所接受，變成人們的一種習慣性思想了。在三十或四十年以前定位爲極左的思潮，到了二十年以前已經是左派中最最普遍的思想，而到了十年以前，它竟成了社會上的陳詞濫調了。某種徹底滲透進社會的東西結束得也如此徹底——但是它確曾是社會的主流。而在這樣的一部小說中，我不得不努力讓自己客觀一些。

另外一個想法也已在我腦海中盤桓了很久，那就是主人公必須是某個領域的一位藝術家，一個處於重重「圍困」之中的藝術家。這是因爲長期以來，藝術家這個主題，諸如畫家、作家、音樂家，已經在藝術領域中占據了主導位置。任何一個主要的作家和大部分次要的作家都曾使用過這個主題。這些人物的原型，藝術

❷特羅洛普：Trollope（一八一五～一八八二），英國女小說家，以虛構的巴塞特郡系列小說著稱。

❸威廉．莫里斯：William Morris（一八三四～一八九六），英國詩人，畫家，工藝美術家，組織社會主義聯盟（一八八四），創辦出版社，也開設公司。

家還有與之相對應的商人，把我們的文化一分爲二，使它一方面顯得遲鈍而土氣，另一方面則富有創造力，而這兩種人卻都有著極端的敏感和痛苦，以及無比的自負，並且因爲他們的作品和產品而得到社會的諒解，從這點來說，藝術家和商人擁有同樣的理由。我們習慣了這一切，而忘記了一個典型的藝術家是一個全新的主題。一百年以前，英雄通常不會是藝術家，他們是戰士、建設者、探索者、牧師和政治家，這對於女人來說實在是很糟，因爲在這樣的情形下，她們是做不成南丁格爾的。只有那些生性怪僻的人才想做藝術家，並且還得衝破重重障礙。而用我們這個時代中的「藝術家」、「作家」做主題時，我決定把人物置於圍困之中，並探討這種種圍困的根由。這個時代壓倒一切的問題是戰爭、饑荒和貧窮，而試圖反映這類問題的人實在是寥寥，這種懸殊的矛盾本來就應在我們「藝術家」的主題中有所反映，而塑造那種孤芳自賞、畸形自戀的完人才是最最讓人無可忍受的。時髦的人們似乎以自己的方式注意到了這個問題，並改變了它，創造出一種屬於他們的文化，成百上千的人依據此種文化製作電影、出版各種各樣的報紙、作曲、繪畫、寫作、攝影。在成百上千次的重複中，這些人消滅了那個孤立而富有創造力、感性敏銳的形象。一種潮流走向了極致，做爲一種結局，必然會出現某種反作用，事情總是這樣。

「藝術家」這一主題還不得不與另一個觀念聯繫起來，即主觀性。在我剛從事寫作的時候，作家們都背負著一個壓力，即不可以「主觀」。這種壓力始於共產主義運動的內部，由源起於十九世紀的俄國的社會文學批評發展而來，當時一些成就卓著而十分有影響的人士以藝術，尤其是文學爲武器發動了一場反抗沙皇統治和壓迫的戰鬥，其中最著名的一位當推別林斯基。這種文學批評的思想立刻傳播開來，到了本世紀五〇年代，終於在英國也引發了以「獻身」爲主旨的反響。在社會主義國家中這種思想目前仍極有勢力。「羅馬城都燒起來了還在那兒只顧想自己那些沒用的事。」這便是一般人對此種思想盡可能淺顯的闡述，事實上這是一種很難抗拒的影響，因爲它來自身邊最親近的人，以及那些最受人尊敬的人，比方說，就像要在南非反抗種族歧視一樣。儘管如此，小說、短篇小說，以及各種形式的藝術，一直以來都在變得越來越個人化。在「藍色筆記」中，安娜這樣記敍她所做的一次演講：「『中世紀時期的藝術是公有的、非個人的，它來自一種群體的意識，而資本主義時代的藝術沒有猛烈痛苦的個性。有一天我們將拋棄個體藝術強烈的自我中心意識，而回到那樣一種藝術，它表現的不再是自我分離以及與別人的分離，而是他對於旁人以及兄弟們的一種責任……』我一直在講類似的話。大約三個月以前，在做類似的講演時，說了一半我開始結巴起來，沒有講完……」

安娜的口吃是由於她在迴避一些什麼。某種壓力或者某種潮流一旦開始形成，你便沒有辦法可以躲避。而沒有強烈的主觀認識對一個作家來說是行不通的，如果你願意，也可以把這看成是作家對那個時代應承擔的職責。你無法忽視這一點：當你在寫一部關於建造一座橋梁或堤壩的小說時，你不可能不寫到建造的人，他們的思想和情感。（你是否認爲這很具有諷刺性？——完全不。這種兩極性正是當前的社會主義國家中文學批評的核心。）最後我終於明白，要解決或結束這種兩難境地、消除在描寫「瑣屑的個人問題」時的不安，其唯一的方法是要認識到所有純粹個人的經驗恰恰是非個人化的。寫自己的感受，其實也是在寫別人的感受，因爲你的問題，你的痛苦、快樂和情感，以及你那些非同尋常的思想，全都不獨是你一個人的。要對付「主觀」這個棘手的問題，也就是說主宰你的首先會是那個微不足道的個人，但他同時卻擁有迅猛擴大著的兩極可能性，可能好也可能糟。因此唯一的解決之道是將這一個人看成一個小宇宙，以此來打破個體化和主觀性，從而把個體一般化，生活的本質其實正是這樣的。「我戀愛了」，「我感覺到了這種或那種情感，或者有了這樣或那樣的想法」，當你還是個孩子時會把諸如此類的感受全當作純屬個人的體驗，但是現在得把它們擴大而至一個更爲廣泛的意義上：成長最終的意義其實就是弄明白自己那些獨特而難以置信的經歷是所有的人都曾經體驗過的。

另外我還有一個想法，如果這部小說的結構最終可以自成一體，那麼它就對傳統構式的小說作出了自己的詮釋：自從小說誕生之日起，關於小說的論爭便已經開始了，這並不是什麼新鮮事，並不像有些人以爲的那樣，要從當代的研究資料中去找。我把〈自由女性〉這個短篇作爲所有原始材料的概要和縮寫，正是想藉此體現一下傳統小說的特點，同時它也恰從另一方面顯示出一個作家在結束這樣一篇小說時的不滿足感：「我幾乎沒能說出什麼事實，我甚至一點兒也沒抓住所有這些事的複雜性；我所經歷的既然如此混亂，並且顯然毫無結構可言，這麼一篇乾乾淨淨的東西怎麼可能是眞實的呢？」

但是我的目標是要讓一部作品能發出自己的聲音，從小說一步一步的形成過程中逐一傳達出的無聲的語言。

就像我前面說過的，這點並未引起人們的注意。

原因之一是這部小說更傾向於歐洲式的小說傳統，而較少英國風格。或者更確切地說，依據目前的評論，它更多地秉承了英國傳統。而提到英國小說，便無論如何也得包括《克萊利薩》(*Clarissa*)和《特里斯特蘭姆・緒安蒂》(*Tristram Shandy*)，《悲喜劇家》(*The Tragic Comedians*)，以及——約瑟夫・康拉德。

但是有一點是沒有爭議的，要想寫一部包含各種不同思想的小說就是於己不利，因爲，我們的文化觀念是十分偏狹的。比方說，近二十年來由大學出來的年輕聰明的男男女女可以很自豪地告訴你：「我當然一點兒也不知道德國文學。」這就是時尙。維多利亞時代的人對德國文學是一淸二楚的，卻也很淸醒地讓自己不要對法國文學知道得太多。

至於其他的原因——這麼說吧，我從那些馬克思主義者，或者曾爲馬克思主義者的人那兒獲得了明智的批評的能力。他們看出了我想做的是什麼。這是因爲馬克思主義觀察事物總是把它們當作彼此相互聯繫的整體來看待的——至少是努力這麼做的，但是它的局限性在當時還未成爲要害。一個接受過馬克思主義思想影響的人會想當然地認爲發生在西伯利亞的一個事件將會作用於發生在波札那的另一個事件。我覺得可以認爲馬克思主義是我們這個時代的首要嘗試，它獨立於正規的宗教信仰之外，以一種全球意識和世界性的倫理爲基點。它在發展的過程中出現了失誤，無法阻止它內部一而再、再而三的分裂，像所有其他的宗教信仰一樣，分化成一個比一個小的教堂、教派和各個不同的教義。但是它仍然不失爲一次嘗試。

弄明白我試著在做的事情——顯然這樣寫會給我招來那些批評家，接下來便有讓人打哈欠的危險。這就是作家與批評家、劇作家與批評家之間常發生的令人悲哀的爭吵，當然在他們看來公衆對此已十分習慣，只把他們當作一群愛吵架的孩子，比如「呵，親愛的小東西們，他們又在爭那件事了。」或者：「你們這些作家得到了所有的讚譽，即使不是讚譽，起碼也得到了所有的關注——你們幹嘛還老是一副受傷害的樣子？」公衆的意見十分正確。所以我有諸多的理由不讓自己爲評論所介入，我早年的寫作生涯中那些彌足珍貴的經歷賦予我一種對於批評和評論的觀察力；但是在寫作《金色筆記》這部小說時，我卻失去了這種能力，我認爲對於這部小說的評論大多十分愚蠢，毫無眞實可言。直到我慢慢恢復平衡，我才明白問題所在。這正是作家在評論家中尋找一個知音的努力，他應該是另一個更爲智慧的自我，他知道你一心要達到的目標，他只以你是否實現了你的目標作爲判斷的依據。我還沒有見過任何一位作家，當他最後終於遇到這樣一位至爲稀罕的、眞正的批評家時（確實也有，儘管十分偶然），不是立刻拋掉他所有的偏執，而變得十分的專注，充滿感激之情——因爲他找到了他認爲他所需要的人。但是一個作家有這樣的要求卻是不可能的。爲什麼他要去期待這樣一個非凡的人，這個完美的批評家（他只會極其偶然地出現）？爲什麼就一定沒有別的人來領會他所想要表達的東西？歸根結柢，只有一個人在結那只特殊的繭，也只是他一個人的事情。

要那些評論家們提供他們聲言要予以提供的東西是不可能的，儘管這恰恰是作家們如此荒唐而幼稚地渴望過的東西。

這是因爲評論家們沒有接受過這方面的教育；他們的訓練方向正好相反。

這種訓練在一個孩子進入五歲或六歲的學齡後就開始了。首先灌輸給孩子們的便是分數、獎勵、名次、智力小組、星星這些概念，這裡面還劃分了更多的名次和等級。這種賽馬式的心理、勝利者與失敗者的思維方式，最後導致的就是，「作家X比作家Y有幾步或不止幾步之差。作家Y落後了。作家Z的最後一部作品證明他已超過了作家A的成就。」從一開始孩子們就在接受這種思維方式的訓練，也就是比較的方式，成功與失敗的思想。這是一種清除雜草式的制度：脆弱者終會不支而被清除出去；它更是一種專門培養出一部分贏者、讓他們陷入彼此競爭的制度。我深信——儘管此處不是談這個話題的地方——每個孩子擁有的天賦智力，且不去管那個官方的智商指數，是足以伴隨他一生、豐富他自己以及別人的，如果這種智力不被當作商品、放在以成功作爲賭碼的價值觀之上。

另一個從一開始就有的訓練內容是讓一個孩子不相信自己的判斷。它訓練孩子們服從於權威，學習如何去獲取別人的意見和決定，如何引用以及遵從不誤。

在政治範圍內也一樣，教育讓孩子們從小就知道他擁有自由和民主，他可以有自由的意志和自由的思想，他所在的是一個自由的國家，他擁有自由選擇的權利。而與此同時他卻是他那個時代的傲慢和教條的囚徒，對此他是從不質疑的，因爲他從不知道它們的存在。一個年輕人到了該選擇藝術或者科學的年齡（我們仍然想當然地認爲選擇是必不可缺的一環），通常他都會選擇藝術，因爲他覺得藝術便意味著人性、自由和選擇權。他並不知道這種選擇本身就是一種錯誤的二分法的產物，而這種錯誤根植於我們的文化的核心處。那些對此有所覺察的人，不願意再順從地接受更多地被塑造，在本能的驅使之下，一半是不自覺地離開了那種氛圍，去尋找那種不會讓他們與自我分離的工作。而我們所有的社會機構，從警察組織到學術機構，從醫學界到政治界，都不曾關注過這些離去的人。這是一個時刻都在進行著的排除過程，它很早就排除了那些顯出獨創性和革新精神的人，任由他們自行去投入一件什麼事，既然他們已經顯得像是那一類人。一個年輕的警察離開了警察隊伍，說他不喜歡他不得不要做的事。一個年輕的教師離開了學校，因爲她的理想之火熄滅了。這種社會的自然作用過程幾乎是在不知不覺地進行著的——但是它卻具有強大的力量，使我們的制度得以維持其刻板性和壓制性。

這些在正規的訓練機制下長大的孩子最後成爲文學批評家和評論家，卻無法爲作家作出一個富有想像力和獨創力的評判，這當然是作家在十分愚蠢地期盼著的東西。他們所能做的，以及他們做得相當不錯的，是告訴作家這本書或這齣戲劇在感覺和思想上是怎樣怎樣吻合了時下的模式——這就是評論的氣候。他們就像石蕊試紙，或者說他們是那種卷尺測量器——毫無價值可言。他們更像是最敏感的公衆輿論晴雨表。從這兒你可以比別的任何地方都迅速地看到基調和評論的變化，當然，除去政治領域之外，這是因爲這些人所受的整個教育便是如此——從他們自身之外搜尋意見，使他們自己能與權威人士相適應，也就是去「接受意見」——這才是對這些人最具說明性的評語。

也許對於受教育的人來說也無他途可走。可能吧，但是我卻不信。因爲教育至少可以幫助一個人獲得正確描繪事物、命名事物的能力。至於理想的做法，應該是在一個人的學生時代中不斷地對他這樣說：

「你現在是在一個接受灌輸的階段。我們還沒有發展出一種毋須灌輸的教育體系。我們感到很抱歉，但是我們已經盡力了。在這裡你們將要學的是當代的偏見與我們這一種文化所做出的選擇這兩者的混合物。哪怕回頭只看一眼歷史，你也可以發現這些都將只能是過眼煙雲。而將要教你們的人是那些已經適應了前人制定的思想統治的人。因此這將是一個自己決定的學習制度。我們鼓勵你們當中那些比別人更堅強、更有個性的人離開這兒，去找到自我教育的方法——培養出自己的判斷能力。而留下來的人應當記住，時時刻刻地記住，你們將被塑造成符合這個特殊社會的單一而特殊需要的人。」

與每一位別的作家一樣，我一直在收到寄自不同國家的年輕人的來信，特別是美國，他們要撰寫關於我的作品的論文和散文。他們都這樣寫道：「請寄給我一張評述您的作品的文章目錄，以及寫過您的評論家、權威的評論家的名單。」他們還會問一千個毫不相干的枝節問題，但是他們受到的教育讓他們認爲這是重要的，可以堆出整整一疊個人檔案材料，像移民局的一個檔案處。

對於這些要求我是這樣答覆的：「親愛的學生，你瘋了吧。爲什麼要花費幾個月甚至幾年的時間來爲一部作品，或甚至一個作家寫上數千字的評論呢，因爲與此同時有幾百本書在等著你去閱讀呵。你沒看見你是一個有害的制度的犧牲品麼。如果你已選擇了我的作品作爲你的課題，而你又非寫一篇論文不可——請相信我是十分感激的，因爲我寫的東西能夠於你有用——那麼你爲什麼不可以仔細看我寫的東西然後用你自己的腦子進行思考，並且用你自己的生活、你自己的經歷來進行驗證。別去管什麼白教授和黑教授吧。」

「親愛的作家，」他們回信說，「可是我必須得知道權威們是怎麼說的，因爲如果我不摘引他們的話，我的教授是不會給我成績的。」

這是一個國際性的制度，從烏拉山脈到南斯拉夫，從明尼蘇達到曼徹斯特，完全相同。

關鍵之處在於，我們對此都已太習以爲常了，已經看不出這樣有多糟。

我卻無法習慣這一切，因爲我十四歲就離開了學校。曾有一段時間我很是以此爲憾，我相信我必定錯過了一些有價值的東西。現在我卻慶幸自己當時的逃脫。《金色筆記》出版以後，我引以爲己任地檢視了一下我們的文學機構，想看看一個文學批評家或一個評論家是怎麼被培養出來的。我翻閱了無數的試卷——不敢相信自己的眼睛；我坐在文學課的課堂裡，無法相信自己的耳朵。

你也許會說：這種反應言過其實了吧，並且你也沒有權利這麼說，因爲你說你從來沒有接受過這種教育。但是我以爲我根本沒有言過其實，並且一個局外人的反應恰恰是富有價值的，因爲這一切對於他來說是全然陌生的，不會出於對一種教育制度的忠誠而帶上偏見。

但是在這次調查之後，我對自己的問題終於有了答案：爲什麼他們如此偏狹、如此自我、如此短淺？爲什麼他們總要進行原子分裂式的分析，並且隨意貶低他人，爲什麼他們對細節如此著迷，卻從不關心整體？爲什麼他們總是以爲作家之間只有相互衝突，而不是相互補充……很簡單，這一切只是因爲他們就是這樣被訓練出來的。那個眞正有價値的人，那個理解你在做的事情以及你想達到的目標，可以給你建議以及眞正的批評的人，幾乎總是這架文學機器以外的人，甚至是大學教育系統之外的人；他也許是一個剛剛開始上路的學生，始終熱愛文學而不棄，或者也許是一個善於思考的人，本能地閱讀了大量的書籍。

我對那些不得不花上一到兩年的時間撰寫有關一本書的論文的學生說：「閱讀只有一種形式，那就是去圖書館和書店瀏覽，選取那些吸引你的書，只讀這些書，當你讀得厭煩時便擱下，跳過那些拖宕的章節——永遠，永遠不要去讀那些你以爲必須讀的東西，或者僅因爲某本書是某個潮流或某個運動的組成部分而去讀它。記住，那些在你二十或三十歲時覺得乏味的書，當你到了四十或五十歲時會向你打開——反過來也一樣。不要去讀對你來說還不到時候的書。記住相對於所有得以付印的書，那些未能付諸印刷、甚至未能寫下來的書也有一樣的多——即便是現在，在這個對書面文字有一種強迫性的敬畏的年代，歷史，甚至社會倫理，都是以故事的方式教授給學生的，人們也已經習慣於只依據書寫下來的文字進行思考——不幸的是幾乎所有屬於我們教育體系的研究成果都只能到此爲止——他們正在失去從他們眼前一閃而逝的東西。舉例來說，非洲眞正的歷史現在仍然完好地保存在黑人故事敍述者、黑人歷史學家以及巫醫的頭腦中：這是一部口述的歷史，在白人之外以及他早年的歲月中安然無恙地存在著。如果你保持一個清醒的頭腦，你到處可以發現沒有寫下來的言語之間的眞理。所以永遠不要讓印成鉛字的紙張主宰你的頭腦。總而言之，你應該知道如果你不得不花上一年或者兩年來研究一部作品或者一個作家，那只是意味著你接受教育的方式很糟——他們應該教你以自己的方式閱讀一部又一部引起你共鳴的作品，你得學會追隨你自己的直覺去感受你所需要的東西：那才是你應該發展的方向，而不是去摘引別人的觀點。」

不幸的是這麼說的時候總是太晚了。

最近發生的學生運動有那麼一會兒的確讓人覺得也許會改變一些什麼，似乎他們對於那些僵死的教學的強烈不耐終將能促使一些更生動而有用的內容來取而代之。然而遺憾的是這個運動看來已經結束了。我收到過一些信件，專門記述了學生們如何在課堂上拒絕接受他們的教學大綱，而把他們自己選擇的書籍、那些他們發現眞正與自己的人生有關的書籍帶到了課堂上。這樣的課才是激動人心的，它會十分的猛烈、狂暴而刺激，充滿了生命的熱力。當然這種情況只有在教師是富有同情心的人時才可能出現，同時這位教師還得準備好與學生一起反抗權威，並對隨之而來的結果有所準備。幸運的是還有足夠多的教師知道他們所不得不爲之的教學方法是十分糟糕而令人生厭的，他們想要摒棄那些錯誤的東西，即便學生們自己已經喪失了原動力。

在三十或者四十年以前，一位批評家私自開列了一張作家和詩人的名錄，把他個人認爲對文學做出了有價值貢獻的人士列入其中，而所有別的人都被他排除在外。很長一段時間中他都不讓這張名單變成鉛字，因爲該名單即刻引起了日益增多的爭議。一時之間出現了成百上千支持或反對的文章，或支持或反對的學術流派和宗派也開始層出不窮。這一場爭論經過這麼多年以後還在繼續……沒有人意識到這樣的事情有何可悲或荒謬之處……

倒也有一些文學批評專著，顯得極其複雜，充滿細究和探討精神，但對於原著——小說、劇本來說，卻總是第二手或第三手的。撰寫這種著作的人在全世界範圍的大學中形成了一個階層——他們是一個國際性的現象，是文學院中的高級階層。他們的一生都在評論，並且對於彼此的評論也做出評論。至少他們把這個活動看得比原著重要得多。一個攻讀文學的學生很可能會花更多的時間去閱讀批評以及關於批評的批評文章，而不是閱讀詩歌、小說、傳記、短篇小說本身。許許多多的人都以爲這樣的情形是十分正常的，並不可悲和荒謬……

最近我看了一個男孩子寫的一篇關於《安東尼與克萊奧佩特拉》這齣戲劇的文章，他沒有得A。但是這篇文章卻充滿了獨創性和激情，這是任何一種文學教學所期望培養出來的感覺。老師發還給他這篇文章時這樣寫著：我沒法給你判分，你沒有摘引任何一個權威人士的評述。沒有一個教師會以為這是可悲而且荒謬的……

那些認為自己受過教育、也確實比不識字的人更為優越、文雅的人們，會前往祝賀一個作家贏得了某地評論的肯定——卻不會認為有必要心存疑問地去讀一下該作品，或者竟從不曾想到過他們所眞正有興趣的不過是成功……

當一部有關某個主題的書一旦問世，就比如關於星象的書吧，頃刻間作者便會收到一大堆來自學院、社團、電視節目組的來信，都來請他去談談星象方面的事。他們想到要做的最後一件事才是去讀一下這本書。而這種行為在人們看來是極為正常的，一點兒也不可笑……

一個年輕的男孩子或女孩子，一個書評家或批評家，撰寫關於一個作家的評論，他讀過的這個作家的作品還不如放在他面前的書多，但是他卻可以寫得很傲慢，或者是帶著一種十分厭倦的語氣，或者就像邊寫邊在琢磨著他這麼寫能得多少分，一一在文中指點這位作家下一部作品該寫什麼，怎麼寫，而這位作家也許已經寫作了二十或三十年，已經出版過十五部書了。沒有人覺得這裡面的荒唐，當然並不是指這個年輕人，這個書評家或批評家，因為他們所受的教育就是讓他們這樣去惠顧並且細究自莎士比亞以來的每一個作家的。

一位考古學教授記述了這樣一個南美部落，他們在種植、醫藥以及心理學方法方面都已經有了頗為先進的知識，然後寫道：「令人吃驚的是他們居然沒有文字……」沒有人認為他可笑……

在雪萊誕辰一百周年的紀念活動期間，三個年輕人，畢業於相同的學校，受過同等的教育，於同一週內在三本不同的文學期刊上發表了關於雪萊的評論文章，以最微弱的但卻是合理的頌揚式語調貶毀了雪萊一通，三個人的語氣竟然完全相同，就好像他們能提一下雪萊都是對他的莫大恩惠——似乎沒有人想到這樣一件事已在顯示我們的文學體系內出了多麼嚴重的失誤。

最後想說的是——這部小說對於它的作者來說仍將是一個最爲有益的經驗。比如，在我寫完這部小說的十年之後，我仍可以在一週內收到三封有關這部小說的來信，分別寄自三位聰明而信息靈通的有關人士，其中的一個可能是在約翰尼斯堡，一個在舊金山，另一個在布達佩斯。而此刻我坐在這兒，是在倫敦，同時，或者一封接一封地念這些來信——像平時一樣，對於寫信來的人心存感激，並且因爲我所寫的東西能夠激發、啓示別人或甚至是讓人著惱而十分愉快。然而其中的一封信幾乎全部是關於性戰爭的，關於男人對於女人的殘酷無情，以及女人對於男人的殘酷無情，這位作者用了整頁整頁的篇幅來闡述這一點，沒有一點別的內容，因爲她——不過通常不是「她」，在這部作品中看不見別的東西。

第二封信是談論政治的，也許他跟我一樣曾經是個赤色分子，他或她也寫了許多頁的政治，除此再無言他。在這部小說剛出版不久的時期中，我收到的信中最常見的就是這兩類。

而第三封信的內容，一度比較少見但之後也趕了上來，它的作者在這部書中只看到了心理疾病方面的問題。

但是他們談的是同一本書。

這些插曲很自然地又帶來了那些老問題，像人們是怎樣看待他所閱讀的一本書的，爲什麼一個人看到了這一形式，卻對另一種形式毫無覺察，而這些對於一個作者來說有多奇怪，在他看來如此清晰明瞭的一本書，在讀者的眼裡會有如此不同的景象。

基於這些想法我有了新的結論：那就是對於一個作家來說，要想讓讀者看到你所看到的，理解你想達到的小說形式和目的，這不僅僅是幼稚的想法，更意味著他還沒有悟到一個最基本點。就是說一部作品只有在它的構思和形式以致意圖不爲人所理解時才富有活力和潛質，並且會成效卓著，還能夠活躍思想和爭論，因爲當其構思、形式以至意圖都變得清晰可見之時，也就是不再有什麼可以挖掘的時候了。

而當一部作品內在生命的形式和構成無論對於讀者還是作者來說都平淡無味時，那麼也許就是該把它扔在一邊的時候了，就像給它一個結束日那樣，並且該去開始一件新的事情了。

多麗斯・萊辛　一九七一年六月

金色筆記

自由女性㈠

一九五七年夏，安娜與她的朋友莫莉別後重逢……

兩個女人單獨待在倫敦的一所公寓裡。

「關鍵是，」安娜說道，這時莫莉正擱下電話走了回來，「關鍵之處在於，我看一切都在崩潰之中。」

莫莉是一個總在打電話的女人。電話鈴響的時候她剛問了一句：「那麼，都有些什麼新聞？」現在她說道，「是理查德，他要過來。好像今天是他直到下個月爲止唯一有空的時間。反正他堅持這麼說。」

「好啊，不過我可不打算離開。」安娜說。

「當然，你可以留下來。」

莫莉在琢磨自己的形象問題——她穿了一條長褲和一件毛衣，看著都挺糟。「我就是這個樣子，他得接受這一點。」她做了總結，然後在窗邊坐下。「他不會說出眞正的原因的——估計是與瑪麗恩的又一次危機。」

「他沒給你寫信嗎？」安娜小心地問道。

「他和瑪麗恩都寫——總是很愉快的那種信，怪得很，是吧？」

這句「怪得很，是吧」是她們倆私下閒聊議論奇聞軼事時的典型用語。但是莫莉說了這麼一句後突然又換了口氣：「現在談這個沒用了，反正他馬上就要過來，他說的。」

「也許他看到我在這兒就走了。」安娜挺開心地說道，但是微帶些挑釁的意味。莫莉敏銳地瞥了她一眼，道：「噢？爲什麼？」

安娜與理查德彼此都不喜歡對方，這點是誰都知道的。以前如果理查德要過來，安娜肯定已經走了。此刻莫莉說道：「事實上我覺得他在內心深處是相當喜歡你的。問題在於他承擔了喜歡我的義務，重要的是——他是這樣一個蠢貨，他總是要嘛喜歡一個人，要嘛就討厭，所以他把那些他所不願意承認的對我的厭惡全推到了你身上。」

「這給人以快感，」安娜說。「不過你知道嗎？在你離開的這段時間裡，我發現對於許多人來說，我和你實際上是可以互換的。」

「你才知道嗎？」莫莉回道，像往常一樣頗爲自得，每當安娜說到那些不言而喻的事實，只要是與她有關的，她總會這樣。

在她們的友誼中早就建立了這樣一種平衡：總的來說莫莉比安娜更具有處世的智慧，而安娜，則在天賦方面更具備優勢。

安娜自有她的看法，不過她微笑著，表示承認她的反應比莫莉慢多了。

「對於我們這兩個在任何方面都各異其趣的人來說，」莫莉道，「是很奇怪。我想是因爲我們倆過的是同一種生活吧——沒結婚之類的。他們看見的就是這個。」

「自由女性嘛，」安娜頗爲諷刺地說道。她的語氣中有一層令莫莉感到陌生的怒意，因此安娜又被她的朋友迅疾而審視地瞥了一眼：「他們仍然以我們與男人的關係來看我們，就算是他們當中最出色者也不例外。」

「是啊，我們也確實如此，不是嗎？」莫莉的語氣很是尖刻。「當然啦，要不這樣根本是不可能的。」她又急急地補白了一句，因爲安娜正奇怪地看著她。接下來她們之間出現了一段空場，兩個人都沒再看對方一眼，看來一年的分別就算對老朋友來說也實在不算短。

莫莉最後嘆了口氣道：「自由。你知道，我在離開的這段時間裡一直在想我們是怎麼回事，然後我得出了結論，我們是一種完全新型的女性，絕對沒錯吧？」

「太陽底下不會有什麼新鮮事。」安娜說道，還努力夾了點德國口音。莫莉惱了——她會說五、六種語言，這時她用眞正的德國腔也說了一遍：「太陽底下沒一件新鮮事」，活脫脫一位精明的老婦人的聲音。

安娜做了個鬼臉，表示認輸。她在語言方面沒什麼天份，並且她有太強烈的自我意識，無法讓自己去變成別人。有那麼一會兒莫莉看上去簡直就像「糖媽媽」，或者即馬科斯太太，這是她們倆共同的心理醫生。她們用「糖媽媽」這個暱稱來表達對於那個莊嚴而令人痛苦的心理分析儀式所持的保留態度。慢慢地，這個名字就不僅僅只是指某一個人了，而是意味著一整套人生觀——傳統、根深柢固、保守，儘管它對於所有非道德性的內容都無所不曉到令人反感。而這點，正是安娜與莫莉談起此種儀式時所感覺的。近來安娜已經越來越清楚地意識到了其中的原因，這也正是她期望與莫莉共同探討的一件事情。

然而此刻的莫莉已經微微地感覺到安娜對於「糖媽媽」的不滿情緒，她於是做出了慣常的反應，很快地說道：「和以前一樣，她表現得很出色，而我的狀態實在糟得不足以去批評她。」

「『糖媽媽』常說，『你是厄勒克特拉』，或者『你是安提戈涅』，於是便宣告結束，這便是有關她的一切。」安娜說道。

「可是，並不完全是結束。」莫莉道，惡作劇一般地堅持要延長她們已經耗在追根究柢上的時間。

「是結束了。」安娜意外地堅持著。這樣莫莉第三次向她投去了好奇的目光。「是這樣的。不過我並不是說她沒有為我帶來所有這些好處。如果沒有她的幫助，我肯定不可能應付好我所必須應付的事情。雖然如此……我記得很清楚，有一天下午，我坐在那兒——那個大房間，還有牆上那些精緻的壁燈、佛像、畫片以及那些雕像……」

「怎麼樣呢？」莫莉現在的語氣已經十分不滿。

安娜的心裡此時有一股無言而明確的意念，讓她不要再說下去，她道：「最近幾個月我一直在思考所有這些問題……不，我還是想跟你談談。我們都經受過這種心理分析過程，而且還是找的同一個人……」

「怎樣？」

安娜固執地又往下說：「我記得那天下午，我知道我再也不會回來了。那裡面到處都是那種該死的藝術。」

莫莉重重地吸了口氣，迅速說道：「我不知道你是什麼意思。」見安娜沒答腔，便責備地說道：「我離開的這段時間你寫過些什麼嗎？」

「沒有。」

「我一直在對你說，」莫莉尖聲道：「如果你對你的天賦棄之不理，我永遠不會原諒你。我會說到做到。我已經這樣了，便無法看著你這樣浪費自己——我把自己的精力分散在繪畫、舞蹈、表演、寫作上，結果現在一團混亂……你是這樣的富有天賦，安娜，為什麼？我眞不明白。」

「我怎麼還能說出理由來呢？你總是這麼激烈，總在責怪我。」

莫莉的眼眶裡甚至含著淚水，這可是加在她朋友身上的最令人心痛的責備了。她頗為費勁地說道：「我心裡面老在想著，好吧，我總是要結婚的，所以即便浪費掉我所有的天賦也沒什麼大不了的。直到最近我甚至夢想再生更多的孩子——眞的，我知道這很可笑，可這是眞的。現在我有四十了，托米也長大了。可是問題在於，如果你只是因為總歸要結婚而放棄寫作……」

「可是我們兩個人確實都想結婚。」安娜有意幽默了一下，重又恢復了帶有保留的語調。她已痛苦地意識到，歸根結柢，有些問題她是無法與莫莉來談論的。

莫莉乾笑了一下，目光深刻而銳利地看了她的朋友一眼，道：「好啊，不過你以後會爲此而遺憾的。」

「遺憾？」安娜詫異地大笑起來。「莫莉，爲什麼你總不相信別人也有跟你一樣無能爲力的地方呢？」

「因爲你太幸運了，你獲得的只是一種天賦，而不是四種。」

「可是我這一種天賦帶來的壓力或許與你的四種天賦所能帶來的一樣多呢？」

「我沒心情跟你這麼談。要喝茶嗎？反正這會兒得等理查德來。」

「我寧願來點兒啤酒或者別的什麼。」說完她又挑釁一般地加了一句：「我一直在想有朝一日我會酗酒的。」

安娜的話讓莫莉換了姐姐一般的口吻：「別開玩笑，安娜。你又不是沒看到酒精對人的作用——瞧瞧瑪麗恩。我很想知道她在我離開的這段時間中是否一直在酗酒。」

「我可以告訴你，是這樣的——她來看過我幾次。」

「她來看你？」

「我就要提到這事，剛才我不是說到我們倆好像可以互換嘛。」

莫莉的占有欲抬了頭——她表現出了敵意，這點安娜早就料到了，並且她還說道：「我想下面你會說理查德也去看過你了吧？」安娜點了點頭。莫莉這時卻快捷地說：「我去倒點啤酒來。」她從廚房走出來的時候，一手拿了一只盛著泡沫直冒的冰鎭啤酒的長玻璃杯，說道：「你最好還是在理查德聽到之前都給我講講是怎麼回事，你還沒跟我說過吧？」

理查德是莫莉的丈夫，確切地說，曾經是她的丈夫。莫莉是她自己所指的那種「二十年代婚姻」的產物。

她的父親和母親都曾活躍於當年那個以赫胥黎、勞倫斯、喬伊斯等人的智慧之光爲軸心的知識圈中，有過一段放蕩不羈的生活。她的童年是災難性的，因爲她父母的婚姻才維持了幾個月。莫莉十八歲就結婚了，嫁給了她父親一個朋友的兒子。現在她知道那一次婚姻完全是出於安全感甚至體面的需要。這次婚姻爲她帶來了一個兒子，那就是托米。理查德在二十歲的時候就已經顯示出日後他將成爲一名殷實的商人，事實也是如此。莫莉和他在水火不相容中相互忍耐了不到一年便告分手了。之後他與瑪麗恩結了婚，生了三個男孩。托米一直跟著莫莉。她與理查德在離婚手續辦完之後便又成了朋友。後來瑪麗恩也成了她的朋友。對此莫莉以後通常便這麼說：「這一切都夠怪的，是吧？」

「理查德是爲托米到我那兒去的。」安娜說。

「什麼？爲什麼？」

「哦，眞是蠢極了！他來問我托米如此長時間地陷於沉思是好是壞。我說我覺得沉思對於任何一個人來說都是有益的，如果他指的是思考的話；我還說既然托米已經二十了，都長大成人了，那就不是我們該干涉的事了。」

「是啊，這樣對他沒什麼好處。」莫莉說。

「他問我讓托米離開這兒去德國旅行一段時間對他是否有好處——是那種商務旅行，跟他一起去。我告訴他這事得去問托米，不是我。托米當然說不去。」

「當然。不過我很遺憾托米不跟他去。」

「但是，我覺得他來找我的眞正原因是爲了瑪麗恩。可是瑪麗恩在那之前才來看過我，可以說還有一個先到的權利。所以當時我根本不打算談論瑪麗恩。我看他這次很可能是來跟你談瑪麗恩的。」

莫莉緊緊盯著安娜問：「理查德去過你那兒幾次？」

「五、六次吧。」

沉默了片刻，莫莉怒氣猛地發了出來：「這太離譜了，他幾乎像是希望我去控制住瑪麗恩似的。爲什麼得我呢？或者是你？好吧，也許你還是走的好。如果各種各樣的麻煩都在我背轉身去的時候發生，事情就難辦了。」

安娜果斷地說道：「不，莫莉。我並沒有要理查德過來看我。我也沒有要瑪麗恩來看我。歸根結柢，如果我們倆在別人的眼裡可以扮演同一個角色，這並非你我的過錯。我說的都是你也會這麼說的話——至少，我這麼認爲。」

她的話裡面有一種幽默的甚至是孩子氣的懇求，但這是有意識的。做爲姐姐的莫莉於是莞爾道：「那麼，好吧。」她還在很仔細地觀察著安娜，安娜則小心地讓自己顯得對此毫無覺察。她現在還不打算告訴莫莉自己與理查德之間究竟發生了什麼，至少得等到她能夠對莫莉講她過去一年中的整個故事。

「瑪麗恩現在還酗酒得厲害嗎？」

「我想是的。」

「那麼她把自己的情況都對你說了？」

「是的，說得很詳細。並且奇怪之處在於，我發誓她在談這些事的時候絕對把我當作了你——甚至出現了口誤，比如叫我莫莉之類的。」

「好吧，我眞不明白，」莫莉說。「誰又能想到呢？我們倆實在有本質的不同。」

「或許並非如此不同吧。」安娜淡然道。但是莫莉只報之以不置信的笑聲。

莫莉是一個身材偏高的女子，骨架寬大，但是看上去還算苗條，甚至有點男孩氣。這是因爲她的髮型，她那頭亂蓬蓬且長短不均的金髮實在跟男孩子並無二異；還有她的穿著，她在這方面有著非同一般的天賦。

她十分樂於做各種各樣凡她能做出來的打扮，比方說，當她穿上一條瘦型褲再配一件毛衫時，便成了一個活潑搗亂的女孩，然後她會把自己打扮成一個魅惑力十足的女人，只要給她那雙綠色的大眼睛細細地上好妝，凸出顴骨的立體感，再穿上一條把胸部高高托起的長裙就可以了。

這是她在生活中的嗜好之一，而這點也正是安娜嫉羨她的地方；儘管每逢她開始自責的時候，她便會告訴安娜她爲自己感到羞恥：「就好像我眞的不一樣了——你沒看到嗎？我甚至覺得我已變成另一個人了。並且這裡面還隱藏著惡意——比如上星期我給你講過的那個男人——他第一次見到我的時候我穿的是那條舊便褲和邋里邋遢的運動衫，我一陣風似地衝進餐館，一個道道地地的女災星，他簡直不知道怎麼來應對，結果整個晚上他幾乎說不出什麼話來，可我因此而十分快活。怎麼樣，安娜？」

「可是你確實很喜歡這樣。」安娜多半便笑著對她這樣說。

然而安娜卻是嬌小而單薄的，並且內向而脆弱，有一雙大而警覺的黑眼睛，梳著柔軟蓬鬆的髮型。總的來說，安娜對自己還是感到滿意的，但是她永遠是這一個樣子。從這方面來說，她更羨慕莫莉具有變換自己模樣的能力。安娜總是穿得整潔而雅致，顯得有些一本正經，或者也許會有點兒古怪。再配上她那一雙纖巧而白淨的手，一張稜角分明而白皙的小臉，這一切都使人印象深刻。但她是羞怯的，不善於維護自己，並且容易相信別人，容易被忽略。

當這兩個女人一起外出時，安娜會有意識地掩藏起自己，而去配合擅長表演的莫莉，而當兩個人單獨在一起時，她則會占取主動權。但是在她們的友誼剛開始的時候卻絕不是這樣的。那時說話衝而直率、不知圓滑爲何物的莫莉直截地就占了安娜的上風。後來在「糖媽媽」辦公室的大量作用下，安娜才慢慢開始學會如何來維護自己。然而即使到了現在，某些時候她仍然會怯於對莫莉提出應該的異議。她承認自己是個膽小鬼，她總是寧願放棄也不願大吵一場。一次爭吵可以讓安娜情緒低落上好幾天，而莫莉卻會因此而愈加興奮，她可以哭得一塌糊塗，說出那些不可原諒的話來，然後過了半天就可以忘得一乾二淨。而與此同時安娜則無精打采地縮在自己的寓所裡，很久才能緩過來。

她們倆都屬於「不穩定」和「無根」之人，這是「糖媽媽」時代就開始使用的詞了，她們倆也自認如此。但是安娜最近開始學會把這幾個詞用在不同的地方，不再用它們來為自己辯護，而是可以做為一種與眾不同的哲學態度的標誌。她喜歡想像著對莫莉這樣說：「我們的整個觀念都是錯誤的，這一切都得怪『糖媽媽』——這如此之好的所謂安全感和平衡到底是什麼玩意？在這個日新月異的世界上全然感性地活著又有什麼錯呢？」

然而此刻，與莫莉坐在一起閒談的時刻，就像以前成百次的情景一樣，安娜在心裡默默地對自己說：為什麼我老會有這種糟糕的需要，老想讓別人跟我的看法一致？這太幼稚了，他們為什麼非得跟我一樣呢？其實這不過是因為害怕自己的感受是孤立無援的罷了。

她們現在待著的房間是在二層，俯瞰下去是一條窄窄的側街，窗邊沒有花台，裝有上了色的百葉窗，下面的人行道上點綴著三隻懶洋洋曬太陽的小貓，還有一隻獅子狗和一輛因星期天而晚來的牛奶推車。送牛奶人穿著白色襯衣，袖子高高捲起著，他那十六歲的兒子則從一個金屬筐子裡把一個個微微發亮的白色牛奶瓶放到各家門前的台階上。當他走到她們的窗下時，這個送牛奶人抬起頭朝她們看了看，並點了點頭。莫莉說道：「昨天他進來喝咖啡，當時他充滿了一種勝利感，他的兒子得到了一份獎學金，這位蓋茨先生希望我也能知道這個好消息。因此在他開始敘述之前我就打斷他說，『您瞧瞧我的兒子，他擁有一切有利的條件，還有一切應有的教育，可是他卻不知道該拿自己怎麼辦，而您的兒子沒讓您多花一份錢，倒拿回了獎學金。』『沒錯，』他說，『事情就是這樣。』然後我想，要是我只坐在那兒由著他說，我就該死。於是我又說道，『蓋茨先生，您的兒子現在就要進入中產階級了，跟我們這樣的人在一起，您可不能再說這種話了。這您是知道的，是吧？』『這個世界就是這樣。』他說。然後我說，『根本不是這個世界，而是這個充滿了階級差異的該死的國家。』你知道，這位蓋茨先生是勞動階層的一分子，他說道：『這個世界就是這樣的，雅可布斯小姐。您說您的兒子看不清他的前途在哪裡嗎？這眞讓人難過。』然後他就繼續散發他的牛奶去了。我上了樓，看到托米坐在他的床上，就只坐著。現在他可能還是坐在那兒，如果他在家的話。那個蓋茨的兒子，他不過是一個棋子罷了，他將要出去追尋他想要的東西。然而托米——自從三天前我回來以後，他所做的事情就只是坐在他的床上沉思。」

「噢，莫莉，別太擔心了，他會好的。」這時她們斜靠在窗台上，看著下面的蓋茨先生和他的兒子。那是一個短小而健壯、活躍的男人，他的兒子卻有著高高的個子，並且健壯而英俊。兩個女人看著那個男孩如何散發完一筐牛奶後提著空筐子走回去，又如何從他父親的貨車後換了滿滿的一筐搖搖晃晃地走出來，他父親則在一邊微笑著，邊點頭邊對他進行著指點。父子之間顯然有一種絕頂的默契。於是這兩個離開男人獨自撫養孩子長大的女人，不約而同地做著怪相交換了一個妒意的微笑。

「問題在於，」安娜道：「我們倆都不打算僅只是爲了給孩子找一個父親而結婚，所以現在我們就得承擔後果，假如有任何後果的話。爲什麼非有不可呢？」

「這樣想對你來說當然合適，」莫莉說，有些陰鬱起來。「你從來不會去擔心什麼，你向來是順其自然的。」

安娜竭力撐住自己——她幾乎沒有回答，然後她才費力地說道：「我不同意你這麼說，因爲我們總是試圖要魚與熊掌兼得。既然我們拒絕依據書本和規範而生活，那麼如果這個世界不能還我們以正常的生活，又爲什麼要去擔心呢？這就是結果嗎。」

「你可說到這點了，」莫莉道，站到了對立面。「可我不是理性思維的人。你總是這樣的——當你遇到一件什麼事的時候，你就開始組織理論。然而我只擔心托米。」

現在安娜無法再答話了，因爲她的朋友剛才的語氣已經過於強烈。她回過頭來又朝那條街看去，蓋茨先生和他的兒子推著那輛紅色的牛奶車，正拐過了街角，走出了視線。而在對面的街尾又出現了一幕新的景像：一個男人推著一輛手推車一路吆喝過來。「新鮮的草莓呵。今兒清晨剛摘的，清晨的鄉間草莓呵……」

莫莉朝安娜瞥了一眼，後者對她點了點頭，小女孩一般地咧嘴笑著。（她不太舒服地意識到小女孩那樣的微笑可以緩解莫莉對她的不滿情緒。）「我去給理查德也買一些。」莫莉說著，從椅子上揀起她的手袋衝出了房間。

安娜仍靠在窗台上，讓自己置身於暖洋洋的陽光之下，她看到莫莉已經與那個賣草莓的人熱鬧地談開了。莫莉邊哈哈大笑邊做著手勢，那個男人則搖頭表示不同意，邊把厚厚一堆鮮紅的草莓倒入秤內。

「你又不用付一般性的管理費，」安娜聽到莫莉在說，「爲什麼我們得付跟商店裡的草莓一樣的價格呢？」

「因爲他們賣的不是清晨新摘的草莓，小姐，沒這麼新鮮。」

「噢，算了吧。」莫莉說道，拿著她裝滿了紅草莓的白色缸子走出了視線。「鯊魚，你們這些人全是！」

這是一個又黃又瘦的年輕人，看來不具備生活和受教育的條件。這時他抬起了暴怒的臉，莫莉也正回到了窗邊，他看到的是兩個女人，他的手摸索著那台閃閃發光的磅秤，邊說道：「一般性的開支，你懂什麼？」

「那就上來喝點咖啡，再告訴我們。」莫莉的臉上滿是挑釁的意味。

在莫莉的逼視下他低下了頭，眼睛看著地面，說：「有些人非得幹活不可，如果另一些人不必這樣的話。」

「噢，得了得了，」莫莉道，「別這麼不開心。上來吃點兒你的草莓吧。看在我的份上。」

他不知道該拿她怎麼辦。他站在那兒，皺著眉頭。他長著一頭尙過得去的頭髮，但是顯得很油膩，他年輕的臉遮在一段斜耷拉下來的過長的頭髮裡，顯得有些模糊不清。「我不是那種人，如果你是的話。」他最後聲明了一句，像是離開舞台的結束語。

「祝你倒運。」莫莉說著離開了窗邊，對著安娜大笑起來，她根本不打算爲此而感到內疚。但是安娜朝窗外探出了身子，看到那個男人固執而怨恨的雙肩，證實了發生的事，她低聲說道：「你傷了他了。」

「噢，見鬼，」莫莉聳了聳肩。「英國又變回老樣子去了——每個人都把自己封閉起來，充滿攻擊性。每當我的雙腳踏上這塊凍結的土地，我就覺得我要爆發出來，大聲地尖叫出來。只要我一呼吸到我們這神聖的空氣，我就感覺被鎖住了。」

「儘管如此，」安娜，「他認爲你是在取笑他。」

這時另有一個買草莓的顧客從對面那幢房子裡閒閒走出來，一個穿著便褲和寬鬆襯衣的女人，帶著星期天的舒適心情，頭上還裹了一塊黃色的頭巾。那年輕人在賣給她草莓時，已經是一副無動於衷的樣子。就在他扶起推車的把手要往前走的一刻，他又抬頭看了看莫莉的窗戶，他只看到了安娜。安娜此時把她尖尖的小下巴頦埋進了雙臂之中，但是她的黑眼睛注視著他，衝他微笑著，他勉強地朝她幽默了一下：「一般性的開支，她說……」然後他厭惡地輕哼了一聲。他原諒了她們。

他沿著這條街走了下去，跟在一堆溫軟紅潤、在太陽下閃著光澤的水果之後，一路大聲吆喝著：「清晨的新鮮草莓哎！今兒一早摘的！」他的聲音漸漸混入兩百碼以外的大街上嘈雜不已的市聲中。

安娜轉過頭來，發現莫莉把拌了奶油的果盆擱到了窗台上。「我決定不在理查德那兒浪費草莓了，」莫莉說道，「無論如何，他是從來享受不了任何樂趣的。再來點兒啤酒嗎？」

「要是就草莓吃的話，顯然得要葡萄酒。」安娜貪心地說道，邊用調羹在果盆中攪動著，她能感覺到那滑而軟的果實，以及奶油那種隔了砂糖的滑膩。莫莉則很迅速地倒來了兩杯葡萄酒，把它們擱在白色的窗台上。太陽光照射到每一塊玻璃邊的白色塗料上，變幻成顫動著的一個個緋紅色和黃色的光斑。兩個女人便坐在這太陽底下，在一層微微的暖意中伸展著雙腿，快樂地嘆息著，並且注視著盛在明亮的果盆中的草莓顏色以及她們的紅葡萄酒。

然而就在此刻門鈴響了，兩個女人同時本能地收起了懶洋洋的姿勢，重又換成有條不紊的樣子。莫莉斜身探出窗子，大聲道：「小心你的腦袋！」把鑰匙裹在一塊舊頭巾裡扔了下去。

她們看著理查德彎下身子揀起了鑰匙，甚至沒有抬頭往上瞧一眼，儘管他肯定知道至少莫莉在那兒。「他討厭我這麼做，」她說。「你說怪不怪？都過了這麼多年了，而他表現他的厭惡的做法就只是假裝什麼也沒有發生。」

理查德走進了房間。他看上去比他的實際年齡要年輕，在意大利度過的初夏假期把他曬得黑黑的。他上著一條緊身的黃色運動汗衫，下面是一條簇新的便褲。在理查德的生活中，不管夏天或者冬天，每到週日理查德・波特曼便會換上顯示他熱中於戶外活動的裝束。他是各種各樣適合他口味的高爾夫球和網球俱樂部的成員，但除非是商務的原因他從來也不會去打球。他在鄉間一直有一幢別墅，但他只是把家人打發到那兒去度假，除非適合用一個週末來款待他那些生意圈的朋友。從任何方面來說他都是一個都市人。他的週末就是從一個俱樂部到下一個俱樂部，從一個酒吧到下一個酒吧。他是一個短小、黝黑而結實的男人，幾乎可說得上胖了。他那張在笑時頗具吸引力的臉，當不笑的時候就固執得幾近沉鬱。他整個結實的身架，他那向前傾的頭，還有那一瞬不瞬的眼睛，都給人一種一意孤行的印象。現在他不耐煩地把鑰匙遞還給莫莉，鑰匙還鬆鬆地捆在她那條猩紅色的圍巾裡面。她接了過來，開始拿那塊柔軟的質料在她結實而白淨的手指間緩緩地繞著，說道：「要去鄉間度過健康的一天嗎，理查德？」

對於這樣一個嘲弄他只好打點一下精神，不自然地笑了笑，雙眼則凝視起白色窗戶周圍耀眼的太陽光。當他注意到安娜的存在時，不自覺地蹙起了眉，他生硬地朝安娜點了點頭，便急急地從她們面前走過，找了座坐下了，然後說道：「我不知道你有客，莫莉。」

「安娜不是客人。」莫莉回道。

她有意不再說話，讓理查德有足夠的時間欣賞她們倆在太陽底下慵懶的樣子，然後才轉過頭來頗爲仁慈地詢問：「要葡萄酒嗎？理查德。還是啤酒？咖啡？或者一杯上好的茶？」

「如果你有蘇格蘭威士忌，我並不介意。」

「就在你邊上。」莫莉道。

但是他決定要表現出他所以爲的男人氣來，便沒有動。「我來是跟你談談托米的。」他瞟了一眼安娜，後者正在吃她的最後一顆草莓。

「但是這些事你已經跟安娜都談過了，這是我聽說的，所以現在我們三個人可以一起談。」

「這麼說安娜都告訴你了……」

「沒有，」莫莉道。「這還是我回來以後我們第一次有機會見面。」

「這麼說我打斷了你們的談興了。」理查德說，他爲能愉快地容忍這一切眞正努力了一番。有趣的是，對他那誇大了的語氣兩個女人看來都很不舒服。

理查德冷不防站了起來。

「這就走？」莫莉問道。

「我去招呼一下托米。」她們倆都感覺到他已經運足了氣要發出斷然的喊聲了，就在此時莫莉打斷了他：

「理查德，別衝他嚷嚷，他已經不是一個小男孩了。再說我不認爲他在屋裡。」

「他當然在。」

「你怎麼知道？」

「因爲他剛才從樓上的窗戶往外看來著。眞讓我吃驚，你居然不知道你兒子是否在家。」

「爲什麼要知道？我又沒監視他。」

「那倒是不錯，可是那費你什麼事了？」

兩個人現在怒目而視，毫不隱諱彼此的敵意。對於他後半句話，莫莉回敬道：「我不打算跟你爭論該如何撫養孩子長大的問題。等你那三個孩子長大了，我們再來評分也不遲。」

「我不是來談我那三個孩子的。」

「爲什麼不？那三個孩子的問題我們也談過幾百次了。況且我估計你跟安娜也談過。」

現在出現了空場，兩人都在強捺怒火，驚覺這股怒氣竟是如此的強烈。他們兩個人的歷史大致是這樣的：他們相識於一九三五年。莫莉那時正全身心地投入西班牙共和黨的事業，理查德也是。(但是，正如莫莉會提到的，每當理查德把這當作一次令人遺憾的失誤來談論時，會把那一切歸咎爲迷戀於政治的異國情調，並且會說：那年頭誰不是這樣呢？)而那個富裕的波特曼家族，因爲草率地認定這是一種永久性的共產主義傾向，便中斷了對理查德的經濟補助。(對此莫莉是這樣說的：我親愛的，他們連一便士也不再給他了！理查德自然很高興，在此之前他們從來也沒拿他認眞過。他憑藉這個條件幾乎立刻拿到了一張黨票。) 除了還未被發掘的商業天才之外，理查德其實一無所長，莫莉供養了他兩年，而他則在預備成爲一名作家。(莫莉這樣說，當然這是在數年之後：你還能設想到比這更庸俗的事情嗎？但是理查德當然事事都只能這麼平凡下去。每個人都打算成爲一名偉大的作家，可是每一個人都這樣！你知道共產黨內眞正致命的家醜是什麼——那個眞正可怕的事實？每一個老練的黨的政客，你知道，就是那些你以爲這麼多年來除了黨的事業外別無他念的人，事實上他們每一個人都藏著一份舊手稿或者一卷詩稿。每一個人都夢想成爲我們這個時代的高爾基或者是馬雅可夫斯基。這還不夠恐怖嗎？還不夠可悲嗎？他們中的每一個人，失敗的藝術家們。這一定意味著什麼，但願有人知道。）出於一種不屑，莫莉在離開理查德以後仍供養了他幾個月。他對於左翼政治的態度發生突變的時候，他也正好確認了莫莉是屬於不道德、感情脆弱且放蕩不羈的人。這點使莫莉走了運，因爲理查德從那時起已經與某個姑娘有了來往，儘管爲時很短，但也足以使他在與莫莉離婚時無法獲得對於托米的監護權，他曾威脅過莫莉他必須要得到兒子的。之後他重又投入波特曼家族的懷抱，並且接受了一份「城裡的工作」，這是莫莉的用語，帶著她不無友好的輕蔑。至於理查德因爲做出了繼承家族事業的決定而一躍成爲一位怎樣有勢力的人物，她至今沒有一個明確的概念。理查德後來娶了瑪麗恩，一個十分年輕、熱情、快樂而文靜的女孩，出生於穩妥而高貴的家庭。他們生了三個兒子。

與此同時的莫莉，因爲多才多藝，先是做了一陣舞蹈演員——可是她實在並不具備芭蕾演員的體型和體格條件；後來她在一些時事諷刺劇中做一些歌舞表演，又覺得這太輕浮，便轉向繪畫，但在戰爭開始的時候她還是放棄繪畫去做了一名新聞記者；結束了記者生涯後莫莉轉而去爲共產黨做一些文化性的外圍工作；以她這一類型的人共同的原因離開了這個工作——她無法忍受那種極度的厭倦。最後她做了一個配角演員，在經歷了許許多多的不快之後她終於想開了，事實上從本質上來說她只是一個半瓶醋的藝術愛好者。完全是出於自尊——如她所言，她才沒有放棄而爬入一個安全的所在，換言之，即是一個安逸的婚姻。

而她根本的隱憂是托米，爲了托米她已與理查德鬧了一年。他特別不贊成的是莫莉自行離家一年，留下托米一個人照顧自己。

此刻他正不滿地說道：「去年自從你把他一個人扔在這兒後，我來看過托米多次……」

她打斷了他：「我一直在對你解釋，或者說努力在這麼做——我對這一切都認眞地考慮過，並且可以確信留下托米獨自在這兒對他只有好處。你幹嘛說得老好像他還是一個孩子？他已經過了十九歲了，並且我留給他的還有一座舒適的房子，足夠的錢，一切都是安排好的。」

「那麼你幹嘛不讓自己乾脆擺脫掉托米，遍遊歐洲，去玩它一個痛快呢？」

「我當然玩得很痛快，幹嘛不？」

理查德大聲笑起來，聲音讓人很不快，莫莉不耐煩地說道：「噢，看在上帝的份上，這是我有孩子以來第一次自由自在地出去，我當然高興，爲什麼不呢？那麼你又怎麼樣——你有瑪麗恩，那個善良的小婦人，她的手腳被那幾個男孩子捆得死死的，然而你卻可以隨心所欲——還有一點，我一直在努力對你解釋，可是你從來也不聽。我不想讓他長大後成爲那種受母親支配的該死的英國男人。我希望他能擺脫我的影響而獨立起來。就是這樣，別笑，可是像這樣就很不好，我跟他兩個人老一起待在這所房子裡，太密切了，總是彼此之間在做些什麼都一清二楚。」

理查德不快地作了個怪像，說：「在這一點上我倒是知道你那點兒理論。」

這時安娜插進來道：「這可不單單是莫莉——所有我認識的女人——我指那些眞正的女人，都會擔心她們的兒子長大了會像……她們絕對有理由擔心。」

聽到這兒，理查德掉轉他那雙帶有敵意的眼睛向安娜轉了過來。莫莉則目光敏銳地觀察著他們。

「像什麼，安娜？」

「我說的是，」安娜道，有意使自己聽來溫柔而親切，「他們長大以後僅僅是性生活會有一點點不愉快嗎？或者你們要說這未免小題大作了，是嗎？」

理查德的臉漲紅了，這使他那張曬黑的臉顯得難看起來。他轉過身來對莫莉說道：「行了，我並不是說，你是故意在做一些不應該的事。」

「謝謝。」

「可是這孩子到底出了什麼事？他從來沒有像樣地通過一回考試，他不去牛津上大學，並且現在他整天坐著，像在孵蛋……」

聽到孵蛋這個詞，安娜和莫莉都大笑起來。

「這孩子讓我很擔心，」理查德道。「眞的。」

「擔心的是我，」莫莉很公平地說。「這正是我們要討論的，不是嗎？」

「我一直在爲他提供條件。我邀請他去各種各樣可以讓他認識有關人士的場合，他們會對他很有幫助。」

莫莉又笑了起來。

「好吧，你就笑吧。但是事物自有它自己的一套規律，我們可笑不起。」

「當你說要做一些對他有幫助的事情，我還以爲是情感上的幫助。我怎麼總是忘了你終究是一個自大的勢利小人呢。」

「言語是傷不著人的，」理查德帶著一種出人意料的尊嚴說道。「如果你願意，請稱呼我的名字。你以一種方式生活，我則以另一種。我所說的只是，我能夠爲這孩子提供，可以這麼說，任何他想要的東西。可是他卻僅只是沒有興趣。要是他跟著你們這些人能做出一件富有建設性的事，一切便會不同。」

「你總是說得好像我試圖讓托米來反對你。」

「你當然就是這麼做的。」

「如果你是指，我總是把我所認爲的你那一套生活方式、價值觀、成功的遊戲之類照實說出來，那麼當然。爲什麼我要對我相信的事閉嘴呢？但是我也總是在對托米說，那是你的父親，你得慢慢認識那個世界，因爲他存在著，不管怎麼說。」

「您眞是大度。」

「莫莉總是催托米常去看看你，」安娜道。「我知道這點。再說我也是這麼做的。」

理查德不耐煩地點了點頭，意在表明她們倆說的並不重要。

「你在孩子的問題上怎麼這麼愚蠢，理查德。他們不喜歡被分裂開來，」莫莉道。「看看他跟著我認識的這些人，他們都是藝術家、作家、演員。」

「還有政治家，別忘了同志們。」

「是啊，爲什麼不呢？在他長大的過程中，他會了解一些他所生活的這個世界是個什麼樣子，比你那三個孩子知道的要多得多。他們將來只知道伊頓和牛津，而托米將會知道各種各樣不同的事情，不僅僅只限於上流社會這一方魚池，甚至把這當作了整個世界。」

安娜說道：「你們要再這麼談下去就什麼也談不出來了。」她的語氣重了一些，然後她試著用說笑的口氣想緩合一下方才的話：「這一切的結論就是，你們倆從來也不該結婚，可是你們結過；或者至少你們不該有孩子，可是你們也有，」她說著語氣又變得強烈起來，她又讓自己緩解了一下才說道，「你們有沒有意識到，這麼多年來你們翻來覆去總在說這些事情，爲什麼你們不能接受這個事實，你們倆永遠不可能在任何問題上達成一致，那麼爲什麼不乾脆結束這些無謂的爭執呢？」

「可是那兒還有一個托米在，我們又怎麼可能結束這種爭論？」理查德氣沖沖地大聲說道。

「你非得這麼大喊大叫嗎？」安娜道。「你怎麼知道他一個字也聽不見？也許這正是他的問題所在。他一定能感覺到你們爭論的原因。」

莫莉迅速走過去打開了門，側耳聽了一下上面的動靜。「胡說。我聽到他在樓上打字呢。」她走了回來，說，「安娜，你讓我煩了，你又在繃著嘴唇說英語。」

「我討厭大聲嚷嚷。」

「可我是猶太人，我喜歡大點兒聲。」

理查德顯然又在竭力忍耐著。「是的——並且你稱自己為雅可布斯小姐。小姐。以你的獨立和自主權利為根本出發點——不管那可能會意味著什麼，但是對於托米來說，雅可布斯小姐是一位母親。」

「你抗議的並不是小姐，」莫莉愉快地說道。「而是雅可布斯。沒錯。你總是反猶太主義的。」

「噢，見鬼。」理查德不耐煩起來。

「告訴我，在你的私人朋友中你能數出幾個猶太人來？」

「依照您的觀點，我沒有私人朋友，我有的只是生意上的朋友。」

「當然，除去你的女朋友們。我很有興趣地注意到在我之後你有過三個猶太女人。」

「看在上帝的份上，」安娜道。「我要回家了。」說著她真的離開了窗台。莫莉笑起來，起身把她又推了回去。「你得留在這兒。做我們的仲裁人，顯然我們需要這麼一個人。」

「很好，」安娜決心已定。「我來擔任這個角色。那麼就先停止爭辯。我們要談的究竟是什麼？事實上，我們全都同意，我們也都提出了同樣的意見，不是嗎？」

「是嗎？」理查德說。

「是啊。莫莉認為你應該在你那堆事業裡頭為托米提供一份工作。」與莫莉一樣，安娜說時也無意識地帶著對理查德那個世界的不屑，氣得他齜牙咧嘴。

「從我那一堆事業裡頭？而你也同意，莫莉？」

「如果你願意給我一個這麼說的機會，沒錯。」

「這就是了，」安娜說道。「甚至沒有爭論的必要。」

現在理查德給自己倒了一杯威士忌，頗幽默地保持著耐心；而莫莉也同樣富於幽默地耐心等待著。

「這麼說全解決了？」理查德發話。

「顯然還沒有，」安娜道。「因爲托米得同意才行。」

「如此說來我們就又回到了起點。莫莉，我可否知道你爲什麼不反對你那寶貝兒子與那幫財神們攪在一起？」

「因爲我是用那樣一種方式撫養他長大的——他是個好人。他沒事。」

「這樣他就不可能被我腐蝕了是吧？」理查德按捺住自己的怒氣，微笑著。「那麼我可否問一下，你對於你的價值觀那種非同一般的自信是打哪兒來的——它們在過去兩年中很受了些打擊吧，不是嗎？」

兩個女人相互交換了一下目光，不言自明：他必定要說到這一點了，那麼就讓我們來過一遍吧。

「你們從沒想過托米的眞正問題在於他生命中的一半時間都生活在共產黨人、或者說那些所謂的共產黨人之間——他所認識的人多半都以這樣或那樣的方式與共產黨有過牽連。而現在他們都離開了共產黨，或者早就離開了——難道你們不認爲這會對他產生一些影響嗎？」

「顯然，會的。」莫莉道。

「顯然，」理查德氣沖沖地咧了咧嘴。「就這樣輕描淡寫——可是你那寶貴的價值觀有什麼用處呢——托米是在關於光輝的蘇維埃祖國那一片美麗以及自由的想像中長大的。」

「我不跟你談論政治，理查德。」

「沒錯，」安娜道，「你們當然不應該談論政治。」

「爲什麼不，如果這是與主題有關的？」

「因爲你不是在談論，」莫莉道。「你只是在借用報紙上的用語。」

「好吧，那麼我可否這樣來說？就在二年以前你和安娜還在各種集會之間奔進奔出，把各種凡視線所及的事物全都組織起來……」

「我沒有，不管怎麼說，」安娜道。

「別狡辯。莫莉當然就是這樣的。那麼現在又怎麼樣？俄羅斯蒙受著恥辱，那麼同志們現在還有何用？據我所知，他們大多或者精神崩潰了，或者掙了大錢。」

「問題在於，」安娜道，「社會主義在這個國家正處於低潮……」

「在所有別的地方都是。」

「行啊。如果你是說托米的問題之一在於他被培養成了一個社會主義者，但是卻碰到了一個不適合社會主義者生存的時代——那麼當然，我們也同意。」

「是高貴的我們，社會主義的我們，還是只指安娜與莫莉的我們？」

「社會主義的，爲這場爭論起見。」安娜應道。

「儘管如此，在過去的兩年中你們已經來了個一百八十度的大轉彎。」

「不，我們沒有。那只是看待生活的方式問題。」

「你想讓我來相信你那套生活觀念嗎？據我所知，那不過是一片混亂無序，社會主義者就是這樣的嗎？」

安娜瞥了一眼莫莉，後者極輕微地搖了搖頭，但是理查德還是看到了，說：「在孩子面前免談，是這個意思吧？你那股不可一世的傲慢勁眞讓我感到震驚。這是從哪兒得來的，莫莉？你是什麼東西？要嘛就是你這會兒已經在那部叫作《丘比特之翼》的傑作中得到一個角色了。」

「我們這些配角演員是不挑戲的。再說，我已經在戲院外流浪了一年，什麼錢也沒掙，而且我破產了。」

「如此說來你的信心是來自於流浪了？它當然不可能出自你那份工作。」

「我喊停了，」安娜說。「我是仲裁者——這個討論到此結束。我們談的是托米。」

莫莉沒有理會安娜，接著攻擊理查德。「你說我的那些話可以算對，也可以算錯。但是你的那份傲慢又是從何而來？我不想讓托米成爲一個商人。你大概也不會在做一個終身廣告吧。任何人都能成爲一個商人，爲什麼，你常對我這麼說。噢，得了吧，理查德，多少回了，你順道跑到我這兒，坐在那兒大談你的生活有多麼空虛和愚蠢？」

安娜快速做了一個警告的動作，而莫莉則聳了聳肩，又說道，「好吧，我說話不夠得體。爲什麼我該如此？理查德認爲我活得不怎麼樣，我同意他的觀點，但是他又怎麼樣？你那可憐的瑪麗恩，只是做爲你們家的主婦而存在，卻從來沒被當成一個人來對待。你那些兒子們，毫無選擇地硬是被塞入了上流社會，僅僅因爲這是你的願望。還有你那些愚蠢而不值一提的風流韻事。爲什麼我應該覺得這一切有任何了不起之處？」

「我看出來了，你們剛才根本就已經談過我了。」理查德說道，充滿敵意地看了安娜一眼。

「不，我們沒有，」安娜道。「或者說這麼多年來我們倆什麼沒談過。我們剛才正談托米的事。他來看過我，我跟他說應該去看看你，理查德，並且看看他是否一樣專業的工作也做不了，不是商業方面的工作，只是經商未免太愚蠢了，而是做一些建設性的工作，比如聯合國或者教科文組織。他可以通過你加入進去，不是嗎？」

「是的，他可以。」

「那麼他怎麼說，安娜？」莫莉問。

「他說他想一個人考慮一下。這有什麼不可以的？他二十歲了。爲什麼他不該自己去思考並且體驗生活，如果他自己願意這麼做？爲什麼我們要去嚇唬他呢？」

「托米的問題在於從來也沒人嚇唬過他。」理查德說。

「謝謝。」莫莉道。

「他從不曾有過任何方向。莫莉只是由著他去，好像他早就是一個成人了，總是這樣。你想這對於一個孩子來說意味著什麼，一切由你自己來決定，我不想給你施加任何壓力；而與此相伴的則是同志們、紀律、自我犧牲、以及對於權威的頂禮膜拜……」

「你要做的事情是這件，」莫莉道。「在你那一大堆事業裡面為托米找一個位置，可以讓他不僅僅只是幹推銷股票或者推銷商品或者賺錢的活。看看你是否能找出一些有建設性的事情來，然後讓托米決定幹或者不幹。」

理查德身上那條顏色過黃、繃得過緊的襯衫，此刻正好襯出了他那張因憤怒而漲得通紅的臉。他的視線向下落在手中的威士忌酒杯上，那只酒杯正被他不停地轉過來又轉過去。「謝謝，」他最後說，「我會的。」他說的時候帶著那樣一種頑固的自信，他是在以他將要提供給他兒子什麼的身分在說話，這使得安娜和莫莉再度抬起眼睛互視了一下，交換了彼此的感覺。顯然，整個談話都白費了，像往常一樣。理查德捕捉住她們之間的一瞥，說道：「你們兩個人簡直幼稚得讓人吃驚。」

「在生意方面嗎？」莫莉開心地大笑道。

「是在大生意上。」安娜平靜地接了一句，覺得很有趣。她曾經在與理查德的談話中吃驚地發現過他的權勢可以大到什麼程度，但是這並沒有使他的形象在她的眼裡變得高大起來，而在國際金融界的背景之下，似乎反而萎縮了許多。而對於莫莉，她則更多了一份愛意，因為莫莉對於這個曾做過她丈夫的男人表現了全然的藐視，而他實際上是這個國家的金融權威之一。

「噢——噢。」莫莉不耐煩地哼哼著。

「是非常之大的生意。」安娜笑著又說，試圖讓莫莉領會她的意思。然而女演員頗為不屑，還是她那個富有個性的大聳肩動作，她那白皙的手伸了出來，手掌攤開，最後才落到膝蓋上。

「以後我會讓她記住這一點的，」安娜對理查德說道。「或者至少也得試一下。」

「你們在說什麼？」莫莉問道。

「沒什麼好話，」理查德回答，語氣中帶著挖苦、怨恨和不滿的意味。「你知道嗎？關於我的情況，這麼多年來她甚至從來也沒有足夠的興趣問一聲。」

「你已經爲托米付了學費，而這便是我想從你那兒得到的一切。」

「這麼多年來你一直在讓每個人都把理查德看成是一種——怎麼說呢？一個雄心勃勃而微不足道的商人，就像一個暴發的雜貨商，」安娜說道。「而事實上他從來都是一個企業巨頭。一個大人物，一個我們得去痛恨的人物——從原則上來說。」安娜又笑著補充道。

「眞的嗎？」莫莉頗感興趣地說道，略感驚奇地注視著她的前夫，這個平凡、至少就她所知並不十分聰明的男人根本可以是任何一種人。

安娜對她臉上的神情心領神會，因爲這也正是她的感覺，於是笑了起來。

「上帝呵，」理查德道，「跟你們兩個人說話簡直就像面對兩個野蠻人。」

「爲什麼？」莫莉說道。「我們應該覺得你有什麼了不起嗎？你甚至不是自己創的業，你只不過繼承了這一切。」

「這有什麼關係？重要的是事情本身。因爲它也可能是一個很糟糕的系統。我不打算爲此而爭論——我根本無法和你們中的任何一個談論這一點。你們倆對經濟學全都像猴子一樣無知，而讓這個國家運轉的恰恰是經濟。」

「那是當然。」莫莉說。她的雙手依舊擱在膝上，雙掌攤開著。現在她把兩隻手合攏垂到了膝下，無意識地模仿著小孩等候聽訓時的姿勢。

「那麼爲什麼要藐視它呢？」理查德顯然是要繼續說下去，卻停了下來，看著那雙假裝乖順的手。「噢，耶穌基督！」他嘆了一聲，放棄了。

「可是我們並沒有藐視。藐視這種行爲——也太沒有分量了——沒有必要。我們藐視的是……」莫莉截住了下面的那個「你」字，像是爲有失風度而感到內疚似的，讓雙手收回了剛才那無禮的姿勢，並且很快把手放到了身後。安娜看著這一幕，頗覺有趣地思忖著：如果我告訴莫莉，她只用兩隻手的姿勢便取笑了理查德，並讓他煞住了話頭，她是不會明白我的意思的。能夠做到這點實在是太棒了，她可眞幸運……

「是的，我知道你們藐視我，可是爲什麼？就因爲你是一個半成不就的演員，而安娜寫過一部書嗎？」安娜的雙手本能地從兩側抬了起來，手指不經意地挨著莫莉的膝頭，說道：「你這人可眞讓人煩，理查德。」理查德看著她們，皺起了眉頭。

「這跟那一點兒關係也沒有。」莫莉道。

「絕對。」

「這是因爲我們都還沒有放棄。」莫莉神情嚴肅地說。

「沒放棄什麼？」

「如果你不知道，我們也沒法告訴你。」

理查德震怒得幾乎立刻要從椅子上彈起來，安娜可以看到他的大腿肌肉都繃緊了並且顫動著。爲避免一場爭吵，她很快地接了腔，把他的火引了過來：「這正是問題所在，你說啊說啊，但卻總是遠離——眞實，你從不去理解任何事情。」

她成功了。理查德朝她轉過頭，向她俯下身來，這樣她就得面對他那散發著熱氣的光滑的棕色雙臂了，那上面還長著一層淡淡的金色絨毛，同時還有他那裸露在外面的脖子，他的漲成棕紅色的臉。她微微地往回縮了縮，不自覺地帶著一種厭惡的神情，只聽得他說：「好吧，安娜，我已經十分榮幸地開始比以前更了解你了，但是即使我知道了你想要什麼、你在想些什麼以及你該怎麼做事，我還是沒法說你給我留下了什麼深刻的印象。」

安娜意識到自己臉紅了，她努力直視著對方的眼睛，故意慢吞吞地說道：「或者也許你不喜歡的原因正是由於我明確自己想要什麼，總是做好嘗試的準備，從不以二流水平假充門面，並且知道什麼時候該拒絕。嗯哼？」

莫莉迅速掃了兩人一眼，呼了一口氣，然後用雙手做了個吃驚的動作，重重地把雙手分開又落到膝上，不自覺地點了點頭——部分是因爲她證實了一個疑問，部分是因爲她對安娜方才的無禮根本持贊成態度。她說道，「嘿，這算什麼？」傲慢地拉長了語調，這麼一來理查德的注意力又從安娜那邊轉了回來。「如果你是又在攻擊我們的生活方式，我所能說的只是，你說得越少越好，你自己的私生活又是個什麼樣子？」

「我維護這種形式。」理查德說道，帶著那樣一種進入戰備的狀態，而這恰好是她們倆意料中的事，於是兩人忍不住同時大笑起來。

「是的，親愛的，我們知道你確實如此，」莫莉說道。「對了，瑪麗恩好嗎？我很想知道。」

於是理查德第三次說道，「我看你們已經談過這事了。」安娜回道：「我告訴莫莉你來看過我。我還告訴她沒告訴你的事——瑪麗恩也來看過我。」

「好吧，讓我們來談談這事吧。」莫莉說。

「爲什麼，」安娜反問道，好像理查德並不在場，「理查德正爲此發愁呢，瑪麗恩對他來說可眞是個問題。」

「這沒什麼新鮮的。」莫莉用同樣的語氣說道。

理查德一動不動地坐在那兒，來回看著眼前的兩個女人。她們在等待著，等著這件事過去，等著他起身離去，等著他爲自己辯解。然而他一言未發。他似乎被眼前這一幕吸引住了，那是一個帶著對他的敵意、輕鬆笑著譴責他的二人組合。他甚至點了點頭，像是在說，來啊，說下去。

莫莉說道：「我們都知道，理查德娶了一個不如他的女人——噢，當然不是指社會地位，在這方面他是很小心的。不過，引號，『她是一個普普通通的好女人』，引號結束。儘管她幸運地在她家族的旁系上擁有這些貴族先生和太太，我毫不懷疑這些頭銜在公司信箋的信頭上可以顯示出怎樣的尊貴。」

聽到這兒，安娜從鼻孔裡噴出一陣笑聲——這些貴族先生和太太與理查德所控制的資本簡直毫無關係可言。但是莫莉不理會安娜，自顧說下去：「當然事實上一個人所能知道的所有的男人都娶了平凡而死氣沉沉的好女人。眞爲他們感到悲哀。很是湊巧，瑪麗恩就是一個好人，一點兒也不蠢，只是她嫁了一個男人十五年，是這男人讓她自覺愚蠢了……」

「如果沒有他們愚蠢的妻子，這些男人又會去做什麼呢？」安娜嘆了口氣道。

「噢，我簡直難以想像。當我眞的想讓自己情緒沮喪的時候，我便會去想那些我所認識的出色的男人，娶了他們那愚蠢的妻子。夠讓人心碎的，眞的是這樣。這樣就有了愚蠢而平凡的瑪麗恩。並且當然理查德像大多數男人一樣盡最大努力地對她保持忠誠，直到她搬進育嬰室生養她的第一個孩子。」

「你何必要繞那麼遠呢？」理查德禁不住大聲道，就像剛才是一場嚴肅的對話似的，於是兩個女人又一次爆發出一陣大笑。

莫莉止住笑，嚴肅卻帶有幾分不耐地說道：「噢，見鬼，理查德，幹嘛說得跟白痴似的？你除了覺得心中有愧以外什麼也不做，因爲瑪麗恩正是你唯一致命的弱點，而你卻說幹嘛要繞那麼遠？」她聲色俱厲地瞪著他：「在瑪麗恩進入育嬰室的時候。」

「那是十三年前的事了。」理查德憤憤不平地說。

「那時你直接跑到我這兒。你似乎以爲我會與你上床，你的男人的驕傲甚至整個兒地受了傷，只是因爲我不。記得嗎？現在我們這些自由女性知道了，就在我們那些男朋友的妻子們進入育嬰室的時候，親愛的湯姆、狄克和亨利就直接找到了我們，他們總是想和妻子的一個朋友睡覺，天知道爲什麼，一個令人迷惑的心理現象，但事實就是這樣。我倒從沒有過這種體驗，所以我不知道你去找了誰……」

「你怎麼知道我去找了誰？」

「因爲瑪麗恩知道。多遺憾這些事情就這麼不了了之了。從那以後你一直在換女孩，而瑪麗恩全都知道，因爲你得向她坦白認罪。如果你不坦白，這裡面便沒有多少樂趣可言了，不是嗎？」

理查德動了一下，像是要起身離去——安娜看到他的大腿肌肉繃緊了，既而又放鬆了下來。他改變了主意，重又一動不動地坐著。有一絲好奇的笑意使他的嘴噘了起來。他看去像是一個決意要在鞭子下微笑的男人。

「與此同時瑪麗恩撫養了三個孩子。她十分的不快樂。你一直在無意中流露出這樣的意思，或許如果她能有一個情人，事情也不見得那麼糟——即使出一點點事也無妨。你甚至暗示她是這樣一個無可救藥的中產階級的婦人，如此乏味而守舊……」莫莉說到這兒停頓了一下，對著理查德咧了咧嘴。「你實在就是這樣一個自負而不值一提的僞君子。」她以一種近乎友好的口吻說道，語氣中又帶著一絲不屑。於是理查德又一次不舒服地動了一下四肢，被催眠了似地說道，「說下去。」然後，感覺到這更像是在請求，又急急補充道：「我很有興趣聽你如何來敍述這一切。」

「但是絕對不吃驚嗎？」莫莉道。「我不記得是否曾隱瞞過我對你之於瑪麗恩的看法。除去你們結婚的第一年，你完全忽略了她的存在。在孩子們還小的時候，她根本就見不到你，除去那些她必須出來款待你那班生意朋友、或者組織奢華的晚宴以及諸如此類的無聊場合。但是這些事沒有一件是爲她做的。之後有一個男人眞的對她產生了興趣，而她竟天眞到以爲你眞的不會介意——無論如何，你曾經說過多少回了，爲什麼你不自己去找一個情人，在她報怨你那些情婦的時候。於是她有了一次外遇，所有的痛苦都發洩了出來。你卻無法忍受這件事，你開始威脅她。然後他打算娶她，並且撫養那三個孩子，是的，他對她就有那麼好。但是不，突然之間你講起了所有的道德，就像《舊約》中的宣揚者一樣暴跳如雷起來。」

「他對她來說太年輕了，這事長不了的。」

「你是說，她要是跟他在一起的話會不幸福的，是嗎？你竟然也關心起她幸福與否了嗎？」莫莉輕蔑地笑著。

「不，那是因爲你的虛榮心受了傷。爲了讓她重新愛上你，你實在是很辛苦了一番。那全是一些嫉妒心發作的吵鬧場面，然後便是愛啊親吻啊，直到她終於與他斷了關係爲止。而且你重新獲得了對她的安全感，你便興趣全失，重又回到了你那間寬敞美麗的辦公室，跟女秘書們滾到你那張昂貴的長沙發上去了。並且你還認爲這一切對你來說有多麼不公平，因爲瑪麗恩並不快樂，整天發脾氣並且酗酒，而不去做對她有益的事。或者也許我應該這樣說，是不去做一個對你這種地位上的男人來說的好妻子。怎麼樣，安娜，我一年前離開以後還有什麼更新鮮的事嗎？」

理查德怒氣沖沖地說道：「沒有必要把這一切戲劇化得如此厲害。」既然安娜也要摔進來，那麼就不再只是對他前妻的一場戰鬥了，他生起氣來。

「理查德來問過我把瑪麗恩送到別的什麼地方去是否可行。因爲她在家裡對孩子們影響很不好。」

莫莉吸了口氣。「你沒有吧，理查德？」

「沒有。不過我看不出這有什麼可怕的。那會兒她酗酒得厲害，這對幾個男孩子都是個壞榜樣。保羅——現在有十三歲了，有一天晚上起來找水喝，發現她喝得醉醺醺地躺在地板上，人事不知。」

「你眞的在考慮要把她送走嗎？」莫莉的聲音變得茫然而空洞，甚至帶有譴責的味道。

「行啦，莫莉，行啦。可是你又會怎麼做呢？你不必憂慮——你的少校在此和你一樣震驚，安娜也同樣讓我有了負罪感，如你所願。」他又半帶起笑意，儘管仍然沮喪。「事實上，我離開你以後便問我自己，我是否眞該成爲衆矢之的？你言過其實了，莫莉。你說得我簡直成了那個什麼藍鬍子了。我有半打毫無價值的外遇，我所認識的大多數已婚男人也都是這種情形。他們的老婆並不酗酒。」

「也許如果你眞的選擇了一個愚笨而遲鈍的女人，一切就會好多了。」莫莉提道。「或者你本不該總讓她知道你那些事。愚蠢之極！她比你要好上一千倍。」

「這是毫無疑問的，」理查德道。「你總是想當然地認爲女人比男人好。但這對我來說無濟於事。還是看看眼前吧，莫莉，瑪麗恩她信任你，請你儘早去看看她，跟她談談。」

「談什麼？」

「我不知道。我不在乎。什麼都行。如果你喜歡儘管罵我吧。不過得想辦法讓她別再喝了。」

莫莉戲劇性地嘆了口氣，坐在那兒看著他，嘴角半是憐憫地掛著一絲不屑。

「好吧，我眞的不懂，」她最後說。「這一切眞夠怪的。理查德，爲什麼你不去做一些什麼呢？爲什麼你不試著至少讓她覺得你是喜歡她的呢？帶她去度度假或者做點別的什麼？」

「我帶她去過意大利。」不由自主地，他的聲音裡面充滿了對於這件事的怨恨。

「理查德。」兩個女人同時喊了一聲。

「她跟我在一起一點兒也不快活，」理查德說道。「她一直在觀察我——我很清楚她時時刻刻在觀察著我，注意我是否在看別的女人，等著我上吊自殺。簡直無法忍受。」

「你們度假的時候她喝酒了嗎？」

「那倒沒有，不過……」

「這就是了，」莫莉說著，攤開她那雙惹人注意的白皙的手，像是在說，如此還有什麼可說的呢？

「瞧這兒，莫莉，她不喝酒只是因爲那是一場較量，難道你沒看出來嗎？幾乎就是一個交易——如果你不看別的姑娘，我便不喝酒。這簡直要把我逼到極限了。無論怎麼說，男人會有一些實際的困難——我可以肯定像你們兩位這樣解放了的婦女會從容地把這些事應付過去，但是我卻實在無法忍受一個像看管囚犯一樣看著我的女人……在度過那樣一個可愛的下午之後與瑪麗恩上床，簡直就像是一場『我敢說你只是要證明自己』的較量。簡而言之，在瑪麗恩面前我連一次勃起都做不到。這樣說夠清楚了吧？我們回來已有一星期了。到目前爲止她還可以。我每天晚飯時候回家，像一個盡責的丈夫，然後我們一起坐著，相敬如賓。她小心翼翼地不來問我在做些什麼或者我去看了什麼人。而我也注意不去看那只威士忌酒瓶的刻度。但是她一不在屋裏，我就會去看那只瓶子，我甚至可以聽見她腦袋中在轉著什麼念頭，『他一定在跟別的什麼女人鬼混，他根本不要我。』這簡直是地獄，眞的。算了，」他叫道，身子向前傾著，臉上顯出眞誠的絕望。「你說得不錯，莫莉。但是你不可能兩者兼顧。你們倆接著談婚姻去吧，好吧，你們也可能是對的。可我還從沒有見過一樁婚姻曾經接近過預先的設想。那也就罷了。但是你們倆可是一直在小心翼翼地避免陷入婚姻的。婚姻是一種糟糕的制度，這我同意，然而我是深陷其中的，而你們卻在絕對安全的邊線上不停地講著大道理。」

安娜目無表情地看了莫莉一眼。莫莉則抬起眉，嘆了口氣。

「現在又是什麼？」理查德說，情緒不錯。

「我們正在琢磨那個安全的邊緣地帶呢。」安娜說道，回應了他的好情緒。

「別鬧了，」莫莉開口道。「你知道一點兒我們這一類女人身受的懲罰嗎？」

「這個，」理查德說，「我倒不太清楚，但是老實說，這是你們咎由自取，要我來操什麼心呢？但是我知道有一個問題你們是不曾體會過的——那純粹是肉體上的。如何在一個與你已婚十五年的女人面前勃起？」

他說這話的時候帶著一種同志間的友好眞誠，就好像所有的籌碼都已落下，他才甩出最後一張王牌。

停頓了一會兒，安娜說道，「肉體的，你是說？是肉體的嗎？應該是情感的！在你這個婚姻的早期你就已經開始四處去和別的女人睡覺了，因爲你在情感上出了問題，這跟肉體一點關係也沒有。」

「沒有嗎？這種事對於女人來說當然容易。」

「不，對於女人來說並不容易。但是至少我們更多地應用頭腦，而不僅僅只是用肉體的和情感的這兩個詞來說明問題，好像這兩者之間毫無關聯似的。」

理查德一下子坐了回去，大笑起來。「好吧，」他最後說了一句。「我在錯誤的一方，這是自然的。我早該知道這一點。但是我想問問你們倆，你們眞的認爲這全是我一個人的過錯嗎？在你們看來我是一個惡棍，但是爲什麼？」

「你應該愛過她。」安娜簡潔地說道。

「是的。」莫莉說。

「上帝呵，」理查德道，一時語塞起來。「上帝。好吧，我投降。總而言之我說過——這樣很不容易，當心……」他這句話說得近乎威脅了，但是兩個女人同時爆發出了一串笑聲，笑得身子都顫起來，他的臉不由得又漲紅了。「跟女人明明白白地談論性眞不是件容易的事情。」

「我想不出有什麼不可以的，你所說的又很難說有什麼偉大的新發現。」莫莉道。

「你是這樣自大的……一頭蠢驢，」安娜說道。「你說的盡是一堆廢話，好像在發布什麼神諭的最後啓示錄似的。我敢打賭當你和一個寶貝妞單獨在一起的時候，你會大談特談性的。那麼幹嘛要在這兒擺出一副正人君子的架勢來，僅僅因爲我們倆都在場嗎？」

莫莉則很快地說道：「我們還沒商量好托米該怎麼辦呢。」

這時門外似有一聲響動，安娜和莫莉都聽見了，但是理查德卻沒有。他說著，「好吧，安娜，我對你的曲解表示屈服。我無話可說。現在我想讓你們這兩位高人一等的女性來安排一些事情。我想讓托米來跟我和瑪麗恩一起生活，如果他願意屈就的話。他不會不喜歡瑪麗恩吧？」

莫莉的眼睛看著門的動靜，壓低了嗓子說道，「這你不必擔心。瑪麗恩過來看我的時候，托米和她談了好幾個小時。」

門外傳來了另一聲響動，像是一聲咳嗽，又像是什麼東西被撞著了。三個人一聲不響地坐著，就在這時門開了，托米走了進來。

要猜測他是否聽見了他們剛才的談話是不可能的。他先向他的父親謹愼地打了個招呼：「你好，父親。」朝安娜點了點頭，但是低垂著眼瞼，躲開了她的目光，那目光可能會提醒他上次他曾在安娜充滿同情的好奇心中，敞開過自己。最後他才遞給他母親一個友好而不無譏諷的微笑。然後他背轉了身，擺弄那些還剩在白缸子裡的草莓去了，依舊背著身子問道：「瑪麗恩還好嗎？」

這麼說來他是聽見了的。安娜覺得他完全有可能就站在門外聽他們談話。是的，她可以想像他邊聽著他們對話邊帶著怎樣一種超然而譏諷的微笑，就跟他剛才向他母親致意時的表情一模一樣。

理查德顯得很窘，沒吭聲，而托米則堅持著：「瑪麗恩還好嗎？」

「很好，」理查德由衷地說道。「非常好，眞的。」

「那就好。因爲昨天我碰到過她，跟她喝了一杯咖啡，當時她看上去糟透了。」

莫莉迅速地朝理查德揚了揚眉毛，安娜則小心地做了個鬼臉，而理查德毫不猶豫地瞪了她們倆一眼，意思是說全是她們倆的錯。

托米依舊不與他們對視，但是他身上的每一根線條似乎都在說明，他們低估了他對於他們處境的理解能力，以及對他們毫不容情的判斷。這時他坐了下來，慢慢地嚼著他的草莓。他長得像他的父親。這意味著他是一個十分結實、圓身子、皮膚黝黑的年輕人，這些方面跟他父親一模一樣，沒有一點兒莫莉身上的銳氣和衝勁。但是與理查德不同的是，後者的頑固是一望即知的，它們鬱積在他的黑眼睛裡，並從他每一個急躁而有效的動作中表現出來。而托米看上去是一個內向的人，是他自己內心的囚犯。今晨他穿了一件猩紅色的長袖圓領運動衫，寬鬆的藍牛仔褲，他穿樸素的西裝效果顯然會更好些。他做每一個動作、說每一個字，似乎都是慢吞吞的。莫莉一度抱怨過，當然是幽默地抱怨，說他簡直就像那種發誓讓自己在開口之前先數滿十下的人。她還曾幽默地抱怨過，有一年夏天當他長出了絡腮鬍子時，他看上去就像是拿一把浪蕩子的鬍子黏到了自己那張一本正經的臉上。她一直在大聲而快活地訴說著這些抱怨之辭，直到有一天托米開了腔：「是的，我知道你寧可我長得像你——我的意思是說長得富有魅力。但是很不幸，我只遺傳了你的性格，要是反過來就好了。當然啦，如果我有你的模樣和我父親的性格——我是說他的毅力，無論如何，會強多了吧？」他固執地堅持著這一點，當試圖讓她看到她是在存心讓自己變得感覺遲鈍起來時，他更會這麼說。莫莉曾爲此而擔心了好幾天，甚至給安娜掛過電話：「這是不是很可怕，安娜？誰會相信呢？你思考某件事情有好多年了，並且已經漸漸放棄，不再琢磨了，然後突然之間，他們冒了出來，你才明白原來他們也一直在考慮這些問題。」

「但是你肯定並不希望他成爲理查德那樣的人，不是嗎？」

「當然，不過關於毅力這一點他是對的。還有他說出來的方式——很不幸我繼承了你的性格，他是這麼說的。」

托米吃著他的草莓，一個接一個，直到一個也不剩。他沒有說話，而在座的三個人也一言未發。他吃得很細心。他的嘴唇在嚼動草莓時的動作與他說話時是一模一樣的，每一個字都斷開，而每吃一個草莓，他也要頓一頓。他還從容不迫地蹙著眉頭，他那柔軟的黑眉毛也擰在一起，像一個課業過重的小男孩。他的嘴唇甚至會在咬下一口之前，先做一個小小的預備動作，像一個老人那樣，不然就是像一個盲人。安娜慢慢覺著這個動作活像有一回她乘火車時坐在她對面的一個盲人，那人的嘴唇也是這樣緊閉著，塞滿了食物，但卻很有節制，線條柔合地鼓起著，神情極為專注。甚至他的眼睛也像托米的，當他抬起眼來看別人時就像是在向內注視著自己，儘管毫無疑問他什麼也看不見。安娜的內心微微生出一種歇斯底里的感覺，就像此刻她是坐在那個盲人的對面，看著那雙沒有視力的眼睛，它們是被一種內省蒙住的。她知道理查德和莫莉也都有同樣的感覺；他們皺起了眉頭，不斷做出一些焦慮不安而神經質的動作。他把我們三個人都給侮辱了，安娜生氣地想著：他正對我們進行著可怕的侮辱。她於是又一次想像著他剛才站在門外偷聽的樣子，沒準他已聽了很長一段時間了。此刻她已不公正地確信了這一點，並且開始討厭這個男孩，因為他甘願讓他們就這麼坐等著，只為了他自己的樂趣。

安娜想說點什麼來結束這一片異常的沉默，她要強迫自己去打破由托米身上散發出來的這一如此離奇的禁令，就在此時托米放下了盤子，把勺子輕輕扣在上面，然後平靜地說道：「你們剛才又在談論我了。」

「當然沒有。」理查德誠懇而令人信服地說。

「當然。」莫莉道。

托米對他們倆同時寬容地微笑了一下，說道：「你們談到要在你的一個公司裡為我找一份工作。依照你們的建議，我確實認真考慮了一下，但是我想如果我推翻這一建議的話，你們不會介意的。」

「噢，托米。」莫莉絕望地說。

「您前後矛盾了，母親。」托米說道，面朝著她，但是又沒在看她。他就是這樣凝視著某個人，但視線卻總是向著自己的內心。他的面容是遲鈍的，幾乎顯得有些蠢笨，他正努力讓自己公平地對待每一個人。「您知道這不僅僅是一個去工作的問題，是吧？這意味著我必須像他們那樣生活。」理查德掉換了一下雙腿的姿勢，重重地呼出一口氣，但是托米接著說道：「我並沒有任何批評的意味，父親。」

「如果這不是批評，那又是什麼？」理查德道，氣沖沖地說著。

「不是批評，僅僅是一種價值評判。」莫莉得意洋洋地接道。

「啊，見鬼。」理查德嚷了一句。

托米對他們毫不理會，繼續面對她母親坐著的那個方向說話。

「問題在於，不論是好是壞，你們撫養我長大的過程中已經使我對某些事情產生了信念，而現在你們卻說我可以馬上到波特曼家族中去找一份工作，爲什麼？」

「你是說，」莫莉痛苦地自責道，「爲什麼我沒有爲你提供更好一些的事嗎？」

「也許沒有什麼事會更好一些。這並不是您的過錯——我沒有那個意思。」這句話是用柔和而絕對結論式的語調說的，於是莫莉毫不避諱地大聲嘆了口氣，聳聳肩，攤開了雙手。

「我並不介意成爲你們那一類人，不是那個意思。我一直生活在你那些朋友之中，一年又一年，聽你們說話，直到現在，你們所有的人似乎都是亂糟糟的，或者即使你們不是，我也這麼認爲。」他皺著眉，經過愼重考慮後吐出每一個措詞。「我對那並不介意，但這對你們來說純屬偶然，你們並沒有在某種程度上對自己說：我將要成爲某一種人。我的意思是說，我認爲對你和安娜兩個人來說都有那樣一個時刻，你們甚至很吃驚，哦，這麼說來我是那一種人了，是吧？」

安娜與莫莉相視而笑，也對他笑了一下，承認是那麼回事。

「那麼好啊，」理查德頗爲自得。「這不解決了，如果你不想跟安娜和莫莉一樣，現在就有機會選擇。」

「不，」托米道，「我還沒有把自己說清楚，如果你那麼說，我的回答是不。」

「但是你總得去做點什麼呵。」莫莉失聲驚呼，語氣盡失幽默。

「你就什麼也不做。」托米說，似乎這是不言而喻的事。

「可是你剛剛說過你不想和我們一樣。」莫莉道。

「並不是我不想，而是我認爲我做不到。」現在他轉向了他的父親，開始耐心地解釋。「關於媽媽和安娜的情形是這樣的，你不能說安娜・沃爾夫是一個作家，或者莫莉・雅可布斯是一位演員——除非你不了解她們。她們不是——我是說——她們是什麼人不由她們的職業而決定；但是如果我開始跟你工作，那麼我做什麼我就成了什麼人了。難道你沒看到這一點嗎？」

「坦率地說，沒有。」

「我的意思是說，我寧願……」他有些語無倫次起來，他於是沉默了片刻，皺著眉頭，抿起了雙唇。「我一直在考慮這個問題，因爲我知道我得向你解釋。」他說得很是耐心，做好了面對他父母發難的一切準備。「像安娜或者莫莉以及她們那一類的人，他們不僅僅只是一種人，而是好幾種。你知道，他們可以變換成另一種完全不同的人。我不是說他們的性格會變，而是指他們還沒有被塑成一種模式。你知道如果這世界上發生了一些什麼，或者有一種變化，一場革命什麼的……」他耐心地等了一會兒，等著被革命這個詞激怒了的理查德吐出那刺耳地倒吸進去的一口氣，然後才接著道：「如果有必要，他們就可以成爲不同的人。但是您卻永遠也辦不到，父親。您將只能按您現在的方式生活。反正我不想讓自己這樣。」他最後總結道。然後他合攏嘴唇，並且板起了面孔。

「你會十分不快樂的。」莫莉道，幾乎是呻吟出來的。

「是的，那是另一碼事，」托米道。「上次我們談遍了所有這些事之後，你的結束語是這樣的，噢，可是你會不快樂的。似乎這是最糟的事情了。但是如果這樣的結果是不快樂的話，那麼我就無法把你或者安娜稱作快樂的人，不過至少你們比我父親快樂得多。更別說瑪麗恩了。」他最後溫和地補充了這一句，譴責了他的父親。

理查德暴躁起來，「爲什麼你不能像聽瑪麗恩的敍述一樣，聽一聽我這一面的說法？」

托米沒理會他，繼續道：「我知道我聽來一定很可笑。我在開始說之前就知道這一點了，我會顯得很幼稚的。」

「你當然還很幼稚。」理查德說道。

「你並不幼稚。」安娜道。

「上次我跟你談完之後，安娜，我回到了家裡，然後我便想，安娜一定認爲我實在太幼稚了。」

「不，我沒有。但是那並不重要。你似乎還沒弄明白的是這一點，我們希望你能做得比我們更好。」

「爲什麼我得這樣？」

「好吧，或許我們還可以再變得更好。」安娜說道，帶著對年輕人的依從。聽到自己話音裡面的這股味道，她不禁也笑起來，說道，「上帝啊，托米，你沒意識到你讓我們覺得有多像裁判了嗎？」

托米頭一次顯出了一點幽默感。這一回他眞正地看了看她們，先是安娜，再轉向他的母親，微微笑著。

「你忘了我從小到大一直就在聽你們倆談話。我了解你們，不是嗎？我覺得有時候你們兩個人都相當地孩子氣，但是我寧願這樣……」他沒有看他的父親，但是沒有把話說完。

「遺憾的是你從來也不曾給過我一個說話的機會。」理查德帶著自憐的口吻說。然而托米的反應卻是迅速而執拗地把注意力從他父親那邊收了回來，他對安娜和莫莉說道，「我寧願做一個失敗者，像你們那樣，也不想去成功以及做那一類的事情。但是這並不是說我在選擇失敗。我的意思是，一個人是不會去選擇失敗的，不是嗎？我知道我不想要什麼，但是卻不知道我想要的究竟是什麼。」

「這是一兩個實際問題。」理查德道，而安娜和莫莉則歪著腦袋在琢磨失敗這個詞。這個男孩使用這個詞的意味簡直與她們所能說出的一模一樣，她們倆還從不曾這麼說過自己——或者至少沒說得這麼恰當，這麼肯定。

「那麼你打算以什麼維生呢？」理查德問道。

莫莉很生氣，托米現在正安然地陷入她成全了他的深思狀態中，她還不想讓他自理查德的譏笑之火中驚起。

然而托米卻回道：「如果母親不介意的話，我也不介意離開她生活一段。不管怎麼說，我幾乎沒有什麼開銷。但是如果我非去掙錢不可的話，我總是可以去做一名教師。」

「比起我所能爲你提供的條件，你將會發現那是一種壓力更大的生活。」

托米有些窘迫。「我認爲你並沒有眞正明白我要說的話。或許是我說得不夠準確。」

「你會變成那種酒吧裡的乞食者的。」理查德說。

「不，這我沒看出來。你這麼說不過是因爲你只喜歡那些有錢人。」

現在三個大人陷入了沉默。莫莉和安娜是因爲這個男孩證明了有維護自己的能力；理查德則是唯恐自己控制不住怒氣。片刻之後托米開口道：「也許我可以試著當個作家。」

理查德哼了一聲。莫莉則克制著未發一言。只有安娜歡呼道：「噢，托米，歸根結柢那個好主意是我出的。」

他動感情地看了安娜一眼，但是固執地說道：「你忘了，安娜，關於寫作我可沒有你那些複雜深奧的念頭。」

「什麼複雜的念頭？」莫莉尖銳地問道。

托米對安娜說道：「我一直在考慮你對我說的所有那些話。」

「什麼話？」莫莉又追問了一句。

安娜說道：「托米，你在害怕深入。某個人不過說了一些什麼，而你太拿那些話當回事了。」

「但是你說得也很認眞呀。」

安娜抑制住了想說一個笑話來結束這個話題的衝動，轉而說道：「是的，我是認眞的。」

「是啊，我就知道你是。所以我反覆地琢磨你說的話。那裡面有一些傲慢的意味。」

「傲慢？」

「是的，我認爲是這樣。我兩次去看你都在聽你說，然後當我把你說的話那麼一綜合，在我聽來那就是傲慢，像是一種不屑。」

被這場談話排除在外的兩個人，莫莉和理查德，這時都往椅背上靠去，微笑著點上了菸，互相交換了一下目光。

但是安娜想起了這個男孩懇求她時的誠摯，不由得決定就算是對她的老朋友莫莉也只能暫且不顧了，至少是現在。

「如果我說的聽來像是一種不屑，那麼我認爲我也不可能說得更準確了。」

「是的，因爲這意味著你對人沒有信心。我認爲你是害怕。」

「害怕什麼？」安娜問道。她很強烈地有一種暴露在別人面前的感覺，尤其是當著理查德。她的嗓子此刻又乾又疼。

「害怕孤獨。是的，我知道這聽來很滑稽，對你來說。因爲你當然是寧可選擇單獨一個人過，也不願意爲了避免孤獨而去結婚的。但是我指的是另一層意思，你害怕寫你對於生活的看法，因爲你將可能發現自己置身於一個暴露的位置上，你會去剖開你自己，你將有可能孤獨。」

「噢？」安娜黯然道：「你這樣以爲嗎？」

「是的。不然，如果你不是害怕，那麼就是不屑。在我們談到政治的時候，你說所有的事情中最可怕的一件是當那些政治領導人不再說眞話的時候，這是你做爲一個共產主義分子所領教到的。你說一個小小的謊言會散播成一片謊言的沼澤地，並會毀掉一切——還記得嗎？這一點你談了很長時間……。關於政治你就是那麼說的。但是你卻自己一個人寫了整本整本的書，沒有任何人讀過。你說你相信世界上到處都有抽屜裡的文學，那是人們寫給自己看的書——即使在那些寫眞話並不危險的國家也如此。記得嗎，安娜？好了，那就是一種不屑。」他並沒有在看她，但是他那熱切、憂鬱而自我探究的眼神卻是一直對著她的。現在他看到了她那張深受震動而漲紅了的臉，但是他又恢復了自己，遲疑地說道：「安娜，你說的是你的眞實想法，是吧？」

「是的。」

「但是安娜，你肯定並不希望我對你說的話一點反應也沒有。」

安娜閉了一下眼睛，苦笑道：「我想我是低估了——你會聽得如此認眞。」

「這沒什麼分別，跟寫作沒什麼分別。我爲什麼不該認眞呢？」

「我一點兒也不知道安娜這些日子裡還在寫作。」莫莉很肯定地插了一句。

「我沒有。」安娜很快地回道。

「這就是你的不是了，」托米說道。「爲什麼你要這麼說呢？」

「我記得我告訴過你，有一種可怕的厭惡感、無意義感折磨著我。或許我不喜歡把這種情緒給帶出來。」

「如果安娜給你灌滿了對於文學這一職業的厭惡，」理查德笑著說道，「那麼這一回我就不跟她爭了。」

這種理解簡直是一次錯誤，以致托米根本就沒去搭理。他只是很有涵養地控制了一下自己的尷尬，直接往下說：「如果你覺得厭惡，那麼就覺得厭惡好了，爲什麼要裝作不是這樣呢？但是問題在於，你談到了責任。這也是我的感覺——人們對彼此都不再負任何責任。你說社會主義者已經不再成爲一股道德力量了，至少目前是這樣，因爲他們將不承擔任何道義上的責任，除了一小部分人。你是這麼說的，不是嗎。但是你把你對於生活的看法全寫在了筆記本上，再把它們統統鎖進櫃子，那也並不是負責任的做法。」

「會有一大堆人來說把厭惡的情緒發洩出來才是不負責任的。或者是發洩一種無政府主義，又或者是一種混亂感。」安娜半帶著笑意說道，有些哀愁，也有些悲傷，試圖讓他領會她這番話的意味。

而他立刻做出了反應，他閉上了嘴，坐了回去，顯然她讓他失望了。他那忍耐而固執的姿勢表明，她也和任何別的人一樣，必然只會讓他失望。他又退回到自我的狀態中，說道：「無論如何，我下來就是想說這些。我想再有一兩個月時間可以什麼都不做。反正這比你們所希望的上大學要省錢得多了。」

「問題不在於錢。」莫莉道。

「你會發現錢是個問題的，」理查德說道。「如果你改變了主意，可以給我掛電話。」

「任何情況下我都會給你打電話的。」托米說道，給了他父親應得的回答。

「謝謝。」理查德簡短而難堪地應了一聲。他站了一會兒，氣惱地朝兩個女人笑了笑。「這幾天我還會順道過來，莫莉。」

「隨時恭候。」莫莉甜甜地說道。

他冷淡地衝安娜點了點頭，伸手在兒子的肩上擱了一下，未見後者有任何反應，然後走了出去。托米隨即也站起身，說道：「我要回我的房間去了。」便往外走去。他的頭向前伸，一隻手摸索著抓到門柄，把門開了一條僅容他一人通過的縫，像是把自己擠出了屋門。然後她們便聽到了他上樓時重重落在台階上的有節奏的腳步聲。

「好啊。」莫莉道。

「好啊。」安娜也說，準備應付莫莉的質問。

「看來我不在的這段時間裡出了很多事呵。」

「其中的一件是，我似乎對托米說了些不該說的話。」

「或者說是說得不夠。」

安娜克制地說道：「是的，我知道你希望我談的是藝術問題以及諸如此類的事。但是對我來說那不是……」莫莉只等著她如何說下去，帶著懷疑甚至是銳利的神情。「如果我把它當作一個藝術問題來看，那會容易多了，不是嗎？我們曾經十分理智地聊過現代小說呢。」安娜的話音已充滿了火藥味，她努力微笑著，想把話說得婉轉一些。

「那麼那些日記本裡都是些什麼？」

「那不是日記。」

「不管那是什麼。」

「混亂，這便是一切的一切。」

安娜坐在那兒看著莫莉那白皙的十指絞纏在了一起。那雙手像是在說：爲什麼你要這樣傷我的心？——但是如果你一定要這麼做，我也會奉陪的。

「既然你寫過一部小說，我不明白你爲什麼不該再寫一部。」莫莉說。而安娜開始無可抑制地笑起來，這時她的朋友的眼裡突然湧滿了淚水。

「我並不是在笑你。」

「你就是不明白，」莫莉說道，拚命止住淚水。「你應該去成就一些什麼，這一點對我來說總是具有如此重要的意義，即使我自己做不到。」

安娜幾乎要執拗地說出來，「可是我並非你的延伸。」但還是止住了。她知道這是她可能會對她母親說的話。安娜對母親幾乎沒什麼印象了，她去世太早。但是在這種時刻，她可以想像出面對的是一個強大而處於支配地位的人，她不得不奮起而反抗。

「你總在那些我都不知是如何開始的事情上生那麼大氣。」安娜道。

「是的，我生氣。我生氣。所有那些我認識的在浪費著他們自己的人，我都生他們的氣。不止是你，還有許許多多人。」

「你不在的這段時間裡，有一件事讓我很有興趣。還記得巴茲爾・雷耶恩——那個畫家，我是說。」

「當然。我以前認識他。」

「他在報上登了一則聲明，說他再也不畫了。他說原因是這個世界如此混亂不堪，而藝術成了一種毫不相關的東西。」一陣沉默，直到安娜籲求道：「難道你還感覺不出什麼來嗎？」

「不。並且這當然不是出自你的說法。歸根結柢，你不是寫那種小里小氣的情感小說的人，你寫的是眞實的東西。」

安娜幾乎又要笑出來，過了會兒她才冷靜地說道：「你發現我們說的話裡面有多少僅只是重複嗎？你剛剛做的那一番評論正好重複了共產黨內的一種批評思潮——而且是在最低潮的時候。上帝知道那種批評是什麼意思，反正我不知道。我從來也沒明白過。如果馬克思主義是有一定意義的，那麼這就意味著一部關於情感的小情調小說應該反映出『眞實的東西』來，既然情感是一種功能，並且是社會的一個產物……」她停了下來，因爲莫莉臉色不好看。「別這樣，莫莉。你說你想讓我談談的，那我就談了。對了，還有另外一件事，非常有意思，如果它不是那麼令人喪氣的話。現在是一九五七年，我們是大橋下流動的水，等等。然後突然之間在英國的藝術界中出現了一種現象，要是我有預見我就該死——一大群從來與共產黨沒有任何瓜葛的人，突然站起來驚呼，就好像那是他們深思熟慮之後剛剛想出來的，說那些小型的情感小說或情感劇反映不了現實。現實，你會吃驚於你所聽到的現實，那就是經濟，或者就是把那些反對新秩序的人掃倒的機關槍。」

「僅僅因爲我不會表達自己，我覺得這不公平。」莫莉迅速地說。

「無論如何，我只寫了一部小說。」

「是的，那麼當你的稿費終止時，你打算怎麼辦？在那一本書上你是幸運的，但是這種經濟來源總有一天要停止的。」

安娜努力讓自己維持住平靜。莫莉的一番話帶有明顯的惡意，她實際上是在說，我很高興你也將要遭遇我們所有的人都需面對的壓力了。安娜心裡默念著，我眞希望我沒有變得對每一件事都這麼清醒，甚至每一個細微的差別。以前我還不會注意到，現在的每一次談話、與一個人的每一次衝突，都像是在穿越一片雷區；並且爲什麼我不能接受這一點，就算是你最親密的朋友，有時候也會拿一把匕首，深深地插入你的兩肋之間。

她幾乎要冷冷地說：「如果你知道那些錢的進帳已經變得像細水一樣，而我不久之後就不得不去找一份工作，你會高興的。」但是她卻用了一種快樂的語調來回答莫莉的話：

「是的，我想我很快就要沒錢用了，並且我非去找份工作不可了。」

「那麼我不在的這段時間裡你什麼也沒做了。」

「我當然做了許多用以維持生計的複雜的活兒。」莫莉又一次懷疑地看著她，看得安娜只好不再堅持這種說法。她於是用幽默、輕快而不無哀怨的口氣說道：「這一年糟透了。其中的一件事就是，我差點兒與理查德發生那種事。」

「如此看來是這樣了。只要想一想理查德，這一年必然是糟透了。」

「你知道，在那個上層有一種十分有意思的無政府狀態。你會驚訝的——爲什麼你不和理查德談談他的工作，這太奇怪了。」

「你是說，你對他發生興趣是因爲他如此的富有？」

「哦，莫莉，當然不是。我跟你說了，一切都在崩潰之中。那高高在上的一堆人，他們什麼也不信。他們使我想起了在中非的那些白人——他們常說：當然啦，只要有五十年的時間那幫黑人就會把我們驅逐到海裡去的。他們總是很開心地說著。換言之就是：『我們知道我們的所作所爲是錯誤的。』但是事實的發生比預期的五十年可短得多多了。」

「還是說說理查德吧。」

「好吧。他帶我去參加了一個奢華的晚宴，場面十分隆重。他剛剛買到了歐洲的主控股權包括所有的鋁鍋或者清潔壺或者飛機的螺旋槳——諸如此類。在座的有四個企業巨頭和四個姑娘，我是其中之一。我坐在那裡，看著那些圍坐在餐桌旁的面孔。上帝，簡直是可怕。我差不多要回復到我最原始的共產主義階段——記得嗎，那時候人人都認爲他所要做的一切就是射殺那些雜種——那是在一個人認識到所有與他處於相等地位的人都是不負責任的之前。我看著那些面孔，我只是坐在那兒看著那些面孔。」

「但那都是老生常談了，」莫莉道。「新鮮事呢？」

「顯然他們更想把這種方式帶到所有的家庭中去。然後是他們那種對待他們的女人的方式——當然啦，全都是絕對無意識的。我的上帝，我們可能有過覺得生活得一團糟的時刻，但是我們多麼幸運，我們這幫人至少還是半開化的。」

「但是理查德怎麼樣？」

「噢對。那並不重要。要只是個插曲而已。他用他那輛嶄新的積架送我回家。我給他喝了咖啡。他一切準備就緒。我則坐在那兒想，好吧，他也不比和我睡過的那幾個低能兒差。」

「安娜，你是怎麼想的？」

「你的意思是你從沒有感覺到那種該死的道德的衰竭嗎？那又有什麼要緊的？」

「我是說你說話的方式。你以前可不是這樣的。」

「我覺得就是這麼回事。不過我剛剛想到——如果我們是在過那種自由的生活，也就是像男人那樣的生活，那麼爲什麼我們不用同樣的語言呢？」

「因爲我們跟他們畢竟是不一樣的。問題就在這兒。」

安娜笑了。「男人，女人，束縛，自由，善，惡，肯定，否定，資本主義，社會主義，性，愛……」

「安娜，理查德後來怎樣？」

「沒怎麼樣。你已經問了太多遍了。我坐在那兒邊喝咖啡邊看著他那張蠢笨的臉，邊在想著——如果我是一個男人我會跟他上床的，原因很可能只是我認爲他很蠢——我的意思是，如果他是個女人的話。然後我便感到極度的厭倦，如此如此的厭倦。他覺察到了我的厭倦，並且決定要幫助我恢復狀態。於是他站了起來，說道：噢好吧，我想我最好還是回我飛機大街十六號的家去吧，或者不管去哪兒。希望我能接話說，噢不，我不能讓你走。你知道的，那幫可憐的已婚男人，需要對妻子和孩子盡責。他們全是這一套。請爲我難過吧，我還得趕回飛機大街十六號的家去，我那遠在郊外的陰沉低廉的房子。他這樣子說了三遍——就好像他並不住在那兒，也沒有結婚，好像這一切跟他一點關係也沒有，那座飛機大道十六號的房子和那位太太。」

「準確點兒說，是他媽的在理奇蒙德的一座華宅，有兩個女佣和三輛小轎車。」

「你得承認他能讓你體會到一種郊外的氣氛。眞是奇怪。但是他們全都這樣——我指那些大人物們，他們全這樣。你可以從他們的描述中確實地看到那低廉的家居擺設，穿著睡衣的孩子們下樓來親吻一下父親，道晚安。他們全是他媽的自鳴得意的豬。」

「你說話的口氣簡直像個妓女。」莫莉說道。她的表情是有意識地，因爲說出了這麼一個她自己都感到驚奇的詞，不禁微微地笑了。

「實在是夠怪的，我盡了最大的努力才讓自己不覺得像個妓女。而他們也費了好大的勁——噢，當然是無意識的，而這正是他們的成功之處，他們總可以讓人感受到那氣氛。不管怎麼樣吧，我後來說晚安，理查德，我太睏了，要謝謝你讓我見識了那種高等的生活。他站在那兒猶豫著是否應該第四次說，噢親愛的，我得回家，回到我那沉悶無比的妻子身邊去了。他眞奇怪爲什麼那個缺乏想像力的女人安娜對他如此無情。然後我可以看出來他在琢磨什麼，當然啦，她算什麼，不過是個知識女性罷了，眞可惜我沒有帶一個別的姑娘出來。於是我便等著他發話——你知道，就是那種他們非得回敬一下你不可的時候。他說：安娜，你該多關心一下你自己，你看上去比你的實際年齡要老上十歲，可以肯定地說你在一天天枯萎下去。於是我回說道，但是理查德，如果我對你說，噢好的，咱們上床吧，那麼這會兒你就該說我有多麼美麗了。而事實肯定是在兩者之間吧……」

莫莉抓起一個墊子抱在胸前，大笑了起來。

「然後他說：可是安娜，當你請我上來喝咖啡的時候，你肯定知道那意味著什麼的。我是一個很有男人氣概的人，他說，我要嘛跟一個女人發生關係要嘛就不。於是我開始對他感到厭倦，便說道，噢你滾吧，理查德，你實在是讓人煩……這樣你就可以明白了吧？在理查德和我之間現在就形成了一種——我在找這個詞呢，就是一種緊張狀態。」

莫莉止住了笑，道：「你和理查德原來也是這樣，你一定是瘋了。」

「是的，」安娜一臉的認眞。「是的，莫莉，我覺得我離那已經不遠了。」

然而莫莉聽到這兒卻站了起來，很快地說：「我得去做午飯了。」她的神情中有一絲內疚和歉意。安娜於是也站起身，說道：「那麼我也去廚房待一會兒。」

「你還可以給我講講都有些什麼新聞。」

「噢——，」安娜漫不經心地打著哈欠。「想想吧，我有什麼新鮮事好告訴你的？一切都是老樣子。但是事實如此。」

「一年之中嗎？第二十一屆議會。匈牙利。蘇伊士。毫無疑問的還有人類心靈的自然進步吧？這還沒有變化？」

莫莉的廚房雖小但秩序井然，從那些色澤鮮艷的杯、盤、碟子上，凝結在牆和天花板的水珠上閃爍著房間瑩白的光澤。窗上蒙著霧氣，爐子裡面積聚的熱量似乎要衝出來了。莫莉猛地一下推開了窗子，一股濃濃的肉香立時竄上了潮濕的屋頂，一直潛入到後院的土壤中，就像一個太陽光聚成的火球等不及地躍上了窗台，又捲成一團翻滾到了地上。

「英國，」莫莉說道，「英國。這會兒回來看到的英國比往常更糟。甚至還在船上的時候我已感到熱情盡失。昨天我到商店裡走了走，看著那一張張文雅而可敬的臉，每一個人都是這樣的友善、這樣的有禮，這樣他媽的痲木。」她往窗外凝視了一眼，然後果斷地轉回身。

「我們最好是接受這個事實，因爲我們以及我們所認識的每一個人都有可能一生都怨聲載道地生活在英國。無論如何，我們生活在這裡。」

「我馬上又會走的。如果不是爲了托米我明天就要走。昨天我去了劇院參加排練。劇中的男角除了一個人之外全是同性戀，而這個唯一的例外是個十六歲的孩子。所以我在這兒做什麼？每次只要我離開這兒，一切就都自然了，男人把你當女人來對待，你因而感覺會很好。我從不會去想到我的年齡，我也從來不去考慮性的問題。我有過好多次快樂的戀情，沒有任何折磨人的地方，一切都是那麼輕鬆。然而一旦你在這個地方歇下腳來，你就得抽緊你背上的腰帶了，還有得記住，現在開始要小心從事，這是些英國男人。於是你渾身上下立刻充滿了全部的自我意識和性意識。一個國家到處都是這種被壓力扭曲了的人，怎麼可能好呢？」

「你再待上一兩個星期情緒會安定下來的。」

「我就不想安定下來。我已經慢慢感到我在忍受了。還有這幢房子，它需要重新粉刷一下。我只是不想開始——刷牆壁和掛窗簾。爲什麼在這兒做每一件事情都會變得如此艱難？歐洲不是這樣。在那兒人們可以睡上十二個小時，並且很快樂。而在這兒，連睡覺都得費勁……」

「是，是，」安娜大笑道。「好啦，我敢說每次我們從別的地方回來，都可以彼此發表同樣的宏論。」

這時附近有一列地下鐵駛過，房子搖晃了起來。「你還應該處理一下天花板。」安娜看著上面補充道。這幢房子曾在戰爭結束前夕被一顆炸彈轟開了頂，有二年的時間沒有人住，所有的房間也都在風吹雨淋中暴露了兩年。後來整幢房子終於得到了裝修。可是火車經過的時候，可以聽到有一顆顆塊狀物從裱得乾乾淨淨的牆背後緩緩滑落。再後來天花板上出現了一道裂紋。

「噢，見鬼，」莫莉道。「我無法面對這一切。但是我以爲我能。爲什麼會這樣，僅僅是因爲在這個國家裡你所知道的每一個人，似乎都在生活面前擺出一張快樂的面孔，每一個人都在勇敢地挑起重擔。」淚水模糊了她的眼睛，她擦掉眼淚，向爐子那邊轉過了身。

「因爲這是我們所認識的國家呵。我們是不會去別的國家生活的。」

「那並不完全是事實，這你知道。算了。你還是快點跟我說說都有些什麼新聞吧，我馬上就得去準備午餐了。」現在輪到莫莉表現出一種沒有得到理解的孤獨感。她的雙手顯示著同情和堅忍，似在譴責安娜。而安娜則在琢磨著：如果我現在加入，開始討論男人有什麼問題，那麼我就別想回家了，我還得在這兒消磨一頓中飯和一整個下午。當然莫莉和我都將體會到友誼和溫暖，所有的壓力也就此煙消雲散。然後在我們分手的時候，會出現一種突如其來的敵意，一種怨恨——因爲不管怎麼說，我們眞正的忠誠永遠是屬於男人，而不是女人的……安娜幾乎就要坐下來，準備隱藏起自己的眞實想法。但是她還是沒有這麼做。她在想著：我想結束這一切了，結束這種男人和女人如何相互看待的事情，還有所有的抱怨、譴責和背叛。還有，這樣做是不誠實的。因爲知道所有的不利之處，我們才選擇了這樣一種生活方式，或者即使我們最初也不知道，但現在我們一清二楚，那麼爲什麼還要牢騷滿腹地抱怨……還有，如果我不小心的話，莫莉和我就會慢慢變成一對嚼舌的老婦人，坐在那兒說個沒完，你還記得那個男人，那位不知名的先生是如何說那件毫無感覺的事的，那一定是在一九四七年……

「怎麼樣，聊聊那些事如何。」莫莉極其快捷地對安娜說道，後者已經站在那兒沉默了好一會兒。

「好的。你不會想聽有關同志們的消息的，對吧？」

「在法國和意大利，知識界人士從早到晚都在談論第二十一屆議會和匈牙利，談有關觀察的角度和從中可以吸取的教訓以及失誤。」

「就那件事情來說，此地也是如此，儘管應該感謝上帝，人們已經感到厭倦了，我就略過不說了。」

「很好。」

「但是我想我會提到三個同志的——噢，只是揷一下，」對著莫莉的鬼臉，安娜急急說了一句。「三個工人階級的好兒子和工會官員。」

「誰？」

「湯姆．溫特斯，萊．科爾霍恩，鮑勃．弗爾勒。」

「我認識他們，當然。」莫莉很快地說道。她總是認識，或者說曾經認識每一個人。「怎麼了？」

「就在議會事件之前，那時候我們的圈子裡正充斥著不安，與這個或者那個陰謀有關，還有南斯拉夫，等等，於是在那些他們很自然地稱作文學性事務的場合中，我認識了他們，榮幸得很。當時我和跟我一類的人正把大量的時間都花在黨內的爭執上——我們就是那群天眞幼稚的傢伙，試圖說服人們承認俄羅斯出了醜事比全盤否定它要強。好了，不管這些。我突然收到了他們三個人的信——當然是分別收到的，他們彼此之間誰也不認識。他們的口氣全都十分嚴峻：所有造成人們誤以爲莫斯科出過醜事或者國父史達林曾經犯過錯誤一類的謠言，全都是工人階級的敵人傳播的。」

莫莉笑起來，不過是出於禮貌的那種笑；這條神經被觸及的次數已經太多了。

「不，這還不是關鍵。關鍵在於，這些信全都可以相互替換。當然字跡得打點折扣。」

「這裡面的折扣可大了。」

「出於好玩，我把這三封信全都打印了一遍——打出來還挺長，然後一篇一篇攤開。在用詞、風格、語調上，它們幾乎完全一致。你根本無法分辨哪一封是湯姆寫的，哪一封又是萊寫的。」

莫莉忿忿地說：「是爲了那個筆記本，或者不管那是什麼，反正是你和托米的那個秘密，才這麼幹的吧？」

「不。是爲了發現點兒什麼。但是我還沒講完呢。」

「好吧，我不逼你。」

「接下來便是議會事件了，然後幾乎是一下子我又收到了另外三封信。這三封信全都變得歇斯底里，完全是自責性的，充滿了罪惡感，極爲謙卑。」

「你把它們又打出來了？」

「是的。然後把它們一一攤開，它們也許就是同一個人寫的。難道你沒看出來嗎？」

「沒有。你想證明什麼？」

「下面就是了——我自己進入了一個什麼樣的框框？我整個人屬於了怎樣一種沒有個性的人群？」

「是嗎？這對我可不成立。」莫莉是在說：如果你自己要把自己的存在變得虛無，請便，可別把那個標籤貼到我身上來。

安娜頗爲失望，因爲這個發現以及隨後產生的想法是她一直以來最想跟莫莉談論一下的，她很快地說道：「好吧。在我看來十分有意思。並且那個時候有一段可以稱之爲混亂不堪的時期，一部分人離開了黨，或者說每一個人都離開了——這是指那些人心理上屬於黨的時期結束了。然後突然之間，就在同一個星期——這正是最特別之處，莫莉……」安娜不由自主地又對莫莉呼籲一般地說起來——「在同一週內，我又收到了三封信。是爲洗清自己嫌疑的信，口氣嚴峻，充滿了目的性。那正是匈牙利事件之後的一周。用另外的話來說，馬鞭抽響了，所有搖擺不定的人都跌了足。那三封信仍然是一模一樣的——當然不是說每一個字，」安娜有些不耐地說著，因爲莫莉正有意做出一副懷疑的樣子。「我指的是信的風格、用語，以及造句的方法。而那些充當中間人的信件，那些歇斯底里並且過分謙卑的信件，也許從來也沒有寫過。事實上我可以肯定，湯姆、萊和鮑勃都在拚命讓自己不去想他們曾經還寫過這樣的信。」

「但是你保留著這些信？」

「我並不打算把它們拿到法庭上去，如果你指的是這個。」

莫莉站著，緩緩地用一塊粉紅和紫紅條相間的布擦拭著玻璃杯，擦完了便舉到光中看一下，再一只只放回去。「算了吧，我對這一切實在煩透了，我再也不想爲這種事去傷腦筋了。」

「可是莫莉，我們絕不能那樣的，不是嗎？我們曾經是共產主義分子或者幾乎是，或者不管怎麼說，也已經有那麼多年了。我們不能突然便說一句，噢算了吧，我厭倦了。」

「滑稽得很，我確實厭倦了。我知道這很反常。就在兩年或者三年以前，如果我不把所有屬於我的時間都花在做一些組織工作上面，我便會有罪惡感。但是現在，我只做我的工作，然後把空閒的時間也懶洋洋地晃過去，我一點兒也不感到內疚。我不再在乎了，安娜。我只是不在乎了。」

「這並不是罪惡與否的問題，而是要弄明白這一切都意味著什麼。」

莫莉沒有回答，於是安娜很快又說道：「你想聽聽『移民』們的事嗎？」

「移民」是她們對一群寄居在倫敦政治避難的美國人的稱呼。

「噢上帝，不。我對他們也夠了。不，我想聽聽尼爾森怎麼樣了，我很喜歡他。」

「他在撰寫他的美國傑作。他離開了他的妻子，因爲她得了神經病。又找了個女孩，一個很好的女孩。後來發現她也有神經病，遂回到妻子身邊。覺得妻子還是個神經病，便又離開她。現在他又另找了個女孩，目前爲止該女孩還未變成神經病。」

「那麼其他人呢？」

「大同小異。」

「算了，還是略過他們不談吧。我見過在羅馬的美國移民，其狀甚爲淒慘。」

「是的。還想知道誰的消息？」

「你的朋友馬斯朗先生——你知道的，那個非洲人，他怎麼樣了？」

「我當然知道。他目前尚在監獄中，所以我估計明年這會兒他有可能成爲首相。」

莫莉笑起來。

「你還有一個朋友德・西爾瓦。」

「他一度是我的朋友。」莫莉說著又笑起來，但是她在抵制安娜已經轉換了的批評性口吻。

「事情是這樣的。他和妻子一起回了錫蘭——不知你是否還記得她並不想去。他給我寫信是因爲他曾給你去過信，但是你沒有回。他在信上說錫蘭好極了，充滿了詩意，還有他的妻子又懷上了一個孩子。」

「可是她不想再生孩子了。」

突然間安娜和莫莉兩個人全都笑了起來，於是她們之間突然又恢復了和諧的氣氛。

「然後他還寫道，他很懷念倫敦以及倫敦所具有的文化自由。」

「這樣的話，我想我們任何時候都有可能再見到他了。」

「他已經回來了，兩個月前。顯然他拋棄了他的妻子。她對他而言實在是太好了，他淚流滿面地說，眼淚還不致太多，因爲歸根結柢，她被兩個孩子困在了錫蘭，並且身無分文；所以他很安全。」

「你見到他了？」

「是的。」但是安娜發現自己很難再去對莫莉講以後的事了。有什麼用呢？她們的談話已經結束了，因爲她剛才已經發了誓，她絕不打算把整個下午的時間都花在這種苦澀而無味的交談上，她們太容易進入這種談話。

「那麼你怎麼樣，安娜？」

現在是莫莉第一次用安娜可以回答的方式問她，於是她立刻回道：

「麥克爾來看過我，大約一個月以前吧。」她與麥克爾同居過五年。這一段感情是三年前破裂的，有違她所願。

「那次會面怎麼樣？」

「哦，從某些方面來說，就好像什麼也沒發生過似的。」

「那當然了。當你們彼此間過於了解時就會這樣。」

「但是他表現得——該怎麼來形容呢？就好像我是他的一個親愛的老朋友，你知道。他開車帶我去了一些我想去的地方，他對我談起他的一個同事。他說，你還記得狄克嗎？眞奇怪，你不覺得嗎，他竟然不記得我是否還記得狄克，因爲我們曾經一起見過狄克好多次。狄克在迦納找了份工作，他說。他把他妻子帶去了，可是他的情婦也想去。這些情婦們可眞難纏，麥克爾說道，然後他便大笑起來。他全心全意地笑著，你知道，十分快活的那種笑，而這恰恰觸著了痛處。然後他窘迫起來，因爲他想起我曾經做過他的情婦，他臉紅了並且面露愧疚之色。」

莫莉未發一言，她密切地注視著安娜。

「這便是一切了，我想。」

「他們全都是一群豬。」莫莉開心地說道，有意想用這句話逗安娜笑。

「莫莉？」安娜的聲音十分痛苦。

「怎麼了？那件事情再繼續下去也沒什麼好，不是嗎？」

「我一直在想。你知道，我們很可能犯了一個錯誤。」

「什麼？才一個嗎？」

但是安娜沒笑。「不。我可是認眞的。我們兩個人都自以爲是堅強的——不，聽著，我很認眞。我是指——一次婚姻破裂了，好吧，我們便說，我們的婚姻是一次失敗，太糟了。男人拋棄了我們——太糟了，我們說，不過沒什麼了不起。沒有男人我們也一樣撫養大了孩子——這有什麼，我們說，我們能對付。我們在共產黨內泡了好多年，然後我們說，我們犯了個錯誤，太糟了。」

「你到底想說什麼？」莫莉極爲謹愼地說，她的目光距離安娜十分遙遠。

「好吧，難道你不認爲這至少是一種可能，在我們身上所發生的事情可能會十分的糟糕，以至於我們根本就邁不過去？因爲當我眞正面對麥克爾時，我覺得我並沒有眞正地走過這一段。我以爲這一切對我而言早已結束了。哦，我知道，我想說的應該是，好吧好吧，他拋棄了我——這便是五年感情的結局，然後去繼續他的下一樁韻事去了。」

「可是事情總得這樣，他總會有另一個開始。」

「爲什麼我們這些人從不承認失敗呢？從來也不。如果我們承認的話，對我們也許會更好一些。並且這還不僅僅是在愛情和男人方面。爲什麼我們不能這樣說——我們是人，純粹出於偶然，我們恰置身於一段如此重大的歷史之中——然而就這也不過是我們的想像，而這才是關鍵所在——關於這個偉大的夢想，我們現在得承認那個偉大的夢想已經消褪了，眞理是另外的東西——還有，我們再也沒什麼用了。歸根結柢，莫莉，這並沒有太大損失，不是嗎，只有一些人，某一類人中的一小部分，才說他們曾經擁有過夢想，現在他們完蛋了。爲什麼不承認呢？這幾乎就是一種傲慢。」

「噢，安娜，所有這些不過是因爲麥克爾。或許這幾天他又會回來，你們可以重拾舊愛嘛。即使他不再回頭，你又有什麼可抱怨的？你還擁有你的寫作。」

「上帝，」安娜輕聲嘆道。「上帝呵。」然後又過了一會兒，她盡力恢復了平穩的語調：「是啊，這一切都太不可思議了……好啦，我必須趕快回家了。」

「你不是說詹妮特和她的一個朋友在一起嗎？」

「是的，不過我自己還有些事要做。」

她們輕快地互吻了一下對方，再用兩隻手緊緊地互捏了一下，兩人之間久不見面的隔膜在這溫柔甚至富於幽默的一握中被衝開了。安娜走上了大街向家趕去。她住在步行只需幾分鐘的伯爵大院路，在她轉入她所居住的那條大街之前，她下意識地沒去看它。她不住在大街上，也不住在大樓裡。她住在一間公寓裡。她不願讓街景再回到自己的視線之中，直到她打開那間公寓的前門，並把房門在身後關上。

她的家占了那棟房子的頂上兩層，總共五個房間，兩下三上。麥克爾曾經勸安娜要搬進屬於自己的一間公寓裡去，那是四年前的事了。他說住在莫莉的房子裡對她不好，就像總是被庇護在大姐姐的羽翼之下。當她抱怨說她住不起那樣的房子時，他告訴她可以租一間。她於是搬出了莫莉的房子，想像著他會來與她一起生活。但是他卻在不久之後離開了她。有那麼一段時間她仍然生活在他爲她設定的生活模式裡面。她讓兩個學生租住著一個大間，她的女兒則占了另一個大間。她自己的臥室和起居室是爲兩個人準備的——她自己和麥克爾。學生後來走了一個，但是她沒有費神再去找一個來。她突然嫌惡起那間原本是預備與麥克爾共享的臥室，於是她搬到了下面的起居室，並在那兒開始記她的筆記。樓上仍然住著那個學生，一個來自威爾斯的小伙子。安娜有時候想實際上可以說她是在和一個年輕男人合住著一間公寓；不過他是一個同性戀者，並且在日常的安排中也沒有任何令人緊張的地方，他們幾乎見不著對方。詹妮特上學去的時候，她的學校過兩個街區就是，安娜便專注於自己的生活。每週會有一位老婦人來清掃一次房間。而她唯一的那部小說《戰爭邊緣》，由於曾是一部暢銷書，至今仍在時斷時續地爲她帶來足夠她生活的收入。這棟房子很漂亮，牆刷得白白的，映襯著明亮的地板。樓梯的欄杆和扶手是用紅底的紙糊的，上面描著白色的花紋。

這便是安娜生活的框架了。但是只有當她獨自一人待在她的大房間裡時，她才是她自己。這是一間長方形的屋子，屋角擺了一張窄窄的床。床的周圍是成堆的書籍和紙張，還有一部電話。外牆有三扇高高的窗戶，在房間的一端，靠近壁爐的地方，是一張擺著打字機的桌子，她在那兒處理她的信件，有時也寫點書評和文章，不過很少。房間的另一端則放著一張漆成黑色的長桌，其中的一只抽屜裡裝著那四本筆記。桌面總是顯得很乾淨。房間的牆和天花板都是白色，但是仍然被倫敦陰鬱的天色弄得灰濛濛的。地板也刷成了黑色，床上罩著黑色的床罩。長長的窗簾則是一種暗淡的紅色。

安娜此刻緩緩地在那三扇窗戶間踱著步，目光審視著那微弱且褪了色的光線，它沒能投在下面的人行道上，因爲那正是兩邊高聳的維多利亞式建築之間的空隙地帶。她拉上窗簾，心情愉快地傾聽著窗簾上的滑輪在深槽裡滾動時那種輕柔而熟悉的聲音，沙沙，沙沙，沙沙，直到那重重的絲絨一頁一頁地疊在一起。她打開長桌上的枱燈，這樣那光滑的黑桌面上便淡淡地反射出近處窗簾的一層紅色光澤了。她把四個筆記本全拿了出來，一本接著一本地並排攤開。

做這件事情的時候她坐的是一把老式的音樂凳，此刻她把凳子調到幾乎與桌子一般的高度，她坐上去，俯視著那四個筆記本，儼然似一個將軍，站在山頂，注視著她那布置在山谷中的隊伍。

筆記部分㈠

♠〔這四個筆記本大小相同，約18英吋見方，封皮的質地是一種類似於廉價波紋絲綢的織物，顯得亮閃閃的。但是四個本子的顏色各不相同，分別是黑、紅、黃和藍。分別打開它們的封皮，便顯出了四個筆記本的首頁，可以看出四個本子的內容都還未進入有序的狀態。每個本子的第一頁或者前兩頁上都是些斷斷續續的潦草字跡和零零碎碎的句子。然後標題出現了，就好像安娜不自覺地把自己分成了四個，再依據她所寫下來的內容而分別命名，於是才有了這四個筆記本。第一部，即黑色筆記本，開始處全是一些心不在焉亂寫亂畫出來的記號，以及散亂於其間的樂符，從最高音的音符一直轉化成英鎊的£記號，再從頭來一遍。之後又出現了一串複雜的鎖在一起的圓圈，這才開始了文字：〕

黑色的

黑暗的，如此的黑暗

天是黑暗的

這兒有一種黑暗

〔然後，轉入一種令人吃驚的文字：〕

每一次我坐下來開始寫，並讓我的思維徹底放鬆下來，便是這些詞，如此的黑暗，要不也是與黑暗有關的文字。恐怖。這個城市的恐怖。害怕獨處。只有一件事可以阻止我不至於跳起來並且尖叫著，或者衝向電話機去找一個什麼人來說話。那便是努力地想像著自己又回到了那熾熱的光中……白色的光，那光，緊閉的眼睛，灼熱地落在眼球上的紅光，類似於自一塊花崗岩的鵝卵石上散發出來的熱力，咄咄逼人。我的手掌平攤於其上，撫過岩面上的苔蘚。那苔蘚的顆粒，細小得就像是微小的動物的耳朵，手掌像是黏上了一塊溫熱而質地粗糙的絲織物，持續地吸吮著我皮膚上的毛孔。那滾燙的岩石發出的是太陽的味道，乾燥而灼熱，還有落在我臉頰上的絲一樣的塵土，也是太陽的味道，太陽。從經紀人那兒轉來的關於小說的信件。每一次接到一封那兒來的信我就想笑——厭惡的那種笑。那是糟透了的笑，無望的笑，一種自我懲罰。每當我想到那滾燙的花崗岩的斜坡，我那貼在灼熱的岩石上的面頰，還有落在我眼皮上的紅光，那些信便都變得不眞實起來。不眞實了——那部小說已越來越成爲一種創造物，有了它自己的生命。《戰爭邊緣》現在跟我已經沒有任何關係，它已是別人的財富。經紀人說應該把它拍成一部電影。我說不。但她很有耐心——因爲這是她的工作。

〔這裡草草記了一個日期：一九五一年。〕

（一九五二）和一個拍電影的人共進了午餐，商談把《戰爭邊緣》拍成電影的事。太不可思議了，直想笑。我說不行。但又發現自己快被說服了，便立即起身，打斷了話頭。我甚至都能想像得出「戰爭邊緣」這四個字掛在電影院門外的情景，儘管他當然更想把片名叫作：「被禁錮的愛」。

（一九五三）整個早上都在試圖讓自己的思緒回到瑪肖庇附近那處水塘邊的樹下，還是沒成。

〔此處出現了筆記本的篇名或者說標題：〕

黑暗

〔下面的各頁被一條整齊的黑線從中間分開，副標題分別是：〕

素材／錢

〔左邊的標題（素材）之下是一些不連貫的句子、記憶中的場景、還黏貼著些寄自中非友人的信件。右邊（錢）則是與《戰爭邊緣》這部小說有關的事務性記錄，由譯本得來的收入等等，還有一些事務性採訪的記錄什麼的。

幾頁之後左邊那一欄便終止了。將近三年之中這本黑色筆記除了事務性和實際性的記錄之外，便再也沒有別的內容，似乎這一切已吞噬掉了關於那個眞切可觸的非洲的記憶。左邊那一欄又開始有內容的時候，出現的是黏在這一頁上的一張類似於聲明一般的打字文件，這就是已更名爲《被禁錮的愛》的原《戰爭邊緣》的故事梗概，是安娜用挖苦的口氣寫成的，並得到了她的經紀公司的首肯：〕

年輕而血氣方剛的彼得·卡雷，在牛津本來有一個前途光明的學術生涯，卻因爲二次大戰而被迫中斷。他隨英國皇家空軍穿天藍色制服的年輕人，一起被派駐到中非，將被訓練成一名飛行員。充滿理想主義色彩且年輕氣盛的彼得震驚地發現那個小鎭是一個激進而充滿種族歧視的社會，他加入了當地上層的左翼團體，他那種年輕而單純的激進主義思想正好爲他們所用。他們會在整個星期中大力指責黑人所受到的不公正待遇，到了週末則聚到英國式的莊園主布斯比和他漂亮的妻子所開的鄉間飯店，享受綠樹繁茂的鄉間風光。布斯比夫婦那位妙齡的漂亮女兒愛上了彼得，而年輕的彼得尙不知思慮周全，任由著這愛在少女的心頭發展了下去。然而與此同時，被她愛錢如命的酒鬼丈夫所忽略的布斯比太太，也對這位英俊的小伙子萌發了一種強烈而隱密的激情。彼得慢慢開始對左派們這種逢週末便狂飲縱樂的生活感到厭惡，秘密地與當地非洲人的政治組織取得了聯繫，他們的領導人就是這間飯店的廚師。他愛上了廚師年輕的妻子，這位對政治如醉如痴的丈夫完全地忽略了妻子。但是他倆的愛情卻是對於這個白人殖民地社會所有禁忌和習俗的叛逆。女主人布斯比太太有一回恰好撞見了他們羅曼蒂克的幽會，妒火中燒的她隨即通知了英國皇家空軍駐軍的官方。她還把這一切告訴了女兒，卻並沒有意識到自己潛意識中的動機，實際上是在汚辱這個純潔無瑕的少女，因爲彼得喜歡廚師的妻子而不喜歡自己。她做爲白人姑娘的驕傲受到了損傷而病倒了，同時她宣布要離家出走，做母親的竟發狂一般地衝她尖叫：「你甚至一點兒也吸引不了他。他喜歡那個骯髒的黑丫頭遠勝於你。」布斯比太太還告訴了廚師他妻子的背叛行爲，怒不可遏的廚師把他的妻子趕了出去，要她回娘家去。但這姑娘高傲地抗拒了這一驅逐令，她沒有回家，而是去了附近的一個小鎭，選擇了一個女人最簡便的生存之道，做了街頭妓女。傷心欲絕的彼得覺得自己所有的幻想都被撕成了碎片。他打算在爛醉中度過他在殖民地的最後一夜，卻在某個破舊的小酒店中巧遇他的地下情人。在那個黑人與白人唯一可以相會的地方、小鎭汚跡斑斑的河流邊的那座妓院中，他們緊緊擁抱，在各自的懷中度過了他們的最後一夜。他們那純潔而無辜的愛情，在這個國家嚴苛而無情的法律以及貪官們的嫉妒面前，是絕不會有前途的。他們傷感地談起等到戰爭結束以後要去英國相會，但是誰都知道這不過是夢想而已。第二天早上彼得對那群當地「進步分子」說再見，在他那年輕而黯然的眼睛裡清清楚楚地寫著對他們的輕蔑。而此時他那年輕的地下情人正躲在月台的另一側，當火車呼嘯著駛出站台時，他卻沒有看見她在向他揮手。等待著他的將是死亡，他的眼神中已經反映出他頭腦中的這個意念——因爲他是王牌飛行員！而她則回到那個黑暗的小鎮的大街上，躺在另一個男人的懷裡，強顏歡笑，掩藏起她心頭那悲哀的恥辱。

〔在這一篇的反面寫著：〕

負責審核劇本的人對此頗爲滿意，開始討論如何使這個故事「少一些低落的意味」，出於營利的考慮——比方說，女主人公不應該是一個不忠的妻子，這樣會使她不易獲得同情，應該把她改成廚師的女兒。我說我寫的這個東西不過是個模仿品罷了，對此他有片刻的惱怒，繼而笑起來。我看著這張戴著面具的臉，那上面是色厲內荏而遷就的表情，而這恰好是這個特定時期中的貪官們所戴的面具（比如X同志，當得知有三位英國共產黨員在史達林的監獄中遇害時，他會帶著幾乎如出一轍的表情說：不過，我們從來就對人性估計得不夠充分。）然後他說道：「好吧，沃爾夫小姐，您正在學會這一點，當您與魔鬼一起吃飯的時候，不但非要用一把長柄勺不可，它還得是石棉製的——這是一篇精彩絕倫的故事梗概，完全合乎他們的口味。」我仍堅持著我的觀點，他則始終保持著不惱不火的脾氣，帶著絲毫不曾鬆懈過的微笑，極爲克制地問我是否同意以下這個事實，那就是電影業儘管無可避免有這樣那樣的缺陷，但卻並不妨礙好電影的問世。「甚至也包括那些帶有進步色彩的電影，不是嗎，沃爾夫小姐？」他很高興發現了這個肯定可以吸引我的說法，這從他的神情中就能看出來，他顯得既頗爲自鳴得意，又充滿了冷冷的嘲弄。直到回了家，我仍能感到內心有一種異乎尋常的厭惡感。於是我坐了下來，開始去閱讀我那部小說，這還是小說出版後我第一次讀它。感覺好像這是別人寫的東西似的。小說是一九五一年出版的，如果當時要我來寫個書評，我準這麼說：

「第一部顯示了那麼一點兒眞正的天才的小說。獨特的背景：南非洲羅得西亞❶草原上的一站；爲金錢的利益所驅使而落足在此地的白人形成了一個氛圍，映襯著背景上橫遭搶奪和受壓迫的非洲人；引人入勝的故事情節，一個因戰爭而被派至殖民地的英國青年與當地半開化民族的一個黑人姑娘相愛了。這樣一個愛情故事使人們忽略了小說主題的老套和缺乏新意。安娜・沃爾夫簡潔明瞭的風格是她的力量所在，但還不能說這究竟是一種出於藝術把握的有意識的簡潔，還是那種常見的形式上的尖銳，而後者恰恰是一種靠不住的東西，有時候當允許小說的結構服從於某種強烈的情感時，便會去刻意尋求此種效果。」

但是從一九五四年起：

以非洲爲背景的小說繼續呈洪水氾濫之勢。《戰爭邊緣》由於對戲劇性的兩性關係做了更爲洞察的深入描寫而在同類題材中引人矚目。但是可以肯定的是白人與黑人的衝突已經沒什麼新鮮感了，種族歧視這個領域在我們的小說中已經得到過最好的展現。在這一份新的報告中，由這個領域提出的一個最有意思的問題是：白人殖民地的非洲所具有的壓迫和張力一直就以目前這樣的形式存在著，或多或少也有幾十年了，爲什麼偏偏到四〇年代末和五〇年代才全面爆發，形成爲某種藝術形式？如果我們知道這個答案，我們就會更容易的了解社會及其創造的天才之間的關係，還有藝術以及服務於藝術的張力之間的關係。安娜・沃爾夫這部小說的起端，也就是因爲相對於「種族不平等只有慷慨義憤」來說多了那麼一點點東西，雖然很好，但也已不夠了。

❶羅得西亞：Rhodesian，非洲人稱爲津巴布韋。

在那三個月中我寫書評，每週閱讀十本或更多的書。我發現我讀這些書的興趣與我讀這些書時的感覺無關——比方說，托馬斯・曼❷傳統意義上的最後一位作家，他用小說來作關於生活的哲學闡述。問題在於，小說的功能似乎在轉變中；小說在變成新聞的先鋒。我們看小說是爲了那些我們所不知曉的生活——尼日，南非，美國軍隊，一個礦山中的小村莊，徹西區❸的一個小團體。爲了知道我們周圍都發生了些什麼事情，我們才去看書。一篇僅有五百字或一千字的小說也應具備其成爲一篇小說的要素——那就是哲學要素。我發現我閱讀大部分小說時都是帶著這樣一種好奇心的，這樣子還讀了一本報告文學。大多數算得上成功的小說，多會去表現某一個尚未被一般的文學觀念所認可的社會層面和某一類人，從這個意義上說，這些小說都是具有原創性的。小說已成爲在支離破碎的社會和支離破碎的意識中的一種功能。人類彼此之間已經如此地隔膜，並且還處在日益加深的分裂之中，而人類自身的分裂也在加劇著，這就是這個世界的現狀，人們拚命地想知道自己這個國家中別人的情況，更何況其他國家中的其他人，而他們對此卻又是不自知的。爲了保持自我的完整，他們盲目地伸出手去，想抓住一些什麼。而報告式的小說正好是這樣的一種手段。在英國這個國家，中產階級的人們對於勞動階層人們的生活是一無所知的，反過來也一樣；而各式報導、文章和小說橫跨各個領域，被廣泛地閱讀著，如同其中登載的是野人部落的大揭密似的。那些生活在蘇格蘭的漁夫相對於與我比鄰而居在約克郡的煤礦工來說，簡直就是另一個種類；而這兩種人之於倫敦郊外住宅區中的人來說，則又是來自另一個世界了。

---

❷托馬斯・曼：Thomas Mann（一八七五～一九五五），德國小說家，代表作有長篇小說《布登勃洛克家族》、《魔山》等。一九四四年入美國籍。一九二九年獲諾貝爾文學獎。

❸徹西區：Chelsea，在倫敦市，爲倫敦的文化區。

儘管如此，我卻寫不出唯一能讓我感興趣的那種小說來：那種充滿理性和道德激情的書，它所內蘊的力量足可以創造出一種新的秩序、一種如何看待生活的全新的觀念。這都是因爲我的注意力太分散之故。我已經決定再也不多寫一部小說了。我有五十個可以寫作的「題材」，每一個都具備足夠的市場號召力。如果說有一件事情是確鑿無誤的話，那就是各出版社仍會爭相出版大量擁有市場和信息價值的小說。我只寫了一部這樣的小說，而它的誕生起因於小說創作中一個最不起眼的動機，那就是好奇心。這是一種屬於新聞記者的好奇心。我總是沒有辦法把我的生活方式、我所親歷的教育、性、政治以及排擠我的階層放入我要寫的生活之中，這使我因爲對自己的不滿和未完成感而倍受折磨。而這恰是這個時代中最優秀的一部分人所共染的一種痼疾；有一些人戰勝了它所帶來的壓力，另一些人則在壓力之下崩潰了；這是一種新的感性，半是不自覺的一次努力，爲的是獲得一種全新的富於想像力的理解能力。然而這對於藝術來說卻是致命的。我只關心能否使自己的精神空間完全得到舒展，從而可以最充分地去感受。當我把這些話說給糖媽媽聽時，她滿意地微微頷首，就像人們在聽到顯而易見的眞理時所表現的那樣，按她的理解，藝術家寫作是因爲缺乏生活的能力。我記得當我聽到她這麼說時內心一陣反感；即便當我此刻記下這一段時還能感覺到那種厭惡和勉強：因爲這是有關藝術的事，而藝術家竟已被貶低到此種程度，任何一個毫無頭腦、濫竽充數的貨色，只要有錢，都可以使一個眞正搞藝術的人爲了博得他滿意的一個頷首而跑出一百英哩去。除此之外，當某一個眞理被揭示得如此徹底時——而它恰恰又是本世紀一個最主要的藝術命題，也就是說有一天它會變成一個盛滿陳腔濫調的怪物，那時你一定會開始疑惑起來，那個眞理最後還能眞實嗎？然後你就會去琢磨那些詞，「生活的無能」，「藝術家」，等等，讓這些詞在腦海中不斷重複，直到漸漸淡去，以此來抵禦那種厭惡感和陳腐感，就像那天我坐在糖媽媽面前，試圖在內心戰勝那種種揮之不去的感覺一樣。然而奇怪的是，當這些陳詞濫調從這位心理分析者的舌尖上吐出來時，竟會變得如此生動而且權威。糖媽媽，一個除了富有教養以外什麼也不是的女人，一個沉浸於藝術的歐洲人，以一個巫醫的身分滔滔不絕地說出那些平平常常的話來，如果不是坐在這間談話室，而是與朋友在一起，她是應該對此感到不好意思的吧。一面屬於生活，另一面則屬於診室，這讓我無法容忍。事實上到最後我無可忍受的也是這一點，因爲這意味著一面是爲成全正常生活中的道德，另一面則要面對不健全和病態。我很清楚那部小說，《戰爭邊緣》，是從我內心深處的哪一個層面產生出來的。我知道在我寫它的時候，我就在恨它，現在也是。因爲我內心的那個層面變得如此有力起來，甚至產生了一種要吞噬掉一切的威脅性。我於是去找巫醫，我的靈魂就在我的手上。然而做爲醫治者的她，當藝術這個詞突然出現時，她露出了自得的笑容；那個神經的藝術家動物總是要占著理的，她做的任何事情她都要證明是正當的。那種自鳴得意的笑、忍耐的點頭，甚至已不再只限於富有教養的醫治者或者教授們了，它還屬於金錢兌換者、新聞界的爪牙，還有敵人。當一個電影業的巨頭想買下一位藝術家時——而他尋覓這種天才和創造活力的眞正動機只是想去毀滅它。但他並沒有意識到這才是他想要的，去毀滅眞正的藝術以證明他自己——他把這犧牲者稱作藝術家。你當然是一個藝術家——而這個犧牲品只會在那兒傻笑，把那一種幾欲作嘔的感覺生生地嚥下去。

爲什麼現在有這麼多的藝術家投身於政治以及諸如此類的事情，眞正的原因只是他們急於奔向某種紀律，可以是任何一種，只要能使他們逃離敵人口中毒藥一樣的「藝術家」這個詞。

我很清楚地記得小說誕生的那一刻。脈搏會劇烈地跳動起來，在我知道我要寫的時候，我就會寫出我要寫的東西，這時「主題」幾乎已不再重要。而現在使我感興趣的也恰是這一點——爲什麼我不去記述發生了一件什麼事情，而要去組織一個「故事」，並且這個故事與刺激我創作欲望的素材毫無關聯。當然，簡單直接而未經組織的記述是成不了一篇「小說」的，也不可能出版。但是我眞的對「做一個作家」或甚至賺錢毫無興趣。我現在並不是在講作家在寫作時與自己玩的遊戲，那是一個心理遊戲——作家筆下的事件取材於某個眞實的事件，人物則是生活中的某個眞實的人改頭換面了一下而已，而某種人物關係從心理上來說與眞實生活恰是一母雙生的東西。我只是在問自己：爲什麼總得是一個故事——我指的不是一個糟糕的故事，或者不眞實的故事，或者那種隨意貶低任何事物的故事，而是：爲什麼就不能乾脆是眞實的東西呢？

看著這篇類似於拙劣的模仿品的梗概，還有那些從電影廠寄來的信件，我不由得要覺得頭疼。然而我很清楚爲什麼電影廠會對把這篇小說拍攝成電影抱有這麼大的熱情，原因就是它做爲一部小說已經獲得了成功。這部小說是「關於」種族歧視問題的，我在裡面所講述的沒有一件不是事實。然而小說所傳達出來的情感卻是令人駭異的，是戰時的一種不健康而狂熱的、被禁止的激情，一種沉睡的思鄉病，一種對於放縱和自由、叢林和無拘無束的渴望。然而我又再清楚不過的知道，我現在再讀這本書時卻無可迴避一種羞恥感，就好像自己赤身裸體地站到了大街上，只是似乎沒有一個人看到這一點，也沒有任何一個書評家看到，甚至我的任何一位富有教養的以及文學界的朋友們。這是一部邪惡的小說，每一個句子都因了那可怕地潛藏著的思鄉病而燦然生光。並且我知道，爲了寫另一部小說，爲了寫那五十部我已擁有素材的社會報告，我會不得不刻意地在頭腦中激發起同樣的情緒，以便使這五十部作品成其爲小說，而不是報告文學。

每當我的思緒回到那個年代，在瑪肖庇飯店度過的那些週末，與那些人在一起的一幕一幕，我必須得先關閉掉我體內的某一根神經。就如此刻在我寫到這些事情的時候，我就得關掉它，不然的話「一個故事」就會開始出現，是一部小說，而不是眞實的事件，有如記憶中一次銘心刻骨的愛情或者一次性欲的煎熬那樣，令人無可忘懷。而令人不可思議的是當思鄉病愈演愈烈時所產生的那種騷動，這時「一個故事」就開始成形了，就像顯微鏡下的細胞一樣在繁殖增生。然而這種思鄉的情結又是如此之深，以至於我在一段時間中只能寫出來幾句話。沒有什麼能比這種虛無的力量更爲強大，那是一種隨時可以把一切置之度外的憤怒，是一種心甘情願，一種欲成爲毀滅之一部分的渴望。而這種情結正是戰爭得以持續下去的最強大的理由之一。《戰爭邊緣》的讀者會被灌輸進這種情緒的，即便他們自己對此毫無所覺。這便是我之所以感到羞恥的原因，也是爲什麼我一直會有一種類似於犯罪感的原因所在。

這一小群人能夠聚在一起純是命運的巧合，並且他們知道只要戰爭這種特殊階段一結束，他們便會分開，再不會碰面。他們全都清楚，並且也以一種最大限度的坦誠意識到這一點，他們彼此之間沒有任何共同之處。

不管戰爭在世界上別的地方製造了怎樣的狂亂、信仰危機以及貧困，對於我們來說，戰爭從一開始就具有了雙重性。我們幾乎立刻就明白了戰爭會是一件大好事，理解這一點並不難，根本毋須專家來做任何解釋。物質的繁榮實實在在地給中非和南非帶來了巨大影響，一夜之間人人都變得富有起來，甚至非洲人自己，就連那種以維持最低限度的生活和工作必需爲經濟發展目標的國家也不例外。他們並沒有出現嚴重的物資匱乏，更毋須花錢到境外去購買，至少絕不至於攪了生活的樂趣，但是本地的製造商已在開始生產以前需要進口的東西了，這一點以另外一種方式證明了戰爭所具有的兩面性——這是一種如此遲鈍而鬆散的經濟，它的根基就是效率最低也最爲落後的勞動力，它需要外部力量的強大衝擊。而戰爭正是這樣一種震撼一切的衝擊。

還有另外一點也是導致玩世不恭的原因——當人們對剛開始時的羞恥感覺到厭倦時，他們也就懷疑一切起來。這場在我們面前展開的戰爭猶如一場聖戰，它要討伐的是希特勒的邪惡的教義，還有種族主義，等等。然而在那一片廣袤無垠的原野、近一半非洲的領土之上所貫徹的恰是希特勒的信條——因爲有一些人就因爲種族而優越於其他人。來往於這塊大陸南北的非洲人看著他們的白人主子四處征戰，去討伐種族主義的惡魔——那些多少受過一點點教育的黑人不免覺得十分好笑。他們很樂於看到他們的白人主子如此熱切地奔赴任何可能的戰線，去討伐那種當地人會在自己的領土上誓死捍衛的信條。整個戰爭期間，報紙的專欄中都充斥著這樣的論爭，關於把諸如玩具汽槍一類過多的東西交到黑人士兵的手中是否安全的問題，因爲他們也有可能掉轉槍口對準他們的主子，或者以後再這麼做。所以那樣做是不安全的，這是肯定的結論。

這裡有兩個極好的理由，可以說明爲什麼這場戰爭對我們來說從一開始就是一個有趣的諷刺。（我又操起了那種錯誤的腔調——儘管我痛恨這腔調，儘管我們成年累月地生活於其中，並且我也相信，它給我們所有的人都帶來了大量的壞處。那是一種自虐，一種自我封閉，沒有能力或拒絕把相互矛盾的事情合成一個整體；唯其如此一個人才能生活於其中，不管那有多麼可怕。拒絕意味著你既不能改變它也無法摧毀它；拒絕意味著個人最終或者死亡或者枯竭。）

在此我不過是想試著攤開事實。對於一般人來說這場戰爭有兩個階段。第一階段局勢在朝壞的方向發展，要戰勝敵方似乎已成了一件不可能的事；這一階段最後是在史達林格勒結束的。第二階段就是相持了，一直到最後勝利。

而對於我們來說，我說的我們是指左翼人士以及與左翼聯合的自由黨派人士，戰爭則可說有三個階段。第一個階段是俄國否認戰爭與其有任何關聯的階段，這使我們把忠誠全埋藏在了心頭——這五十或者一百個人的情感源泉就是對於蘇維埃的忠誠。這個階段隨著希特勒大舉進攻俄國而結束。也就是在那一刻，蓄勢已久的能量終於噴湧而出。

人們對共產主義太動感情了，或者更確切地說，是對屬於他們自己的共產黨太動感情，太熱中於琢磨出一個屬於將來的社會學家的課題，也就是說那些繼續做爲共產黨之存在的直接或間接因素的社會行動。人們，或者說成群的人們，甚至並不知道共產黨是一種可以激勵人心或者說生氣勃勃的力量，可以對生活產生一種新的推動力，這一點就是在那些只有一小股共產黨勢力的國家也莫不如此。我們的這個小鎮，在俄國加入戰爭一年之後，當時左派也已因此而得以恢復了元氣，於是產生了（除去那些屬於黨直接授意的行爲，而這不是我在此要談論的）一支小型的管弦樂隊、一個讀者圈、兩個劇團、一個電影協會，還有一份對於城市非洲兒童情況的業餘調查報告，它一發表就刺激了一下白人的良心，開始令他們產生長久未曾意識到的一種罪惡感，此外還出現了多個關於非洲問題的研究小組。小鎮上於是第一次擁有了所謂的文化生活。人們十分熱中於這些活動，儘管在他們的頭腦中，共產黨人只是那些令人痛恨的人。當然共產黨人自身對於其中的大量現象都是持不贊成態度的，並且需要他們花費最大的精力，也是十分教條主義的。然而共產黨人仍然鼓勵著人們，因爲他們對人道主義有一種獻身一般的忠誠，這一點從任何一個方面都在對他們施加著影響。

對於我們來說，從那時起（而這點對於我們所在的那部分非洲的所有城市來說都是正確的），一段激烈的活動期便開始了。在這個階段中，一種興高采烈的自信在一九四四年的某個時間結束了，正好是在戰爭之前。這種變化並不是某個外部事件作用的結果，類似於蘇維埃「戰線」上的變化；它是由內部原因導致的，是自身發展的結果。並且，當我現在回首時，我可以看到這一種變化幾乎以「共產主義」小組建立的那一天起就已經開始了。當然，所有研討性的俱樂部、活動小組等等，在冷戰開始的時候便都消亡了，任何對於中國和蘇聯的興趣也不再是件時髦的事，反而變得可疑起來。（純粹的文化性組織諸如管弦樂隊、劇團之類的還在繼續）。但是當「左派」或者「激進派」，或者「共產主義」的情緒——不管用的是哪個詞，而且的確也很難說清楚——在我們的小鎮上還在高漲的時候，那些創先河的核心成員們已經陷入了一種惰性，或者說是一種迷惑，或者充其量也就是培養了他們的一種責任感。自然當時沒有一個人明白這一點，但這是必然的。現在我們可以清楚地看到，一個共產主義黨派或者小組的內在結構遵循的是自我分裂的原則。任何地方的共產黨黨派只要能存活下來，很可能甚至是通過拋棄個人或者小集團而繁盛起來的。這一切並不是個人的優點或者缺點造成的，而是看他們如何在任何時刻都與黨的內動力相一致。而所有發生在我們這個只夠業餘水平、實際上很可笑的小鎮上的事情，無不是在本世紀初倫敦的伊斯克拉小組在共產主義創建初期的一種重複。如果我們對於我們自己運動的歷史多少有一些了解的話，我們該可自玩世不恭和受挫的情緒狀態中得到拯救吧——但那並不是我現在想說的。從我們當時的情形來說，「中央集權」的內在邏輯使得崩潰成了一件無可避免的事情，因爲在民族主義運動誕生之前，在任何一個工會出現之前，發生在非洲的運動究竟是什麼與我們根本沒有聯繫。那時有一些非洲人就在警察的鼻子底下秘密聚會，但是他們不信任我們，因爲我們是白人。有那麼一兩個也曾就技術問題來徵求過我們的意見，但是我們從來也不知道他們頭腦中眞正的想法。當時的情形其實是這樣的，有那麼一群白人高級軍事政客，頭腦中裝備了各式如何組織起革命運動的情報，但卻是在一個眞空中進行操作，因爲黑人根本還沒有開始覺醒，以後的幾年中也不會，這一點對於南非的共產黨來說也同樣適用。假使我們不是一個沒有根基的外國人的組織，在我們團體內發生的種種爭執和矛盾，本來是可以促使我們發展起來的，現在卻很快就使我們分崩離析了。僅僅在一年之中，就分裂出了各個小群體，還有背叛者，而那個一度曾使人保持忠誠的堅實核心，雖留住了那麼一兩個人，卻也已經產生了變化。因爲我們並不清楚這個過程，儘管它在耗盡我們的情感。然而我卻從一開始就知道這是一個自我毀滅的過程，只是我並不能十分明確地指出，從幾時開始我們言談和行動的調子都發生了變化。我們工作依然努力，但是有一種玩世不恭的情緒在日復一日地加深著。還有我們在正式會議之外說的那些笑話，與我們平時說的話、我們所信奉的思想都是針鋒相對的。在我的一生中，是從那時開始，我懂得了如何去聽別人說笑話。一種帶有輕微的惡意的語調，一種接近懷疑一切的冷嘲的聲音，可以在十年之內發展成爲足以毀掉一個人的惡性腦瘤。這種情形在我的眼裡也已屢見不鮮，並且在許多別的地方，比之政治組織或共產黨組織更爲常見。

我想寫的這個小群體是在「黨」內一場可怕的爭鬥之後才成爲一個群體的。(我不得不在此加上引號，因爲它從未得到過官方的認可，更多的是一種感情上的存在。) 當時只是出於一些不甚重要的原因，我們這個組織分裂成了兩派。其實這個原因是如此的微不足道，我甚至都已快想不起來了，只記得我們都感覺到的那種可怕的疑惑，一個組織內如此細小的一個問題竟然會導致如此之深的仇恨和怨忿。兩派的人同意仍然在一起工作——我們頭腦中尙存有如此之多清醒的神智；但是我們各自的方針並不相同。至今我仍想絕望地大笑出來——一切都是如此的風馬牛不相及。而眞正的原因是我們這個群體就像是被流放的一群人，帶著流亡者那種哪怕出於一點點小事的極端怨忿情緒。我們這些不過才二十幾歲的人，全都是流亡者，因爲我們的觀念相對於這個國家的發展來說過於超前。是的，現在我想起爭論的源起是因爲組織中有一半的人抱怨說，某些人沒有「深入鄉村」，分裂便由此開始。

現在該提到我們那個小小的分派了。其中包括三個來自空軍的小伙子，保羅、吉米和泰德，他們三人早在牛津時代就相互認識。然後是喬治・洪斯婁，一位築路工；威利・羅德，來自德國的流亡者；我；以及實際上出生於這個國家的瑪麗羅斯。我是這個集體的附加成員，因爲我是唯一擁有自由的，這個自由指的是只有我是自己選擇來殖民地的，我也隨時可以離開它。那麼爲什麼我遲遲不走？我痛恨這個地方，從一九三九年我第一次來到這裡，結婚，並且成爲一個菸草農場主的妻子開始，一直就是這樣。我遇到斯蒂文是一年前的事，那時他在倫敦度假。在我到達農場的第二天我便已經知道，我雖然喜歡斯蒂文，卻永遠也不會習慣這兒的生活。不過我沒有返回倫敦，而是進了城，做了一名秘書。以後好幾年我的生活似乎都是由一些臨時性的、短期的活動而組成，每一件事都不曾令我眞正投入過，但是我卻因此而留了下來。比方說，我成了「一名共產主義者」，其原因是左派人士是這個小城裡唯一具有某種道德精神的，也唯有他們會當然地認爲種族歧視是無比可惡的。然而在我的身上竟有兩個「我」並存著，共產主義者的「我」和做爲安娜的「我」，並且安娜竟是在一邊評判著那個共產主義者的一言一行，反過來也一樣，我覺得這是一種冷漠。我知道戰爭已迫在眉睫，要回國恐怕也難了，於是我繼續待了下去。但是我並不喜歡這種生活，我不快樂，儘管我也參加傍晚時的聚餐還有舞會，也打網球，曬太陽。可是做這些事情的人似乎不是我，對於我來說，那種能享受於其中的感覺似乎已十分遙遠了。我不記得做爲坎普貝爾先生的秘書或者每晚去跳舞等等是什麼感受了，那似乎是另一個人，而不是我，儘管我可以看到自己，但是我依然並不覺得那一切是眞實的，直到有一天我找到了一張舊照片，那上面是一個矮小、單薄、脆弱的黑人與白人混血的姑娘，長得就像個娃娃。比起那些在殖民地土生土長的女孩子來說，我當然要複雜得多，但要比起經歷來可就差遠了——殖民地的人們有更多的自由做他們想做的事。姑娘們在這兒輕易能做的事情，在英國是不可想像的。我的複雜性是文學的和社會的，與瑪麗羅斯這樣的姑娘相比，儘管她顯然是脆弱和易受傷害的，我卻還是個孩子。照片上的我站在俱樂部的台階上，手上握著一隻球拍，臉上是一種覺得有趣又對一切都不滿的神情，那是一張輪廓分明的小臉。我從不具備令人羨慕的殖民地素質——良好的幽默感。（爲什麼會令人羨慕呢？儘管我很喜歡這一點。）但是我不記得當時是什麼感覺了，除了對自己每天的嘮叨還有些印象，甚至戰爭爆發以後我也是這樣，而我必須得訂票回家了。就在那時我認識了威利．羅德，並捲入了政治。那並不是第一次。當年西班牙發生革命運動時，我當然還太年輕，不過朋友們曾參與其中。所以共產主義和左派什麼的對我來說並不是什麼新玩意。我不喜歡威利，他也不喜歡我，然而我們開始同居，或者說只要有這個可能，因爲在這樣一個小城中，人人都知道你在幹什麼。我們分別住在同一間飯店裡，吃在一起，這樣子有近三年的時間。我們之間既不相互愛慕，也互不了解，甚至在一起睡覺也沒什麼樂趣可言。當然我那時也沒什麼經驗，我只跟斯蒂文睡過覺，而且爲時極短。然而那時我已知道，威利也明白，我們是不相容的。（從那時起我才對性有所認識，我知道了不相容這個詞意味著一件很實在的事情。那並不是說你不在愛，或者說不夠配合，或者由於缺乏耐心，或者出於無知才導致這種結果。兩個在性方面不相容的人，卻可以與別人在床上十分快樂，就好像這兩人身體中的化學結構是相互排斥的。對這一點，威利和我都十分清楚，以至於我們甚至沒有爲虛榮心所糾纏，我們之間的感情也就是建立在這一點上的。我們對彼此都有一點點同情，又都永遠被一種悲哀的無望感所纏繞，因爲我們無法讓對方在這方面獲得幸福，但也並沒有什麼可以妨礙我們各自選擇別的伴侶，我們都沒有這麼做。在我這方面是一點也不奇怪的，因爲那種我稱之爲倦怠或者好奇的特性已深入我體內，它總是使我安於現狀，不然我早就離開了。軟弱嗎？直到我寫下這個詞的一刻，我從未意識到它會適用於我。但我想是這樣吧。然而威利並不軟弱，相反，他是我所見過的最爲冷酷無情的人。

寫下這句話時，我自己也大爲震驚。我到底想說什麼？他完全擁有非凡的善心。現在我想起來在那些年以前，我就發現無論我用什麼詞來形容威利，我總是可以同時用它的反義詞。沒錯，我翻閱了我的舊筆記，找到一張便條，標題就是「威利」：

冷酷無情／仁慈
冷漠／熱情
感性的／實際的

以下是諸如此類的詞；最後我寫：「羅列出這些關於威利的詞使我明白了我對他一無所知。對一個你所了解的人，是不必要列這樣一張表的。」

然而我眞正發現的，儘管我當時還不知道，事實上，我用這些詞對於描繪任何一個人的個性來說都是毫無意義的。要描繪出一個人，你可以說：「威利僵直地坐在桌首，他那兩個圓圓的眼鏡片對著注視他的人反射著光，他開口說話了，一副正經八百的樣子，又帶著一種生硬而笨拙的幽默。」諸如此類。然而問題在於，並且這正是深刻困擾我的一點（而且奇怪的是這困惑一定要自己顯露出來，這在很久以前那些一無所用的反義詞組的羅列中就已可見，而且誰也不知道那樣排列下去的結局又是什麼。）有一回我還說過像好／壞、強／弱這些詞是互不相干的，我這是在認可一種非道德性。從我開始寫「一個故事」、「一部小說」的那一刻起我就認可了這一點，因爲我對此根本就不在乎。我所在乎的只是一定要寫出眞實的威利和瑪麗羅斯來，讓讀者可以感覺到他們的存在。在左派及其周圍的圈子中生活了二十年之後，那意味著我的大腦爲藝術的道德問題所占據達二十年之後，而這便是我所得到的一切了。所以實際上我是在說，人性，還有獨一無二的激情，對我具有如此神聖的意義，以致別的一切都不再重要了。這就是我要說的嗎？如果是，它又意味著什麼呢？

但還是回到威利吧。他是我們這個小分部的情感中心，並曾是分裂以前的大分部的核心——另一個類似於威利的強人，現在統領著另一個分部。威利之所以成爲中心人物，是由於他對自己的絕對肯定。他是一個雄辯者；他可以十分敏銳而機警地剖析一個社會問題，但也可以甚至就在下一句話中，愚蠢地固執己見。隨著時間的推移，他的頭腦變得日益遲鈍起來，然而奇怪的是人們照舊圍著他轉，包括那些比他更爲敏銳的人，甚至大家明知他已然一派胡言時也是如此。甚至有時我們已到了那樣的地步，在他面前大笑，也笑他，笑那些賣弄邏輯的荒謬爭辯。然而我們依舊以他爲中心，依賴著他。眞是令人害怕，這一切竟都是眞的。

舉例來說，他第一次自我表現時我們就接受了他。他告訴我們說他曾是反希特勒地下組織的一員，他甚至還說了個令人難以置信的故事，說他如何殺死三個黨衛軍軍官，又秘密掩埋，之後逃到邊界，流亡到了英國。我們當然全都信以爲眞，爲什麼不呢？但是即便後來出現了一個從約翰尼斯堡來的塞姆．凱特納，他與威利相熟多年，他告訴我們威利在德國時不過是一個自由黨人，從未參加過任何反希特勒的組織，他離開德國不過是因爲他到了徵兵的年齡，對這種說法我們卻有些將信將疑。因爲我們想，他能那樣嗎？是的，我可以肯定他就是。因爲，簡而言之，一個男人能與他的幻想一樣出色嗎？

但是我並不想書寫威利的歷史——他是從那個死氣沉沉、爲戰爭時期所困擾的歐洲逃亡出來的一個避難者，這在那個年代是再尋常不過的了。我想寫的是他的性格——如果我能的話。關於他的最不尋常的事情，就是他會怎樣坐下來，設想出未來十年他能想像得到的可能發生在他身上的一切事情，然後預先做好計劃。一個人可以不斷地規劃出今後五年中各種可能的偶然事件，對於大多數人來說，沒有比這更難以理解的了。

可以拿來形容的詞就是機會主義。但是眞正的機會主義者幾乎沒有，它不僅要求一個人有清醒的頭腦，這還比較多見；還需有頑強的推動力量，這就很稀罕了。舉例來說，在五年的戰爭期間，威利每星期早晨都同一位刑事局官員（他所不屑的）一起喝啤酒（他從不喜歡喝啤酒），因爲他已料到這個特定的人將很可能成爲一名高級官員，那正是威利需要他的時候。他果然料得不錯，因爲當戰爭結束時，正是由於這個人的幕後操縱，威利得以遠在其他的避難者之前拿到他的國籍證明，於是威利一路順風地離開了殖民地，比別人提前了兩年的時間。結果則是，他最後決定不留在英國了，而是返回柏林。如果他那時選擇了英國，就得需要英國國籍——諸如此類。他做任何一件事都具有這種精心籌劃、計算周密的特性。但是又總是會把事情做得十分顯眼，以至於沒有人相信他竟會早有預謀。比方說，我們都認爲他是眞的喜歡那個刑事局官員，只不過羞於承認他喜歡的是一個「階級敵人」罷了。於是當威利說：「但是他會對我有用的。」我們會親切地笑他，拿他當一個有弱點的人，覺得這弱點倒使他顯得更有人情味了。

因爲，我們當然認爲他有非人性化的屬性。他扮演著一個黨的委員、思想領導人的角色，然而他卻是我所認識的最典型的中產階級的一員。我的意思是說他是一個從骨子裡爲現存的秩序、準則和慣例而活著的人。我還記得吉米曾嘲笑他說，假使他在星期三發動了一場成功的革命，那麼在星期四以前他就會任命一個傳統道德部。對此威利的回答是，他是一個社會主義者，而非無政府主義者。

他不同情那些情感上的弱者、沒有受過良好教育的人、或者不適應環境的人，他更看不起那些允許個人感情影響自己生活的人。但這並不等於說他沒有可能去花上整晚的時間，給這些陷入困境的人去指點迷津；但是他那種高高在上的建議實際上把受困者拋在了一邊，只讓人產生一種自己先天不足而無價值的感覺。

威利受過你所能想像得到的最傳統的中上層階級的教育。二〇年代末和三〇年代的柏林，充斥著一種他稱之爲「頹廢」的空氣，但他自己也曾是其中很投入的一員；十三歲時有一點慣常的同性戀表現；十四歲時被女僕引誘；然後就是聚會，跑車，酒館歌女；感情用事地企圖去改造一個妓女，對此他現在是冷嘲熱諷的，用著感傷的調子；對希特勒有一種貴族式的不屑，永遠有許多錢。

他是那種人，即便在殖民地這種一週只掙幾個英鎊的地方，衣著依然無可挑剔。他穿一身花十先令請印度裁縫做的西服，十分得體。他是中等身材，偏瘦，背稍有點兒駝；戴一頂便帽，扣住一頭油光水亮的黑髮；有一個高高的、蒼白的前額，極其冷漠的綠色眼睛，總是隱在兩片平穩而聚焦的鏡片後面，還有一個挺拔的、顯示權威的鼻子。他總是非常耐心地聽別人說話，襯著那兩塊閃閃發光的鏡片。然後除下眼鏡，露出一雙尚不適應焦距的眼睛，它們先是疲弱的，使勁眨著，然後突然凝聚成一條線，嚴峻起來，他這才帶著一種毫無掩飾的傲慢開腔，直聽得人驚心動魄。這就是威利・羅德，職業革命家，以後（在沒有得到他本來指望的倫敦一家公司的高薪之後）去了東德（以他慣常的那種令人難受的坦率所宣稱的：據說那兒的生活相當不錯，有轎車和司機）並且成了一名顯赫的官員。我肯定他是一位工作效率極高的官員。我肯定在可能的情況下，他也會是仁慈的。但是我記得的只是在瑪肖庇的他，我記得在瑪肖庇時我們所有的人——此刻展現在我面前的瑪肖庇時的我們，比之那些年我們投身於政治時的徹夜長談和種種行動要清晰得多得多。儘管，如我曾說過的，那一切當然都只是因爲我們生活在政治的眞空狀態中，根本沒有機會發揮我們在政治活動中的作用。

那三個從部隊來的男人總是一起出入，但卻貌合神離，雖然他們在牛津念書時就已是朋友了。他們承認一旦戰爭結束，他們之間的親密關係也將隨之終結，有時他們甚至會承認他們互相之間並不眞正喜歡。那種輕聲輕氣、冷酷而自嘲的口吻，在那一個特定階段中是我們全都習以爲常的——除了威利。他對那種腔調或者說話風格的忍讓，是爲了讓別人有這個自由，這是他參與無政府主義的方式。在牛津時這三個人曾是同性戀。當我寫下這個詞並看著它時，我意識到它的干擾力量。在我憶起他們三個人的時候，包括他們的樣子、他們的性格，都沒有什麼可震驚的或者令人不安的地方。但是對於同性戀這個詞，寫下它來——不管怎麼說，我都得和內心的厭惡和不寧抗爭一下。這眞是奇怪。不過這個詞也就僅限於此了，就在十八個月以後，他們已開始彼此取笑「我們的同性戀階段」，並且對自己盲從於潮流這一點感到厭惡。他們曾混跡於一個約二十人左右的鬆散的團體，裡面的人介於左派和文學人士之間，彼此之間均有混亂的性關係。這麼說又一次顯得太嚴重了。那是戰爭前期的情形，他們全都在等著應徵入伍。現在回想起來，很顯然他們是在故意製造一種不負責任的情緒，以此做爲對社會的某種反抗，而性正是其中的一部分。

這三人中僅因爲個人魅力而最爲引人注目的是保羅・布萊肯赫思特。他是一個充滿熱情和理想主義色彩的年輕人，我在《戰爭邊緣》中所描寫的那個「年輕而勇敢的飛行員」的原型。事實上他根本沒有任何這一類的熱情，他只是給了別人這個印象，因爲他熱烈地讚賞任何一種道德或者社會的反常現象。他內心的冷漠被一種外在的魅力以及他在一切行事中所顯示的某種優雅所掩蓋。他是一個高個子的年輕人，身材勻稱而健壯，也輕捷而靈敏。他長了一張圓臉，有一雙極圓極藍的眼睛，皮膚十分的白皙，在他那只漂亮的鼻子兩側有些淺淺的雀斑。他有柔軟而濃密的頭髮，總是披在前額上，陽光下那是一頭完美的淺色金髮，在陰影中則變成帶有暖意的金棕色。就連他那兩道極爲分明的眉也閃爍著這種柔和的亮澤。他對碰到的任何一個人都極爲認眞的，禮貌的相詢，那雙明亮的藍色眼睛裡滿是恭敬的意味，他甚至還會稍稍彎下身子，讓人感受到他發自內心的關切之情。若是第一次與他說話，會發現那是一種低沉而恭敬、充滿魅力的聲音。沒有人抗拒得了這個令人愉快的穿軍裝的年輕人，還有他如此豐富的惻隱之心（儘管這當然是有違他意願的）。多數人要在很長一段時間之後才會發現他是在嘲弄他們。我曾不止一次地見過，那些女人們，甚至男人，當弄明白他極爲平靜而慢條斯理地吐出的話是什麼意思時，是怎樣在刹那間驚得面無血色，只知難以置信地看著他，因爲這樣明明白白的誠意怎麼竟會變成蓄意的粗魯呢。事實上，在傲慢無禮這一點上，他與威利有著驚人的相似。這是來自上流社會的傲慢。他是英國人，出身於中上層階級，聰明過人。他的父母都是貴族，父親還是個什麼爵士。這樣一個優越而從無金錢之憂的傳統式的家庭賦予他良好的教養，使他對自己的心志和體魄有著絕對的自信。這樣的「家庭」——當然他說時帶了那種嘲笑英國整個上流社會的口吻，他會慢吞吞地說：「十年以前我已然宣稱英格蘭是屬於我的，我知道這一點！當然，戰爭將毀滅這一切，不是嗎？」他的笑容表示他根本不相信自己的話，同時希望我們也有足夠的聰明，不至於去相信這種話。他已做好戰爭一結束就回城的準備，說起這事時，他的口氣也是譏誚的。「如果我的婚姻成功」，他會說，這時只有他那富有吸引力的嘴角才顯出一點有趣的表情，「我就會成爲一個工業界巨頭，我擁有才智，受過良好的教育，還有相應的背景——我所需要的只是錢。要是我的婚姻不夠理想，我會是一名中尉軍官——這當然更有樂趣，只需服從命令，少許多責任。」但是我們全知道他至少會成爲一名上校。然而奇怪的是，即便在「共產主義」組織最令人有信心的階段，這一類談話也仍在繼續著。他的一種個性是爲委員會的辦公室而存在的，另一種個性則適用於會後的咖啡館。並且他的這一切也並不像聽起來那樣虛無縹渺，因此假使保羅捲入了可以讓他施展才能的政治運動，他便不會離開，於是便不可能去做那時髦的商業顧問（儘管他是天生的商人），他會和威利一樣，成爲一個共產黨的行政官員。不，現在回想起來，我很清楚那個年代的反常現象以及玩世不恭的情緒，只是那些可能性的某種反映罷了。

與此同時，他也開「制度」的玩笑。他對它沒有信仰，這一點是不用說的，他是眞的在嘲弄。但是他那未來的上尉的潛在性格，卻會促使他抬起他那雙清澈的藍眼睛，盯住威利，慢吞吞地說：「我很會利用時間，你不這麼認爲嗎？通過對同志們的觀察吧，我會飛快地超越那些同我競爭的上尉們的，不是嗎？眞的，我會很了解敵人的。那很可能就是你，親愛的威利。沒錯。」對此威利會勉強擠出一絲贊許的微笑。有一回他甚至說：「你一切都太如意了。你還是找點路子回去吧，我可是一個避難者。」

他們彼此間都處得不錯。儘管保羅寧死也不肯承認（以一位未來的工業巨頭的身分）他對任何一件事有過認眞的興趣，但他著迷於歷史，因爲他從歷史的悖謬中獲得了一種智性的愉悅——那便是歷史於他的意味了。而威利也與他分享著這種熱情——但不是對悖謬之處而是對歷史本身……我還記得他曾經對保羅說：「只有十足的外行才會以爲歷史是由一系列的偶然事件組成的。」而保羅則回敬道：「但是我親愛的威利，我可是垂死階級的一員，若是我不再提得出任何其他的觀點，你會是第一個感謝我的人吧？」保羅曾陷於辦事員式的一團混亂中，與那些令他更以爲是低能兒的人共事，他懷念那種嚴肅的談話，儘管，他當然從來也不曾這麼說過；並且我敢說，他之所以對我們產生依戀之情，首要的原因就是我們給了他想要的東西。另一個原因是他在愛我。但是那個時候，我們這些人在不同的階段都相互愛戀過。對那種情形，若是保羅，便會這樣解釋，「在我們活著的時候，我們有義務去愛盡可能多的人。」他沒有說出來是因爲他感覺到那麼一說他就有可能死。他一刻也沒有相信過他會死，他已算出這種概率很小，何況，在目前的英國之戰中，情形比早先已大有好轉。他是飛轟炸機的，那比戰鬥機的危險性要小得多了。此外，他家族中某位在空軍高層任職的舅舅爲他做了一番調查之後，決定（或許是一種安排）把保羅派遣出去，不是英國，而是去傷亡相對來說小得多的印度。我覺得保羅是眞的「沒有緊張感」。換句話說，他生來就擁有良好的安全保障，從不習慣發出危險訊號——那些跟他一起飛行的人告訴我——他總是冷靜、自信而準確無誤，一個天生的飛行家。

吉米・麥格拉斯就不是這樣，雖然他也是一個優秀的的飛行員，卻一直爲極度的恐懼所困擾著。吉米總是在一天的飛行後來到旅館，說他緊張得神經出了問題。他會承認他已焦慮得好幾個晚上睡不著覺了，並且憂心忡忡地悄悄對我說，他有一種預感，他明天就會死掉。第二天他會從營地給我打來電話，說他的預感一點沒錯，事實上他「幾乎就墜毀了他的風箏」，他沒有死純屬萬幸。飛行訓練對於他來說自始至終就是一種折磨。

儘管如此，在戰爭的最後階段，有計劃地轟炸德國城市的時期，吉米一直開著轟炸機飛在德國的上空，並且活了下來。

保羅是在離開殖民地的前一天死的。他叔叔說的不錯，他就要被派往印度了。他的最後一晚是和我們一起在一個聚會上度過的。平常他喝酒是很有節制的，即便假裝跟大家一起狂喝濫飲時也是如此。但那天晚上他把自己灌了個爛醉，只能由吉米和威利兩個人一起把他架回旅館，在洗澡間裡用涼水澆過後才恢復神志。第二天清晨，太陽快升起的時候，他返回了營地，去和那兒的朋友道別。他站在簡易機場上，這是吉米事後對我描述的，那時他還是恍恍惚惚的，酒勁還未全消，初升的太陽映在他的瞳仁中——儘管做爲保羅，他當然不應該是這副模樣。一架飛機著陸了，就停在幾步以外的地方。保羅轉過身，雙眼被陽光照得眼花撩亂，他頭也不回地走進了螺旋槳之中，在他眼裡那一定是一道無形的、燦爛的光線。他的雙腿在齊根處被攔腰截斷，他當時就死去了。

吉米也出身於中產階級，但他是蘇格蘭人而非英格蘭人。不過他身上沒有一點蘇格蘭人的特徵，除非在他喝醉的時候，這種時候他會對格蘭科那樣的古代英國人的暴行表現得十分傷感。他說話時是一種刻意造作的牛津式慢條斯理的調兒。這種口音就算在英格蘭也夠讓人難受的，在殖民地聽到就更顯得荒唐而可笑了。吉米知道這一點，強調這是爲了有意去激怒那些他不喜歡的人，而對我們這些他所喜歡的人，他會表示抱歉。「但是無論如何，」他會說，「我知道這很傻，然而這種昂貴的聲音在戰後就是我的維生之計了。」因此吉米和保羅一樣，拒絕了——至少在他性格的一個層面上——對於他所假裝維護的社會主義未來的信仰。他的家庭總體來說沒有保羅的顯赫，或者更確切地說，他是屬於家族中趨於沒落的一支。他的父親是一個不得志的退役印度上校——他不得志，吉米很強調這點，因爲，「他不是眞正幹那行的人。他喜歡印度人，崇尚人性，潛心於佛教。」他是酗酒致死的，吉米這麼說。但我覺得他加入這個情節是爲了給他的整個敍述一個圓滿的結局；因爲他也給我們展示過那位老人寫的詩，並且他很可能私底下是極以這位父親而自豪的。他是獨子，他所敬愛的母親生下他時已超過四十歲了。一眼看去，他的身材與保羅是屬於一類的。在一百碼以外，他們倆看去就像是從一個部落裡出來的，幾乎難以區分。但是到了近前，他們外形的酷似恰恰凸顯出兩人其實的迥異。吉米有一身厚實的肌肉，幾乎使他顯得有些笨拙；他的動作也是笨重的；他有一雙大手，卻又是短短的、胖乎乎的，像小孩子的手。至於他的相貌，也有如保羅那樣的雕像一般的白皙膚色，一樣的藍眼睛，但少了分優雅，並且他的眼神是憂鬱的，有一種惹人喜愛的孩子氣般的感染力。他的頭髮顏色很淡，且晦暗無光，因爲過多的油膩一縷縷地耷拉下來。正如他自己樂於指出的那樣，他長了一張頹廢派藝術家的臉。一張過於飽滿、熟透了的臉，幾乎沒有一點力度感。他沒有什麼野心，最大的願望不過是在什麼大學裡做一個歷史教授，他已經是了。跟別人不同的是，他是一個眞正的同性戀者，儘管他自己並不希望如此。他愛著他所看不起的保羅，而保羅也對他十分惱火。很久以後他娶了一個比他大十五歲的女人。去年他給我來過一封信，描述過這段婚姻——那顯然是在一種酒後的狀態下寫就並且寄出的，可以這麼說，是寄給過去的一封信。他們一起睡覺，在她那方面幾乎沒有什麼樂趣，他更是沒有——「儘管我對這樁婚姻眞的很努力，我向你保證！」——就這樣一直過了好幾個星期，直到她懷了孕，他們之間的性關係便就此告終。簡言之，一樁尋常的英國式婚姻罷了。看起來他的那位妻子也從未懷疑過他不是一個正常的男人。他對她十分依賴，假如她死了，我懷疑他會去自殺，或者就酗酒度日了。

泰德・布朗是這些人中最具有獨創性的一個。他是工人家庭長大的孩子，在他的一生中，他拿到了所能拿到的各式獎學金，最終進了牛津大學。他是那三個男人中唯一眞正的社會主義者——我說的社會主義者是指他是天生的，骨子裡就是。威利常常抱怨說泰德的一舉一動「就好像他生活在一個開滿鮮花的共產主義社會，或者就好像他是在某個見鬼的基布茲❹村莊裡長大的。」泰德則會看著他，眞的困惑不解起來：他不明

❹基布茲：Kibbutz，以色利的集體農莊（或聚居區）。

白這怎麼也能算作一種批評。於是他也就聳聳肩，忘掉威利的話，投入到新的熱情中。他是一個活躍的、精力旺盛的年輕人，瘦高個，一頭亂蓬蓬的黑髮，淡褐色的眼睛。他總是沒有錢——有錢就花；他衣冠不整——沒有時間對付它們，或者說根本就不在乎；他沒有自己的時間，因爲他的時間全給了別人。他熱愛音樂，曾自學了許多這方面的知識，也熱愛文學，和他的伙伴們一起生活在一個幾乎大到要剝奪他們眞實天性的共同目標之中，他把這些人和自己都看作是這個目標的犧牲者，儘管那當然也是美好的、慷慨的，並且是善的。有時候他說他更願意自己是個同性戀者，這意味著他擁有一批又一批的被保護人。事實是他不能容忍與他同屬一個階層的年輕人無法擁有他那樣的優勢。他會從軍營裡發掘一些快樂而聰明的技工；或者，在城裡的公開場合中尋找一些年輕人，他似乎對那樣的聚會缺乏興趣，而且也並非不能幹一些更有意義的事情。他會前去抓住那個被發現的對象，要他學習，教他音樂，讓他知道生活是一場光榮的冒險。而回到我們當中後他則會大聲宣布「當你發現一隻蝴蝶被壓在石頭下面，你就得去拯救它。」他時常會帶幾個還沒見過世面、不知所措的年輕人一起衝進旅館，要求我們必須一起「接納他」。我們便也照辦。在殖民地的兩年中，泰德拯救了有一打這樣的蝴蝶，他們對他都懷有一種有趣而深情的尊敬，他則愛他們每一個人，是他改變了他們的生活。戰後，他還從英國與他們保持著聯繫，教他們學習，引導他們加入英國工黨——那時他也不再是一個共產黨員了，並且認爲這表明，用他的話來說，他們並沒有冬眠。他結了婚，十足的浪漫。他頂住了來自各方面的反對意見，娶了一個德國姑娘，並生了三個孩子，在一所學校爲落後的孩子教英語。他是一個勝任的飛行員，但是他有意沒讓自己通過最後的測試，這正是他典型的行事方式，因爲那時他在竭力說服一個公牛一樣蠻野的小伙子。這個從曼徹斯特來的年輕人拒絕音樂，並且堅持在足球和文學之間選擇前者。泰德對我們解釋說，挽救一個靈魂迷途於黑暗中的人比爲戰爭增加一名飛行員重要得多，不管那是否是反法西斯的戰爭。因此他留在了地面，被派回英國，到一個煤礦上服役。這段經歷給他的肺留下了永久性的損傷。令人啼笑皆非的是，讓他陷於此境的這個年輕人是他的拯救行動中唯一失敗的一例。

後來他因爲身體不適被免去了礦上的工作，並設法以一個教育者的身分去了德國。他的德國妻子對他幫助很大，她是一個實在而能幹的女人，一個好護士。泰德現在需要有人照顧了。他痛苦地抱怨說他肺部的狀況迫使他進入「冬眠」。

甚至泰德也受到那種瀰漫一時的情緒的影響。他不能忍受黨小組內部那種劇烈的爭吵和敵意，而分裂的最終到來對他是最後一擊。「顯然我不是一個共產主義者，」他憂鬱地對威利說，「因爲所有這些瑣細的分析在我看來全是百無一用的廢話。」「是啊，你顯然不是，」威利回答他，「你眞讓我驚奇，你怎麼花了這麼長時間才弄明白這一點。」總而言之泰德還是感到不安得很，因爲把他引到威利所領導的這個小組的，正是前面那種辯論中所具有的邏輯性。他聯想到另外一個小組的頭目，一個來自空軍基地的下士，老馬克思主義者，泰德認爲他是「一個毫無生氣的官僚」，但是從人的角度來說，泰德更喜歡他，而不是威利，然而他還是讓自己歸順了威利的領導……這一點倒勾起我一些以前從不曾想到過的事情。我現在連續寫著小組這個詞，它表示的是一個群體，在小組中的人是以一種集體的關係聯繫在一起的——事實也是如此，我們每天都要在一起待上好幾個小時，這樣一來就是連著好幾個月。但是回想起來，若是眞正地回想一下所發生的事，事情就完全不是那樣。比方說在我看來，泰德和威利幾乎就沒有眞正的湊在一起談過話——他們只偶爾彼此嘲笑一下對方。不對，有一次他們是湊在了一起，不過是一場激烈的爭吵。那是在瑪肖庇旅館的走廊上，我已想不起他們吵的是什麼了，只記得泰德在那兒吼：「你就是在早餐前槍斃五十個人還能吃下六道菜去的那種人。不對，你會命令別人去執行的，那才符合你的行事。」威利則回敬道：「不錯，假如有這個必要的話，我會……」諸如此類，吵了有一個小時或者還要長些。而在這一幕發生的同時，外面正有牛車轆轆地輾過，在這塊南非洲布滿沙礫的草原上揚起一片白色的塵土；遠處，一列火車正搖搖晃晃地顚簸在自印度洋開往首府的鐵路上，而穿著卡其布衣服的農場主們則在酒吧裡開懷暢飲。還有找工作來的成群結夥的非洲人，一起守在玫瑰木下，一小時又一小時不厭其煩地等下去，期待著飯店的大老闆布斯比先生能有時間找他們去面試。

那麼別的人又怎樣呢？保羅和威利，一談起歷史來就會沒完沒了。吉米則總是與保羅爭論不休——通常也是關於歷史，但實際上吉米在那兒喋喋不休說個沒完的是保羅的膚淺、冷漠、無情。但泰德和保羅之間一直沒什麼話可說，他們甚至沒吵過架。至於我，則扮演著「領導的女朋友」的角色——某種充當黏合劑的人物，這實在是一個古老的角色，並且假若我與這些人中的任何一個的關係有任何深入的話，我當然就會失去對這個集體的調合作用，而變得具有破壞性了。還有瑪麗羅斯，一個難得一見的美人。如此說來這是一個什麼樣的小組呢？是什麼力量把這些人組合在一起的呢？我想是保羅和威利之間那種不可改變的相互排斥和吸引之力。這兩個性格如此相似的人，卻又注定了將有多麼不同的未來。

是的。在根斯伯洛旅館的時候，每天晚上都可以一小時一小時地聽到這兩個人的聲音。威利的英語是帶有令人不快的喉音、糾正得過了頭的英語，而保羅的語調卻優雅而冷靜、發音十分清晰。這是在我們去瑪肖庇以前的那個階段中我對於我們那個小組記得最清楚的事情。那之後一切就都發生了變化。

根斯伯洛旅館是個供應膳食的眞正的寄宿處，一個給人們提供長期居住的地方。這個城市中可供寄宿的房子大多是由私人住宅改裝的，當然就比較舒適，但其中又有一種做作的紳士氣，可以叫人渾身不自在，在這樣的房子裡我只住了一星期就搬走了。這個城市明明充斥著赤裸裸的殖民主義，卻在供寄宿的房子裡講究起英國中產階級的一套來，這些人恐怕從未離開過英國，而這兩者之間的反差實在令我難以忍受。根斯伯洛旅館是一處新建成的、設施完善、巨大然而醜陋的房子，裡面擠滿了避難者、辦事員、秘書，還有找不到房子或者公寓的夫婦。這個城市因爲戰爭而人滿爲患，房租便也水漲船高了。

威利的特點是，他絕不會在一個他享受不到特權的旅館住過一個星期，在這一點上他可不管自己是個德國人，嚴格地說他來自敵國。別的德國避難者一般都謊稱自己是奧地利人，或者就避開這個問題。但是威利在旅館的登記簿上寫的卻是威廉姆・卡爾・戈特利布・羅德博士，前柏林人氏，一九三九年。一點沒錯。管理這旅館的詹姆斯夫人對他有些敬畏。他有意讓她知道他的母親是一位伯爵夫人，事實也的確如此。她以爲他是一位醫生，他則不厭其煩地讓她明白了博士這個詞在歐洲意味著什麼。「又不是我的錯，是她笨嘛。」當我們說他時，他便這麼回答。他會隨便給她幾條法律方面的建議，對她紆尊降貴，當他的要求沒有得到滿足時，他就會變得很粗魯，簡言之他就是要她圍著他轉，就像他自己說的那樣，她如同「一隻受驚的小狗」。她是一個寡婦，丈夫曾是一名礦工，在約翰尼斯堡附近的金礦幹活時死於一次塌方。她現在有五十歲了，體態肥胖，總是疲於奔命，焦躁不堪，又苦於無能。她給我們提供燉肉、南瓜還有土豆，她的黑人助手一直在欺騙她。威利來到這家旅館後的第一個週末，就去給她講該如何來管理這個地方，這件事他做得算很主動了。在此之前她一直在賠本，而威利的建議使她大獲其益。以後他還指點她在全城範圍內如何選擇一些房地產進行投資，這樣，到威利離開這家旅館時，她已成爲一個有錢的女人了。

我在旅館的房間和威利相鄰。我們每天在一張桌子上吃飯，我們的朋友從早到晚絡繹不絕。對我們這些人，那間在晚上八點就該關閉的巨大而醜陋的餐廳（晚餐時間是七點至八點）甚至會一直爲我們開到午夜以後，我們會自己去廚房煮些茶喝。最多詹姆斯夫人可能會下來要我們說話低點聲，她總是穿著她的睡袍，臉上掛著撫慰的笑容。按規定房間在九點以後就不許有客人停留了，但是我們每週都有幾個晚上要組織學習到次日凌晨四、五點鐘。我們在這家旅館裡簡直隨心所欲，與此同時詹姆斯太太也在一天天富裕起來。威利曾對她說，她是一隻沒有一點商業頭腦的呆頭鵝。

她則會接道：「是的，羅德先生。」說著便咯咯地傻笑起來，忸忸捏捏地坐在他的床上，點起一支菸，簡直像個中學女生。我還記得保羅說：「你眞覺得這樣做合適嗎？做爲一個社會主義者，爲了自己的目的，不惜去愚弄一個老女人。」「我在讓她賺大筆的錢。」「我現在談的是性。」保羅說。而威利則說：「我不懂你的意思。」他的確不懂。男人們在運用性的優勢方面比女人要無意識得多，也更缺少眞誠。

根斯伯洛旅館對我們來說就這樣成了左派俱樂部和黨小組的增設部分，與此相聯繫的，自然還有艱苦的工作。

我們第一次去瑪肖庇旅館是衝動之下前往的，是在保羅的帶領之下。他在這片區域的某個地帶飛行時突然遇上了風暴，飛機只得先行著陸，他們則隨教官一起改坐小車回返，中途在瑪肖庇旅館用了一頓午餐。那天晚上他走進根斯伯洛的時候興致極高，他的好心情很快感染到我們。「你們絕對想像不到——置身於灌木叢中央，周圍是起伏的丘陵，是野人，一切都是那麼奇異，然後是瑪肖庇旅館，有飛鏢和賭盤的酒吧，可以吃到剛出爐的牛排、腰子餅，除去這一切，還有布斯比夫婦——他們倆簡直和蓋茨比夫婦一模一樣，還記得嗎？在亞斯伯雷開了一家酒館的那對夫婦？布斯比夫婦也許就是一步也沒有跨出英國的人了。而且我敢發誓布斯比先生是一個退役的士官長，不可能是別的了。」

「那麼說布斯比太太就是前酒吧女招待了？」吉米說道。「而且他們都有一個模樣可人的女兒正待出嫁。還記得嗎，保羅，在亞斯伯雷那可憐的女孩是怎樣目不轉睛地盯著你，一刻也不肯離開的？」

「你們這些殖民地居民當然不會欣賞其中那種極度的不協調的。」泰德說。在這樣的玩笑中，威利和我就成了殖民地居民了。

「這個國家中一半的旅館和酒吧都是那些從未離開過英國一步的退役士官長們開的，」我說。「如果你們能從根斯伯洛的出身去看一看，就會發現這一點。」

爲了這一類玩笑起見，泰德、吉米和保羅就會蔑視一通其實他們尙一無所知的殖民地。但是，他們當然是消息極爲靈通的人士。

那是晚上七點的時候，根斯伯洛的晚餐就要開始了。內容是煎南瓜、燉牛肉、還有水果羹。

「我們去瞧瞧那個地方吧，」泰德說。「就現在。我們可以就去看一眼，然後趕公車回營地。」他以他慣常的熱情向我們提議著，就好像瑪肖庇旅館當然會變化出迄今爲止我們尚未有過的最美的體驗似的。

我們全看著威利。那天晚上有一個會議，由左翼俱樂部舉行（就要開到高潮了）。我們都盼著去那兒，這之前我們還從未開過小差，一次也沒有過。然而威利竟漫不經心地同意了，好像那是一件再平常不過的事。「那又沒什麼不可以的。至於詹姆斯夫人的南瓜，今晚就留給別人享用吧。」

威利開一輛轉過五手的便宜轎車。我們五個人一齊擠了進去，驅車駛往六十公里以外的瑪肖庇。我記得那是一個晴朗然而悶熱的夜——星群密集的夜空壓得很低，漸漸逼近的雷電在天邊劃出一道道沉悶的閃光。我們的車在兩邊的丘陵間行進著，這種由成堆的花崗岩巨石壘起的小山丘正是那一帶鄉間的特徵。巨石中蓄滿了熱力和靜電，在我們駛過時，那一股股強大的熱氣便如綿軟的拳頭一樣拂過來，直撲我們的面頰。

我們於八時半抵達瑪肖庇，發現酒吧裡面燈火通明，擠滿了當地的農夫。地方雖然不大，卻是明亮得很，從光滑的木器，到光潔的黑色水泥地，無一不是耀眼奪目的。如保羅所描述過的，裡面有一張玩得很舊了的飛鏢靶和一個賭盤，而布斯比先生就站在吧台後面。他有六英呎高，體格魁梧，肚子已凸起，但背脊卻挺直有如一面牆，一張沉重的臉上，每一條紋理都似已在酒精裡浸染日久了，一雙凸出的眼睛顯得冷靜、精明。他還記得在此吃過一頓中飯的保羅，並且問起飛機修復得怎樣了。它沒有什麼損失，但是保羅開始不厭其煩地敍述起經過，關於一隻機翼如何被閃電擊中，他如何打開降落傘降到樹頂，而他的教官是被他一把挾在臂下才得以逃生的——一聽就是瞎編，布斯比先生打從一開始就已經不自在了，但是保羅卻是以一種優雅的風度極爲認眞、投入地說著這個故事，這樣就只好等他講完。「我這麼做不爲什麼，我的選擇就只有飛行和死亡」——再裝模作樣地擦去一滴英雄淚，布斯比先生這才勉強從嗓子眼裡咕嚕著笑了幾聲出來，提議他來喝上一杯。保羅原來指望到屋子裡面的餐廳去喝酒的——那也應算是對英雄的犒勞吧。可是布斯比先生伸手接過錢，瞇起眼來看了半天，像是在說：「是的，我知道這不是玩笑。並且只要你能，你就會愚弄我。」保羅付了錢，保持著他的優雅，繼續聊了幾句。然後他朝我們這邊走回來，面帶微笑，幾分鐘以後他說布斯比先生曾是伯明罕輕武器公司警署的中士，他是在離開英國前夕結的婚，妻子曾在一個酒館的吧枱裡幹過。他們有一個十八歲的女兒，夫妻倆經營這家旅館有十一年了。「還有一點也棒極了，如果我可以這麼說的話，」我們聽到保羅在說，「今天中午我可是飽餐了一頓。」

「可是現在已經九點了，」保羅說，「餐廳關門了，而我的店主人也沒說能給我們弄點兒吃的什麼的。這事我沒幹成，得讓大夥兒挨餓了。原諒我的失手吧。」

「我去看看行不行。」威利說。他朝布斯比先生走過去，要了杯威士忌。在五分鐘內他成功地讓餐廳的門為我們打開了，我不知道他是如何辦到的。開始的時候，他站在酒吧裡那些穿著卡其布衫子，被太陽曬得黧黑的農夫和他們那些邋里邋遢的女人中間，簡直像個怪物，打他一進來，所有的眼睛便朝他轉了過來，一遍又一遍的打量著他。他穿一件優雅的米色絲綢外衣，頭髮在刺目的燈光下泛著黑亮的光澤，面色蒼白，溫文爾雅。他用他那一口糾正得過了頭，一聽就是德國腔的英語說道，他同他的朋友們從城裡一路趕來，專程前來品嘗聽說已久的瑪肖庇的美味佳肴，並說他相信布斯比先生是不會令他失望的。他說時帶著保羅剛才講他的降落傘故事時一模一樣的傲慢，那種隱含著冷酷的傲慢。而布斯比先生一聲不響地站在那兒，冷冷地瞪視著威利，他擱在吧台上的那雙大手一動也不動。威利於是從容地掏出他的錢包，遞過去一張一英鎊紙幣，我估計多年來大約沒有人敢對布斯比先生賞賜小費。布斯比先生這時並沒有立刻做出反應，他緩緩地有意轉了轉頭，瞇起眼來琢磨手中各拿一大杯啤酒站在那兒的保羅、泰德和吉米可能會有多少錢，這時他的雙眼凸出得越發厲害了。然後他說了一句：「我得看看我妻子能做出什麼來。」便離開了酒吧，威利的那張一英磅紙幣還留在吧台上。威利本打算收回來，但終於沒有去拿。他朝我們走回來，「那一點兒也不難。」他大聲道。

保羅這時早已把注意力集中到一個農夫的女兒身上。那女孩在十六歲左右，長得挺漂亮，身材圓圓胖胖的，穿著一條綴有荷葉花邊的平紋細布裙子。保羅站在她面前，一隻手平平穩穩地舉著那只碩大的啤酒杯，邊用他那柔和悅耳的聲音對她說著：「自從三年以前在亞斯哥特賽馬會以來，我一直就沒再見過這樣的裙子。」那女孩子被他迷住了，臉漲得紅紅的。不過我想再有片刻的時間她就會明白他是一個傲慢無禮的傢伙了。然而就在此時威利已把手擱到了保羅的臂上，說道：「來吧。馬上一切就都有了。」

我們走出酒吧來到遊廊上。馬路對面聳立著橡膠樹，葉片上閃爍著星星點點的目光。火車在鐵軌上嘶嘶地拖著蒸汽。泰德壓低了激動的聲音說：「保羅，要毀滅整個上流階級，你就是我所知道的最好的理由，就是要清除你們這些人。」我立即表示同意。這種事情絕不是第一次發生，就在一個星期前保羅的傲慢還曾激怒過泰德，他當時氣得都失態了，面色發白，滿臉怒容，說他永遠也不會再跟保羅說一句話。「或者說威利——你們倆是一路貨。」我以我個人的身分，再加上瑪麗羅斯，兩個人一起勸說了數個小時才讓他恢復常態。儘管如此，保羅此刻照樣輕鬆地說道：「她從沒聽說過亞斯哥特賽馬會，若是知道了，她會不勝榮幸的。」這之後出現了一陣沉默，我們全都在看那微微抖動的銀色樹葉，然後聽到泰德在說：「是呵，你們活得再久也不會明白的，我又有什麼好在乎的。」這句「我又有什麼好在乎的」帶著一種我從未在泰德那兒聽到過的口氣，幾乎是輕佻的。他還笑了起來，我從沒聽他那樣笑過。我感覺很不好，十分不解——因爲泰德和我在這樣的爭執中總是站在一邊的，而現在我落了單。

旅館的主樓就坐落在大路邊，由酒吧、餐廳及其後的廚房組成。樓的前部是一條由木柱子撐起的遊廊，上面還種有植物。我們就坐在遊廊的長凳上，也不說話，哈欠連連，突然間都有一種筋疲力竭之感，我們餓壞了。不久，被丈夫從自己房裡喚出來的布斯比太太終於過來招呼我們進了餐廳，她把門又關好，不然那些遊客就又會跟進來要吃的了。這是殖民地的一條主要公路，來往車輛十分繁忙。布斯比太太是一位高大而肥胖的婦人，紅光滿面，一頭黯淡無光的鬈髮，模樣極爲平凡。她穿著緊身的胸衣，會猛地一屁股坐下來，而她的胸部高得就像身體前面架了一塊擱板似的。她是友好而和藹可親的，急於讓別人領受她的好意，但也不失尊嚴。她表示抱歉，因爲我們來得太晚，所以不能給我們提供一頓完整的晚餐了，但是她會盡力而爲的。說完這些她點點頭向我們道了晚安，就把我們交給了侍者，後者因爲在正常的服務時間後被滯留到這麼晚，顯然一臉的不高興。我們連著幹掉了幾盤烤牛肉，味道很濃很不賴，還有炸土豆、胡蘿蔔，之後則是蘋果派、奶油以及當地產的乳酪，都是英式酒館中的那類食物，做得也十分精心。此刻，巨大的餐廳裡寂然無聲，所有的桌椅都已收拾得乾乾淨淨，只等著明天開早餐了。從窗子和門框上垂下厚重的印有花卉圖案的亞麻布簾子，外面路過的車輛不斷，車燈的光一遍又一遍的掃過簾子，在這樣的光影中簾子上的圖紋隱去了，於是花卉那紅紅藍藍的顏色隨著光束的移動一次又一次的顯得格外鮮豔奪目。我們全都昏昏欲睡，話也越來越少。但是我過了一會兒後心情才愉快起來，因爲開始的時候保羅和威利又像往常那樣拿侍者當僕人來指使了，不停的要他這樣那樣，這時泰德則突然恢復了他原來的樣子，他去跟那個人說話，拿他當一個眞正的人看待，甚至比他平時待人還要更熱情些，我看出他對自己剛才在遊廊上的那個瞬間感到羞愧了。在泰德詢問這個人的家庭，他的工作、生活，並爲他提供一些見解的時候，保羅和威利只管悶頭吃著，這種場合他們通常如此。很久以前他們就已經把自己該站在什麼位置上搞得很明白了。「你是在想像吧，泰德，對僕人們發上一通善心就能提前實現社會主義？」「不錯。」泰德便這麼回答。「那我可就幫不了你了。」威利說完便聳聳肩，表示他是無可救藥的了。吉米則還在要酒喝，他已經喝醉了。他是我認識的人中最容易醉的一個。布斯比先生走了進來，並說做爲旅遊者，我們是有權利喝酒的，但同時也讓大家明白爲何這麼晚了我們還能在此進餐是有前提的。也就是說，除烈酒外，他還想讓我們再來點什麼，於是我們要了葡萄酒。他隨即拿來一瓶冰凍過的好望角白葡萄酒，那酒相當不錯，後來他又拿來一瓶好望角純白蘭地，我們本來不想喝的，可後來實在喝了不少，又喝了更多的葡萄酒。最後威利宣布說下個週末我們還要來，可否請布斯比先生給我們安排房間。布斯比先生說那當然是不成問題的，說著把帳單遞了過來，那上面的數目著實讓我們費了一番周折才算把錢湊齊了。

威利沒有問我們任何一個人是否有空來瑪肖庇度週末，但這主意看起來不錯。我們驅車回返，披著已是清冷的月色。沿著山谷有一帶白色的霧，透著寒意。夜已深了，我們全都喝得有些醉醺醺的，吉米更已是不省人事。車終於開進城裡的時候，他們三個也已經來不及趕回營地了，便一塊擠到我在根斯伯洛旅館的房間裡，我則去威利房裡睡。碰到這種情形他們第二天通常得早起，大約在凌晨四點的時候，他們就得步行到城郊，搭上那班通往營地的公車，到六點左右，日出的時候，他們就要開始飛行了。

於是到了下一個週末，我們一夥人就去了瑪肖庇。有威利和我，瑪麗羅斯、泰德、保羅，還有吉米。那是星期五的晚上，因爲一個關於「路線」問題的黨內討論會，我們耽擱到很晚才動身。與往常一樣，這一類討論總是圍繞著如何動員非洲民衆起來進行武力反抗而展開。由於黨內的正式分裂，討論在任何情況下都是針鋒相對的，也並不妨礙我們這個小圈子在這一個特定的晚上以自己爲一派。這個會大約有二十人參加，會議結束時我們一致通過現有的「路線」是「正確」的——我們也一致同意不隨便胡來。

當我們幾個人或提著箱子，或提著長帆布袋上車的時候，每個人都變得默不作聲起來。一直到車開出郊外，仍然沒人說話。接下來關於「路線」的爭論重又開始——在保羅和威利之間。他們說的並不比會上的高明多少，但我們全在那兒聽著，我想是在期待著他們能冒出些新的火花吧，也好讓我們從一團糾結不清的線索中理出頭緒來。「路線」是簡單明確並且令人欽佩的，在這個有色人種占絕大多數的社會中，社會主義者的任務很明確，就是要抵抗種族主義。因此，「前進之路」必須把白人的進步人士和黑人先鋒隊伍聯合起來。那麼誰來做白人進步人士？顯然是工會。那麼黑人先鋒又是誰呢？很淸楚，是黑人的工會。可那時黑人工會因爲非法尙不及再出現，而且黑人大衆也還沒有進化到敢於採取非法行動。至於唯恐失掉自己特權的白人工會，卻是白人中對黑人敵意最強的一個階層。因此我們想像中應該發生的事情，實際上也一定要發生，因爲讓無產階級來領導奪取自由的道路是首要前提，而這一點在現實中尙沒有任何迹象。儘管如此，這首要的前提依然是神聖到不容置疑的。黑人民族主義在我們這個圈子裡是一種右傾思潮，是人人都需與之對抗的（這曾是南非共產黨的事實）。而這個首要前提卻建築在最高尙的人道主義思想的基礎之上，它使我們全身心充滿了一種良好的道德感。

寫到這兒我看到我又陷入了那種自懲式的、玩世不恭的調子，然而這又是一種多麼令人感到安慰的調子，就像在傷口上敷上某種藥膏。因爲那當然是一個傷口——我，還有成百上千與我一樣的人，每當回憶起我們在「黨」內或者在其左右的那段時間，就無法不體會到一種可怕而乏味的極度痛苦，那是一種類似於思鄉病之類的情緒所帶來的危險的痛苦，簡直就是致命的。我應該從這兒寫下去，寫眞實的情形，不再用那種調子了。

我記得是瑪麗羅斯的一句話結束了他們倆的爭論：「可是你們沒有一句話不是在重複剛才說過的呀。」於是這兩人就住了口。她常常如此，她有這個本事讓我們統統閉上嘴。然而男人們都寵著她，他們認爲她根本沒有政治思維，因爲她不會說政治術語，要麼就是不說。但是她會很迅速地抓住觀點，並用簡單的方式把它們表述出來。但是有一種類型的人，比如威利，只接受以他們的語言所表述的思想觀點。這會兒她正說著：「一定是什麼地方搞錯了，不然我們也不必像這樣花這麼長時間討論個沒完。」她的語氣很肯定，但這回男人們都沒接腔——她於是感覺到他們不過是在容忍她這麼說，這使她不安起來，於是懇求似地大聲道：「我說得不對，可你們知道我的意思是……」因爲她帶了懇求的語調，男人們緩和了過來，威利還好心好意地說道：「你說的當然是對的，任何一個像你這麼美的姑娘都是不會說錯的。」

她就坐在我邊上，這時她轉過頭來，在黑暗中朝我微笑了一下，我們平時經常這樣相視而笑。「我要睡了。」她說著把頭靠了過來，枕在我肩上，像隻小貓一樣，睡了過去。

我們全都十分疲倦。從未在左翼運動中活動過的人是絕不會明白一個獻身於社會主義的人工作有多辛苦的，日復一日，年復一年。不管怎麼說，我們以此爲生，還有那幾個軍人，無論如何，這幾個接受實質性飛行訓練的人是處於連續的緊張壓力之下的。每天晚上我們都要組織會議、小組討論，以及辯論。我們全都看大量的書，每天早晨多在四、五點鐘起床。除此之外我們全是靈魂工作者，而泰德把這種我們都有的觀念又發展到一個極致，他把任何人遇到的任何麻煩都當作是我們的責任。我們的任務之一是要向人們闡釋生命是一次光榮的歷險，哪怕只說一點點。回想起那些日子，在我們所做的所有那些令人震驚的艱苦工作中，只有一個部分我現在想來才算是有所收穫的，那就是對個人的循循誘導。那些被我們做過工作的人，如果說他們竟會遺忘我們關於光榮的生命那種絕對豐富而強大的說服力，我是持懷疑態度的，因爲就算我們是不計好惡地在做這項工作，我們也是以這一點爲根本出發點的。事實上所有的努力都是有回饋的，就拿威利來說，有一回他遇到一位前來述說不幸的婦人，她的丈夫對她不忠。威利苦思冥想了幾天後，決定送給她一本名爲《金枝》的名作，因爲「當一個人因爲個人生活而不快樂時，正確的方法是採取一種歷史的觀點看待這一切。」她很感歉疚地把書又還給他，說她的腦子對付不了。無論如何她已決定離開她的丈夫，因爲他不值得她爲之煩惱。但是她在離開小城之後依然很穩定地和威利保持著通信聯絡，都是些禮貌、感人、充滿感激之辭的信件。我還記得那些可怕的句子：「我永遠忘不了你曾這麼好心的關懷到我的生活。」（可當時這種話並不曾給我留下什麼印象。）

我們在這種狀態中生活了兩年多——因爲極度的筋疲力竭，我想我們都可能有點兒瘋狂。

泰德開始唱起歌來，以免一不留神就睡過去了。保羅則以全然不同於剛才和威利討論時的語調編起一個荒誕不經的故事，說的是在一個假想的白人殖民地中黑人起來反抗時會變成什麼樣子。（這是在後來的肯亞及其茅茅❺組織的近十年以前。）保羅描繪了「兩個半人」（威利抗議說這有抄襲杜斯妥也夫斯基❻之嫌，後者在他眼裡一直是個反動作家。）是怎樣花了整整二十年的時間讓當地的野人進化到以他爲運動領袖的認識階段，這時卻突然冒出了一個蠱惑人心的政客，他受過的所有教育加起來不過就是在倫敦經濟學校的六個月，但他卻在一夜之間發動了一場群衆運動，標語上寫著「白人滾出去」。那「兩個半人」是富有責任心的政治家，他們對此十分震驚，但是爲時已晚——那政客竟斥責他們是爲白人收買的騙子，而白人驚慌之中揑造了一個罪名把政客和「兩個半人」全投進了監獄。群龍無首的黑人民衆就此擁進了森林和丘陵地帶，打起了游擊。「當黑人武裝慢慢地被白人武裝鎮壓下去之後，大批像我們這樣有教養、身心純潔、受過高等教育的男孩，不遠萬里地從英國把法律和秩序搬了過來，卻漸漸受惑於黑人的巫術，還有巫醫，這些邪惡的異教徒行徑極爲自然的使所有思維健全的人徹底忘了他們的事業目標。於是如我們這樣富有教養而純潔的男孩子們，在經受了道德的強烈譴責之後，對他們痛加鞭笞和折磨，最後絞死了他們。法律和秩序最終獲勝了。白人從監獄裡放出了『兩個半人』，但是把那政客送上了絞刑架，宣布黑人們將獲得最基本的民主權利，可『兩個半人』卻，等等，等等，等等。」

---

❺茅茅：Mau Mau，肯亞的吉庫尤人的一個秘密組織，活躍於二十世紀五〇年代，發誓以暴力驅逐白人。

❻杜斯妥也夫斯基：Dostoevsky（一八二一～一八八一），俄國作家，曾因參加革命團體被判流放，主要作品有《白痴》、《罪與罰》等。

對這一番奇想，我們沒一個人吭聲。它距離我們設想的一切太遙遠了。除了這一點，我們還十分震驚於他的語調。(當然，現在我很清楚這是因爲一種受挫的理想主義——我很驚奇會把這個詞與保羅聯在一起。那是我第一次相信他完全有可能這樣。）他接著道：「還有另一種可能。假使黑人武裝勝了呢？那樣的話對於一個明智的民族主義領導人來說，他只有一件事可做，那就是深化民族主義感和發展工業。你們想到過嗎，同志們？那將會是做爲進步分子的我們的責任，去幫助民族主義國家，因爲他們需要發展所有那些我們恨之入骨的資本主義的不平等原則。想到了嗎？因爲我看到這一點了，我可以從我的水晶球上看得清清楚楚——然而我們將不得不去支持這些。噢，是的，是的，因爲一切將別無選擇。」

「你該喝一杯了。」威利趕著這當口插道。

路邊旅店的酒吧間此刻都已打烊了，於是保羅睡了過去。瑪麗羅斯也睡著了，還有吉米。泰德坐在前座的威利旁邊，仍保持著清醒，便吹著口哨，聽來是某一段曲子。我覺得他沒在聽保羅說，每當他吹起口哨或者哼個什麼曲子的時候，一般是表示不滿。

很久以後，我還記得當時我在想，在那幾年永無止境的分析討論中，只有一次我們接近過眞理（事實上還遠著呢），那是保羅有一回憤怒地學某人說話的時候。

我們終於抵達目的地時，天也漆黑如墨。一個在遊廊上等著我們的侍從睡眼惺忪地把我們領到房間。客房所在的這幢建築建在距餐廳和酒吧二百碼後面的一個斜坡上，只有一層，共二十個房間，分成背靠背的兩排，每十個房間共有一條遊廊。房間裡面涼爽宜人，儘管並沒有循環通風設備，但有電扇和高大的窗戶。我們共得到四個房間，吉米和泰德、我和威利分別共住一間房，瑪麗羅斯和保羅則各住一間。這種安排從此確定下來，或者說，既然布斯比夫婦從未對此說過什麼，威利和我在瑪肖庇旅館通常就睡一個房間了。第二天早晨我們全都睡到很晚才醒，早餐時間早過了，但酒吧開著，我們就去喝了幾杯，幾乎沒有人說話。然後用了中餐，也沉默著，人人只是奇怪自己怎麼會這麼累，像是緩不過來了似的。旅館的中餐總是十分豐盛的，大量的凍肉，各種各樣凡是能想得到的沙拉和水果。飯後我們全都又去午睡。威利和我再醒來時太陽都已快要落山，我們只得去一一叫醒衆人。然後在吃完晚餐半小時後我們又全上了床。第二天，也就是星期天，情形也幾乎一樣糟。上次的那第一個週末事實是我們在此度過的最愉快的一晚了。這一次我們全都處於極度疲勞之後的安靜狀態中，幾乎沒人喝酒，布斯比先生對我們十分失望。而威利尤爲沉默，我想就是在那個週末，威利下決心要脫離政治，或者至少就他所能離得越遠越好，而把精力投入到學習上。保羅卻對每一個人都眞心的坦誠而友善起來，尤其是對布斯比太太，她簡直被他迷住了。

我們在星期天很晚的時候才開車離開瑪肖庇旅館，因爲誰也不想走。走之前我們一起坐在遊廊上喝著啤酒，身後的旅館已是漆黑一片，月色格外明亮，我們甚至可以淸晰地看到路面上的白色沙子一粒一粒的在那兒閃閃發光，它們是白天牛車轉轆碾過柏油碎石路面時被蹦出來，又拋到現在的地方。橡膠樹那重重垂落下來的尖葉子在月光下耀眼得如一柄柄銀色小槍。我記得泰德說：「看看我們大家，全坐著一言不發。瑪肖庇，這是一個危險的地方。我們一個週末又一個週末的來到這兒，在這些啤酒和月光還有美食中冬眠。我問你們，到什麼地步才結束呢？」

之後我們一個月沒再回去。我們太知道自己有多累了，我想我們只是害怕，這種緊綳著的疲勞感一旦放鬆會是個什麼樣子。那是工作極爲繁重的一個月，保羅、吉米和泰德並且結束了訓練，開始每天都要飛行。天氣很好，有大量的外圍政治活動，諸如演講會、學習小組，還有調查工作。但是「黨組織」成員只碰了一次頭，另一個黨小組則失去了五名成員。有意思的是，大家在開總會時打得不可開交直吵到黎明的事情每發生一回，這個月剩下的時間我們就通常會進行些個別交談，彼此感覺良好地討論那些我們所負責的外圍工作的細則。與此同時，我們小組繼續在根斯伯洛天天會面，開著瑪肖庇旅館的玩笑，還有那種邪惡的輕鬆氣氛的影響力，我們拿它做了各種奢侈享受，墮落和意志薄弱的代名詞。我們有些朋友雖沒去過瑪肖庇，但知道那不過是一家尋常的路邊旅館，便笑我們是瘋了。距那次旅行一個月以後，我們有了一個很長的週末，從星期四晚一直持續到下星期三——在殖民地人們對假期是很重視的。我們聚集了整整一群人再次前往瑪肖庇。除了原先那六個人以外，又多了泰德的一個新門徒，來自曼徹斯特的斯丹利·萊特，就是那個他爲之失去飛行員資格的年輕人。還有喬尼，一位爵士樂鋼琴家，斯丹利的朋友，此外還安排了喬治·洪斯婁在那兒與我們會合。我們先是乘小轎車，後又換了火車前往瑪肖庇，於週四晚酒吧關門之前抵達。顯然這週末將大不同於以往。

旅館裡面到處都是前來度長週末的人。布斯比又增開了十幾個額外的房間，還將舉辦兩個大型的舞會，一個是對外的，一個是私人舞會。這時已可感受到一種生活氣息，那種叫人愉快的忙亂。當我們這夥人坐下來吃晚飯的時候，天已很晚了，一個侍者還在那兒用彩色紙和一串串的電燈泡裝飾著餐廳的各個角落。我們享用到了爲次日晚會準備的一道特別的冰凍布丁，布斯比太太還遣人悄悄地來詢問我們那幾個「空軍小伙子」是否介意明天幫她布置一下大廳。來傳話的是瓊·布斯比，顯然她來是出於好奇，想看看這幾個男孩子是什麼樣兒，也許是因爲她母親曾談起過他們。但是同樣明顯的是他們並沒有給她留下特別的印象。有許多從英國來的殖民地女孩只看了這些男孩一眼就不再考慮他們，覺得他們有點娘娘腔，認爲他們是容易多愁善感的男人。瓊也是這樣一個女孩。那天晚上她停留的時間剛好夠她傳完她母親的話，再聽保羅用過分禮貌的語調高興地「代表空軍」接受她母親好心的邀請，然後她就轉身走了。保羅和威利就這個待嫁的女兒貧了幾句嘴，但這是以嘲弄「旅館老闆和老闆娘，布斯比先生和太太」時的那種態度隨口說的。在這個成功的週末的以後幾天中，他們再沒有去注意過她。顯然他們認爲她長得過於平凡，爲了避免純出於憐憫地提到她，或甚至只是出於一種騎士風度，乾脆就忍住了——儘管總的來說他們中誰也沒有表現出這種情緒來過。她是一個身材高大的女孩，手臂和雙腿又粗又壯，肌膚呈紅色，顯得很是笨重。她的臉也是紅紅的，像她的母親，同樣是暗淡而缺乏光澤的頭髮，襯著她那張笨拙的臉。她身上沒有一點可稱得上吸引人地方，但她的體內卻緊繃著一種急待爆發的潛在能量，因爲她正處於女孩子們都要經過的那個階段——一種爲性幻想所糾纏得近乎恍惚的狀態。我在十五歲時，那時還同父親一起住在貝克街，就有好幾個月處於這種狀態。所以此時我不禁要回憶起當日的情形來，眞是半覺有趣，半覺窘迫，那是一種如此強大的情緒力量，可以無視人行道、房子、窗戶等等的存在。而在瓊這方面有意思的是，照常理來說，她應該會在某些場合碰到一些男人，而他們將會發覺她的苦惱，但是瓊卻沒有。見到她的第一個晚上瑪麗羅斯和我就意識到了這一點，並且頗覺有趣地可憐起她來。我們不由自主地交換了一下目光，差點沒笑出來。但我們沒笑，因爲我們也知道這種已如此明顯的事情男人們卻一下子看不出來。我們想保護她，以免她被他們取笑。所有到這兒來度假的女人都注意到了瓊。我還記得有一天早上我與拉蒂莫爾太太一起坐在遊廊上，就是那個與年輕的斯丹利・萊特調情的紅髮美女。這時瓊走入了我們的視線，她正在橡膠樹下沿著鐵路漫無目的地徘徊，就像一個夢遊者。她會走上五、六步，抬眼凝望遠處層疊的藍色山巒，舉起手臂撫摸頭髮，這時她的整個身體、那緊繃在一件鮮紅色棉布衣服裡面的身體就會曲線畢露，甚至可以看到她腋窩裡的暗色之斑，然後她垂下手臂，兩隻手在身體兩側捏成兩個拳頭。她會一動不動地站上一會兒，又走上幾步，然後再停下來，她更像是在做夢，邊用她那雙白色高跟涼鞋的鞋尖一下一下地踢著路邊的煤渣，慢慢地走出那片閃爍著陽光的橡膠林。拉蒂莫爾太太長長地呼出一口氣，虛弱而寬容地笑了，說：「上帝，就算給我一百萬英鎊，我也不想再做一回少女了。我的上帝，再經歷一遍那種時刻，一億英鎊也不幹。」瑪麗羅斯和我也有同感。然而，儘管這個女孩的一舉一動在我們看來是如此的侷促不安，男人們卻並未覺察，而我們也注意著不去洩漏這一點。這裡面有一種女人之間的騎士風度，與任何別的忠誠一樣牢固。或許這也是因爲我們不願意回過來想，我們身邊的男人是多麼的缺乏想像力。

瓊的大部分時間都待在自家的陽台上。布斯比家位於旅館一邊二百碼以外的地方，房子避開這邊嘈雜的人聲，建在十英呎深的地基上。陽台刷成白色，又深又涼快，滿眼都是爬山藤和鮮花，顯得格外漂亮。瓊就躺在這兒的一張花布舊沙發上，一個小時一個小時的聽著她的手提唱機，內心描畫著她想像中的男人，那個會把她從夢遊狀態中解救出來的人。幾週以後這想像就可以成形了。那輛往東開的運貨卡車停在旅館門前的時候，我和瑪麗羅斯正坐在遊廊上，從車上跳下來一個虎背熊腰、又粗又蠢的小伙子，他有壯實的紅色肌膚的雙腿，太陽曬紅的雙臂，牛一樣結實的臀部。瓊從陽台上走下來，在那條有一頭通向她家的礫石小道上走來走去，用她那雙尖頭涼鞋不斷地踢著路邊的砂礫。他往酒吧的方向走，半途上有一顆砂礫嵌入了他的腳縫，他停下步子，盯住了她。之後他頻頻回首，直到進酒吧門之前，還遞給她茫然所失，近乎被催眠的一瞥。瓊跟了進去。此時布斯比先生正以杜松子酒款待著吉米和保羅兩人，跟他們一起談論著英國。他沒有注意到他的女兒，後者坐進了一個角落，雙眼夢一般地往窗外看去，她的視線越過瑪麗羅斯和我，落在這個早晨瀰漫著熱氣的塵土和刺目的光線上。那年輕人就坐在離她一碼遠的長凳上喝啤酒。半小時後，瓊和他一起爬進了貨車。瑪麗羅斯和我突然之間幾乎同時爆發出一陣無可控制的大笑，直到保羅和吉米從酒吧裡邊直往外望，想鬧明白我們在笑什麼，我們才打住了。一個月後瓊和那男孩訂了婚，直到那一刻，人們才開始意識到她成了一位文靜、愉快而懂事的姑娘，那股迷迷瞪瞪的遲鈍樣兒竟全然不見了。也是直到那時，我們才知道布斯比太太對女兒的那種狀態有多麼煩躁不安。當女兒再度幫她打理旅館時，她顯得那麼高興，那麼寬慰，她與女兒重新成了朋友，一起籌劃著婚禮，那種表現倒像是因爲曾經對女兒的不耐而有罪惡感似的。並且，這種長期的惱怒也許正是她日後變得暴躁而不講道理的一部分原因。

瓊第一次來找我們的那個晚上，她走開沒多久，布斯比太太就來了。威利請她入坐，保羅也緊跟著向她發出邀請。在我們看來這兩人的殷勤中都有些誇張和冒失的成分。然而上次那個我們特別疲乏的週末，她與保羅在一起時，保羅表現得率直而沒有一絲傲慢無禮的地方，他跟她談起他的父親和母親，談起「家」。儘管，他的英國和她的當然是有天壤之別的。

布斯比太太在保羅面前有弱點，這在我們中間成了笑談。但是我們並不眞以爲是這樣，要不然我們也不會成心取笑了，或者說我很希望我們不曾如此。因爲在這個階段中我們十分喜歡她。但是布斯比太太當然是被保羅迷住了，還有威利，而且恰恰是因爲這兩人身上那些爲我們所痛恨的特點——粗魯，以及在他們那冷漠優雅的風度後面的傲慢。

我是從威利那兒學到有多少女人是喜歡被男人欺負的。那是一件恥辱的事，我總是竭力反抗著，拒絕接受這個事實，可是我一次又一次的都是親眼目睹。如果有那麼一個人人都覺得難以相處的女人，一個需要別人哄著、處處遷就她的女人，威利就會說：「你們根本不知道是怎麼回事，她不過是欠揍罷了。」（「欠揍」是個殖民地用詞，通常如此爲白人們使用：「那個卡菲爾人❼眞他媽的欠揍」——只不過威利已加以廣泛應用了。）我還記得瑪麗羅斯的母親，一個愛居高臨下、神經質的女人，能把她女兒的所有活力都消耗殆盡。她有五十歲左右，像一隻老母鷄那樣精力充沛、終日忙做一團。看在瑪麗羅斯的份上，我們對她還是十分有禮的，就算她跟在瑪麗羅斯後面吵吵嚷嚷地進了根斯伯洛，我們也都忍了。她在的時候瑪麗羅斯總會陷入無精打采的煩燥狀態，那是一種神經的疲憊不堪。她知道她必須跟母親開戰，但是在道德上又沒有足夠的力量。對這個女人，就算會厭煩透頂，我們也已經做好了一切心理準備，並打算遷就她了，但是威利只用了五、六句話就把她給治了。那是有一天的晚上，她來到根斯伯洛，發現我們這些人全坐在空空蕩蕩的餐廳裡，便大

---

❼卡菲爾人：Kaffir，南非說班圖語的部分居民；貶義的非洲黑人。

聲嚷嚷道：「好呵你們又全跑到這兒來了。你們該上床睡覺了。」說著她就要坐下來加入我們的談話。這時威利那兩片閃閃發光的鏡片對準了她，聲調也沒抬地道：「弗爾勒太太。」「怎麼，威利？那又是你嗎？」「弗爾勒太太，爲什麼你一到這兒就要追在瑪麗羅斯的後邊，把你自己搞得這麼讓人討厭呢？」她喘著氣，臉騰地一下紅了，但她還站在那張她本打算入坐的椅子邊不動，雙眼盯著他。「沒錯，」威利鎮靜地說，「你是個討厭的老太婆。你可以坐下，如果你願意的話，不過你得保持安靜，別說廢話。」瑪麗羅斯的臉已經白了，又是吃驚又代她母親感到一陣刺痛。可是弗爾勒太太愣了片刻之後，只短促而驚亂地乾笑了幾聲，便坐了下來，極爲安靜。從那以後，她只要一走進根斯伯洛，就會在威利面前表現得如同一個被調教得乖乖的小女孩，就好像身邊就是她那位凶悍的父親似的。並且，被治成這樣的還不止弗爾勒太太一人，還有那個掌管根斯伯洛的女人。

現在輪到了布斯比太太。她絕不是那種愛作賤自己的潑婦，也不是那種在自己受到侵犯時還感覺遲鈍的人。儘管如此，甚至即便不是憑她的頭腦，只憑她的神經也可以感覺到自己蒙受侮辱的時候，她還會一次又一次的來領受更多的侮辱。她不像弗爾勒太太那樣，挨了一頓「揍」之後就在驚慌中得著了滿足，然後偃旗息鼓；她也不像根斯伯洛的詹姆斯太太那樣會變得跟個小姑娘似地害羞起來。她會很有耐心地聽著，然後反駁回去，使自己加入表層的談話，而不去理會那底下的傲慢和侮辱，這樣她有時會令威利和保羅也不好意思起來，回復了謙恭有禮的態度。但是私下裡我敢肯定她有時也會氣得滿面通紅，捏緊了拳頭，暗自在心裡說：「我要反擊過去。是的，只要他敢這麼說我就要出去。」

那天晚上保羅幾乎立刻開始了他最喜歡的一個遊戲——滑稽地模仿起殖民地那種老套的對話，要讓被提到的殖民地裡邊的人都意識到自己已成了別人嘲笑的對象。威利也加入了這個遊戲。

「您的廚師跟著您，當然有好多年了——來根菸嗎？」

「謝謝，親愛的，我不抽菸。不錯，他是個好小伙，我得為他這麼說，他總是那麼忠誠。」

「應該說，他差不多已是您家的一員了吧？」

「是呵，我就是把他當家庭成員來看待的。而且他也十分喜歡我們，這我敢肯定。我們總是對他十分公平。」

「或許就跟對一個朋友或孩子那樣吧？」（這是威利。）「因為他們不就是些大孩子嗎？」

「是呵，眞是這樣。當你眞正弄懂他們的時候，他們不過就是孩子。他們喜歡你像對待孩子那樣對待他們——嚴厲，但是講理。布斯比先生和我都深信對黑人要一視同仁。應該就是這樣。」

「不過從另一方面來說，你也不能讓他們得寸進尺，」保羅說。「要是這麼一來，他們就會對您失去所有的敬意了。」

「我很高興聽你這麼說，保羅，因為多數你們這樣的英國男孩對卡菲爾人抱有各式各樣的幻想。可是那一點是千眞萬確的，他們得知道有一條界線是不可逾越的。」等等等等。

保羅這時以他最舒服的姿勢坐在那兒，手上握著一個單柄大酒杯，那雙藍色的眼睛目光動人地盯著布斯比太太的雙眼，還沒等到他說：「當然，他們和我們的關係已經發展了好幾個世紀了，確切地說，他們不過是些狒狒罷了。」她的臉已經紅了，並且移開了目光。狒狒這個字眼對於殖民地來說已然太粗魯了，儘管甚至就在五年以前，這個詞已為人們所接受，甚至就出現在報紙的頭版頭條裡邊。（正如「卡菲爾人」這個詞在十年之內變成了粗魯的黑鬼的代名詞一樣。）布斯比太太簡直不能相信一位「在英國最好的大學之一受過教育的年輕人」會說出狒狒這個詞。但是當她回過來再看保羅時，她那張誠實的紅臉蛋表明她已做好了受傷害的準備，但她看到的卻是一張帶著天使一般的笑容的臉，那上面還有一種他一個月前曾出現過的令人為之心動的專注，毫無疑問，那不過是一個想家而喜歡得到一點母親式的庇護的男孩子。她突地吸了一口氣，站起身來，禮貌地說道：「現在我得請你們原諒，我該走了。我還要去給老頭子弄晚飯吃。布斯比先生就愛在晚點兒的時候來份快餐——他從沒正點吃過晚飯，整晚都得守在酒吧裡邊。」她跟我們道了晚安，向威利，然後是保羅，投去極受傷害的、誠懇而猜度的深深的一瞥，離開了我們。

保羅轉過頭來大笑著說：「他們眞是不可思議，他們簡直妙不可言，不過就不是眞的罷了。」

「土著人。」威利笑著說。土著人是他對生活在殖民地的白人的稱謂。

瑪麗羅斯不動聲色地說：「我看不出這有什麼意思，保羅。這不過是在拿人當猴耍。」

「親愛的瑪麗羅斯。親愛的瑪麗羅斯。」保羅邊說著，邊咂咂有聲的啜著他的啤酒。

瑪麗羅斯是美麗的。她是一個嬌小而苗條的姑娘，有一頭蜜色的波浪鬈髮，一雙棕色的大眼睛。她的倩影曾出現在好望角的雜誌封面上，還曾做過一段時間的模特兒，但她完全沒有虛榮心。此刻她耐心地微笑著，用她不慍不火的好脾氣堅持道：「是的保羅，不管怎麼說，我是在這兒長大的，我了解布斯比夫人。我也曾跟她一樣，直到像你這樣的人對我解釋說我錯了。你光拿她取笑是改變不了她的看法的，你只會傷了她的感情。」

保羅又狠狠地喝了幾口啤酒，堅持道：「瑪麗羅斯，瑪麗羅斯，你太好心腸了，你也不是眞的。」不過在這天晚上餘下的時間裡，她成功地讓他自覺到了慚愧。

喬治．洪斯婁，一個修路工，與妻子一起居住在順鐵路線一百英哩外的一個小鎭上，家中有三個孩子，四位老人。他和他的運貨卡車是午夜時分到這兒的。他計劃與我們一起度過週末的夜晚，白天則沿這條公路去幹他的活。我們離開餐廳走到鐵路線附近，坐到一片橡膠樹下等喬治。樹底下有一張粗糙的木桌子和一些木頭長凳，布斯比先生則遣人送來一打冰鎭的好望角白葡萄酒。那時我們都已微微有了些醉意，整個旅館也已沒入了夜色之中，又過了一會兒布斯比的燈火也熄滅了，只有遠處的火車站，再就是幾百碼以外的客房樓裡還有幾星微光。我們坐在橡膠樹下，清冷的月光篩過樹葉的空隙灑到我們身上，夜風把塵土捲上了我們的腳面，感覺就像置身於南非洲的草原之中。旅館早已融入了這片有著花崗岩礫石的山丘、樹林和月光的曠野的風景之中。沿著公路幾哩以外有那麼幾條懸浮著的、微弱而暗淡的光柱，穿梭在兩邊黑魆魆的樹行之間。而橡膠樹那種乾燥的、透著油香的氣味，那乾燥而嗆人的塵土味，還有葡萄酒那冰過的寒氣，更使我們陶然於其中。

吉米倒在保羅身上睡著了，雙臂還摟著他。我靠在威利的肩上，也已半夢半醒。斯坦利・萊特和鋼琴家喬尼緊挨著坐在一起，帶著一絲友善的好奇心看著我們這些人。他們從不掩飾這個事實，無論是現在還是其他什麼時候，也就是說，我們是經允許才勉強可以留在這兒的，而不是他們，並且這一點有著極為明確的根據，因為他們是工人階級，也將永遠是工人階級，但他們並不拒絕親眼來觀察一下我們，來看看由於戰爭中一些令人愉快的偶然性而落到這兒的這一群知識分子是個什麼樣子。這是斯坦利的慣常說法，要他不這麼說，他是不肯的。而鋼琴家喬尼卻從不談論什麼，他總是坐在斯坦利邊上，一言不發地做著他的同盟。

泰德已經開始對斯坦利感到束手無策，「壓在岩石下的蝴蝶」拒絕認為自己需要拯救。為了給自己點安慰，他坐到了瑪麗羅斯旁邊，伸出手臂來攬著她。瑪麗羅斯溫婉地微笑著，待在他的臂彎中沒有動，但是又讓人覺得她和他還有別的男人都是分離的。許多漂亮姑娘都有這種惠賜於人的近乎職業化的才能，允許自己被人碰觸、親吻、擁抱，就好像這是為她們的天賦美貌而支付給上天的一筆答謝費。當她們順從於男人的手時，臉上會有一種容忍的微笑，猶如打個哈欠或是長長地嘆出一口氣。但是在瑪麗羅斯來說，卻還不止這些。

「瑪麗羅斯，」泰德低頭看著在他肩側的那個微微閃著光澤的小腦袋，嚇唬她一般地說道：「為什麼你不去愛我們當中的某個人呢，為什麼你不讓我們中的誰來愛你？」

瑪麗羅斯僅僅微笑了一下，在這般明明滅滅的夜光中，枝葉都已成了斑斑點點的碎影，而她那雙棕色的眼睛卻格外的大而明亮，目光十分溫柔。

「瑪麗羅斯的心已經破碎了。」威利在我的頭上方說。

「破碎的心屬於過了時的小說，」保羅道。「它們早已跟不上我們生活的這個時代了。」

「恰恰相反，」泰德道。「現在破碎的心比以前的任何時候都要多，而且恰恰就是因爲我們生活的這個時代。事實上我敢肯定我們碰到過的任何一顆心靈都是破裂過也飽受過創傷的，就跟一片創痕累累的薄紙片差不多。」

瑪麗羅斯抬起頭來，朝泰德不好意思然而感激地微笑了一下，正色道：「是的，那當然千眞萬確了。」

瑪麗羅斯曾有一個她深愛的兄長。他們性情相投，然而更重要的是，他們之間有著溶入骨血的契合之處，因爲他們有一位難以忍受、霸道又刁鑽的母親，爲了對付她，他們需要相互支持。這位兄長於一年前死在北非，當時瑪麗羅斯正在好望角做著她的模特兒。因爲那副嬌美的容貌，她當然十分忙碌。有一個年輕男人長得十分像她的兄長，我們也見過他的一幅照片——一個身體瘦長、長著一臉濃密的鬍鬚、很有銳氣的年輕人，她一下就愛上了他。她對我們這麼說——我還記得那時我們有多吃驚，就像我們通常對她的感覺那樣，她總是帶著那種絕對的，然而也是漫不經心的誠實態度，總這麼問大夥兒：「是呵，我知道我愛上他就是因爲他長得像我的兄長，可那又有什麼不對的呢？」或者再鄭重地說一遍：「那有什麼不對的？」對此我們也想不出所以然來。但是這個年輕人不過就是長得像她的兄長，在他與瑪麗羅斯快樂地戀愛時，他並沒想要娶她。

威利說：「這一切可能都是眞實的，但你卻是在犯傻，除非你把眼光放開去，不然的話你知道接下來事情會變成什麼樣子嗎，瑪麗羅斯？你會對你的這個男朋友產生崇拜的情緒，而你崇拜他越久，你就越不快樂。你不去接近所有那些可以跟你成婚的優秀的男孩子，最後卻爲了結婚而去嫁了某個人，然後你就會變成我們周圍到處都是的那種鬱鬱寡歡的主婦。」

這裡我得插上一句，可以說這一切正是以後發生在瑪麗羅斯身上的事實。在那以後的幾年中她始終保持著令人賞心悅目的美貌，允許追求者接近她，她則保持著她那甜美的微笑，懶洋洋地像是在打一個哈欠，在圈子裡會很有耐心地坐在這個或那個男人的臂彎裡。末了她極突然地嫁給了一個中年男子，他當時已有三個孩子。她並不愛他，她的心自她的兄長被坦克碾爲肉漿的那一刻起就已經粉碎了。

「那麼你說我該怎麼辦呢？」她問威利。她那種特別的親切在一片月光下映現在她的臉上。

「你應該跟我們之中的某個人上床，越快越好。要治癒一種愛的妄想症，沒有比這更好的辦法了。」威利說，在顯示他溫情的聲音中又帶著一種不由分說的蠻橫，儼然是以一個老於世故的柏林人的身分在說話。泰德做了個鬼臉，移開了他的手臂，以讓人看清楚他與這番話可不沾邊，就好像這麼一來，若他與瑪麗羅斯上了床就不再是純粹的浪漫了。但是，那當然早已不是了。

「無論如何，」瑪麗羅斯說，「我看不出有這個必要。我還是在一直想著我的長兄。」

「我眞沒見過有人對這種亂倫的事竟也會如此不加掩飾。」保羅說。他是當一句笑話來說的，可瑪麗羅斯卻異常嚴肅地道：「不錯，我知道這是亂倫。但是好笑的是我當時一點也沒覺得那是一件亂倫的事。你看，我和我兄長彼此相愛。」

我們又一次驚得目瞪口呆。我都覺得威利的肩也變得僵硬了起來，就在片刻之前他還是個頹廢派的歐洲藝術家，但瑪麗羅斯曾與她的胞兄睡過覺這個念頭卻逼得他返回了他清教徒的眞實本性。

一群人出現了片刻的沉默，然後瑪麗羅斯開口道：「我明白你們爲什麼會覺得震驚。這些天來我也常琢磨這件事，起碼我們並沒有對別人造成什麼危害，不是嗎？那我就看不出錯在哪兒了。」

又是沉默。然後是保羅的聲音跳了出來，很開心的樣子：「如果這一切對你都沒什麼分別，你爲什麼不跟我上床呢，瑪麗羅斯？不然你又怎麼知道你會痊癒呢？」

保羅仍筆直地坐著，支撐著吉米那耷拉著的腦袋以及倚靠在他身上的孩子樣的身軀。他是在忍耐著吉米，正如瑪麗羅斯允許泰德的手臂摟著她一樣。保羅和瑪麗羅斯在小組中恰好是在以不同的性別扮演著同樣的角色。

瑪麗羅斯平靜地說：「如果我在好望角的那個男友也並不能令我眞正忘卻我的長兄，你又如何能呢？」

保羅道：「到底是什麼妨礙了你跟你這位情人結婚呢？」

瑪麗羅斯說：「他出身於好望角一個體面的家庭，他父母不同意我們，因爲我的家世與他們家不夠門當戶對。」

保羅深深地抿起嘴，輕聲笑起來，很有魅力的樣子。但我並不是說他是有意做出這個樣子來的，雖說他當然知道這也是他魅力的一部分。「一個體面的家庭，」他嘲笑著說道。「一個好望角的體面家庭。有錢，眞的是有錢。」

他說得並不像聽起來那樣勢利。保羅從不直接表達他的勢利，只是在說笑話或者說雙關語時才透露出來。事實上他又在縱容自己玩起支配別人情緒的把戲，享受那種讓自己內外不一的快感。我也並沒有站在一個批評的立場上，因爲我敢說我之所以在毫無必要的前提下滯留於殖民地那麼久，原因就在於這種地方有機會讓我得到這種快樂。保羅在吸引我們投入到這種有趣的遊戲中來，就像那會兒正是他發現了瑪肖庇旅館的主人，布斯比先生和太太，若稱呼他們自己的名字，則是約翰和瑪麗布爾。

但是瑪麗羅斯溫和地說道：「我估計這在你看來必定是可笑的，因爲你已經習慣了英國的體面家庭。當然，我很清楚好望角的體面家庭與英國的是不可同日而語，但對我來說結果都一樣，不是嗎？」

保羅保持著一種古怪的表情，以便隱藏起他剛剛開始感到的不安。甚至，像是爲了證明她對他的攻擊是不公正的，他下意識地移動了一下身子，這樣，吉米的腦袋就更加舒適地落在了他的肩上，他努力要表現出他也能夠溫柔起來。

「假如我跟你睡了覺，保羅，」瑪麗羅斯道，「我敢說我會喜歡上你。但是你和我在好望角的男朋友是一樣的，你永遠也不會娶我，因爲我還不夠體面。你是個沒良心的人。」

威利粗嘎著嗓子笑起來。泰德說：「這話對你再合適不過了，保羅。」保羅沒有答腔。剛才在移動吉米之前，吉米的身子滑了下去，這麼一來，保羅此刻只得用雙膝托住他的腦袋和肩膀，就像架著一個嬰兒。這天晚上剩下的時間裡，保羅一直觀察著瑪麗羅斯，心中暗自苦笑。這之後他對她說話時總是十分溫和，甚至不顧她的輕視試著去追求她。但他沒有成功。

午夜時分，一輛運貨卡車的探照燈炫目地折射過來，一下就呑掉了朦朧的月色。卡車的車輪打著迴旋駛離公路，停在鐵路邊的一塊空沙地上。這是一輛滿載著貨物的大型貨車，後面還勾著一輛小拖車。每當喬治．洪斯婁沿公路監管修路工作時，這輛小拖車就是他的家了。這時喬治跳下駕駛座，朝我們這邊走過來，泰德遞給他滿滿一杯葡萄酒迎接他，他站著大口大口地喝著，中間還沒忘加上幾句：「一群酒鬼，笨蛋，痴呆的畜生，就知道坐那兒狂喝。」我還記得葡萄酒那清涼而甘冽撲鼻的味道。泰德操起又一瓶酒往他杯子裡斟時，酒潑灑了出來，在塵土地上嘶嘶作響。塵土於是也散發出一層濃厚而甜馨的氣味，彷彿剛下了一場雨。

喬治走過來吻了吻我。「美麗的安娜，美麗的安娜——可是因爲這個該死的男人威利，我卻沒法擁有你。」然後他又撇開泰德，去吻瑪麗羅斯，後者卻偏了一下頭，只把臉頰給他。喬治便說：「世界上的美麗女人只有兩個在我們這兒，爲此我眞想哭。」男人們笑了。瑪麗羅斯則衝我微笑了一下，我也回了她一個微笑。她的笑容中滿是一種突如其來的創痛，我這才意識到原來我的笑也是如此。然後她不自在起來，這種無意識的情緒暴露顯然有違她的本意，在意識到這點的時候，我們倆同時迅速地把視線從對方臉上調開了。我想我們倆誰也不會喜歡來分析一下這種創痛。這時喬治往前坐了過來，手中舉著一杯滿滿的葡萄酒，說道：「混蛋們，同志們，別再懶洋洋的，現在該是給我說點新鮮事的時候了。」

我們來了興致，變得活躍起來，也忘了犯睏了。威利給喬治講了城裡的一些政治形勢，我們也都聽著。喬治是一個極其嚴肅的人，而且他對威利，嚴格說是威利的頭腦，存有深深的敬意。他深信自己是愚笨的，而且極有可能他這輩子都認爲自己看問題是不夠全面的，同時也以爲自己長得很醜。

事實上他十分英俊，或者說，至少女人們總會對他有所反應，甚至有時她們是不自覺的。比方說拉蒂莫爾夫人，那個紅頭髮的漂亮女人，時常聲稱她對他有多麼反感，但一雙眼睛卻一刻也沒離開過他。他個子很高，儘管看上去倒沒那麼高，因爲肩寬的緣故，而且他的肩部還有些前傾。從寬闊的肩到兩肋，他的身體像是一下子就縮得很窄。他有公牛一樣粗壯的體格，從他的每一個動作中都可以看出他的執拗，還有粗魯，帶著一種強抑的火氣，他是被什麼東西緊緊地束縛著，而且他也並不心甘情願。他的家境十分艱難，多年以來他在家中的形象始終是一個堅忍、自律、自我犧牲的人，但從本質上來說他又根本不是這樣的人。也許正是因爲這些，他才會因爲缺乏自信而變得暴躁，他是那種完全可以比生活所給予他的空間成就更多的人，這一點想必他自己也明白。並且，由於家庭環境的阻撓而一無所成的挫敗感使他一直心中愧疚，那麼他的自我貶低是否是一種他自我懲罰的方式呢？我不知道……或許他這樣懲罰自己是爲了他對妻子一直的不忠？要弄明白喬治和他妻子的關係，我那時是太年輕了。他對她懷有一種極強烈的、始終不曾改變的憐憫之情，一個犧牲者對另一個犧牲者的憐憫。

他是我所認識的最討人喜歡的人之一。至於最有趣的人，當然就非他莫屬了，在這方面他有與生俱來的才能，簡直讓人無法抗拒。我曾經見過有一回他把滿滿一屋子的人都逗得前仰後合，笑聲從酒吧關門到凌晨太陽升起就一直沒停過。當時我們笑倒在床上、地板上，半步都挪不動了。儘管到了第二天，仔細想想他那些笑話，也不見得就有那麼好笑。然而我們當時就是笑得喘不過氣來——其實部分是因爲他那張臉，那張英傻得有如複製下來的臉，五官因爲過分端正而使整張臉顯得近乎單調，所以會令人形成錯覺，以爲他一開口就該是正經八百的。但是在我看來更大的原因是由於他的上嘴唇生得十分狹長，這使他的臉呆板得近乎沒有表情，近乎愚笨而頑固。然而這樣的一張臉說出來的話卻充滿了悲哀和自懲的意味，他的話語一瀉而出，擋也擋不住，然後他看著我們彎腰捧腹，表情絲毫不變，似是在琢磨著：若是我能讓所有這些聰明人笑成這樣，我還不至於如我自己以爲的那樣沒指望吧。

他有四十歲左右。那就是說，他比我們當中年齡最長的威利還要大上十二歲。我們從不把這當回事，然而他卻無法忘記這一點。他是那種人，時間一年一年過去於他的感覺就好比是一串珠子在一顆一顆地自他手中滑落進海裡，這源自他對於女人的感覺。他的另一部分熱情則是在政治上。而在他所有的精神負擔中還有一層：他的父母在英國處於早期社會主義階段時就曾受到過排擠。那是十九世紀的社會主義，理性而實用，總而言之，是一種反宗教的宗教。這樣的一個家庭，從沒打算要培養喬治去與殖民地的人們打成一片。他是一個孤獨的人，住在一個落後而孤立的小鎮上，我們這群比他小那麼多歲的年輕人是他這麼多年來頭一回擁有的眞正的朋友。我們全都愛他。但是我相信他並不知道這一點，或者說是他不讓自己去知道，因爲他的自卑感太強，特別是在與威利的關係中。我記得有一回我是眞的被激怒了，因爲他坐下來的那個樣子，全身上下簡直無處不在顯示著對於威利的敬畏。當威利又開始對這件或那件事進行立法時，我終於忍不住說：「看在上帝的份上，喬治，你是這樣一個好人，我再也無法忍受你對威利這樣的人俯首稱臣了。」

「可是假如我有威利的腦子，」他答道，並且他也並不過問我怎麼可以對一個我至少在與他同居的男人說出這樣的話來，這也正是他的特點。「假如我有他的腦子，那我就是世界上最幸福的人了。」然後他的上嘴唇擠出一絲自嘲的意味：「你說的『好』指的是什麼？我是個渾球，你知道的。我來告訴你我都做過些什麼，你再說我好也不遲。」他指的是他只跟我和威利說起過的他與女人的關係。

那之後我常常想到這個問題，我是說「好」這個字眼。也許我指的是好心。當然在你開始琢磨它們的意思時，它們會變得毫無意義。一個好心人；一個好心的女人；一個好人；一個好女人。當然只能是種口語，而不可以用在小說中，我得注意避開這類詞。

然而對於那個小組來說，毋須經過更深的分析，我只會簡單地說，喬治是個好人，而威利則不是。還有，瑪麗羅斯、吉米、泰德以及鋼琴家喬尼都是好人，保羅和斯坦利·萊特不是。再進一步說，我敢打賭，隨便到街上去拉十個人來與他們見見面，或者邀請他們參加榕樹下的晚會，他們會立刻同意這個劃分。如果我用「好」這個詞，我指的就是這個意思，明白了吧。

想著這一切，我已經說了這麼多的這一切，我突然發現自己又由後門繞了回來，轉到了另一個糾纏我已久的問題上。我指的自然是「個性」的問題。上帝知道它從不准我們忘卻「個性」這東西早已不復存在了。它是一半的小說的主題，社會學家的主題，以及所有其他「家」們的主題。我們屢次地被告知，在所有那些我從來都篤信不疑的知識的重壓之下，人類的個性早已分解而消弭於無形了。然而當我回頭去看樹下的那一群人，在我的記憶中重塑他們，突然間我發現這一切毫無價值。假設在這麼多年以後的現在我又遇到了瑪麗羅斯，她會做一些手勢，用同樣的方式轉動她的眼睛。那就是她的樣子，瑪麗羅斯的樣子，不可磨滅。或者假設她「精神崩潰」了，或者瘋了，她會分裂成一部分又一部分的她自己，但是，儘管有一些與過去的聯繫就此消失了，她的手勢、眼睛轉動的方式都還會是她特有的樣子。那麼當我在內心聚積起足夠的情感去創造記憶中一些我所認識的人時，所有那些談話，那種關於個性消散說的反人道主義的恐嚇於我都是毫無意義的。我坐下來，回憶起塵土的氣味還有月光，看見泰德正把一杯酒遞給喬治，以及喬治那副感激涕零的樣子。要不然我便會看見，就像電影中的一個慢動作那樣，瑪麗羅斯轉過頭來，那特有的極爲耐心的笑容……我寫下了電影這個詞。是的，我所記得的那一個個片刻，全都有一個絕對清晰的定格，就像是一幅畫或者一部電影中的一個微笑、一個表情、一個手勢。那麼，我是否是在說我想要歸屬的是視覺藝術，而不是小說，壓根就不是，那個世界早已崩潰瓦解了？一個小說家固守著對於一個微笑或一個表情的記憶，對那後面的複雜內涵瞭然於心，又有什麼用呢？然而假如我不知道這一切，我又是一個字也別想寫出來的。正如身處寒冷的北部城市，我總是會刻意地讓自己去回憶灼熱的陽光曝曬於肌膚之上的感覺，以免自己陷於瘋狂。

所以我仍然會又一次寫下喬治是個好人，還有我無法忍受看他在聽威利講話時變成一個乳臭未乾的小男生……那天晚上他謙誠地聽取了城裡的左翼組織內部發生糾葛的事實，他點頭的樣子表明他回頭還會獨自深入思考一下——因爲他當然是笨到了沒有數小時的思考不足以得出任何結論的程度，儘管我們這些聰明人根本毋須如此。

所有的人都感覺到威利在做了這一番分析之後又自得起來，像是在委員會中講話似的，似乎對我們新出現的不安、新的不以爲然的調子，還有嘲弄全都視而不見。

保羅卻不管威利那一套，開始去對喬治以他的方式講述事情的眞相。他的方式就是與泰德的對話。我還記得我看著泰德，懷疑他是否會響應這種輕巧而異想天開的把戲。泰德猶豫著，看上去不太自然，但還是參與了進來。只是這種做法不符合他的性格，也有違他深沉的信仰，所以他的話中多了一層誇張的粗野，比保羅的話更讓我們受刺激。

保羅已開始了講述，說到有「兩個半人」參與的一個委員會會議便決定了非洲大陸的整體命運，「當然壓根就不會顧及非洲人的自身利益」。(這當然是一種背叛的行徑——在有如斯坦利．萊特和鋼琴家喬尼這兩個外人面前，承認我們對自己的信仰有所懷疑。喬治猶豫不決地看著這兩人，最後決定要他們加入我們的組織，這樣一來我們就不是那麼不負責任了，於是他開心地笑了笑，因爲我們又有了兩位新成員。）而此刻保羅已講到那「兩個半人」怎樣來到了瑪肖庇，要著手「領導瑪肖庇走上正確的行動路線」。

「我得說旅館眞是開始行動的一個方便的地方，你說呢，泰德？」

「在酒吧附近，保羅，全是現代化的方便的地方。」(泰德還稱不上是個酒鬼，喬治則朝他皺起了眉頭，被他說糊塗了。)

「問題是，這兒完全不是發展中的工業無產階級的中心。當然你也可以說，實際上我們大概應該說，這話也適用於這個國家。」

「完全正確，保羅。但是從另一方面來說，這個地區擁有足夠的落後而半溫不飽的農民。」

「誰會只需要無產階級的一隻指路的手呢，就算眞的有？」

「啊，可是我有。那兒有五個貧窮可憐的黑人正在鐵路路軌上幹著活，他們全都衣衫襤褸，神情悲慘。他們當然需要。」

「那麼我們所要做的就是去說服他們對自己的階級地位應有一個正確的認識，這樣我們就可以使整個地區掀起一場沸騰的革命浪潮，也就不會說左翼共產主義運動是種幼稚的騷亂了。」

喬治看著威利，等著他起來反駁。但是那天早上威利就對我說過他要把他全部的時間都投入到學習上，他沒有更多的時間應付「所有這些花花公子和尋覓老公的女孩子們」。對這些他如此認眞地與之共同工作了多年的人，他就這麼輕易地把他們從腦中揮去了，絕不再多想。

喬治此刻深深地不安起來。他已經感覺到我們信仰的核心已不復存在了，而這意味著他的孤獨將是無可避免的了。這時他越過保羅和泰德，對鋼琴家喬尼說起話來。

「他們全在那兒說著玩呢，是吧，老兄？」

喬尼點頭表示同意——不是同意他的話，我想他很少在聽別人說的是什麼，他關心的只是別人對他是否友好。

「你叫什麼名字？我還沒見過你呢，是吧？」

「喬尼。」

「你來自英國中部吧？」

「曼徹斯特。」

「你們倆是小組成員嗎？」

喬尼搖搖頭。喬治張開的嘴又慢慢地閉上了，然後他的雙手倏地在眼前划了一下，情緒低沉地坐著，一聲不吭了。而喬尼和斯坦利仍然緊挨著坐在一塊，邊喝著啤酒邊觀察著衆人。這時喬治突然間極渴望打破他們之間的隔閡，他一躍而起，舉起一瓶葡萄酒。「剩的不多了，不過來點兒吧。」他對斯坦利說。

「沒事兒，」斯坦利說。「我們有啤酒。」說著他拍拍自己的衣袋和胸前的緊身上衣，那兒斜揷著一瓶啤酒。斯坦利的天才之舉就是爲喬尼和他自己的組織源源不斷地供應啤酒，即便是在殖民地下令禁酒的時候，而且經常會有這樣的事，這種時候斯坦利身邊也會有成箱的貨，他把它們貯藏在遍及全城的地窖裡。若是禁酒持續下去，他的啤酒就可以賣到很好的價錢了。

「你是對的，」喬治說，「可是我們這些可憐的殖民地人從斷奶的那天起，我們的胃就得去適應好望角的下腳水了。」喬治愛喝葡萄酒，但是就算是這樣的討好也沒讓這一對兒有一些動容。「你們不覺得這兩人該打屁股嗎？」喬治這話是衝著泰德和保羅說的。（保羅微笑了一下，泰德則有點不好意思的樣子。）

「我才不會去爲那些玩意兒操心。」斯坦利說道。

喬治開始還以爲他仍然在說葡萄酒的事，當他意識到這話指的是政治時，便目光嚴厲地瞥了威利一眼，要請他示下。然而威利的頭已沉入雙肩，正在獨自哼哼，我知道他的思鄉病又犯了。威利耳根不靈，五音不全，但是當他想念柏林的時候，他會不成調地翻來覆去哼一支曲子，那是布萊希特❽的《三便士歌劇》中的一段。

噢那鯊魚
長著獠牙
親愛的他們還
雪白閃亮……

多年以後這支歌曾流行一時，不過頭一次聽到正是在瑪肖庇、威利那兒。我還記得當時我在倫敦再度聽到這支歌時那種霎時間大腦一片紊亂的強烈感覺，想起威利充滿懷鄉的傷感哼完那支曲子後，曾告訴我們說：「這是一支我小時候常哼哼的曲子——一個名叫布萊希特的人，我不知道他經歷過什麼。但他曾經棒極了。」

「後來怎麼樣了，老兄？」喬治開口問道，他已不安地沉默了好一會兒了。

「我會說某種程度的不道德捲入其中了。」保羅故意說。

「噢不。」泰德叫了一聲後又閉上了嘴，克制著沒再說什麼，只皺起了眉頭。然後他從凳子上彈了起來，說：「我要睡覺去了。」

「我們都要去睡了，」保羅道：「再等一兩分鐘吧。」

「我要我的床，我簡直睏死了，」喬尼也道，這是我們到目前為止聽他講過的最長的話了。他搖搖晃晃

❽布萊希特：Brecht（一八九八～一九五六），德國劇作家和詩人。

地站了起來，一隻手扶著斯坦利的肩維持著平衡。看上去他像是思考了許久，現在覺得有必要說點什麼了。

「是這麼回事，」他對喬治說。「我來這家旅館是因爲斯坦利是我老兄。他說這兒有一架鋼琴，週末還有幾個舞會。但我來這兒可不是爲了政治。你是喬治．洪斯婁，我聽他們說起過，很高興見到你。」他伸出他的手來，喬治熱情地與之握了握。

斯坦利和喬尼晃晃悠悠地走進了月色，朝客房樓那邊過去了。泰德也站起來說：「我也得走了，而且我再也不會來這兒了。」

「噢，別這麼衝動。」保羅冷冷地說。這種突如其來的冷漠令泰德一愣，他呆呆地朝衆人一一巡視了一遍，臉上是受傷而窘迫的表情。但是他重又落了座。

「那倆小子跟我們到底有什麼關係？」喬治粗暴地說，這是心情不快而致的粗暴。「我相信他們是好小伙子，可我們幹嘛要在他們面前談論我們的問題？」

威利依然無動於衷。那輕微而哀傷的哼唱聲就在我的耳側繼續著，「噢那鯊魚，長著獠牙，親愛的……」

保羅不慌不忙，漫不經心地對泰德說：「我認爲我們錯誤地估計了瑪肖庇的階級形勢，我們忽略了這個明顯是中心人物的人，其實他一直就在我們鼻子底下——布斯比太太的廚子。」

「廚子是他媽的什麼意思？」喬治說得更粗魯了。他站著，一臉的挑釁和受傷之色，他一直在大口大口地喝著啤酒，酒液不斷地從他手中搖搖晃晃的杯子裡濺到地面上。誰都知道他是因爲受了我們情緒的刺激才變得好戰起來的。我們已有好幾個星期沒見到他了，我想那會兒我們全都在審視自己的內心發生了多大程度的變化，因爲這還是我們第一次從別人身上看到自己的這種變化，而且就在片刻之前，可說是親眼目睹。也正因爲某種罪惡感，我們才遷怒於喬治——我們對他是如此的不滿，以至於總想去傷害他。我清楚地記得我坐在那兒，看著喬治那張誠實憤怒的臉，我對自己說，上帝啊！我眞覺得他很醜，而且十分可笑。我想不起以前是否也對他有過這種感覺，然後我就明白是怎麼回事了。但是，當然是在這一切過去之後，我們才慢慢弄懂爲什麼保羅提到廚子時喬治會有如此激烈的反應。

「顯然就是那廚子。」保羅故意說，他按捺不住一種新的要挑逗和傷害喬治的欲望。「他會讀書，會寫字，還有自己的見解——布斯比太太爲此而抱怨過。伊果，應該算是個有文化的人，當然，一旦他的見解成爲某種障礙物，他就得被槍斃，但這也是他爲自己的目標而付出的代價。不管怎麼說，我們也總會和他一起被槍斃的。」

我還記得喬治久久地，滿臉困惑地看著威利。然後是他瞧泰德的樣子，後者則轉了頭，正朝樹枝的方向仰著下巴，好像是在透過樹葉看滿天的星星。喬治於是把他焦慮的眼神移到吉米那兒，吉米卻正死人一般地睡在保羅的臂彎裡。

泰德似乎是要活躍一下氣氛似地說：「我已經夠了，我們會送你回你的拖車去的，喬治。然後就沒人惹你了。」這是一個和解而友好的表示，然而喬治卻繃著臉道：「不。」因爲他已看見保羅站了起來，把靠在自己身上的吉米挪到一邊的長凳上，毫無表情地說：「我們當然會送你上床睡覺。」

「不。」喬治又說了一遍，聲音跟受了驚似的。然後，他像是才聽到自己的聲音，急忙改換了口氣道：「你們這幫畜生，你們這幫酒鬼，你們要敢走上鐵軌，非絆死你們不可。」

「我說，」保羅漫不經心道，「我們會把你塞進被窩的。」他搖搖晃晃地站著，但是還能穩住自己。保羅和威利一樣，可以喝很多酒仍面不改色，不過此刻他已然醉了。

「不，」喬治說。「我說不，你沒聽到嗎？」

這時吉米也醒了，他搖搖擺擺地從長凳上站起來，又把自己掛到保羅身上，這才站住了。兩個人晃了一會兒，突然一轉身，衝著鐵軌和喬治的拖車就過去了。

「回來，」喬治大喊，「蠢貨，笨蛋酒鬼，鄉巴佬。」他們現在已走出好幾碼遠了，兩個人的腿都是發麻的，還在那兒笨拙地平衡著整個身體。而在他們身後的背影中，兩人拖長的雙腿猶似在爬行一般，被閃閃發亮的砂礫削得線條分明，幾乎一直延伸到喬治所站立的地方。他們就像是兩個被急速牽動的提線木偶，正從一架又長又黑的梯子上往下爬。喬治目不轉睛地盯著他們，眉頭緊皺，然後他用盡了刻毒的話咒了他們一通，便追了過去。我們剩下的幾個人則相互做了個寬容的鬼臉——喬治這是怎麼了？這時喬治已追上那兩人，他抓住他們的肩膀，把他們扳過來面對著自己。吉米摔倒在地上，鐵軌兩邊各鋪著長長的粗砂礫帶，他就勢滑倒在疏鬆的石頭上。保羅仍筆挺地立著，他在用盡全力地保持平衡，撐得身體都僵了。喬治在沙地上與吉米滾作一團，他再一次抓住吉米，使勁舉起他那沉重的身體，把他裹進自己那身厚厚的毛毯制服裡。「你這蠢貨。」他嘴裡嚷嚷著，對這爛醉的孩子懷著一種粗魯的柔情。「我讓你回來，不是嗎？我不是說讓你回來嗎？」他近乎惱怒地搖撼著吉米，儘管就是在他帶著最溫柔的憐憫之情抬起他時，他也仍克制著自己的。這時我們幾個也全跑了過來，吉米仰天躺著，雙目緊閉，他的前額被砂子割破了，血直往外湧，不一會兒就在他那張白皙的臉上凝成一道道黑色的血污。他似乎又睡著了，那頭直髮頭一回變得這麼漂亮，在前額上一綹一綹地打成了捲，這獨特的髮型還微微地泛著光澤。

「見鬼。」喬治十分沮喪地道。

「幹嘛要這樣小題大作呢？」泰德說。「我們不過是想送你回你的貨車罷了。」

威利清了清嗓子，總是那麼一種難聽而刺耳的聲音，他老這樣，而且從來不是因爲緊張。有時這是一種得體的警告，有是則爲了要說明：我知道一些你一無所知的事情。這一次我想是第二個用意。他果然說，喬治之所以不讓我們任何人靠近他的拖車，是因爲裡頭有個女人。威利神志清醒的時候是不會洩漏一件機密的，就算是間接的也不會，所以這意味著他喝醉了。爲了掩飾他的失言，我對瑪麗羅斯低語道：「我們總是忘記喬治比我們要年長，在他眼裡我們一定跟一群小孩子差不多。」我把聲音盡可能說得旁人也都能聽見。喬治也聽到了，遞給我一個感激的苦笑。但是我們還是無法移動吉米，只好全站在那兒，低頭看著他。這時早已過了午夜，地面的熱氣都已散盡，月亮就在我們後面的山頭上，離我們很近。我只是感到驚奇，吉米在他有知覺的時候從來都是一個行爲粗野而令人同情的人，只有這一次，當他爛醉如泥地臥在一堆亂石和塵土之上，額頭上又破了口子時，卻還在努力地要顯示出尊嚴，倒變得令人感動起來。同時我也在尋思那女人會是誰——是某個健壯的農夫的妻子，還是待字閨中的女兒，又或者是旅館的某位女客，也許當晚還同我們一起在酒吧裡喝過酒，隨後卻悄悄地鑽進了喬治的拖車，在水一樣明淨的月色中竭力地掩藏起自己。我記得我在嫉妒她，也就是在那一刻我感到我愛喬治，一種椎心刺痛的愛，而與此同時我也在不停地罵自己是傻瓜，因爲我不知拒絕過他多少回。在我一生中的那個階段中，因爲一些我當時不甚了了的原因，我沒有讓自己去選擇眞正需要我的男人。

最後我們終於讓吉米站了起來。我們所有的人，又是拖又是拉，才算把他給架起來，推著他穿過橡膠樹林，走上那條通往旅館的長長的花道。一到房間他就倒下並睡了過去，給他擦洗傷口時他也毫無知覺。傷口很深，而且淤滿了細細的砂礫，我們費了不少時間才幫他止住血。保羅說他要留下來看著吉米，「儘管我討厭擔當這種南丁格爾式的角色。」可是他也一坐下就睡著了，最後是瑪麗羅斯坐在那兒守了兩人一夜。泰德簡短地道了一聲近乎憤怒的晚安，回自己房間去了。(儘管到了第二天早上，他就又會輕鬆自如地自嘲和挖苦別人一番。他會有幾個月的時間在嚴重的罪惡感和一種日益加劇的憤世嫉俗之間急劇地轉換著，過後他則會說那是他一生中最令他感到羞恥的階段。）威利、喬治和我站在此刻已很暗淡的月光下的台階上。「謝謝。」喬治說。他緊盯著我的臉看了一會兒，再如此這般地轉向威利，猶豫著嚥下了已到嘴邊的話，轉而粗聲粗氣地打了個趣，好像這是他應盡的義務似的：「下次也得讓你們嘗嘗這個味道。」然後他大步朝他停在鐵路邊的貨車走了過去。威利看著他的背影自語道：「這才像個前去赴幽會的男人。」他已經又恢復了他老於世故的本相，慢條斯理地說出這話，臉上便露出了一絲會心的微笑。但是我一直沉浸於對那個不知名的女人的嫉妒之中，對他的話毫無反應，於是我們默默地上床睡覺，而且，若不是那三個空軍飛行員端著早餐進來把我們弄醒，這一覺極有可能就睡到午後去了。吉米的頭上纏了繃帶，一臉病容，泰德卻令人難以置信地滿臉喜色，保羅則以很有魅力的樣子說了下面這番話：「我們已經開始對那廚子暗中使壞了，他同意我們給你做了這頓早餐，親愛的安娜。還有額外但必須的雜務，就是威利的一份。」盤子從他手中帶著一股小風呼地滑到了我面前。「廚師正在做今晚的美味佳肴。喜歡我們帶給你們的早餐嗎？」

他們帶來的東西足夠我們所有的人大吃一頓的，於是我們吃下了番木瓜、鰐梨、熏肉和雞蛋，新鮮麵包還有咖啡。窗戶開著，可以感覺到外面熱辣辣的陽光，有風吹進來，因而房間裡是溫和的，充滿了花香。保羅和泰德坐在我的床頭和我調情逗樂，吉米則坐在威利那頭，爲了昨夜喝醉的事態度十分恭順。但這時日暮已西沉，酒吧開始營業了，於是我們很快換好衣服，一起朝酒吧走過去。路邊兩側的花壇蓄滿了日間陽光的熱量，從曬焦的花瓣和枯萎的花朶中，散發出一陣陣乾燥而辛辣的濃郁氣味。旅館的遊廊上坐滿了喝酒的人，酒吧也人滿爲患，正如保羅手舉單柄大酒杯宣布的那樣，晚會已經開始。

但是威利卻退了出來，因爲有一件事令他耿耿於懷，他不太贊成那種豪放不覊的波希米亞風格，比如一幫人集體在臥室吃早餐這樣的事。「假如我們結婚了，」他不滿地說，「那沒準倒可以。」我衝他大笑起來，他於是說：「可以，笑吧。但是舊的習俗自有它的道理，它會讓人們免遭麻煩。」他因爲我笑而生起氣來，並說一個處在我這種位置的女人其行爲應該有特別的尊嚴。「什麼樣的位置？」——我突然間變得十分憤怒，出於一種女人在這樣的時刻通常會有的落入別人圈套的感覺。「不錯，安娜，可事情對於男人和對於女人就是不一樣的。通常是這樣並且也極有可能將總是這樣。」「通常總這樣嗎？」——提醒他回憶一下自己的歷史。

「只要它對現在還有影響。」「對你有影響——不是對我。」但是這樣的爭執並不是第一次，我們對彼此可能用到的詞都瞭如指掌——女人的弱點，男人的占有欲，成爲骨董的女人，等等，等等等等，令人作嘔。我們都很清楚這是一種極深的性格衝突，所以用什麼詞對我們來說並無分別——事實是我們一直都對彼此在最深層的情感和本質上的差異大感震驚，因此未來的職業革命家只衝我僵硬地點了點頭，隨後便坐到遊廊上研究他的俄語語法去了。不過他學不了多長時間了，保羅已穿過橡膠樹林朝這邊大踏步地走過來，神情十分嚴肅。

保羅迎著我道：「安娜，過來瞧瞧廚房裡那些可愛的東西吧。」他把手環過來擁住我，我知道威利看得見這一切，我也正有意要這麼做，於是我和保羅走上石頭小道，朝廚房走去。那是位於旅館後部的一個低矮的大房間，桌子上堆滿了食物，都罩在一只防蒼蠅的網子裡面。布斯比太太和廚師正在那兒忙碌著。她顯然十分奇怪她是怎麼落入這樣的一種局面的，我們不知什麼時候開始成了受到如此優待的客人，竟可以隨意在廚房裡進進出出了。一進廚房保羅就走到了廚師邊上，向他致以問候並探詢了幾句他家庭的情況。布斯比太太當然不喜歡他這樣，而這恰恰是保羅這麼做的理由。廚師以及他的白人雇主對保羅的反應是一樣的——戒備而困惑，還有一點不信任。因爲那廚師被他搞糊塗了，倒不是因爲五年來殖民地擁有了成百上千的飛行員之故，也並非因爲已有大批黑人可以確切地證明，一個白人拿黑人當眞正的人看是可能的，不管怎麼說，的確有這樣的情形。布斯比太太的廚子很清楚封建的主僕關係可以親近到什麼程度，他也知道更新的非個人化的關係中那種赤裸裸的野蠻行爲。不過此刻他正與保羅用平等的語調談論著他的孩子，他每說一個詞之前都要輕微地猶豫一下，猶豫著該不該說，但是這個男人天性中的自尊又使他常常不再顧及這些，很快便進入了可以和人平等交談的狀態中。布斯比太太先是聽了幾分鐘他們的談話，這才插進來道：「如果你眞想幫忙，保羅，你可以和安娜一起去大廳布置一下那間屋子。」她的語氣是在告訴保羅她已然明白前天晚上他盡拿她取笑了。「當然，」保羅回答。「十分樂於效勞。」但是他特意和廚師又聊了一會。這個男人非比尋常的英俊，他是一個體格強壯，身材勻稱的中年男子，生就一張生動的臉，還有一雙靈活的眼睛。這塊區域的黑人都是飽受營養不良和疾病摧殘的窮苦的樣本，但是這一個黑人卻住在布斯比家後面的小屋裡，他有妻子，還有五個孩子。這當然是違反了有關法律的，法律規定黑種人不可以居住在白人家裡。那小屋雖然也夠簡陋的，卻比一般黑人住的棚屋要好上二十倍。小屋周圍育有鮮花和蔬菜，還養著小鷄和珍珠鷄。我可以想像他對於能爲瑪肖庇旅館工作是相當滿足的。

當保羅和我離開廚房時，他按他的習慣向我們致意道：「早上好，尼科斯，早上好，尼科卡斯。」意思是，早上好，酋長和酋長夫人。

「上帝。」一等到我們走到廚房外面，保羅便氣呼呼地嚷了一句。然後，出於一種自我維護，他的聲調又奇怪地淡漠起來，說道：「眞是莫名其妙，我幹嘛要有絲毫的在意呢。無論如何，看到我現在這樣，上帝也會高興的，這一切既這麼合我胃口，又不浪費我的天賦，我幹嘛還要在意別的？但我卻仍然……」

我們在烈日下朝大廳走去，腳下的塵土散發著熱氣和一股塵香。他的手臂又已伸過來擁住了我，我很樂於接受，這回不是爲了要做給威利看，而是有一些別的原因。我還記得他的手臂按在我背上時那種親密的壓迫感，記得我在尋思，生活在我們這樣的小圈子裡，這種充滿誘惑力的刹那激情也可以轉瞬即滅，卻在人內心深處留下了一些柔情，一種未實現的好奇，還有一些嘲諷，一種並非不愉快的失落的痛楚。並且也許正是這種未曾實現中的可能性所帶來的甜蜜的痛苦才把我們變得如此密切相關。在大廳邊上一棵高大的玫瑰木樹下，保羅把我扳過來面對著他，並對我微笑著，於是那種甜蜜的刺痛一遍又一遍的自我心靈湧上來。「安娜，」他道，或者不如說是在吟唱著。「安娜，美麗的安娜，荒謬的安娜，瘋狂的安娜，我們在這片荒野中的安慰。安娜，有一雙忍耐的、有趣的黑眼睛。」我們相視而笑，任太陽穿過樹葉層疊的綠色的網，金針一樣朝我們直刺過來。他當時的話對我是一種意想不到的啓示，因爲我長久以來整個思維都處於一種混亂之中，不滿意也不快樂，這種缺點兒什麼的態度一直折磨著我，對各種各樣不可能的未來的需要更是使我不安。用「忍耐的有趣的黑眼睛」來描述我的精神狀態是好多年以前的事了，我覺得我那時看人時並不眞的動腦力，除非拿他們當作我需要的附加物。只是現在回想起過去的一切，我才明白這一點，然而當時我卻生活在一片光影燦爛的模糊之中，隨著變幻的欲望自己也搖曳不定。當然，那不過是一種對於年輕的狀態的描繪，但是我們這些人中其實唯有保羅長著「一雙有趣的眼睛」。當我們手牽著手步入大屋時，我看著他只感到疑惑，可能想像這樣一個鎭定自若的年輕人也會如我一樣的不開心而且苦惱？而如果我眞的有一雙如他那樣的「有趣的眼睛」——那又意味著什麼？我陷入一種突如其來的劇烈而神經質的消沉狀態，就像那些日子裡常有的情形，並且會持續下去，於是我離開保羅，獨自走入一扇窗戶的凹處。

我想這個大屋子是我一生中所待過的最令人愉快的房間了。布斯比夫婦建造這個屋子，就是因爲這一帶沒有供衆人聚會的大廳，每逢要開舞會或者有政治集會，他們總是得把餐廳清理出來。但是他們建餐廳卻純出於好意，並不爲營利，只當是給這個地區的一份禮物罷了。

這屋子有一般的廳那麼大，但看上去更像一個起居間。光潔的紅磚牆，暗紅色的水泥地板，有八根柱子支撐著高高的茅草屋頂。柱子是由粗糙的橙紅色的磚砌成的，房間的兩頭各有一個壁爐，大得可以在裡面烤一整頭牛。屋椽的質料是蒺藜木，帶著一點兒濃厚的苦味，隨著空氣的乾燥或者潮濕或濃或淡地散發出來。屋子的一端有一個小平台，上面擱著一架巨大的鋼琴，另一頭則是一個收音電唱兩用機，上面堆著一疊唱片。屋子兩邊各開有十幾扇窗戶，從一邊可以看到火車站後那一帶花崗岩礫石堆，由另一邊望出去則是好幾哩的田野，一直伸向遠處的藍色山巒。

喬尼在房間的那頭彈著鋼琴，斯坦利·萊特和泰德在他邊上看著。他顯然已忘了身邊那兩個人的存在，雙肩和兩隻腿隨著爵士樂的節奏搖擺著，當他的雙眼望向窗外的遠山時，那張虛胖的白皙的臉顯得十分茫然。

斯坦利並不介意喬尼對他的滿不在乎，因爲喬尼就是他的餐券，是他前往有喬尼彈琴的晚會的請柬，也是他可以擁有一段快活時光的通行證。他從不隱瞞他爲什麼要和喬尼在一起，他是一個最坦率的下三濫騙子，但是喬尼從不缺少的香菸、啤酒和姑娘在他眼裡卻都毫無意義。我說他是個騙子，這當然也是廢話。他是那種人，從一開始就明白法律有兩部，一部爲有錢人而設，另一部則是爲窮人準備的。這對我來說純屬理論知識，直到我有一天眞的住進了倫敦的工人居住區，那一刻我才理解了斯坦利・萊特。他對法律有著最深切的本能的蔑視；而這種蔑視，簡而言之，也是針對著我們已談論了這麼多的這個國家的。難道這正是泰德對他有如此興趣的原因嗎？他總是說：「可他多聰明呵！」——只要一涉及到智力，他就會套到這句話上去。不過我覺得他也未必是錯的，工會裡邊有個官員就是斯坦利這種類型的人：強硬、嚴謹、精幹、肆無忌憚。我就從沒見斯坦利失去過一種精明的自控力，他正是以此爲手段，從那個他認爲是爲別人的利益而存在的世界中攫取著一切可能的東西。他令人害怕。他自然會嚇著我，不僅僅是那虎背熊腰的個頭，那冷酷而稜角分明的相貌，他還有一雙令人膽寒的灰色眼睛，以及不放過一切的銳利眼神。那麼他爲什麼要忍受狂熱而理想主義的泰德呢？我想這在他已不是一個要不要擺脫的問題，他是眞的被打動了，因爲做爲「一個獎學金男孩」的泰德，居然能對他所在的階級這麼關心，而同時他又覺得泰德一定是瘋了。他會說：「看哪，老兄，你有多幸運，你比我們大多數人都多長了一點腦子。你該好好把握你的機會，別把事情搞得一團糟。做工人的弄糟的總是自己，而不是別人。你知道事實就是這麼回事。」「可是斯丹，」泰德雙眼放光，開始對他高談闊論，那一頭黑髮在頭頂不停地晃動著：「斯丹，如果我們有足夠多的人都去關心一下他人，我們就能改變一切——難道你沒看見這一點嗎？」斯坦利甚至也讀泰德要他看的書，還書時便說：「對這本書我沒什麼異議。祝你好運，我只能說這麼多了。」

這天早上斯坦利往鋼琴上面堆了好幾排啤酒杯，角落裡放著一箱未啓封的瓶裝啤酒。鋼琴周圍的空氣中瀰漫著濃厚的煙霧，在折射過來的淡淡的光線中蒸騰著。三個男人就裹在這層被太陽光劃破的煙霧之中，遠隔在房間的一角。喬尼一直在彈琴、彈琴、彈琴，對一切都視而不見。斯坦利則又是喝酒又是抽菸，不時留意一下走進來的姑娘，看她們是否是來找他或者喬尼。泰德接二連三地打著哈欠，在拿政治的靈魂對付過斯坦利，又拿音樂的靈魂對付了喬尼之後，他實在也有點累了。如我前面說過的，泰德學過音樂，但他不會彈鋼琴，只會哼片斷的普羅科菲耶夫❾、莫札特和巴哈。他的臉像是在一種虛弱的欲望中痛苦掙扎，他不斷的摧促喬尼彈下去。喬尼彈任何曲子都只憑聽覺，他只用左手在幾個鍵附近不耐地敲出幾下，便奏出了泰德在哼哼的幾個曲子。只要泰德的注意力稍一放鬆，他那種近乎催眠的壓力一減，喬尼的左手鍵立刻破成切分音，緊跟著雙手齊上，立刻風暴一樣狂捲過一陣爵士樂。泰德則微笑、點頭，呼出一口氣來，隨即去捕捉斯坦利的眼神，然後朝他自覺有趣地苦笑一下。但是斯坦利只友好地衝他回笑一下，他根本不懂音樂。

這三個人在鋼琴旁一待就是一天。

大屋裡邊有十幾個人，但因爲屋子太大，還是顯得很空曠。瑪麗羅斯和吉米站在椅子上往黑色的椽木間吊著紙花杯，大約有十幾個空軍小伙子在給他倆幫忙，他們是聽說斯坦利和喬尼在這兒而乘火車從城裡趕來的。瓊・布斯比獨自站在窗台前望著窗外，沉浸在她自己的夢境中。當請她過去幫著幹活時，她緩緩地搖了搖頭，便轉回去又凝望窗外的遠山了。保羅在一個小組中幹了一會兒後便走到了我的窗台前，他並且從斯坦利那兒強要了幾瓶啤酒過來。

「這場面眞叫人難過，不是嗎，親愛的安娜？」保羅說，他是指圍著瑪麗羅斯轉的那群小伙子。「瞧瞧他

---

❾普羅科菲耶夫：Prokofiev（一八九一～一九五三），蘇聯作曲家。主要作品有歌劇《對三個橘子的愛情》、《戰爭與和平》及芭蕾舞劇《羅蜜歐與朱麗葉》、交響童話《彼得與狼》等。

們，肯定每個都害著性困擾症。瞧他們那一個個別有用心的模樣，再看看她，跟這樣的好天氣一樣美麗。可她對他們沒一點興趣，她只想著她死去的兄長。那兒還有吉米，與她肩挨著肩站著，而他除了我以外也是什麼人都不想。我時時刻刻都在對自己說我該跟他上床，爲什麼不呢？那會讓他快樂極了。但是事實是，我很不情願的得出這個結論，我不僅不是一個同性戀者，我也從來都不是。因爲，我渴望的那個睡到我孤枕邊來的人是誰呢？我渴望泰德嗎？或甚至吉米？或者我身邊到處都是的這些少年英雄中的任何一個？根本就不是。我渴望得到的是瑪麗羅斯。我要的是你，當然，不是說同時要選兩個。」

喬治・洪斯婁走進了大廳，逕自朝瑪麗羅斯走去。她還站在椅子上，她的騎士們扶著她。當他走近時，他們每個人都給他讓出路來，突然間可怕的事就發生了。喬治接近女人時總是很笨拙，而且過分卑下，甚至他還可能變得口吃（但是他的口吃給人的感覺卻總像是故意的）。與此同時他那雙深陷的棕色眼睛又會近乎霸道地死盯住女人不放。但是他的舉止又仍然是恭順的，滿含歉意。女人們通常會被他搞得驚慌失措，或者怒不可遏，又或者會神經質地大笑起來。他當然是一個好色的男人。我的意思是一個眞正好色的男人，而不是像那麼多別的男人那樣，出於這樣或那樣的原因，扮演著好色之徒的角色。他是眞的非常需要女人的那種男人，我這麼說是因爲這樣的男人現時所剩的已然不多了。我所指的當然是文明的男人，由我們的文明所培養出來的情深款款然而不再有性別特徵的男人。喬治需要一個臣服於他的女人，一個在肉體上迷戀於他的女人，然而當男人們想用這種方式去控制女人時，內心便不可能不產生罪惡感。當喬治看著一個女人時，便會暗暗地在想像與她性交時她的樣子，並且他總是擔心這一切會從他的眼睛裡暴露出來。我那時並不懂這些，我不明白爲什麼當他看著我時我會困惑於他的眼神，但是以後我又碰到過一些像他這樣的男人，他們全都有那種笨拙而急不可耐的卑下神態，還有同樣隱藏於體內的征服者的力量。

喬治當時就站在瑪麗羅斯下邊，瑪麗羅斯的雙臂高高舉起著，一頭閃閃發光的秀髮披到肩上。她穿著一件無袖鵝黃色連衣裙，裸露在外面的雙臂和雙腿細潤光滑，呈現出一種金棕色。那些空軍的小伙子們圍著她，一個個都驚艷得呆呆的，喬治有那麼一會兒也跟他們一樣看得一臉痴傻，然後他說了句什麼，她放下手臂，緩緩地從椅子上爬下來，站到他面前，仰起臉來看著他，他又說了句什麼，我還記得他臉上的表情——他的下巴放肆地向前探出，雙眼發直，一副傻乎乎的賤相。瑪麗羅斯揮起拳頭就衝他臉上砸了過去，以她最大的力氣——他的臉部肌肉猛地一陣痙攣，他甚至趔趄了一下。然後，她目不斜視地逕自爬上椅子，接著吊她的花環去了。吉米熱情而尷尬地衝喬治笑了笑，好像他對她的發怒負有責任似的。喬治朝我們這邊過來，他又成了那個心甘情願的小丑，而瑪麗羅斯的崇拜者們也已又回復到他們那無望的仰慕中去了。

「不管怎麼說，」保羅道。「這一幕令我十分難忘。假如瑪麗羅斯這麼給我一拳，我會相信我已進展到某個階段了。」

但是喬治的眼裡已快湧出淚來。「我是個白痴，」他說道。「一個傻瓜，像瑪麗羅斯這麼美麗的姑娘爲什麼要看上我呢？」

「眞是的，怎麼可能呢？」保羅說。

「我的鼻子一定在流血了，」喬治說，這樣他便擤了一下鼻子，然後他又笑了。「我到處惹麻煩，」他說。

「那個雜種威利忙著啃那該死的俄語不會有興趣的。」

「我們全都有麻煩。」保羅道。他全身上下都流露著一種從容不迫的氣質。喬治道：「我討厭二十歲的毛頭小伙子，你倒是會有什麼樣的麻煩呢？」

「麻煩多了，」保羅說，「首先，我二十歲，那意味著我在女人面前，會十分緊張不安，其次，我才二十歲，我前面還有漫長的一生，老實說我常常會被莫測的前途嚇倒；第三，我二十歲，我愛上了安娜，我的心正在破碎之中。」

喬治迅速瞥了我一眼，以便證實一下他的話是眞是假，我聳了聳肩。喬治一口氣喝下滿滿一杯啤酒，然後說：「不管怎樣，我也無權去管誰愛上了誰。我是個蠢貨、雜種，好吧，那我還可以忍受。但我也是一個從事社會主義活動的人，我還是一個下流胚。我想知道，一個下流胚怎麼能成爲一個社會主義者呢？」他是在說笑，但他的雙眼裡又一次蓄滿了淚水，並且他的身體緊繃著，顯得很痛苦。

保羅轉過頭來，帶著他特有的那種懶洋洋的魅力，他那雙藍色的大眼睛落在喬治身上。我可以確鑿無誤地聽到他在心裡說：噢上帝呵，這回可眞麻煩了，我可不想聽……他悄悄溜走，遞給我一個無比多情無比溫柔的微笑，並說：「親愛的安娜，我愛你勝過一切，可是現在我要去幫瑪麗羅斯幹活了。」他的眼睛則在對我說：擺脫掉這個倒人胃口的白痴，我會馬上回來。喬治幾乎沒有注意到他走開。

「安娜，」喬治說。「安娜，我眞不知道該怎麼辦。」於是我也有了保羅那樣的感覺：我一點兒也不想牽扯進一個人的眞正的麻煩中去。我也想走開，去和那些人一起去掛花環，而此刻保羅已是其中的一員了。突然間那兒充滿了歡樂的氣氛，他們開始跳起舞來，保羅和瑪麗羅斯，甚至瓊・布斯比，因爲那兒男多於女。而舞曲一旦響起，旅館裡的人便也越來越多地給吸引了過來。

「我們出去吧，」喬治道。「這些年輕人這樣快樂，只會讓我感到說不出的沮喪，另外，如果你也跟我去的話，我們去找你男人吧，我正想跟他談談。」

「謝謝。」我說，並沒有感激的意思。但我還是跟他一起走了出去，來到遊廊上，那兒的人正在迅速減少，全都擁到舞廳去了。威利很有耐心地放下手中的語法書。對我們說道：「我料想這期望值也過高了，怎麼可能讓我安靜呢。」

我們三個人一同坐了下來，讓雙腿伸入陽光中，身體則隱在陰影裡。啤酒在我們的長酒杯裡顯得清清淡淡的，呈現出金黃的色澤，在閃閃爍爍的陽光裡漾來漾去。喬治開始說話了。他講的內容無比嚴肅，但卻用了自嘲而打趣的口吻，因此一切都顯得醜陋而令人不快起來。而整個的談話過程中都可以聽到舞廳裡傳來的陣陣音樂，我眞希望我是在那兒。

我前面已說過喬治的家境十分艱難，簡直就是無可忍受的。他有妻子、兩個兒子和一個女兒。他撫養著妻子的父母以及自己的雙親。我曾去過他家的那間小屋，幾乎令人不忍多看一眼。這對年輕的夫婦，確切的說，這對支撐這這個家庭的中年夫婦，在那四個老人和三個孩子的壓力之下，根本不可能有任何眞正的生活。他的妻子從早到晚都在辛苦地幹活，他自己也如此。那四個老人全都有不同程度的疾病，需要特別的看護以及均衡膳食，諸如此類。每到晚上，四老便占住了那個起居間，沒完沒了地打牌，摻雜著不間斷的口角和老年人的壞脾氣。他們坐在屋子中央一打就是好幾個小時，孩子們則四散在屋中任何可能的一角做他們的功課。喬治和他妻子通常很早就上床睡了，多半是由於徹底的筋疲力竭，儘管臥室也是他們唯一可以擁有一些隱私的地方。這就是他的家。除此之外，喬治每週有一半時間都在公路上幹活，有時會跑到幾百哩以外這個國家的另一端去幹活。他愛他的妻子，她也愛他，但他自始至終都對妻子心存愧疚，因爲要處理那一大堆家務事對任何一個女人來說都是極爲繁重的，更可況他還要去做好她那份秘書工作。他們長年的沒有任何假期，永遠缺錢花，爲了一個六便士的硬幣和幾個先令也能氣衝衝地拌嘴。

與此同時，喬治也並不間斷他的風流韻事。他尤其喜歡非洲女人，大約在五年以前他在瑪肖庇過了一夜，狂熱地迷上了布斯比夫婦那個廚師的妻子。這個女人後來成了他的情婦。「如果你能用這個詞來稱呼她。」威利正要說下去，但是喬治沒有一點說笑的意思，堅持道：「爲什麼不可以？如果你並不喜歡種族歧視，那麼她當然就有權利得到恰如其分的稱呼，做爲一種對她的尊重，可以這麼說。」

喬治經常旅行到瑪肖庇來。去年他來的時候在一群孩子中發現一個膚色格外淺些的孩子，長得很像他自己。他問了那個女人，她也承認，她相信那孩子是他的，但她並不想因此而怎麼樣。

「那有什麼問題嗎?」威利道。

我淸楚地記得喬治臉上那種極爲痛苦而不可置信的神情。「可是威利——你這笨蛋鄉巴佬，那是我的孩子呵，讓他住在後面的那種貧民窟裡，我是有責任的。」

「那又怎樣?」威利又說。

「我是一個社會主義者，」喬治說。「我一直在盡一切可能的在這個地獄般的地方做一個社會主義者，極力反對種族歧視。可實情呢?我站在台上慷慨陳詞——噢，當然機智得很，我說種族歧視並不是建立在所有人的利益之上的，並且性情向來溫和的耶穌先生也不會投贊成票，因爲事實上也不值得我去說它是傷天害理的事情，並且白人將爲此而永世受到詛咒。但是現在我也快和那些卑鄙的白人雜種一樣了，跟一個黑種女人睡覺，再給這個殖民地增加又一個只有一半階級地位的孩子。」

「她並沒有要你爲她做什麼呵。」威利說。

「可是問題就在這兒。」喬治把臉埋入手掌中，淚水自他的指縫間緩緩滲出。「這件事一直糾纏著我。」他說，「自從去年我知道了這件事之後，我都快給逼瘋了。」

「那可於事無補。」威利道，喬治倏地放下了雙手，露出他那張滿是淚水的臉，看著威利。

「安娜?」喬治開始向我發問，雙眼直看著我。我正處於一種最反常的情緒騷亂之中。首先，我嫉妒那個女人。昨晚我曾希望我是她，但還沒那麼情緒化，現在當我知道了那女人是誰以後，我震驚地發現我在恨喬治，並且在內心譴責著他——就像他昨晚令我產生罪惡感時那般怨恨他。並且現在的情形只有更糟，我吃驚地發現我眞正不滿的竟是她是個黑種女人這個事實。我也想像著我的情感並沒有受到絲毫影響，可惜看來不是，並且我感到羞恥而憤怒，對自己，也對喬治。但還不止那些。那時我太年輕，只有二十三、四歲，像許許多多「解放了的」女孩一樣，對那種陷阱一般的，循規蹈矩的家庭生活正滿懷著恐懼。喬治的家，那個他和他妻子永無解脫之日的陷阱，只有那四個老人死去他們才可以得著解放，對我來說便是一種根本性的恐怖。他家的情形嚇得我如此厲害，以至於我晚上甚至做了噩夢。而這個受困的男人喬治，他把那不幸的女人、他的妻子也一併困入了牢籠。但是對我來說他又代表著一種強大的性吸引力，我知道這一點，因為我一直在內心躲避著它，然而此刻我卻再也無從逃避了。我本能地知道假若我與喬治上床的話，我對於性的認識會抵達我目前為止還從未接近過的地方。因為內心翻騰著所有這些矛盾的情感，我仍然是喜歡他的，實際上就是愛他，很簡單，做為一個人那樣地愛他。我就那樣坐在遊廊上，有片刻的時間一句話也說不上來，我知道自己的臉一定紅了，雙手也在微微發顫。耳邊一陣陣傳來斜坡上那間大廳裡的音樂和歌聲，我感覺到喬治的不快樂壓迫著我，好像要把我從一種不可思議的甜蜜和快樂中驅逐出來。那會兒我甚至覺得似乎我半生的時間都被這樣美的事情排除在外了，儘管理智在告訴我這一切有多荒謬——比方說瑪麗羅斯就對我又羨又妒，因為她相信威利和我就擁有她渴望的一切——她相信我們是彼此相愛的一對。

威利一直在看著我，這時他說：「安娜很受打擊，因為那女人是黑人。」

「那是一部分原因，」我開口道。「我吃驚的是我會有那樣的感覺。」

「我吃驚的是你竟然承認了。」威利冷冷地說，他的鏡片閃閃發光。

「我吃驚的是你沒有，」喬治對威利道。「算了吧，你實在是他媽的一個偽君子。」威利則拾起了他的語法書，在膝蓋上放好。

「那麼如何選擇呢，你有明智的辦法了嗎？」威利問道。「別對我說，做為喬治，你有責任把那孩子帶回到你的家裡。那意味著四位老人將在這打擊之下命歸黃泉，當然是在他們一無所知的前提下，你的三個孩子在學校將遭到衆人的排擠和冷落。你的妻子會失業；你也會失業。於是九個人就一起給毀了，那對你的兒子又有什麼好處呢，喬治？我可以問一問嗎？」

「可是那就算了嗎？」我問。

「是的，沒錯。」威利說。他的臉上是逢這種時刻慣有的表情，固執而有耐心，雙唇緊閉。

「我可以把這當作是一個測試。」喬治說。

「測試什麼？」

「所有這些該詛咒的虛僞。」

「爲什麼用這個詞來說我——你剛才還說我是個僞君子來著。」喬治看上去有點低聲下氣起來，於是威利又說道：「誰來支付你崇高一回的代價？你有八個人全依靠著你生活呵。」

「我妻子並不靠著我過。是我在依靠她。從感情上說。你以爲我不知道這一切嗎？」

「要不要我再給你擺一遍這些事實？」威利道，變得過分耐心起來，同時瞥了一眼他的俄語課本。我和喬治都知道既然他被稱作了僞君子，他的語調就不可能再軟下來了，然而喬治仍繼續說道：「威利，難道就沒有別的辦法嗎？肯定不能就這樣完了，是吧？」

「你是想讓我說這麼做是不公平的，或者不道德的，或者這一類對你有用的詞嗎？」

「是的，」喬治道，他停頓了片刻，把下巴頦抵在胸口上。「不錯，我想那就是我指望聽到的話吧。因爲更糟的是你也許會以爲我已停止和她睡覺了，可我並沒有。或許有一天布斯比的廚房裡會再出現一個小洪斯妻。當然，我從來沒像現在這麼小心過。」

「那是你的風流事了。」威利道。

「你是隻沒人性的豬玀，」喬治頓了頓道。

「謝謝，」威利道。「不過那兒沒什麼事可做的了，不是嗎？你也同意吧？」

「那個孩子將在南瓜和鷄群中間長大，成爲一個農場工人，或者一個半傻不傻的辦事員，而我的另外三個孩子則會上大學，然後離開這個該死的國家，即便要我得爲此去死，我也幹。」

「那又是爲了什麼？」威利說。「爲了你的血脈？你神聖的精子，還是別的什麼？」

喬治和我聞言都吃了一驚。威利看到了我們倆的反應，他臉上的肌肉繃緊了，直到喬治說話，他仍然是一副生氣的樣子。「不，這是一種責任。這是我的信仰和我的行爲兩者的脫節造成的。」喬治道。

威利聳了聳肩，我們全都沉默下來。在正午沉沉的靜寂中，傳來喬尼的手指猛敲在琴鍵上的叮咚聲。

喬治又一次看著我，而我則拚命想讓自己打起精神來，好與威利開戰。現在想起來我直覺得好笑——因爲我又不由自主地選擇了文學術語向他發難，正如他不覺間便以政治術語予以還擊一樣。不過在當時這一切都沒什麼特別的。並且在喬治看來也毫不奇怪，我說話的時候他便坐著直點頭。

「你看，」我說，「十九世紀的文學中全是這一類內容。關於道德的試金石一類的小說，比方說《復活》。然而現在你只不過聳聳肩，覺得那沒什麼要緊的。」

「我可沒注意我聳了肩了，」威利說。「不過，也許在時下的社會中，有一個私生子這樣的事實確實已並不能令道德進退兩難了呢？」

「爲什麼不是？」我問道。

「爲什麼？」喬治也問了一句，神情急切已極。

「好吧，你們眞的會說，這個國家中非洲黑人的問題可以概括爲布斯比家廚子的白人情敵嗎？」

「你打的比方可眞是太妙了。」喬治怒氣衝衝地說。（但是他還是會繼續來找威利，謙恭萬分地聽取他的建議，對他保持著敬畏，即便威利離開殖民地以後，他仍給他寫了好幾年充滿自謙之辭的信。）這時他雙眼直盯著陽光，一會兒功夫就被刺出了眼淚，他眨了眨眼睛，說道：「我得去倒點酒喝了。」他起身去了酒吧。

威利抬起他的書本，看也不看我地說道：「是的，我知道。不過你那種譴責的眼光並沒給我留下什麼印象。你也會給他同樣的建議的，不是嗎？『噢』『啊』地感嘆一番，然後是跟我一樣的建議。」

「這就是說我們身邊的一切都太糟了，我們因此也變得麻木不仁起來，並且我們是眞的對此漠不關心。」

「我可以建議你堅持一下某些基本原則嗎——比如消滅一切錯誤，改正一切錯誤，好嗎？而不是僅僅坐在那兒叫叫嚷嚷。」

「與此同時怎樣？」

「與此同時我要學習了，你可以找到喬治，讓他在你肩上哭泣一番，你會爲他感到萬分難過，而那一切都於事無補。」

我離開他，慢慢地往回走，又去了大廳。只見喬治正倚靠在外牆上，手上拿著一個酒杯，雙眼緊閉。我知道我該過去找他，但是我沒有。我走進了大廳，瑪麗羅斯正獨自一人坐在一扇窗前，我走了過去。她一直在哭。

我說：「看來人人都在哭泣的一天了。」

「你可沒有。」瑪麗羅斯說。她的意思是我和威利在一起太幸福了，才不需要哭泣。於是我坐了下來，問她：「這是怎麼了？」

「我坐在這兒看著他們跳舞，就開始自己想心事，就在幾個月前我們還相信這世界就要變了，一切都將變得美好起來，然而現在我們知道不會了。」

「是嗎？」我說了一句，聲音裡竟帶著一絲恐懼。

「爲什麼呵？」她只是這麼問了一句，我卻也找不出足夠的道義力量來反駁一下。頓了片刻後她又說道：「喬治找你幹什麼去了？我打了他，我猜他一定在說我是小潑婦了，是吧？」

「你能想像喬治會罵一個打過他的人是潑婦嗎？那麼你幹嘛要那麼想呢？」

「我也在爲那件事傷心。可是我打他的眞正原因當然是因爲我知道喬治那樣的男人就可以讓我忘記我的兄長。」

「也許你應該讓喬治那樣的人有機會試一試呢?」

「也許我是該如此。」說著她對我像往常那樣微微笑了笑,意思再明顯不過了:你可眞是個孩子!——我不由得憤憤地說:「可是假如你明白某件事,你幹嘛不去做一做呢?」

她仍然淡淡地笑著,說:「再沒有一個人能像我兄長那樣愛我了,他是眞的愛我。喬治可以和我做愛。但那不是一回事。難道會嗎?可是假使我說:我已經擁有過最好的,並且我再也不可能重新擁有了,那麼我便只要求性,這又有什麼不對的呢?」

「如果你問我這有什麼不對的,我就永遠也回答不上來了。即便我知道是有什麼地方不太對勁。」

「那麼是什麼呢?」她聽來眞的是滿心好奇,於是我甚至變得更生氣了。「你只要別哭,你別哭了行不行。」

「你一切都那麼順心如意。」她說,她又是指威利,而此刻我一句話也說不出來了。現在輪到我想哭,並且她看出了這一點,出於她在痛苦上的無限優勢,她勸我道:「別哭,安娜,一點用也沒有的。好了,我得去洗洗了,然後吃午飯。」她於是便走了。此刻那些年輕小伙子圍著鋼琴唱起歌來,我便也離開了這間屋子,向剛才喬治靠牆站的地方走去。我穿過蕁麻和黑皮槲樹向上攀過去,因爲他已遠遠地繞到後面去了。這時他正站在那兒,凝望著一片番木瓜樹後那個簡陋的小木屋,那兒便住著廚師和他的妻子還有孩子。兩個棕色皮膚的孩子正蹲在瀰漫著灰塵的鷄群間。

喬治試著想點一根菸,我注意到他那條十分健壯的胳膊在發顫,但終於沒能點燃菸,不耐煩地將菸扔掉了,然後他定了定神,說:「不,我的私生子不在那兒。」

這時旅館的午餐鈴從下面響了上來。

「我們還是走吧。」我說。

「陪我再待一分鐘。」他把他的手擱到了我的肩上，他的體溫便從手上穿過我的衣服灼熱地傳了過來。鈴聲那長長悠悠的金屬的鳴音止歇了，大廳裡的鋼琴聲也停了。一陣沉寂，只有一隻鴿子在玫瑰木樹上咕咕地叫了幾聲。喬治把手按到了我的胸部，說道：「安娜，我現在就可以帶你上床——然後是瑪麗，那是我的黑姑娘，今晚再回到我妻子那兒，再要她，這樣與你們三個做愛，我都會很快樂。你懂了嗎？安娜？」

「不。」我憤怒地說，然而他放在我的乳房上面的手卻使我明白了。

「還不明白嗎？」他挖苦道。「不嗎？」

「就不。」我堅持道，好似代表著所有的女性。我想到了他的妻子，那個讓我有陷入牢籠的感覺的女人。

他閉起了雙眼，他那黑色的眼睫毛抖動著，在他棕色的面頰上刷出兩彎小小的弧形。他閉著眼睛說道：「有時候我會從一個旁觀者的角度跳出來看我自己。喬治・洪斯婁，一個可敬的公民，當然，有點兒偏執，因爲他信奉社會主義，但是這一點當他獻身於他年邁的雙親，他富有吸引力的妻子和三個孩子時便抵消了。並且在我旁邊我還看到一隻巨大的猩猩，牠擺動著手臂，在那兒齜牙咧嘴。我可以看得如此清楚，奇怪的是卻沒有別人看得見它。」他的手從我的胸口垂落了下去，這樣我才可以重新平穩地呼吸著，並且說：「威利是對的，你對這事無能爲力，所以你必須停止這樣折磨自己了。」他仍然閉著眼睛。我還不知道要說什麼的時候，他的雙眼突然睜開了，並且漸漸回復了清醒，似乎是出於某種感應，我說道：「並且你可不能自殺。」

「爲什麼不可以？」他好奇地問。

「因爲同樣的理由。就像你不能把那孩子領回家一樣，因爲你有九口人需要你牽掛。」

「安娜，我一直在想假若我只有——比方說兩口人，需要我牽掛，那麼我把孩子領回家會怎樣呢？」

我不知道該說什麼好。過了片刻他伸出手臂來環住我，擁著我往回走著，穿過那些黑皮桷樹和蕁麻，說：

「跟我回旅館去，把那隻猩猩趕走吧。」而此刻我當然就不可思議地生起氣來，因爲我拒絕了這隻大猩猩，並且處在了沒有性別的姐姐的位置上。於是吃飯時我坐到了保羅邊上，而不是喬治。飯後我們全部午睡了很久，然後在舞會開始前早就開始了飲酒。那晚的舞會說是私人性質的，只對「瑪肖庇以及該地區的有關農場主」開放，但是農夫和他們的妻子們早就坐著他們的大車來了，舞廳裡此時早已人滿爲患。我們這些人，還有城裡來的空軍小伙子全在裡面，喬尼彈著鋼琴，而原來那個鋼琴師，他的水平不及喬尼的十分之一，早已樂得跑到酒吧去自在了。晚會儀式的主人很正式地做了個簡短的開場白，但是十分眞誠，主題是歡迎藍衣空軍飛行員。然後我們開始跳舞，直跳到喬尼彈累了，那時已是清點五點。之後我們全走出了舞廳，一群一群地站在清冷而凝結著滿天星星的夜空下，月亮在我們周圍投下淸晰的黑色的倒影。我們互相挽著手臂在唱歌。一陣陣花香又撲鼻而來，在這甦醒的夜中既清澈又冷冽。保羅與我待在一起，我們整晚都在一起跳舞。威利則和瑪麗羅斯一塊，他們一直在一起跳舞。而吉米已然醉得十分厲害，跌跌絆絆地一個人在人群中晃來晃去。他不知在哪兒又弄傷了自己，這時他眼睛上方的一個小創口裡一直在流血。這便是那個長週末第一天的結束，以後的幾天便也脫不開這個模式了。次日晚是大型「綜合」舞會，來的全是原來那些人。同時酒吧也配合得十分出色，布斯比的廚子簡直要累得吐血了。他的妻子應該已和喬治幽會過了，而喬治則在痛苦而徒勞地向瑪麗羅斯獻著殷勤。

　　第二天晚上斯坦利・萊特開始圍著拉蒂莫爾夫人轉，那個紅髮美女，但結果——我要說是災難性的。那時所有的一切都不正常、醜陋、令人不快，帶著玩世不恭的色彩，但是沒有什麼事情具有眞正的悲劇性，也沒有出現過那種可以改變什麼人或者什麼事的時刻。一直以來每當情感的火花閃現的時候，便會現出一片悲慘的內心世界。於是——我們繼續跳舞。斯坦利・萊特和拉蒂莫爾夫人的韻事所導致的結果，我估計也只不過是在她的婚姻中發生過無數次的那種插曲，沒什麼新鮮的。

拉蒂莫爾夫人是一個年齡在四十五歲左右的女人，相當的豐滿，有一雙優美絕倫的手和頎長的雙腿。她的皮膚白皙細膩，大大的雙眼呈現著一種柔和的長春花一般的藍色。這雙朦朧、溫柔、帶點近視、近乎藍紫色的眼睛，總像是在淚眼迷朦中看著生活，不過在她而言這一切只是因爲酒精的緣故。她的丈夫是一個高大而脾氣暴躁、商人型的男人，一個蠻橫的酒徒。他從酒吧一開門就進去開始喝，可以喝上一整天，慢慢地脾氣愈喝愈壞。而她卻是越喝越柔情萬種，會嘆著氣並且淚眼模糊起來。我從來，可以說一次也沒有聽他對她說過半句禮貌的話。她也像是對此毫無所覺，或者就是她早已懶得理會了。他們沒有孩子，但她與她那條無比美麗的獵狗是寸步不離的。那狗一身火紅的長毛，與她頭髮的顏色相仿，眼睛也像她一樣淚汪汪的，滿是渴望之情。她們總是一起坐在遊廊上，一個紅頭髮的女人和一條紅毛獵狗，一起接受別的房客的敬意，以及賞給狗的飲料。他們三個通常在週末來這家旅館。總之斯坦利·萊特迷上了這個女人。她沒有派別，他說。她是一個眞正的好人，他說。在那個長週末的第二晚舞會上，斯坦利一直殷勤地守候在她身邊。那時她丈夫則在酒吧，他一直歪歪斜斜地站在鋼琴邊喝著酒，直到酒吧關門前，斯坦利過去遞給他最後一杯，他一飲而盡後就跌跌撞撞地回去倒在了床上，把他的妻子留在了舞廳裡。看起來他似乎並不在乎他妻子在做什麼。她那晚便與我們在一起，或者說是與斯坦利一同度過的。此外，斯坦利給喬尼「安排」了個女人，她是從兩哩以外的一個農場趕過來的，她的丈夫上了戰場。四個人在一起過得十分開心，如他們後來反覆描述的那樣。我們在大廳裡跳舞，喬尼彈琴，那個農夫的妻子，來自約翰尼斯堡的一個高大、面色微紅的金髮女人，就坐在他身旁。泰德暫時已放棄了與斯坦利靈魂的搏鬥，就像他自己說的，事實證明性的吸引力對於他來說太強大了。在那個長長的週末——幾乎整整一個星期中，我們一直在喝酒，跳舞，喬尼的琴聲在我們的耳畔晝夜不停地響著。

直到我們返回城裡，我們才知道，正如保羅說的，那個假期對我們實在沒什麼好處，只有一個人多少還保持著一些自律，那就是威利。他每天都固定地有一大段時間在啃他的語法書，儘管他也放鬆過幾回，那是對瑪麗羅斯。我們一致通過還得再去瑪肖庇。兩週以後我們果然又去了。這一回與那個假期不同，旅館十分空閒，除了我們以外，只有拉蒂莫爾夫婦和他們的狗，以及布斯比一家。布斯比夫婦對我們的歡迎禮貌得有些過分，顯然他們對我們研究過一番，十分不贊成我們在這家旅館擁有特權，但是我們花錢太大手大腳，這一點也應該予以勸阻。那個週末的詳情我已記不太淸了，之後我們間隔著還去過四、五次，也已印象不深了。我們並不是每個週末都去。

那場危機，如果可以稱之爲危機的話，發生的時候，距離我們初訪瑪肖庇肯定已過了六到八個月。那是我們最後一次去了，陣容不變，仍是喬治、威利、瑪麗羅斯和我，還有泰德，保羅和吉米。斯坦利•萊特和喬尼現在屬於另一個小群體了，與拉蒂莫爾夫人和她的狗、還有那個農夫的妻子組合在了一起。有時泰德也湊到他們中間，他只管一聲不響地坐著，很局外的樣子，之後又很快就轉回來，也同樣默默地坐著，自顧自微笑著。這是他臉上新出現的一種笑容，十分的苦澀，帶著點自我評判的意味。坐在橡膠樹下，我們可以聽到遊廊上傳來的拉蒂莫爾夫人那懶洋洋的悅耳嗓音：「斯丹——孩子？給我拿杯飲料好嗎？遞根菸給我如何，斯坦——孩子？兒子，到這兒來跟我說說話。」他則叫她拉蒂莫爾夫人，但有時便忘了，叫她的名字，米拉，她便會對他垂下她那愛爾蘭人的黑色睫毛。他大約在二十二、三歲左右，兩人之間相差有二十歲。他們倆十分喜歡在衆人面前扮演母與子的角色，但他們之間又包含著掩藏不住的性欲，只要拉蒂莫爾夫人一走近，我們就只好心領神會地顧左右而言他了。

回想起來，在瑪肖庇度過的那一個個週末就像一條項鍊上的珠子，從兩顆閃閃發光的大珠子開始，後面是一連串不太重要的小珠子，最後結束在另一顆燦然奪目的珠子上。但是這樣地概括所發生的一切未免太偷懶了，因爲只要我一開始想起最後的那個週末，我便意識到必然是由於中間那些週末中一些不知不覺間發生的事情，才導致了最後的結果。但是這些細節我便無論如何也想不起來了。而且竭力搜索記憶這件事常常令我氣惱——就像在與頑強保護自己隱私的另一個自我展開搏鬥一樣。儘管如此，我知道這些記憶依然封存在我的大腦中，除非我能觸著它，令我吃驚的是由於記憶不可避免地蒙上了一層主觀色彩，我不知漏過了多少實質性的東西。我如何知道我所「記得」的恰恰就是重要的呢？我的記憶取決於二十年前的安娜，但是我不知道現在的這個安娜會如何來選擇。因爲在糖媽媽那兒獲得的經驗以及在筆記本上的寫作嘗試，已磨煉出我看問題時一種敏銳的客觀性，不過這一類的觀察錄是屬於藍色筆記的，而不是這本。無論如何，儘管最後一個周末現在似乎就要爆發出各種戲劇性的結局，但是並沒有任何前兆，當然這也是不可能的。

比方說，爲了刺激布斯比夫人，保羅與傑克森的友誼已在迅速發展之中。我還能想起當她終於命令保羅離開廚房的那個時刻，那一定是倒數第二個週末發生的事情。記得保羅和我一同在廚房裡和傑克森聊天，這時布斯比夫人走了進來並說：「你知道旅館客人是不得進入廚房的。」我還清楚地記得當時那種震驚的感覺，像是受到了一種不公平的對待，就如同孩子在大人突然變得專橫時的那種感覺。而那便意味著我們一定是在她沒有提出反對的前提下，才能夠一直在廚房裡跑進又跑出的。於是保羅用她自己的話懲罰了她。他會在廚房的後門等傑克森到他吃中飯的時間，然後大搖大擺地陪他一同走到他家的籬笆網前，又是攀肩又是搭臂地與他一路聊著。而這種黑人與白人之間的親密勁是蓄意而爲的，目的就是爲了要刺激一下凡看到他們的白人。我們從此沒再挨近過廚房。並且由於我們處於一種高度孩子氣的情緒狀態中，我們會像孩子們談論她們的女校長那樣咯咯傻笑著對她說三道四。在我看來這一切怪得很，我們竟可以變得如此孩子氣，一點也不顧忌我們是在傷害她。她在我們的談笑中變成了「一個土著人」，因爲她對保羅和傑克森的友誼大爲不滿。儘管我們十分明白，殖民地的白人沒有一個是不痛恨這種關係的，並且以我們的政治身分出發，我們擁有無限的耐心和理解力去勸說某些白人，讓他們明白爲什麼他們的種族觀點是不人道的。

我還得說另一些事，比如泰德為了拉蒂莫爾夫人的事勸說斯坦利。泰德說拉蒂莫爾先生吃醋了，並且他也吃得有理。斯坦利好脾氣地嘲笑著說：拉蒂莫爾先生只把他的妻子當作一個塵埃，而這是他應得的報應。但是這嘲笑其實屬於泰德，因為嫉妒的那個人是他，他在吃斯坦利的醋。斯坦利並不在乎泰德的感情是否受傷。他為什麼要在乎呢？當一個人要在某個意義上爭取另一個時，總會招來敵視的。泰德起初就是為了追求這隻「壓在岩石底下的蝴蝶」，那會兒他的浪漫情感還從不曾失控。但其實他們本來自個兒也待得好好的，所以就不止一次地出現過那種場面，這是泰德活該遭受的。斯坦利往往會在唇角露出他那頑固而狡猾的微笑，瞇起一雙冷漠的眼睛，說道：「去你的吧，老兄，你知道那不合我的胃口。」然而泰德還是會借他某本書看，或者跟他聽一晚音樂。斯坦利已開始公然蔑視起泰德，但是泰德並沒有要他見他的鬼去，反而聽之任之。泰德是我所見過的最一絲不苟的人之一，他開始為斯坦利投入「有組織的感化之旅」，提著啤酒和隨手撈來的食物去和他長談。之後他會對我們說，他去，只是為了有一個機會對斯坦利講明白，這並不是正確的生活方式。「他早晚會看清這一點的。」但是接下來他會不好意思地瞥我們一眼，把臉扭向一邊，臉上是那種新出現的無奈的苦笑。

再有就是喬治的兒子的一些事情，我們這些人全都知道。然而喬治本質上來說是一個謹慎的人，並且我敢肯定那一年他一直處於自我折磨之中，但他對誰也不曾提過，威利和我也沒有對任何人說起。儘管如此，我們卻全都心知肚明。有一晚我們喝得半醉的時候，喬治提了些什麼，但我想他自己都以為他的想法是晦澀難懂的。我們當時就笑開了，就像我們現在嘲笑那種對於國家政治形勢的令人絕望的提議一樣。我還記得另一晚喬治說了一個想像中的故事，讓我們直笑得喘不過氣來，關於如何有一天他的兒子會到他家來要求做一份男傭的工作。他，喬治，已識不出他來，但是某種直覺、感應一類的東西，使他被這可憐的孩子吸引住了。他被派到廚房去做事，他天性中的敏感和生就的聰明，「當然全都是承之於我的」，使他很快得到了全家人的喜愛。他簡直立刻就開始幫四位老人撿拾掉落在桌下的紙牌，並且隨時對那三個孩子充滿溫柔的友情——他是他們的半個胞兄麼。比方說，他們打網球時他就去做撿球員，以此表明他一點都不會。最後因為他對全家人盡心盡力的服侍，喬治還獎賞了他。某一天喬治突然間被電光火閃的一念擊中，遂醒悟過來，那一刻那男孩正遞給他鞋子，「擦得很亮了，沒問題。」「先生，還有什麼我能做的嗎？」「我的兒子！」「父親，您終於認我了！」如此等等。

那天晚上我們看到喬治一個人坐在樹下，頭埋雙手中，一動不動，他那沮喪而沉重的身影映在地上，與閃閃發光的槍尖一樣的葉子那跳躍不已的影子重疊在一起。我們下來坐到他身邊，但是誰也說不上什麼話來。最後的那一個周末也有一個大型舞會。我們分頭前來，有坐小轎車的，也有坐火車的，在星期五的不同鐘點全聚在大廳裡。當威利和我步入大廳時，喬尼已坐在鋼琴邊彈著曲子了。他旁邊依然是那個臉色紅紅的金髮女子，斯坦利在和拉蒂莫爾夫人跳舞，喬治則在和瑪麗羅斯說話，威利逕自朝他們倆走過去，並把喬治攆走了，而保羅則向我走了過來。我們的關係一如既往，溫情脈脈而半開玩笑式的，並且海誓山盟。旁觀者會以為威利和瑪麗羅斯，保羅和我是一對兒，儘管有些時候他們又可能會覺得喬治和我，還有保羅和瑪麗羅斯才是一對兒。當然這幾個年輕人之間的浪漫關係之所以是可能的，是因為我與威利之間，幾乎沒有性關係。假如處於一個小群體中心的一對男女有一種眞正完美的性關係，那麼他們就會對別人起到催化劑一樣的作用，並且通常，是眞的，會使這個群體瓦解。我見過許許多多這樣的小群體，帶有政治色彩的以及非政治性的，你總能以周圍那一對對男女的關係來判斷出處於中心位置的那一對兒的關係究竟怎樣（因為總是會有這麼一對的）。

那個星期五我們抵達旅館還不到一小時就出了麻煩。瓊・布斯比來到大廳請保羅和我到廚房去幫她準備當天的晚餐，因為傑克森正忙著預備明天晚會的食物。瓊那時已與她的那個年輕男人訂了婚，已然從她的恍惚狀態中走了出來。保羅和我於是跟著她去到廚房，傑克森正把水果和奶油攪和起來做奶油布丁，保羅幾乎立刻開始跟他聊上了。他們談起了英國，對於傑克森來說，那是一個如此遙遠而充滿魔力的地方，他恨不能花上數小時的時間去聽取一個哪怕最簡單的細節，比方說地下鐵，或者公車，或者議會。瓊和我站在一起做著晚餐用的沙拉。她對於離開她的情人十分不耐，他可隨時都在期待著她。這時布斯比太太走了進來，她看著保羅和傑克森，說道：「我想我告訴過你，我不要你待在廚房吧？」

「噢，媽媽，」瓊不耐煩地說，「是我請他們來的，你幹嘛不再雇一個廚師呢，傑克森要幹的活太多了。」

「傑克森幹這些活已有十五年了，到現在爲止從沒出現過問題。」

「噢，媽媽，是沒什麼問題。但是自從開戰以來，這兒的空軍飛行員總是不斷，活可多了不少。我並不介意幫幫忙，保羅和安娜也是。」

「你還是按我說的去做吧，瓊。」她母親道。

「噢，媽媽，」瓊不勝其煩地嚷了一聲，不過還沒有壞了脾氣。她衝我做了個鬼臉，意思是讓我甭去理會她母親。布斯比太太卻看到了，說道：「你已經越位了，我的孩子。從什麼時候開始你可以在廚房筆手劃腳？」

瓊終於失了耐性，氣沖沖地出門去了。

布斯比太太重重地喘著氣，她那張平淡無奇，總是泛著紅光的臉甚至比平時更紅了，她正一臉苦惱地瞅著保羅。假若保羅這時過去說幾句緩和的話，無論做點什麼可以讓她平息下來的事情，她就會立刻軟弱下來，回復她眞正的好性情。然而他仍和以前一樣，衝我點點頭示意我跟上他，然後平靜地朝後門走去，並對傑克森說：「等你下工後我們再見，如果你能完事的話。」我對布斯比太太說：「如果瓊不來找我們，我們是不會來的。」但是她對我的陳詞並不感興趣，她沒有吭聲。於是我隨保羅回到大廳，接著跳舞。

那段時間中我們一直在開玩笑說布斯比太太愛上了保羅。也許是有那麼一點兒，但她是一個頭腦十分簡單的女人，並且十分操勞。戰爭開始以來她就幹得更辛苦了，而這個原本是過路旅客歇夜的地方，現在成了一個人們週末度假的去處了，這對她來說一定是個重負。然後是瓊，在最近的幾個星期中突然從一個鬱鬱不樂的青春期少女變成了一個擁有未來的年輕女人。現在回想起來我覺得正是瓊的婚姻導致了她母親不快樂的根源。瓊必然是她唯一的可以排遣情感的對象。布斯比先生總是待在酒吧台後邊，並且他是那種嗜酒成癖賴以為生的人。那些能喝上幾個回合的男人，相比起那些「喝得若無其事」的人來說眞是不足一提——他們每天都要喝得酩酊大醉，年復一年。天天如此。這些經年的酗酒者對於他們的妻子來說實在是糟透了。布斯比夫人已然失去了瓊，後者就要嫁到三百哩以外的地方去了。這個距離在殖民地來說眞算不了什麼，但是她將因此而失去她。並且她或許也受到戰爭時期那種焦慮不安的情緒的感染。一個已然不再幻想的女人。早在數年以前就放棄了做女人的特權，現在她看到另一個年齡與她相仿的女人，拉蒂莫爾夫人，她已然觀察了她有好幾個星期了，她看到斯坦利追求她的全部過程。或許她對保羅是有隱密的嚮往，我不知道。現在回想起來，布斯比夫人在我頭腦中是一個孤獨而令人同情的形象。但是當時我可沒這麼想，我一直把她當一個愚蠢的「土人」。噢，上帝（想到某個你曾對他如此冷酷的人，簡直令人痛苦。）想到我也曾對人如此冷酷，我就感到痛心。並且她是那麼容易快樂起來的人，只要我們請她過來和我們一起喝點兒酒，或者跟她聊點什麼。但是我們卻固守著我們的那個小圈子，並且在愚蠢地笑話著她。我還記得保羅和我離開廚房時她臉上的表情。她的目光一直追隨著保羅，一臉受傷而無措的樣子。她的雙眼陷於一種百思不得其解的狂亂之中。還有她衝傑克森嚷嚷的尖銳刺耳的聲音：「你變得不要臉了，傑克森。你怎麼會變得這麼不要臉？」

按規定傑克森每天下午三點至五點可以歇工一段時間，但是就像一個好的奴隸那樣，當活兒很多的時候，他便會放棄這個權利。這天下午我們直到五點左右才看到他從廚房出來，慢吞吞地朝他自己家走去。保羅對我說：「安娜親愛的，如果我不是更愛傑克森，我就不會這麼愛你了。到目前爲止這是一個原則性問題……」他說著已離開我向傑克森迎過去。於是布斯比太太便從廚房的窗口看到了兩個人站在籬笆前說話的情景。喬治這時來到我身邊，他看著傑克森說道：「我孩子的父親。」

「噢別這麼說，」我說，「那一點用都沒有。」

「你意識到了嗎，安娜，這一切有多可笑？我甚至不能給那孩子一點兒我的錢。你意識到這一切有多他媽的稀奇古怪嗎？傑克森一月掙五鎊，這筆錢全部要負擔在孩子和老人身上。跟我一樣，一個月五英鎊對我來說也不算少——但是假若我給瑪麗五鎊錢，只要她去爲那可憐的孩子置點過得去的衣服，這錢對於他們就會顯得太多……她告訴過我，他們一家每週吃飯只用十個先令。他們就靠南瓜、玉米麵還有廚房的一些殘羹剩飯度日。」

「傑克森從沒懷疑過嗎？」

「瑪麗覺得沒有。我問過她。你知道她怎麼說：『他是一個好丈夫。他對我和孩子們都很好。』……你知道嗎，安娜，當她這麼說的時候，我這輩子都沒覺得自己這麼混蛋過。」

「你還同她睡嗎？」

「是的。你知道嗎安娜，我愛那個女人，我如此的愛她，以至於……」

過了一會兒我們看見布斯比太太從廚房裡出來並朝保羅和傑克森走去。傑克森進了他的小木屋，布斯比太太陷入孤獨的憤怒之中，她板著臉朝自家的屋子走回去了。保羅過來告訴了我們她剛才對傑克森說的話：「我給你休息時間並不是讓你不要臉的去和本應比你更明事理的白人交談。」保羅氣得連一句話也罵不出來了，只連連說著：「我的上帝，安娜，我的上帝。我的上帝。」半天他才緩過勁來，然後便拉著我又去跳舞了。中間他對我說：「我眞正感興趣的是有些人，比如說像你這樣的，竟然眞的會去相信世界是可以改變的。」

那一晚我們就是跳舞、喝酒，全都折騰到很晚才睡。威利和我上床時彼此都憋著一肚子氣。他生氣是因爲喬治又倒出了他那一堆煩惱，而他開始煩喬治了。他對我說：「你和保羅似乎很不錯麼。」這句話在過去六個月中的任何時候他都可以說。我回敬他道：「同樣千眞萬確的是你和瑪麗羅斯。」這時我們已躺在各自的床上。他手上拿著某一部關於早期德國社會主義發展史的書坐在那兒，他所有的智慧似乎都集中在那兩塊閃閃發光的鏡片後面，他在琢磨著是否値得爲此跟我吵上一架。我想他最後終於想清楚吵下去又會轉入我們關於喬治的爭論，連用詞也是一樣的，「脆弱的多愁善感」「固執己見的官僚」……。或許是他認爲是自己在對我和保羅的關係感到不滿，因爲他是那種動機十分模糊的人，儘管這一點令人難以置信。反正我剛才也用「瑪麗羅斯」回敬過他了。而此刻如果他斥責我，那麼我會說每一個女人都深信不移一點，假若她的男人不能令她快樂幸福，那麼她就有權去找別的男人。在那種情形下便是首當其衝的也是最強烈的念頭，不管她過後會怎樣出於憐憫之情或者權宜之計而去緩解自己的激烈反應。但是威利和我並不是因爲性才在一起的。那便又如何呢？我寫下這些話的時候便在想我倆之間的衝突有多麼強烈，以至於甚至到了現在我還會本能地，並且純粹是習慣性地要用對或者錯來評判我們間的一切。眞是蠢極了。

那一晚我們並沒有爭吵。片刻之後他開始他個人的哼唱：噢那鯊魚，長著獠牙，親愛的……他撿起書來看了下去，我則睡了。

第二天壞脾氣就像針尖一樣刺入了旅館的各個角落。瓊・布斯比和她的未婚夫昨晚一起去舞會，但是直到清晨才回到家裡。布斯比先生在女兒進屋時衝她大聲嚷嚷起來，布斯比太太則在一邊落淚。傑克森則與侍從發生了口角。我們用中餐時那幾個侍從全都繃著臉。傑克森按合同的規定於三點離開廚房，留下布斯比太太一個人在那兒準備晚上舞會用的食物，並且瓊由於前一天被數落了一通，也並不過去幫忙。我們聽到瓊在那兒大聲說：「如果你不是這樣吝嗇，你就會去請個幫廚來，不必爲了省一個月五英鎊的錢而讓自己受累。」

布斯比太太本就生著一雙泛紅的眼睛，這時她的臉上又出現那種被打懵了的狂怒，她追著瓊與她爭個不休。因爲她當然不是個吝嗇的人。五英鎊對布斯比家來說實在不值一提。我想她不另外再找一個廚子是因爲她自己並不介意付出雙倍的勞動，再者她也覺得傑克森沒有理由幹不好他那份活。

她回到自己家中躺下來休息。這時斯坦利‧萊特正和拉蒂莫爾夫人一起坐在遊廊上。旅館的的下午茶在四點時由一名侍者送上來，但是拉蒂莫爾夫人卻說有點頭疼，想來杯濃咖啡。我估計是她與她丈夫間出了點兒問題，但是我們當時已把斯坦利的殷勤勁看得理所當然，所以並沒有想到這一點。斯坦利‧萊特於是去廚房要侍者弄點咖啡，可是咖啡給鎖在儲藏櫃裡了，鑰匙在那個深受信任的僕人傑克森手上。斯坦利便去傑克森的小木屋借鑰匙。我並不以爲這在他是一件犯傻的事情，既然情形是這樣。他只不過出於本能的要去「組織」一些必需品。而傑克森，因爲已把皇家空軍與富有人性的關懷聯繫在了一起，也一樣喜歡斯坦利，並且走出了他的小木屋，去廚房打開櫃子爲拉蒂莫爾夫人煮起濃咖啡來。布斯比太太一定是從她臥室的窗戶看到了這一切，因爲她即刻走了過去，告訴傑克森如果他再做一次這樣的事情，他就要被解雇了。斯坦利試圖安撫她，但卻無濟於事，她跟著了魔似的，最後是她丈夫不得不過來把她拉回去了。

喬治找到威利和我說：「你們知道若是傑克森遭解雇意味著什麼嗎？這個傢伙就完了。」

「你要他們如此吧。」威利道。

「不，你這蠢貨，只要我有一次這麼想過，我就該死。這是他們的家。傑克森再也不可能找到另一個可以安置他的家人的地方了。他只能自己出去找工作，而他的家人得回尼亞薩蘭⑩去。」

「極有可能這樣，」威利道。「他們會和別的非洲黑人處在同樣的位置上，而不是在這兒充當還不到百分

---

⑩尼亞薩蘭：Nyasaland（馬拉威的舊稱）［非洲］

之一的少數民族——假如有這麼多的活。」

過了不久酒吧就開了門，喬治便進去喝酒了。吉米和他在一起。看來我幾乎要忘了所有這些事當中最重要的一件——吉米狠狠地打擊了一下布斯比太太。那是前一個週末的事了，吉米當著布斯比太太的面伸出手臂摟住保羅並吻了他。當時他喝醉了，而布斯比太太，這個頭腦單純的女人，驚得當場就呆住了。我努力向她解釋殖民地的男子習俗或者說他們的舉止都和在英國時大不一樣，但是此後她看吉米的眼光便無法不流露厭惡之色了。她並不介意他總是喝個爛醉這種事，還有他那副不修邊幅的樣子，那兩處還未好全的傷疤裸露在他黃色的短髮中間，看上去實在讓人不舒服。還有他敞著衣服扣子，從不繫領結的那種萎靡不振樣，這一切都算不了什麼。對於一個男人來說，喝酒、不刮鬍子、邋遢都是正常的，她甚至因此而對他更多了一份母性的溫情。可是「同性戀」這個詞卻超過了她的接受範圍。「我猜他就是人們說的那種同性戀」她說到這個詞的時候就好像這是有毒的一樣。

吉米和喬治在酒吧裡很快就把自己灌醉了，這時舞會開始奏起了樂曲，兩人的情緒也變得傷感而纏綿起來。兩人走進舞廳的時候裡面已擠滿了人，他們便也一塊兒跳起來。喬治在拙劣地模仿著什麼，然而吉米卻像個孩子般的一臉開心。布斯比太太已經在那兒了，她穿著一身黑緞子裙，活像一頭海豹，臉上燃燒著痛苦的火焰。她朝那正在跳舞的一對兒走了過去，要他們到別的地方去擺這種令人厭惡的樣子。沒有一個人注意到這件事的發生，喬治對她說別做一個愚蠢潑婦，便過去和瓊・布斯比跳舞了。吉米木然呆立在那兒，一臉的無助，整個就像是挨了一巴掌後手足無措的小男孩。然後他獨自一人逛了出去，走進了夜色之中。

保羅和我在跳舞。威利和瑪麗羅斯在跳舞。斯坦利和拉蒂莫爾夫人在跳舞。拉蒂莫爾先生在酒吧，而喬治已然離開我們前往他的拖車了。

我們全都格外的沸騰，比任何時候都表現得更為幼稚可笑。我想我們全都知道這是我們最後一個這樣的週末了，儘管並沒有一個正式的決定說我們不會再來了，正如我們第一次來也並沒有通過什麼正式的決定一樣。人人都有一種失落感，其中一個原因是保羅和吉米不久就要被派到別的地方去了。

快到午夜的時候保羅突然說吉米已走開很長一段時間。我們問了一遍舞廳中的人群，沒有人看到他上哪兒去了。保羅和我於是出去找他，在門口碰到了喬治。外面的夜泛著潮氣，天空布滿了雲團。這塊地方通常會在我們已然習慣了的晴天之中有二、三日的天氣驟變，於是會降下一場毛毛細雨，或者下一場輕柔的薄霧，就像愛爾蘭的那種雨，又細又軟。現在便是這種時候，人們三三兩兩地站在外面乘涼，但是天太黑了，誰的臉也看不清楚。我們便在他們中間穿梭著，試圖通過身形辨認出吉米來。酒吧已關門了，他也不在遊廊或者餐廳。我們開始擔心起來，因爲他曾不止一次地倒在花圃或者橡膠樹下，爛醉如泥，都是我們把他救回來的。我們於是到房間去找，又去搜索花園，一腳高一腳低地踩過灌木和莊稼，都沒發現他。正當我們站在主樓後面不知下一步該往哪兒找時，在我們前面五、六步外的廚房的燈突然亮了，只見傑克森獨自一人慢慢地走進了廚房，他並不知道有人在注意他。我從未見過他在謙恭有禮和戒備的面貌之外還有什麼樣子，然而此刻他既生氣又困惑——我記得我看著他的臉時心裡在想，我眞的從沒見過他還有這種時候，他的臉色已變了——他在看著地上的什麼。我們也擠過去看，地上躺著吉米，他或者睡著了或者喝醉了，或者都是，他就那樣躺在廚房的地板上。傑克森彎下身去撫他，就在這時布斯比太太從他後面進來了。吉米醒了，他看到了傑克森，便如一個剛被喚醒的孩子似地舉起雙臂圍住了傑克森的脖子。那黑人忙說：「吉米先生，吉米先生，您得上床睡覺去。您不可以待在這裡。」吉米則嘟噥著：「你愛我，傑克森，不是嗎，你愛我，其他的人沒有一個是愛我的。」

布斯比太太是如此地震驚於眼前的一幕，她頹然倒在身後的牆上，臉色變得灰白。那時我們三個人已把吉米扶了起來，將他緊緊抱著傑克森脖子的手扳了開來。

布斯比太太說：「傑克森，你明天就走。」

傑克森說：「太太，我做錯了什麼了？」

布斯比太太道：「出去，滾。帶上你那個髒兮兮的家還有你自己離開這兒。就明天，不然我叫警察來帶你走。」

傑克森眼巴巴地看著我們，他的眉毛糾結成一團，又放鬆開來，被屈解的痛苦使他的臉部肌肉抽搐起來，把他的臉弄得一會兒繃緊了一會兒又鬆開來。當然，他怎麼也不明白布斯比太太爲什麼要生這麼大的氣。他慢慢說道：「太太，我已經爲您幹了十五年了。」

喬治這時開口道：「我會跟她談談，傑克森。」喬治以前還從來沒有跟傑克森直接說過一句話。他在他面前的罪惡感太強了。

這時傑克森緩緩地把視線投到喬治身上，眼睛就像挨了別人一拳似地緩緩眨了幾下。喬治靜靜地等著他說話。然後傑克森道：「您並不想讓我們走吧，先生？」

我不知道這話裡面包含著多少意思。或許傑克森從來都知道他妻子的事。他的話當時聽來就是那個意思。然而喬治閉上了眼睛，然後他結結巴巴地說了點什麼，聽來就像是一個傻子在說話似的，十分可笑。之後他就跌跌絆絆地衝出了廚房。

我們半推半拖地把吉米弄到了廚房外面，對他們說：「晚安，傑克森，謝謝你幫了一下吉米先生。」但是他沒有說什麼。

保羅和我最後把吉米搬上了床。當我們從客房樓出來，走到濕漉漉的夜色中時，聽到喬治和威利就在幾步以外說著話。威利說著「是這麼回事。」「顯然如此。」「很可能。」而喬治的情緒越來越激烈，也更加語無倫次起來。

保羅低聲道：「噢我的上帝，安娜，現在跟我走吧。」

「我不能。」我說。

「我隨時都有可能離開這個國家，我也許再也見不到你了。」

「你知道我不能。」

他沒有回答，逕自朝夜色中走去。我在他之後正要邁步，威利走了過來。臥室就在近處，我們倆便一同走了回去。威利說：「現在有一件最好的事情就要發生了。傑克森和他的一家要走了，而喬治也會慢慢地醒悟過來。」

「這就意味著，那一家人必然要四分五裂，而傑克森再也無法守在他家人身邊了。」

威利道：「你就會這麼想。傑克森能和他的一家生活在一起已經夠幸運的了。大多數人都沒有這種運氣。而現在他就要和別人一樣了。就是這麼回事。你曾經爲所有那些失去家庭的人慟哭流淚過嗎？」

「沒有，我一直在支持著某種可以結束這該死的一切的政治。」

「對極了，太對了。」

「但是我碰巧認識了傑克森和他的一家人。有時候我簡直不能相信你說的話是當眞的。」

「你當然不信。感傷主義者除了他們自己的情感以外是從不相信別的什麼的。」

「你這麼說對喬治並沒有什麼分別。因爲喬治的悲劇不是瑪麗而是他自己。她走了以後他還會有別的女人。」

「但這會給他一個教訓。」威利說這句話時臉變得醜陋起來。

我於是離開威利，一個人走到遊廊上。霧已淡了下來，半是朦朧的黑夜中瀰漫著微弱而清冷的光影。保羅就在幾步以外看著我。突然間所有的醉意、憤怒和痛苦在我體內翻湧起來，好似要爆裂一般，我再也顧不得別的什麼，我只想和保羅在一起。我朝他衝過去，他一把抓住我的手，我們一句話也沒說就開始跑，誰也不知道我們要跑向哪裡爲什麼要跑。我們沿公路向東跑著，踉踉蹌蹌、一步一滑地踩在泥漿滿地的柏油碎石路上，然後突然拐向路邊一條雜草叢生的小道，但是我們並不知道這條路會通向哪裡。我們踏過那些從沒見過的泥沙，穿過那重又升起的薄霧，就這樣一路跑了進去。兩邊隱隱呈現著濕漉漉的黑色樹影，迅速地從我們飛跑的身邊後退著。我們跑得上氣不接下氣，又跌跌絆絆地跑入了路邊的草原。草原上是一叢叢低矮的闊葉植物，我們又跑了幾步，終於相擁著倒在濕漉漉的葉子上，這時雨絲已緩緩地飄落下來，頭頂的夜空中低密的黑雲正迅速地移動著，月亮忽隱忽現，終於被黑雲掩沒了，於是我們重又陷入黑暗中。我們開始哆嗦起來，牙齒也在格格打顫，於是我們止不住大笑起來。我身上只有一條薄薄的綢絲舞裙，保羅起身脫下自己的夾克圍在我身上，然後我們重又躺下。周圍的一切都又冷又濕，除了我們貼在一起的身體，滾燙滾燙。就算到了這種時候，保羅仍然是不慌不忙的，說道：「我還從沒幹過這樣的事，親愛的安娜。我是不是很聰明，選擇了像你這樣有經驗的女人？」這話讓我又大笑起來，我們倆沒有一個是聰明人，我們只是太開心了。數小時以後天空開始明亮了一些，遠處喬尼的鋼琴聲卻聽不見了。抬起頭來，我們看到烏雲已經過境，星星重又顯現在夜空中。我們站了起來，回憶著剛才琴聲傳來的方向，那邊就是旅館了。我們一腳高一腳低地走著，穿過灌木叢和草地，兩隻握在一起的手都是火熱的，臉上掛滿了眼淚和草葉上的雨水。我們找不到旅館在哪裡，就算有音樂，也會被風吹散，早已沒有方向了。黑暗中我們胡亂走著，又攀援過不少道路，最後我們發現我們上了一個小山頭，方圓幾里是星光下全然沉寂的一片黑暗。我們一起坐到一塊濡濕的花崗岩邊上，互相摟著等待天明，彼此都沒有再說什麼，我們太冷太濕也太累了。我們只是臉貼著臉坐著，靜靜地等待著。

在我的一生中，我都從沒有那樣地快樂過。那是一種極度的、瘋狂一般的、痛楚著的快樂，強烈到我不敢相信。我記得我在自言自語著：這就是了，這就是快樂，而同時我卻又滿心恐懼，因爲它也帶著如此之多的邪惡和不快的陰影，並且自始至終，我們緊貼在一起的冰冷的臉頰上，都流著滾燙的眼淚。

這樣過了很久，在我們前方的黑暗中透出了一束紅光，而那一片田野也脫離了黑暗，它們呈現著灰色，沉靜、優美。旅館則出現在半哩以外某個我們未曾料到的方位，從我們此刻的高度看去顯得很陌生。它仍自沉睡著，沒有一絲燈光。現在我們才看清我們坐著的這塊岩石原來是在一個小山洞的口上，而在岩石平滑的石壁上繪有布什曼部落的壁畫。即使在光線尚十分微弱的凌晨仍然顯得栩栩如生、燦然生輝，只是脫落得很嚴重。這一塊地區到處可見這一類壁畫，但是由於不識其價值的愚蠢的白人常常向這些壁畫投擲石頭，因而大部分都遭到不同程度的毀壞。保羅看著石頭上那些多有碎裂、疤痕累累的彩色小人和動物，說：「眞是一個合適的注解，親愛的安娜，但是如果要我找合適的詞講出理由來，在目前的狀態下我可找不出來了。」他吻了我，是最後一次，然後我們慢慢地穿過一叢濕草和樹葉往山下爬去。我的縐紗裙已濕得全貼到了身上，並且一直縮到了膝蓋上頭，我的雙腿只能在緊繃的裙子裡邁著細步走路，這副樣子又讓我們倆笑了半天。我們沿一條小路回了旅館。一路上我們都走得很慢。走到客房樓前的時候，我們看到拉蒂莫爾夫人坐在遊廊上嚶嚶哭泣，她身後的房門半開著，拉蒂莫爾先生就靠著門坐在地板上。他依然是醉醺醺的，帶著酒勁斟詞酌句地說著：「你這婊子。你這醜陋的婊子。你這賤貨。」雖然這是常有的事。她衝我們抬起她那張絕望的臉，兩隻手使勁揪著她那一頭漂亮的紅髮，眼淚掛滿了她的下頷。那條狗趴在她身旁，輕輕地發著嗚嗚的聲音，牠的腦袋擱在她的膝上，一條紅毛尾巴含有歉意一般地前前後後掃來掃去。拉蒂莫爾先生根本就沒有看我們一眼。他那雙紅紅的醜陋的眼睛只盯著他的妻子：「你這又懶又賤的婊子。你這蕩婦。你這髒貨。」

保羅與我分了手。我回到我的房間，那裡面黑乎乎的，十分悶熱。

威利道：「你上哪兒去了？」

我答：「你知道哪兒。」

「過來。」

我走過去，他一把抓住我的手腕，把我拖到了他身邊。我還記得我躺在那兒，心頭對他充滿了怨恨，並且奇怪爲什麼我所能記得的唯一一次他與我做愛恰恰是在他知道我剛和別人做過愛之後。

那件事結束了我和威利的關係。我們永遠無法彼此原諒，我們也再沒有對這件事提過一個字，但是它始終在那兒，再也消除不去了。於是這一種「無性」的關係最後終於結束了，因爲性的關係。

次日是星期天，我們在午飯之前到鐵軌道的樹下集中了一下。喬治一個人坐在那兒，看上去蒼老、悲哀而絕望。傑克森已帶著妻兒消失在夜色中，他們此刻已走在前往尼亞薩蘭的路上了。那間曾經似乎充滿了生活氣息的小屋或者說小木棚，此刻卻已人去樓空，在一夜之間就被遺棄了。現在它看上去更像是一處傷心之地，空蕩蕩地立在番木瓜樹下。但是傑克森太匆忙了，來不及抓走他的雞。那裡邊有珍珠雞，幾隻紅色的大母雞，一群名叫卡菲爾鳥的細瘦的小鳥，還有一隻披著一身閃閃發光的棕黑色羽毛的小公雞，牠的尾羽在陽光下閃著七彩的光澤，用牠幼小的白色爪子在塵土上抓扒，尖聲的啼叫。「那就是我。」喬治看著那隻公雞對我說道，笑指他的生活得救了。

我們一群人回到旅館吃中飯的時候，布斯比太太前來向吉米道歉。她十分急切而緊張，雙眼紅紅的，但是儘管她始終不能不帶一點嫌惡地直視他，她表現得也已夠眞誠的了。吉米急忙萬分感激地接受了她的道歉，他已想不起昨晚發生的事了，我們也從此沒再對他說起過。他還以爲她是在爲他在舞廳與喬治的一幕而致歉。

保羅問：「傑克森怎樣了？」

她回答道：「走了，總算走了。」她的話音中含有一層深深的不安，像是難以置信什麼似地懷疑著自己。顯然她弄不明白究竟發生了什麼，竟然使得她如此輕易地便打發走了這個忠心耿耿爲自己服務了十五年的僕人。「有太多的人想得到這份工作呢。」她說。

我們決定當天下午離開旅館，此後我們便再也沒有回來過。幾天以後保羅死了，而吉米被派往德國去飛他的轟炸機。不久泰德沒有通過飛行員的最後測試而被刷下來，斯坦利·萊特對他說他是一個傻瓜。鋼琴家喬尼繼續在不同的舞會上伴奏，依然做著我們不善言辭、興致勃勃而孤立於衆人之外的朋友。

喬治通過地方長官一路追踪，終於查到了傑克森的下落。他已把家人安置在尼亞薩蘭，自己則在城裡的一戶人家做了廚師。喬治有時會給這家人寄些錢去，希望他們會相信這是布斯比夫婦寄來的，因爲，如他所說的，他們該覺得點兒懊悔吧。但是他們幹麼要懊悔呢？根本沒有什麼值得他們引以爲疚的。

這便是一切的一切了。

這就是《戰爭邊緣》這部小說的素材。當然，這兩個「故事」之間毫無共同之處。我十分清楚地記得促使我想寫下這一切的那個時刻。我站在瑪肖庇旅館客房樓的台階上，月光清冷地灑滿了我的全身。桉樹林外的鐵軌上，一列貨車正駛進站台，哐噹哐噹地停下來，嘶嘶地拖著白色的蒸汽。火車附近停著喬治的卡車，後面是他那個棕色的繪有圖畫的拖車，就像一個不結實的包裝箱。喬治那會兒正與瑪麗在一起幽會——我剛看到她躡手躡腳地鑽進去的。花圃上飄浮著又濕又清涼的花香。從舞廳裡則傳來喬尼敲出琴鍵的樂聲。從我身後可以聽到保羅和吉米在與威利說話的聲音，還有保羅突然爆發的年輕的笑聲。我深深地陷入這種危險而陶然的沉醉之中，以至於我甚至可以直接從台階上步入雲中，憑著我自己醉後的力量爬到天上的星星上去。而我甚至在當時就知道，這種沉醉包含著一種不計後果的無限可能性，不顧一切的危險，還有戰爭本身的那種隱密、邪惡而駭人的脈搏，以及我們共同嚮往的死亡，對彼此也對我們自己。

〔一個日期，數月之後〕

今天我重讀了一遍，這還是我寫下這篇東西以後第一次讀它。通篇充滿了懷舊情緒，甚至每一個詞都是如此，儘管我在寫的時候一直自以爲是「客觀的」。那麼在懷念什麼呢？我不知道。因爲我寧可死也不願再回到從前了。並且那時的「安娜」恰如一個我過於熟悉並且再也不想見面的敵人，或者一個老友。

♠〔第二個筆記本，即紅色筆記，開始得毫不遲疑。第一頁上寫著英國共產黨，下面劃了兩道槓，然後是日期，一九五〇年一月三日，寫在下方〕

上週，莫莉半夜的時候到我這兒來，跟我說黨內成員以某種形式集會了一次，要求每個人記敘一下做爲黨員的歷史，其中得有一段寫出他們的「疑問和困惑」。莫莉說她已開始著手寫了，她本來只想寫幾行的，結果卻發現寫成了「一整篇論文——簡直有幾十頁」。她看來有點心煩意亂。「我到底想幹什麼——寫一篇懺悔錄嗎？不管怎麼說，我既然寫了就會把它交上去的。」我對她說她一定是瘋了。我說：「假設英國共產黨一朝大權在握，那文件就在檔案裡，若是他們要找證據絞死你，簡直輕而易舉，你死一千次都不算多。」她微微地，近乎惱怒地笑了笑——每當我這麼說時便會出現在她臉上的那種笑容。莫莉不是那種天眞的共產主義者。她說：「你夠會挖苦的。」我道：「你知道這都是千眞萬確的。或者說有這個可能。」她說：「如果你眞這麼想，那你幹麼還說要入黨？」我說：「可是你爲什麼要待在裡面呢，既然你也有那樣的想法？」她又笑了，這一回臉上的不快消失了，換作了譏諷的表情，她並且點了點頭，然後坐著琢磨了一會兒，邊抽著菸。「這一切都很奇怪，是吧，安娜？」第二天早上她對我說：「我聽你的，我已把稿子撕了。」

這一天我還接了約翰同志打來的一通電話，說他聽說我要入黨了，並且還說負責文化工作的「比爾同志」很願意跟我會個面。「如果你覺得無此必要，你當然可以不見他，」約翰忙道，「但是他說他很有興趣見見冷戰開始以來第一個預備入黨的知識分子。」我感覺到他話中帶刺，便說我願意見見比爾同志，儘管實際上我並未最後決定是否入黨。一個原因是我討厭加入任何組織，這本來都是我不屑爲之的。原因之二是我對共產黨所持的態度，竟是我不能對我所認識的黨內同志講任何我信以爲眞的話，這難道還能讓我做出明確的決定來嗎？看來是不能，然而，儘管我幾個月來一直在對自己說我不可能加入一個在我看來不夠誠實的組織了，我還是在決定的邊緣翻來覆去地折騰個沒完。並且在我腦海中總會同時出現兩種人。一種是來自文學圈裡的人，作家、出版人什麼的，不管我何時因爲什麼而見到他們，這些人總是那麼的講究、一股娘娘腔，而且那麼看重他們的階級地位；或者便是來自商業界的人，嘩衆取寵，只要與他們一接觸，我就會斷了入黨的念頭。但是還有另外一種人存在，那就是我看到莫莉衝來衝去組織一些什麼事的時候，總是充滿了活力和熱情。或者正當我上樓的時候卻聽到了廚房裡傳來熱烈的談話聲，我便會加入進去。那是一些爲了一個共同的目標而工作的人所創造出來的一個充滿友誼的氛圍。但是這個理由還不足以讓我最後決斷。我打算明天就去見他們的比爾同志，告訴他我是一個情緒型的人，我還是待在一邊做一個同情革命的人吧。

次日。

見面地點在國王街，在一扇裝有鐵皮的玻璃門後擠擠挨挨著幾間小辦公室。曾那麼多次路過這兒，居然從未注意到這個地方。那扇防範嚴密的玻璃門給了我兩種感覺——一種是恐懼，因爲這是一個暴力的世界；另一個感覺則是防衛，出於保護一個機構的需要，因爲人們會向它扔石頭。我邁上窄窄的樓梯時便在想著第一種感覺，不知道有多少人加入了英共，在英國，人們很難記得住這是一個充斥著權力和暴力的現實世界，而共產黨對於人們來說卻代表著一種肆無忌憚的眞實的政權，難道它只在英國處於隱蔽狀態嗎？比爾同志竟是一個十分年輕的男人，猶太人，戴一副眼鏡，聰明，工人出身。他對我的態度顯得既活潑又謹慎，聲音是冷淡而輕快的，帶著點兒輕蔑。他那種無意間流露出來的輕蔑讓我產生了興趣。我開始感覺到有一種道歉的必要，幾乎有必要語無倫次一些。會面十分簡捷。他已聽說我預備入黨，儘管我是來告訴他我不打算加入了，但是我卻發現我在接受、而不是否認他的話。我感覺到（也許是因爲他那種輕蔑的態度）他是對的，他們正在工作之中，而我坐在那兒猶豫不決起來（儘管我當然並不認爲他是對的）。在我起身離開之前，他突然說，「五年之後，我想你就會在資產階級的報紙上撰文揭露我們是一群魔鬼了，跟別人不會有兩樣。」他說「別人」當然是指知識分子。因爲黨內流行著一種傳說，那些總是呈游離狀態的知識分子當形勢往反方向發展時，在任何階級和派別中的表現都是一樣的。我十分生氣。那句話在消除了我的防線的同時也傷害了我。我對他說：「幸而我還算有點資格。如果我是一個新人，您的這種態度就足以讓我的幻想破滅了。」他向我投來冷冷的、敏銳的目光，半天不曾移開，像是在說：如果你沒有資格，我當然不會對你說出這番話來。這使我有一種回來了的感覺，可以說是又具有了可以說些煞費苦心的反話的資格，以及與革命創始人的同謀關係，而與此同時我也突然間感到筋疲力盡。但是我卻因此而愉快了起來。離開這種環境那麼久，我當然都已忘了這個圈子內部那種嚴厲、充滿自衛和冷嘲熱諷的氛圍了。我所知道的任何一個共產主義分子，不管聰明與否，對於中央所持的態度都是一樣的，也就是說大家都知道黨內的實權掌握在一批死氣沉沉的官僚手上，然而儘管如此，眞正的工作還是要做的。比方說我頭一回告訴約翰同志我要入黨時，他曾說：「你瘋了吧。他們討厭和鄙視加入黨內來的作家，他們只尊敬那些黨外的作家。」而「他們」所指的就是中央。這當然是說笑而已，但卻相當典型。回來時在地鐵上看著晚報上面在攻擊蘇聯。他們所引用的事實似乎是夠眞實的了，但是那種刻毒而得意洋洋的調子卻令我作嘔，我因此而很高興我入了黨。回家找莫莉。她出去了，接下來的數個小時中我沮喪了起來，不明白我幹麼要加入。她終於回來了，我便告訴了她發生的事，並說：「可笑的是我本來是去說我不入了，結果卻正好相反。」她面帶陰鬱地朝我笑了笑。（這種笑只在提到政治時才會出現，在別的事情上她從不如此，她的本性可是沒有一絲陰鬱的。）她道：「我也是鬼使神差加入的。」她從未給過我這一類暗示，她一直是那麼忠心耿耿，我臉上的表情一定十分的驚詫，因爲她又補充道：「既然你現在也加入了，我就告訴你。」意思是說外人是無法得知眞相的。「我在黨的周圍活動了好多年……」然而即便到了這會兒，她也無法直截了當地說出來「我已知道得太多，所以並不想加入」。她笑了，或者說做了個鬼臉。「我那時開始做一些和平工作，因爲我信奉和平。與我一起工作的人都是黨員。有一天那個討厭的艾倫問我爲什麼不是黨員。我答得有些無禮，結果便犯了一個錯誤，她生氣了。幾天以後她來告訴我說有人謠傳我是一個奸細，因爲我不是黨員嘛。我猜測這個謠言就是她傳播的。可笑的是，假如我眞是奸細的話，顯然我應該入黨才是——但是我當時太難過了，我走了開去，並且當即同意加入了黨組織……」她坐在那兒抽著菸，有些鬱悶。過了一會兒她說：「很奇怪，是吧？」然後她便上床睡覺去了。

一九五〇年二月五日

只跟能談政治的小圈子裡的人談了談此事，他們都是些曾在黨內而現在已退出的人。不出我所料，他們對我入黨一事毫不隱瞞地僅持容忍態度——說我是一時糊塗所致。

一九五一年八月十九日

與約翰共進了午餐，這還是入黨以來第一次。開始像與我那些前共產黨員的朋友那樣地與他交談，彼此對於蘇聯所發生的事都有一種坦率的態度。約翰不知不覺地開始爲蘇聯辯護起來，十分生氣的樣子。然而晚上與《新政治家》雜誌社的喬伊斯進晚餐時，卻在聽她攻擊蘇聯。並且我隨即發現自己在不由自主地進入爲蘇聯辯護的思路，而在別人這麼說時我是不能容忍的。她繼續著她的攻擊，我則繼續著我的辯護。她因為面對的是一個共產黨員，所以話語漸漸開始進入某種陳腔濫調。我便予以回擊。兩個人都想打破這一僵局，便開始嘗試從另一個不同的角度來談，但是沒有成功，於是氣氛變得充滿敵意。今晚麥克爾也順道過來了一下，我便告訴他與喬伊斯的爭執。並說明儘管她是老朋友，但我們也許不大會再見面了。事實是，我在成為一個黨員後，儘管我精神狀態並沒有什麼改變，但是對於她來說，我卻變成了某個她需要以某種態度來對待的人，而我則以同樣的方式回敬了她。對此麥克爾說：「那麼，你想怎樣呢？」他以一個東歐避難者的身分對我說著，帶著一個在眞正的革命經歷中磨煉得意志堅強的前革命者的口吻，而我的身分則是「在政治上尚幼稚的孩子」。而我便也乾脆藉著這個身分說著一切自由主義者的蠢話。眞是有意思——我們所扮演的角色，還有扮演的方式。

一九五一年九月十五日

傑克・布里吉斯案例。曾為《泰晤士報》的記者。戰爭爆發前夕離職。那時他與政治尙無任何瓜葛。戰爭期間服務於英國情報部門。此間遭遇一些共產黨人，並受到他們的影響，漸漸轉為左翼人士。戰後拒絕了幾家保守黨報紙的高薪約請，轉而投效一家收入微薄的左翼報紙，或者說傾左更為確切些，因為當他想寫一篇關於中國的文章時，這家左翼報社的舉足輕重人物瑞克斯，卻使他置身於一個不得不辭職的處境。他於是失去了經濟來源。於是他被看作是新聞界的一個共黨分子，並且因此而失業，他的名字出現在匈牙利的審訊中，成為策劃推翻共產主義的英國奸細。偶然見到他，他情緒極其沮喪，一個悄然傳播中的謠言正在席捲黨內以及周邊的圈子，說他是「一個資本主義的間諜」。朋友們都對他換了懷疑的眼光。開了一個作家會議。會上我們討論了此事，決定和比爾探討一下，以便終止這場聲討他的行動。約翰和我見了比爾，說很顯然傑克・

布里吉斯從來也不可能是一個奸細，要求他一定得做些什麼。比爾十分和藹可親，說他會去「調查一下」，結果會讓我們知道的。我們沒有理會「調查」這個詞，因爲知道這便意味著討論將提交到上邊去。幾週過去了。共產官員的慣用手段——在事情棘手的時候，就用拖的辦法。我們又去見了比爾。他的態度更親切了。說他無能爲力。爲什麼？「怎麼說呢，這一類事情當可能有疑點的時候……」約翰和我都憤怒了起來，要他回答他個人是否相信傑克可能會是個奸細。比爾遲疑不答，開始了一篇冗長而假惺惺的合理性闡述，關於如何每個人都有可能成爲奸細，「包括我在內。」他臉上洋溢著明朗而友好的笑意。約翰和我走了出來，內心充滿沮喪和惱怒。我們特地在私下去見了傑克·布里吉斯一次，堅信奸細只會是別人，然而謠言以及帶有惡意的閒話仍在繼續著。傑克·布里吉斯陷入嚴重的抑鬱之中，並且他完全孤立了，左派和右派都在排擠他。在這件具有諷刺意味的事件上還可再添上一筆，就在他與瑞克斯因爲那篇關於中國的文章發生口角的三個月以後，那家可敬的報紙卻開始刊登「帶有共產主義調子」的文章，曾經以此次攻擊傑克的那個瑞克斯，那勇敢的人，發現是發表關於中國的文章的時候了，便又來邀請傑克撰寫。而處於一種逆反而痛苦的情緒中的傑克則拒絕了他。

這個故事，只要將其中的戲劇性增減一下，就是這一個特定階段中黨內或者其近旁的知識分子的典型事例。

一九五二年一月三日

這本筆記我幾乎沒怎麼記。爲什麼呢？我發現我寫下的每一件事都對黨充滿了批評的意味。然而我仍待在其中。莫莉也是。

*　*　*

麥克爾有三個朋友在布拉格被絞死了。他整晚都在對我談他們——更確切地說，是對他自己。他一一闡釋著理由，首先，爲什麼這幾個人不可能是共產主義的叛徒。然後他又帶著更多的政治敏感解釋道，爲什麼就不可能是共產黨誣害和絞死了無辜的人呢。而這三個人或許是無意間讓自己陷入到了「客觀地」反對革命的位置上，他們並沒有這個意圖。他無休無止地說著說著，直到最後我說我們該上床休息了。他在夢裡哭了整整一夜。我好幾次夢醒過來都發現他在嗚咽，淚水把枕頭都打濕了。早上起來後我告訴他哭泣的事。他十分氣惱——氣他自己。臨走前他的臉還是緊綳著的，臉色發灰，他要去上班，去照看一個老人，他只心不在焉地朝我點了個頭——他看上去是如此地疏離，完全閉鎖在痛苦的自我拷問中。與此同時我在幫人弄一份關於羅森伯格夫婦的請願書。除了黨內以及靠近黨的知識分子以外，沒有人願意在上面簽名。（這點與法國大不一樣。在過去的二、三年中這個國家的氣氛發生了戲劇性的變化，人們的神經綳得緊緊的，充滿懷疑並且擔驚受怕。在我們這種形式的麥卡錫主義⓫面前能把神經放鬆下來的人幾乎沒有。）其至包括黨內人士在內的許多人都在問我，不僅僅只是「可敬的」知識分子，爲什麼我只爲羅森伯格夫婦請願，而不去爲所有在布拉格遭到陷害的人們呼籲一下呢？我發現要合情合理地回答這個問題是不可能的，除非去說必須有人爲羅森伯格夫婦組織一次請願行動。我開始厭惡自己，也厭惡那些不來簽名的人，我似乎生活在一種令人作嘔的氣氛之中。莫莉今晚突然間哭了起來——她本來好端端坐在我的床上，聊著她白天的事，然後她便開始哭，是那種靜靜的、無助的哭泣。這使我想起了什麼，卻想不出來，那當然是瑪麗羅斯，她坐在瑪肖庇的大屋裡任淚

⓫麥卡錫主義：McCarthyism，指美國共和黨參議員麥卡錫於一九五一～一九五四年間發動的反共以及迫害民主進步力量的法西斯行徑。

水滑過面頰，說：「我們相信一切都會變得很美，但現在我們知道這一切是不可能的了。」莫莉就是那般哭著。報紙在我的房間散了一地，上面是關於羅森伯格夫婦的消息，還有關於東歐的報導。

羅森伯格夫婦被處以電刑。晚上我覺得我不舒服極了。今早我醒來時問自己：爲什麼我該對羅森伯格夫婦有這種感覺呢，而對於社會主義國家的構陷只感到無助和抑鬱？答案是具有諷刺意味的。我對於西方世界發生的事感覺到負有責任，但這並不等於我需要對那邊的事也如此憂心忡忡。並且我還在黨內呢。我對莫莉說了些這一類的話，她回答得十分輕快簡潔（她正在做一件繁重的組織工作）：「好吧，我知道了，可我正忙著呢。」

* * *

凱斯特勒⑫。他說的這段話令我難以忘卻——每一個在西方國家的共產黨內待過一段時日的共產黨員都會出於自己的個人信仰發明自己的說詞，諸如此類。因此我問自己，我的個人信仰又是什麼呢？在大多數關於蘇聯的批評都是正確的時候，仍然會有一批人在那兒靜候時機，等待著能把當前的進程轉回到眞正的社會主義去。以前我還從沒有這麼淸楚地闡述過這個問題。當然在黨內我是找不到人可以說這些話的，儘管這是我與曾爲前黨員的朋友才會談論的話題。假設我所識的所有黨內成員全都有互不可說的個人信仰，全都不一樣嗎？我問了莫莉。她厲聲道：「你幹麼要去讀那個討厭的凱斯特勒？」她的語氣全然不似平時，不管是談論政治還是別的什麼，她從不這麼說話。我十分驚訝，想跟她談談。可是她太忙了。每當她做一項組織工作

---

⑫凱斯特勒：Koestler（一九〇五～一九八三），匈牙利裔英國小說家，新聞記者，二十世紀三〇年代曾爲共產黨員，被關進法西斯集中營。

的時候（她在搞一個東歐藝術的大型展覽）她總是會過分投入，最後連興趣也失掉了。這種事總會令她進入另一個角色。像今天這樣，當我打算跟她談點政治話題時，我根本不知道是什麼人在回答我——是那個不帶任何感情色彩、慧黠、冷言冷語的投身政治的女人，還是那個工作狂，她簡直就跟上了癮似的。而我自己也同時具有這兩種性格。比方那次在街上遇到那個叫瑞克斯的編輯，那是上周的事了。互致問候以後，我看他臉上浮現出一絲帶有恨意和不滿的神色，我知道接下來就是對黨的一番怨言了，並且我知道只要他說一句我就會反駁的。我無法忍受聽他惡意地挖苦，也不能容忍自己傻瓜一樣聽他說。於是我找了個藉口趕緊離開了他。麻煩之處在於當你加入組織的時候你並不會意識到，很快你碰到的人除了黨員就是曾經的黨員，儘管他們的談話是沒有那種極爲淺薄的怨恨的。但是你會因此而感到孤立無援。當然，這就是我得離開黨組織的原因了。

我看到我昨天所寫的我要退黨的話。我不知道會是什麼時候，會因爲哪件事而離開？

與約翰共進了晚餐。我們難得見面——總在我們對政治的看法幾近分歧的邊緣的時候才見。餐畢，他說：「我們沒有離開黨的原因是我們無法忍受要告別我們對一個更美好的世界的理想。」完全是老一套。但也很有意思，因爲這話等於是在說他相信，並且我也必須相信，只有共產黨才能把這個世界變得更美好。儘管我們誰也不信這一類的話。無論如何，這話還是讓我有所震動，因爲這與他以前所有的說法都是自相矛盾的。（我曾和他爭論過布拉格事件，我說那顯然是一場政治迫害，而他說在一個黨犯錯誤的時候是沒有能力在深思熟慮之下去做這種具有諷刺意味的事的。）回家以後我一直在想，當我入黨的時候，在我內心某個隱秘的角落深藏著一種渴求完整的需要，我需要結束我們全都習以爲常的那種自我分裂、疏離、不快的生活。然而入黨卻加劇了這種分裂——並非是因爲從屬於了一個這樣的組織，它的每一條原則，不管怎麼說，在書面上是與我們所生活的這個社會的觀念相悖的；而是出於一種更深層的理由。或者說，是更難於理解的一些原因。我試圖想出個結果來，然而大腦卻無可控制地滑入了一片空白，腦子亂極了，而且筋疲力竭。這時麥克爾進來了，已經很晚。我告訴他我正在琢磨的那件事。不管怎麼說他是一個巫醫，靈魂拯救者。他看著我，十分的冷靜，一臉的嘲弄之色，說道：「我親愛的安娜，人類的靈魂，正坐在廚房裡，或者雙人床上，是如此的複雜深奧，其實我們什麼也不明白。你還要坐在那兒，因爲找不出人類的靈魂在世界革命中有何意義而愁眉苦臉嗎？」於是我放棄了那個念頭，並且很高興終於這麼做了。只是我還是多少有點罪惡感，因爲不再去想這個問題竟可以讓我如此快樂。

我同麥克爾一起去了柏林。他四處尋找他舊日的朋友，不知道戰爭已把他們拋向何方。「該死的，我以爲能找到誰。」他用那種陌生的口氣說著，聲音無精打采，而他已然不去管這些了。自從布拉格事發以來，他說話的聲音就成了這個樣子。東柏林那個可怕的地方，慘淡、灰黯，到處都是斷壁殘垣，但是有一種喪失了自由的氣氛如無形的毒氣一樣仍在四處瀰漫著。而最讓人印象深刻的莫過於下面這件事：麥克爾跑到他戰爭前認識的幾個人那兒，他們帶著敵意迎接他的到來，於是麥克爾爲了讓他們認清是自己，更趨前問候，這時他才看清他們的臉上也布滿了敵意，他嚥下了想說的話。這是因爲他們知道他與在布拉格被絞死的人曾是朋友，或者說是其中的三個人。既然他們是叛徒，那便意味著他也是叛徒。他盡量平靜而禮貌地試著跟他們交談，他們就像是一群一致對外的狗，或者說動物，互相緊緊擠挨在一起，以便共同抵住心頭的恐懼。我還從沒有經歷過這樣的場面，面對著這樣一群滿面驚懼和憎惡的人。其中一個女人雙目噴射著怒火，說道：「您穿戴如此體面地上這兒幹麼來了，同志？」麥克爾的衣飾一向很隨便，他也從不講究這些。他說：「可是艾琳，這是我在倫敦能買到的最便宜的衣服了。」她臉上頓時充滿了懷疑，她瞥了一眼她的同伴們，又換回了得勝的表情。她說：「您來這兒做什麼，是來散布資本主義的毒氣嗎？我們知道您穿得很破，不過這兒也沒什麼貨可以賣給您的。」麥克爾開始有些不知所措，繼而仍沒忘了語帶嘲諷地說道，就算是列寧也明白新成立的社會主義國家有出現消費品匱乏的可能性。而英國，「我想你是知道的，艾琳。」英國是一個極其頑固的資本主義國家，消費品十分的完備齊全。隨後她就轉身走了，她的那些同伴也尾隨了過去。麥克爾當時只說了一句話：「那曾是個聰明的女人。」事後他笑談起此事，語氣疲倦而沮喪。譬如他說：「想想看，安娜，所有的那些英雄的共產主義者以犧牲所換取的竟是這樣一個社會，艾琳同志可以僅因為我穿了一件比她丈夫稍好一點兒的衣服而唾棄我。」

史達林今天逝世。莫莉和我坐在廚房裡，心緒煩亂。我一直在說，「我們這是自相矛盾。我們應該開心才對。這幾個月我們不是都在說他該死了嗎？」她道，「噢，我不知道，安娜，或許他從不知道都發生了些什麼可怕的事情。」然後她笑了起來，並說：「我們難受的眞正原因是我們怕得要命。因爲我們對不詳的一面更爲了解。」「算了，事情還不至於變得更壞。」「爲什麼不會？我們所有的人似乎都堅信一切會好起來嗎？爲什麼一定要好起來呢？有時候我想我們正在重新進入一個專制和恐懼橫行的冰河時期，爲什麼不是？誰會來制止這個趨勢——我們嗎？」之後麥克爾過來時，我告訴他莫莉的話——關於史達林從不知道的那些話。因爲我覺得這一點是如此的奇怪，我們對這位偉人全都有這樣一種心理需要，縱使所有的證據都擺在面前，我們也要一遍又一遍地塑造他們的形象。麥克爾看上去疲倦而冷酷無情。讓我吃驚的是他說：「可能那就是事實，難道不會嗎？關鍵就在這兒——任何事情在任何地方都可能是眞的，從來沒有什麼方法可以眞正地知道任何事物的眞相。一切都是可能的——因爲任何一件事都是如此的瘋狂，什麼事都可能發生。」

他的臉看上去是一副崩潰的樣子，而且漲得通紅，聲調平板，這些天來他說話時都是這個調子。過後他說：「好吧，我們很高興他死了。但是在我年輕的時候，在政治上還十分活躍的時候，他對我來說可是個偉大的人物。在我們所有人的眼裡他那時都是個偉人。」說完他試圖想笑一笑，又說：「無論如何，希望這世界上有偉人，這一點本身並沒有什麼錯誤。」然後他把手往臉前一蓋，遮住了眼睛，這個手勢我還從沒見過，像是被燈光刺著了似的。他說道：「我覺得頭疼，我們睡吧，好嗎？」上床後我們沒有做愛，我們身子挨著身子靜靜地躺著，都沒說話，他在睡夢中又哭了，我只好把他從惡夢中弄醒過來。

大選臨近。地點在北部倫敦。競選者是保守黨、工黨、共產黨。有一個工黨席位，但是在前次競選中已不再占據多數票。像往常一樣，爲了決定是否投工黨一票，共產黨內開始了一輪冗長的討論。我參加了其中的幾次會。這些討論的形式都是一樣的。不，我們並不想把自己的票投給它，但是議會中必須有工黨的位置，它比保守黨要強得多。但是從另一方面來說，如果我們信奉共產黨的策略，那麼就該努力把自己的競選人推進去。儘管我們同時也知道要在議會中得到一個共產黨的席位沒什麼指望。討論便一直陷於這種僵局，直到最後來自中央的特使走進來說，我們不能把共產黨看作是一個湊湊熱鬧的黨派，那是失敗主義者的做法，我們必須在大選中拚力爭取，就當我們確信自己能贏（但是我們知道這是不可能的）。因此那個中央來人所做的慷慨激昂的演說在激勵起每個人的鬥志的同時，卻並沒有解決根本的兩難之境。我從三方面注意著這件事會如何結局，最後竟是一個笑話結束了這所有的疑問和困惑。噢是的，那笑話在政治上十分重要，並且是那個中央來人自己說的：好了好了，同志們，我們的存款就要越來越少了，我們自己還得不到足夠的選票呢，哪還有更多的去投給工黨呢。人們終於釋然地開懷笑起來，會議立時熱鬧成一片。這個笑話雖然和上面的策略全然相左，事實上卻正說出了每個人的感覺。我去了三個下午的選票調查會。我們的競選總部設在該地區的一個同志家，由無處不在的比爾主持，他現在就住在選區裡。下午總有十幾個家庭主婦來調查會——男人們晚上來。大家互相都認識，我發現那種一群人爲了一個共同的目標而工作的氣氛眞是太棒了。比爾是一個出色的組織者，他把每一件事情的最末一個細節都策劃得清清楚楚。我們總是邊喝茶邊議論著事情進行到什麼程度了。這是一個工人聚集區。「這附近的地區是黨的強有力的支持者。」一位婦女不無自豪地說。我手上有兩打卡片，那是已來參加過調查會的人的名字，下方都標著「未定」兩字。我的工作是再去見見他們，說服他們投共產黨的票。我離開的時候，裡面正在談論出去拉選票時該怎麼打扮才合適。「我不覺得該和平時的穿著有什麼不同，」一位婦女說，「那有點兒像在騙人。」「沒錯，並且假如你穿得過分漂亮地出現在人家家門口，他們就會對你戒備起來。」比爾同志笑了，一副好脾氣的樣子——莫莉投入某項繁複的工作時，也就是這樣一種精力充沛並且好性情的樣子。他說道：「那跟結果又有什麼關係。」兩個女人責備他的不誠實。「我們對每一件事都得採取誠實的態度，不然他們就會不信任我們。」我手上的這些人名分散在工人居住區的各個角落。那是一個十分破陋的街區，到處都是式樣一成不變、狹小而難看的房子。汽車總站距此只有半哩，濃厚的煙霧瀰漫過來，飄浮在街區的上空，與低密的烏雲混在一起，成了黑壓壓的一片。我訪問的第一家房門已斑駁褪色、破敗不堪，女主人穿著一件稀鬆塌落的毛衣，繫著一條圍裙，是一個憔悴勞作的婦女。她有兩個小男孩，卻衣著體面面貌光鮮。我說了我是什麼人，她點點頭。我說：「我知道您還沒決定是否投我們票吧？」她道：「我對你們沒什麼反對的。」她並沒有敵意，但卻彬彬有禮。她又說：「上週末的那位女士留下了一本書。」（一本小册子）最後她說：「可是我們一般都投工黨的票，親愛的。」我在寫著她名字的卡片上寫上工黨，劃去了「未定」兩字。接著去找下一家，一個塞浦路斯人。這家的房子看來更破，應門的是一個神情憂愁的年輕人，身邊是一個漂亮的黑種女孩，一個新出生的嬰兒，屋裡幾乎沒有什麼家具。他們剛來英國，看來他們「未定」投誰的票是因爲他們根本還不知道自己是否有選舉權。我解釋說他們有選舉權。

兩個人都是好脾氣的人，但是他們並不希望我多待，這時嬰兒哭了起來，氣氛一下有了種壓迫感，並且令人不安。男人說他對社會主義並沒有什麼意見，但他不喜歡俄國人。我的感覺是要他們投票應該沒什麼問題，但我還是讓這張卡片保留「未定」然後去了下一家。那是一座收拾得十分整齊的房子，一群無賴小青年在門前嬉鬧著。我到的時候他們吹著口哨，善意地耍了幾句貧嘴。我的到來打擾了女主人，她是一位孕婦，正躺在床上，對她兒子抱怨說他答應了要替她去買東西的。他說他會去的，那是一個長相俊美、衣著體面、脾氣固執的十六歲左右的少年——這地方所有的孩子穿得都不錯，即便他們的父母並不這樣。她這時才讓我進去，問道：「您有什麼事嗎？」「我是爲共產黨來徵求選票的。」她說：「啊是了，我們曾見過的。」語氣溫文有禮，但顯然對此事漠不關心。與她談了一會兒，很難要她對任何一件事發表同意或反對的意見，她說她丈夫總是投工黨的票，而她總是聽丈夫的。我起身離去的時候，她衝兒子嚷嚷了起來，但他還是嘻皮笑臉地隨那班朋友溜走了。她大叫著他的名字，但是在這一幕中她並沒有壞了脾氣，她其實並不眞的指望兒子能爲她去買東西，大聲罵他幾句不過是出於一種原則罷了，就像他也知道母親會教訓他幾句，但也絲毫不以爲意。在下一個訪問對象的家中，女主人立刻熱情地給我端來了一杯茶，並說她喜歡大選，「不斷會有人來訪，可以聊上一會兒。」簡而言之，她是一個有孤獨感的人。她用一種慢吞吞的、倦怠而苦惱的語調無休無止地訴說起她的個人問題（在我訪問的所有人中，這是在我看來眞正有麻煩和痛苦的一位）。她說她要撫養三個幼小的孩子，她已厭倦了，想回去工作，但她的丈夫不允。她跟著了魔似地沒完沒了地說下去，我在那兒坐了近三個小時，無法脫身。當我最後問她是否會投共產黨一票時，她道：「是的，如果你喜歡，親愛的——」我敢肯定她對所有前來拉選票的人都是這麼說的。然後她又補充了一句，說她丈夫總是投工黨的票。我於是把「未定」兩字改成了工黨，接著走訪下一家。那天晚上一直到十點我才返回，所有的卡片除去三張以外，都已改成了工黨，我把它們如數交給比爾同志。我說：「我們有一些相當樂觀的拉票人呢。」他在卡片上輕輕彈了兩下，沒發表任何評論，把它們重新裝入了盒子。這時其他幾位拉票人正絡繹地走進來，他於是大聲道：「這些選票可是對我們黨的眞正支持，我們會把我們的候選人推進去的。」我總共拉了三個下午的選票，另兩位下午頭一回去了議會廳。見到了兩位共產黨的候選人，都是黨員，其餘的全是工黨候選人。訪問中總共碰到五個寂寞的婦女，都處於近乎瘋狂的狀態，儘管他們有丈夫也有孩子，這種瘋狂更多的是她們自己的原因。她們共同的癥結是自我懷疑。她們全都說過同一句話：「我一定出了什麼問題了。」回到競選總部我跟那天下午值班的婦女提起了她們。她說道：「沒錯，不管我去哪兒拉選票，總可以碰到神經質的女人。這個國家到處都是陷入自我瘋狂的女人。」說完她停頓了片刻，臉上微露出一絲挑釁的神色，這是自我懷疑者的另一面，這個跟我說話的女人面帶內疚地又說：「我一度也跟她們一模一樣，直到我入了黨，在生活中找到了一個目標。」我一直在思忖這事——實際上，這些女人比大選本身更能引起我的興趣。大選日：工黨以少許多數票當選。共產黨候選人少了存款（引自比爾同志的笑話）。「假若我們多拉兩千張選票，工黨就會處在刀口上，與多數票無緣了。」

瓊·巴克，一個共產黨官員的妻子，年齡有三十四歲，個頭矮小，膚色黝黑，身段豐滿，長相十分平凡，卻很受丈夫寵愛。她臉上總是一副不自然的、充滿關切的好脾氣的樣子，四處收集黨費。她是一個天生的健談者，話一刻不停，但她又是最有意思的一種愛說話的人，她永遠也不知道自己嘴裡會說出什麼話來，於是她不斷地會滿面通紅地截住話頭，趕緊向別人解釋一番，或者便神經質地笑起來。又或者她會在說了一半時突然覺得不對了，便皺起眉頭來，像是在說：「我當然並不是這個意思了。」因此她說話的時候總是有一種面對聽衆的樣子。她說她已開始撰寫一部小說，只是總沒有時間完成它。我還從沒有在任何地方碰到過一個黨內成員沒有寫過一部或半部小說，要不然也在計劃寫小說或者戲劇。我發現這是一個非常特別的現象，儘管我感到難於理解。她因爲那種不能自制的饒舌，時常招來別人的驚愕或者發笑，慢慢地形成了一種小丑的性格，要不就像一個職業的幽默演員。而她其實根本沒有任何幽默感。不過她在聽到自己說出一些她自己都吃驚的話時，她可以憑經驗感覺到人們要笑了，或會不舒服，這時她自己就先神經質地大笑起來，在別人的大惑不解中她又急急地說下去。她有三個孩子。她和丈夫對這幾個孩子寄予了很大期望，讓他們去念書，拿獎學金。並按黨的「方針」細心地培養他們，給他們講述俄國的形勢，等等。三個孩子對那些知道他們屬於少數黨派的陌生人一概是一副戒備而排外的神情。而對於共產黨人，他們則愛顯示自己關於黨的知識，這時他們的父母臉上便會露出自豪的神色。

瓊在一家餐廳做經理，工作時間很長。她把她的家、三個孩子以及她自己都收拾得井井有條。她同時還在當地的一個黨支部任秘書。她對自己有不滿足感。「讓我幹的工作太少了，我是說黨內的工作，我已經厭倦了，只是些案頭工作，就像在辦公室處理文件一樣，沒有任何意義。」神經質地笑。「喬治」（她的丈夫）「說這種態度是不正確的，但是我可看不出爲什麼我總是屈服。我是說，他們也經常出錯，難道不是嗎？」笑。「我決定要改變一下，做一些有價值的事情。」笑「。「我是說一些與衆不同的事情。無論如何，就是高級領導同志們也在談秘書主義呢，不是嗎……當然領導同志才是第一個這麼說的……」笑。「雖然似乎並不是這麼回事……不管怎麼說，我要去改做一些有用的事。」笑。「我是說，與衆不同的事情。因此現在每週六下午我要去教一班落後的孩子們。你知道，我曾經做過教師。我訓練他們。不，不是黨員的孩子，就是普通人的孩子。」笑。「有十五個。這工作很辛苦。喬治說我這麼去教黨員更合適，但我確實想做一些眞正有用的事……」如此等等。共產黨的組成人員中包括大量並不眞正投身於政治的人，但他們擁有強烈的服務精神。還有一些懷有孤獨感的人，而黨是他們共同的大家庭。那個詩人保羅，上週喝得爛醉，並說他對黨感到頭痛和厭惡，但是他是一九三五年入的黨，而他若是退出黨組織，便也退出了「他整個的生活」。

♠〔黃色筆記更像是一部小說手稿，它還有個題目《第三者的陰影》。它當然也是像小說那樣開的頭：〕

茱麗亞的聲音大聲從樓下傳來：「艾拉，你去參加聚會嗎？你還用不用浴室了？你要不用，我可就用了。」艾拉沒應聲。原因之一是她正坐在兒子的床頭，守著他入睡；另一個原因是她已決定不去了，也不打算再跟茱麗亞爲此爭論。過了一會兒她輕手輕腳地從床邊挪開身去，但是麥克爾的雙眼立刻睜開了，問道：「什麼聚會？你去嗎？」「不，」她說，「睡吧。」他兩眼又閉上，睫毛顫動了一會，終於不動了。即便在睡覺的時候他也是一個難以對付的小傢伙，他才四歲。枱燈下他的頭髮和睫毛成了黃中帶紅的沙子的顏色，有幾綹頭髮耷在他裸露在外面的胳臂上，泛出金色的光澤。他的皮膚呈棕色，黝黝生光，那是夏天日曬的結果。艾拉悄悄地熄了枱燈——等了一會兒，躡步走到門邊——再等了一會兒，這才溜出房間，在門邊又停了一會，沒有動靜。茱麗亞輕快地踩著樓梯上來，用她快活的聲調問著：「怎樣，你去嗎？」「噓——，麥克爾剛剛睡著。」茱麗亞壓低了聲音道：「現在去洗個澡吧。等你走了，我可要一個人在水裡泡會兒。」「可是我說了我不去了。」艾拉稍稍有點兒惱火。

「那爲什麼？」茱麗亞說著走過了那個大點兒的房間。艾拉有兩個房間和一個廚房間，都相當狹小而低矮，頭頂簡直就是天花板。房子是茱麗亞的，艾拉只是和兒子一起住在這裡，占了這三間屋子。大間裡有一塊凹進去的地方，正好可以擱下一張床，還有書和一些印刷品。房間倒是很明亮，但極普通，毫無特點可言。艾拉並沒有按自己的喜好布置一下，有種潛意識阻止了她，因爲這是茱麗亞的房子，茱麗亞的家具，而她自己的喜好應該屬於將來的某個地方，但同時她又覺得那跟眼前的這些也差不到哪兒去。不過她喜歡住在這兒，也還沒打算搬走。艾拉跟在茱麗亞後邊說：「因爲我不想。」「你從來就沒想過。」茱麗亞道。她正蹲在扶手椅上抽菸，那張椅子對於這間屋子來說就顯得太大了。茱麗亞是個猶太人，體態豐滿，身材矮胖，活躍而精力充沛。她是演員，但是個沒有多大做爲的演員，總是演些配角，沒什麼發揮的餘地。她常抱怨說她的角色就只有兩類：「老掉牙的工人階級的喜劇人物，以及老掉牙的工人階級的悲劇人物。」她正要開始爲電視台工作。她是一個對自己極不滿意的人。

當她說「你從來就沒想過」這話時，部分是在數落艾拉，部分也是在說自己。因爲她總想到外面去，從來也無法拒絕任何一個邀請。即便她看不上自己正在演出的某個角色，討厭那齣戲，甚至但願自己與這齣戲毫無關係，但她還是喜歡如她自己所說的「在舞台上顯示自己一番」。她熱中彩排，喜歡逛劇院的商店，傳播些小道消息什麼的。

艾拉在一家女性雜誌工作。她已經寫了三年關於服飾和化妝方面的文章，以及「如何得到並守住一個男人」一類的文章，她討厭這工作，這並非她所長。若她不是該雜誌女編輯的朋友，她早就該被炒魷魚了。但最近她幹得比以前要開心許多。那家雜誌新闢了一個醫學專欄，由一位醫生撰寫。但是每星期這個專欄都要收到幾百封來信，而其中有一半與醫學毫不相干，卻充滿了私密性，以至於必須有專人予以回覆。艾拉便接手了這回信的工作。除此而外她已寫了五、六個短篇小說了，她自己把這些小說挖苦地描繪成「神經過敏的女性化的」東西，並且她和茱麗葉都說這是她們最不喜歡的一類小說。與此同時她已在著手寫一部長篇小說。簡而言之，從表面上看茱麗亞並沒有什麼理由嫉妒艾拉，然而這卻是事實。

今晚的聚會是在艾拉爲之工作的那個醫生家舉行的。那地方距此很遠，在倫敦北區。艾拉是個愛犯懶的人，要運動自己一趟總得費半天勁。若是茱麗亞這會兒沒上樓來的話，她早已鑽進被窩看書去了。

「你瞧，」茱麗亞道，「你想再結一次婚，可是你如果什麼人也不去見，你跟誰結婚呢？」

「這正是我難以忍受的地方，」艾拉突然爆發一般地說。「就好像我重又待價而沽了，所以我就必須得去參加各種聚會。」

「你這麼說對你又沒什麼好處——一切就是這樣才順理成章的，不是嗎？」

「大概是吧。」

艾拉坐在床沿（這會兒是一個外罩柔軟的綠色織物的長沙發），與茱麗亞一塊抽著菸，內心在盼她趕快離開。艾拉以為自己在竭力掩飾內心的想法，實際上她卻眉頭緊皺，一副坐立不安的樣子。「無論如何，」茱麗亞說，「你除了辦公室那些個夸夸其談的傢伙外，什麼人也沒見過。」完了又補充道：「另外，你的離婚判決書上星期就生效了。」

艾拉一下子哈哈大笑起來，繼而茱麗亞也跟著大笑不止。兩人間的氣氛頓時又友好起來。

茱麗亞的最後那句話其實觸著了兩人各自的痛處。她們都認為自己是再普通不過的女人，但卻不是那種傳統意義上的女人，那種讓自己的情感依從於常規的女人。她們的生活之所以始終無法囿於常規是因為，正如她們所感覺到的，或者甚至會說出來，她們從沒有遇到過一個眞正懂她們的男人。於是便形成了這樣一種局面，女人們總是以摻雜著嫉妒和敵意的複雜心情來看她們，而男人則對她們充滿興趣——對此她們不無抱怨——全是令人喪氣的老一套。朋友們把她們看作是全然不屑與世俗道德為伍的人物。假如艾拉說她在等待離婚判決書期間始終十分謹愼地限制自己與任何對她有意的男人交往（或者更確切地說，是他們保持著檢點），只有茱麗亞會相信她的話。艾拉的丈夫在跟她的離婚判定之後的第二天就又結婚了，她對此絲毫不以為意。那是一個可悲的婚姻，當然也並不比別人的更糟，但是假如她對此妥協以求維持住這個婚姻的話，她就會覺得是背叛了自己。在旁人看來，似乎更像是艾拉的丈夫為別的女人背棄了她。她痛恨因這個緣故人們向她投來的同情的目光，但是出於內心糾結不已的所有驕傲，她並沒有去澄清什麼。再說，別人怎麼看與己又有何干呢？

她擁有孩子、自尊以及未來，但她無法想像一個沒有男人的未來。出於這個原因，她自然就認同了茱麗亞的說法，這麼實際是對的，她應該去參加各種聚會，接受邀請。可現在她卻睡得太多，並且心情不佳。

「還有，假如我去的話，我就會和威斯特大夫爭起來，那也沒什麼好處。」艾拉的意思是，她認爲威斯特大夫並沒有完全發揮出他自己的作用，不是因爲他缺乏職業道德，而是缺乏想像力。凡是他無法用去哪家醫院、吃什麼藥、如何治療之類的建議來解決的問題，他一概交給艾拉處理。

「我知道，他們這些人絕對的可惡。」茱麗亞的「他們」指的是官員和官僚的世界，以及坐在任何一間辦公室裡的人。「他們」在茱麗亞的定義裡是中產階級的代名詞——茱麗亞是一個信奉共產主義的人，儘管她從未入過黨，此外她的父母也都屬於無產階級。

「瞧這個。」艾拉興奮地說了一句，從手袋裡扯出了一張折疊著的藍色紙片。那是寫在一張廉價紙上的信：「親愛的艾爾索普大夫，我覺得處於絕望中的我必須給您寫這封信。我的頸部和頭部都患了風濕病，您在您的專欄中給別的病人提出過好心的建議，請您也幫幫我吧。我的風濕病始於我丈夫去世的那一刻，他是一九五〇年三月九日下午在醫院過世的。現在我很害怕，因爲我獨自一人住在我的公寓裡，一旦我的風濕病犯了我不知道會出什麼事。我想叫人來救我，可我動都動不了。期待著您好心的關照。您忠實的，多羅西·布朗（太太）。」

「他怎麼說？」

「他說他是在依約寫一個醫學專欄，而不是來爲神經過敏的人開門診的。」

「我可以想像。」茱麗亞說。她見過威斯特大夫一次，第一眼就認定了他是敵人。

「這個國家有成千上萬的人處於悲慘的境地中，也沒有人管吶。」

「誰肯多管閑事，」她捻熄了菸頭，顯然已放棄了勸艾拉去參加聚會的努力，說道：「我要去洗澡了。」她走了出去，邁著輕快的腳步，唱著歌下樓去了。

艾拉仍坐在那兒沒動，尋思著：如果去的話，我就得熨件可穿的衣服出來。她就要起身去找衣服，卻又蹙起了眉頭：如果我在考慮該穿什麼的話，就是說我是眞的想去了？太荒唐了。也許我確實想去來著？不管怎麼說，我是老幹這種事，嘴上說著不想不想的，然後又改了主意。問題在於，我可能早就拿好主意了。但這主意又是怎麼拿的呢？我又沒有改變思路。我好像是在做一件明明嘴上說了不做的事。就是這麼回事。現在我可眞不知道自己要怎麼著了。

幾分鐘以後她的思路已集中到她寫了一半的小說中。小說的主題是自殺。寫一個年輕人直到臨死前的一刻也不知道自己會自殺，那一刻他才意識到事實上他數月以來一直在爲此做著精心準備。小說的中心是要表現這個人物生活在兩個層面的反差中，一方面是正常有序的生活，但沒有任何長遠的目標；另一方面則是一個潛在的只與自殺有關的動機，並且最終也將導致自殺。他對於未來的計劃全都是渺茫而不可實現的，這與他生活中無可躲避的現實性形成了鮮明對比。他潛在的絕望、或者瘋狂、或者非理性將他引向對於一個遙遠將來的不切實際的幻想，或者說，這正是源頭。因此小說眞正的情節首先要集中到一種幾乎察覺不到的潛藏的絕望感上，一種不知不覺中的自殺企圖。他臨死的那一刻應該也是他人生延續性眞正顯示的時刻，這種延續性與秩序、紀律、務實、常識統統無關，而是非現實性的一種前後相連。這一切都將在死亡的那一刻昭然若揭，正是對於美好生活的狂熱的幻想，把對死亡的隱密的渴求和死亡本身連結在了一起。而曾標誌著神志正常的常識和秩序（與故事開始時不同），這時卻喻示著神志失常。

關於這部小說的想法進入艾拉頭腦中時，她發現自己正在穿衣打扮準備出去與人聚餐，這當然是在她對自己說過不去以後。她自言自語著，並對自己的想法驚詫萬分：我就是想這樣自殺的。我會發現自己正預備從一扇敞開的窗戶跳出去，或者在一間門窗緊閉的屋子裡擰開煤氣，我會異常平靜，但更多的是對自己早該明白的一些事的頓悟，對自己說：我的主！那便是我一直想做的一件事。它早就在那兒等著了！只是奇怪有多少人就是這樣自殺的？人們總是設想自殺是某種絕望的情緒，或者是片刻無法克服的危機所導致。然而對許多人來說事情的發生卻會是這樣——他們發現自己把文件排得整整齊齊，寫好遺書，甚至給朋友打個電話，聲調快樂而友好，甚至有一種好奇……他們一定會發現自己在門後或者靠著窗台捆紮報紙，十分鎮定而且手腳麻利，口裡還在念念有詞，說的話更是已置身於局外：好啊好啊！多有意思。多奇怪我以前從不知道這一切都是爲了什麼！

艾拉發現這部小說很難寫。倒不是技巧上的原因，正相反，她可以十分清晰地想像出這個年輕人的樣子來。她知道他是如何生活的，包括他所有的生活習慣，就好像這個故事早已寫在她頭腦中的某個地方了，而她只需把它筆錄下來即可。問題在於這部小說令她感到羞愧。她也沒有告訴茱麗亞這部小說的事，她知道她的朋友會這麼說：「這可是個極爲消極的題材，不是嗎？」要不然就是：「那並不能指明前進的方向……」再就是些時下共產黨內通行的評語。艾拉時常爲茱麗亞的這一類用語而譏笑她，不過從內心深處來說她似乎又與她持有同樣的看法，因爲她也看不出這一類小說對讀者有什麼益處。然而她仍然在寫。寫的同時又對小說的主題感到驚異和羞愧，有時候甚至會害怕。她會去想：也許我在秘密地做著一個自殺的決定，而我對此還一無所知？（但是她並不相信這是眞的。）她繼續寫著這部小說，並給自己開脫道：「反正又沒有出版的必要，我不過是寫給自己看而已。」對朋友說起此事時，她會開玩笑地說：「可是我認識的每個人都在寫小說麼。」這點或多或少是正確的。事實上她在這件事上有點像嗜甜食物的人所具有的那種熱情，沉湎於自我的世界而自得其樂，就像在舞台上表演另一個無形的自我，或者與鏡子裡面自己的投影對話一樣。

艾拉已從衣櫃裡取出了一件衣服並支起了熨衣板，這才自語道：這麼說，我最終還是要去的了？眞不知道自己是怎麼做出這個決定的？她一邊熨衣服一邊繼續構思著她的小說，或者說，是更多地挖掘一些早已伏在暗處等待著的東西。這時她已穿上了裙子，站在長身立鏡前端詳著自己，終於把小說裡那個年輕男人扔在一邊，將精力集中到自己身上。她的衣櫃裡掛滿了各式各樣的衣服，但沒有一件她特別喜歡。她對自己的臉和頭髮也是這種態度。她從來都梳不成什麼髮型，但她其實是那種稍微收拾一下就可以變得魅力十足的人。她個子不高，嬌小玲瓏，身材十分勻稱，有一張輪廓分明的小臉。茱麗亞總是說：「假如你好好打扮一下，你就會變成那種令人興奮的法國女郎了，非常性感，你就是那種類型。」然而艾拉卻總是打扮不出那個樣子。她今晚穿的就是一件簡簡單單的黑色羊毛衫，似乎該是「非常性感」，可惜就是看不出來。至少這件衣服穿在艾拉身上沒這個效果，並且她還把頭髮束到了腦後。她看上去臉色蒼白，神情之間幾乎有點兒厲色。

但是我才不在乎會碰到些什麼人呢，她想著，從鏡子那兒轉過身來。所以沒什麼關係，等我眞想參加什麼聚會時我會努力去好好打扮。

兒子已經睡熟了。她對浴室裡面的茱麗亞大聲道：「我還是決定去了。」茱麗亞聞言咯咯地笑起來，笑得頗爲得意，平靜地說：「我想你也會去的。」艾拉對她那得意洋洋的語調有點兒惱火，但只說：「我會早回來的。」茱麗亞沒有直接回答，說：「我會給麥克爾留我臥室的門的，晚安。」

去威斯特大夫家意味著得坐半小時的地鐵，中間換車一次，然後再換一段短程的公車。艾拉總是難以把自己拽出茱麗亞的家門，其中一個原因就是這城市足以嚇著她。倫敦城區周遭那些面目不清、有如一個個垃圾堆似的建築，那麼沉重而醜陋不堪，穿行於其中每每會令她生出無名火。這團火氣總是很快就萎靡消褪了，只留下恐懼。在公共汽車站等車的時候，她改變了主意，決定步行前往，以此來懲罰自己的膽怯。她要一直走到目的地，面對她所深惡痛絕的一切。在她面前延伸出去的這條街道的兩旁，歪歪扭扭地排列著粗陋不堪、灰乎乎的小房子，一眼望不到頭。夏末的傍晚那種昏暗的光線把潮濕的天空壓得很低，放眼數哩之外，滿眼盡是這種破敗，這般醜陋。這就是倫敦——到處都是這樣的街道，簡直令人難以忍受，那是一種惡堵在心頭的實實在在的重壓，因爲——能夠搬掉這醜陋力量在哪裡呢？走過每一條街道時她都在想著人們，比如寫那些信的婦女們。恐懼和無知的陰影籠罩著這些街道，也正是無知和庸俗使它們得以存在。這就是她所居住的城市，她是這城市的一分子，並與它休戚相關……艾拉獨自一人走在這條街上，她走得很快，一邊聽著身後自己的腳步聲。一路上她都在注意街邊窗口的窗簾，這一段街區住的都是工人，這一點可以從窗簾的花邊和花布的質地上判斷出來，就是這些人寫了那些她不得不處理卻又難以答覆的信件。不過中間突然出現了一個變化，這家的窗簾不一樣了，是一種閃閃發光的孔雀藍。這是一個畫家的住處，他搬進這廉價的房子，再精心裝修一番，房子就顯得很漂亮了。於是另外一些職業人士也相繼遷來，這兒便有了一小群與整個街區全然不同的人物，他們與街道那頭的人是不來往的，而住在街那頭的人沒有辦法，大概也根本不會走進這些人的家中去。威斯特大夫的房子就在這裡。他認識那個始作俑者的畫家，並買下了幾乎就在畫家對面的一所房子，當時他就說：「買得正是時候，房價已經漲了。」房前的花園很是凌亂。他是一個忙碌的大夫，有三個孩子，他妻子總是幫著他出診，沒有時間打理花園（由這兒往下走的花園都是經過精心修整的）。艾拉走進花園時心想：生活在這裡的人可不會給女性雜誌的高人們寫信。門開了，露出威斯特夫人那張幹練而親切的面容。她說著：「你可來了。」邊接過了艾拉的外套。客廳整潔、漂亮而實用——那是威斯特夫人的世界。她說：「我丈夫跟我說你一直在和他爲那些極端的病人爭個沒完呢。你爲那些人操了那麼多心，眞是難爲你了。」「那是我的工作，」艾拉答，「是我支薪水的地方。」威斯特夫人微笑了一下，善意地容下了她這句話。她怨恨艾拉。這倒不是因爲她和她丈夫共事——若對此不平，在威斯特夫人來說未免有失水準。但艾拉對此一無所知，直到有一天她聽到威斯特夫人用了一個詞：你們這些上班女郎。這個詞是如此地刺耳，如同「極端」和「那些人」一類令艾拉難以作答的話一樣。這會兒威斯特夫人正有意地說著什麼，為了讓艾拉明白她丈夫做任何工作都是同她有商量的，顯示著做妻子的權威。過去艾拉曾對自己說過：不管怎麼說，她還是個好女人。但此刻卻聽得她直生氣，禁不住在心裡說：她並不是個好女人。這些人連同他們那些足以傷人的語彙全都該死，什麼「極端」，什麼「上班女郎」。我不喜歡她而且也不想裝出喜歡她的樣子……她跟著威斯特夫人走進起居間，裡面已聚了些熟人。比方說有她所供職的那家雜誌的女編輯。她也是個中年婦女，不過人很聰敏，衣著也得體，有一頭富有光澤的灰色鬈髮。她是個職業女性，她的形象也帶著職業的特點，不像威斯特夫人，雖然看上去挺漂亮，卻沒一點靈氣。她名叫派翠西亞·布倫特，這名字也是她職業的一部分——派翠西亞·布倫特夫人，編輯。艾拉過去坐到派翠西亞身邊，後者說道：「威斯特大夫一直在跟我們說你為那些信老和他吵。」艾拉迅速掃視了一下周圍，只見人們正有所期待地衝她微笑著。這件事好像變成了晚會的一道加菜，而她得為參加這聚會繳納點費用似的。她應該順著這個思路應付一下，然後再讓這一切自動落幕，但絕不應該有什麼眞正的討論，或任何不諧音的出現。艾拉於是笑道：「談不上什麼爭吵呵。」然後又補充了一句衆人想聽的話：「不過也夠令人喪氣的，無論如何，對那些人你根本就無能為力。」她有意說得十分平淡，不過語氣中又帶了點幽默。但是她聽到自己在說那些人如何如何，不由得便生起自己的氣來，隨即便興味索然。我眞不該來，她想。那些人（這回是指威斯特夫婦以及他們所代表的那些人）只能容忍你跟他們是一類人。

「呵，可那正是問題所在。」威斯特大夫歡快說。總的來說他是個快活的能幹的人。他又逗艾拉道：「當然啦，除非整個制度改變了。我們的艾拉還沒意識到這點的時候就是個革命者了。」「我想，」艾拉道，「我們全都想改變這個制度。」可是她的口氣完全不是那麼回事。威斯特大夫不覺皺了皺眉，隨即又笑開來。「不過我們當然是這麼想的，」他道，「而且越快越好。」威斯特夫婦是工黨的支持者。威斯特大夫是工黨的一員這一點對於派翠西亞·布倫特來說是個自尊心的問題，因為她自己是保守黨，而她的度量也由此得到了證實。

艾拉沒有什麼政治信仰，但她在派翠西亞的心目中很重要，理由是頗具有諷刺意味的，因爲艾拉從不在她面前掩飾她對於那本雜誌的不屑。她與派翠西亞共用一間辦公室，這間辦公室與雜誌社別的辦公室都沒什麼兩樣，有著同樣的氣氛——忸怩作態，女人般的小氣而勢利。並且所有在這兒工作的人似乎都用同一種口氣說話，儘管她們也不盡相同，甚至包括根本不是這類人的派翠西亞自己在內。派翠西亞本是一個善良、熱情、率直、自尊心極強的女人，但在辦公室裡她說的話完全不符合她的個性。艾拉儘管心中惴惴，仍會毫不客氣地指出她這一點，並且說她倆雖是出於生計才待在這兒，卻也不必自欺欺人到這個地步。艾拉曾以爲，甚至半是指望過，派翠西亞會趕她走，結果卻被請去吃了一頓奢侈的午餐。席間派翠西亞竭力在爲自己辯解，事實上這工作對於她來說應算是個失敗。她曾是一家大型的高級時裝雜誌的時裝編輯，不過顯然人們認爲她並不勝任。那是一本充滿時尚文化色彩的雜誌，它所需要的編輯應該對藝術界的時尚有極敏銳的嗅覺。派翠西亞對於潮流可說是一竅不通，但據艾拉的了解，這還偏偏是她很喜歡的一個領域。雜誌的決策層最後把派翠西亞調到了《家庭婦女》雜誌，這本雜誌的服務對象成了家庭婦女，甚至沒有一絲以文化自居的調子。派翠西亞十分適合幹這個工作，但她暗中卻又覺得委屈，仍然嚮往與時尚作家和藝術家相聯繫的雜誌氛圍。她出生於郡縣中一個富裕但小市民氣十足的家庭，她的童年是在僕人們的簇擁中度過的。正是由於幼年時期與「下層社會」的接觸——這是她在辦公室裡面帶忸怩之色地提到他們時的用詞，而在辦公室以外她就會說得十分自然——才使她擁有了對於她的讀者那種精到而直截的了解。

她非但沒有解雇艾拉，反而漸漸地對她產生了一層敬意，她只對自己不得不離開的那本走紅的雜誌才有過這種悵然的嚮往。她會漫不經心地提到她是在爲某位「具有高品位的人」工作——此人的小說曾在「具有高尚品味的雜誌」上發表過。

而她對於寄到雜誌社的來信的態度，比起威斯特大夫來就有一種熱心得多也人情味得多的理解了。

此刻她明顯向著艾拉地對衆人說道：「我贊同艾拉的觀點。每當我看著那一堆又一堆令人痛苦的信件，眞難以想像她是怎麼處理的。這些讓人不舒服的事能讓我吃不下飯。相信我，我一旦沒了胃口，就說明事態很嚴重了。」

於是大家都笑了。艾拉感激地衝派翠西亞也笑了笑，後者點了點頭，像是在說：「沒關係，我們不會說你的。」

這時人們又開始各自聊起天來，艾拉也終於可以環視一下四周。這間起居室很大，有一面牆被打通了。在這條街上那些一模一樣的矮小的房子中，底層的兩個小房間通常用作廚房，裡面會擁擠不堪，而且也住人，另外還會有一間用於聚會的客廳。但這個大房間占了整座房子的底層，有樓梯通向臥室，屋內十分明亮，充斥著多種不同的顏色，全都是大塊鮮明的對比色，比如墨綠和鮮豔的粉紅，還有明黃。威斯特夫人沒什麼品味，房間布置得很失敗。艾拉在想，五年之後這條街上其他房子裡的牆都會刷上明快純粹的顏色，窗簾和椅墊也會與之相配，我們就要在諸如《家庭婦女》這樣的雜誌上推出這種格調來。那麼這間屋子又將會變成——什麼樣子呢？不管下面會怎樣……可我也該去交際一下，這畢竟是個晚會，無論怎麼說……

她環視了一下周圍的人，發現這也不是什麼晚會，不過就是因爲威斯特夫婦說了句，「我們也該邀請附近的人過來聚聚了。」而這些人進來時便也說著：「我們也該來看看威斯特一家子了。」於是便有了這個聚會。

我眞希望我沒來，艾拉想著，更何況還有那麼一大段路要回去。就在這時坐在屋子另一頭的一個男人站起身走了過來，並坐到了她的身旁。他給艾拉的第一印象是一張瘦瘦的年輕的臉，在熱情洋溢的笑容中又帶著點兒神經質的苛刻神情。他開口說話並自我介紹的時候（他名叫保羅•塔那，是個醫生）。笑得很甜，就好像他並不是有意的，而只是不知不覺間的流露。她意識到自己也在回報他以微笑，接受了他的熱情，於是她更仔細地打量起他來。顯然有一點她弄錯了，他並沒有她想像的那麼年輕。他那一頭亂蓬蓬的黑髮已開始謝頂，蒼白的臉上生著雀斑，而眼睛周圍則刻著幾道深深的皺紋。他那雙深陷的湛藍色眼睛顯得格外漂亮，那好鬥而認眞的眼神則又閃著一絲變幻不定的目光。艾拉發現他的面部肌肉很緊張，在他說話的時候就連身體也繃得緊緊的，但並不令人覺得十分彆扭，只是出於一種戒備心理罷了。他的這種自我意識令她有一種疏遠感，而就在剛才，她還在回應著他的笑容中自然流露出來的熱情。

這就是她第一次見到這個以後她愛得如此深刻的男人的反應。以後他半是抱怨半是開玩笑地說過：「剛開始你一點也不愛我。你應該對我一見鍾情。我一生中總該有一次女人看我第一眼就愛上我的事吧，可惜沒這個福分呵。」再往後他就更是添油加醋，就是想逗樂，他會很動感情地說：「面貌反映著靈魂。如果一個女人只是在與一個男人做完愛以後才愛上他，那麼這個男人怎麼能相信她呢。你根本就不愛我。」他臉上會保持他那副帶著幽默的苦笑，艾拉這時便說：「你怎麼能把做愛與其他事情分開了看呢？這樣可講不通。」

這時她的注意力已從他那兒分散了開去，她意識到自己有些坐立不安起來，而且他也覺察到了，他還發現自己被她迷住了。他的目光幾乎一刻也不離開她的臉，而她從這種專注中感覺到一種驕傲（一種性的驕傲）。假若她對他不予理睬，這驕傲就會受到傷害。正是這點使她突然產生出一種想逃掉的欲望，這複雜的情感來得太突然、太猛烈，令她感到強烈的不安。艾拉想起了自己的丈夫喬治。她是在被喬治追得幾乎筋疲力竭之後嫁給他的，喬治對她死纏爛打了整整一年。她早知道自己不該嫁給他，然而她還是這麼做了，因爲她並不想與他鬧崩。結婚沒多久她就在性生活上對他開始反感，這是一種她根本無法控制或者隱藏的感覺。而這卻只有令他加倍地渴望得到她，她則因此而更討厭他——甚至他似乎從她的冷漠中獲得了某種刺激和快感。顯然他們陷入了某種心理上的絕境，彼此都無能爲力。然後，爲了刺激她，他同另一個女人上了床並把此事告訴了她。她這才找到她所一直缺乏的與他分手的勇氣，儘管稍晚了些。她牢牢抓住這個把柄，假意對他的不忠裝出絕望的樣子，說他這麼做與她的道德準則是不符的。並且她還對他動用了傳統的道德力量，不斷地對自己重複說是他對她不忠，因爲她自己是個膽小鬼，如此這般才硬撐了下來。但是這一切都讓她在討厭自己。與喬治在一起的最後幾個星期是一個噩夢，她充滿了對自己的不恥和歇斯底里情緒，直到她最後離開他的房子，結束掉這一切，才把自己和那個令她窒息、壓抑並且明顯地剝奪了她的意志的男人徹底分開了。後來他就娶了那個他本打算用來挽回艾拉的女人。艾拉大大鬆了一口氣。

但是每當她情緒低落的時候，她就會習慣性地琢磨起這樁婚姻中自己的行爲，沒完沒了地折磨自己。她做了許許多多複雜的心理分析，把兩個人都想得一身不是，對這一段經歷感到厭倦和恥辱。更糟的是，她還在暗中懼怕，懼怕由於她自身的一些弱點，她可能注定將不可避免地重複她與喬治的悲劇。

但是在她與保羅・塔那只相處了短短一段時間後，她已可以用最簡單的方式說：「當然啦，我從沒愛過喬治。」就好像對和喬治的那段經歷再沒什麼可說的了。不過就她而言，也的確是沒什麼可說的了。儘管所有那些複雜的心理問題與這句簡單的「我當然從沒愛過喬治」，以及由此推出的「我愛保羅」絕不可能是同一層面上的事，但也不再能困擾得了她了。

與此同時她又十分不安，想從他身邊逃開去。她有一種墜入陷阱的感覺——不是因爲他，而是因爲擔心過去可能在他身上重演。

保羅問：「你和威斯特到底在爲什麼病例爭執？」他是在設法留住她。她說：「哦，您也是位大夫，他們都是些病例，當然。」她的聲音聽來有些刺耳，有些挑釁，於是她又努力咧嘴笑了笑，說道：「對不起。只是那工作讓我太操心了。」「我知道。」他說。威斯特大夫是絕不會說一句「我知道」的。艾拉一下子對他有了好感。除了她所熟識的人，她對人一向是一種下意識的冷冰冰的態度，但這層冰就在這瞬間融化了。她摸索著在手袋中掏出那些信件，看到他正在笑她這一番手忙腳亂。他笑著接過信，卻不急於打開，只拿欣賞的眼光看著她，滿心歡喜的樣子。而她眞正的自我此刻對他是敞開的。然後他把信讀了一遍，又拿在了手中。

「可憐的威斯特大夫又能做什麼呢？你想讓他給開幾管藥膏麼？」「不，當然不是。」「她大概每星期要去糾纏她自己的醫生三次，」——他撿出一封信來——「打從一九五〇年三月九日開始，這可憐的大夫一直在給她開他能想得到的所有的藥膏。」「是的，我知道。」她說。「我明早就要回這封信。這樣的信還有一百多封。」她伸出手去拿信。「你打算對她說些什麼？」「我能說什麼？像她這樣的人成千上萬，沒準有上百萬呢。」百萬這個詞聽來有點孩子氣，她的雙眼一瞬不瞬地注視著他，想讓他也知道她所看到的那些無知和處境悲慘的人身上的重荷。他把信遞還給她，並說：「可你會對她說什麼呢？」「我說不出任何她眞正想聽的話。因爲她眞正想要的無非是艾爾索普大夫眞能去看她，像一位白馬騎士一般地把她拯救出來。」「那是當然。」「這就是麻煩之處。我又不能說，親愛的布朗夫人，您並沒有得風濕病。您感到孤獨，沒人關心，您爲自己杜撰了這些症狀不過是要引起人們的注意。好了，我能這麼說嗎？」「沒有什麼不可以的，只需說得技巧一些。她自己大概也明白吧。你可以告訴她應該努力去和人交往，多參加一些組織，諸如此類的話都可以呵。」「那不是很無禮嗎？我去筆手畫腳地告訴她該做些什麼？」「是她寫信來求助的。你不這麼做才是傲慢無禮呢。」「你是說一些組織嗎？可那並不是她想要的。她並不關心與自己不相干的事。她已結婚多年，而現在她覺得她已把半個自己都賠進去了。」

聽到這兒他神情嚴肅地看了她一會兒，她也不知道他在想些什麼。最後他說：「好吧，我想你是對的。不過你可以建議她給某個婚姻機構寫封信試試。」看到她臉上露出不悅之色，他大笑起來，又接著道：「是呵，但是如果我告訴你通過婚姻署我曾促成了多少對美滿的婚姻，你一定會吃驚的。」

「聽起來你倒像是個專治精神病的社會工作者。」她說，並且話一出口她已然知道他的回答會是什麼了。威斯特大夫，這位心智健全的普通醫生，對「裝腔作勢」那一套是沒有耐心的，他曾笑話他的那位同事是個「巫醫」，也總是把嚴重的精神病患交到他手裡。所以這回答應該是巫醫。

保羅・塔那不情願地道：「從某種意義上說，那就是我。」她知道這不情願是因爲他不想從她那兒得到那個顯而易見的答覆。而她能預見到對方的反應，是因爲她內心突然感到一陣輕鬆，並且覺得有趣起來。但這興趣又令她不安，他可是一個能看穿她的巫醫呵。她立即說：「噢，我可沒想對你訴說煩惱。」他頓了片刻，她知道他是在找能讓她洩氣的詞。他道：「我也從不會在聚會上給什麼忠告的。」

「除了那個寡婦，布朗夫人。」她接道。

他笑了，說：「你屬於中產階級，是吧？」這話明顯地是種判斷，但卻傷著了艾拉。「生來如此。」她答。他接著道：「我是工人階級出身，所以我也許比你更清楚布朗寡婦的情況。」

就在這時派翠西亞・布倫特走了過來，她把保羅叫到一邊去跟她那邊的人說話去了。艾拉這才意識到他們倆在這個並不是爲夫妻而開的晚會上搞得跟一對恩愛夫妻似的。派翠西亞的表現說明他們剛才已十分引人注意了。艾拉感到很不自在。保羅當時並不想走開，他遞給她一個急切、懇求、近乎嚴厲的目光。沒錯，艾拉想，這目光是很嚴厲，跟點頭下命令似的，要她坐在那兒千萬別動，他一脫身就會回來。而她的反應則是又一次的疏離。

該回家了。她到威斯特家總共才待了一個小時，但她已經想走了。保羅・塔那此時正坐在派翠西亞和另一個年輕女人中間，艾拉聽不到他們在說什麼，但從兩個女人臉上半是興奮半是掩飾的表情中，顯然可知她們是在直接或間接地聊著塔那大夫的職業。這話題讓她們臉上放光，而保羅卻一直保持著禮貌而不自然的笑容。再有幾個小時他也脫不了身的，艾拉想到這兒便站起了身，去向威斯特夫人辭行，後者顯然對她這麼早就走有些不快。她朝威斯特大夫點了點頭，明天她還會見到他，和他一起處理那一大堆來信。然後她朝保羅笑了笑，他的藍眼睛轉過來盯住她，顯得格外的藍，對她要走感到十分意外。她走進門廳，穿上外套，保羅急急忙忙地跟了出來，提出要送她回家。他現在的樣子有些無禮，甚至幾近粗魯，因爲他並沒想過他會出於無奈去扮演一個公開追求者的角色。艾拉說：「我們大概並不同路。」他問道：「你住在哪兒？」當她告訴他住址時，他很有把握地說他根本毋須繞路。他有輛小型的英國車，他開得又快又穩。擁有私家轎車以及能搭乘計程車的人眼中的倫敦與坐地鐵和公共汽車者是截然不同的。艾拉禁不住去瞧這條剛才走過來的路，那綿延好幾英哩灰濛濛、髒亂不堪的建築物此刻在一片燈光中成了一個朦朧閃光的城市，而這樣一個城市是沒有理由讓人感到害怕的。保羅・塔那時不時飛快地瞥她一眼，目光銳利而充滿探究之色，簡短地問了她幾個跟生活有關的實際問題。她則挑釁一般地告訴他，戰爭期間她曾在一個為工廠女工開設的餐廳工作過，並且就住在那家旅店裡。還有，戰後她得過一場結核病，不過不算太嚴重，只是在一個療養院裡整整躺了六個月。這段經歷改變了她的生活，比戰爭年代與工廠女工在一起的那段日子對她的影響都要深刻得多。她母親在她很小的時候就去世了，是父親把她撫養長大的。父親是一個沉默寡言而意志頑強的人，是一個從印度回來的退伍軍官。「假如你能把這也稱作是撫養的話，我就是自己長大的。不過我也為此而慶幸。」她說著笑起來。此外她還曾有過一次短暫而不幸的婚姻。她每說到一個情形，保羅・塔那都會點點頭，艾拉彷彿看到他正坐在桌後對病人應答點頭。「他們說你寫小說。」他說，這時他正緩緩地把車停到茱麗亞的房子前。「我不寫小說。」她答，好像被人侵犯了私人領地一般地著惱起來，然後她立刻跨出了車門。他迅速地從他那側的車門邁出，幾步追上她，與她同時站到了門前。他們僵持著，但是她想進屋了，她想逃離他的緊追不捨。他莽撞地說：「明天下午能和我一起坐車出去兜風嗎？」說完他似乎又想到了什麼，匆匆掃了一眼陰雲密布的夜空，說：「看來會是個晴天的。」聽到這句話她笑了。在這一笑帶來的好情緒下，她說好吧。他臉上頓時出現了如釋重負的神情，更確切地說那是一種得勝的表情。他的確贏了一個回合，她想著，一下子十分掃興。然後，兩人又在門邊默立了一會，他握了握她的手，點點頭，朝他的車走了回去，說他下午兩點會來接她。她穿過黑暗中的門廳走進靜靜的房間，摸索著走上樓梯。茱麗亞的屋裡透出一絲燈光，不管怎麼說，現在實在還不算太晚。她喊了一聲：「我回來了，茱麗亞。」茱麗亞清朗的聲音在說：「進來聊會兒天吧。」茱麗亞有一間很大的臥室，十分舒適。她正躺在大雙人床上，倚著一堆枕頭看書。她穿了件睡衣，袖子挽到肘部，看上去情緒很好。她此刻的目光敏銳而好奇。「來說說，怎麼樣？」「沒意思。」艾拉答，似乎在對茱麗亞硬讓她去表示不滿，因爲茱麗亞剛才動用她的意志力了。「一個精神病大夫送我回家的。」她又說，有意用這個詞來試探茱麗亞的反應。看到她臉上果然浮現出她自己、派翠西亞和那個年輕女人都有過的表情，反倒羞愧起來，她有些後悔自己這麼說，好像是有意欺負茱麗亞似的。我的確也這麼做了，她想。「而且我並不喜歡他。」她又加了一句，又變得跟個孩子似的，順手把玩起茱麗亞放在梳妝台上的香水瓶。她在手腕上擦了點香水，從鏡中察看著茱麗亞的面部表情。茱麗亞此時重又回復了耐性，但表情變得多疑，目光也凌厲了起來。她心想：茱麗亞自然是很母性的女人，可是我就老得去迎合這一點嗎？大多數時候我對茱麗亞都有一種類似於母親的感覺，我總想去保護她，儘管我也不知道要保護的是什麼。「爲什麼你不喜歡？」茱麗亞問，她問得很認眞，於是艾拉也不得不認眞思考起這個問題來。然而她並沒回答，只是說：「謝謝你照顧麥克爾。」說完她朝茱麗亞抱歉地笑了笑，便上樓睡覺去了。

次日陽光普照倫敦。街上的樹木似乎不再是沉重的建築物和人行道的一部分，而是田野和青草以及鄉間的延伸。對下午的出遊本來還在猶豫不決的艾拉，一想到灑在田野上的陽光，立刻就歡欣鼓舞起來。她從這突然上升的興致中意識到自己最近這陣子的情緒比想像的還要低。在爲兒子做中飯的時候她竟發現自己在唱歌，而這是因爲她正回想著保羅的聲音。在此之前她並不曾留意過保羅的聲音，但這時卻如可耳聞。那是一個熱情的嗓音，有一點點粗魯，隱約還留有一絲未受過教育的那種口音。（當她想到他的時候，聲音比面容要清晰得多了。）並且她在傾聽的並不是他在說什麼，而是那種語調，此刻她甚至能分辨出其中的微妙之處，裡面有嘲弄也有同情。

茱麗亞下午會帶麥克爾去朋友家串門子，並且走得很早，午飯剛吃完就領他走了，這樣小孩就不會知道媽媽不帶他去坐車兜風了。「你看上去情緒很好呵。」茱麗亞說。「不管怎麼說，我也有好幾個月沒出過倫敦城了。再說，沒個男人在身邊陪著，我也不願意出去。」「誰願意呢？」茱麗亞回了一句，「不過我也不認為是個男人就行了。」她輕微地刺了她一下，樂呵呵地就帶著孩子走了。

保羅來晚了。從他近乎草率的道歉方式看，他是那種總愛遲到的男人。這是出於他的性格，並不只是因為他是一個忙碌而壓力很大的醫生。總的來說她很高興他來晚了。他臉上又出現了那種神經質般的煩躁神情，她只看了這張臉一眼就想起昨晚她並不喜歡他。況且，遲到意味著他並不眞的看重她，這倒消除了她的一絲緊張感。因為他若是能讓她聯想到喬治，她會驚慌不安的，而這與保羅無關，對此她很清楚。但是一坐到逕自駛向倫敦郊外的車中，她就意識到他又在略帶緊張地頻頻瞥她，她感覺到了他的決心。他一路上都在說話，而她則聆聽著他的聲音，事後回想起來，當時的每一個片刻她都很開心。她邊聽他講邊瞧著窗外掠過的景物，笑著。他在講述他為什麼會遲到。是因為他在醫院裡和那幫醫生發生了點誤會。「其實誰也沒有大聲嚷嚷，可那些出身良好的人士們說起話來就像是蚊子在哼哼，你壓根就聽不見。這樣像我這等出身的人就處在很不利的位置上。」「你是那兒唯一工人階級出身的醫生嗎？」「不，不是在整個醫院，只是在那個科室。可他們永遠也不想讓你忘掉這一點，而且甚至是下意識的。」他說得挺沒脾氣的，也帶著幽默，但分明是痛苦的。只是他對此早已習慣了，所以連說話的口氣也不再含著什麼諷刺的意味。

這天下午他們似乎很談得來，那層障礙也似在一夜之間悄悄地消除了。他們把倫敦近郊那些醜陋的小路統統拋在了後邊，陽光照耀著他們，艾拉開始興致勃勃，幾乎感到陶醉。除此之外，她知道這個男人將會成為她的情人，當他的聲音帶給她快樂時她已清楚地看到這一點，並且她的內心充溢起一陣不可言說的喜悅。他此刻對她含笑的目光中幾乎有幾分溺愛的意味，他像茱麗亞似地說道：「你看上去情緒很好呵。」「是的，終於出倫敦了麼。」「你就這麼討厭它?」「噢不，我喜歡它，我是說我喜歡在這個城市裡生活，但是我討厭這個——」她指指窗外。路邊的樹籬、樹叢到了這兒又已淹沒在一個小村莊中，古老英國鄉村的痕迹在這裡已蕩然無存，村落是簇新的也是醜陋的。他們的車駛過村子裡的商業大街，兩邊店鋪的名字與駛出倫敦以後一路上所看到的仍沒什麼兩樣。

「爲什麼?」

「很明顯麼，這一切都太醜了。」他好奇地盯著她的臉，過了一會兒他才說:「可人們還住裡頭呢。」她聳聳肩。「你也討厭他們嗎?」艾拉對他的問話感到很不高興，多年來她所碰到的人似乎都不用解釋就能明白她爲什麼討厭「這一切」，可他卻來問她「是否也討厭他們」，討厭那些普通老百姓嗎?眞是不著邊際。不過她還是思索了片刻，作對一般地回答他:「從某種意義上來說是這樣。我討厭他們竟然容忍了這一切。應該把這一切統統掃光，一個都不剩。」說著她還伸出手做了一個狠狠清掃的動作，眞像是要把那巨大而沉重、陰霾籠罩的倫敦、上千座醜陋的城鎮，以及英國土地上無數條密密麻麻而微不足道的生靈統統地一掃而空。

「可那是不可能的，你也知道。」他說，臉上帶著一絲固執的笑意。「這一切還會繼續下去——還會出現更多的連鎖店、電視天線，以及有頭有臉的人士。這就是你的意思，是吧?」

「當然。可你卻接受了這一切。爲什麼你如此理所當然地就接受了呢?」

「這是我們生活的時代呵。何況一切都比以前強多了。」

「強多了?」她情不自禁地喊出了聲，但她還是按捺住了自己。她明白她已在「強多了」這個詞上附上了自己個人的觀點，這一切源於她在醫院中度過的那段日子。她看到過生活的本質，那種黑暗、非人而毀滅性的力量，而這正顯示了戰爭年代的殘酷和暴力。但是這與他們現在的爭論是毫無關聯的。「你是說，」她道，「在沒有失業以及沒人挨餓這角度上來說強多了?」

「眞是奇怪。不錯，我的確就是這個意思。」他的這句話等於是在兩人間又橫置了一道溝——他是無產階級，她卻不是，同時他還屬於有進取心的人。她只好閉口不語了。只聽他仍自堅持著：「一切是強多了，強得多多了。你怎麼可能看不見呢？我記得……」他突然停了下來，這回不是因爲他仰仗著他的知識在「欺負」（這是艾拉的用詞）她，而是勾起了他的痛苦記憶。

於是她終又開口道：「我不明白人們眼看著這個國家中發生的一切怎麼會沒有厭惡感。從表面上看一切都是好的，一切都顯得那麼安寧、平和，儘管那麼土氣。可骨子裡卻是有害的，到處都存在著仇恨和嫉妒，而且人們感到孤獨。」

「那是不錯。可任何地方、任何事情不都是這樣嗎？任何一個達到某種生活水平的地方也都是如此呵。」

「那麼這樣的事實又強在哪兒呵？」

「任何事實總比某種恐懼感要強。」

「你是指眞正的貧窮吧。並且你的意思實際上是說我什麼也不明白。」

聽到這話他飛快地瞥了她一眼，對她的固執己見感到驚奇。並且，如艾拉所感覺到的，他對她這一點懷有某種敬意。那一瞥中再也沒有了一個男人從性吸引力的角度來評判一個女人的痕迹，艾拉因此而覺得輕鬆多了。

「這麼說你是想在英國的土地上開動一台巨型的推土機，把這一切統統推光了？」

「沒錯。」

「只留下幾座天主教堂，幾棟老式樓房，以及一兩個漂亮的村莊？」「不錯。」「然後你就把人們帶回美麗的新城市，每座城市都是建築師夢想的化身，接著你就告訴大家說，你們喜歡這些城市則罷，不喜歡也得忍著點。」「不錯。」「或許你喜歡有一個到處洋溢著歡樂的倫敦，到處有啤酒、撞柱遊戲以及穿著土布長裙的姑娘們。」

她怒氣沖沖地說：「當然不是！我討厭所有威廉・莫里斯的那套玩意兒。但是你卻並沒在說實話。瞧瞧你自己——我敢肯定你的大部分精力都花在如何越過階級差異帶給你的鴻溝上了。你現在的生活方式和你的父母相比已不可同日而語，你在他們眼裡絕對就是個陌生人。所以說你被分割成了兩半，而這就是這個國家的樣子，這一點你很清楚。不管怎麼說我討厭它，我恨這一切。我恨一個如此分裂的國家——可是我以前並不明白這一點，是戰爭以及我與之朝夕相處的那幫女工使我明白的。」

「好吧，」他最後說，「昨晚他們說得沒錯——歸根結柢你是一個革命者。」

「不，我不是。那種說法對我來說沒任何意義。我對政治毫無興趣。」

聽到這話他大笑起來，帶著一種令她動心的深情說：「假如要按你想的去建造一個新的耶路撒冷⑬那就好比揠苗助長一樣。任何事物的發生都有它自己的連續性，有著某種潛在的規律。如果照你的方法去做，只會讓人們喪失了鬥志。」

「連續性並不一定因爲它是連續性就必然是正確的。」

「艾拉，它就是正確的。相信我，這是千眞萬確的。」

這語氣是如此的親切，現在轉到艾拉詫異地瞥了他一眼，並決意不再說什麼了。艾拉心想，他其實是在說那種內在的分裂令他如此痛苦，有時候他禁不住要懷疑這種分裂是否值得……想到這兒她別過臉再一次朝車窗外望去，他們又穿過了一個村子。這村子比前一個要強多了，還保留著一個老式的村中心，式樣古樸的房子在陽光下呈現著暖洋洋的色調。然而在中心周圍就全都是難看的新房子，甚至在主要的廣場上，坐落著

⑬耶路撒冷：Jerusalem，巴勒斯坦地區著名古城，伊斯蘭教、猶太教和基督教的聖地。

「伍爾沃斯連鎖店」，與所有的這一類商店毫無二致，還有一家仿「都鐸」⑭風格的酒館。看來這樣的村子還會一個接一個地出現一大串的。艾拉於是道：「我們還是繞開這些村子吧，那裡面什麼也沒有。」

她注意到這回他看自己的目光簡直就是驚愕，直到後來她才明白爲什麼他會是這種表情。他半天沒再說話，這時前方披著陽光的樹叢深處出現了一條蜿蜒的小路，他把車拐了過去。然後他問她：「你父親住哪兒？」

她「噢」了一聲，道：「我知道你要說什麼。他根本就不是那種人。」

「哪種人？我可什麼也沒有說啊。」

「你是沒說，可你一直就有那個意思。他在印度服過役，但是他並不是諷刺畫上常見的那種軍人。他很不適應軍隊，以後就到後勤部門待了一段時間。他也不像那種人。」

「那麼他像什麼人呢？」

她笑了，笑聲中流露出眞情，還有她並未察覺的一些苦澀之意。「他離開印度後在康瓦耳⑮買了一棟老式房子。房子不大，孤伶伶的，但很漂亮，而且古樸，這你知道。他是一個離群索居的人，向來如此。他讀很多的書，對哲學和宗教很有研究，比方說佛教。」

「他喜歡你嗎？」

「喜歡我？」這問題讓艾拉嚇了一跳。她曾不止一次地自問父親到底喜不喜歡她。她轉向保羅，眼光似在認可他的問題，繼而笑道：「眞是個問題。可你知道，我也不曉得。」又低聲補充道：「不，讓我好好想想，我從不知道，我不信他是喜歡我的，不是眞正的喜歡。」

---

⑭都鐸：Tudor，英國歷史上一個王朝，都鐸王朝（一四八五～一六〇三），建築有都鐸式建築。

⑮康瓦耳：Cornwall，英國西南部一個郡，海岸線綿長，多岩石。

「他當然喜歡你了。」他急忙說，顯然悔不該問這麼個問題。

「這種事沒什麼當然的。」然後艾拉就一聲不吭地坐著，陷入了沉思。她知道保羅投過來的眼神中滿是負疚和關切之意，她因而很喜歡他。

她試著想說清這個問題：「每當我週末回家的時候，他見到我是很高興的——這我能看出來，儘管他也從不埋怨我回去得太少了。可我是否回家對他來說似乎也沒什麼分別。他的生活很有規律，有一位老太太專門負責替他清掃房子。一日三餐幾乎沒什麼變化，有幾樣食物是他飯桌上必不可少的，比如半熟的還帶點兒血絲的牛肉，還有牛排、雞蛋。午餐前他一般要喝上一杯杜松子酒，晚餐後則要來上兩三杯威士忌。每天清晨早餐後他要散步很長時間，下午他一般用來打理花園，並且每晚都要看書到很晚，我在的時候也照舊，他甚至不跟我說什麼話。」說著她又笑了。「這就是你先前說的，我和他沒什麼共同語言。他有一位至交，是個上校，並且他們長得也像，都是細高個子，皮膚粗糙，眉毛又濃又重。他倆顧自尖聲尖調地說話，沒人能聽懂。有時候他們會面對面地坐上好幾個小時，卻一言不發，只是一個勁地喝威士忌，偶爾他們也會談談印度。當父親一個人的時候，我想他的交談對象就是上帝或菩薩或別的什麼人了，反正不是我。通常的情形是每當我對他說了些什麼，他總是顯得很窘，或者就乾脆顧左右而言他。」艾拉突然沉默了，她在想這是她對他說過的最長的一段話了。她只是奇怪怎麼會說這些，因爲她很少會談到她的父親，或者說連想都不太想得到他。

保羅沒接她的話頭，突然問道：「這兒怎麼樣？」那條坎坷不平的小路已到頭了，前面是一塊樹叢圍起來的田地。艾拉「噢」了一聲，說：「今天早上我就在希望你能帶我到一小塊田野上來呢，就像這樣的。」她迅速竄出了車門，剛好瞥到他一臉的驚奇之色，只是她當時並未在意，直到她後來努力想回憶起這天他對自己的感受如何時才泛起有這麼一剎那。

她在草叢中溜達了好一會兒，伸出指尖去觸摸地上的野草，用鼻尖去嗅它們，然後仰起頭來任陽光灑在臉上。等她轉悠回來。他已在草地上鋪了塊小地毯，正坐著等她。他臉上那種期待的樣子卻使她頓時緊張起來，剛才在灑滿陽光的田野上所感受到的無拘無束和輕鬆感也刹那間蕩然無存。她坐到毯子上，邊尋思著他似乎要幹些什麼似的。上帝呵，他不會這麼快就要來和我做愛吧？不，他不會的，還不至於吧。不管怎樣，她還是躺到了他的旁邊，感到很快樂，並且對於能讓事情自然發展而心滿意足。

以後，距此不算太久的以後，他笑她說，她那天把他帶到這兒就是因爲她想讓他和自己做愛，那都是她一手策劃的。她總是會大爲憤怒，接下來他若仍不改口，她就會對他冷下臉來。過後她也就忘了，於是他又捲土重來。她知道這一點對他來說是很重要的，因此這個常常發生的小小的口角在兩人之間便投下了一個有害的陰影，因爲他說的並非事實。在車裡的時候她已感覺到他會成爲她的情人，因爲他的聲音給她以信賴感，至於何時並不重要，她覺得他會知道什麼時候合適。因此當那個合適的時候來臨的時候，也就是那天下午，便不會有錯。「那麼如果你沒和我做愛，你猜我會怎樣呢？」之後她會這麼問，帶著好奇和敵意。「你的脾氣就會變壞。」他大笑著回答，但又帶著一些奇怪的悔意。正是這一層眞正的悔意把她和他的距離拉近了，就好像他們兩個全都是存在於生活中的某種殘酷的犧牲品，在這殘酷面前兩人都無能爲力。

「但那全是你安排的，」她會說。「你甚至爲此都事先預備好了一塊地毯。我想大概你下午出遊兜風時總愛在車裡放上一塊地毯以備不時之需吧。」

「那當然。坐在草地上還有什麼能比一塊暖暖和和的好地毯更美的事呢。」

聽他這麼一說她就會大笑起來。但是過後她又會不無寒心地想到：也許他也帶別的女人去過那塊草地，這大概不過就是他的一個習慣罷了。

然而當時她卻快樂極了，城市的壓力已離她而去，鼻中只聞得青草和陽光的氣息，沁人心脾。然後她才注意到他那半帶嘲弄的微笑。她警覺地坐起身來。他開始故意用挖苦的口吻談起她的丈夫，她簡短地對他說了些他想知道的事，既然昨晚就已跟他說了不少。然後又略略地聊了聊孩子的事，但這回說得有些心不在焉，因爲她不由得對孩子心存愧疚，不然麥克爾也可以在這陽光下享受一下坐車兜風的樂趣，還有這塊暖意融融的田野。

保羅談到了他的妻子，但她半天才聽進這些話去。他還說他有兩個孩子，她吃了一驚，但她沒讓這擾亂了她此刻的心境。他說到他妻子時那種急促而近乎煩躁的口氣使艾拉覺得他不愛她。她已開始懷著一種天眞浪漫的心情用到「愛」這個詞兒了，而這與她平時分析人與人之間關係的方式幾乎大相逕庭。她甚至沒想著他和他妻子一定是分居的，既然他談到她時可以如此無動於衷。

他和艾拉做了愛。艾拉想他是對的，這時候很合適，這地方多美啊。她的身體留下太多與她丈夫有關的記憶，她起初根本就鬆弛不下來。但她很快就放鬆了，並且有了自信，因爲他們的肉體是相互了解的。（但是她用「我們的肉體相互了解」這句話來說明問題是以後的事了，當時她只是想著：我們相互了解。）然而中間她曾睜開過一回眼睛，看到了他的臉，那上面的表情是嚴峻的，幾近醜惡。她立刻閉上了眼睛不再去看，只領略著做愛帶來的快樂。事後她看到他把臉轉到一邊，又有了那種嚴峻的表情。她本能地要移開自己的身體，但他放在她腹部的手把她按住了。他半開玩笑地說：「你太瘦了。」她笑了，並沒有受傷害的感覺，因爲他放在她身體上的手告訴她，他喜歡她這個樣子。她也喜歡自己裸露的樣子，她的身軀是纖弱而苗條的，雙肩和膝蓋部位都骨感分明，但是胸和腹部的皮膚卻是光滑而白皙細膩的，那小巧的雙腳也一樣細致而白淨。她常常想換一個樣子，期望能再變得高大些、豐滿些、圓潤些，「更像一個女人」，但是他撫摸著她的手打消了她的所有這些顧慮。她很幸福。他的手有好一會兒一直輕柔地壓在她的腹上，然後他突然把手抽了回去並開始穿衣服。她有種被遺棄在一邊的感覺，便也開始穿衣。那一刹那她突然莫名其妙地想流淚，並且她的身體這時看起來又顯得過於瘦弱了。他問道：「你有多久沒跟男人睡覺了？」

她感到莫名其妙，疑道：你是指喬治嗎？可他不能算，我不愛他。我討厭他碰我。「我不知道。」她回答。說完這話她才明白他的意思是她跟他睡覺是出於性饑渴，她的臉頓時灼熱起來。她一下子從地毯上跳起來，轉過臉後，然後，用一種在自己聽來都十分難聽的聲音說道：「晚不過上週吧。我在一個聚會上找了個男人，把他帶回了家。」她在記憶中搜尋著戰時食堂裡的那些姑娘們的用語。她終於想起來了，說：「他那身肌肉眞叫人覺得過癮。」說完她便跳上車，砰地一聲把門帶上了。他把地毯扔進後車廂，急忙地邁進車門，開始前前後後地倒車，把車轉回來時的方向。

「那麼你是不是習慣於這樣呢？」他問，聲音清醒而不帶一絲感情色彩。她想到就在片刻之間他還爲了達到自己的目的像個男人似地在提問，而此刻他卻又變成「坐在桌子後邊的人」了。她只想讓這段回程趕快結束，好回家去大哭一場。這場做愛讓她聯想到她的丈夫，想到她的身體在她丈夫喬治面前的退縮，因爲這個新的男人已讓她從心理上退縮了回去。

「所以你就習慣了？」他又問。

「習慣什麼？」她大笑起來。「噢，我明白了。」然後她用懷疑的目光看著他，就好像他是個瘋子一樣。那一刻他在她眼裡是有一點點瘋了，他的面部肌肉因爲懷疑而繃得緊緊的。他現在根本不是那個「坐在桌子後邊的男人」，而是一個對她懷有敵意的男人。現在她已做好了反擊他的充分準備。她憤憤地笑了幾聲，說道：「你眞是蠢極了。」

之後他們沒再說話，直到車子駛上公路，滙入凝固了一般的車流，緩緩地朝城裡流去。這時他才換了一種全然不同的友好的語調，表示和解似地說：「無論如何，我也並沒有對別人品頭論足的資格。我的愛情生活也稱不上是什麼範例。」

「我還指望你能讓我看到一個典範呢。」

他的神情顯得有些困惑不解，他沒弄明白這話使他在她眼裡顯得很笨。她可以感覺到他想找合適的話說，卻又把想到的話一一放棄了，就好像是她沒給他說話機會似的。她覺得好像有一股接一股的疾風有目的的對準了她胸口的部位吹過來，那痛楚幾乎要使她喘不過氣來。她的嘴唇在發顫，但她寧死也不願在他面前哭出來。她扭過頭，看窗外的田野漸漸遠去，變得愈來愈模糊，寒意開始襲人了。她則進入了類似於自言自語的狀態，每當此時，她的談吐可以變得冷酷而尖刻，話語充滿機鋒並且饒有風趣。她說起雜誌社那些世故的閒話，派翠西亞·布倫特的桃色新聞，等等，等等。她聊著這些讓他解悶的事的同時，卻也在內心蔑視著他，因爲他並沒識破她的這層假面具。她喋喋不休地講下去，而他一直沉默著。當他們抵達茱麗亞的房門前時，她快捷地鑽出車門，搶在他跟上來之前幾步躥到了房門前。她摸索著將鑰匙插到鎖孔裡去的時候，他趕到她身後說：「你的朋友茱麗亞今晚能照料你兒子上床睡覺嗎？如果你願意的話我們可以去看場戲。不，還是看場電影吧，今天是星期天。」她驚訝地大口喘著氣說：「可是我不會再見你了。你肯定也不會想見我了呀？」

他從她身後用兩手扳住她的肩頭說：「可是爲什麼不呢？你是喜歡我的。假裝不喜歡我對你也沒什麼好處呵。」艾拉無言以答，因爲這不是她所習慣的問話，並且她現在已想不起她曾在田野上與他度過一段多麼快樂的時光了。她說：「我不打算再見你了。」

「爲什麼？」

她憤然掙脫了他抓著自己肩頭的手，轉動了一下鑰匙，開開了門，並說：「我已經有很長一段時間根本沒和任何男人睡過覺了。不是上週，是兩年以前，我曾有過一次愉快的感情經歷……」她看到他的手痙攣了一下，心頭升上一陣快感，因爲她傷著了他，還因爲她說的不是眞話，那一段感情經歷並不令人愉快。但是她現在就想對他這麼說，她身體裡的每一根神經都在攻擊著他。她說：「他是一個美國人。他從沒有讓我感覺不快過，一次也沒有。他在床上一點也不行，我想這是你的常用語之一吧？但他從不輕視我。」

「爲什麼你要告訴我這個？」

「你眞是太蠢了。」她開心地藐視著他，同時感覺到有一種強烈的、痛苦的快感正自心頭翻湧上來，那是一種對他和她都具有毀滅性的力量。「你不是也談論我丈夫嗎，那麼他跟我們又有什麼關係？至少就我所知，我從沒眞正地跟他睡過覺……」他不相信的苦笑了一下，但她仍接著說下去：「我討厭跟他睡，那都不能算數。而你卻說，你有多久沒跟男人睡覺了？多簡單。您是一位精神病專家嘛，用你的話來說一位醫治靈魂的醫生，可你卻連一個人最簡單的事情都不懂。」

說到這兒她走進了茱麗亞的房子，並帶上了門。她把臉貼到牆上哭起來，憑她的感覺她知道此時屋子裡還空無一人。門鈴突然就貼在她耳邊響了，是保羅在想法讓她把門打開。但她沒去理會那鈴聲，逕自穿過昏暗的一層，往樓上那明亮的小套間裡走去。她的步子邁得很慢，一邊哭著。這時電話鈴響了，她知道這是保羅從街對面的電話亭裡打上來的。她任它響著，因爲她還沒止住哭泣。鈴聲停了片刻，又響起來，她恨恨地看著那部電話機，那沒有感情的黑色電話線，終於收住眼淚，過去拿起了話筒。電話是茱麗亞打來的，說她想和朋友一起吃晚餐，她要晚一點才能把孩子帶回來，假如艾拉想出去的話她會把孩子哄上床睡覺的。「你怎麼了？」茱麗亞的聲音在二英哩以外的電話線上仍然像平時一樣清晰而鎮靜。「我在哭。」「我聽出來了，爲什麼？」「噢，這些該死的男人，我討厭他們。」「噢得了，假如是那樣的話。不過最好還是去看場電影，那會讓你高興起來的。」艾拉立刻就覺得好多了，這件事也顯得輕了許多，她還笑了起來。

半小時後電話鈴又響了起來，她抓起話筒，並沒想到會是保羅。他說他爲了打這個電話一直在車裡等著。他想和她談談。「我看不出我們有什麼可談的。」艾拉說。口氣冷淡，還帶了點幽默感。而他的聲音幽默中又帶了點挖苦：「去看場電影吧，我們什麼也不談。」結果她就去了。見到他時她很平靜，因爲她已告訴自己她不會再同他做愛了，這一切全結束了。她跟他出去是因爲不去就顯得自己太大驚小怪了，並且他在電話裡的聲音與田野裡在她上方的那張嚴峻的臉沒有絲毫聯繫，再者，他們之間的關係現在又回到了驅車駛出倫敦時的那種狀態。他在草地上與她做愛之後的那種態度把一切都一筆勾銷了，假如那就是他的感覺，那麼根本就什麼也沒發生過。

以後他會說：「當我打電話給你，在你跳起來把門關上以後——你馬上就來了，你不過是需要撫慰罷了。」然後他就笑了。她討厭他笑的那種聲調，在這種時候他會願意換上一副流氓式的壞笑，而裝成流氓的樣子他就可以自嘲了。艾拉覺得他兩方面的原因都有，因爲他也眞的想抱怨。因此每當這種時候，她會先對他笑笑，然後迅速轉換話題，好像他就要表現出一種不屬於他的性格。她相信那不是他，這個性不僅與他們在一起時的那種率直與輕鬆無關，而且全然相悖，於是她只有置之不理，若不是這樣她可能早已和他分手了。

他們沒有去看電影，而是去了一間咖啡館。他又說起醫院裡的一些事。他在兩家不同的醫院各有一個不同的職位，其中一個是精神病會診醫生，在另一家醫院他做的是醫院的改組工作。對此他這樣說：「我努力想把一家精神病醫院轉變成一個比較文明的地方。那麼誰會是我的對手呢？公衆嗎？根本不是，是那些老派醫生們。」他的故事一般有兩個主題。一類是關於醫療機構中那些自命不凡又頑固不化的中層人士。艾拉意識到他所有的不滿都是從最簡單不過的階級觀點出發的，他的話再明白不過了，愚昧和想像力的貧乏就是中產階級的特點，儘管他並不直說。而他那種激進的自由派觀點則緣於他的無產者出身。當然這也正是茱麗亞的說話方式，同時也是艾拉自己批評威斯特大夫的方式，然而卻有好幾次她都發現自己氣得全身發僵，就好像領受這番譴責的是她一般。每當出現這種感覺的時候，她就會想起在戰時的食堂裡度過的那些日子，想到假如沒有這段經歷，她現在就不可能由下至上，用底層女工們的眼光去看清這個國家上層階級的嘴臉，就像透過魚缸底部往上觀察一群奇形怪狀的魚一樣。保羅的第二個主題與第一個截然相反，其顯著的特徵是，他一下子就跟換了個人似的。他在講述前一類事的時候滿嘴都是幸災樂禍的挖苦之辭，但是只要一談到他的病人，他就會立刻嚴肅起來。他的這種態度與她對「布朗太太們」的態度是一樣的——現在這已是對那些寫信求助者的統稱了。談起這些人時，他會顯得格外細膩，內心充滿憐憫之情，還替他們憤憤不平，因爲他們的無助。

現在她已如此喜歡他，對她來說草地上的那一幕就好像壓根沒發生過一樣。他把她送回家，邊說話邊跟著她走進了門廳。他們上了樓，這時艾拉在想：我們大概會喝點咖啡，然後他就該走了。她的確就是這麼想的，然而當他再次與她做愛時，她又想道：是呵，這也很正常呵，誰讓我們整個晚上都聊得如此熱乎呢。之後當他埋怨說：「你當然知道我會同你做愛的。」她便答：「我哪知道，再說即使你沒這麼做，也沒什麼大不了的。」對此他又會說：「噢，你可眞是個僞君子！」要不就是：「那你也沒權利如此無視你的動機。」

與保羅・塔那在一起的那一夜是艾拉與男人接觸以來最深刻的一次經歷。這與她以前的體驗是如此的不同，以至於過去的一切好像不存在了一樣，這種感覺具有如此終極的意味，到了天明的時候，當保羅問「茱麗亞對這類事怎麼看？」時，艾拉的聲音是那麼的虛弱無力，只問：「哪類事？」

「比方說上週的事。你說你從晚會上帶了一個男人回家來著。」

「你眞是瘋了。」她笑得很舒坦地說。他們仍躺在黑暗中，她轉過頭來看著他的臉。一束光線從窗外射進來，在他臉頰上印出了一道黑色輪廓線，有一種遙遠而孤獨的意味。她不由得想：他又陷入他先前的情緒中去了。但這回她並未因此著惱，原因很簡單，他們相互緊貼在一起的大腿間那種溫暖的接觸使他臉上那種疏離感變得毫不相干了。

「可是茱麗亞會怎麼說？」

「說什麼？」

「她早上見了會怎麼說？」

「她幹嘛非說什麼不可呢？」

「我明白了，」他簡短地說了一句就翻身起了床，說：「我得回趟家，刮個臉，再換件乾淨的襯衫。」

那一週裡他每晚都到她這兒過夜，當然來得很晚，都在麥克爾入睡以後。然後一大早就離開，去「換件乾淨襯衫」。

艾拉完全置身於幸福中。她什麼也不想地放任著自己，盡情享受溫柔的滋味。當保羅從「他性格的消極面」出發說話時，她總會帶著對自己情感的信心回答說：「噢，你太笨了。我告訴過你，你什麼也不明白。」（「消極」是茱麗亞的用詞，她只瞥了站在樓梯上的保羅一眼便說：「那張臉上有一種痛苦和消極的感覺。」）她在想他很快就該娶她了，或者也許沒那麼快，但也會在某個合適的時候，而他會知道什麼時候合適。他的婚姻早已名存實亡了，既然他可以夜夜和她在一起，只是到了清晨才回家「換件乾淨襯衫」。

到了下一個星期日，也就是距他們第一次出遊的一個星期以後，茱麗亞又帶著小男孩去了朋友那兒，這回保羅攜艾拉去了克尤這個地方玩。他們躺在草地上，身後的樹蔭下開著一叢叢的杜鵑花，頭上是茂密的樹冠，陽光透過枝葉的縫隙篩下來，斑斑點點地灑在他們身上。他們手拉著手。「你看，」保羅說，邊微微地做了個壞兮兮的鬼臉，「我們已經像一對老夫妻了——我們知道晚上我們會在床上做愛，所以這會兒我們握著手就可以了。」

「可手握著手又怎麼了？」艾拉頗覺有趣地問。

他側轉身，俯看著她的臉，她對他微笑著。她知道他愛她，她能感覺到自己對他的充分信賴。「那又怎麼了？」他故意裝著絕望地說：「那很可怕呵，你和我在這兒……」他們此刻相互間的感情就映在他的臉上和雙眼中，也暖意融融地映在她的臉上——「看看我們結婚以後會是什麼樣。」艾拉感到有一絲涼意襲上心頭，不由得想：他當然不會是像一個男人那樣地在警告一個女人吧？他當然不會那麼膚淺，不是嗎？她又看見他臉上浮現出那種熟悉的痛苦之色，心想：不，他不是的，感謝上帝，他是在跟自己說話呢。她的情緒又回升了，說道：「可你們倆根本就沒結婚，你不能把那稱作是結婚，你從來也不見她。」

「我們結婚的時候都才二十歲，本該有項法律禁止的。」他說，還帶著那種開玩笑式的絕望，然後他吻了她。當他的舌尖還在她嘴裡的時候就又說話了。「你不結婚是明智的，艾拉。保持這種清醒吧。」

艾拉笑了笑，心想：這麼說我全錯了。這才是他的做法，說一句：從我這裡你只能期待這麼多。她感到自己完全被拋棄了，而他這會兒正躺在她身邊，手也還搭在她的胳膊上，她可以清晰地感覺到他的雙手傳遞到她身上的暖流，還有他那雙近在眼前的熱烈的雙眸，那麼地溫存。他正微笑著。

那天晚上在床上與他做愛時，她只是機械地回應著他。那是一種與前幾晚全然不同的感受，而他似乎並不知道這一點。事後他們像往常一樣緊緊地摟在一起，但她只感覺到一陣陣的寒意和失望在襲擊著她。

隔了一天之後她同茱麗亞談了談。茱麗亞這些天來對保羅的夜宿一直保持著沉默。「他已經結婚了，」她說，「他結婚都十三年了。那是一個婚姻，因此他晚上不回家也沒事。他有兩個孩子。」茱麗亞不置可否地做了個鬼臉，等著她說下去。「問題是，我根本不敢肯定……還有麥克爾。」

「他對麥克爾怎麼樣？」

「他只見過孩子一次，也就一會兒的工夫。他來得很晚，這你是知道的，然後在麥克爾醒來之前他就又走了，回家去換件乾淨的襯衫。」茱麗亞聽到這兒不由地笑了，艾拉也跟著笑起來。

「她一定是一個不尋常的女人。」茱麗亞說。

「他談論她嗎？」

「他說，他們結婚時都太年輕。婚後他就去了戰場，當他回來時，他覺得她已十分陌生。並且據我的猜測，從那以後他在夫妻關係上沒再做過努力，而只是不斷地和別的女人亂搞。」

「聽著可不怎麼樣，」茱麗亞說，「你對他感覺如何？」那一刻，艾拉只感到一種滲透著寒意而受傷的絕望，她永遠都無法把她與保羅的幸福同他那種玩世不恭的特性結合在一起。她由此陷入某種類似於驚慌的狀態中。茱麗亞則敏銳地察看著她的臉色。「第一眼看到他，我就覺得他的面部繃得緊緊的，一臉的痛苦。」「他一點兒也不痛苦。」艾拉馬上說。然後，看到自己如此本能而毫無道理地護著他，她不禁笑起自己來：「我的意思是說，不錯，他是有某種類似於苦澀的表情，但那是因爲他的工作，並且他也喜歡那工作。他從這家醫院趕到那家醫院，對我不停地講這裡面的精彩故事。還有他說起他那些病人時的口氣，他眞的對他們很用心。然後是晚上跟我在一起，他似乎從來也不需要睡覺。」艾拉說著說著臉就紅了，她知道自己言過其實了。「那都是眞的，」她又說，邊望了望茱麗亞的笑臉，「他總在清晨匆匆離去，實際上他根本沒怎麼睡。他回家去換件乾淨的襯衫，假裝跟他妻子親親熱熱地聊上一會兒。精力，精力並不意味著不幸；或者說，假如精力是不幸的話，其結果將會更糟。這兩者毫無關聯。」

「噢，得了，」茱麗亞說。「既然如此，你最好還是順其自然吧，你說呢？」

那天晚上保羅幽默感十足而且極盡溫柔。好像他是在向我道歉，艾拉想。她的傷痛平復了。到了早上她發現自己又和往常一樣快活了起來，他穿衣服時說：「今晚我來不了了，艾拉。」她一點也不擔心地說：「好啊，那沒什麼。」但他笑著繼續道：「無論如何，我得抽空去看看我的孩子們了。」他的話聽來就像是在指責她不讓他去見孩子似的。「我可沒攔你呵，」艾拉說。「噢你攔了，你攔了。」他像唱歌似地說著。然後他一邊笑一邊輕輕吻了一下她的額頭。他就是這樣吻他別的女人的，艾拉心中暗想。他並不在乎她們，他就這樣笑著吻吻她們的額頭。突然，她的腦海裡閃現出一幅畫面，她望著這幅圖畫驚呆了。她看到他把錢擱到壁爐上，可她知道他並不是那種嫖女人的男人，但她卻淸淸楚楚地看到他正往壁爐的枱子上放錢。沒錯，這是隱伏在他的舉止中的，並且也是對她，艾拉的態度。可是這與我們共同度過的這些時光又怎麼聯繫呢？何況在這段時間裡，他的每一個表情和動作都說明他是愛我的。(因爲保羅反反覆覆表白的愛她的話對她來說其實都毫無意義，或者說，這話若是離開了他對她的那種撫摸以及他聲音中的熱情，這表白就一文不值。) 臨走時，他臉上又擠出一絲苦笑，說：「艾拉，你今晚可自由了。」「你說的自由是什麼意思？」「噢……對你別的男朋友來說。你不是一直都把他們拋在一邊了嗎？」

她把孩子放到托兒所就去了辦公室，似乎感到寒氣也襲入了她的骨髓，只覺得後脊梁一陣陣的發冷，渾身都在輕微地打顫，可這天的天氣很暖和。她已有好幾天沒見到派翠西亞了，這一陣她只顧忘情地沉湎於歡樂中，而現在她很輕鬆地又跟這位比她年長的女人談到了一起。派翠西亞曾結婚十一年，她的丈夫為了一個比她年輕的女人棄她而去。她對男人的態度大度而容讓，又有點玩世不恭，時常妙語連珠。艾拉對此很不習慣，因爲這跟她截然不同。派翠西亞約有五十幾歲，獨居，有一個已成年的女兒，艾拉還知道她是一個很有勇氣的女人，但並不想過深地了解她，也不想與她等同起來，哪怕僅只是出於同情，因爲這令艾拉覺得會減少自己生活的可能性。或者說這只是她自己的感覺。今天派翠西亞冷嘲熱諷地談了一通對一個正與妻子鬧分居的男同事的看法，艾拉則搶白了她幾句。事後她回到辦公室對派翠西亞表示歉意，因爲她那幾句話傷了她的自尊心。艾拉在年長女人面前總會覺得自己理虧，並且，正如她知道派翠西亞不喜歡自己一樣，艾拉也不喜歡她。她也知道自己對於派翠西亞來說是個象徵，或許正意味著年輕時的她吧？(但是艾拉不願這樣想，這樣想是危險的。) 她特意陪派翠西亞待了一會，跟她說話，開些玩笑。然後她不無懊喪地發現她的老闆雙眼蓄滿了淚水。她十分細心地打量起面前坐著的這位中年婦女，她體態豐滿，聰明而和善，穿著一身從時裝雜誌上剝下來的套裝，那一頭時髦的、染過的鬈髮顯得有些凌亂，也已開始有些灰白。還有那雙對艾拉的工作十分嚴厲、而對她本人卻很柔和的眼睛。正在此時有個電話來找她，是曾發表過她一篇小說的編緝打來的。他問她是否有空去吃個午飯，她說可以，耳中並且響過「自由」兩字。在過去的十天中她是沒有自由的感覺，但現在她感到的也不是自由，而是一種沒有根基感，像是在別人的意志上飄浮著，那便是保羅的意志了。這個編輯曾經想要跟她睡覺，被艾拉拒絕了。此時她卻在想自己極有可能跟他上床，為什麼不呢？那又有什麼不同？這位編輯是一個聰明而富有魅力的男人。但是一想到要讓他來碰觸自己，她又登時反感起來。這個人對女人沒有半點出於本能的熱情和喜歡，然而保羅有，這也是她會跟他睡覺的根本原因。她現在已不可能容忍任何別的男人來碰她，就算她發現此人很有魅力也不行。但是保羅似乎並不在乎這些，他總是開著她「從晚會上帶回家來」的男人的玩笑，就好像他喜歡她這樣似的。很好，很好——假如這是他想要的，她才不會在乎呢。於是她精心打扮了一番，帶著跟整個世界作對的情緒，去赴了這頓午宴。

這頓午飯照例很貴，不過她也的確喜歡美食。他很有意思，並且她也喜歡他的談吐。她輕鬆地與他一同沉浸在她所熟悉的那種文化人之間的和睦氣氛中。與此同時她也琢磨著他，不由得想要她和他做愛簡直就是件不可能的事。可是為什麼不行呢？她喜歡他，不是嗎？那又怎樣？那麼愛情呢？可是愛情不過是幻想，是女性雜誌的專利。要是一個男人甚至不在乎你是否跟別的男人睡覺，他當然不是真的愛你。「但是如果我打算跟這個男人睡覺的話，我最好先做點什麼。」可她又不知道該做些什麼。她曾拒絕過他這麼多次，他對這種拒絕都已習以為常了。當他們吃完午飯走到人行道上的時候，艾拉突然間解脫了：真荒唐，她當然不會跟他睡覺。現在她要回辦公室，事情就是這樣。然後她注意到倚在一扇門邊的兩個妓女，不由想起早上關於保羅的那幅畫面來。這時那編輯正說著：「艾拉，我真希望……」她微笑著打斷了他：「那就帶我回家吧。不，我是說去你家，而不是我家。」她現在除了保羅以外還無法忍受讓另一個男人躺到自己那張床上去。這個男人已經結婚，於是他把她帶到了他的單身公寓。他的家在鄉間，他很小心地把妻兒一同安頓在那兒，而這套公寓便是他用來做這一類歷險的場所。和這個男人赤身裸體待在一起的整個時間裡，艾拉都想著保羅。「他一定是瘋了，我跟一個瘋子在一起幹什麼呢？他真能想像我和別的男人睡覺嗎？他絕對不會相信的。」與此同時她盡可能地善待著這個邀她吃飯的聰明男子。但他看來有些困難，艾拉知道這是因爲自己其實並不眞的想接受這個男人，所以他的問題其實是她的錯，儘管他一個勁地在埋怨自己不行。於是她開始去幫他，想到自己沒有理由讓他感覺不好，僅僅因爲她犯了一個錯，罪名是同一個自己根本不愛的男人睡了覺……當這一切都結束後，她只覺得這整個事件像沒發生過似的，因爲毫無意義。然而當她獨自一人時，虛弱與絕望便緊緊抓住了她，她渾身發抖，眞想大哭一場。事實上她渴望的只是保羅。保羅次日打電話來說他仍然來不了，這時艾拉對保羅的需要卻變得空前的強烈。她只是一個勁地對自己說，這又有什麼關係呢？他當然得工作，得回家看看他的孩子。

第三天晚上，他們終於又見面了。起初兩人都是小心翼翼的，幾分鐘後一切就都雲開霧散，他們重又相擁在一起。那天夜裡他有一會兒說道：「多奇怪是吧？假如你愛上了一個女人，那麼與另一個女人睡覺就眞的毫無意義了。」當時她沒有在聽，她內心中的一種機制在起作用，那是爲了避免聽到他那些可能會給自己帶來不快的話。但是到了第二天她卻聽到了，那些話突然間湧進了她的腦海，這麼說這兩個晚上他也並沒閒著，也跟她一樣試驗了一下和別人睡覺的滋味。於是她現在重又充滿了自信，也充分信任他。後來他開始問她這兩天來都幹了些什麼，她回答說她同一個發表過她一篇小說的編輯吃了頓中飯。「我看過你的一篇小說，很不錯。」他的聲調中帶著痛苦，好像他更願意那是篇劣作似的。「爲什麼不可以寫得好呢？」她問。「我想你寫的是你的丈夫，喬治吧？」「部分的吧，不全是。」「還有一部分是這位編輯嗎？」有一會兒她很想說：「我與你做了同樣的事。」然而又想：如果他對那些假想的事也會無緣無故地心煩意亂起來，我若說我跟那個男人睡了覺，他又會說什麼了？儘管我並沒有，因爲那不能算，也根本不是一回事。

後來，艾拉以爲他們的「結合」（她從不用私通這個詞）是從那一刻開始的，也就是在他們都試過與別人在一起的反應之後，並且發現彼此之間所擁有的感覺是排他的。與那個編輯睡覺是她唯一一次可能對保羅不忠的行爲，儘管她自己並不這麼覺得。但是這件事還是令她陷入了痛苦，因爲此後他對她所有的責備都圍繞著這件事。他幾乎每晚都來她這兒過夜，就算他來不了，她也知道不是因爲他不想來，而是因爲工作以及孩子的緣故而耽擱得太晚。他幫她一起回覆「布朗太太們」的來信，可以兩個人一塊兒爲這些人工作給她帶來了極大的快樂。

她從不去想他的妻子，至少在開始的階段是如此。

那時她唯一的憂慮是麥克爾。這個小男孩曾經很愛他那現已再婚並定居美國的父親，現在，孩子很自然地把感情轉向這個新的男人。但是每當麥克爾伸出雙臂摟住他或者衝出來迎接他的時候，保羅總是極不自然。艾拉看著他本能地僵直了身子，強作一副笑臉，然後他的大腦（巫醫的大腦立刻開始思考如何應付眼前這種局面）便開始運轉。他會溫和地放下麥克爾的手臂，親切地跟他說話，就好像他已是個大人了。麥克爾便也只得一一回答他。每當艾拉看到這個小男孩對一個男人的感情遭到拒絕，被當作大人一般認眞對待，且回答起那些一本正經的問題時，她的感情就會受到傷害。而這孩子的一種自發的感情便被就此遏制了。他只對母親保有這種深情，對她的撫摸和說話保持著熱情和敏感，但是對保羅，對那個男人的世界，他的反應是認眞的也是冷靜的，更是經過了思考的。有時候艾拉多少感到有些恐慌：我這樣對麥克爾不好，他會受到傷害的，他以後和男人打交道時再不會有發自內心的熱忱了。然後她又想：可是我並不眞信會是這樣。如果我幸福，對他肯定是有好處的，我終於成爲一個眞正的女人對他也有好處。因此艾拉並未擔心太久，直覺告訴她不必如此。她讓自己沉浸在保羅的愛中，什麼也不想。無論何時，只要她發現自己在以旁觀者的角度看著這種關係，她都會感到害怕，然後便有些玩世不恭。因此她再也不這麼幹了。她就這樣一天天地過了下去，她不朝前看。

這樣過了五年。

如果我要寫這篇小說，就會在開頭把主題或者說動機隱蔽起來，然後慢慢地展開。而就保羅的妻子來說，這主題就是——第三者。起初艾拉從沒去想過她，到了後來卻不得不要竭力不讓自己去想她了。這時她才意識到自己對這個陌生女人的態度是可恥的，因爲她對能把保羅從這個女人身邊奪過來有一種勝利感、一種快感。當艾拉第一次覺到自己的這種情緒時，她既驚惶不安又羞愧，隨即趕快把這念頭壓了下去。然而這個第三者的影子在她腦海中一再出現，艾拉已不可能再避而不想。她花費大量的時間去琢磨這個保羅回家要面對的無形的女人（他總是要回家的），這已不是出於勝利感，而是嫉妒了。她嫉妒這個女人。漸漸他，她在不知不覺間於腦海中勾勒出了她的一幅圖像，一個安詳、平靜、不猜疑、不嫉妒、清心寡欲的女人，內心充滿幸福而自得其樂，還隨時能夠給予人快樂。艾拉發現（不過要晚得多，在三年以後）她所勾勒出的這個形象是很奇怪的，因爲它與保羅所談及的他的妻子毫無共同之處。那麼這形象又是從何而來的呢？艾拉慢慢才明白這是她對自己的理想。這個想像中的女人正是她自己的投影，是她所達不到的那個理想的自我。因爲到了這時她已清楚自己對保羅的絕對依賴，她因此而感到害怕。她身上的每一根神經都已與保羅緊密織在一起，她已無法想像沒有保羅的生活，哪怕是一點點失去他的念頭都會令她陷入一種冷酷又陰森的恐怖中，她連想都不敢想。漸漸地她終於明白了，自己正是緊緊依賴著這個想像中的女人，把她當作了讓自己的心靈獲得安全感的避風港。

小說的第二主題實際上就包含在第一主題之中，但這一點直到小說結束時才能顯示出來，那就是保羅的嫉妒。這嫉妒是日益增長的，並且與他在兩個人的關係中漸漸後撤的步子緊密相連。他總是半眞半假地指責她與別的男人睡覺的事。在咖啡館裡他會責備她向另一位男士頻送秋波，而她甚至都沒看見那個男人。開始的時候她會因此而取笑他，時間一長便不免心生反感，但她總是竭力壓抑著，因爲這是一種危險的情緒。後來，當她慢慢明白自己何以會想像出另一個安詳平靜的女人來時，也同時對保羅的嫉妒心感到無解，並開始了思索。但她並不是從自己反感的一方面去想，而是為了要弄明白這嫉妒的眞正含意。她發現保羅的影子，也就是他自己想像中的第三者，是個自暴自棄的無賴，他自由放蕩，無拘無束，也無情無義。（這正是他有時候在艾拉面前扮演的角色，他自我嘲弄時的模樣。）因此這嫉妒的眞正含義是：當他與艾拉共同建立了一種嚴肅的男女關係的同時，他體內的那個無賴便被放逐了出去。但是它就候在他的身旁，只是暫時地棄置，它隨時都會捲土重來。現在艾拉已一點一點地看清了在那個聰明而安詳的女人身後的影子，這個帶有壓迫性的、自暴自棄的好色之徒。這兩個不可調合的影子亦步亦趨地跟在保羅和艾拉身後，竟與他們的步調日益一致起來。於是終於出現了這樣一個時刻，（那正是臨到了小說的結尾，也就是高潮的時候）艾拉想到：「保羅的影中人就是這個幾乎像從喜劇舞台上走下來的放蕩之徒，他到處都能看到這個影子，甚至在一個我根本未曾留意的男人身上。也就是說保羅和我在一起時是他『正面的』自己（茱麗亞語）。在我面前他是個正人君子，但是我在他面前都是那個影子似的好女人，成熟、堅強，並且獨立，也就是說我跟他一起的時候是我的『負面』。所以我才會產生那種反感，而這於他是不利的，更是對眞實的一種愚弄。事實上在這個關係中他比我要強，這兩個一直伴隨著我們的無形的第三者就證明了這一點。」

此外還有一些副主題，例如艾拉的小說。他問她在寫什麼，她有些勉強地告訴了他，因為只要一談到她的寫作，他的語調中總會充斥起一種不信任感。她說：「這是一部關於自殺的小說。」

「那麼你對於自殺都知道些什麼？」

「一無所知。我只不過寫寫而已。」（她曾對茱麗亞說過辛辣的笑話，說珍・奧斯汀每當有人進屋時就會把她的小說稿藏到吸墨水紙下邊；又引斯湯達爾的名言說任何一個五十歲以下的女子若想寫作就得用假名。）

在接下來的幾天中他對她講了幾個有自殺傾向的病人的故事。她過了很久才明白他之所以講給她聽這些事是因爲他認爲她寫自殺這個主題還太幼稚太無知（並且她甚至也同意他的這個看法）。他這是在指點她，她於是開始在他面前避而不談她的寫作。她說她並不想做一個作家，她只想把這部作品寫出來，看看究竟會寫成什麼樣子。這種話對他是不起作用的，他似乎很快就在抱怨說她在利用他的專業知識做小說的素材了。

關於茱麗亞的主題。保羅不喜歡艾拉和茱麗亞的關係，他把她們看作是對他的一個聯盟，還總是用行動來嘲笑這種友誼中含有同性戀成分。對此艾拉也反唇相譏，如此說來你同男人的友誼也是同性戀關係了？可他卻說她毫無幽默感。起初艾拉本能地要爲保羅而犧牲掉同茱麗亞的友誼，但後來兩個女人間的關係卻出現了微妙的變化，變得對保羅充滿批評的意味，她們之間的對話往往理智而冷靜，充滿了一種尖銳的洞察力和對男人含蓄的批評，然而艾拉並不以爲這對保羅有何不忠，因爲她與茱麗亞間的對話屬於另一個全然不同的世界，而那個世界的理性與洞察與她對保羅的感情是互不相干的兩碼事。

此外還有艾拉對麥克爾的母愛的主題。她一直力圖使保羅成爲孩子的父親，但總是以失敗而告終。保羅則對她說：「將來你會對此釋然的，你會明白我是對的。」這話只能這麼理解：當我離開你的時候，你會對我沒有與你兒子建立起親密的感情而慶幸了。因此艾拉就只當是沒聽見了。

保羅對自己的職業持何態度的主題。在這一點上他是分裂的。一方面他對醫治病人這項工作是嚴肅而認眞的，另一方面他又會取笑他所使用的那些術語。他會十分細致入微地講述一個病人的故事，用的卻是富有感情色彩的文學語言。然後他又會用精神分析法把這同一件故事分析一下，讓人看到完全不同的一面。五分鐘以後，他又會用最機智詼諧的話嘲笑起適才的結論，而就在剛才這結論還是那麼地富有文學性和感情色彩。這是他性格的三個方面，文學的、心理分析的、還有一個則不相信任何一種自以爲是集大成的思想體系。而每一種性格顯露的時候，他都是認眞的，並期望艾拉能全盤接受，而且若是艾拉企圖把這幾種性格在他身上合而爲一，他會十分痛恨。

他們的共同生活慢慢地充滿了各種專用語彙以及符號。「布朗太太」代表著他的病人以及寫信給她求助的婦女。

「你的文學午餐。」是喻她不忠的專用語，有時說得比較幽默，有時則會比較嚴肅。

「你的關於自殺的論文。」指她的小說，這是他的看法。

還有一個用語，當他第一次說出來的時候，她還不知道它有多麼深刻地反映了他頭腦中的一種態度，儘管這個詞現在已變得越來越重要了。「我們倆都是推石頭者。」這是他看待自己的失敗時的用詞，指他竭力掙脫貧窮的背景，贏取獎學金、並進而獲得最高的醫學學位的奮鬥史。這一切都源於他夢想成爲一個科學家的雄心，但是他現在知道他永遠也不可能成爲那種天才科學家了。而造成這種人生缺憾的原因，部分正是由於他身上的優秀之處，他對窮人、沒受過教育的人和病人懷有一種不知疲倦的同情心。在他該去圖書館或實驗室深造的時候，他總是選擇了去幫助那些病弱的人。他現在再也不可能成爲一個發明者或具有開創性的探索者了，而是成了一個與中產階級以及醫學界官僚相對抗的人，他們總想關閉他的病室，把他的病人都管束起來。「你和我，艾拉，我們都是失敗者。我們用去了畢生的精力，目的只是想讓比我們稍稍笨一點的人們接受偉人們早就知曉的眞理。幾千年以前他們就知道了把病人單獨監禁起來只會令他的病情更糟，幾千年來他們都知道一個害怕地主和警察的窮人是奴隸。這些他們都早已懂得，我們也懂得。但是文明的英國大衆懂得嗎？不。這就是我們的任務，艾拉，是你的也是我的，要去告訴他們。因爲偉人們太偉大了，不可以去打擾他們，他們已在探索如何殖民於金星以及如何灌溉月球了，那才是我們這個時代最重要的事呢。而你和我就是推石頭的人，我們將終我們一生的以我們所有的精力和才智來把這塊巨石推上山頂。這塊石頭就是偉人們天生就懂得的眞理，而那座山則代表著人類的愚昧。我們推石頭。有時候我眞希望在我得到這份我如此渴望的工作之前就死了，我原以爲它是件富有創造性的工作呢。而我的時間都用來幹什麼了呢？我去告訴沙克利醫生，那個來自伯明翰、膽小如鼠的小個子男人，因爲不懂得如何去愛一個女人而只知欺侮他妻子的男人，我要他必須把醫院的門統統打開，不能把那些可憐的病人囚在陰暗的籠子似的病房裡，更不該讓他們穿著愚蠢的病號服齊刷刷地站成一排。我的日子就要這麼過，醫治那些由於社會的愚昧而造成的疾病……而你，艾拉，你告訴那些工人的妻子，若她們按照那些唯利是圖的商人爲賺錢而設計的時髦衣服打扮起來，也會變得跟她們的老闆一樣漂亮。你也告訴那些貧窮的婦女走出去，她們是每個人愚昧的奴隸，她們應該去參加某個社交團體或者養成有益身心的嗜好，好讓她們忘記她們得不到愛的事實。要是有益身心的嗜好不起作用，怎麼會起作用呢？最終她們就會找上我的門診部來……我眞希望我已經死了，艾拉。我寧願我死了。不，你當然不懂這些，我可以從你的臉上看出來你不懂……」

又是死亡。死亡從她的小說裡走出來，進入了她的生活。但這是以富有活力的形式表現的一種死亡，因爲這個人工作起來就像一個瘋子，心懷一種近乎狂怒的憐憫之情。這個口口聲聲說著想去死的人從來也沒停止過爲那些無助的人工作。

到此爲止，這篇小說似乎已經寫就，而我正在讀它。但是現在當我把它當作一個整體來看時，我又看到了另一個主題，這是我當初沒有想到的。這個主題就是天眞。從艾拉遇見保羅並愛上他的那一刻開始，從她用到愛這個詞開始，天眞就誕生了。

於是現在，當我回顧我與麥克爾的感情歷程時（我把我眞實的情人的名字用在了虛構的艾拉的兒子身上，因爲他們都有那種過分熱切的微笑，而這笑容正是精神分析師等待病人提供給他的證據，但病人自己認爲是與病情不相干的。）我最終看到的就是天眞。任何一個聰明人從這段感情的開始就能預見它的結局了。然而我，安娜，卻像艾拉和保羅那樣，執意視而不見。保羅給了那個天眞的艾拉生命，他摧毀了那個總是那麼有主見、懷疑而理性的艾拉，一次又一次地讓她的智性陷入沉睡中。然而這一切又都得到了她心甘情願的默許，於是她便在對他的愛和自己的天眞之中茫然無覺地飄浮著，這也正是同時誕生的忠誠的代名詞。只有到了保羅的自我懷疑毀了這個戀愛中的女人時，她才開始想她再也不能那麼天眞了。

而現在如果我再次爲一個男人所吸引，我便能估計出與他建立一種可能的關係後會達到什麼樣的深度，這種能力正是那個天眞的安娜在我身上創造出來的。

有時候當我，安娜，回首往事的時候，會不自禁地想要放聲大笑。那是在對單純有所認識以後的那種又是驚怕又是羨慕的笑，我再也不可能如當初一般地輕信了。我，安娜，絕不會去與保羅開始一段情感歷經。或者麥克爾。更確切地說，只有在明確一段戀情將發展成什麼樣子的前提下，我才會走進去。我會刻意地把它變得枯躁無味，它只能是一種有節制的情感。

艾拉在這五年中失去的正是這種天眞中所產生的力量。

這段感情的結束。儘管艾拉當時並未用這個詞，她是在以後才痛心地用到這個詞的。

艾拉頭一次意識到保羅在疏遠她是從發現他不再幫她處理信件開始。他說：「有什麼用呢？我整天在醫院裡處理布朗寡婦的來信，可我眞的幫不上什麼忙。我一會兒在這兒一會兒在那兒的幫著別人，而推石頭的人最終是毫無作用的。我們以爲自己在精神病學方面和慈善事業上幹了些什麼，其實不過就只是給些不必要的痛苦上點敷料而已。」

「你知道你對他們是有幫助的，保羅。」

「我總在想我們全都落伍了，現在還有哪個醫生會把他的病人的症狀看作是某種世界性疾病的表現呢？」

「如果你眞的像你說的那麼想的話，你也不會幹得這麼辛苦了吧。」

他遲疑了一會，然後說了下面這段話：「可是艾拉，你是我的情婦，不是我妻子。你憑什麼要我和你一塊分擔生活中所有嚴肅的事情呢？」

艾拉憤怒了。「每天晚上你睡在我的床上可是什麼都對我說的。我就是你的妻子。」話一出口她就意識到她等於是在說她是要跟他到底的，似乎她以前沒這麼說純粹是因爲害怕。他回報她以一絲被觸犯的笑，那正是一個告饒的表示。

艾拉完成了她的小說，並已有出版社接受。她知道這會是一部好小說，儘管並沒有什麼驚人的情節。如果她是讀者，她會說這是一部細微而眞實的小說。但是保羅看完以後便開始冷嘲熱諷了。

他說：「我看，我們男人最好別活了。」

她嚇了一跳，問道：「你這是什麼意思？」繼而她就笑了，因爲他說得那麼誇張，他是在學自己呢。

這時他不再裝模作樣，一臉嚴肅起來：「我親愛的艾拉，難道你不知道我們這個時代中最偉大的革命是什麼嗎？俄國革命，中國革命嗎——它們都不值一提。眞正的革命是女人革男人的命。」

「可是保羅，這種話對我毫無意義。」

「上星期我看了場電影。是我自己去看的，沒有帶你一塊兒去，那是一部適合男人獨自觀看的電影。」

「什麼電影？」

「你知道現在的女人沒有男人也可以生孩子嗎？」

「可爲什麼要那樣呵？」

「比方說可以把冷凍的受精卵置入婦女的子宮，她便能受孕了。人類繁衍從此不再非有男人不可。」

艾拉一下就笑了，而且也信了。「可哪個女人寧可不要男人而願意把這塊冰放入自己的子宮呢？」

保羅也笑了。「不管怎麼說，艾拉，言歸正傳，這是我們這個時代的一個標誌。」

艾拉聞言大叫：「我的上帝，保羅，在過去五年中你若要我生個孩子，我該有多高興呵。」他下意識地、受驚一般從她身邊後退了幾步。然後他陪著笑，小心翼翼地說：「可是，艾拉，這是一個原則問題。男人也不再非有不可了。」

「噢，原則，」艾拉道。「你眞是瘋了，我總說你是個瘋子。」

對此他頭腦清醒地說：「是呵，也許你說得對。你十分的正常，艾拉。你總這樣，你說我瘋了，我知道，我已越來越瘋狂了。有時候我十分不解他們幹嘛不把我關起來，而只想關我的病人。而你卻越來越正常了，這是你的力量所在。有一天你會讓人把冷凍的受精卵擱進你的子宮去的。」

聽到這兒她又叫起來，她是如此地受了傷害，再也不管自己會說出麼話來了：「你是瘋了。讓我告訴你我寧願去死也不會用那種方式要孩子的。難道你不知道自從我認識你以來就想要一個你的孩子嗎？因爲自有你以來，一切都變得令人高興，我……」她看到他的臉，本能地便否定掉自己剛出口的話。「好吧，這都算了。但是你現在這麼繞來繞去地說你是不必要的，那正是因爲你對我根本沒有誠意……」他的面部表情這時變得震驚而哀傷起來，但她正在氣頭上，根本顧不上他的反應。「你從沒明白過一件簡單的事。這件事是如此的普通而簡單，所以我不理解你怎麼會不明白。你總是事事如意，輕鬆又快活。這會兒卻又說把受精卵放到婦女的子宮裡去。受精卵，子宮，那都是什麼意思？好吧，要是你想把自己做人的臉都丟盡，那就去吧。我不在乎。」一聽到這兒他張開了雙臂，說：「艾拉，艾拉！到這兒來。」她走了過去，他把她摟進懷中。但是一會兒之後他又取笑她道：「你看，我是對的吧，一旦說到你願意接受的觀點，你就高興了，才不管我們死活呢。」

性。對於女人來說，描寫性的難處在於，當你不去仔細思考和分析它的時候，性才是最美好的。女人們總是有意迴避著性技巧的問題。一旦男人們談起性技巧，她們就會十分反感。這完全出於自衛的本能。她們想要維護的是與性同時發生的激情，因爲這對她們能否獲得性滿足是至關重要的。

性對於女人從實質上來說是情感性的。這已經被書寫過多少回了？但是就算是最敏銳、最聰明的男人也總會有這樣的時刻，當女人的目光越過兩性間的鴻溝向他望過來時，他卻不懂她目光中的含意，於是她頓時感到了孤獨，只想趕快忘掉這個時刻，因爲若不如此她就不得不陷入思考。有一次茱麗亞、我還有鮑勃一起坐在廚房裡閒聊。鮑勃在講一樁婚姻破裂的經過。他說：「問題就在性，那可憐的雜種，他那玩意兒就只有一根針那麼大。」茱麗亞則說：「我總認爲她不愛他。」鮑勃以爲她沒聽清自己的話：「不，他總是擔心得要命，他那玩意生得太小。」茱麗亞道：「可是她從沒愛過他，任何人都能從他們倆在一起的樣子看出來。」這回鮑勃有點不耐煩了：「這不是他們的錯，可憐的白痴，從一開始老天爺就在跟他們過不去。」茱麗亞：「這當然是她的錯。既然她不愛他，她就不該嫁給他。」鮑勃終於被她的遲鈍激怒了，開始作冗長的關於性技巧的闡述。而在他的整個講述過程中她只是看著我，吸氣，微笑，再聳聳肩。幾分鐘以後，在他還嘮叨個沒完的時候，她用一個惡作劇式的笑話打斷了他，讓他閉上了嘴。

而對於我，安娜來說，直到我坐下來開始寫的時候，才意識到這是一個値得注意的事實，因爲我從來也沒分析過我和麥克爾之間的性關係。然而五年來還是有一個極爲清晰的發展過程，在我的記憶中那就像是一張圖表上的一條曲線。

艾拉第一次和保羅做愛就肯定了自己是愛他的這個事實。而且她之所以能夠在當時就說出愛這個字，是因爲她在這第一次做愛中就達到性高潮。這是由男人對於一個女人的欲望以及他對於這種欲望的充分自信而創造的。

隨著時間的推移，他開始運用性技巧（我看著技巧這個男人不會使用的詞）。保羅開始依靠外在的動作來刺激她的陰蒂，以幫她獲致陰蒂的性高潮。她的確十分興奮。但是她對此總有一些不滿足。因爲她感覺到他之所以想這麼做，其實表明他在潛意識中還不想把自己完全交付給她。她感覺到他在不知曉或無意識的情形下（儘管他也許是有意識的）在害怕投入感情。陰道性高潮只可能是激情的產物，而不是其他。它讓人感覺到的只是激情，雖然表現出來的是暈眩感，但與激情也是一回事。陰道性高潮就是在一種朦朦朧朧的、隱密的暈眩中融化自己，這種融化感隨即擴展到全身，猶如捲入了一個熱乎乎的漩渦之中。而陰蒂的性高潮有幾種不同的類型，它們都比陰道所能獲得的高潮具有更強烈的快感（這是男性的用詞），可以有一千次令人發顫的感覺和暈眩感。但是女性眞正的性高潮只有一種，那就是在一個男人完全出於他的需要和欲望來要一個女人並渴望得到她的全部回應的時候。除此之外別的一切方式無異於妓女和流氓，這一點就連最沒有經驗的女人也本能地明白。艾拉在保羅之前從未體會過陰蒂的性高潮。她告訴他這一點的時候，他顯得很高興。「無論如何，至少在某些方面你還是個處女，艾拉。」但是當她告訴他，她在他之前從未經歷過「眞正的性高潮」時，她堅持對此種深度的快感這麼稱呼，這時他卻下意識地皺了皺眉，說道：「你知道著名的生理學家們曾說過女性沒有獲得陰道性高潮的生理基礎嗎？」「那他們就是一無所知了，是吧？」於是，慢慢地，他們做愛的重點從獲得眞正的性高潮轉至陰蒂的高潮，終於在某個時刻，艾拉突然意識到（並迅速避而不想）她再也得不到眞正的性高潮了，這情況正好發生在保羅離開她之前。簡而言之，在她的理智還不肯承認的時候，她已憑感性知道了事情的眞相。

也是在他們分手之前，保羅對她講了些事情（旣然他在床上更願意讓她獲得陰蒂的高潮），她聽罷也只聳了聳肩，把這當作是這個男人分裂性格的一個表現罷了，因爲他說時的口氣以及講述的方式都與她所了解的那個他自相矛盾。

「今天醫院裡發生了一件事，你聽了會覺得很有意思的。」他說。這時他倆正坐在黑暗中的汽車裡，車就停在茱麗亞的房前。她斜著身子靠著他，他則伸出一隻胳膊來摟著她。她可以感覺到他的身體笑得直發顫。「你知道，我們那家可敬的醫院每隔兩週要給員工舉辦些學術講座。昨天通知說布拉德羅特教授要給大家作關於雌天鵝興奮的報告。」艾拉下意識地移開了身子，他把她又扳回來，說：「我知道你會跑開。坐在那兒別動，好好聽我說。大廳座無虛席——這我不必說了。教授站了起來，他有六英呎三英吋高，站在那兒活像一條扭彎了的尺。他翹著短短的白鬍鬚說，他已最終證明雌天鵝不會產生性高潮。他將以這個很有價值的科學發現為基礎來簡短地討論一下女性自發性性高潮的大致情況。」艾拉大笑起來。「我知道你聽到這兒會笑的，可我還沒講完呢。值得注意的是他講到這兒的時候大廳裡出現了一陣騷動，人們紛紛站起來要退出會場。可敬的教授看上去十分惱火，說道他相信這個題目不會對任何人構成絲毫的冒犯。不管怎麼說，對人類性行為的深入研究，破除在性問題上的種種迷信，是世界上各大醫院都在進行的工作。但是人們依然在往外走。那麼到底是什麼人在退場呢？是所有的女人。大廳裡最初坐著約五十個男人，十五個女人。那些女醫生就像得了誰的指令一般一個接一個地站起來，走了出去。我們的教授非常尷尬，那把短短的鬍鬚全豎了起來，並說他十分驚訝他如此尊敬的女同事們竟變得這樣拘謹起來。但他仍是白費唾沫，他的眼前已看不到一位女性。於是我們的教授清了清嗓子，宣布說儘管女醫生們的態度令人遺憾，但他的報告仍將繼續下去。他於是講道，他個人以為，根據對於雌天鵝生理的研究，女人沒有獲得陰道性高潮的生理基礎……不，別動，艾拉。女人眞的具有不同凡響的預見性。坐在我旁邊的潘沃思醫生，他是五個孩子的父親，就對我耳語說眞是奇怪，教授的妻子是一位具有極強的公衆意識的女士，他丈夫的小型講座她歷來是不缺席的，但那天卻不知怎麼地沒來。聽了這話後我便做了一件背叛我性別的事，我也跟在一位女士的身後走出了大廳。所有的女人都消失了，眞是怪極了，即使在大廳外我也看不到一個女人。不過最後我終於在餐廳發現了我的老朋友斯坦芬妮，她在喝咖啡。我坐到她旁邊，她顯然對我十分疏遠。我說：『斯坦芬妮，為什麼你們全都不聽我們的大教授關於性的權威性報告呢？』她對我笑得極甜，笑容中充滿了敵意，說道：『可是我親愛的保羅，幾百年來任何女人對性的了解都比男人突然想來告訴她們的要多得多。』我足足花了半個小時的艱苦努力以及三杯咖啡才算讓我的老友斯坦芬妮恢復對我的好感。」說著他又笑起來，把她摟進懷中。然後他轉過頭來看著她的臉，說道：「好了，你別也對我怒目而視啊，只不過因爲我湊巧和教授是同性，我對斯坦芬妮也是這麼說的。」於是艾拉的怒氣煙消雲散，同他一塊兒笑起來，並且心想：今晚他會跟我走的。前些時候他幾乎夜夜跟她在一起，現在才改爲每週回家兩三次的。他顯然是突然想到了什麼似地說：「艾拉，你是我所認識的最少嫉妒心的女人。」說者無意，聽者有心，艾拉的脊梁上不自禁地滲出一層寒意，接著自衛的本能又開始發生作用，就好像什麼也不曾聽見似地問：「今晚你跟我上去嗎？」他道：「我本來決定不上去了，不過要眞是這樣我也就不會坐在這兒了，你說是不是？」他們手牽著手上了樓。他突然道：「我不知道你和斯坦芬妮會處得怎樣？」她覺得他看她的眼神有點奇怪，像是在試探什麼似的，於是她又感到一陣輕微的驚慌，想到這些天他好幾次談到斯坦芬妮，會不會……然後她的思路又模糊了，說道：「我做了晚飯，你想吃點嗎？」

吃飯的時候他又打量著她說：「你還眞是個好廚師呢。要我怎麼報答你呢，艾拉？」

「你現在做的不就是報答了嗎？」她說。

他在觀察她。臉上是她現在常常見到的那種絕望兮兮的幽默表情。「而且我從來也沒有改變你的哪怕一絲一毫，甚至包括你的衣著或者髮式在內。」

這是他們之間常有的分歧。他總愛這樣或那樣地擺弄她的頭髮，又要在她的衣服上弄出某種線條來，搞成不同的樣式，總是說：「艾拉，你幹嘛老把自己打扮得跟個一本正經的女教師似的呢？天曉得你一點也不像那個樣子。」他會給她帶來一條胸口開得很低的上衣，或者就讓她看商店櫥窗裡的某件衣服，對她說：「你幹嘛不買一件這樣的衣服穿？」

但是艾拉仍然把一頭黑髮往腦後一紮，並且拒不接受他喜歡的那類引人注目的衣服。心裡邊則在琢磨著：他現在就在埋怨我對他還有不滿足的地方，想去找別的男人了；如果我開始穿性感的服裝他又會怎麼想？要是我把自己打扮得那麼招搖，他一定會難以忍受的。現在情況就夠糟的了。

有一回她曾笑他說：「可是保羅，還記得你給我拿來的那條紅色上衣嗎，胸口低得都能露出半截乳房來。可當我穿上它，你卻跟進房間，直接過來就給我把上面的扣子全扣上了，你完全是下意識地。」

今晚，他走到她跟前，解開了她的髮來，讓她的頭髮披散下來。他緊緊地盯著她的臉，眉頭緊皺，邊取笑著她前額的劉海，邊把她的頭髮推到頸後去，想整出什麼髮式來。她聽憑他擺布著，在他溫暖的雙手下她十分安然，並衝他微笑著。突然間她腦中閃過一個念頭：他是在拿我和什麼人作比較吧？他根本就不是在看我。想到這兒她迅速從他旁邊挪開了，只聽他在說：「艾拉，只要你好好打扮一下，眞的可以成爲一個美麗的女人。」

她回道：「這麼說你一直就沒覺得我漂亮過？」

他哼了幾聲，又忍不住笑了笑，便把她按到了床上。「當然不是。」他說。「那就好。」她微笑著，很有自信。

就在那天晚上他近乎不動聲色地告訴她，他得到了一份在尼日的工作，而他正考慮前往。艾拉聽他說著，但又聽得心不在焉，那是因爲他口氣的漫不經心。然後她才感覺到胃裡一陣痙攣，並意識到有什麼決定性的事情要發生了。她又想到：「對了，這麼一來一切就都迎刃而解了，我可以跟他一起去，這兒沒什麼值得我留戀的，麥克爾在那兒也能找到學校念書。所以我還有什麼可留戀的？」

事實也是如此。躺在黑暗中，枕著保羅的胳臂，她想到這幾年來這雙手已慢慢地把別的所有的人都拒出了門外。她很少出門，因爲她不喜歡獨自外出，再者她很早就知道了如果兩人一同出現在公共場合，只意味著更多不必要的麻煩。此外，這要嘛會讓保羅生出嫉妒心，要嘛他也會說他在她那幫文學界的朋友中顯得格格不入。對此艾拉總說：「他們不是朋友，不過是熟人罷了。」除了兒子、保羅、茱麗亞這三個人以外，她跟任何人都沒有太深的交往。茱麗亞會一直是她的朋友，那是一種可以持續一生的友誼。因此她開口道：「我能和你一起去嗎？」他遲疑著，繼而才笑著說：「你難道願意放棄你在倫敦那些激動人心的文學活動嗎？」她說他實在是不可理喻，心中則開始盤算起去尼日的計劃。

有一天她跟她一塊去了他家。他的妻子領著孩子度假去了。那天晚上他們一起看了場電影，散場後他說想回家去換件乾淨襯衣。他把車停在了一座不大的房子外面，在通往謝普德林北部的這片郊外，有一整排這種式樣的房子。走進整潔的花園，便見小路旁散亂地扔著孩子們的玩具。

「我一直對繆蕾爾說要管好孩子，」他不滿地嘀咕著，「他們眞不該把東西到處亂扔成這個樣子。」

這一刻她才意識到這是他的家。

「算了，就進來待一會兒吧。」他說。她不想進屋，但還是跟他走了進去。門廳糊的是那種常見的花紋壁紙，地上鋪了一塊漂亮的長條地毯，放著一個暗色的餐具櫃，不知是什麼原因，它給了艾拉一種舒適感。起居室的布置是另一時代的風格，光壁紙就有三種不同的花色，並且與窗簾和椅墊也不相配，顯然都是剛糊上去的，就好像要開一個展示會似的，整個房間的調子顯得沉悶了點。艾拉隨保羅走進廚房去找他的乾淨襯衫，這時他又忽然想起要再找一本醫學雜誌。廚房顯然是使用率極高的地方，顯得破舊不堪，但有一面牆貼著紅色的壁紙，看來也在裝修之中。廚房的桌子上堆著十幾册《家庭婦女》雜誌，艾拉覺得像是當頭挨了一悶棍，但她又對自己說既然她也在爲這本庸俗無聊的刊物賣命，又有什麼權利去對閱讀這種雜誌的人嗤之以鼻呢？她又對自己說其實幾乎沒有人是眞正喜歡自己所做的工作的，每一個人似乎都是不得已而爲之，或者帶點兒玩世不恭，或者三心二意，因此自己的情形也未必比別人更糟。但是這麼想也並沒讓她覺得有多少寬慰。廚房的一角有一台小電視機，於是她又開始想像著那做妻子的一晚又一晚地坐在那兒，或翻著《家庭婦女》或看著電視，一邊側耳傾聽著樓上孩子們的動靜。保羅看她還站在那兒，邊用手指擺弄著那些雜誌邊打量著屋子，便用她聽慣了的那種冷冷的幽默語調說：「這是她的天下，艾拉。她愛怎麼弄就怎麼弄了。這也是我能爲她做的最起碼的事了。」

「不錯，是最起碼的了。」「是的。現在該到樓上去看看了。」說著保羅離開廚房往樓上走去，邊回頭說著：「上來吧，啊？」她納悶著：他想讓我看看他的房間以證明什麼嗎？還是爲了要告訴我什麼事？難道他不知道我討厭來這兒？

但她又一次順從地跟他上了樓，走進他的臥室。這個房間與別的又有不同，並且顯然一直是老樣子。房間裡擺著一對相同的床，中間是一個乾乾淨淨的小床頭櫃，上面擺有一個大相框，裡面是保羅的相片。家具是爵士年代的，總有二、三十年的歷史了。地板上漆的是綠色、橙色和黑色相間的斑馬紋，讓人眼花撩亂。保羅在床頭櫃上找到了他的雜誌，便準備離開了。這時艾拉說：「這幾天中我會收到一封威斯特大夫交給我的信。上面寫著：『親愛的艾爾索普大夫，請告訴我該怎麼辦。最近我晚上無法入睡，每晚上床前我都喝牛奶以便讓精神鬆弛下來，可是無濟於事。請給我出點主意。繆蕾爾・塔那。又及，我忘了說了，我丈夫每天都是很早就把我弄醒了，大約六點左右吧，他總要在醫院工作到這麼晚才回家。有時他整星期都不回來，我的情緒十分低落。這種情況到現在已經有五年了。』」

保羅聽她說著，臉上的表現嚴峻而悲哀。「這對於你早已不是秘密了，」他最後說，「我的確不是一個可以自豪的好丈夫。」

「看在上帝的份上，你爲什麼不結束這一切呢？」

「什麼？」他大聲道，差不多要笑出聲來，他又顯出了那副無賴相，「你說什麼！讓我拋棄這可憐的女人和兩個孩子嗎？」

「她可以爲自己找一個愛護她的男人，別對我說你會因此而吃醋，你當然並不希望看到她的生活是這個樣子吧？」

他很嚴肅地回答道：「我告訴過你，她是一個頭腦十分簡單的女人。你總以爲別人都像你這樣，可她們不是。她喜歡看電視，翻《家庭婦女》雜誌，喜歡不辭辛苦地往牆上糊壁紙。而且她是個好母親。」

「並且她對沒有男人也並不介意？」

「說不定她也很在意，我從沒問過。」說著他又笑起來。

「噢對了，我是不知道！」艾拉說，徹底地沒了情緒。她跟他走下樓來，如釋重負地離開了這座讓她很不舒服的小樓，如同逃出了一個陷阱。當她的視線順著這條路望過去的時候，不由得想也許他們都是一樣的，都已支離破碎，不再完整，這就是生活，就是整個人生；或者，就這件事來說，指一個家庭。他們驅車離去時保羅道：「你所不喜歡的只是繆蕾爾這麼過著還可能挺快樂。」

「她怎麼可能快樂呢？」

「我以前問過她是否願意離開我，她可以回到她父母身邊去，只要她願意。她說不。另外，她還說要是沒有我的話，她會不知所措的。」

「上帝！」艾拉道，感到厭惡而害怕。

「眞的，我就像個父親，她完全依賴我。」

「可是她都見不到你。」

「如果我不是那麼能幹的話，我對她來說就什麼也不是了，」他說，「我在家裡什麼都幹。修暖氣、交電費，知道上哪兒能買到便宜的地毯，如何處理孩子們學校裡的事。所有的事。」見她沒吭聲，他又說：「我以前就說過，你是個勢利眼，艾拉。你無法忍受也許這正是她喜歡的生活這個事實。」

「我是不能忍受，而且我也不信，世上沒有一個女人願意過沒有愛的生活。」

「你可眞是個十足的完美主義者，你也是個絕對論者。你衡量任何事物都以你頭腦中的某個理想的標準，只要它不符合你的想像，你就會毫不容情地譴責它。要不然你就騙自己說那是美好的，即便根本不是。」

艾拉尋思著：他分明是在說我們倆的關係。保羅還在往下說：「比如，繆蕾爾可能恰恰會這麼說你：她怎麼能容忍做我丈夫的情婦呢？那有什麼安全感可言？而且也不光采。」

「噢，安全感。」

「對，就是這麼回事。你會輕蔑地說，噢，安全感！噢，不光采！可是繆蕾爾不會這樣！它們對她來說至關重要，對大多數人來說都是如此。」

艾拉突然發現他的聲音是憤怒的，甚至是受傷的樣子。她突然發現此時此刻他同他妻子是一致的（儘管當他和艾拉在一起的時候，他所有的喜好都與現在不同），那麼，安全感和體面對他來說也重要起來了嗎？她沉默著，陷入了沉思：如果他眞的喜歡那樣的生活，或者至少他也需要，那就可以解釋爲什麼他總是對我不滿意。在他那位正經而體面的小妻子的另一邊是漂亮、快樂而性感的情婦。也許他就喜歡我對他不忠並且穿那種輕佻的服裝。可我偏不。我就是這個樣子，他就算不喜歡，也得忍著。

後來就在同一天晚上，他笑著但又挑釁一般地說：「這對你有好處，艾拉，你得學會跟別的女人一樣。」

「你指什麼？」

「在家裡守著，做一個妻子，要防止你的男人被別的女人勾跑，而不是按你自己的喜好去擁有情人。」

「噢，那不正是你現在的身分嗎？」她反唇相譏。「可是你爲什麼要把婚姻看作是一場戰役呢？我可不這麼看。」

「你不嗎！」這回他譏笑起她來。停了一會兒他說：「你不是剛寫了一部關於自殺的小說嗎？」

「跟它又有什麼關係？」

「所有那些理性的洞察……」他克制著沒再說下去，而是看著她，帶著悲哀而不滿的表情，更確切說，艾拉想，是譴責的表情。他們已經到了她樓上的小房間，孩子隔壁睡著，她做的晚餐就擱在他們之間的一張矮桌上，這時已剩了殘杯剩羹，同樣的場面不知已有過多少回。他用兩根手指夾起一杯葡萄酒來，痛苦地說：「如果沒有你，我都不知道這幾個月該怎麼過來。」「那幾個月裡發生了什麼特別的事嗎？」「什麼也沒發生。問題就在這兒，就這樣日復一日地過。好了，到尼日我就不必去修補舊創，也不用給一隻癩皮獅子療傷了。這就是我在此地的工作，沒完沒了地往一頭年邁的動物身上敷膏藥，讓它恢復健康。到了非洲我至少可以幹點新的事情，並有所收穫。」

他走得很突然，至少對艾拉，簡直就是出其不意。他們還在談著這件彷彿是將來的事情，這時他卻突然跑來說次日就要動身了。她要和他同行的計劃只得擱淺，要等他先去搞清那邊的情況再定。她送他去的機場，就好像過幾個星期她就又會再見到他似的。他和她吻別，走向檢票口，又回過身來傷感地朝她點點頭，臉上還擠出一絲笑意，他整個身體都呈現出一副痛苦的怪模樣。突然，艾拉的眼淚奪眶而出，她在莫名的失落中冷入骨髓。之後的好多天她都無法止住哭泣，無法阻止那股令她不住顫抖的寒意。她給他寫信，並且做著前往尼日的計劃，但是那個心中的陰影卻在日益地加深，直至把她吞噬。他回過一封信，說現在還不能確定她和麥克爾能否一同過去的事。此後便渺無音訊了。

有一天下午，她正和威斯特大夫像往常那樣在一起處理一堆信件，他突然說：「我昨天收到一封保羅・塔那的信。」

「是嗎？」據她所知，威斯特大夫並不知道她和保羅的關係。

「他好像挺喜歡那地方的，所以我估計他會把家人也都接過去。」他仔細地把一些信件一起放進他自己的文件夾中，接著說道：「我猜他走得正是時候。他告訴我那會兒他正和一個風騷娘兒們黏在一起，看起來陷得還挺深。聽他說起來，那女人給我的印象可不是太好。」

艾拉竭力使自己保持呼吸正常，察看了一下威斯特大夫的臉色，確認這不過是朋友間的閒聊，而絕沒有傷害她的意思。她打開一封他交給她的信，開頭是：「親愛的艾爾索普大夫，我寫信給您是想請教一下我的小兒子夜間夢遊的事……」便說：「威斯特大夫，這應該屬於您的管轄範圍吧？」在他們一起工作的這些年中，這種友好的爭執一直在繼續，從無改變。「不，艾拉，不是。一個小孩子夜遊吃我開的藥是無濟於事的，並且要是我這麼做了，第一個來責備我的就是你。告訴那位母親到診所去，你可以含蓄地告訴她，這或許是她的而不是孩子的問題。算了吧，我又不需要告訴你該怎麼說。」他又拿起另一封信說道：「我告訴塔那離開英國越久越好，這種事總是不那麼容易擺脫的。那個年輕女人纏著要他娶她，實際是一位不算太年輕的女人，問題也就在此，我估計她是厭倦了放蕩的生活，想要安定下來。」

艾拉控制著自己盡量不去想這場談話，直到兩人一起把所有信件處理完畢。最後她認定：我眞是太天眞了，他一定在醫院與斯坦芬妮勾搭上了。至少他除了斯坦芬妮外沒談起過別人，他總是在說她。可是他從沒用那種調子說過她呵，「風騷娘兒們」，不，那是威斯特的語言，他們才說這種髒話，什麼風騷娘兒們厭倦了放蕩的生活。這些可敬的中產階級人士眞的都是一丘之貉。

與此同時她又深感沮喪。自保羅走後她一直掙扎著想把心中的陰影驅逐出去，但此刻這陰影又把她完全吞沒了。她想到保羅的妻子，當初保羅對她失去興趣的時候，她一定也有過這樣的感覺，這種被徹底拋棄的感覺。好吧，不管怎麼說，她，艾拉，還有過這樣的優勢，笨到不會去想保羅在和斯坦芬妮發生關係。可是也許繆蕾爾也選擇做了個笨蛋，寧可相信保羅把那麼多個夜晚都花在了醫院的工作上？

艾拉做了個十分不快而亂糟糟的夢。她住在那棟簡陋的小樓裡，裡面的每個小房間都是不一致的。她成了保羅的妻子，而她只有拚命依靠意志的力量才使這棟樓不致因爲各個房間的相互排斥而分崩離析，變成碎片向各個方向飛去。她打定主意要把整座房子重新裝修一下，只用一種風格，她的風格。但是只要她一掛上新的窗簾或者一粉刷出一間屋子，就又成了繆蕾爾房間的樣子。艾拉在這座房子裡猶如一個幽靈，她意識到只要繆蕾爾的精神還在，這些房間就會以某種方式緊緊結合在一起，它們中的每一間都屬於一個不同的時代，有一種不同的精神，根本無可改變。艾拉還看見自己站在廚房裡，手放在那一落《家庭婦女》雜誌上，她就是一個「風騷娘兒們」的模樣（彷彿聽到威斯特大夫在說這個詞），她穿了件色彩斑斕的緊身裙，上著一件貼身針織胸衣，時髦的髮式。並且艾拉意識到繆蕾爾根本不在，她去尼日和保羅相會去了，而艾拉卻在那兒等保羅回來。

艾拉是從夢中哭醒的。猛然間她恍然大悟，保羅爲什麼要走，爲什麼要不惜一切代價地前往尼日，都是爲了要擺脫一個女人，這個女人就是她自己，她就是那個風騷娘兒們。

她同時也明白了，威斯特大夫是有意說給她聽的，也許是因爲保羅信中的隻言片語讓他猜到了是誰。威斯特大夫的目的自然是爲了發出一個警告，爲的是要維護他們那個高尚階層的一個成員。

奇怪的是，這個打擊竟也衝破了無形中已壓在她心頭好幾個月的陰霾，至少有那麼一刻，她有如解脫一般，但是緊跟著又轉回到一種苦澀而憤懣的蔑視情緒中。她告訴茱麗亞，保羅「拋棄了」她，還有她一直是一個大傻瓜，竟然從沒看出這一點來（茱麗亞的沉默表明她完全同意艾拉的看法）。最後她說她並不打算坐在那兒哭天搶地。

她早已在潛意識中設計好了，並且出門去給自己買了幾套衣服回來，直到這一刻她還不知道自己在做些什麼。這幾件衣服並不是保羅一直催促她買的那種「性感」服裝，但也不同於她以前的穿衣風格，穿上它們她簡直就換了個人，顯得冷酷、從容而淡漠，至少她自己這麼認爲。她還把頭髮也剪了，換了一種柔軟而富有挑逗性的髮型，襯托著她那張稜角分明的小臉。她還決定從茱麗亞的房子裡搬出去，這是她和保羅一起住過的房子，繼續住在那裡是她無法忍受的。

她極爲冷靜、清醒而有效率地給自己找到了一套新公寓並搬了進去。這是一個大套房，對孩子和她兩個人來說顯然太大了。她只是在搬進去以後才明白那多餘空間是爲了一個男人預備的。實際上，就是爲保羅準備的。並且她仍然按著他要回來的樣子過著，毫無改變。

後來很偶然的一個機會，她聽說保羅已回來兩星期了，他是回英國來搬家的。聽到這消息後的那個晚上，她發現自己穿戴得整整齊齊並且化好了妝，頭髮也仔細做過了，她站在窗前守望著大街，等待他出現。她一直等到午夜以後，思忖著：他在醫院的工作很容易就可以讓他拖到這麼晚，而我也不能太早上床，因爲他一看到燈熄了就不上來了，因爲他會擔心吵醒我的。

她站在那兒，一夜又一夜。她都可以看到自己站在那兒的模樣，就對自己說：這就是瘋狂，這就是瘋了。瘋了就是你無法阻止自己做某件你明知不可理喻的事情，因爲你明知保羅不會來。然而她依然穿戴齊整地守候在窗前，一站就是幾個小時，夜夜如此。並且當她站在那兒的時候，她可以看到自己一直以來的瘋狂行徑是怎樣地在重演。正是這種瘋狂使她明明知道結果卻仍視若無睹，她曾在那種天眞的自欺中如何貪享著快樂；也正是這種愚不可及的忠誠和天眞使得她就這麼理所當然地站到了窗前，等待著一個她十分清楚再也不會回到她身邊來的男人。

又過了幾個星期後，她從威斯特大夫那兒得知保羅又回尼日去了。她當然表現得十分鎭靜，儘管她在怨恨中又暗暗地有些幸災樂禍。「他妻子沒跟他一起去，」威斯特大夫說，「她不願意離鄉背井，顯然她在這兒過得很好。」

寫這個故事的困難之處在於它是通過分析導致保羅和艾拉的關係破裂的內在規律來寫的。我想不出別的寫法。當一個人經歷了某種生活以後，就等於進入了某個格局。一樁情事也是有格局的，就算是一段持續了五年之久、已然有如婚姻一般穩固的感情，也可以從它的格局中看出它將以它的方式結束。這也就是這樣寫顯得不眞實的原因。因爲當一個人身處其中的時候，是想不了那麼淸楚的。

假設我換一種方式來寫這個故事：只寫兩天。每一個細節都淸淸楚楚的兩天。一天是戀情的發端，另一天就是結束。情況又會怎樣？不行。因爲我仍然會下意識地把導致毀滅的因素分離出來並著重加以敍述，只有這樣整個事件才會具體起來，而不致陷入一片混亂。因爲單獨提出這兩天，意味著略去了中間的好幾個月，乃至好幾年，這樣是無從看到籠罩在他們心頭的陰影的，只能記錄下一些簡單的幸福瞬間，也許在中間襯上一兩個不和諧的時刻而已。對於一個不可避免的結束來說，這實際上只是一些表面性的東西，眞正的內因卻無從體現，因爲快樂已經把具體的細節全部掩蓋了。

文學就是事後的分析。

另外那篇關於瑪肖庇的文字，其風格就是懷舊的。這篇關於保羅和艾拉的故事卻沒有懷舊感，而是一篇關於某種痛苦的文字。

要寫一個女人愛一個男人，就得描寫她爲他做飯，替他啓開一瓶餐前紅酒，同時焦急地等待他按響門鈴的一刻。或者寫她淸晨醒來，看著他熟睡中安詳的面容，然後，在醒轉來後露出對她的笑。是的，就是這樣，儘管這樣的描寫也許已經重複了成千上萬次。但那不是文學。或許當它是電影鏡頭更恰當些。不錯，這都是實實在在的生活場景，也就是生活本身，但不是事後的分析，也不是那些不合諧音或者有預兆的時刻。電影的一個鏡頭：艾拉緩緩地在剝一個橙子，遞給保羅黃色的果肉，他接過，一瓣又一瓣，臉上是若有所思的神情，蹙著眉頭；他另有心事。

♠〔藍色筆記是用這樣一句話開頭的：〕

「托米似乎要指責他母親。」

〔接下來安娜寫道：〕

托米和莫莉間發生了那一幕後我走上樓，即刻把它寫成了一個短篇小說。這麼做讓我自己嚇了一跳，把所有的事情都變成虛構的小說，一定是一種對現實的迴避。爲什麼不直接記錄下今天在莫莉和她兒子間發生的事呢？爲什麼我從不直接敍述發生的事情？爲什麼我不寫一本日記呢？顯然，我想把任何事情都寫成小說，僅僅是我隱藏自己內心某些東西的一種方式。今天的情況再明顯不過了：坐在那兒聽莫莉和托米吵架，被搞得心煩意亂，然後便直接上樓開始寫一個故事，甚至都無需構思。我得寫一本日記了。

一九五〇年一月七日

托米這個星期就滿十七了。莫莉從沒對他施加過任何壓力要他決定自己未來的發展方向。事實上，最近她還告訴他別再爲此費神，並要他去法國待上幾週以「開拓一下視野」（當她用到這個詞時激怒了他）。今天他走進廚房就是來吵架的，這點他一進來我和莫莉就都感覺到了。他對莫莉的敵對情緒已持續一段時間了，那是從他第一次去了父親家以後開始的(當時我們並未意識到那次去訪對他的影響深刻到什麼程度)。正是從那時起他開始批評他母親是一個共產黨員和「波西米亞人」。莫莉一笑置之，說到那些有錢有地產的中上層階級紳士們的鄉村別墅去看一看是很有趣，但是他不必非過那種生活不可才是萬幸。幾星期後他去了第二次，回來後他對他母親更過分地彬彬有禮起來，而且充滿敵意。到了這一步我只好干預了，對他講了莫莉和他父親的歷史那整個又臭又長的故事。因爲以莫莉的驕傲是不屑爲之的——關於他爲了要她回到他身邊，如何從經濟上威脅她，然後又威脅說要告訴她的老闆她是個共黨分子，等等，這樣她就可能失業。托米起初不相信我說的一切。在他剛剛度過的整個週末中，沒有人能比理查德更有魅力了，我應該想到這一點。過後他倒是信了，但也於事無補。莫莉提議他暑假應該上他父親那兒去過，以便(就像她對我說的)那種誘惑力有時間慢慢消失。他去了，一去就是一個半月。鄉間別墅，富有吸引力的家庭主婦，三個可愛的小男孩，理查德週末回到家來，帶來生意上的朋友，等等，還有當地的富紳。莫莉的藥方應驗如神，托米回來後稱「那些週末實在太長了」。莫莉喜形於色。但是她高興得太早了。今天的爭吵就像戲劇裡面的一幕。他進來的目的表面上是爲了說說服兵役與否的事，他顯然期待著莫莉說他該拒服兵役。莫莉當然也想讓他這樣，但她只說這事取決於他。於是他開始就他應該去服兵役這件事爭論起來。他的話鋒慢慢轉向攻擊起她的生活方式來，包括她的政治觀點、她的朋友，總之她的一切。他們各據桌子的一角坐著，托米那張倔強而強抑著火氣的黝黑臉正對著她，她則隨隨便便地坐在那兒，她的一半注意力在正做著的飯菜上，並且還時不時地要衝過去接電話，多半是一些黨務方面的事，她每接一個電話，他便富有耐心而怒氣沖沖地等著，直到她返回。在這漫長的爭辯快要結束的時候，他已在說的過程中決定了要拒服兵役，這時他對她的攻擊開始聯繫到蘇聯的軍國主義上。之後他上了樓，好像做爲剛才那一幕的自然結果似地宣布，他打算早早就結婚並要擁有一個大家庭，莫莉這時才頹然癱在椅子上，開始哭了起來。我上樓去給詹妮特送午餐。但是腦中一片混亂，因爲莫莉和理查德讓我想起詹妮特的父親，而就我所知的一切都表明這只能是一種神經過敏而愚蠢的聯想，毫無必要。再多的重複「我孩子的父親」這類話也不能使我對它的反感稍有緩解。某一天詹妮特會說：「我母親和我父親結婚只一年就離婚了。」當她長大一些，等我告訴了她事實的眞相後，她便會這麼說：「我母親和我父親同居了三年，然後他們決定想要個孩子便結了婚，這樣我就不至於是私生的，然後他們就離婚了。」但是這些話與我感覺到的眞實情況是對不上號的。每當我想到麥克斯，我就會被無助感壓倒。我記得這種無助感曾促使我寫過他（〈黑色筆記〉的威利）。但是孩子一出生，這樁愚蠢而空洞的婚姻似乎就蕩然無存了。我記得當我第一眼看到詹妮特的時候腦中在想：什麼愛情、婚姻、幸福等等，都見他的鬼去吧！算得了什麼！多可愛的寶寶呵。然而詹妮特不會懂得這些。托米也不會。假如托米有一天理解了這種感覺，他也就不會再去恨他母親離開他父親了。我似乎記得我在詹妮特出生之前開始寫過一段日記的，我得找找看。是了，我還約略記得開頭是這樣的。

一九四六年十月九日

昨晚我下班後回到這個糟透了的旅館房間。麥克斯一聲不響地躺在床上。我坐在長沙發上。他走過來，把頭擱到我的大腿上，雙手圍住我的腰。我可以感覺到他內心的絕望。他說：「安娜，我們之間無話可說，爲什麼會這樣？」「因爲我們不是同一類人。」「那是什麼意思？同一類人？」他慢吞吞地吐出每一個字，語氣中注入了一種不自覺的嘲弄，那是一種努力做出來的自衛式的譏諷語調，我只覺得周身發冷，心想也許那也並沒有什麼特別的意思，但我仍要堅持到底，便說：「可是同一類人一定是有某種意味的。」然後他道：「上床來吧。」在床上他把手放到我的乳房上，我突然極其反感，便說：「那有什麼用呢？我們彼此都不合適，並且也從來沒合適過。」於是我們睡了。將近天明的時候，隔壁的那對年輕夫婦開始做愛。旅館的牆壁很薄，而且一點也不隔音，我們便聽得一清二楚，這使我很不快。我還從沒這麼不高興過。麥克斯也醒了，問道：「怎麼了？」我說：「你看，快樂並不是不可能的，可咱倆卻得忍著他們。」天很熱，太陽升了起來，隔壁那對夫婦正在嘻笑。牆上映著一塊淡淡的、暖暖的淺紅色陽光。麥克斯躺在我旁邊，他的身體很熱，讓人討厭。外面傳來一陣響過一陣的鳥啼，然後太陽就炙熱了起來，鳥心也偃旗息鼓了。突然，牠們又發出了尖銳而嘈雜的叫聲，亢奮地持續了有一分鐘，然後重歸於寂靜。那對夫婦在說著話，嘻嘻哈哈地樂，然後他們的寶寶醒了，開始啼哭。麥克斯說：「或許我們該有個孩子？」我說：「你是說孩子可以把我們揑在一起嗎？」我是在煩躁之下說出這話的，說完便開始恨自己，但是他的多愁善感也確實感染到了我。他的表情很固執，重複道：「我們該有個孩子了。」然後我忽然想到：爲什麼不呢？幾個月之內我們還無法離開殖民地，我們沒有錢。那就生個孩子吧——我總是生活在將來，好像那時就會有什麼好事發生了。那麼現在就讓它變成現實吧……於是我朝他轉過身來，我們開始做愛。就在那天早晨我懷上了詹妮特。我們在之後的那個星期去登記處辦理了結婚手續。一年以後，我們分了手。但是這個男人從來也沒有眞正地讓我動心過，更沒有眞正地與我親近過。但是卻有了詹妮特……我想我該去看心理醫生了。

一九五〇年一月十日

今天去見了精神分析學家馬克斯夫人。一番寒暄之後，她問：「你來是什麼事？」我說：「我經歷了一些本應讓我很有觸動的事，但我卻無動於衷。」她還在等著我說下去，於是我又說：「比如我的朋友莫莉的兒子，上星期他決定拒服兵役，但是他完全也可能做一個相反的決定。我自己也有過這種情況。」「什麼情況？」「我觀察著人們——他們總在決定這樣或那樣。但是這就像是一種舞蹈——他們完全有同樣的可能做相反的事。」她躊躇了一會兒，然後又問：「你寫過一部小說，是吧？」「是的。」「你又寫另一部了嗎？」「沒有，我不會再寫了。」她點點頭。我知道她點頭是什麼意思，於是我說：「我來這兒並不是因爲我受困於那種作家的障礙。」她又點了點，然後我說：「你應該相信這一點，假如……」這停頓是尷尬的也是帶有挑釁意味，並且我知道我臉上掛著的微笑也是挑釁的，「……假如我們的談話要繼續下去的話。」她面無表情地笑了笑，然後說：「爲什麼你不再寫一部小說？」「因爲我不再相信藝術了。」「這麼說你不相信藝術？」——這幾個詞是逐字吐出來的，似乎是要提交給我審查一遍似的。「不信了。」「是這樣。」

一九五〇年一月十四日

我做了許多夢。夢境：我在一個音樂廳。有一個身穿晚禮服、玩偶一般的聽衆。一架巨大的鋼琴。我自己則很可笑地穿了件愛德華時代的緞子華裙，戴著一串珍珠項鍊，活像瑪麗皇后一般地坐在鋼琴前。我一個音也不會彈，那個聽衆就等著。這個夢是在模仿著某個場景，比如戲劇中的一幕或者一幅古老的插圖。我對馬克斯夫人說了這個夢，她問我：「這個夢是關於什麼的？」我答：「它象徵著缺乏感受力。」她於是遞給我一個慧詰的微笑，這笑容在我們的這一類談話中總在起著樂隊指揮手中的指揮棒那樣的作用。夢境：中非的戰爭時期。在一個廉價的舞廳。人人都喝得醉醺醺的，跳著貼面舞。我在舞池邊上等著，一個長著一張沒有鬍鬚的娃娃臉的男人靠近了我，我認出是麥克斯（但是他身上有一種我在筆記本中寫到的威利那種文質彬彬的氣質）。我投入這個娃娃臉男人的懷抱，但我的身體猶如凍僵一般，一步也挪不動。這個夢同樣的有一種怪誕的感覺，有如一幅漫畫。馬克斯夫人說：「這個夢又是關於什麼的？」「一樣，也是缺乏感受力——我對麥克斯性冷感。」「所以你是害怕性冷感的感覺？」「不，因爲他是唯一一個讓我性冷感的男人。」她點頭。突然間我開始擔心起來：我會再度性冷感嗎？

一九五〇年一月十九日

今天早上我待在自己那間緊挨天花板的屋子裡。一個嬰兒的笑聲穿過牆縫傳到我耳裡。我不禁想起非洲的那個旅館房間，那嬰兒總會在清晨啼哭著把我們吵醒，然後是給他餵奶，飽了後他便開始咯咯地笑著，發出快樂的呀呀聲，這時他的父母便做起愛來。詹妮特坐在地板上搭她的積木。昨晚麥克爾讓我和他一塊開車出去兜風。我說不行因爲莫莉要出門，我不能把詹妮特一個人留在屋子裡。他嘲弄地說：「好吧，母愛總是排在情愛之前的。」因爲他這番冷冷的挖苦，我便對他產生了牴觸情緒。於是今天早上隔壁嬰兒的哭聲以及對麥克爾的敵意使我陷入一種輪迴式的圍困中（想起了我對於麥克斯的敵意），然後又轉變成一種不眞實感，想不起自己身在何處。是在這兒，倫敦，還是在那兒，非洲。在隔牆的另一座房子裡，有嬰兒在啼哭。詹妮特在地板上抬起頭來說：「媽咪，過來陪我玩呀。」我無力動彈。過了一會兒我硬把自己從椅子上拽起來，走到小女孩身邊坐下來。我看著她，心想：這是我的孩子，我的骨肉。可是我卻感覺不到。她又說：「玩呵，媽咪。」我移動著積木想搭一座房子，但是搭出來的卻像一部機器。我讓自己做著這每一個動作，清楚地看到自己坐在地板上，一幅「年輕的母親和她的小女兒一起玩耍」的畫面。就像一個電影鏡頭，或者一幀照片。我對馬克斯夫人講了這一幕，她道：「怎樣？」我說：「這跟那些夢是一樣的，只是突然出現在眞實的生活中。」她仍在等我說下去，於是我說：「今天是因爲我對麥克爾有敵意，這情緒影響到所有的事。」「你跟他睡覺嗎？」「是的。」她又等著，我便笑了笑說：「不，我對他沒有性冷感。」她點了點頭，示意我說下去。我不知道她還想讓我說什麼。她提示說：「是你女兒讓你過去陪她玩的？」我沒聽懂，她又說：「她讓你玩，可是你玩不了。」我生氣了，因爲我明白了她的話。這幾天來我一次又一次地被如此熟練地引向同樣的問題，每回我都氣得要命，而我的怒氣總顯得像是一種對事實的牴觸和自衛。我說：「不，那個夢並不是關於藝術的。不是。」還試著想說笑一下：「誰做了那個夢了，你還是我？」但是她沒笑：「我親愛的，你寫了那部書，你就是一個藝術家。」她說藝術家這個詞的時候帶著一種溫和、恭敬而解意的微笑。「馬克斯夫人，你得相信我，如果我永遠不再寫一個字，我也並不在乎。」「你不在乎。」她說，意思是要我聽淸不在乎這個字的言外之意，那就是：缺乏感受力。我堅持道：「我不在乎。」「我親愛的，要知道我之所以成了一名心理醫生，是因爲我一度曾以爲我會成爲一個藝術家。我治療過大量的藝術家。有多少人曾坐在你現在這個座位上，因爲他們遇到了深刻的心理障礙，再也寫不出來了。」「可我不是他們中的一位。」「描述一下你自己吧。」「怎麼描述？」「就像描述一個別的什麼人那樣？」「安娜・沃爾夫是一個矮小、瘦弱、膚色黝黑，難以擺布的女人，過於挑剔並且充滿戒備心理。她三十三歲，曾與一個她不愛的男人結過一年婚，有一個年幼的女兒。她還是一個共產黨員。」她聽得笑了。我說：「還行嗎？」「再來一遍。有一點你沒說，安娜・沃爾夫創作過一部小說，受到評論界的好評，並且十分暢銷。實際上她現在仍然靠這筆錢維持生活。」這時我滿懷敵意地說：「好極了。安娜・沃爾夫正坐在一位靈魂醫生面前。她坐在這兒是因爲她對任何事都沒有太深刻的感覺。她凍結了。她有許多朋友和熟人，人們也很樂於見到她，可她在這世上只關心一個人，她的女兒，詹妮特。」「她爲什麼凍結？」「她害怕。」「害怕什麼？」「死亡。」她點點頭。而我中斷了這遊戲說：「不，不是因爲死亡。從我記事的那一天起，在我看來這個世界上一直在發生著的眞正的事就是死亡和毀滅。在我看來它比生命要強大得多。」「你爲什麼會成爲一個共產主義者？」「他們至少還有信仰。」「爲什麼你說他們，既然你是共產黨的一員？」「如果我能說我們，又是從眞實的意義上說的，那我就不會坐在這兒了，不是嗎？」「這麼說你並不眞的在意你的同志們了？」「我跟任何人都處得很隨意，你是指這個嗎？」「不，我不是指這個。」「我告訴你了，我眞正在意的只有一個人，我的女兒。而這是利己主義。」「你也不在意你的朋友莫莉嗎？」「我喜歡她。」「你同時也不在意你的男人，麥克爾？」「假設他明天甩了我，我能記住他多久？——我喜歡和他睡覺。」「你認識他多久了——三個星期？他幹嘛要甩了你？」我回答不上來，事實上我對我說出這話來只感到吃驚。我們的時間到了。我道了別，在我往外走的時候她說：「我親愛的，你必須記住藝術家的信仰是神聖的。」我忍俊不住。「你幹嘛笑？」「你難道不覺得好笑麼——藝術是神聖的，眞是一曲C大調莊嚴的和弦。」「親愛的，記住，我們後天再見。」

一九五〇年一月三十一日

今天我帶了十幾個夢去見馬克斯夫人——全都是最近三天中做的夢。它們全都具有僞藝術、諷刺畫、插圖、拙劣的仿製品這類東西的特點。所有的夢都有著非常漂亮、鮮豔而生動的顏色，這讓我得到莫大的享受。她說：「你的夢很多呵。」我說：「只要我一閉上眼睛，就全是夢。」她問：「那麼這些夢都是關於什麼的？」我先於她笑了，她看我的目光因此而嚴峻起來，準備聽我長篇大論。然而我說：「我想問你一些問題。這些夢有一半都是惡夢，我處於眞正恐怖之中，醒來時渾身是汗。然而我做夢的時候又每一分鐘都享受於其中，我喜歡做夢。我每天都盼著睡覺的時候，因爲這樣我就可以進入夢鄉。夜裡我會一次又一次地讓自己醒來，以便可以回味一下剛才的夢境。到了早上我則快樂得如同在睡夢中建了座城池似的，怪吧？昨天我碰到一個女人，她接受心理醫生的治療已有十年了，她是個美國人。」聽到這兒馬克斯夫人笑了笑。「這個女人帶著某種純潔快樂的笑容告訴我說，她的夢比她的實際生活重要得多，對她來說甚至比白天與孩子和丈夫在一起的任何事都更爲眞實。」馬克斯夫人又笑了。「是的，我知道你會說什麼。可這一切都是眞的。她告訴我她曾經以爲她會是一個作家。但是我從沒在什麼地方見過一個人不曾在某個階段深信過自己將成爲作家、畫家、舞蹈家或別的什麼家，不管他出生於什麼階層，也不論他的膚色和宗教信仰有何不同。而且這一點大概也比我們在這間屋子裡談論過的任何事情都要有意思得多——無論如何就在一百年以前大部分人的頭腦中還不曾產生過做藝術家的念頭，他們認爲人生的每一步都是要聽從上帝的安排的。但是——我的夢比我醒時身邊發生的任何事情都更爲令我滿意、更令我興奮而愉快，這是不是有什麼不對勁呢？我可不想跟那個美國女人似的。」一陣沉默，然後是她指揮樂隊一樣啓發式的微笑。「是的，我知道你想讓我說出我所有的創造力都跑到夢裡頭去了。」「是啊，難道不是嗎？」「馬克斯夫人，我要問一下我們能否暫且不去理會我的這些夢？」她沒有表情地說：「你到我這個心理醫生這兒來，詢問我是否可以忽視你做的夢嗎？」「我做夢做得如此快活，難道不至少可能是一種對生活中的感受的逃避嗎？」她靜靜地坐著，思考著，噢，她眞是一位絕頂聰明而睿智的老太婆。她輕輕地做了個手勢，要我保持安靜，她要想一想這種提法是否有道理。與此同時我則端詳起我們所在的這個房間，它又高又長，光線昏暗而靜寂，到處擺滿了鮮花，牆上則掛了名畫的複製品，還有幾尊雕塑，幾乎就像一個美術館。這是一座由人捐獻的房子，它就像美術館一樣令我覺得賞心悅目。問題在於，我的生活中沒有一絲一毫是與這間屋子裡面的東西相一致的——我的生活總是粗糙的，沒有任何修飾，而且不完美、湊合，我所認識的那些人的生活也莫不過如此。看著這間屋子，我不由想到存在於我生活中的那種不完美而未經修飾的特性卻又恰恰是它的價值所在，而我應該緊緊地把握住它才是。她從短暫的沉思中醒過來，說道：「很好，我親愛的，我們把你的夢暫且放一放，你就來對我說你清醒時的想像吧。」

那天是我最後一次講述夢境。因爲那天晚上，就像有一根魔杖在我眼前揮動了一下似的，我突然就不再作夢了。「夢呢？」她隨隨便便地問，想試探我是否已忘掉了在她的追根究柢面前我的逃避。我們討論了我對麥克爾的感情的一些細微之處。大多數情況下我們在一起時是愉快的，然後往往突然間我就會感受到一種對他的忌恨和不滿情緒。但是產生這種感覺一般總是基於以下這些原因：比如當他譏諷我寫了一部書的時候，因爲他痛恨這件事，總會取笑我想當「一名女作家」；再就是當他對我有詹妮特這麼個女兒開始冷言冷語的時候，我會擺出我在愛上他之前就已是個母親的事實；還有，當他警告我說他並不打算同我結婚的時候。而且他總是在剛說完愛我以及我是他生命中最重要的一部分這類話之後提出那種警告，我便會很受傷害而且憤怒起來。我曾氣憤地對他說：「你總該知道，那種警告有一次就足夠了。」然後他就會取笑起我的壞脾氣來。但是那天晚上我頭一次對他產生了性冷感。當我告訴馬克斯夫人後，她說：「我曾治療過一位有三年性冷感歷史的女子。她一直與一個她愛的男人同居，但是她在整整三年中從未有過一次性高潮。然而他們結婚的那天晚上她卻頭一回達到了。」說完她重重地點了點頭，像是在說：你看你也就是這麼回事。我大笑，說道：「馬克斯夫人，你知道你是一個多麼頑固的保守派麼？」她微笑著，說：「那詞是什麼意思，親愛的？」「它對我來說意義重大呢。」我答。「但是就在你的情人對你說不會娶你的第二天晚上，你不就性冷感了麼？」「可是他在別的時候也說過這種話或者暗示過，我也並沒有產生性冷感呵。」我意識到這麼說不夠誠實，於是我承認道：「我在床上的反應確實同他對我的投入程度如何密切相關。」「那當然，你是一個眞正的女人嘛。」她說到這個詞，一個女人，一個眞正的女人，跟她說一個藝術家，一個眞正的藝術家那種口吻簡直一模一樣，是那種十分絕對的口吻。當她說到你是一個眞正女人時，我已開始控制不住地笑，一會兒之後她也跟著笑起來。然後她問我爲什麼笑，我便告訴了她，因爲她快要把「藝術」那個詞又帶出來了——自從我停止做那些夢以來我們都沒再提到過這個詞。但是她沒怎麼理會，轉而說：「爲什麼你從不對我談你的政治？」

我想了想，說道：「關於共產黨，我是從怕它恨它轉向對它不顧一切的依賴的，出於一種需要去維護它、關照它，你懂我的意思嗎？」她點了點頭，於是我接著說：「而詹妮特——我可以對她的存在感到強烈不滿，因爲她的拖累我無法去做那麼多我想做的事情，而與此同時我又愛她。還有莫莉，我可以因爲她總以保護人自居而恨上她一個小時，在下一個小時接著愛她。還有麥克爾——也是一回事。所以難道可以僅限於我的一種人際關係而分析出我的整個性格來嗎？」聽到這兒她微笑了一下，沒有一絲表情。「很好，」她說，「那我們就只限於討論麥克爾吧。」

一九五〇年三月十五日

我去找馬克斯夫人，對她說正當我覺得我與麥克爾在一起比我一生中任何時候都要快活時，有一件事卻讓我十分不解。夜晚我在他懷中安然入睡，融化在幸福中，而清晨醒來時我卻痛恨著他並對他充滿敵意。她聽完後說：「親愛的，也許你又該開始做夢了吧？」我笑了，她一直等我笑完，於是我說你總是贏家。昨晚我果然又開始做夢，好像得了指令一般。

一九五〇年三月二十七日

我在夢中哭泣。我所能記得的就是醒來後還在哭著。當我告訴了馬克斯夫人後，她說：「我們睡夢中流的眼淚才是我們生活中眞正的眼淚，醒時的眼淚不過是自哀自憐罷了。」我說：「你說的眞富有詩意，但是我並不相信你眞這麼認爲。」「爲什麼不是？」「因爲當我知道我會在夢中哭泣而睡覺時，那裡面是有快感的。」她微笑了一下。我等著她接話頭——但此刻她似乎並不打算幫我釋疑。於是我冷冷地說：「你不會以爲我是個受虐狂吧？」她點點頭，表示當然不會。我又說：「馬克斯夫人，那讓我哭泣的憂傷、懷舊的痛苦也就是讓我寫出那本該死的書來的情緒。」她坐直了身子，十分震驚。因爲我居然可以說一本書是該死的，那可是藝術，是崇高的創造性活動。我說：「你所做的一切就是引導我一步一步地獲得這種主觀認識，儘管那都是我以前就知道的，也就是說那本書的根基是受過毒害的。」她說道：「自知才是眞知，那都是在原有的認識基礎上一步步深化的結果。」我說：「但那也沒多大用處呀。」她點點頭，坐著沉思起來。我知道她腦中會產生一些新的想法，只是我卻無從知曉了。然後她問：「你記日記嗎？」「斷斷續續地記。」「你把這兒的事也寫進去嗎？」「有時候。」她點點頭。而我知道她腦中在想什麼，那就是治療進程。寫日記是她所認爲的我解凍的開始，也就是讓我從終止寫作的「障礙」中解脫出來之日。我是如此的憤怒，如此的反感，我一句話也說不出來了。她提到日記並把它作爲療程的一部分這件事讓我覺得，可以這麼說，就好像她在掠奪我什麼似的。

〔鑒於此日記至此就告一段落了，整篇東西顯得像一份個人資料。後面接的是剪報，貼得很仔細，並且標明了日期。〕

五〇年三月

設計者將此髮型稱之爲「H原子彈式」H代表過氧化氫，是一種染料。該髮型在後頸呈原子彈爆炸時波浪一樣騰起的雲霧狀。《每日電訊》

五〇年七月十三日

今天民主黨人洛依德・本特森敦促杜魯門總統應該告訴北韓人在一週之內撤軍，否則就要用原子彈轟炸他們的城鎮時，當時議會上下便爆發出一片歡呼。《快訊》

五〇年七月二十九日

艾德禮首相⑯已明確宣布英國將在軍備上投入一億英鎊開支的決定，因此衆所期待的改進大衆生活水平和社會公益的舉措將有所延遲。《新政治家》

五〇年八月三日

美國已進一步研製出氫彈，它將比原子彈的殺傷力還要大上數百倍。《快訊》

五〇年八月五日

據廣島和長崎兩地原子彈爆炸時所產生的衝擊波、強熱、輻射線等等的統計結果表明，一顆原子彈可以在英國的一個人口結集區殺死五萬人。《新政治家》

五〇年十一月二十四日

「麥克阿瑟向北韓投入十萬兵力以期結束韓戰。」《快訊》

五〇年十二月九日

「南北韓開始和談，但盟軍並不打算讓步。」

五〇年十二月十六日

---

⑯艾德禮：Attlee（一八八三～一九六七），英國政界人士，一九四五年～一九五一年任首相。

「美國處於嚴重的危險中」今日緊急號令。杜魯門總統今晚告訴美國公衆說蘇聯的當權者已將美國置於「嚴重的危險之中」。

五一年一月十三日

杜魯門總統昨天對美國國防部下達了衆多的任務，要不遺餘力地減少美國人民在這場戰爭中付出的代價。《快訊》

五一年三月十二日

「艾森豪的原子彈」。假如我覺得這顆原子彈對敵人具有充分的摧毀力，我會毫不猶豫使用它。《快訊》

五一年四月六日

「竊取原子彈機密的女間諜被處死」其夫也被送上了電椅。審判：是你們導致了韓戰。

五月二日

韓國：死傷、失踪共三七一人。

五一年六月九日

美國高等法院已判決十一位美國共產黨員有罪。罪名是密謀教唆暴力組織進行反政府活動。每人將被處以五年徒刑並繳納一萬美元的罰款。即日起開始執行。《政治家》

五一年六月十六日

閣下：《洛杉磯時報》六月二日稱：「據估計自開戰以來韓國已有二百萬平民死於非命，其中大部分是兒童，超過一千萬人無家可歸，缺乏糧食。」南韓特使金東孫於六月一日報告說：「僅僅在一夜之間就有一五六個村莊被大火焚毀。這些村莊正處於敵人的行軍路線上，聯和國的飛機自然必須加以摧毀。而所有仍滯溜在村中的老人和兒童由於不曾留意撤退的指令全部遭難。《新政治家》

五一年七月十三日

「停戰談判受阻」——其原因爲北韓人民軍不允許二十位盟軍的記者和攝影記者進入開城⑰《快訊》

七月十六日

一萬名油田工人暴動。軍方用催淚彈。《快訊》

七月二十八日

重新武裝軍隊迄今尚未給美國人民帶來任何損失。與此相對的是，消費指數仍在上升。

五一年九月一日

---

⑰開城：Kaesang，北韓城市（舊稱松都，在板門店西北）。

將精子急速冷凍並可以無限期地保存下去的技術將會帶來具有劃時代意義的重大突破。目前它既可以被置入男子的精液中，也可以放到女性的子宮裡。這就意味著一個生活在一九五一年的男子可以和一個生活於二〇五一年的女子在二二五一年「交配」，並由一個養母生出這個孩子來。

五一年十月十七日

「回教世界燃起戰火」越來越多的軍隊開往蘇伊士。《快訊》

十月二十日

「軍隊封鎖了埃及」。《快訊》

五一年十一月十六日

一二七九〇名盟軍戰犯及二十五萬南韓平民在北韓被軍隊殺害。《快訊》

五一年十一月二十四日

在我們的下一代所生活的世界中，全球人口將達到四十億。我們如何創造出養活四十億人口的奇蹟來呢？《政治家》

五一年十一月二十四日

沒人知道在一九三七——三九年的蘇聯大清算中，有多少人被處決、監禁、送往勞動營改造，或者經受

不住幾個月的審訊而死去，也沒人知道在今天的俄羅斯到底是一百萬還是二十萬人加入了勞工大軍。《政治家》

五一年十二月十三日

「俄羅斯造出了一架轟炸機」這是世界上速度最快的轟炸機。《快訊》

五一年十二月一日

美國處於歷史上的鼎盛時期。儘管現在僅用於軍備和世界性經濟援助兩項的開支就已高過了戰前整個聯邦的預算水平。《政治家》

五一年十二月二十九日

今年是英國進入和平時期的第一個年頭，我們在全世界有十一個自治領區，並且軍備開支也只占國民收入的百分之十。《政治家》

五一年十二月二十九日

有跡象表明麥克阿瑟和他的朋友們最終可能會衝得太快。《政治家》

一九五二年一月十二日

杜魯門總統曾於一九五〇年告訴世人說，美國將加快研製出氫彈。據科學家稱，氫彈爆炸時產生的威力將一千倍於廣島原子彈，或者說相當於二千萬噸強力炸藥的能量。就在當時愛因斯坦就已平靜地指出「人類大毀滅的幽靈已在日益清晰地浮現了出來」。《政治家》

一九五一年三月一日

正如中世紀時曾有成百上千的無辜之人被打成蠱惑人心的巫師一樣，在俄羅斯也曾有大批的共產主義分子和愛國者因爲莫須有的反革命罪遭到整肅。實際上，正因爲一切都昭然若揭，所以被逮捕的人數可以達到這樣一個令人瞠目的比例。（威斯伯格先生藉由一個極巧妙的方法統計出，在一九三六年至一九三九年期間，約有八百萬無辜的人被打進過監獄。）《政治家》

一九五二年三月二十二日

針對聯合國在韓國運用細菌武器的控訴並不會僅僅因爲這是一項瘋狂的舉動而被駁回。《政治家》

一九五二年四月十五日

羅馬尼亞共產黨政府下令要把大批「非勞動人群」逐出布加勒斯特，總計將達二十萬人口，占該城市總人口的五分之一。《快訊》

五二年六月二十八日

無法統計有多少美國人被吊銷了護照，但是從記錄在案的人來看，其涵蓋的範圍卻是相當廣泛的，他們來自不同的背景，有不同的宗教和政治信仰。其中包括……《政治家》

五二年七月五日

最重要的一點是，美國對於政治可疑分子的調查是爲了讓社會達到一種整體的一致，樹立一種新的正統觀念，人們若持異議就會有經濟危險。《政治家》

五二年九月二日

內政部長說，儘管準確無誤地發射一顆原子彈會造成重大的毀壞，但有時這種毀壞的程度也有言過其實之嫌。《政治家》

我十分清楚革命不可能用溫和的方式來進行;我的疑問只是，處決一百五十萬人是爲了消除台灣的戰爭危險，還是認爲繳械他們的武裝還不夠。《政治家》

一九五二年十二月十三日

「日本要求武裝」。《快訊》

十二月十三日

麥克卡倫條約的第二款是特別爲建造所謂的拘留所而設的。但是該法令遠不是指導如何建造這些拘留所，而是授權美國司法部長逮捕和拘留「那些由他下令拘押的人……這些人都有理由被懷疑涉嫌，或與別人共同密謀進行了間諜和破壞活動。」

五二年十月三日

「我們的原子彈發射了」英國第一枚原子武器試爆成功。《快訊》

五二年十月十一日

茅茅砍傷上校。《快訊》

五二年十月二十三日

「鞭打他們」高德閣下，首席大法官。

五二年十月二十五日

福斯坦費布魯克美國空軍基地司令官羅伯特・斯科特上校：「美德兩國已簽署初步協定。我誠摯地希望您的國家將很快成爲北約的一個有力盟國……我急切地等待那一天的到來，我們將可以像朋友和兄弟那樣肩並肩地共同抵禦共產主義的威脅。我希望並祈盼著那個時刻早日到來，我或者別的美國將官可以把這個優秀的空軍基地移交給某位德國空軍司令官，那是德國空軍新時代的到來。」《政治家》

五二年十一月十七日

「美國試爆氫彈」。《快訊》

五二年十一月一日

韓國：自停戰談判開始以來，包括平民在內的傷亡人數即將接近戰犯人數，而戰犯的地位成爲停戰的主要障礙。《政治家》

五二年十一月二十七日

肯亞政府今晚宣布，作爲對於上週謀殺傑克・梅克勒約恩司令事件的集體懲罰，已有七五〇名男子、二二〇〇名婦女和兒童被逐出了家園。《快訊》

五二年十一月八日

最近幾年以來時興把批評麥卡錫主義的人指斥爲消化不良的「反美國主義者」。

五二年十一月二十二日

自杜魯門總統對氫彈研製計劃說出「進行」這個詞以來不過才兩年，即刻在南卡羅來那州的薩瓦那河畔建起了一座造價十億美元的工廠。到一九五一年底，這家氫彈製造廠的規模已然只有美國鋼鐵和汽車總廠可以與之相提並論。《政治家》

五二年十一月二十二日

但是目前大選的第一炮已然打響——再方便不過地套用了共和黨選舉的那一場哄鬧的路數，就是艾格・希斯關於國務院「被污染」了的說法——這一回由共和黨參議員，來自威斯康辛的亞歷山大・威利發難，他說他曾要求對聯合國秘書處做一番調查，看看美國共產黨在裡面做了怎樣「大範圍的滲透活動……」於是參議院下屬的國內安全委員會對第一批共十二位犧牲者進行了新的審查運動，他們全都是高級官員……儘管這十二位證人拒絕承認與共產主義有任何瓜葛，卻並不能使他們倖免於……然而參議員們顯然是爲了逮捕比這十二人更大的目標才施行政治搜捕的，而能證明這一類破壞活動的唯一證據就是他們的沉默。《政治家》

五二月十一月二十九日

捷克對破壞分子的審判儘管也是依照人民民主立法的標準模式來進行，卻有著不同於一般的著眼點。捷克斯洛伐克本來就是東歐唯一擁有深厚的民主生活的國家，包括它完整的公民自由權以及獨立的司法制度。《政治家》

五二年十二月三日

「達特摩爾人遭鞭笞」暴徒被以九尾鞭打了十二鞭。《快訊》

一九五二年十二月十七日

十一名共產黨領導人在布拉格被絞死。資本主義國家的間諜稱這是捷克政府所爲。

一九五二年十二月二十九日

英國計劃投資一萬英鎊興建一家新的原子工廠，以便原子武器的生產能成倍增長。《快訊》

五三年一月十三日

「蘇聯令人震驚的暗殺陰謀」莫斯科廣播電台今天早些時候譴責一群恐怖主義的猶太醫生密謀刺殺蘇共領導人，其中包括一些高級軍事將領和一位原子科學家。《快訊》

一九五三年三月六日

史達林逝世。《快訊》

一九五三年三月二十三日

二千五百名茅茅人被捕。《快訊》

一九五三年三月二十三日

俄國大赦在押囚犯。《快訊》

一九五三年四月一日

朝鮮半島和平對你來說意味著什麼？《快訊》

一九五三年五月七日

朝鮮半島和平在望。《快訊》

一九五三年五月八日

美國正在研究聯合國關於「控制東南亞共產主義勢力入侵」的可能性的行動方案。並且已往印度支那輸出大批飛機、坦克和彈藥。《快訊》

五月十三日

埃及發生暴行。《快訊》

一九五三年七月十八日

「柏林夜戰」今天凌晨一萬五千名東柏林人，在夜色中與一個師的蘇聯坦克和步兵展開遭遇戰。《快訊》

七月六日

羅馬尼亞發生叛亂。《快訊》

五三年七月十日

貝利亞經審訊後被處決。

一九五三年七月二十七日

朝鮮半島停戰。《快訊》

一九五三年八月七日

大批戰俘騷亂。北韓一萬二千名戰俘發生騷亂，被聯合國士兵以催淚瓦斯和小股火力平息。《快訊》

一九五三年八月二十日

波蘭，三百人死於政變。《快訊》

一九五四年二月十九日

英國現已有了原子彈庫存。《快訊》

一九五四年三月二十七日

「第二枚氫彈試爆延遲」——因爲這個小小的不列顛小島尚未從第一次爆炸的餘熱中冷卻下來。《快訊》

三月二十日

第二枚氫彈爆炸。《快訊》

［從這兒日記重又開始。］

一九五四年四月二日

今天我意識到我正開始從馬克斯夫人稱之爲我跟她在一起的「經驗」中退出來，而這是由於她說了什麼而引起的，這一點她一定早已心中有數了。她當時說：「你要記住一次精神分析治療的結束並不意味著你所得到的經驗的結束。」「你是說它像酵母一樣還在繼續起作用嗎？」她含笑點頭。

一九五四年四月四日

我又做了惡夢——有人用無政府主義理論來威脅我，這回它的具象是一個無人性的矮子。夢裡還出現了馬克斯夫人，她巨大而有力量，就像一個和藹可親的女巫。她聽我說了這個夢然後說：「當你孤身一人並受到威脅的時候，你一定是在召喚一個好女巫來救你。」「那就是你。」我說。「不，是你自己，只不過化身爲你所創造的我的形象罷了。」於是事情就這麼結束了。就像她曾說過的：現在你得靠你自己了。而且她說得如此從容，就像某個置身事外的人，轉身翩然離去。我十分欽佩這種技巧，就好像她在告別的時候遞給我什麼東西，也許是一束花；又或者是一個護身符。

一九五四年四月七日

她問我是否一直對這「經驗」有所記錄。在此之前的過去三年中，她從未提起過我的日記，由此她必然是憑直覺知道了我並沒有在記。我說：「沒有。」「連一點記錄也沒有保存嗎？」「沒有。但是我的記性很好。」一陣沉默。「這麼說你曾開始寫的那本日記後面就一直是空白？」「不，我用它貼了剪報。」「什麼樣的剪報？」「只是那些引起我注意的消息——看起來比較重要的事件什麼的」。她疑惑地看了看我，像是在等著我給一個明確的說法。於是我說：「前天我掃了一眼這些剪報，結果發現我所收集的全是關於戰爭、謀殺、騷亂以及苦難的記錄。」「這麼說這似乎就是過去幾年你眼中所看到的眞相了？」「在你看來那不是事實眞相嗎？」她看著我，目光中滿是嘲諷之意。她是在用無聲的語言說，我們在一起所獲得的「經驗」是富有創意並且卓有成效的，以至於我對我所做的事都不說實話了。於是我說：「那麼好吧。剪報是按一定的均衡比例選擇的。我花了三年的時間，事實上更多，與我可貴的靈魂搏鬥，同時……」「同時怎樣？」「我沒有不堪折磨而死，沒有被謀殺、餓死或者死在監獄裡，僅僅是出於幸運而已。」她耐心地保持著她的冷靜，我又說：「你當然必須看到在這間屋子裡發生的事，並不僅僅只會把一個人與你所說的創造力聯繫在一起，而且還聯繫著……只是我不知道該稱它爲什麼。」「我很高興你沒打算用毀滅這個詞。」「好吧，任何事物都具有兩個方面。但是就那些事來說，不管發生在何時何地都是可怕的，於是我夢見了它，就好像我自己也捲了進去。」「然後你就按照這種體驗一直在從報紙上剪下這些壞消息，並把它們貼到你的日記本上去，把它們作爲引導你做什麼夢的一個提示嗎？」「可是馬克斯夫人，這又有什麼不對的呢？」我們常常如此頻繁地陷入這種特定的僵局，誰也不願去主動打破它。她坐在那兒朝我微笑，冷漠而又富有耐心的樣子。我則面對著她，一臉的挑釁之色。

一九五四年四月九日

今天在我要走的時候她對我說：「那麼現在我親愛的，你什麼時候打算再度開始寫作呢？」我當然可以說我一直都在我的筆記本上塗寫著一些東西，但這不是她要問的。於是我說：「很可能再也不寫了。」她做了一個不耐煩的手勢，看上去她十分惱火，像一個辦糟了什麼事情的主婦，但是她的這個手勢是坦率的，又像那種微笑、點頭、搖頭，或者她在給我上課時那種不耐煩的倒吸氣音。「爲什麼你不明白這一點呢？」我說，我眞的想讓她明白，「只要我隨手撿起一張報紙，那裡面就不會沒有那種可怕已極的消息，以至於我能寫的任何東西似乎都已失去了意義。」「那你就不該去看報紙。」我笑了。過了一會兒她也朝我微笑了過來。

一九五四年四月十五日

我又做了好幾個夢，都是關於麥克爾將棄我而去的情形。正是從夢中我知道了他很快就要離開我。他會的。在睡夢中我觀看著這些離別的場面，絲毫不為所動。我在生活中是絕望的，非常不幸福，然而在睡夢中我卻無動於衷。馬克斯夫人今天問我：「假如我要你用一句話來說你從我這兒學到了什麼，你會怎麼回答？」「你教會了我哭泣。」我不客氣地說。她笑了，容忍了我這種不帶絲毫感情的方式。「還有呢？」「還有就是我比以前更脆弱了一百倍。」「還有呢？就這些嗎？」「你是說，我同時也比以前強壯了一百倍嗎？我不知道，一點兒也不知道。但願如此。」「我知道，」她強調似地說，「你強壯得多了。而且你也會把這個經驗寫出來的。」說著她肯定似地點了點頭，又道：「你等著瞧吧。再過幾個月的時間，也許要幾年，你總會動筆的。」我聳聳肩。我們約好下週的見面時間。那將是最後一次約見。

四月二十三日

在最後一次會面的前夜我正好做了個夢。於是我把這個夢帶到了馬克斯夫人那兒。我夢到我手上捧著一個首飾盒一類的玩意，裡面裝著件十分珍貴的東西。我正行走在一間長長的屋子裡，像是一個美術館的展覽廳或者一個講堂，裡面掛滿了沒有生命的畫作和雕塑。（當我說到沒有生命時，馬克斯夫人冷笑著。）在大廳的盡頭有一個類似平台的地方，那兒聚集了一小群人。他們正等著我交給他們這只盒子。我為終於能把這件珍貴的東西交給他們而無比的快樂。但是當我把盒子遞過去後，我突然發現他們全是商人、掮客之類的人。他們並沒有打開那盒子，卻開始付給我大筆的錢。我哭了起來，並且大聲叫著：「打開那盒子，打開那盒子。」可他們聽不到我說的話，或者根本就不想聽。突然間我看到他們全成了電影或者戲劇中的角色，以及我寫過的人物，我因此而感到羞愧萬分。一切都變得滑稽、模糊而怪誕起來，我則成了我自己寫的戲劇中的一個人物。我打開盒子，強迫他們來看。但是那裡面並不像我想像的那樣是一件美麗的東西，而是一堆碎片，沒有一件完整的東西，全都支離破碎，是來自世界上各個地方的碎片——我認出其中一團紅色的泥土是來自非洲的，還有來自印度的一小塊金屬彈片，所有的東西都令人生怖，有一塊塊來自死於韓戰戰場的人們的血肉，以及一個死在蘇聯監獄裡的人所佩戴的一小片共產黨徽章。看著這一大堆醜陋的碎片，它們是如此地令人痛苦，令我不忍卒睹，我於是關上了盒子。但是那群商人以及金融家並未注意到我的舉動。他們把盒子拿過去，又把它打開了。我則轉身不忍再看，但是他們卻全都興高采烈。後來我還是看了一眼，才發現裡面有一條綠色的小鱷魚，牠的長鼻子上的那雙眼睛還閃著嘲諷的光。起初我還以爲那是一條由玉或者綠寶石製成的鱷魚，仔細一看才發現牠是活的，牠的眼中滴出大顆凍結的淚珠，滾落下來後又成了鑽石。當我看見我是如何戲弄了這些商人後我便大聲笑了出來，於是我醒了。馬克斯夫人靜靜地聽我講完這個夢，沒發表任何評論，她似乎對這個夢興趣不大。我們依依不捨地互道了再見，但是她已然暗暗地轉過了身子，我也是。她說假如我有需要她的地方一定要「順道來看看她」。我心想：你總是只給我看你的假象，我怎麼會需要你呢。我很清楚以後只要我陷入困境就會夢到那個高大的、母性的女巫形象。(馬克斯夫人是一個十分瘦小然而精力充沛的女人，然而在我的夢中她總是高大而強有力的。) 我走出了那間昏暗而莊嚴的屋子，我曾帶著我的幻想和夢境，進進出出地在這間有如通向藝術聖殿一樣的屋子裡花費了這麼多的時間。然後我走上了陰冷而簡陋的人行道，看到映在商店櫥窗裡的自己：一個瘦小、面色蒼白、神情冷漠而尖刻的女人，然後我的臉上出現了一副怪相，我發現那是我在夢中對水晶首飾盒裡的那條帶有惡意的綠色小鱷魚的扁鼻子咧嘴而笑時的表情。

自由女性(二)

兩位客人，幾通電話，一場悲劇。

電話鈴響起來的時候，安娜正踮著腳尖從孩子的房裡往外走。詹妮特又驚醒過來，滿意地嘟囔著：「是莫莉，我猜。你們又能一小時一小時地聊下去了。」安娜「噓——」了一聲。她走過去接電話時在想：對於詹妮特這樣的孩子來說，她的安全感並不是由祖父母、表兄妹、一個安定的家庭而來，而是因爲每天都會有母親的朋友打電話過來，以及在電話裡說的那些話。

「詹妮特正要睡呢，她問你好。」她對著話筒大聲說。而莫莉也同樣回道：「也問詹妮特好，讓她趕快睡吧。」

「莫莉說你該馬上睡了，她對你說晚安。」安娜衝著那間已熄燈的房間大聲說著。詹妮特回道：「可是我怎麼睡呢？你們馬上又要開始沒完沒了地聊下去了。」然而詹妮特的房間是靜悄悄的，安娜知道這孩子就會心滿意足地睡著的。於是她壓低了嗓子說道：「行了，你好嗎？」

莫莉帶著種極隨便的口氣說：「安娜，托米在你那兒嗎？」

「沒有啊，他怎麼會在我這兒呢？」

「哦，我不過是猜一下……假如他知道我在爲他擔心，他肯定會發火的。」

上個月莫莉每天從半英哩外的家中打來的滙報電話，無一不是關於托米的消息。托米現在整天一個人在自己的房間裡坐著，一動不動，看得出來他的腦子也沒在動。

這次莫莉沒再談他的兒子，她絮絮叨叨而饒有趣味地開始一篇冗長的敍述，講她前天晚上與來自美國的某位舊情人共進晚餐的情景。安娜聽著，感覺到她朋友的聲音裡有一股潛藏著的歇斯底里的情緒，她等著她說下面那段結束語：「無論如何，我瞧著那個飯桶坐在那兒，人到中年了而一副自命不凡的樣子，我就想起從前的他——他一定也在想，多遺憾，莫莉不像從前了——可我幹嘛要這樣去挑剔每一個人呢？是不是從來也沒有過一個適合我的人呢？甚至我好像也無法將現在的追求者與過去的美好經歷相提並論，因爲我已經想不起我還曾有過心滿意足的時候了，我從來沒說過，得，就是他了。但是幾年來我一直在懷念山姆，曾經想他想得心痛，他是那夥人裡邊最好的一個，我甚至一直奇怪我怎麼會這麼傻，把他也給甩了。然而今天我又想起來，他那會兒就讓我煩透了——等詹妮特睡著了你打算幹什麼？出去嗎？」

「不，我就待著。」

「我還得趕到劇院去。我已經遲到了。安娜，你能在大約一小時後往這兒給托米打個電話嗎——找個什麼藉口都成。」

「你在擔心什麼？」

「托米今天下午去了理查德的辦公室。我知道，我現在脆弱極了，簡直不堪一擊。理查德打電話來說他一定要托米馬上去見他。於是我對托米說：你父親要立刻見你。托米說，好吧媽媽，他站起身就走了。就這麼簡單。說句笑話，我的感覺是假如我說，從窗子跳出去，他也會不假思索地照辦。」

「理查德說了什麼嗎？」

「他三個小時前又打來電話，還是那副冷嘲熱諷、高高在上的口氣，說我不了解托米。我說我很高興至少他了解。可他說托米已經走了。他又沒回家來。我上樓到托米的房間，他的床上放著五、六本他從圖書館搬來的心理學書籍。他幾乎那麼掃了幾眼就把這些書全給看完了。……我得趕快了，安娜，演這個角色我得化半小時的妝——一部愚不可及的戲，我幹嘛說我要演呢？好吧，晚安。」

十分鐘後安娜站到了她的長桌邊，準備開始寫她的藍色筆記，這時莫莉的電話又打了過來。「我剛接了瑪麗恩的一通電話。你能相信嗎？——托米去看她了。他一定從理查德的辦公室一出來就去搭了頭班火車，他在那兒待了二十分鐘就又走了。瑪麗恩說他十分地安靜。他有好幾年沒上那兒去了。安娜，你不覺得這奇怪嗎？」

「他十分的安靜？」

「對了，瑪麗恩又喝多了。理查德當然還沒回來，這些天他不到半夜不回家，都是爲了他辦公室裡的那個女孩。瑪麗恩對這事嘮叨個沒完，她大概對托米也是這麼絮叨的。中間她還談到了你，口氣也顯得很肯定的樣子。所以我估計理查德一定對她說過跟你有一手。」

「可我們沒事。」

「你後來又見過他嗎？」

「沒有。也沒再見過瑪麗恩。」

兩個女人守著她們各自的電話機，沉默了。假如她們這時在同一個屋子裡，她們就會交換譏諷的一瞥或者相視而苦笑。忽地，安娜聽到那邊在說：「我害怕，安娜。有什麼可怕的事就要發生了，我敢肯定。噢上帝，我不知道該做什麼好了，而且我得趕快動身，現在要叫輛計程車了。再見。」

一般來說，門外的石階上傳來腳步聲時，安娜不過從她待的這地方移動幾步，與那個威爾斯來的年輕男人勉強說上幾句無關痛癢的問候話。但這回她一聽到聲響就警惕地望了過去，她剛好壓下那一聲驚呼，同時也放下心來，來人是托米。他的微笑告訴她，她的房間、她手中的筆、還有她攤開的筆記本，都是他希望看到的場景。但是笑著笑著，他那雙深色的眼睛又轉向沉思，臉也板起來。安娜已下意識地走到了電話機邊，但她止住了自己的動作，腦中在想她該找個藉口上樓，從那兒打電話出去。但是托米開口了：「我想你是在考慮要給我媽打個電話吧？」「是的。她剛剛打過電話來。」「如果你想打就上樓去打吧，我無所謂。」他說得很是友善，爲了讓她不至於尷尬。「不，我就在這兒打。」「我估計她到我房間去查探過了，她一定會爲那些講瘋狂的書不安的。」

聽到瘋狂這個詞，安娜嚇了一跳，覺得自己的臉一下繃緊了，並且她看到托米也注意到了她的神情變化，於是她忙招呼到：「托米，坐。我得和你談談。不過我還是要先給莫莉掛個電話。」托米對她突然的決定並不感到意外。

他坐了下來，雙腿並攏，雙臂擱在兩邊的扶手上，擺弄得顯出一副規規矩矩的樣子，同時看著安娜過去撥電話。但是莫莉這會兒已走了。安娜坐在自己的床上，心煩意亂地皺起了眉頭，她確信托米喜歡嚇唬他們所有的人。這時托米說：「安娜，你的床簡直就像口棺材。」安娜知道自己是什麼樣子，瘦小、蒼白、素淨、黑襯衣黑褲子，交叉著雙腿蹲坐在她那張罩著黑色床罩的窄窄的床上。「那就像棺材吧。」她說。但她從床上跳了下來，到他對面的一張椅子中坐下。他的眼睛這時緩緩地轉動起來，一樣接一樣的仔仔細細打量著房間裡面的物件，椅子、書、壁爐、畫，掃過安娜時的目光也沒有任何變化。

「我聽說你去見了你父親？」

「是的。」

「他想讓你幹嘛？」

「假如你不介意我問的話，你是要說——」他說著咯咯地笑了起來，這笑聲刺耳、沒有自制，並含有惡意，是他以前不曾有過的。聽著這聲音，安娜陡然感到一陣驚慌。她甚至覺得自己也有一種想咯咯笑的欲望。她定了定神，思忖著：他到這兒不到五分鐘，但是他的歇斯底里勁已開始影響到我了。可得當心。

她微笑地說：「我是要說了出來，但我還是打住了。」

「那又何必呢？我知道你同我媽什麼時候都在談我。你們在爲我擔心。」他恢復了鎭靜，但是懷著怨恨情緒而且得意洋洋。安娜從沒把怨恨或者輕蔑與托米聯在一起想過，因此她似乎覺得這個房間裡多了一個陌生人。甚至他的面容也變得陌生起來；他那張率直、黝黑、執拗的臉因爲戴上了一幅輕蔑的笑容而變形了，這時他正瞇著那雙蔑視的眼睛由下朝上地看著她，並且面帶微笑。

「你父親想怎樣？」

「他說他的一家子公司在迦納修築一座水壩。他問我是否願意到外面去工作，替他管理那些非洲人——這是個福利工作。」

「你說不了？」

「我說我看不出這有什麼必要——我的意思是，他們的問題就在於他們是他的廉價勞動力。那麼即使我把他們變得更健壯一些，讓他們吃得更好，諸如此類，或者甚至給他們的孩子辦所學校，在本質上仍然沒什麼區別。於是他說他的另一家子公司在加拿大北部搞一項工程，他也可以在那兒替我安排一份福利工作。」

他看著安娜，等她說話。那個懷有惡意的陌生人已從房間裡消失了。托米這時又成了他自己，皺著眉頭深思並且疑慮重重。然後他突然說：「你知道，他一點兒也不傻。」

「我想我們並沒說過他傻。」

托米耐心地笑了笑，意思是說：你可不夠誠實。只聽他大聲道：「當我說我不想做這些工作時他問爲什麼，我便告訴了他，然後他說，我這種反應是因爲共產黨的影響。」

安娜大笑起來，說道：「我告訴過你，他是指你母親和我。」

托米等著讓她講完，他料到她會說這話的。然後道：「你又來了。但這並不是他的意見。毫無疑問你們彼此之間全都覺得對方愚蠢，你們也以爲如此。當我看到我的父母親在一起的時候，我都認不出他們來，他們全都是那麼愚蠢。你也是，你和理查德在一起的時候就蠢得很。」

「那麼他的意思是什麼呢？」

「他說我的回答歸結起來就是典型的共產黨在西方的影響。他說任何曾入過共產黨或者現在還在黨內的人，哪怕與共產黨有過一點瓜葛的人都是妄想狂。他說假如他是警察局長，要去掃除某個地方的共黨分子，他就會先問一個問題：你願意去一個落後國家爲五十個人開一個鄉村診所嗎？所有的赤色分子都會這樣回答：『不願意，因爲當這個國家的基本社會組織還未得到改變的時候，提高五十個人的健康水平又有什麼意義呢。』」他說著身子前傾過去，正對著安娜，又道：「對嗎，安娜？」她微笑著點點頭，示意他說得不錯，不過還不夠有說服力。她說：「不錯，他這麼說可不蠢。」

「是不蠢。」他坐了回去，鬆弛了下來。但是在把父親從莫莉和安娜的那種不屑之下挽救出來後，他現在給她們倆來了點補償：「可我對他說，這種試驗對你或者我母親都沒用，因爲你們倆都會去開那個診所的，是吧？」她這時如果回答說「是」對於他是很重要的，但是安娜只是對自己堅持著誠實的態度。「是的，我會去的。可他說得也對，那正是我的感覺。」

「可你會去的吧？」

「是的。」

「我很奇怪你會願意去，因為我覺得我不會。我的意思是，我沒有接受他的任何一項工作並不是為了要證明這一點。並且我也從來不是一個共產黨員——我只是老見到做為黨員的你、我母親以及你們的朋友，這影響了我。我患了意志萎靡症。」

「理查德用了意志萎靡症這個詞嗎？」安娜說。

「不。那只是他話中的意思。我是從一本關於精神病的書中看到這個詞的。他的原話是這樣，歐洲社會主義國家鬧到後來的結果是，人們再也不會疑惑不安了。因為每一個人都習慣了，要一個國家在三年之內像中國或者俄國那樣來個翻天覆地的變化也沒什麼可大驚小怪的。而只要他們看不見前面會發生什麼根本性的變化，他們就不會有任何的困擾不安……你覺得這是對的嗎？」

「部分是對的。對於那些深信共產主義神話的人來說就是對的。」

「不久之前你還是一個共產黨員呢，現在你卻用起了共產主義神話這樣的詞來。」

「有時候我的感覺是你在責備我和你母親還有我們中的其他一些人，因為我們不再是共產主義者了。」

托米低下了腦袋，皺著眉頭坐在那兒。「你不知道，我還記得你們曾經是那麼活躍，衝進衝出地忙著幹這幹那。」

「有得幹總比沒得幹強吧？」

他抬起頭來，尖銳地指責說：「你懂我說的是什麼意思。」

「是的，我當然懂。」

「你知道我對我父親說了什麼嗎？我說假如我出國去做他那份自欺欺人的福利工作，我就會在工人中間組織起革命小組來。他一點兒也不生氣。他說現在革命這種事只是辦大企業要面臨的最小的風險，並且他會很謹慎地採取一項保險措施以對付我要發動的革命。」安娜沒說話，托米又道：「這是跟他開玩笑，你聽出來了嗎？」

「我聽出來了。」

「不過我告訴他千萬別爲我影響睡眠。因爲我不會去組織革命運動的。二十年前我也許會。現在就免了。因爲現在我們已知道了革命的下場是什麼——五年之內我們就會互相殘殺起來。」

「未必。」

托米這時看她的神情是在說：你不誠實。他道：「我還記得兩年以前你和我母親間的談話。你對我母親說，假如我們不幸是蘇聯或者匈牙利這類國家中的共產黨人，那麼我們中的一人將很可能把另一個當作叛徒殺死。那也是個笑話。」

安娜道：「托米，你母親和我的生活經歷都是屬於比較複雜的那種，我們做過許多事。你不能指望我們還滿懷著年輕人的信念，舉著標語衝來衝去的。我們兩個都快是中年人了。」安娜聽到自己這番話中帶著某種自己都奇怪的荒謬感，甚至厭惡。她自忖著：我聽起來就像一個疲憊的自由黨人。儘管如此，她還是決定站在這個立場上，然後看了看托米，見他果然正不滿地盯著她。他說：「你是說，我這個年紀沒有權利說中年人的話？好吧，安娜，我感到我已是中年人了。現在你會說什麼呢？」那刻毒的陌生人又回來了，並且正坐在她面前，目光中充滿了惡意。

她忙說道：「托米，告訴我：你怎麼看你和你父親的見面？」

托米嘆了口氣，又回到了原來的自己。「每次我去他的辦公室我都會吃驚。我還記得第一次——我總是在我家裡見到他，還有一兩次是在他與瑪麗恩的家裡。我總把他想得極爲——平常，你知道嗎？平庸的凡人。就像你和我母親那樣。但是我第一次在他辦公室見到他我便困惑了——我知道你會說那是因爲他擁有的權勢，因爲他那些錢。可是並不僅僅是那樣。他突然變得不那麼平凡和微不足道了。」

安娜默不作聲地坐著，邊思忖著：他是什麼意思呢？我漏過了什麼沒看見？

他說：「哦，我知道你在想什麼，你在想托米自己就很平凡而微不足道。」

安娜漲紅了臉，因爲她過去就是這麼看托米的。他看到她臉紅了，便不懷好意地笑了笑，說：「平凡的人並不見得就是笨蛋，安娜。我很清楚自己是什麼樣的人，這正是我在我父親的辦公室裡感到困惑的原因，我就這麼瞧著他突然變成了某個大人物。因爲像他那樣我也可以做得很好。可是我辦不到，永遠也不行，因爲只要有你和我母親在，我就會分心。我和我父親的不同之處就在於我知道自己是個普通人，而他不。我十分清楚你和我母親這樣的人比他要好上一百倍，儘管你們的生活如此失敗，並且是一團糟。我很抱歉我知道這一點。你不必對我媽說，我也十分遺憾我不是我父親帶大的——不然的話我會很樂於繼承他的衣鉢。」

安娜無法不讓自己向他投去尖銳的一瞥——她懷疑他這麼說實際上就是爲了讓他告訴莫莉，這樣就可以刺傷她。但是他的臉上卻寫著耐心和熱忱，瞪著他那雙內省的眼睛。然而安娜卻感覺到自己胸中湧起一股歇斯底里的情緒，她知道這正是從他身上感染過來的，便竭力在腦中找著詞兒要堵他幾句。她看到他那顆重重的腦袋在短而粗的脖子上轉動了一下，目光落到了她攤開在桌上的筆記本中間，而她不由得想：上帝，我但願他別是上這兒來談論這些筆記本和我吧？她馬上說：「我想你把你的父親想得太簡單了。我並不以爲他幹得那麼心無旁騖，他曾說過現在做一個大商人跟一個高級打工仔差不多。你忘了，在三〇年代他有一陣子還是個共產黨員，此外他甚至也有過一段放蕩不羈的生活。」

「這些事情給他留下的記憶，直到現在在他身上還有所反應，所以他才會不斷地與女秘書們廝混——那是他自我勝利的方式，以證明自己不僅僅是中產階級的輪子上一顆普通而體面的齒輪。」這話十分刺耳，並充滿報復的意味，安娜想：這才是他來要說的話呢。不禁一陣釋然。

托米又說：「今天下午我去過我父親的辦公室後又去看了瑪麗恩。我就是想去看看她。我通常都是在我家見到她的。她喝多了，那幾個孩子裝著沒看見。她在說著我父親和他的女秘書鬼混的事，他們也假裝不明白她在說什麼。」說到這兒他便等著她開口，他向前探出了身子，眼睛不滿地瞇成了一條縫。見她還是沒吭聲，便道：「你幹嘛不說說你是怎麼想的？我知道你看不起我父親。因爲他不是個好人。」

聽到「好」字，安娜不覺笑出了聲，看他蹙起了眉頭，便說：「對不起，可那不是我的用詞。」

「爲什麼不是？難道你不就是這個意思嗎？我父親毀了瑪麗恩並正在毀那幾個孩子。不是嗎？你總不會說那是瑪麗恩的錯吧？」

「托米，我不知道說什麼好——你來我這兒，我知道你想從我這兒聽到幾句有分量的話。可我確實不知道……」

托米那張蒼白而焦慮的臉顯出極度的誠意，眼睛也閃著懇切的光，但除此之外還有點兒別的意味，那裡面還閃爍著一種不懷好意的滿足感。他確信她讓他失望了，並且很高興這樣。他又一次轉過頭去看她的筆記本。現在，安娜想著，現在我得說幾句他想聽的話了。但是她還來不及多想，他已站起身走到了筆記本旁邊。安娜的神經繃緊了，一動不動地坐在那兒。她無法容忍任何人看這些筆記，但是她卻感覺到托米是有權看的，儘管她自己也說不清這是爲什麼。他背著她俯視著那些筆記本。然後他轉過頭來問道：「爲什麼你同時記四本筆記？」

「我不知道。」

「你應該知道。」

「我從沒對自己說過我要用四個筆記本，事情就自己變成那樣了。」

「幹嘛不用一本呢？」

她思索片刻說：「也許是因爲不這樣就會一片混亂。一團亂。」

「就不能不亂嗎？」

安娜正要找更合適的詞兒回答，就聽詹妮特的聲音從樓上喊了下來：「媽咪？」

「什麼事？我還以爲你睡著了。」

「我是睡著了。我口渴。你在跟誰說話呢？」

「托米。你要他上去跟你道晚安嗎？」

「要。我還要點兒水喝。」

托米靜靜地轉過身子走了出去。安娜聽到他在廚房裡擰開水龍頭接水，然後步子重重地邁上了樓梯。這時她極度地心煩意亂起來，就好像她身體中的每一粒細胞都被某種刺激物觸著了似的。自托米出現在這個房間裡起，逼得她非得去琢磨如何面對他，於是她便一直出於自己的左右，都不是眞實的安娜了。而此刻她已幾乎認不出自己。她想笑，想哭，甚至想尖叫，她想去緊緊抓住某件東西——這當然是托米，使勁地搖，不停地搖，直到搖壞爲止。她告訴自己他的精神狀態已經傳染給了她，他的情緒侵入了她的體內。她驚奇於他臉上閃爍的惡意的仇恨，他說話時短促而尖厲的聲音，原來全是內心強烈風暴的外在表現。突然間她意識到自己的手掌和腋窩處一方冰涼的潮濕。她感到害怕。所有的各種相互牴觸的情緒現在全歸結到了一點，即：恐懼。當然她不可能是在怕托米吧？總不至於怕到要把他支到樓上去，和自己的孩子說話吧？可是不，她一點兒也不爲詹妮特擔心。她可以聽見樓上兩人愉快的說話聲。然後是詹妮特的笑聲。然後傳來重重的腳步聲，托米回來了。他一進來就說：「你覺得詹妮特長大了會幹什麼？」他臉色蒼白，顯露出他一貫的執拗，除此並無其他，安娜放鬆了許多。他倚著桌子站著，一隻手擱在上面，安娜回答說：「我不知道，她才十一歲。」

「你爲她操過心嗎？」

「不，小孩子總在變。我怎麼知道她以後想幹什麼。」他鼓起了嘴，露出挖苦的笑容，她便問：「怎麼，我又說了什麼蠢話嗎？」

「是你的說話方式蠢。還有你的態度。」

「我很抱歉。」但是她儘管說了這話，聲音卻是委屈的，當然還有惱火。托米滿足地露出一絲不易察覺的微笑。「你想詹妮特的父親嗎？」

這回安娜大吃了一驚，頓時覺得心都縮緊了。然而她還是回道：「不，從不。」他盯著她，她繼續道：「你想讓我說我眞正的感覺，是吧？你剛才的口氣聽來就跟糖媽媽似的。她就會這麼對我說：他可是你孩子的父親。或者：他是你丈夫啊。可這些話對我都沒任何意義。是什麼讓你心煩了——是你母親並不眞的在意理查德嗎？可是她對理查德投入的程度遠甚於我對麥克斯・沃爾夫。」他站在那兒，臉色煞白，他的注視又投向自己的內心，以至於安娜開始懷疑他到底有沒有在看她。但是看來他總歸是在聽著的，於是她接著道：「我明白爲一個你所愛的男人生個孩子意味著什麼。但是在我愛上一個男人之前我卻並不懂這點。我想生一個麥克爾的孩子。然而事實是我與一個我所不愛的男人生了一個孩子……」她的話音慢慢停了下來，不知道他是否還在聽，他的雙眼直盯著幾步外牆上的某一點。然後他轉過他那雙幽暗深邃的雙眼來盯住她，她從來沒聽過他的嘲諷式的語調變得這樣虛弱：「接著說，安娜。能聽一個成年人談論他們情感的事對我來說可是一次了不起的啓示。」但是他的眼神卻是極爲嚴肅的，這使得她嚥回了他的挖苦在她身心中激起的無名火，接著說道：「對我來說事情似乎是這樣。沒有得到你想要的並不是件可怕的事，我的意思是說就算它也許是可怕的，它也沒什麼壞處，不會殃及什麼。能這樣說也不壞嘛！我的工作並不是我眞正想幹的，我還可以做更大的事。或者說我是一個需要愛的人，但沒有愛我也在生活。可怕的是明明屬於二流卻偏偏要裝作一流的，明明需要愛卻非要假裝不在乎，或者你明明知道你還可以做更大的事，卻偏說你就是喜歡眼前這份工作。假如我出於負疚感或者別的什麼原因違心地說：『我愛詹妮特的父親』，那就非常之糟糕了。或者當你母親說：

『我愛理查德』，或者我說我熱愛我現在的工作……」安娜停住了。托米剛才點過頭，但她搞不清他是表示認同呢，還是他覺得她的話一點也不新鮮，根本不想聽。他的注意力回到筆記本那邊，並打開了藍皮面的本子。安娜看到他的雙肩在一陣譏誚的笑聲中抖動著，有意要激怒她。

「怎麼了？」

他念了出來：「一九五六年三月十二日，詹妮特突然變得愛挑釁並且難弄起來。總而言之到了一個讓人頭疼的階段。」

「有什麼可笑的嗎？」

「我記得你有一次問我媽，托米怎麼樣了？我媽的聲音還不是那麼有把握。她悄聲對著話筒說：『哦，他正處於一個讓人頭疼的階段。』」

「也許你就是。」

「一個階段——那天晚上說這話時你正和我媽在廚房裡用著晚餐。我躺在床上聽你們笑著，說著。我下樓來取一杯水。那時我正覺得很不快樂，對一切都憂慮重重。我做不來學校的功課，並且我一到晚上就害怕。所以取一杯水自然只是個藉口。我想到廚房裡來，因爲你們兩個人的笑聲吸引了我。我想離這笑聲近些。我不希望你們倆有誰注意到我是因爲害怕。在門外我聽到你說：托米怎麼樣？我母親便答：他處於一個讓人頭疼的階段。」「是嗎？」安娜突然感到渾身無力，她在想樓上的詹妮特。她剛才醒過來一回，並且要一杯水喝。托米是在提醒她詹妮特不快樂嗎？

「這話等於把我隔在了外面。」托米陰著臉說，「我的整個童年時代都一直在接近一些似乎是新鮮而重要的事情。我總是贏。那天晚上我也贏了——我做到了從黑暗中的樓梯上下來卻假裝什麼也沒發生。我緊抓著一樣什麼東西不放，那就是我感覺到了眞正的我自己。然後我媽說，不過是個階段而已。換句話說，那都沒事，不過是內分泌影響的結果或者別的什麼，會過去的。」

安娜一直沒說話，她在擔心詹妮特。不過這孩子看來對人友善並且快樂，在學校表現也不錯。她很少會在半夜醒來，也從沒說過怕黑之類的話。

托米在說：「我想你和我媽一直在說我處於麻煩階段的吧？」

「我想我們並沒說過。不過大概有那個意思。」安娜很不自然地說。

「那麼我現在的感覺就一點也不重要嗎？什麼時候我才有資格對自己說，我此刻所感覺到的是有道理的？不管怎麼說，安娜——」說到這兒托米把臉朝她轉了過來：「一個人的一生總不能都是一個一個階段吧。總得有一個目標。」他的雙眼噴出了仇恨之火，安娜很費勁地說道：「如果你以爲我達到了什麼目標，並且在以過來人的優越感告誡你的話，那你就錯了。」

他仍嘀咕著：「階段、時期，成長的煩惱。」

「可我覺得那是女性看人的方法，她們就是這麼看自己的孩子的。首先她們總得經歷九、十個月的懷胎過程，這期間她們並不知道孩子是男是女。有時候我會想假如詹妮特是個男孩會是什麼樣呢。你能想像嗎？然後嬰兒會一步一步地長大，變成兒童。當一個女人看著一個孩子的時候，她會同時看到這孩子的各個階段。我有時瞧著詹妮特的時候，就會把她看成一個幼小的嬰兒，我甚至可以感覺到她在我肚子裡，在她身上我可以同時看到她從小到大各個時期的模樣。」托米盯著她的目光變得不滿而嘲諷起來，但她仍說著：「女人就是這麼看待事物的，任何事物都像生生不息的泉流一樣是不斷延續著的，我們這麼看不是很自然嗎？」

「可我們在你們眼裡根本就不是完整的一個人，只是一個個的階段。階段。」說著他憤憤地笑了。安娜想著這可是他頭一回眞正笑出來，多少受了點鼓勵。有一會兒兩個人都沉默了，他用手指翻著筆記本，側對著她，她則觀察著他的動靜，一邊努力讓自己保持鎭靜，深呼吸了幾下，站在那兒沒動。但是她的掌心仍是濕津津的，有個念頭直往她腦子裡鑽：就好像我在跟什麼搏鬥似的，在跟某個看不見的敵人搏鬥。她幾乎可以看見那個敵人——她敢肯定那一定是個什麼惡魔，就站在她和托米之間，想把他們兩個都消滅掉。

最後還是她開口道：「我知道你來這兒是爲了什麼。你來是想讓我說說我們是爲什麼而活著。可是你事先就知道我會說什麼了，因爲你對我太熟悉了。所以這就是說你是在知道我會說些什麼的前提下上這兒來的——你是來驗證這一點。」然後她的聲音變弱了，說了一句她並沒打算說的話，「這就是我爲什麼感到如此害怕的原因。」這更是一個懇求，托米飛快地瞥了她一眼，他的神情承認她是該感到害怕。

他執拗地說：「你是想告訴我，不出一個月，我的感覺就又會不同。假如不是這樣呢？好了告訴我，安娜，我們活著是爲了什麼？」這時他背對著她的身子在一陣不出聲的得意的笑中顫動起來。

「我們是現代的苦行僧，」安娜說，「我們這些人全是。」

「你是把我也算在你們那些人中了嗎？謝謝，安娜。」

「也許你的問題在於你有太多的選擇。」他雙肩的姿勢表明他在傾聽著，於是她接著道：「通過你的父親你可以去到五、六個不同的國家做任何一種工作。你母親和我則可以爲你在戲劇出版界找到一打各式各樣的工作。或者你也可以遊手好閒地過上五年的時間，即使你父親不負擔你的生活，你母親和我也完全可以。」

「一個人也許可以幹一百樣事情，但他只能成爲一種人，」他固執地說，「可是也許我並不覺得我配得到如此豐富的機會呢？並且或許我也並不是一個苦行主義者，安娜，你見過瑞吉．蓋茨嗎？」

「那個送牛奶人的兒子？沒有，不過你母親對我講過他。」

「她當然會告訴你。我都可以想見她是怎麼說的。並且我敢肯定我媽就是這麼說的，他根本就沒有選擇。他得到了獎學金，可假如他通不過考試，他就得跟他父親一起一輩子給人送牛奶。但是他若通過了，而他肯定沒問題，那他就會同我們一起躋身於中產階級。他並沒有一百個機會等著他，他只有一個。但他清楚自己眞正想得到的是什麼。他可不會受困於意志萎靡症。」

「你是在嫉妒瑞吉・蓋茨的先天不足嗎？」

「是的。你知道嗎，他還是一個保守黨。他認爲那些不滿現有制度的人全是傻子。我上星期和他一塊兒去看了場足球賽。我眞希望我是他。」說著他又笑了起來。但這回的笑聲只讓安娜覺得一陣發冷。他又說：「你還記得托尼嗎？」

「記得。」安娜想起那是他的一個同學，曾出乎每一個人意料之外地做了一個拒服兵役者，只爲了恪守自己的道德準則。他因此在一個煤礦做了兩年工，他那個很體面的家庭爲此大傷腦筋。

「托尼在三個星期前成了一個社會主義者。」

安娜大笑起來，但托米接著說：「別笑，那正是關鍵之所在。你還記得他決定拒服兵役那會兒嗎？他就是爲了要氣氣他父母。你知道這都是眞的，安娜。」

「是眞的，可他過來了，不是嗎？」

「我十分了解托尼。我知道那幾乎就是——一個玩笑。有一次他甚至對我說他都不知道他做得對不對。但他不會讓他的父母有機會取笑他的——這都是他的原話。」

「儘管如此，」安娜堅持道：「兩年的時間，做那種工作，這不是那麼容易的，可他堅持下來了。」

「那還算不了什麼，安娜。因爲正是那段經歷把他變成了一個社會主義者。你知道新社會主義者的組成大部分是牛津出身的吧？他們打算辦一本雜誌，叫《左翼評論》什麼的。我遇見過他們。他們喊著口號，行動就像許多……」

「托米，那是在幹蠢事。」

「不，不是。他們這麼做唯一的理由就是現在沒有人能加入共產黨了，因此只能拿它來替代一下。他們講那種要命的行話，我聽到過你和我媽嘲笑過這種行話，那麼他們幹嘛還在感覺良好地照說不誤呢？因爲他們還年輕。我估計你就會這麼說的。可那還算不了什麼。我再告訴你件事。要不了五年托尼就會在國家煤炭部或者別的這一類地方謀到一個好職位，他也許會成爲工黨的一名議員，發表著關於左派以及社會主義這樣那樣的演說——」托米的聲音又變得刺耳起來，他在喘著粗氣。

「他也可能做一項十分有用的工作。」安娜道。

「他並不眞的信社會主義什麼的。那只不過是他採取的一種姿態。並且他還有了個女朋友，打算娶她爲妻。女孩是個社會學學者，也是那群人裡面的一員。他們衝來衝去地張貼告示，喊口號。」

「聽起來你像是在嫉妒他。」

「別哄我了，安娜。你在哄我呢。」

「我不是有意的。我也沒這樣啊。」

「你是。我十分淸楚如果你是在和我媽談論托尼，你說的話就會與現在不同。如果你能見到那個女孩——我都可以想見你會說什麼，你會說她是那種母性的女人類型。爲什麼不跟我說眞話，安娜？」這麼一句話他簡直就是衝她尖聲叫出來的，他臉都扭歪了，他瞪著她，然後迅速別轉頭，又去檢視她的筆記本，像是需要從這道怒火中獲取勇氣似的。他的背執拗地挺在那兒，爲了讓她無法阻止他去看。

安娜僵直地坐著，覺得自己已然一無遮掩地暴露在外面，她迫使自己一動不動，內心則在受著煎熬。寫在本子上的那些充滿私密性的記錄一一浮現在她腦海中。而他則在一陣頭腦發熱中固執地一段一段看下去，她就那麼坐著。然後她感覺到自己進入一種麻木而乏力的狀態，模模糊糊地想著：好吧，那又有什麼關係？如果這是他想看的，我的感覺又有什麼關係呢？

這樣過了很久，大約有一小時左右，他開口問了：「爲什麼你要用不同的字體來寫呢？而且你還把某些段落用括號去掉了？你是以此來區別哪一類記錄是重要的嗎？你又憑什麼來斷定哪些是重要的，哪些不重要呢？」

「我不知道。」

「那可不怎麼樣。你知道這一點。這兒有一條，那時你還住在我家的房子裡。『我站在那兒俯看著窗外那條似乎綿延有好幾哩的大街。突然間我覺得我好像把自己扔出了窗口，我可以看見我怎樣躺在人行道上。然後我似乎站到了我躺在人行道上的屍體的旁邊。我變成了兩個人。地上的那個血和腦漿迸流了一地。我則跪下來舔自己的血和腦漿。』」

他帶著不滿的神色看著她，安娜沒作聲。「你寫下這段後，又在上面加了重重的括號，然後你又寫道：『我去了商店，買了一磅半的西紅柿、半磅奶酪、一罐櫻桃醬，以及一夸脫茶葉。然後我做了一份西紅柿沙拉，又帶詹妮特去公園散了會兒步。』」

「怎麼呢？」

「那是同一天裡記下的，爲什麼你要把第一部分舔血和腦漿的那段加上括號呢？」

「我們全都會有瞬間的瘋狂念頭，諸如暴死在人行道上，或者吃人肉，或者自殺，或者別的什麼。」

「這些不重要嗎？」

「不重要。」

「那麼西紅柿以及一夸脫茶葉是生活中重要的內容？」

「不錯。」

「是什麼讓你斷定瘋狂和殘忍的事情都不如日常生活重要呢？」

「你這麼理解就片面了。我並沒有把瘋狂和殘忍圈掉，我給它括出來只是以示區別，那是另一碼事。」

「什麼事?」他堅持要她回答，而安娜這時已筋疲力盡，竭力想著該怎麼說。

「那是一種不同的感覺。你沒看見嗎?在這一天裡，我買東西、做飯、照顧詹妮特、寫作，間或腦中閃過這瘋狂一念，我就把它記了下來，並且就因爲寫出來了，它才顯得那麼戲劇性而可怕起來，而那天眞正發生的事情不過就是平平常常的一日罷了。」

「那麼幹嘛要把這寫下來呢?你意識到了嗎，這整本藍色筆記除了剪報就是像鮮血和腦漿這樣的段落，所有這樣的段落或者加上了括號，或者乾脆劃去了，然後就剩了買西紅柿或茶葉的條目了。」

「我估計是這麼回事。那是因爲我總在試圖記下眞實的一面，卻往往意識到我所記下的並非眞實。」

他突然說：「也許那就是眞實的一面，而你卻不堪忍受，所以你就把那些給劃了。」

「也許吧。」

「幹嘛非得是四本?如果你用一個大本子，沒有這些分類。這些括號和特意區別開來的字體，又會怎樣呢?」

「我告訴過你，就會混亂。」

他轉過身來看著她，不快地說：「你看上去是這樣愛乾淨的一個小東西，再看看你寫的東西。」

安娜道：「你這話的口氣跟你媽一模一樣，她數落我時就是這種語調。」

「別躲我，安娜。你害怕陷入混亂嗎?」

安娜覺得胸口一陣收縮，一層懼意油然而生。頓了一下她說：「我估計我一定會害怕。」

「那你就沒說實話。不管怎樣，你看待事情有你自己的立場，不是嗎?沒錯，你瞧不起像我父親那樣的人，因爲他們自設藩籬。可你也在禁錮自己呵，並且基於同樣的原因，你害怕，你是怕承擔責任。」他下了這最後的結論，鼓起了嘴滿足地做出一個微笑來。安娜感到這才是他上這兒來要說的話，這就是他們努力了一個晚上要達到的關鍵之處。他還要說下去，但就在這時她腦中閃過一念，搶著道：「我經常出去不關門，你曾上這兒來看過我的筆記本吧？」

「是的，我看過。昨天我來過這裡，可我見你從街上過來，就趁你還沒見到我走掉了。我已斷定你是不誠實的，安娜。你是一個快樂的人可是……」

「我，快樂？」安娜覺得十分可笑。

「那就是知足吧。是的，你比我媽比我認識的任何人都要知足得多。但是一旦你開始認眞思考，就發現這一切都是謊言。你坐在這兒寫啊寫啊，可是沒人能看到你寫的東西，那是淸高，這話我以前對你說過。並且你甚至對自己不誠實到不表現眞正的你自己。你所記下的一切都是四分五裂的。那麼你還哄我說：你處於一個糟糕的階段，又有什麼用。假如你自己不是處在一個糟糕的階段的話，那就是因爲你根本無法置身於一個階段中。你總是小心翼翼地把自己分成一部分一部分的。如果事物是一片混亂的話，那是因爲你原本如此。我不認爲那兒有什麼固定的模式，你就是因爲膽怯才去造出什麼模式來。我覺得這世上沒什麼好人，全是自相殘食之輩，只要你細細想一想，就會發現人們都是漠不關心的。他們至多也就對另外一個人或者家人好，但那只是利己主義，談不上眞正的好。我們比動物其實也強不了多少，我們只是裝作高等罷了。其實我們互相之間從不眞的關心。」現在他走過來坐到了她對面，顯然是他自己的樣子，是她所熟識的那個行動遲緩而執拗的男孩。然後他爆發出一陣突如其來的，暢快而令人悚然的咯咯的笑聲，並且她看到他臉上又閃過一絲怨恨的神情。

她道：「看來我沒什麼可說的了，不是嗎？」

他向前俯過身去，說：「我打算另外給你一個機會，安娜。」

「什麼？」她被他嚇了一跳，幾乎要笑出來。但是他的臉色怪嚇人的，她停頓了片刻說：「你是什麼意思？」

「我是認眞的。現在告訴我。你以前一直是靠一種哲學生活的——是不是？」

「我想是吧。」

「而現在你卻說共產黨是神話了。那麼你現在的生活信條是什麼呢？不，別用斯多噶主義這樣的字眼，那不代表任何意思。」

「對我而言似乎是這樣——人類歷史上總是會如此頻繁地出現某種信仰之舉，也許每一百年中都會有那麼一次。當信仰的泉眼注滿了的時候，就會在一個又一個的國家中掀起巨大的浪潮，世界就是這麼前進的。因爲它是理想之舉，是爲了讓世界有可能變得更美好。本世紀這種運動於一九一七年發生於俄國，還有是中國。然後這口泉眼就乾涸了，因爲正如你說的，殘酷和醜惡的勢力太強大了。再然後這泉眼又有水源緩緩地注入著，於是便有了另一番痛苦的曲折前行的進程。」

「曲折前行？」他道。

「是的。」

「什麼都不管的曲折前行？」

「是的，因爲每次夢想都更加強烈。只要人們還有幻想，那麼他們總有一天要去實現它的。」

「幻想什麼？」

「就是你說的——美好、善良。做爲動物的終極目標。」

「那麼就我們現在來說，還有什麼呢？」

「就是不要放棄夢想。因爲每個時代都會出現意志不萎靡的新人。」她一字一頓地做了結論，有力地點點頭，覺得自己說這番話的時候就像糖媽媽在結束一次心理分析過程，說著：一個人必須有信仰！眞是鑼鼓齊鳴。但是托米帶著一種懷有惡意的勝利感點了點頭，於是，她幾乎可以感覺到她臉上一定掠過了一絲自責的笑容，儘管她對自己所說的話深信不疑。電話鈴在這時響了起來，托米說：「那一定是我媽，來驗證一下我的階段如何自行結束。」

安娜拿起話筒，說著是或否，然後放下電話，朝托米轉過來。

「不，不是你媽，不過我馬上有一個客人。」

「那我該走了。」他以他那種特有的笨重遲緩的樣子慢慢站起身來，臉上又出現了那種茫然而內視的表情。他說：「謝謝你跟我談話。」意思是說：謝謝你讓我驗證了我想在你身上看到的東西。

托米一出門，安娜立刻給莫莉掛了個電話，莫莉剛從劇院回到家裡。安娜對著話筒說：「托米剛才上這兒來了，他剛走。他讓我害怕。像是有什麼很不對勁的地方，可我不知道那是什麼，而且我覺得我對他說的話也不大妥當。」

「他都說什麼了？」

「他說一切都討厭透了。」

「是這麼回事。」莫莉歡快地大聲說著。幾小時以前她最後一次提到她兒子後，便去扮演那個快活的女房東去了，那是一齣她看不上的劇中一個她看不上的角色，但她此刻還沉浸在角色中。散戲後她還同幾個劇組成員一塊兒去了一間酒吧，因此她這時的心情自然已跟先前大不相同。

「還有瑪麗恩剛剛從下面的電話亭打電話上來。她特地搭了末班火車過來要見我。」

「那是為什麼？」莫莉有點著惱。

「我不知道。她喝醉了。我明早會告訴你的。莫莉……」安娜想起托米出門時的樣子，突感一陣驚慌。

「莫莉，我們得為托米做點什麼，得趕快。我敢肯定非如此不可。」

「我會跟他談談。」莫莉說得很鎮定。

「瑪麗恩已到門口了。我得開門去。晚安吧。」

「晚安。明早我會通報給你托米的精神狀態的。我希望我們是在瞎操心。不管怎麼說，想想看我們在他那個年紀有多糟糕吧。」安娜聽到她的朋友掛上電話的刹那還在大聲而歡快地笑著。

安娜摁了一下按鈕，讓前門的門環自動鬆開，耳聽著瑪麗恩沉重地踩著樓梯上來的聲音。她不能前去扶瑪麗恩一把，她當然不會喜歡她這麼做的。

瑪麗恩進門時臉上掛著與托米無異的笑容，那是事先預備好的，並且是對著整個房的那種笑。她走到托米坐過的那把椅子前坐下，整個人好似癱了一般重重地陷了進去。她是一個身量沉重的女人，高個，一身鬆弛的肉滿滿當當的。她五官柔和，或者更確切地說，有點模糊不清，一雙棕色眼睛混濁而顯得多疑。少女時代她曾是苗條而活潑的，而且歡快俏皮，「一個栗色皮膚的少女」，理查德曾充滿柔情地這麼形容她，不過現在是帶著敵意了。

瑪麗恩凝視著她，眼睛一會兒轉動幾下，一會兒瞪得老大，進門時的笑容已經不見。顯然她醉得很厲害，安娜實在該把她弄到床上去。她坐在瑪麗恩對面，就是剛才和托米面對面的椅子上，這樣她可以很容易地集中起注意力來。

瑪麗恩擺好自己腦袋的位置，集中起視線，以便看著安娜，然後費勁地說：「你眞幸運，安娜。我眞的——覺得——你——太幸運了——可以，可以按你自己的意願過。多漂亮的房間。並且你——你——你是自由自在的。想做什麼就做什麼。」

「瑪麗恩，我還是扶你上床吧，我們可以早上談。」

「你以爲我醉了。」瑪麗恩不滿地說，吐字淸晰。

「你當然醉了。那又沒什麼。你應該睡覺去。」

安娜這時累極了，突然間疲勞像是一隻隻沉重的手，使勁地拽著她的胳膊和雙腿。她全身鬆懈地坐在椅子裡，抵擋著一陣一陣襲來的困倦。

「我想要酒，」瑪麗恩鬧著說：「我要酒，我要酒嘛。」

安娜打起精神來，到隔壁的廚房間從茶壺裡倒出剩的一點淡茶，又往裡加了一匙威士忌，端過來遞給瑪麗恩。

瑪麗恩一邊說著「謝謝」一邊已喝了一大口，點了點頭。她小心翼翼地用手指緊握著玻璃杯，很是喜歡的樣子。然後她謹慎地問道：「理查德怎麼樣？」爲了說出這幾個字她憋得臉都繃緊了。

安娜從瑪麗恩努力表現得正常的語調中聽出這個問題是她進門之前就預備好了的，不由得想：天哪，瑪麗恩在嫉妒我，我竟然從沒往這上面想過。

她冷冷地答：「可是瑪麗恩，這點你當然比我要清楚得多吧？」

她看到這種冷冷的聲調漸漸消散在她和瑪麗恩之間那層醉意朦朧的空氣中，看到瑪麗恩的大腦開始滿腹狐疑地琢磨起這句話的意味來。於是她放大了聲音緩緩地說：「瑪麗恩，你根本沒必要嫉妒我。如果理查德說過些什麼，那都不是眞的。」

「我並不是在嫉妒你。」瑪麗恩拖著嘶嘶的聲音爆發似地說。嫉妒這個詞反倒激起了她的妒意，當她環視著房間裡那一件件物什時，它們全都刺激著她頭腦中嫉妒的幻想，她的面容扭曲了，有那麼一會兒她眞成了一個醋意大發的女人，同時她的視線來來回回地往床上掃過去。

「那不是眞的。」安娜又說。

「那也沒——沒區別。」瑪麗恩說著又像是好脾氣地笑了起來，「爲什麼不是你呢，既然有那……那麼多？

至少你對我還不是個侮辱。」

「可這也不算什麼呀。」

瑪麗恩這時抬起下巴，讓茶葉和威士忌的混合飲料順著喉嚨倒下去三大口。「我需要這個。」她一臉正色地說，同時把杯子舉過來要安娜再斟上。安娜沒接杯子，說：「瑪麗恩，我很高興你來看我，可是你眞的是弄錯了。」

瑪麗恩嚇唬人一般地眨眨眼睛，用醉鬼的無賴勁說：「噢，可我覺得我來就是因爲我嫉妒。你正是我想成爲的那種人，你是自由的，你還有情人，你可以想做什麼就做什麼。」

「我並不自由。」安娜說著覺出自己聲調中的那種冷淡，隨即意識到不能這樣，便又說：「瑪麗恩，我寧願結婚，我並不喜歡這種生活。」

「這麼說當然容易了。可是只要你想你就可以結婚呵。好了你今晚非得讓我睡這兒不可了。末班火車已開走了。理查德太小器，連個車都不讓我雇。理查德可吝嗇了。他就是那樣的。」（安娜注意到當瑪麗恩抱怨起她的丈夫時，聲調也顯得不那麼稀里糊塗了。）「你能相信他會如此吝嗇嗎？他錢多得要命。你知道嗎，我們屬於那百分之一富可及——可他每個月都要查我的帳。他吹牛說我們屬於那百分之一的頂尖級富豪，可是我買一件時髦的衣服他都要嘀咕。當然他淸點我的帳單也是爲了要發現我買了多少酒喝，可他也同時查我別的開銷呵。」

「你幹嘛不上床去睡覺呢？」

「睡哪張床？誰在樓上睡？」

「詹妮特和我的房客。不過另外還有一張床。」

瑪麗恩眼睛一亮，不解起來，問道：「眞怪，你怎麼會有一個房客，還是個男人，你太奇怪了。」

安娜又一次彷彿從她的話中聽到當瑪麗恩不醉時和理查德一起會如何笑她，笑她有一個男房客。安娜突然湧出一陣對瑪麗恩和理查德這類人的反感，這種情緒這些日子來已很少見了。她想著：像我這麼活著可能是有壓力，但至少我沒有跟瑪麗恩和理查德那樣的人生活在一起，至少不會因爲有一個男房客便招來鄙視的嘲笑。

「你這屋裡有個男人，詹妮特會怎麼想？」

「瑪麗恩，我並不是和一個男人住在一起。我的公寓太大，因而我讓出了一個房間。他是第一個來看房間的人，並且決定租下。樓上還有一間沒人住的小房間，就讓我把你安頓上床吧。」

「可是我討厭上床。我們剛結婚的時候，那曾經是我生活中最銷魂的時刻。這就是我嫉妒你的原因，現在沒有男人再要我了。一切都結束了。有時候理查德也跟我睡，可他都是做出來的，他只有自己刺激自己。男人都很蠢，是吧，他們認爲我們不知道。安娜，你和這種男人睡過覺嗎？」

「那就像我結婚時的感覺。」

「不錯，可你離開了他。你做得太對了。你知道嗎，有個男人愛上了我，他想跟我結婚並且他說他也願意養我的孩子。理查德這時又裝成愛我的樣子，其實他想把我留下來只是爲了要我給孩子們做老媽子，不過就是這麼回事罷了。當我明白這一點後我眞後悔當時怎麼沒走。你知道理查德今年夏天帶我去度假了嗎？一切還是照舊，我們上床，然後他便開始自己刺激自己。我知道他腦中一直都在想著他辦公室裡的那個婊子。」她猛地把杯子推給安娜，氣呼呼地說：「斟上。」安娜只好又到隔壁，照原樣倒上茶和威士忌，轉了回來。瑪麗恩喝著，聲音提高了一點，帶著自哀自憐的哭腔抽噎著：「假如你知道再也不會有男人愛你了，你會怎麼樣，安娜？當我們前去度假的時候我還以爲事情會有所不同。我不知道我怎麼會那麼想。我們到飯店的第一天晚上隔桌坐著一個意大利姑娘，理查德一直在看她，我想他是以爲我沒注意。然後他說我該早點上床睡覺。他想去把那個意大利姑娘弄到手。可我不會這麼早上床的。」她嗚咽著得意地尖聲道，「我對他說，噢，不，你是來和我度假的，不是來找婊子的。」這時她雙眼通紅，在一陣報復的快意中淚水滾滾而下，整張臉一塊紅一塊白的淚痕斑斑。「他對我說，你已經有孩子了，不是嗎？我對他說，可是如果你不管我，我幹嘛要去管孩子呢？可他聽不懂這話。幹嘛要去在乎一個不愛你的男人的孩子呢？你說對不對，安娜？對不對啊？你說啊，是這麼回事，是吧？當他向我求婚的時候，他說他愛我，他並沒說他會給我三個孩子然後便要去找小婊子，把我留在孩子們身邊。好了，說話呀，安娜。你的一切都是那麼順心如意，你只有一個孩子，你只幹你想幹的事。理查德要有幾次突然登門的話，你也很容易吸引他。」

電話鈴突然響了一下，又停了。

「那一定是你的一個男人吧，我猜。」瑪麗恩道，「可能就是理查德。假如是他的話，告訴他我在這兒，告訴他我就在電話旁邊。就這麼跟他說。」

電話鈴又響了，這回一直響了下去。

安娜走過去接電話，想著：瑪麗恩好像又清醒了起來。她對著話筒：「喂。」於是她聽到莫莉的尖叫聲：「安娜，托米自殺了，他對自己開了一槍。」

「什麼？」

「是眞的。剛才你給我一打完電話他就回來了。一句話沒說就上了樓。我聽到『砰』的一聲，我還以爲是他的關門聲。過了好一會兒我才聽到一聲呻吟，我便衝他大喊了幾聲，可是沒有回答，我就想可能是我胡思亂想了。然而我不知爲什麼害怕起來，我走出房間，就看到血順著樓梯直往下流。我不知道他有一把左輪手槍。他還沒死，不過也差不多了，這是警方說的。他要死了。」她尖叫起來。

「我馬上去醫院。他在哪家醫院？」

這時傳來一個男人的聲音：「現在讓我來跟她說吧，小姐。」然後他在電話裡說：「我們會把你的朋友和她的兒子送到聖瑪麗醫院。我想你的朋友願意有你陪著她。」

「我這就來。」

安娜朝瑪麗恩轉過頭來，瑪麗恩的腦袋已垂了下來，下巴抵在胸前。安娜拚盡全力地把她從椅子上弄起來，又一步步拖到床上。瑪麗恩爛泥一樣癱在床上，嘴半張著，臉上濕漉漉地掛著淚和口涎，臉頰在酒精作用下還泛著潮紅。安娜往她身上蓋了條毛毯，關上房裡所有的燈，以最快的速度衝到了街上。這時早已過了午夜，街上空無一人，也看不到計程車。她邊啜泣著邊沿街跑著，看見前面有個警察便朝他跑了過去。

「我必須趕到醫院去。」她緊緊抓著他說。這時從拐角處又過來一個警察。其中一個攙扶著她，另一個叫到了一輛計程車並陪她去了醫院。托米還沒死，但據診斷，他活不到天明了。

筆記部分(二)

♠〔黑色筆記左邊題有「素材」兩字的下面仍然空著，然而右半邊「錢」的下面卻寫得滿滿的。〕

《綜合影視》製作人雷金納德·塔布魯克先生致安娜·沃爾夫小姐的信：上星期我讀到了——老實說，純出於偶然——您那部令人耳目一新的小說《戰爭邊緣》。我立即被小說的眞切和新穎吸引住了。我們的職責就是要尋覓能改編成電視劇的小說題材。因此我十分想與您探討一下此事。就許您會同意下週五的午後一點鐘同我喝上一杯——您知道波特蘭大街的「黑牛」酒吧嗎？請千萬給我回個電話。

安娜·沃爾夫致雷金納德·塔布魯克的信：非常感謝您的來信。我想我最好馬上做一下說明，我對電視這種媒體不感興趣，因爲我實在是沒看過有什麼太好的電視劇。

雷金納德·塔布魯克先生致安娜·沃爾夫：非常感謝您如此坦率的回信。我十分贊同您的看法，這也正是我給您寫信的原因，此時我剛剛放下您那部引人入勝的《戰爭邊緣》。我們迫切需要題材新穎，內容眞切感人的劇本。下星期五您能與我一同到「紅男爵」共進午餐嗎？那是一間並不太招搖的小餐館，但他們的牛排做得十分地道。

安娜·沃爾夫的回信：，非常感謝，可我說的句句屬實。如果我相信有辦法把《戰爭邊緣》改編成一個能令我滿意的電視劇，我的態度會轉變的。事情明擺在那兒——您誠摯的。

雷金納德・塔布魯克先生致沃爾夫小姐：多遺憾並沒有太多的作家具備您這種可愛的正直！我發誓如果我們不是在竭盡全力地尋覓眞正天才的創作的話，我是不會寫信給您的。電視需要眞正出色的作品。敬請於下星期一在「白塔」與我共進午餐。我想我們需要在安靜的氣氛中眞正地談一次了。您萬分誠摯的。

與《綜合影視》的雷金納德・塔布魯克在「白塔」共進午餐。

帳單：六英鎊十五先令七便士。

赴約前穿衣梳妝時我在想莫莉有多喜歡幹這種事——扮成這樣或那樣。最後決定我得把自己打扮得像個「女作家」。我有一條長得有點過分的裙子，一件與之十分不相配的上衣。我把它們套在身上，又戴上一條假珍珠項鍊，以及一副長長的耳墜。看著鏡中的自己，感覺極爲彆扭，好像鑽進了一張不屬於自己的皮裡。煩躁。想莫莉也不頂用了。到最後還是脫下，換回平素的自己。眞是麻煩。塔布魯克先生（他說叫我雷傑）有點意外，他期望見到的是一個女作家的樣子。他是一個五官柔和、相貌英俊的中年英國人。「那麼，沃爾夫小姐——我可以叫您安娜嗎——您最近在寫什麼作品？」「我在靠《戰爭邊緣》的版稅過活呢。」他臉上現出一絲詫異之色——我的語氣聽來像是只對錢感興趣。

「這部小說一定十分成功吧？」「有二十五種文字」我脫口說道。他做了個滑稽相——嫉妒。我於是轉換成一個獻身於寫作的藝術家的口吻說：「當然，我並不急於寫第二部。第二部小說太重要了，你說呢？」他高興了起來，並且鬆弛了。「並不是所有的人第一炮就能打響。」他說著嘆了口氣。「你自然也在寫了？」「讓你猜中了，你眞是聰明！」他不自覺地又做了個滑稽相，現出一絲古怪的神情。「在我抽屜裡擱著一部寫了一半的小說稿，不過我這種職業讓人沒太多時間去從事寫作。」話說到這兒，桌上的大蝦和主菜已吃完，我等著，他會說話的。「當然啦，人們總是在拚啊拚啊，要經過各種錯綜複雜的考驗才能把做了一半的事情最終完成。他們當然沒有任何線索可尋，你要得到的東西只在終點。」（他已登上了半山腰）「不要香腸了。想想眞是傻，有時候你禁不住會懷疑這麼幹究竟是爲了什麼？」又上來芝麻糖點和土耳其咖啡。他點了根雪茄，給我買了枝菸。到這時我們還沒提到我那部富有魅力的小說。「告訴我，雷傑，你打算帶製作小組到中非實景拍攝《戰爭邊緣》嗎？」他的面容只僵了一秒鐘，隨即恢復了原有的魅力。「我很高興你問我這個，因爲，那自然是個問題。」「那邊的風景是不是在小說中占據著很重要的位置？」「哦，至關重要，這點我同意。很精彩。你對風景的感受眞是太棒了。我簡直可以聞到那兒的氣息。」「你打算在攝影棚裡拍這些景物嗎？」「當然，這是個關鍵，這也是我想跟你談談的原因。告訴我，安娜，如果問你，你那本招人喜歡的書的中心主題是什麼，你會怎麼回答？當然是簡單說一下，因爲電視從根本上來說就是一種簡單的媒體。」「是很簡單，關於種族歧視吧。」「噢，我太同意了，那眞是可怕，當然我自己從沒經歷過，可當我看了你的小說——眞可怕！不過我不知道你是否看到了我的觀點；我眞希望你看到了。要把《戰爭邊緣》按小說寫的那樣照搬到電視這個魔盒裡是不可能的。整個故事都要簡化，而把最好的核心部分完全地保留下來。所以我不知道若是把整個場景搬到英國來，你會怎麼想——不等等，如果我能讓你明白我所看到的，我不認爲你會反對——電視是一門視覺藝術，不是嗎？人們能看到什麼，這永遠是電視的關鍵所在，我覺得我們的一些作家總是容易忘記這點，現在讓我跟你說說我所看到的。這是戰時英國的一個空軍訓練基地。那會兒，我自己也在空軍待過——哦，不是穿天藍色制服的飛行員，我不過是個辦公室文書人員。不過也許那正是你的小說把我帶進去的地方。你把那種氣氛描寫得如此逼眞……」「什麼氣氛？」「哦，親愛的，你眞是不可思議，眞正的藝術家就眞是這麼棒，其實有一半的時間你都不知道你自己寫出了些什麼……」我突然信口說道：「也許吧，而且我們並不願意如此。」他皺了皺眉，決定不去理會這句話，又接著說道：「就是那種偉大的正義感——還有那種奮不顧身——慷慨激昂——我再沒有像那會兒那麼生氣勃勃過……好了，我想提的建議是這樣：我們會保留原作的核心內容，那太重要了，我同意。空軍基地，一位年輕的飛行員，他愛上了當地鄉村裡的一個姑娘。他的父母堅決反對——因爲不門當戶對，你知道，可嘆這種情形直到現在還存在於這個國家。兩個戀人不得不分開。所以結尾處我們可以在火車站安排一個感人的場面——他要走了，而我們知道他這一去就是死，不，好好想想，考慮那麼一下子——你怎麼看？」

「你想讓我寫一個新的本子？」

「可以說是，也可以說不是。你的小說的基本框架是一個簡單的愛情故事，毫無疑問，而種族歧視——是的，我知道那極重要，並且我完全同意你的看法，那實在是慘無人道的事情，可是你的小說眞的是一個單純感人的愛情故事，它就明擺在那兒，相信我——就好像是另一本《萍水相逢》，我眞希望你能看得和我一樣淸楚——你得記住電視只是一個觀看的問題。」「你說得十分清楚，不過這樣的話你完全可以把《戰爭邊緣》這部小說拋在一邊，另起爐灶。」「不完全是這樣，因爲這部小說已如此知名而且那麼精彩，並且我想保留這個書名，因爲邊緣一詞顯然不是指地域上的，是吧？本質上不是吧？我不那麼看。這應該是指感受的邊緣。」「好啊，也許你該寫篇東西給我，把你對新電視劇本的要求劃個框框給我，豈不是更好？」「但那就不完全是原創的了。」（怪怪地眨眨眼）「你不覺得讀過這本書的人看到它變成了某個《萍水相逢》的故事會大爲驚訝嗎？」（做了個怪相）「可是親愛的安娜，不會的，只要經魔箱一處理，他們就一點也不會驚奇了，怎麼會呢？」「很好，我吃了一頓美妙的午餐。」「噢，我親愛的安娜，你太對了，當然你是對的。可是顯然憑你的聰慧，你該看到我們不可能到中非去拍外景，上面的那些傢伙是不會給我們這筆經費的。」「哦，當然了，不過我想我在我的信中可是提到過這一點的。」「它會成爲一部出色的電影的，告訴我，你是否願意我跟一位電影界的朋友提一下？」「這種事也曾有人跟我談過。」「噢，我親愛的，我知道，我眞該知道。那麼我們所能做的就是埋頭苦幹了。我也知道，有時候我晚上回到家，看著我的書桌，那上面有一打小說等著我去從中發掘可能改編的題材，還有一百個劇本等著我去看，而我自己那部可憐的小說半成品則躺在抽屜裡，我已有好幾個月沒時間看它一眼了，我只有安慰自己說有時候我的確從一堆亂麻中揀出了一些有新意的眞實的東西——請你認眞考慮一下我對於《戰爭邊緣》的提議，我眞的相信這樣會成功的。」我們起身離開餐館，兩個侍者朝我們鞠躬，雷金納德拿過他的外套，往侍者手中塞了幾個硬幣，臉上掠過一絲近乎歉意的微笑。我們走上了人行道。我對自己十分的不滿意．我幹嘛要來呢？因爲從《綜合影視》來第一封信起就分明知道事情會是怎樣，除了不知道他們這些人只會比你料想的更糟。可是既然我心知肚明，幹嘛還要自找麻煩？只是要證實一下麼？這種自我嫌惡開始轉成另一種我自己再淸楚不過的情緒，有一點兒歇斯底里。我知道我馬上就會說一些怪話、粗話、甚至罵人或者自責。我知道一旦到了這種時候我就別想攔住自己，可是假若不加以阻止，那麼只要我一開口就再也別想停下來了。我們走在人行道上，他想脫身了，然後我們朝著托特漢姆宮大街的地鐵站走去。我說：「雷傑，你知道我願意怎麼拍《戰爭邊緣》的眞實想法麼？」「那麼我親愛的，跟我說說。」他驚奇地停下了腳步，然後才又接著往前走。「喜劇？」說著他從一側斜睨了我一眼，竭力掩飾他心中湧起的不滿，然後他說：「可是我親愛的，它的整體風格是這樣的雄渾悲壯，一部純粹的悲劇，我甚至想不起那裡面有哪一個喜劇場面呀？」「你記得你談到那種慷慨激昂了嗎？還有戰爭的脈搏？」「是的，我親愛的，太對了。」「對啊，我同意你的觀點，這正是這部小說的眞正內涵。」片刻的停頓。那張英俊而有魅力的臉僵住了，他看上去謹愼而小心。我的聲音已變得生硬而怒氣沖沖起來，並且充滿了厭惡，是自我嫌惡。「現在你得告訴我你到底是怎麼想的了。」我們已到了地鐵站口，到處都是人。那個賣報的男人幾乎沒有臉，他沒有鼻子，嘴是兎唇，像開了一個洞，兩隻眼睛裡邊深深地塞著兩團紗布。「那麼就讓我們按你的設計來展開情節，」我說，「年輕的飛行員，勇敢，英俊，無所顧忌。漂亮的村姑，當地偷獵者的女兒。戰時的英國，飛行員訓練基地。現在，記住這是我們從電影中看過一千次的鏡頭——飛機要去轟炸德國。飛行員聚在一起鬧轟轟的場面，然後是牆上姑娘的相片，漂亮更多於性感，這樣就可以讓人不至於聯想到小伙子們那種粗魯的本能。一個英俊的小伙子在讀母親的來信。壁爐上擱著運動獎章。」停頓。「我親愛的，不錯，我也同意，這樣的電影我們已拍得太多了。」「飛機著陸，但是有兩架沒回來。一大群人站在停機坪上仰望藍天，翹首等待，喉頭緊鎖。鏡頭切入飛行員的宿舍。空無一人的床。一個年輕人走來，他一言不發，然後坐在自己的床上看著那張空床，他的喉頭緊鎖。然後他走向那張空床，床上躺著一隻玩具熊，喉頭緊鎖的特寫。飛機爆炸起火的鏡頭。切換成年輕人手拿玩具熊，看著一個漂亮女郎的相片——不，不要女郎，還是改成牛頭犬（一種頭大毛短、身體結實的猛犬——譯者）更好些。再切成火海中的飛機鏡頭，響起國歌聲。」一陣沉默。那個長著一張兎臉、沒有鼻子的賣報人在叫喊：「奎莫伊發生戰爭了。」雷傑覺得他一定是弄錯了什麼，便笑著說：「可是我親愛的安娜，你用的是喜劇這個詞。」「你十分敏銳，應該能看到這部小說的眞正內容——它是對於死者的懷念。」他皺起了眉頭，這回沒再鬆開。「好吧，我感到很慚愧，我願意做點彌補——我們來編個百無一用的英雄主義的喜劇吧。可以仿造一下那個關於二十五個風華正茂的年輕人怎樣不走運的故事，讓他們去送死，遺留下一個玩具熊、足球獎章，還有一個女人站在門邊萬念俱灰地仰望天空，這時正有另一批機群飛往德國。她喉頭緊鎖。怎麼樣？」賣報人又在喊：「奎莫伊戰爭。」突然間我只覺得好像置身於一幕拙劣的戲劇中間，我開始大笑起來，笑得歇斯底里。雷傑看著我，皺著眉頭，十分不耐。他的口氣先前還帶著與我商議什麼的靈活性，並且討人歡心，現在則變得刻薄起來，還有點兒怨恨。我止住了笑，突然間所有的笑意、欲衝口而出的話語全都消失了，我重又恢復了理智。他說，「好了，安娜，我同意你的觀點，可我也得做我的工作呵。我又想到一個很棒的喜劇構思——不過那適用於電影，而不是電視，這點我很淸楚。」因爲我恢復了正常，他說話也正經起來。「這種設計顯然太殘酷了，我只擔心人們是否能接受？」（他的嘴唇歪成一種有魅力的怪相。他瞥了我一眼——他無法相信我們之間已出現了十足的敵意。我也不太相信。）「但那也許會奏效呢？無論如何戰爭結束已有十年了，但電視不是這樣，電視還只是一種簡單的媒體。並且觀衆——我都毋須對你說這個，他們並不是一群聰明人。我們不得不牢記這點。」我買了一份報紙，上面就是那條醒目的標題：奎莫伊戰爭。我用交談的口氣說：「這又將成為一個僅因為戰爭而讓我們熟知的地名。」「我親愛的，沒錯，這眞是太糟了，不是嗎，我們的消息來源就是這麼單一。」「呵，我就一直讓你這麼站在這兒，你一定是想回辦公室了。」「事實上我已相當晚了——再見，安娜，見到你眞是令人愉快。」「再見，雷傑。還有，謝謝你豐盛的午餐。」一到家我就陷入了沮喪之中，然後開始生自己的氣，我討厭自己。但是這次會面中唯一沒讓我感到的後悔的部分是我歇斯底里發作以及犯傻的時候。以後我再也不能理會這些電視或電影方面的邀請了。有什麼意義？我所要做的就是對自己說：你沒再寫下去是對的。一切都是如此的令人感到恥辱而且醜惡，你該洗手不幹才是。可是這一切我全明白，那麼幹嘛還要堅持寫作呢？

美國一小時電視短劇集「青鳥」系列的代理人埃德溫娜·萊特夫人寫來一封信。親愛的沃爾夫小姐：我們以犀利的目光尋找著具備經久不衰的吸引力的文學作品，以便將其搬上我們的螢光幕，我們十分興奮地發現您的小說《戰爭邊緣》。我寫信給您是希望我們能在互惠的基礎上進行合作。我馬上要前往羅馬和巴黎，中途將在倫敦停留三日，希望您到時能打電話來「布萊克」飯店，我們可以一起喝一杯。隨信附上一本我們編的作者指南。您誠摯的。

小冊子是印刷的，長達九頁半。開頭寫道：每一個年度我們的辦公室都要收到上百個劇本。其中許多本子都顯示了對電視這種媒體的眞誠態度，但是由於不了解我們的基本要求而不能為我們所用。我們每週都為觀衆推出一部一小時的電視劇，等等，等等。第一款寫著：「青鳥」系列的宗旨是多樣性，在題材上沒有禁區！我們歡迎探險故事、浪漫故事、遊記、關於異域和本土的生活、家庭生活、父母與孩子的關係的故事、幻想故事、喜劇、悲劇等等。「青鳥」系列不接受非劇本形式以外的任何作品，不管寫得如何誠摯眞實，扣人心弦，都不予考慮。倒數第二款則為「青鳥」電視影集每週擁有九百萬美國各個年齡層的電視觀衆。「青鳥」

帶給普通男女、兒童以眞實可信的故事。「青鳥」的作者必須牢記他們與「青鳥」承擔著同樣的責任，那就是「青鳥」對於涉及宗教、種族、政治或者婚外性關係的劇本將不予接受。

我們竭誠盼望著看到您的劇本。

安娜・沃爾夫小姐給埃德溫娜・萊特夫人的回信。親愛的萊特夫人：謝謝您盛情的來信。不過我從你們的作家指南中得知，你們不喜歡涉及種族及婚外情的故事。《戰爭邊緣》兼有這兩方面的內容。我覺得我們似無必要再探討將此小說改編成你們的系列的可能性了。您誠摯的。

埃德溫娜・萊特夫人給沃爾夫小姐的回函是一封電報。非常感謝您及時而盡責的回信。務請明晚八點在布萊克飯店一起用晚餐，回電費用已預付。

與萊特夫人在飯店共進晚餐。帳單：十一鎊四先令六便士。

埃德溫娜・萊特，四十五歲到五十歲之間，一位體態豐滿、膚色白皙而粉嫩的婦人，一頭鐵灰色的鬈髮閃閃發光，眼瞼上了藍灰色的眼影，泛著幽幽的光澤，嘴唇抹了粉紅色的珠光唇膏，指甲也塗了淡粉色的亮光甲油。一身貴重的淺藍色裝，一個昂貴的女人。我們先喝了幾杯馬丁尼酒，期間輕鬆友好的閒聊著。她喝了三杯，我也喝了兩杯，她喝時一口就下去了，好像眞的很需要這酒。她把話題引向英國文學家，想知道我與哪幾位有私交。我幾乎哪個也不認識。她本意是想把我放在一個什麼位置上，最後她放棄了這打算，微笑著說：「我有一位最要好的朋友見過」（提到一位美國作家的名字）「……他總是對我說他討厭……別的作家。我認爲他前程遠大。」我們進了餐廳。裡面溫暖舒適、清靜。落座以後她四處張望起來，一瞬間有點兒走神。她那雙刷過睫毛膏、上了眼影的眼睛瞇了起來，粉色的雙唇微微啓開，她是在找什麼人或者什麼東西。然後她臉上顯出抱歉而不快的表情，但這看來不是裝出來的，因爲她認眞地說：「我愛英格蘭。我喜歡到英國來。我總是想法子到這裡來出公差。」我在奇怪是否這家飯店對她而言就意味著她的「英格蘭」，但她說這話時的神情又顯得無比聰明而機靈，似乎是很明白何爲英格蘭的。她問我是否再來一杯馬丁尼，我本想說不了，但看出她很有再喝一杯的意思，便說好吧。這時我忽地感到內心一陣緊張，然後我明白了這種緊張感源於她，又傳到了我身上。我看著這張戒備自持而漂亮的面孔，爲她感到難過。我十分清楚她的生活是什麼樣子。她點著菜，顯得老練而講究。這讓我覺得像是跟男人出來吃飯似的，但她當然一點也沒有男性化的傾向，她不過是慢慢習慣了在這種場合居於主動地位罷了。我可以看得出來她做得並不自然，並且讓她扮演這種角色也眞是難爲她了。我們在等著上水果的時候，她點燃了一根菸。她坐在那兒，眼瞼低垂，煙霧慢慢升騰起來，她又開始向餐廳四周望去，臉上突然閃過一絲如釋重負的神情，隨即便掩飾過去了，然後她朝一個剛走進餐廳來的美國人點頭並微笑了一下，那人獨自坐到了餐廳的一角，然後在她背後招了招手，她微笑，煙霧一圈一圈繚繞在她眉眼之間，她朝我轉過來，竭力把注意力集中到我身上。她似乎轉眼間老了許多。我很喜歡她。我幾乎可以無比眞切地想見那一晚她要到很晚才回房間，穿上極具女人味的衣衫，沒錯，我看到了綴有花邊的雪紡綢睡衣……因爲她需要放鬆。一天的工作中不得不扮演眼前這種角色帶來的疲勞感。她甚至還會瞧著雪紡綢的褶邊，調侃自己幾句。但她是在等人。這時傳來幾下謹愼的敲門聲。她打開房門，對來人說句笑話。他們這會兒已全喝得暈暈乎乎的，而且還想喝。於是兩人接著又喝，然後是有分寸而無味的做愛。到了紐約他們還會在某次晚會上碰面，然後互相冷嘲熱諷上幾句。此刻她正在挑剔地品嘗著她的水果，最後下結論說英國菜味道更好些。她談著她如何打算辭去眼下的工作，到新英格蘭的鄉間去居住，然後寫她的小說（她一直沒提到她的丈夫）。我感覺到我們倆誰都沒有談論《戰爭邊緣》的渴望。她已對我做了判斷，對此她既不贊成，也沒有反對的意思，她只是在抓機會。這頓飯從生意角度說是個浪費，但那也正是她的工作。再過一會兒她就要開始友好然而敷衍了事地談一下我的小說了。我們在喝一瓶醇香濃厚的勃艮第葡萄酒，就著牛排，鮮磨菇和芹菜。她又一次說我們的食物要比她們的好吃，但又補充說我們應該再學學烹調，這時在酒精的作用下我的情緒也已變得跟她一樣柔順起來，但是那層緊張感並沒有褪去，那其實是來自她的。她一直在瞄角落裡的那個美國人。我突然感覺到只要我一不小心就又會開始爲歇斯底里的情緒所左右，滔滔不絕起來，然後可笑地模仿起幾個星期前捉弄那個雷金納德・塔布魯克的場面。我竭力控制著自己，因爲我太喜歡她了。然而她倒讓我嚇了一跳，「安娜，我太喜歡你那本小說了。」「我很高興，謝謝。」「我們那兒目前對非洲題材眞的很有興趣，包括非洲的問題。」我咧了咧嘴說：「可那本書裡涉及了種族問題。」這回她咧了咧嘴，因爲我先說到這點而流露出感激之色，說道：「但是這通常是一個程度的問題。在你那本精彩的小說裡，你讓一個年輕的飛行員和一個黑種姑娘睡到了一起。那麼，現在你是否以爲這點很重要呢？你認爲他們有了性關係對於整個小說來說是至關重要的嗎？」「不，我不這麼認爲。」她遲疑了。在她那雙疲倦而格外敏銳的雙眼裡閃現出一絲失望之色。她原本不希望我會做這種讓步的，儘管要我做出讓步正是她的工作。我現在才知道，在她看來性就是這個故事的關鍵所在。她的態度發生了微妙的變化：因爲她正控制著一個爲了讓小說能上螢光幕預備做出部分犧牲的作家。我說：「不過很顯然，就算他們以最純潔的方式相愛，也是與你們的規則相違背的，是吧？」「這是一個如何處理的問題。」話說到這兒我已看出整件事情便會很自然地被置於一邊了。是因爲我的態度嗎？不。是因爲她急於想到獨坐在角落裡的那個美國人那兒去。我已發現他看了她兩次了，我想她的焦急是有道理的。他正拿不定主意是否過來，或者也許該獨自先到別的地方去走走。然而他看起似乎很喜歡她。侍者過來淸走了我們的盤子。當我說我想要咖啡，沒要甜點時，她顯得很高興。她在這趟旅行中一天要吃兩頓這樣的工作餐，所以她對我們再上一道便可迅速結束而感到一陣輕鬆。她又向她那位孤獨的同胞投去一瞥，後者看來並沒有要動一下的意思，她於是決定先回到工作上來。「當我在琢磨我們該怎樣來利用你絕妙的原材料時，我忽然想起可以把它改編成一個很棒的音樂劇的——因爲在一個音樂劇中你可以抽掉在一般敍述中不可減少的嚴肅內容。」「一齣以中非爲背景的音樂劇？」「起碼有一點，如果是音樂劇，就可以解決背景的問題，你的小說背景中的景物是相當不錯，可惜在電視上無法表現。」「你的意思是把非洲的背景搭成固定的舞台景嗎？」「是的，那是個辦法。然後是一個極簡單的故事。年輕的英國飛行員在中非受訓，在舞會上遇到一個漂亮的黑人姑娘。他孤身一人，她待他很好，他還認識了她的家人。」「但是他幾乎不可能在舞會上碰到一個年輕的黑人姑娘，這部分是不可能成立的。除非是在一齣政治性的戲裡——一小股人想消滅種族歧視。你不會是想排一齣政治音樂劇吧？」「噢，這個我沒想到……那麼假設他在大街上發生車禍，而她幫了他，並把他弄到自己家裡呢？」「她不可能把他弄回家裡，不然她就得觸犯十幾條法律。假如她偷偷把他帶了回去，那會是十分危險而糟糕的，也不符合音樂劇的喜劇氣氛。」「音樂劇也可以非常非常嚴肅。」她說，帶著責難的口氣，不過只是就這個形式問題。「我們可以採用當地的音樂和舞蹈，中非音樂對於我們的觀衆來說應該是很新鮮的。」「在這個故事發生的年代，非洲人正在聽美國的爵士樂。他們自己的音樂形式還沒開始形成呢。」她的目光盯著我，那意思是說：你就知道跟我作對。她放棄了對於音樂劇的設想，說道：「好了，如果我們買下版權並要把這個故事照原樣拍出來，我想場景就必須得換一下，我的想法是駐在英國的一個美國軍事基地。一個美軍士兵愛上了一個英國姑娘。」「是一個黑人士兵嗎？」她拿不定主意了。「算了，那會搞得複雜起來。因爲不管怎麼說，歸根結柢這不過是一個極簡單的愛情故事。我是英國戰爭片的狂熱崇拜者。你們拍出了這麼精彩的戰爭片——如此的嚴謹。你們玩得如此的——機智老練。我們的目標應該是那種感覺。還有那種戰爭氣氛——英國的戰爭氣氛，然後是一個簡單的愛情故事，我們的一個小伙子和你們的一個姑娘。」「但是你如果用一個黑人士兵做男主人翁，你不就可以使用所有美國南方的鄉村音樂了嗎？」「嗯，不錯。可是你知道這對我們的觀衆來說沒什麼新鮮的。」「我看這樣吧，」我說，「搞一組美國黑人士兵的小合唱，地點是戰時的英國鄉村，與之相呼應的是另一組英國年輕姑娘的合唱，伴以英國民間舞蹈。」我朝她咧了咧嘴，她皺皺眉頭，然後也咧開嘴笑了。我們的目光相遇、她從鼻子裡噴出一陣高聲大笑，接著又笑了一陣，然後她控制了一下自己，坐那兒皺起眉頭來。她深吸了一口氣，就好像剛才並沒那麼不能自己地笑過，說道：「你當然是一位藝術家，一位十分優秀的藝術家，能認識你並與你交談是我的榮幸，並且你當然會本能地反感自己的作品被人進行任何改動。但是我一定要說，如果你對電視極不以爲然，那你就錯了。它是未來的藝術形式——我是這麼看的，並且這也是我爲能投身其中而深感榮耀的原因。」她打住了話頭，那位寂寞的美國人正環顧四周找尋侍者，但是沒有，他想再添點咖啡。她又把注意力轉了回來並繼續說道：「藝術，正如一位非常非常偉大的人物說過的，是耐心的產物。如果你願意考慮一下我們剛才的談話，再寫信告訴我——或者你也許更願意給我們寫一個別的題材的劇本？當然我們無法委任一位從未有過電視劇創作經驗的藝術家給我們寫腳本，但是我們會很樂於提供一切建議和可能的幫助。」「謝謝。」「你考慮過訪問一下美國嗎？我會很高興接到你的電話，你的任何構思我們都可以探討一下，好嗎？」我猶豫著。我幾乎要嚥下衝到嘴邊的話，然後我知道我無法不說出來：「沒有什麼事能比我去你們國家更讓我高興的事，可惜，我不會被允許入境的，因爲我是個共產黨員。」她一下子盯住了我的臉，雙眼受驚一般猛地瞪大了，顯得格外的藍，與此同時她下意識地動了一下——椅子往後退了退，並要起身離去，呼吸也急促了起來。我看到的是一個被嚇壞了的人，我已經感到後悔並且慚愧了。我說那話可以有各種理由，但第一條就是孩子氣的：我想嚇唬她一下。第二條同樣也是孩子氣的，那是一種我應該自己說出來的感覺，假如以後有人對她說：她當然是一個共黨分子了，這個女人就會覺得我是有意欺瞞了。第三點理由則是：我倒想看看說出來會怎麼樣。她在我對面坐著，呼吸急促，她的眼神猶疑不定，她的粉色唇妝這時已殘亂不堪。她一定在想，下回我一定得謹慎從事了，得先問明白了再談。她同時也快把自己看作是一個犧牲者了——那天早上我剛從一批美國的剪報上讀到，有很多人遭到解雇，並受到反美委員會的傳訊，等等。她上氣不接下氣地說：「當然英國的情形很不一樣，我覺得……」她那副女強人的形象徹底崩塌了，她脫口而出：「可是我親愛的，我永遠也不會猜到……」那話的意思是：我這麼喜歡你，你怎麼可能是一個共黨分子呢？這種偏狹一下子激怒了我，使我又產生了這一類場合常有的感覺，那就是：我寧可做一個共黨分子，並且不惜任何代價，寧可活在現實中，而不是如此地脫離事實的眞相，以至於會說出這樣愚蠢的話來。這時我們倆突然間全都憤怒難當。她看著別處，竭力地鎭定著自己的情緒。我則想起兩年前我與一位蘇聯作家談了整整一個晚上的情形來。我們用的是同一種語言——共產黨的語言。然而我們的經歷是如此的不同，我們所用的每一個詞彙對我倆的含義全然不同，一種強烈的不眞實感幾乎把我淹沒了。最後，到了很晚的時候，更確切地說已是次日凌晨，我把一件我剛才用那種保險而不眞實的隱語說過的事轉換成如實的說法——我對他說了簡的事，說他在莫斯科的監獄裡受盡了折磨。當時的情景與此刻一模一樣，他大吃一驚地盯著我的臉，並且下意識地移動著身子，像是要從這兒逃掉的樣子。因爲我說的這些話如果換了他在他的國家裡講，他就會被送進監獄。事實是我們共用的語彙就是一種把眞相掩蓋起來的方法。事實是我們除了身上打有共產黨人這個標簽外，毫無共同處。而此刻就眼前這位美國婦女來說，我們可以整個晚上都用民主國家的語言，但所表達的意思卻各不相同。我們坐在那兒，她和我兩個人都還記得我們作爲女人彼此喜歡著對方，但這時卻無話可說，正如我跟那位蘇聯作家後來坐在一起再也沒什麼可說的一樣。終於她開口道：「好了，我親愛的，我從來沒這麼吃驚過。我只是無法理解。」這回是一種指責，於是我又憤怒起來。而她甚至又繼續說道：「當然，我欣賞你的誠實。」然後我想：假如我現在是在美國，委員會就會來追緝我，我就不會坐在飯店的一張桌旁隨隨便便地說我是一個共產黨人了。所以這種憤怒是不誠實的——但這麼想也沒什麼區別，我還是帶著火氣冷冷地說：「也許你在這個國家邀請某位作家吃飯之前，比較好的辦法是事先查詢一下，因爲有許多人都可能會讓你難堪的。」但此刻她的表情顯示她已與我十分隔膜了，她是在懷疑：因爲這裡是一個共產黨勢力極小的國家，因而我也有可能是在撒謊。這使我想起那個蘇聯作家在那個時刻的反應來，當時他有兩種選擇，要嘛接住我的話頭，與我討論下去，要嘛乾脆不理會，當時他說，「好吧，這也不是頭一回，一個我們國家的朋友也可以變成我們的敵人。」換言之就是：你已經屈服於資本主義大敵人的壓力了。幸運的是，就在這當口那個美國人出現了，就站在我們桌子旁邊。我不知道是否天平早已傾斜到了他一邊，因爲她是眞的而非出於算計停止注意他了。我難過起來，因爲我覺得這已是千眞萬確的了。「好吧，傑瑞，」她說，「我原來就在想我們會不會又撞見，我聽說你在倫敦。」「嗨，」他招呼道：「你好嗎，眞高興見到你。」一個衣著考究、沉著而溫和的男人。「這是沃爾夫小姐，」她道，說得頗爲勉強，因爲她的感覺是，我在把我的朋友介紹給一個敵人呢，我應該以某種方式警告他一下才是。她又說：「沃爾夫小姐是一位非常有名的作家。」從「有名」這兩個字中可以聽出一絲她的緊張感。我說：「或許你們會原諒我就此告別吧？我得回家去看我的女兒了。」她顯然鬆了一口氣。我們一起離開了餐廳。我道了再見轉身走開時，看到她的手臂滑入了他的臂彎中，只聽見她說：「傑瑞，你在這兒我眞是太高興了，我還以爲今晚我要一個人過了。」他則道：「我親愛的埃迪，除非你自己想這樣，你什麼時候會寂寞呵？」我看到了她的笑容，乾巴巴的，但對他心懷感激的樣子。至於我，我回到家便想著，放下一切不說，整個晚上唯一誠實的時刻就是當我打破我們認識以來安逸溫馨的表象的時候。然而我仍感到羞慚而不滿，情緒十分低落，正如我跟那個蘇聯人談了一晚上後的感覺一模一樣。

♠〔紅色筆記。〕

一九五四年八月二十八日

昨晚上一直在找關於奎莫伊的資料，不論是我的書架還是莫莉的，都一無所獲。我們倆都感到驚懼不安，也許這又將開始一場新的戰爭了。之後莫莉說：「這種事我們幹過多少回了，坐在這兒瞎操心，結果又沒什麼大戰發生。」我可以看出她正爲別的什麼事發愁。最後她告訴了我，她與弗雷斯特兄弟曾是很親密的朋友，當他們據推測「失踪」於捷克後，她就跑到共產黨總部去打聽有無他們的下落。他們讓她別擔心，說她的朋友在爲黨幹著很重要的工作。昨天她才從公開的消息中得知他們在監獄裡已被關了三年，剛剛放出來。於是昨天她又去了總部，問他們是否早就知道弗雷斯特兄弟入了獄。事情很明顯，他們一直就知道這個情況。她對我說：「我在考慮退黨。」我說：「爲什麼不看看事情到底還能不能好轉？你瞧，畢竟史達林死後他們還在清黨。」她說：「你上星期還說你打算退黨。無論如何，我就是這麼跟海爾說的——我見到總書記本人了。我對他說：『所有的壞蛋都死了，不是嗎？史達林、貝利亞，等等等等，不是嗎？可你們的做法怎麼還跟從前一樣呢？』他說那是一個在蘇聯受到攻擊的情況下的立場問題。你知道，還是老一套。我又說：『那麼蘇聯的猶太人怎麼樣了？』他說那是資本主義世界造的謠。我便說：『噢上帝，別再說了。』但是他還是給我長篇大論了一番，始終又是親切又是鎮定，讓我不必驚慌。突然間我就覺得要不是我瘋了，就是他們全瘋了。我對他說：『看看吧，你的人應該馬上就去弄懂一些事情，不然的話你的黨就要沒人了——你們也該學會講點眞話，別再到處串通好謊話連篇了。』他則勸我說，我這麼難過是完全可以理解的，因爲我的朋友蒙受了牢獄之苦。於是我頓時覺得我該向他致歉，並且轉攻爲守了，但是我明明知道我是對的，而他是錯誤的。怪不怪，安娜？我幾乎就要開始向他道歉了，幸好我及時打住了，然後我迅速離開了他。回家以後我就上樓倒在了床上，我覺得難過極了。」麥克爾來晚了。我對他敍述了莫莉的一番話。他問我：「這麼說你們打算退黨了？」這話聽來像是如果我這麼做了，別的暫且不論，他會覺得遺憾的。然後他語氣極爲平淡地說：「你意識到沒有，安娜，只要你和莫莉談到退黨，總會讓人聯想到你們會因此而逕自陷入某種道德墮落的泥流。

然而事實上確有上百萬道德高尚的人退出了共產黨（只要他們還未在此之前被殺害），他們走了後，黨就剩下了凶殺、玩世不恭、恐怖和背叛。」我說：「也許那並不是問題所在呢？」「那麼問題在哪裡？」我對他說：「一分鐘以前你還讓我覺得如果我說我要退黨，你會感到遺憾的。」他大笑了起來，默認了這一點。沉默了一會兒後，他又笑了，說：「也許是因爲跟你在一起的緣故，安娜，因爲同一個滿懷信仰的人在一起對人有好處，即便他自己並無信仰，是吧？」「信仰！」我說。「就是你那種熱烈的激情。」我則回道：「我幾乎不會用這種說法來描述我對黨的感受。」「那也沒什麼區別，你入了黨，行動本身的言語更有說服力——」他咧了咧嘴，我便說：「對你而言呢？」他看來十分的不快，只靜靜地坐著沉思。最後他說：「我們努力過。我們的確努力過。可沒有成功，不過……我們還是上床睡吧，安娜。」

我做了個奇妙的夢。我夢見一張由美麗的絲線織出來的巨大的網。簡直漂亮得不可思議，上面全是繡出來的畫面。描繪的全是人類的神話，但它們又不完全是畫，它們就是神話本身，因而這張柔軟發亮的網就是活的。絲線有著各種各樣妙不可言的顏色，但是給我的總體感覺是一種發紅的顏色，一種耀眼而斑駁陸離的紅色。在夢中我用手抓著它，摩娑著它的質料，快樂得直想哭。我又看了一眼，這下看清那張網的形狀是蘇聯地圖。它開始慢慢張大了，擴展了出去，宛若是柔波拍岸、金光閃閃的海洋。它的形狀現在囊括了蘇聯周邊的一些國家，諸如波蘭、匈牙利，等等，但它的邊緣部分卻薄得透明。我仍在喜不自禁地哭泣著，同時也懷著隱憂。現在這團柔軟的閃亮的紅霧擴展到了中國，並且深深地覆蓋下去，在中國上空凝成了一團沉重的大血塊。這時我站到了空中的某個地方，我盡力在空中站穩腳跟，但還是偶爾會往下滑。我站在一團藍色的雲霧中，地球在我腳下轉動，那呈紅色的色塊就是社會主義國家，而雜七雜八的色塊則是地球上其他地方。非洲呈黑色，但卻是一種凝重而燦然生輝、令人興奮的黑色，就像沉沉黑夜中，一輪明月呼之欲出。這時我已十分害怕，並且覺得不舒服起來，就好像有某種我不願意承認的感覺欺入了我心中。我頭暈眼花，根本不能低頭去看那個不停地旋轉著的世界了。然後我一看，眼前像是出現了一個幻覺——時間不存在了，而整個人類歷史展現在我面前，它就像是一曲歌唱歡樂和勝利的讚美詩，曲調高昂，抑揚頓挫，而痛苦只是其中一個小小的輕快的和聲部。並且我看到那紅色區域正被世界上別的地方那些不同顏色的明亮色塊侵吞著。這些顏色開始相互融會貫通，簡直美不勝收，這樣世界就統一成了一個整體，只有一種閃閃發光的美麗的顏色，但這種顏色我從來沒見過。此時出現了一種無可抑制的歡樂，這歡樂膨脹了起來，於是所有的一切突然間迸裂、爆炸了——我突然置身於寧靜之中，四周一片沉寂。我腳下也寂然無聲。那個緩緩旋轉著的地球這時在慢慢地溶化、消解，最後裂成碎片，四處飛濺，充斥進整個宇宙，於是我的四周便飄滿了這些輕飄飄的碎塊，相互撞擊又飄開去。世界不存在了，剩下的唯有混亂。我就一個人置身於這團混亂中。而我的身中傳來一個很小然而十分清晰的聲音說：有人拉了一下那張網中的一條線，於是整張網便給扯散了。這時我醒了，滿心快樂，興高采烈。我想弄醒麥克爾，告訴他這場夢，但是我當然知道，我根本無法用語言來描繪出夢中的情緒來。幾乎就在片刻之間，夢的意境開始消褪，我對自己說，它要走了，抓住它，趕快呵，然後我又想，其實我也並不知道那意境是什麼呀，但是這意境終於消失了，只給我留下一種難以言說的快樂。黑暗中我坐在麥克爾身邊，就我自己。然後重又躺下來，伸出手臂抱住他，他轉了過來，在睡夢中把他的臉枕在我的胸口上。我不由得想：事實是我才不管那些該死的政治或者哲學或別的什麼，我所在乎的只是黑夜裡麥克爾要轉過身來並把他的臉靠到我的胸前。然後我便又迷迷糊糊地睡了。今天早上我又清楚地記起了這個夢，還有我當時的感覺。我特別記得那句話：有人拉了一下網中的一條線，於是整張網就全扯散了。一天下來夢已縮得越來越小，因此這會兒它變得十分精煉而鮮活，但卻也沒什麼特殊的意義了。但是今天清晨當麥克爾在我的懷中醒過來時，他一睜開眼睛就朝我微笑了。藍色的眼眸十分溫馨。我禁不住思緒滾滾：我生活中的這麼多內容都曾是扭曲的、痛苦的，而現在幸福在朝我湧來，我宛如沐浴在一潭溫暖明亮的藍色的水中，但我卻不敢相信。我對自己說著：是我，安娜・沃爾夫，這是我呀，安娜，我是幸福的。

〔此處糊上了幾張筆迹潦草的紙片，日期註明的是一九五二年十一月十一日。〕

昨晚作家小組開會。共五人，討論史達林關於語言學的著作。雷克斯，文學評論家，提議逐字逐句地把這本小冊子過一下。喬治，「三〇年代」的「無產階級作家」，叼著菸斗，無所顧忌地嚷嚷著：「上帝，有必要嗎？他可不是那號搞理論的人。」克萊弗，編撰共產黨小冊子的作者，同時也是位記者，說道：「是啊，我們必須認眞嚴肅地討論一遍。」迪克，社會主義的現實主義小說家，說：「至少我們該抓住其中的要點。」於是雷克斯開始了。他用一種多年以來我們習慣了的絕對崇敬的語調講著史達林。我在想：這個房間裡的任何一個人，如果是在酒廊裡或大街上碰面，都會用一種全然不同的、冷漠而陰鬱的語調談他。雷克斯在簡短地講述著前言部分，我們全都默默地聽著。然後剛從蘇聯回來的迪克（他總是會旅行到哪個共產黨國家去）提到他在莫斯科與一個蘇聯作家的對話，他們曾談起史達林對一個哲學家比尋常更爲凶猛的抨擊，說道：「我們要記住他們的論辯傳統比我們要粗暴和野蠻得多。」他說得無遮無攔，帶著種自以爲是的口氣，我自己有時也會這麼說話。「當然了，你們也得牢記他們的法律傳統跟我們的也大大不同。」他又說了些諸如此類的話。我只要一聽到這種講話的語調就會感到不舒服。就在幾天以前我還聽到自己這麼說話來著，當時我便結巴上了，我可是從不結巴的。我們每人手上都拿到了一本這樣的小冊子，我興味索然，因爲在我看來裡面全是廢話，但是我可沒像雷克斯那樣受過哲學教育，我會擔心說出蠢話來。只是還不止這些，我又陷入了一種現在已越來越常見的心境中，那便是：文字突然失去了意義。我發現自己只是在聽著那一句句話、一個個短語、一組詞，它們好像成了另一種語言。它們著意要傳達的意思與它們實際說出來的意思之間存在著一道鴻溝，而且似乎無可逾越。我一直在構思一部關於語言崩潰的小說，就像《芬尼根守靈夜》❶，還有關於語義上的成見。事實上，史達林費盡力氣去寫這種論題的小冊子，不過標誌著人們對於語言的一種普遍不安。可是就連一本最優美的小說中的句子在我眼裡都會變成白痴之語，我又有什麼權利去評點一切？然而這本小冊子在我看來還是夠蠢的，而我說的則是：「或許是翻譯得不好。」我對我自己近乎含著歉意的口氣大為吃驚（我知道假如我只和雷克斯在一起就不會是這種口氣了）。我立刻發現我說出了每個人對這本小冊子的感覺。多年來，對於蘇聯過來的小冊子、文章、小說、公告，我們總是說：「大概是翻譯得太糟了。」而現在我得拚命止住自己說出「這本小冊子不怎麼樣」的話來。然而我內心又是極不願說出這話的，對此我只有愕然。（我不知道我們之中有多少人來參加這類討論會之前是打定了主意要說出我們的不安和厭惡的，但只要會一開始，這無形中的禁令便又會起作用，結果是我們全都閉上嘴。）最後，帶著一種「小女孩」式的可人語調我說：「瞧這兒，要從哲學角度評論我自然還不夠格，但這句話肯定是關鍵性的，『既非上層建築也非經濟基礎』——顯然這種用法完全悖離馬克思經典，是一種全新的思想，要麼它就是有意迴避，或者乾脆就是驕傲自大。」（意識到自己說下去以後那種為消除別人敵意而做出來的可人勁就消失了，口氣漸漸嚴肅起來，我這才鬆了口氣，只是還是顯得過於衝動了。）雷克斯臉紅了，把小冊子翻了又翻並說：「是的，我得承認那句話確實讓我震驚……」一陣沉默，然後喬治毫不掩飾地說：「所有這些理論性的玩意兒都讓我雲裡霧裡的。」這時除了喬治以外我們的臉色全都不好看。有許多同志現在就採取這種「粗率而靈活」的態度，一種讓自己自在的市儈哲學。現在這幾乎已成了喬治性格中的一個重要部分了，他自己卻樂此不疲。我發現自己禁不住在想：這是公平的，既然他為黨做了那麼多事，如果這就是他待在黨內的方式，那麼……最後我們事實上什麼決定

❶《芬尼根守靈夜》：*Finnegans Wake* 詹姆斯・喬伊斯的名作。

也沒做便不再討論下去了，誰也不再提小册子的事，開始談起一些平常的話題，任何地方的共產主義政治，比如蘇聯、中國、法國、我們自己的國家。我一直都在思忖著：我們之中誰也不曾說過，有什麼根本性的地方出錯了。然而我們的話說來說去卻全都隱含著這個意思。我無法阻止自己去思考這種現象，也就是說，當我們之中兩個人在一起的時候，所談的話會和三個人在場的情況下大相逕庭。只要是兩個共產黨人在一起，他們就會還原成普通人，他們談論的政治會和不是共產黨人的普通人一模一樣，都是出於一種批評的傳統。（我的意思是說誰也認不出他們是共產黨人來，唯一不同的是當有別人過來傾聽時，他們會說一些術語。）但是只要超過兩個人，就會有一種不同的精神元素滲透進來，這一點在談起史達林時就尤爲明顯。但是儘管我心理上做好了充分的準備去把史達林看作是一個瘋子和劊子手（雖然我總是記得麥克爾所說的——這是一個不可能得到任何眞相的時代），我還是願意聽人們用那種單純而友好，敬重的口吻來談他。因爲若是連這種口吻也終於消失了，有一些極爲重要的東西也就會隨之而去，儘管那也夠自相矛盾的，那是對可能實現的民主、正義的一種信仰。也就是說，一個夢幻將就此死亡——至少對我們這個時代而言是這樣。

談話漸變得散亂無章起來，我去給衆人泡茶，每個人都爲會議即將結束而興高采烈。煮茶的時候我想起上週我收到的一個故事。信是住在利茲附近什麼地方的一位黨內同仁寄來的。看頭一遍的時候，我還以爲這是一篇練習寫雜文的習作。然後才注意到文章漫畫式地學著某種姿態，技巧十分圓熟。最後我意識到這是一篇嚴肅的文字，就在那一刻我搜尋起我自己的記憶，就此根除掉了我腦中的某些幻想。然而在我看來重要的是，這篇文字既可以被看成是模仿之作、反諷之作，也可以是嚴肅之作。我覺得這等於用另一種方式顯示了一切都支離破碎的事實，還有與我對於語言的眞實感相連的某些東西也在令人痛苦地分崩離析，語言的日漸單薄正好與我們經歷的日漸淤積相牴觸著。無論如何，我把茶端給衆人後，便說我想給他們念個故事聽。

〔此處黏了幾張從藍色便箋上撕下來的普通打格活頁紙，上面寫滿了字，字迹極爲乾淨整齊。〕

當泰德同志得知他被選入教師代表團即將訪蘇時，他感到十分自豪。起初他都不敢相信，他還不覺得自己當得起如此巨大的榮譽。但他可不想錯過去世界頭號無產階級國家的良機。最後這一偉大的時刻終於來到了，他與別的同志在機場會合。代表團中的三位教師都不是黨員，他們全是好小伙子，也會成爲黨員的！泰德發現飛越歐洲大陸的旅行十分令人愉快，他的興奮在一分一秒遞增，最後當他發現自己已然置身於莫斯科一家極昂貴的賓館裡預訂好的房間中時，他幾乎已興奮得忘其所以了！代表團抵達之時已是近午夜，因而要體會第一眼看到這個共產黨國家的瞬間激動得等到第二天早晨了。泰德同志坐在那張特爲他預備的大桌子前，它大得至少可以坐上一圈十幾個人，他早就想好要在這張桌子上記錄下每天的見聞、每一個珍貴的時刻，這時外面傳來了叩門聲，他道：「請進。」以爲是代表團中的某位同志，但出現的卻是兩個年輕人，都戴著布帽、穿著工人穿的長筒靴子。其中一個說：「同志，請跟我們來。」他們臉上表情坦然，我也沒有問他們要帶我上哪去。（我必須慚愧地承認，我有片刻的不安，因爲腦海中浮現出我們在資本主義報刊上讀到過的所有的故事，我們全都不知不覺地中了毒。）我跟著那兩位友好的嚮導乘電梯下了樓。接待處的一位女士朝我微笑，並向我的兩個新朋友問了聲好。外面已有一輛黑色轎車等在那兒。我們坐了進去，三個人擠在一起，都沒有說話。幾乎是轉眼之間前面出現了克里姆林宮的塔尖。看來路程很短。我們的車駛進大門，停在一扇幽僻的側門跟前。我的兩位朋友先下車，並替我把車門打開。他們面帶笑容：「跟我們來，同志。」我們踩著富麗堂皇的大理石台階往上走，四周每一邊都掛有畫作，然後走進了一個簡樸的側廊。在一扇普通的門前停下了，這種門四處可見。我的一位嚮導敲了敲門。裡面一個聞痖的聲音道：「進來。」這兩個年輕人又一次對我微笑著，並點了點頭，便手挽著手由過道退下去了。我大著膽子走進了房間，但是我已有幾分明白我見到的會是什麼了。史達林同志就坐在一張普普通通的桌子後面，那桌子顯然已用了很久，他叼著菸斗，身上只穿了件隨隨便便的襯衫。「進來，同志，坐吧。」他和藹地說。我放鬆了許多，坐下來，看著那張坦誠而和善的臉，還有那雙閃閃發光的眼睛。「謝謝，同志。」我坐在他對面說。出現了一陣短暫的沉默，他正笑咪咪地打量我。然後他說：「同志，你得原諒我這麼晚了還打攪你……」「噢，」我急切地打斷了他的話，「可全世界都知道您是一個工作到很晚的工人。」他用那隻粗糙的工人的手在眉間揮了一下。這時我看出了他的疲勞和壓力——他這是在爲我們而工作！爲全世界在工作啊！我感到既驕傲又渺小。「我這麼晚還打攪了你，同志，因爲我需要聽聽你的建議。我聽說你們國家來了一個教師代表團，於是便想我自己也得利用一下這個機會。」「我當盡數奉告，史達林同志……」「我時常懷疑我對我們在歐洲的政策是否採納了正確的建議，尤其是我們對大不列顛的政策。」我保持著沉默，但我內心有一種巨大的自豪感。是啊，這是一個眞正的偉人。只有一個眞正的共產黨領袖才會樂於聽取哪怕像我這麼普通幹部的意見！「同志，如果你能大致給我談談我們在大不列顛的政策應該如何，我將十分感激。我意識到你們的傳統和我們的大不相同，同時我也意識到我們的政策並未考慮到這些傳統的因素。」這時我覺得已不緊張了，便開始講述。我告訴他我時常感到蘇維埃在英國的共產黨政策中有許多錯誤之處。我覺得這得歸結於世界強加於蘇聯的孤立，歸結於資本主義勢力對於初生的共產主義國家的仇恨。史達林同志便抽著菸斗邊聽著，不時點一下頭。當我犯躊躇的時候，他不止一次地對我說：「請講下去，同志，不要害怕說出心裡話來。」於是我便又繼續。我從對英國共產黨的歷史地位的分析性闡述開始，一直講了有三個小時。中間他按了一次鈴，又一位年輕的同志用托盤端了兩杯俄羅斯茶進來，並把一杯放在了我面前。史達林慢慢地呷著茶，邊聽我說著邊不時地點點頭。我概述了對英國應採取的正確的政策。待我講完，他只簡單地說：「謝謝您，同志。現在我明白當初我得到的建議眞是糟透了。」然後他瞄了一眼腕上的錶，說道：「您得原諒我，同志，因爲我在日出之前還有許多工作要做。」我站起身。

他向我伸出手，我握住了，說道：「再見，史達林同志。」「再見，我的英國好同志，再一次感謝您。」我們交換了一個無言的微笑。我知道我已熱淚盈眶——我至死也會爲這一次的眼淚感到自豪的！在我離開的時候，史達林正在往他的菸斗裡裝菸葉，他的雙目已落到了面前那一大堆等他過目的文件上。在經歷了我一生中最偉大的時刻之後，我走出門，那兩位年輕的同志在等我。我們互相深深理解地笑了笑，雙眼都是濕潤的。然後我們驅車返回賓館，一路無言。我只不由自主地說了一句話：「那眞是個偉人。」他們則點了點頭。到了賓館他們又陪我走到我的房間，告別時他們只默默地按了按我的手，然後我便回來寫我的日記。現在我眞有東西可寫了！我一直寫到太陽升起來，想著世界上那個最偉大的人，就在半英哩之外的地方，也一直醒著工作到現在，在保護著我們所有人的命運！

〔此處又換作安娜的記錄：〕

我念完這篇東西的時候，沒有一個人說話，最後還是喬治開口道：「好一篇眞實的素材。」這話怎麼解釋都行。然後我說：「我還記得我自己也有過那種幻想，連每一句話都跟他說得一模一樣，只是若換作是我，我就會闡述關於歐洲的政策。」突然間大夥兒爆發出一陣讓人不舒服的哄堂大笑，喬治說：「我覺得這首先是一個滑稽小品，不過叫人深思，是吧？」

克萊弗說：「我記得讀過一篇從俄文譯過來的東西，是三〇年代初期的了，我想。兩個年輕人在紅場，他們的拖拉機壞了。但他們不知道壞在哪裡。突然他們看見有一個健壯的漢子走過來，嘴裡還叼著根菸斗。『怎麼了？』他問。『我們不知道問題出在哪兒，同志，麻煩就在這兒。』『這麼說你們也不知道，那太糟了！』那壯漢掉過菸斗的柄指了指機器的某個部分：『你們想過這兒嗎？』那年輕人試著發動，拖拉機果然轟轟響起來往前開了。他們轉過身來要向陌生人道謝，那人正站在那兒看著他們，炯炯有神的雙眼中透出慈父一樣的目光。他們這才恍然大悟，這是史達林。但他已舉手敬了個禮，轉過身去，獨自邁開步子穿過紅場朝克里姆林宮走去。」

我們又大笑了起來，喬治道：「那會兒就是這麼回事，想怎麼說就怎麼說吧。好了，我可要回家了。」

當我們各自離開的時候，屋子裡充滿了敵意，因爲我們之間誰也不喜歡彼此，並且對這一點也各自心中有數。

♠〔黃色筆記繼續：〕

第三者的陰影

派翠西亞·布倫特，那個女編輯，建議艾拉該去巴黎旅行一週。正因爲提建議的是派翠西亞，所以艾拉幾乎本能地便給否決了。「不能讓他們這麼容易就把我們給擊垮了。」她這麼說。「他們」當然是指男人。簡而言之，派翠西亞有點過分熱心地在歡迎艾拉加盟失意婦女的俱樂部，當然其中有好心的成分，但也有點兒幸災樂禍。艾拉說她認爲在巴黎純屬浪費時間，她的藉口是她得馬上去與同樣來自法國的一個雜誌編輯見面，要買下一套系列小說在英國的版權。艾拉說，這套書也許合沃吉拉爾德的家庭主婦們的胃口，可對伯律克斯頓的家庭主婦們來說就又不合適了。「這可是度假，哪來的公事。」派翠西亞有點刻薄地說，因爲她心裡明白艾拉拒絕的並不僅僅是巴黎之行。幾天以後艾拉改變了主意。她突然想到，自從保羅離開她以後已過了有一年了，然而她做的任何一件事情，說的每一句話或者每一個感覺仍然與他息息相關，她的生活被一個再也不會回來的男人定了型，她得讓自己解脫出來了。這只是一個明智的決定，並沒有道德力量的支撐。她只感到無精打采，了無興致，就好像保羅帶走的不僅僅是她快樂的能力，還有她的意志。她說她打算去巴黎時的口氣直如一個終於同意吃藥的重病病人，但還對醫生堅持著：「這對我肯定不會有用的。」

巴黎的四月，一如既往的迷人。艾拉仍在塞納河左岸兩年前住過的一家中級飯店裡找了個房間住下。那一次她是同保羅一起來的。她在房間裡面安置下來，照舊給他留下地方。直到她意識到自己在做些什麼，她才發現自己根本就不該住到這家飯店來。但要離開這兒另找一家，似乎又太費事了。這時夜幕才剛剛升起。從她高高的窗戶望出去，是鬱鬱葱葱的樹木和其下三兩閒逛的路人，巴黎看來生機盎然。艾拉又磨蹭了將近一小時的時間才終於把自己拽出了房間，下樓到餐館吃飯。她吃得很急，有一種衆目睽睽之下的感覺，吃完後便趕緊往回走，目不斜視，有意做出一種想自己心事的樣子。儘管如此路上還是先後有兩個男人很有興致地向她問候，每一次她都因爲緊張不安而顯出冷冰冰的樣子，並且越發加快了步子。一回到房間她就把門反鎖上了，像是要把什麼危險人物擋在外面似的。然後她就坐到窗前，想到五年前若是自己一個人吃晚飯還是一件快樂的事，因爲她可以享受獨處，也因爲有可能會意外地遇到一個什麼朋友，而獨自從餐館回飯店也是愉快的。並且她當然會同這兩個男人中的一個去喝杯咖啡或酒什麼的。那麼她到底是怎麼了？跟保羅在一起的時候她確實讓自己不要再去看別的男人，哪怕是不經意的一瞥，因爲怕他吃醋，她跟他在一起的時候宛若一個古羅馬國家足不出戶的女人。但她只把這當作是他們在一致對外，以免他在內心承受痛苦。可現在她發現自己的整個性格都變了。

她無精打采地在窗前坐了一段時間，看著夜幕下燈火輝煌的城市，對自己說她必須得走到大街上去，去跟人說話，讓某個男人對自己發生興趣，也稍稍調點兒情什麼的。但她明白自己根本沒有力量走下飯店的台階，再把鑰匙擱到服務台上，然後上大街去，就好像她剛在監獄中被單獨禁閉了四年，然後突然被告知她可以正常行動了。她上了床，但睡不著。爲了讓自己入睡，她像往常那樣去想保羅。自從他離開她以後，她再也沒體會過一次眞正的性高潮。她能自己達到無比劇烈的外部的性高潮狀態，只是把自己的手想成保羅的手，與此同時她會爲失去眞正的自我而悲戚。她在過度興奮、緊張、疲勞、被欺騙的紛亂狀態中睡了過去。而保羅做爲她用來入睡的動力以他的「否定性」自我接近了她，那個充滿自我懷疑的男人。而那個眞正的保羅卻已退得離她越來越遠，她已難以想起他雙眼中的熱情，他聲音中的幽默了。她睡在一個失敗的幽靈邊上，並且，當她全然不同往常地從睡夢中突然醒過來片刻的時候，那幽靈會撥開她的雙臂，把頭枕到她的懷中，或者把她的腦袋放到自己的肩上，臉上還帶著一絲自嘲的苦笑。然而當她夢到他時，她總能從他的各式僞裝中一眼把他認出來，因爲他在她頭腦中的形象始終是一個溫暖而又鎮靜的男性。在她的睡夢中，保羅仍是她愛過、同床共眠過的男人，但是每當醒來，除了痛苦以外她就再也感覺不到別的什麼。

第二天早晨她睡得過了頭，只要兒子不在身邊她總會多睡些。醒來時她想像著麥克爾肯定早已起了床，穿好衣服，幾小時以前就同茱麗亞吃了早飯，然後上學，現在應該已快到他吃中飯的時間了。然後她告誡自己到巴黎來可不是要把兒子一天的活動都放在腦子裡一塊兒帶來的，提醒自己陽光燦爛的巴黎就在外面等著她。並且也是時候該穿衣打扮收拾一下自己，去赴那位編輯的約了。

《女性與休閒》雜誌編輯部在河對面的一幢古老建築裡面，得走過馬車曾走過的入口。曾幾何時，一隊隊的皇家侍衛曾在這道刻有高貴花紋的拱廊下列隊行進過。《女性與休閒》占了裡面十幾間裝飾得莊重華貴而又現代的房間，從那頹敗的磚頭柱子間仍能嗅出君主時代的教堂氣息。艾拉本以爲會有人領她走進布隆恩先生的辦公室，沒想到卻是布隆恩先生自己出來迎接了她，那是一個體格魁梧，修養良好，公牛一樣健壯的年輕人，必恭必敬的樣子可還是掩飾不住他對艾拉其實的淡漠，他們之間要進行的是一個有目的的交易。他們將要一起出去喝一杯開胃酒。羅伯特·布隆恩對六、七個漂亮的女秘書宣布說因爲他還要同未婚妻一道吃中飯，所以他得到三點鐘才能回來，他於是獲得了五、六句向他道賀的話以及衆人理解的微笑。艾拉與羅伯特·布隆恩一道穿過那個歷史悠久的庭院，走過那古老的門道，前往喝咖啡的地方。路上艾拉禮貌地問起他的婚事。她從對方那流利而準確的英語中得知他的未婚妻極其漂亮、聰明而富有才華。他們下個月就要結婚，目前正忙著布置新房。艾麗斯（他說起這個名字顯得鄭重而莊嚴，像是一種已然十分熟練的禮儀似的）此刻正要來與他商量選一種兩個人都夢寐以求的地毯。因而，她，艾拉將有幸能見到她。艾拉急忙保證說她對此感到十分高興，並再度恭喜了他幾句。說著他們已走到了那塊擺滿了桌子的蔽陰處，他們坐下來，要了法國帕諾酒。這會兒該談公事了。但艾拉此時的處境窘迫得很。她知道若是她把這一個《我如何才能逃避偉大的愛》系列故事的版權帶回到派翠西亞·布倫特那兒，那些無拘無束的鄉間主婦自然會十分歡迎。然而對派翠西亞而言，「法蘭西」這個詞本身便是優質的保證，它意味著縝密然而可信的愛情故事，格調高雅，文化色彩濃厚；對她而言，「由法國《女性與休閒》雜誌安排」這句話本身便會散發出這種同樣獨一無二的味道，正如某種高貴的法國香水味。然而艾拉知道只要派翠西亞眞的讀了這故事（當然是英譯，她不懂法文），她也會同意這些故事是沒法用的，儘管多少有些不甘心。艾拉卻可以看到自己可以不顧自己的虛弱去維護派翠西亞的看法，只要她願意這麼做，但是事實上艾拉自己並無意購買這套故事，從來也沒有過，因而她是在浪費這位保養極爲得體，乾淨得一塵不染、行爲極是端正的年輕人的時間。她本該爲此感到內疚，但她沒有。如果她是喜歡他的，那她就會後悔，實際上她只把他看作那一類受過高等教育的中產階級的動物，並早就準備要利用他一下，因爲她虛弱得已無法像一個獨立的人那樣，在沒有男人守護的情況下坐在大庭廣衆之中的一張咖啡桌旁，而這個男人在這方面可以起到與別的男人無異的作用。爲了談話的需要，她開始對布隆恩先生說起這個故事將如何改編得適合英國人的口味。故事講的是一個年幼而貧窮的孤女，她本有一位美貌的母親，但不幸因爲一個冷酷無情的丈夫而早死。這個孤兒是被幾個修道院裡好心的修女撫養長大的。儘管她有一顆虔誠的心靈，但在十五歲時就被無情的園丁誘姦了。她無顏再去見那些純潔的修女，便跑到了巴黎，在那兒她依附於一個又一個男人，雖然她該爲此受到譴責，但她的心地卻是極爲純良的。而這些男人最終又都離棄了她。後來到她二十歲的時候，她把自己的私生子交到另一群好心的修女那兒，這時她遇到了一個麵包師的徒弟，但她又覺得她不配得到他的愛，於是她逃開了。之後她又在幾個並不眞心關心她的男人懷抱間輪換過，但那一次眞正的愛情卻始終讓她無法停止啜泣。不過最後那位麵包師的徒弟（當然這裡需用大量的詞去寫）還是找到了她，原諒了她，並發誓永遠愛她，給她以情感和保護。「親愛的，」這個偉大的故事最後一句話是，「親愛的，當我從你身邊逃開的時候，我竟不知道我是在逃離我眞正的愛呵！」

「你看，」艾拉說，「這故事法國味太濃了，我們不得不改寫一下。」

「可是，是嗎？怎麼會呢？」那雙圓圓的、鼓出來的深褐色眼睛裡面顯露著不滿。艾拉及時打住自己，她差一點又要肆意發揮下去。她本來正要說那故事中有一種混雜於其間的色情和宗教色彩，但同時也想到若換作是派翠西亞・布倫特的話，她的反應也會和眼前這個羅伯特・布隆恩一樣，立刻會板起了面孔，並說：「這故事明明是英國味麼。」

羅伯特・布隆恩說：「我覺得這故事很悲慘。從心理學角度來說倒是很講得過去的。」

艾拉道：「爲女性雜誌所寫的故事從心理學角度來看總是講得過去的，問題是要看在什麼程度上？」

他那張臉，那雙鼓出來的眼睛因爲惱怒和不解有刹那的停滯。然後他的眼神移了開去，掃了一眼人行道，他的未婚妻遲到了。他說：「我從布倫特小姐給我的信中看出她是決定要買這個故事的。」艾拉道：「如果我們要刊印，我們就得改掉裡面的修道院、修女們，不能有宗教內容涉及在裡頭。」「可整個故事的核心是講那個可憐女孩有多善良的，這一點你總不會反對吧？那是一個心地善良的好女孩。」他心裡已明白她不會買這個故事了，但他並不怎麼在意，他的視線此時集中在人行道那端走過來的一個漂亮而苗條的姑娘身上，那姑娘跟艾拉屬於一個類型，有一張蒼白而線條分明的小臉，一頭蓬鬆的黑髮。艾拉心裡在想：看來我可能是他喜歡的那種類型。那姑娘走近過來，艾拉等著他起身去迎接他的未婚妻。但是他卻在最後一刻掉開了目光，那姑娘走了過去。然後他重又去注視人行道的盡頭。好吧，艾拉心道，好吧，然後她便坐著看他如何細細地打量眼前路過的一個又一個的女人，帶著審析的目光，實際上是色情的心理給她們一一打著分，那些女人或者被他盯煩了，或者覺得莫名其妙，也會朝他瞥過來，直到這時他才將眼睛掉開。

終於，走過來一個女人，很醜，但也不乏吸引力，膚色灰黃，身材矮胖，但是妝化得一絲不苟，衣著也十分考究。這位女子看來就是他的未婚妻了。

他們熱烈地彼此致意，毫不掩飾合法關係帶給他們的享有快樂的自由。所有的眼睛都像約好了似的齊刷刷地朝他們轉了過來，看著這幸福的一對，人們的臉上露出了會心的微笑。然後艾拉被介紹給了她。接下去的對話用的是法語，關於地毯的事，看來地毯比他倆想像的要貴得多，不過還是買下了。羅伯特·布隆恩嘟噥著有些不滿意，而未來的布隆恩夫人則嘆著氣，她的睫毛在描了黑眼圈的眼睛上面抖動著，悄聲地說著愛意綿綿的話語，安撫著他的情緒，對他來說沒有比這更受用的了。他們雙手互握，相視而笑。他的笑是自得，她則是滿意的笑，帶有一點點急迫的懇切。但是兩隻手甚至還沒分開，他的雙眼已游移了開去，幾乎是習慣性地迅速瞥了一眼人行道的盡頭，那兒又出現了一個漂亮姑娘。他收起自己的心神，不覺皺了皺眉頭，他未來的妻子注意到這點的時候，臉上的笑容瞬間僵住了。不過只是片刻的工夫，她重又露出燦爛的笑容，身子往後靠到椅背上，語音悅耳地同艾拉談起在這種艱難的時代裡布置家居的煩難之處。她不時朝她未婚夫掃過去一眼，那種眼神讓艾拉想起有一天晚上倫敦的地下鐵見到的一個妓女。這個女人也正是在用那種謹小慎微然而嫵媚的眼神頻遞秋波，要把那個男人吸引過來。

艾拉爲她提供了英國家居布置方面的一些情況，邊想著：此刻我夾在這對已訂婚的人兒中間可是個多餘的人了，又是那種被棄置於大庭廣衆之下的感覺。再過一會兒他們就會起身離去，把我一個人丟在這兒，那麼我只會覺得越發顯眼起來。我這是怎麼了？可是我可寧死也不願置身於這個女人的位置上，這是千眞萬確的。

三個人又在一起坐了二十分鐘，未婚妻對她的俘虜繼續她興致勃勃的勁頭，嬌柔又調皮的樣兒，愛撫地哄著他。未婚夫則正襟危坐，一副一家之主的感覺。只有他的雙眼在背叛他自己。而同樣也是他的俘虜的她，並沒有一刻忘記這一點，她的雙眼也隨著他那熱切的眼神（儘管現在已當然有所收斂）一刻不停地檢視著過往的女人。

這種情形在艾拉眼裡眞是驚人的淸晰。她感覺到這對戀人相愛已很久了，當然了，這一點任何一個觀察過他們有五分鐘時間的人都看得出來。她有錢，這對他來說很重要。她不顧一切地愛著他，唯恐失去。他喜歡她，但又已對這種契約式的關係開始感到不耐煩。這個修飾得一塵不染的大個子男人在繩套甚至還沒有勒他的脖子之前就已感到不安了起來。再過上個兩到三年，他們就會是布隆恩先生和太太了，帶著一個孩子或者還有一個保母一同住在一套精心布置過的公寓裡（她出錢）。她會仍然寵著他，也快樂，也仍然焦慮不安，他則會富有教養地保持著溫和的脾氣，但有時當他的家庭阻礙了他從情婦那兒可以得到的快樂時，他也會暴躁起來。

然而儘管艾拉可以把這婚姻的每一個階段都看得分明，就好像那都已發生過，並且有人對她講過一樣；儘管她因爲不喜歡這整個情形而煩躁不安，她還是擔心著這一對兒起身離開她的那一刻。但他們終於這麼做了，並且做得極盡那種可敬的法國式的文雅，他的禮貌來得那麼熟練而淡漠，她的禮貌中則是迫切。她瞥他的眼神似是在說：瞧我在你的生意夥伴面前表現得多好。於是艾拉在別人成雙成對一塊兒吃飯的時候，被一個人留在了桌邊，覺得自己被剝了一層皮似的了無遮掩。幾乎是同時，為了獲得一點安全感她開始假想保羅會過來坐到她身邊，就在羅伯特・布隆恩剛才坐的地方。她意識到有兩個男人正在打她的主意，既然她現在是一個人，他們便開始琢磨自己有幾分把握了。只要再過片刻，其中的一位就會走過來，而她會表現得如一個富有教養的人那樣，與他喝上一兩杯，享受一下這種萍水相逢的感覺，然後回到飯店，自己會因而堅強許多，也不會再糾纏於保羅的幽靈了。她坐的地方背靠著一盆綠色盆景，頭頂的大遮陽傘把她籠罩在暖黃色的光暈中。她閉上雙目，想著：等我睜開眼睛我就會看到保羅了。（突然間保羅在附近的某個地方似乎並不是件不可能的事了，似乎他正等著過來，與她相會。）然後她又想：保羅離我而去，把我變得如同一隻被鳥啄掉了背殼的蝸牛一般，到現在我還說愛他，又有什麼意味呢？我應該覺得與保羅在一起的經歷從根本上說明我擁有我自己，我保持了我的獨立和自由。我對他一無所求，當然包括婚姻在內，然而現在我這個人卻是四分五裂。可見那是一場自設的騙局。事實上我一直躲在他的庇護之下，我並不比他的妻子，那個擔驚受怕的女人強到哪裡去，我也不比羅伯特未來的妻子，艾麗斯強多少。繆蕾爾・塔那從不多問保羅什麼，她是在以忘掉自我的方式把保羅留在自己身邊。艾麗斯則是買下了羅伯特。然而我用的卻是愛情這個詞，並且還以為我是自由的，直到眞相大白……耳邊傳來一個聲音，靠得很近地在問她旁邊的座椅上是否有人，艾拉睜開了眼睛，眼前是一個快活而生氣勃勃的小個子法國人，他正要落座。她對自己說這個人看來是會令人愉快的，她該坐在那兒別動。然而她神情不安地笑了笑，說她覺得不舒服，有點頭痛，便站起身走了，意識到自己的這一番舉動簡直就像一個受驚的中學女生。

這時她已做出了決定。她穿過巴黎步行回飯店，整理行李給茱麗亞和派翠西亞分別拍了封電報，然後搭上公共汽車去了機場。九點鐘的航班上還有一個空座，距現在尚有三個小時。在機場餐廳吃飯的時候，她自覺是放鬆的，因為旅行者可以是獨自一人。她讀了好幾本法國的女性雜誌，看得很專業，圈出一些可能為派翠西亞・布倫特所用的特寫和故事。做這件事的時候她仍只用了一半的腦子，發現自己心中在想：看來治療我這種情緒狀態的辦法就是工作。我該再寫一部小說了。可問題在於，自從寫完上一部小說後，我還從沒產生過那種非寫不可的衝動。我還是發現我想要寫小說。好吧，我必須讓自己進入那種狀態，讓自己一切準備就緒，進入守勢，也許某一天我就會發現自己又寫起來了。可實際上我並不在乎這一點，我眞的不在乎有沒有下一本小說。假如保羅對我說：如果你發誓一個字也不再寫，我就娶你，你能嗎？我的上帝，我會答應的！我會做好買下保羅的一切準備，就像艾麗斯買下了羅伯特・布隆恩一樣。但這麼想不過是自欺欺人罷了，因爲寫作本身無關緊要，寫作本身不是創造，而只是一種記錄。故事早已以一種無形的墨跡寫出來了……也許就在我體內的某個地方，另一個故事已經在無形之中寫成了……那麼關鍵又是什麼呢？我不快樂是因爲我在某種程度上失去了獨立，還有自由；可是我所謂的「自由」與寫小說並沒有什麼關係，它只與我對某個男人的態度有關，而我的態度經事實證明是不誠實的，因爲我最後分裂成了碎片。事實是我與保羅在一起所獲得的幸福對我來說比什麼都重要，可那又把我弄到了什麼地步呢？孤獨，害怕一個人，失去歡樂的源泉，逃離一個令人興奮的城市，因爲內心沒有力量而不打電話給任何我認識的人，儘管他們會樂於接到我的電話，或者至少會表現得如此。

可怕的是，當我生命中的各個階段一一結束之後，我所擁有的只是一些人人皆知的平庸而不值一提的經歷，從這一點來說，適合於女人的情感的那種社會再也不存在了。我深層的情感，那些眞實的情感，全都只能在我跟一個男人的關係中表現出來。只是一個男人。但是我並沒有過著這種生活，並且我也知道很少有女人在這麼過。所以我的感覺根本就是無關緊要的，並且也傻得很……我總是會得出我眞正的感情十分愚蠢的結論，我總是如現在這樣的把自己想得一無是處。我眞應該像男人那樣，把重心更多地放在工作上而不是人上面。我該以工作爲第一要務，對男人則順其自然，或者找一個普普通通的，讓我舒服又省心的衣食丈夫——但我絕不會這麼做，我不可能那樣……

擴音器在呼叫航班號，艾拉隨衆人一起穿過柏油路面的航道走進飛機。坐下來後她注意到旁邊的座上也是一位婦女，她放心地舒了口氣。要是在五年以前，她只會覺得遺憾。飛機向前滑行了一段後轉身，然後開始準備離開地面。飛機在加速，機身震顫著，似是在努力要把自己推向空中，然後卻緩緩慢了下來，它又徒勞地轟鳴了幾分鐘，看來是出了什麼問題。乘客們擠在這一個搖晃的金屬容器中，相互間挨得如此近，都在偷偷地打量著別人的臉色，想從那一張張警醒的臉上看看別人是否也像自己那樣緊張，然後，當看到每一個人都做出了一副不在乎的樣子後，也只有墜入自己內心的恐懼中，再瞥一眼空中小姐，她們臉上顯出來的那副鎮靜若定似乎做得有些過了頭。飛機又開始加速，積聚力量欲衝上天去，但終又慢了下來，停在那兒轟轟直響。這麼折騰了三次，最後它倒回到候機大樓，乘客們被請下了飛機，飛機需要處理一下引擎上的一個小故障。大家於是全都又走回了餐廳，機場官員宣布說機場將爲大家供應一頓飯，彬彬有禮的語氣中其實不勝其煩。艾拉一個人坐在角落，感到厭倦而煩躁。現在大夥兒都沉默下來，臉上顯露出慶幸的神情，因爲引擎故障得到了及時的發現。他們全都吃起來，以此打發時間，又點了酒和飲料，不時看著窗外，那兒機械師正圍著他們的飛機忙活，在一束強光的照射下加緊排除著故障。

艾拉發現自己被一種感覺攫得緊緊的，最後她意識到這便是孤獨。就好像在她和衆人之間隔著一層冷空氣，那是一個情感的眞空地帶。這種感覺使她全身發冷，全身陷入孤獨的狀態中。她又開始想保羅，這念頭是如此的強烈，就好像他並不只會從一扇門走出並且來到她的身邊，還不止這些。因爲堅信他馬上就會過來陪伴她，於是她幾乎可以感覺到那層包圍著她的冷空氣也在融化之中。她費了好大的勁才驅走這個幻覺，不無驚慌地想到，如果我不能停止這種瘋狂的念頭，我就永遠也回不到我自己了，我就再也緩不過來了。她終於成功地驅逐走了那個總也不肯消失的保羅，重又覺得那股子寒冷向她壓過來，裹住了她，然後，置身於這層寒冷和孤獨中，她翻開了幾本法國雜誌，腦中只覺一片空白。她旁邊坐著個男人，正專心看著一本醫學雜誌，這是她剛才曾見的。一眼看去，他像是美國人，矮個，寬肩膀，精力充沛，頭髮剪得短短的，閃著宛如棕色皮毛一樣的光澤。他一杯接一杯地喝著一種興奮型的果汁，似乎並沒有為延機的事有絲毫的不安。有一次當他們倆同時看了看窗外圍了一大堆機械師的飛機後，目光相遇了一下，他朗聲笑著說：「我們一晚上都得困在這兒了。」說完他便又轉回到他的醫學雜誌上。這時已過了晚上十一點，候機廳裡唯有他們這群人還在等著上飛機。突然間外面樓下傳來一陣格外喧鬧的操著法語的叫嚷聲，是機械師們意見不一，發生了爭執。其中一個頭兒模樣的人正在力勸衆人平息下來，或者說他正加大揮動手臂的力度和聳肩的幅度對衆人表示不滿。別人開始還大聲反駁著他，終於都不說話了。然後所有的機師都回到了主樓，只剩下那個人還留在飛機下。那人起初還在起勁地罵著，最後他做了個重重的聳肩動作，也隨別人一起進了候機樓。那個美國人和艾拉又一次互相交換了一下眼神，顯然他覺得十分有趣，說：「我才不管飛機怎麼樣呢。」這時擴音器響了，請他們返回客機。艾拉和他一同走過去，邊說道：「也許我們該拒絕登機才是吧？」他露出一口整齊雪白的牙齒，那雙孩子氣的藍眼睛裡洋溢著熱情，說道：「可明早我還有個約會呢。」顯然那約會重要得他可以甘冒墜機的危險。那些乘客大多都看到了剛才發生在下面的一幕，這時卻都順從地登機入座，顯然都在盡力只讓自己往好的一面想。即便表面上看來鎮靜自若的空中小姐也多少顯出些緊張。明亮的機艙內，四十位乘客都滿心懷著恐懼，卻都盡力不表現出來。所有的人，艾拉想著，除了這個現在已坐在她旁邊的美國人，這時也已又投入到他的醫學書中去了。對於艾拉來說，她上飛機的時候自覺宛如上了一列死亡客車。她又想到那個主任機師的聳肩動作，那也是她的感覺，無可奈何。當飛機啓動的時候，她只是想著：我很可能就要死了，我很高興。

這一想法只出現了片刻就不再令她感到震驚了。因為她其實一直就知道：我是如此的筋疲力竭，我身體中的每一根神經都已累到了極點，所以若是知道我毋須再這麼活下去，對我而言將只是一種解脫，多奇怪！而這兒的每一個人，可能只除了這個生氣勃勃的年輕人以外，都為墜機的可能提心吊膽著，但我們又全都順從地上了飛機。莫不是大家對死去都想得一樣？艾拉好奇地瞥了一眼同一排中的另三個人，他們嚇得臉色慘白，額頭上也泌出了汗珠。飛機重新聚集起全部的力量預備衝向空中。它轟鳴著從跑道上滑翔過去，然後劇烈地搖晃起來，像一個疲乏無力的人那樣費了好大的勁才把自己抬到了空中。它飛得很低，只在房頂上面飛掠著，然後一點一點艱難地往上攀升。美國人咧開嘴笑了，說：「好啦，我們成了。」說完便又去念他的書去了。原來僵直地站在那兒的空中小姐，這時也露出了燦然的笑容，開始活躍起來，跑回去準備食物了。美國人說：「那個該死的傢伙這會兒可以大吃一頓了。」艾拉閉上了眼睛，心裡在想：我本來已確信我們會墜毀的。或者至少這是一次很好的機會。那麼麥克爾怎麼辦？我甚至沒想到他——不管怎麼說，茱麗亞會照顧他的。一想到麥克爾，有那麼一會兒她覺得生活有了一個動力，然後她又尋思：一個死於飛機失事的母親——那是令人傷心，不過還不像自殺那樣具有毀滅性。多奇怪！這麼說空難的死反而給孩子以生機了，但是如果說做父母的只是由於不想用自殺傷及孩子的心靈而決定活下去，那麼正是孩子給了父母以生機。我不知道有多少父母是因為決定不傷害孩子才繼續活著的，儘管他們自己已不在乎生命（這時她覺得昏昏欲睡起來）。不管怎麼說吧，這樣死法，責任就不在我了。我當然可以拒絕登機——但是麥克爾永遠也不會知道發生在機械師間的一幕。好了，這一切都結束了。我覺得我好像生來就背負著一種疲勞感，而且我一生都得這麼負重下去，唯一沒有這樣負重的時刻就是與保羅在一起的日子。好了，夠了保羅，夠了愛情，夠了吧你自己——這些緊抓著我們不放的情感多麼無聊，不管我們想要多少……她感覺到機身在猛烈地振動著。它馬上就會在空中裂成碎片，她想著，而我會像一片樹葉那樣旋衝進黑暗中，墜入海裡。我會輕飄飄地旋入那漆黑冰冷，吞噬一切的大海。艾拉睡著了，醒來時發現飛機一動不動，美國人在旁邊搖她。他們已然著陸了。時間是淩晨一點。而當載滿了乘客的大客車停在終點站時，已快三點了。艾拉渾身發麻、發冷，身子累得像灌了鉛似的沉重。美國人還在她身邊，還是那麼興高采烈，精力充沛，他那張寬寬的、膚色微紅的臉膛上閃爍著健康的光澤。他叫了一輛計程車，邀她同坐，這時附近並沒有太多的計程車。

「我想只能這樣了。」艾拉說，注意到自己的聲音聽來也跟他一樣快活，沒事一般。

「是啊。當然得這樣。」他大笑起來，一口牙完整地露了出來，「當我看到那傢伙聳了聳肩又走了回去。我就想，好傢伙！情況不妙。你住哪兒？」艾拉告訴了他，又問了一句：「你有地方住嗎？」「我得找一家飯店。」「這個時候恐怕不太好找。我倒願意請你上我那兒去，可我只有兩個房間，我兒子占了其中一間。」「您太好心了，不，我並不擔心。」他確實也沒擔心。天很快就亮了，他沒地方睡覺，但他還跟傍晚時候那樣精力旺盛並且興致勃勃。他把她送到了家，說如果她願意與他共進一頓晚餐，他將十分高興。艾拉猶豫了一下，還是答應了。也就是說，他們會在第二天，或更確切地說，是這一天的傍晚時分再度會面。艾拉上了樓，想著她同那美國人到時肯定會無話可說，於是將要到來的那個會面這時便已開始讓她感到厭煩了。她發現兒子睡在房間裡的樣子活像一頭小動物縮在自己的洞穴裡。裡面散發出一股睡得很香的氣息，她掖了掖他的被窩，在邊上坐了一會兒，借著窗外漸漸滲進來的幾絲朦朧的光，看著那張微微泛紅的小臉，看著那束柔和的光映在他那一簇簇褐色的頭髮上。心裡面在想：他跟那個美國人倒是一個類型，都是寬肩膀、寬身子，有一身強壯而呈粉紅色的肌肉。然而那美國人卻讓我在生理上產生反感，但是我並非不喜歡他，像我不喜歡羅伯特・布隆恩，那個保養良好、公牛一樣的年輕人似的，爲什麼呢？艾拉上了床，這麼多夜晚以來頭一回，沒有去喚回與保羅有關的記憶。她在想著那四十個冒死乘飛機的乘客，這會兒他們已四散在城市的各個角落，正好端端地躺在床上呢。

二小時後兒子弄醒了她，對她的突然出現十分驚喜。因爲她的假期還沒度完，她就沒去上班。但她給派翠西亞打了電話，告訴她沒買那個系列故事，並說巴黎並未讓她的精神恢復過來。茱麗亞在彩排一齣新戲。艾拉一個人忙了一天，洗衣服、煮飯、整理房間，兒子放學回家後又陪他玩了一會兒。天色將晚的時候，美國人打來電話，現在他有名字了，辛·梅特蘭德說他願意聽她吩咐，問她想去哪兒？劇院？聽歌劇？看芭蕾？艾拉說去看這些都趕不上了，她建議還是一起去吃頓晚飯。他立刻就鬆了一口氣：「對你說實話吧，我對看演出沒多少興趣，也不太去看。那麼現在告訴我你願意上哪兒吃飯？」「你想去一個特別的地方，還是一個你可以吃到牛排之類東西的地方？」他又鬆了口氣，「那對我再好不過了，我在食物方面要求很簡單。」艾拉於是提了一家生意很好的餐館，邊把一條她本已選好預備晚上穿的衣服擱在一邊，那件衣服她與保羅在一起時出於種種顧慮，從未穿過，但自從保羅走後她又出於某種逆反情緒一直在穿它。現在她穿上了一條裙子和一件襯衫，讓自己顯得健康多過吸引人些。麥克爾坐在床上，身邊堆滿了漫畫。「爲什麼你才回家就又要出門？」他有意讓自己的聲音顯得很是委屈。「因爲我這麼想了。」她答，對他那種語調咧嘴笑了笑。他下意識地也微笑了一下，然後又皺起了眉頭，有點受傷害似地說：「這不公平。」「可是過不了一小時你就要睡了，我希望是這樣。」「茱麗亞還來給我念故事聽嗎？」「我不是已經給你念了好幾個鐘頭了嘛？再說，明天你還要上學，你該上床睡覺了。」「還是等你走了，我想我會跟她講話，一直講到睡著。」「那麼你最好別告訴我，因爲我會生氣的。」他用雙眼頂撞著她，橫坐在床上一動不動，兩頰霏紅，顯出對他自己和他在這間屋子裡的世界一副篤定的姿態。「爲什麼你沒穿你原先選好的衣服？」「我又決定換這件了。」「女人，」這個九歲的小男孩用一種傲慢的語調說，「女人以及她們的服飾。」「好了，晚安。」說著她的嘴唇在他那張光滑溫潤的臉蛋上貼了一下，嗅到了他頭髮上那一股令人愉快的新鮮的香皀味兒。她走下樓，發現茱麗亞在洗澡，便高聲道：「我出去了！」茱麗亞則大聲回道：「你最好早點回來，昨晚你就沒睡什麼覺。」

辛·梅特蘭德在餐館等她。他看上去精神很好，渾身上下充滿了活力，他那雙清澈的藍眼睛並未因缺眠而有絲毫渾濁。艾拉滑坐到他邊上的位置，突然間只覺得一陣疲勞直襲過來，她問道：「你一點都沒睡嗎？」他馬上頗爲自得的說：「每晚我睡覺從不超過三、四個小時。」「爲什麼？」「因爲如果我把時間消耗在睡眠上，我就永遠也達不到我想達到的目標了。」「你說了不少你的事了，」艾拉道：「現在該我來說說我了。」「好啊，」他道，「太好了。老實說，你對我來說還是個謎呢，所以你得多說點。」正說著侍者過來等他們點菜了，辛・梅特蘭德點了「他們所能有的最大的牛排」和可口可樂，不要馬鈴薯，因爲他正預備減掉十四磅體重，此外還要了番茄醬。「你不喝酒嗎？」「從不，我只喝果汁。」「好吧，恐怕你得爲我要點葡萄酒了。」「非常樂意。」說著便叫點酒的侍者來一瓶「他們這兒最好的」葡萄酒。兩個侍者走開後，辛・梅特蘭德打趣說：「在巴黎那些個跑堂的總變著法子讓你自己知道你是個鄉巴佬，這兒我看到他們並不怎麼費力就讓你明白了這一點。」「那麼你是個鄉巴佬嗎？」「當然，當然。」他說，那一口好牙閃著細細的光澤。「好了，現在該你談談你的生活了。」這話題一直拖到他們這頓飯將近結束的時候才開始，就辛所知，總共才談了十分鐘，但他一直也未迫她開口，而是耐心等著，中間則回答著她的問題。他出身貧窮，但他同時也生就一個聰明的腦袋，並且沒有浪費，獎學金和助學金幫他實現了自己的夢想，他成了一位腦外科醫生，還在晉升之中，他婚姻美滿，有五個孩子，連他自己也說，他擁有了地位，而且前程遠大。在美國一個窮孩子意味著什麼呢？「我爹一輩子都在賣女人的襪子，現在還是。我並不是說我們家有誰挨過餓，但是我們家族還從未出過一個腦外科醫生，這點我敢拿性命擔保。」他的自我誇耀是如此坦白，對他而言又是如此的自然，甚至都不像是在自吹了。並且他旺盛的精力開始感染到艾拉，她已忘了自己的疲倦。當他提議說該她談談自己時，她遲遲沒接這個話頭，因爲她現在意識到這對自己簡直就是一場煎熬，一來是因爲她發現她的生活至少就她所知是無法用簡單的幾句話說明白的。比方說我的父母如何，我住過什麼地方，我做過這樣那樣的工作；二來則是她明白自己在爲他所吸引，這一發現卻讓她心煩意亂起來。當他那隻白皙的大手擱到她的手臂上時，她感覺到自己的乳房挺了起來，一陣刺痛，連大腿間也潮濕了。但她與他之間毫無相通之處。她記得她一生中從沒對一個與她毫無共同點的男人產生過生理反應。她總是習慣於去親近一種模樣、一種笑容、一種語調和一種笑聲。在她看來，這男人是一個強健的莽漢。而發現自己想同他上床的念頭使她內心有一陣撕裂般的難受。她覺得氣惱而煩躁，當她的丈夫不顧她的情緒反應，把她的身體擺弄來擺弄去以求刺激起她的性欲時，她就是這種感覺，結果便是性冷感。她想：我可以輕而易舉地成爲一個淡漠的女人。然後她又爲這裡面的可笑成分吃了一驚：她坐在這兒，內心因爲對這個男人的渴望而一片溫柔，同時卻又在爲一種假設的性冷淡而擔憂不已。她笑了起來，他便問：「有什麼這麼好笑？」她隨便應付了幾句，他則好脾氣地道：「好吧，你也認爲我是個鄉巴佬。好吧，那對我沒什麼。現在我有個提議。我還有二十通電話要打，而且我想在飯店裡打。你跟我回去，我可以請你喝點什麼，然後等我打完電話，你再來跟我談談你的情況。」艾拉同意了，然後又擔心他是否會把她的態度理解爲願意與他上床的一種默認？即便是這樣，他也並沒有表現出來。她發現當她與屬於她那個世界的男人相處時，她可以從眼神的一瞥、一個手勢、或者一種氣氛中判斷出他們的感覺或者想法，因爲對那些她尙不了解的男人，語言是說明不了什麼的，她憑藉的是自己的直覺。但是跟這個男人在一起，她卻一點頭緒也抓不著。他已成婚，但她不知道他對於不忠持何態度，比方就像爲她所利用的那個羅伯特・布隆恩。既然她對他一無所知，那麼他自然也不會懂得她，比方說，他不會知道她的乳頭正灼熱地發著漲。也因此她同意了他的提議，沒當一回事地跟著他去了他下塌的飯店。

他在一家高級酒店裡開了一個套房。這套房間正好在酒店的中心位置，有冷氣，沒有窗戶，幽閉得很。房間裡一塵不染，擺著統一的家具。艾拉有一種陷入籠中的感覺，但他似乎覺得十分自在。他給她倒了威士忌，便把電話機搬到跟前，開始打他剛才說過的二十通電話，這個過程花了有半小時。艾拉聽他說著電話，注意到明天他至少有十個約會，包括訪問四家倫敦著名的醫院。他終於打完了這些電話後，在這間小小的房裡精神抖擻地大步走了幾個來回，「好傢伙，」他道：「好傢伙！不過我覺得棒極了。」「如果我不在這兒，你會做什麼？」「那就工作。」他的桌上高高地堆著一大落醫學雜誌，她又問：「是閱讀嗎？」「是的，如果你不想落後，總有許多東西要看的。」「除了與你工作有關的內容，你還看別的東西嗎？」「不看。」說著他笑了幾聲，道：「我妻子是文化類型的人。我沒時間看那些玩意兒。」「跟我談談她吧。」他即刻取出一張相片來，上面是一個長著一張娃娃臉的漂亮的金髮女郎，身邊圍著五個小孩。「天哪，她漂亮吧？她是我們那個鎮上最漂亮的姑娘！」「那便是你娶她的原因？」「爲什麼不，當然……」他聽出了她的弦外之音，便同她一塊解嘲地笑起來，像是在懷疑自己似地晃了晃腦袋，說：「當然！我對自己說過，我要娶這個鎮上最漂亮最高貴的姑娘爲妻，我也實現了。我就這麼做了。」「這麼說你很幸福了？」「她是個了不起的姑娘，」他立刻答，充滿熱情地，「她很好。並且我有五個可愛的兒子。我希望能有一個女孩，不過我的兒子們很好。我只希望我有更多的時間跟他們在一起，不過像現在這樣一個人，我覺得也不錯。」

艾拉腦中在想：假如我現在站起身說我得走了，他會脾氣很好地馬上同意的，毫無怨言。我或許會再見他，或許就此告別，我們誰也不會在意的。但是此刻我非得點撥一下他不可，因爲他根本不知道該拿我怎麼辦。我應該走——可那是爲什麼？就在昨天我還認定像我這樣的女人是荒謬可笑的，一定要讓自己糾結於某種讓生活變得彆扭的感情之中。此刻有這樣一個男人在我面前，假如我生爲男人我便願意做這樣的男人，他一會兒就會什麼事也沒發生一般地上床睡覺，腦中別無雜念。這時他正開口道：「那麼現在，艾拉，我一直在談我自己，而我得說，你可眞是一個好聽衆，可你知道嗎，我對你連最起碼的了解都沒有，簡直一無所知。」

現在，艾拉在想，就是現在。

但她又應付似地說了一句：「你知道現在已過了十二點了嗎？」

「是嗎？不會吧？那太糟了。可我不到三、四點鐘從不上床睡覺的，而且我早上七點就起，每天都是這樣。」

現在，艾拉想著，下面的話就這麼難以出口，未免太荒唐了，因爲她這話其實沒有一絲一毫符合她的本性，但是當話說出口的時候，她自己也驚訝了，她居然說得如此隨便，只是呼吸稍稍有些急促：「你願意跟我上床嗎？」

他盯著她，咧開了嘴。他並不感到吃驚，反而很有興趣。不錯，艾拉做出了判斷，他是有興趣。好樣的，她爲此喜歡起他來了。他猛地把他那寬大的腦袋往後一仰，高聲道：「好傢伙，噢，好傢伙，我願意嗎？當然了，艾拉，如果你沒這麼說，我眞不知道該怎麼說呢。」

「我知道。」她說，拘謹地微笑著（她可以感覺到這種拘謹的笑，不免感到吃驚。）她又不自然地道：「好了，現在，先生，我想你該讓我放鬆下來，或者做點別的什麼。」

他站在房間的另一頭，笑嘻嘻地，她可以看得見他的一身肌肉，一個溫暖而豐碩、活力四溢的軀體。非常之棒，他該是那樣。（想到這點的時候，艾拉從自己身上分離了出來，站在一邊觀察著眼前的這一幕，不時驚嘆幾聲。）

她站起來，微笑著，先褪去了自己的衣衫。他也微笑著脫掉自己的夾克，扒掉了自己的襯衫。

在床上，兩個溫暖的、緊繃的軀體，在一陣觸電般的快感中碰觸到了一起。（艾拉站在自己的一邊，不無譏嘲地想著：很好，好極了！）他幾乎一下子就插入了她的體內，幾秒鐘以後便射精了，她本想安撫他幾句，或者顯得老練些，以便讓他緩下來，但他已成了事，從她身上滾落下來，一邊揮動著手臂，大聲道：「天哪，噢，天哪！」

（此時艾拉又回到了她自己，成爲一個完整的人，兩個自我的思想也重合到了一起。）

她躺在他旁邊，克制著自己肉體上的失望感，微笑著。

「噢，好傢伙！」他滿足地又嚷了一聲，「我喜歡這樣。你眞沒得說。」

她用手臂摟著他，慢慢地琢磨著這句話。然後他開始談起他的妻子，顯然是興之所致。「你知道嗎？我們每星期都有兩三個晚上要去俱樂部跳舞。你知道那是鎭上最棒的一家俱樂部。所有的小伙子都盯著我看，他們腦中全在轉同一個念頭，這個走運的雜種！她是那兒最漂亮的姑娘，就算生完五個孩子後也是如此。他們全都以爲我倆享受著多麼銷魂的時光。哦，天哪。有時候我會想，假如我告訴他們，我們雖然生了五個孩子，可結婚以後我們只幹過五次。好吧，我多少有點言過其實，不過也差不離兒。她對那個沒興趣，儘管她看上去挺像那麼回事。」

「有什麼問題嗎？」艾拉一臉正經地問。

「我可不知道。我們結婚以前，在我們戀愛的時候，她看來是很熱呼呼的噢，天哪，我還以爲怎麼樣呢！」

「你們戀愛了多長時間？」

「三年。然後我們訂了婚。一共是四年。」

「這中間你們從沒做過愛嗎？」

「做愛——噢，讓我想想。不，她不讓我幹，而且我也不想強求。可是不管怎麼說，她那會兒可熱呼了，天哪，原來只是我以爲如此！然後到我們度蜜月時，她就冷了下來。現在我從不碰她。當然，有時候舞會後身體會繃得緊緊的。」他爆發出一陣年輕人那種豪放的笑聲，向上舉起兩條棕色的大腿，又摔下來。「我們還去跳舞，她總是不遺餘力地把自己打扮得漂亮得要死，所有的男人都盯著她看，瘋狂地嫉妒我，而我則想著：要是他們知道內情呢！」

「那麼你不在乎？」

「見鬼，我當然在乎。可是我不願意強迫別人。這也正是我喜歡你的地方——你說，我們上床吧，這多簡單，多好。我喜歡你。」

她躺在他身邊，微笑著。他那魁梧而健壯的身體，就在她身邊有節奏地上下起伏著。他道：「等一會兒，我還可以再來一次。我想我是缺乏經驗。」

「你有過別的女人嗎？」

「有時候吧，如果有機會的話。我從不追女人，也沒時間。」

「忙於去實現你的目標？」

「沒錯。」

他垂下一隻手來，去觸摸自己。

「你不願意讓我來做嗎？」

「什麼？你不介意嗎？」

「介意？」她微笑著道，用一隻肘支著側躺在他邊上。

「見鬼，我妻子不碰我。女人都不喜歡那麼做。」他又爆發出一陣朗聲大笑。「那麼你眞是不介意？」一會兒之後，他的臉上現出了一種他自己都不相信的情緒來。「見鬼，」他道，「見鬼，哦，好傢伙！」

她慢慢地把他搞得勃起了，然後道：「這回別那麼急了。」

他皺了皺眉。艾拉可以感覺到他想到了什麼。他並不笨，但是她在想的是他的妻子，還有他別的女人。他進入了她的身體，艾拉腦中則在想著：我還從沒這麼做過——我在施予快感。眞有意思。我從沒用過這個詞，甚至想也沒想過。與保羅做愛，我會覺得進入了一片迷糊之中，思維停頓。像這樣的做愛，根本區別是我是清醒的，老練的，而且考慮周全——我在施予快感。這與我跟保羅的那種做愛是兩碼事。可是我跟這個男人在床上，在發生關係。他的肉體進入了她的肉體，在裡面急速抽動著，動作又粗又猛，這一次她仍沒有來高潮，而他已快樂得直哼哼，邊吻著她邊大聲叫著：「噢，天哪，噢，天哪，噢，天哪！」

艾拉腦中在想：可是如果換了是保羅，到了那個時候我就會來高潮——那麼問題出在哪兒了？僅僅說是因爲我不愛這個男人並不夠呵？突然間她意識到跟這個男人她是永遠也到不了高潮的。她尋思著：對我這樣的女人來說，貞潔並不能讓我覺得完善，忠誠也不能，全不是那些傳統的詞彙。讓我達到完善的唯有性高潮。可這又是一件我無法控制的事。我永遠也無法在這個男人這兒獲得性高潮，我能施予他快感，不過如此而已。可是爲什麼不行呢？我是在說我只能在一個我愛的男人那兒才能得到嗎？因爲假如這是眞的，那麼我把自己懲罰到了一種什麼樣的境地呵？

他在她那兒眞是欣喜若狂，內心對她充滿了感激，而且全身上下都散發出了一種健康的光采。而艾拉對於能使他如此快樂，也有幾分得意。

她穿上衣服準備回家，當她打電話叫計程車的時候，他道：「我不知道假如我跟一個像你這樣的女人結了婚，會是什麼樣——見鬼！」

「你會喜歡嗎？」艾拉一臉正經地問。

「那才叫——男人！一個能與你交談的女人，還能在床上找到樂子——男人，我簡直想都不敢想！」

「你跟你妻子不交談嗎？」

「她是個好姑娘，」他認眞地說，「我覺得從她的世界和孩子們來說就是這樣。」

「她幸福嗎？」

這個問題很讓他吃了一驚，他不由得支起一隻肘子側過身子，開始尋思起來，板起的臉上眉頭緊皺。艾拉發現自己無比地喜歡他。她坐在床的一側穿衣服，內心充滿對他的歡喜。他琢磨了半晌，說道：「她擁有鎮上最好的房子，在那座房子裡，她還擁有一切她想要的東西。她有五個男孩，我知道她想要個女孩，可也許得下次……她跟我在一起也很愉快，我們每週去一兩次舞會，而且不管我們走到哪裡，她總是最出色的女孩。並且她還有我——我可以告訴你，艾拉，我並不是在吹牛，我能從你的笑容裡邊也看出來你有這個意思——可她的確擁有一個無可挑剔的男人。」

說著他把擱在床邊的他妻子的相片取過來，說：「她看著像個不幸福的女人嗎？」艾拉看了看那張俏麗的小臉，說，「不，不像。」說完又補了一句：「我一點也不了解你妻子那樣的女人。」

「是啊，我覺得你也不會了解的。」

計程車到了，艾拉吻了吻他便往外走，他在後面說：「我明天會給你電話的。天啊，我要再見到你。」

第二天晚上艾拉又是與他共度的，並不是為了獲得性的快樂，只是因為喜歡，除此之外，她感覺到假如她拒絕再見他，他會受到傷害。

他們又在一起吃了晚飯，且是同一家餐館。他動情地對她說：「這是我們倆的餐館，艾拉。」他本來也許是要說：「這是屬於我們倆的地方，艾拉。」

他談起了他的經歷。

「那麼當你通過了所有的考試，又參加了所有的研討會之後，你的下一步目標又是什麼？」

「我會去競選參議員。」

「為什麼不是總統？」

他解嘲地跟她一塊兒大笑起來，心情一如既往的好。「不，不是總統。議員就夠了。真的，艾拉，注意一下我的名字，你就知道了，我用了十五年的時間，做到了我這一行的顯要位置。到目前為止我所有的目標都一一實現了，不是嗎？所以我知道我的將來會怎麼樣，懷俄明州的辛・梅特蘭德參議員，打賭嗎？」

「我從不跟人打明知要輸的賭。」

他明天就要離開這兒回美國。他已會見了他那個領域中的十幾位資深的醫生，參觀了十幾家醫院，參加了四個研討會。他在英國的事已經辦完了。

「我很想去一趟俄羅斯，」他說，「可是我去不了，不具備他們要的條件。」

「你是指麥卡錫？」

「你也聽說過他？」

「呵，是的，我們都聽說過。」

「那些蘇聯人在我這個領域很有成就，我在書刊上讀過他們的東西。我不在乎跑上一趟，只可惜我不具備他們的條件。」

「等有一天你當了議員，你對麥卡錫會持什麼態度呢？」

「我的態度?你又在取笑我了吧？」

「一點兒也不。」

「我的態度——怎麼說呢，我想他是對的，我們不能讓赤色分子奪我們的權呀。」

艾拉猶豫著，然後一本正經地說：「跟我合住的那個女人就是個共產黨員。」

她感覺到他的神經繃緊了，然後他沉思了一會兒，終又鬆弛了下來，說道：「我知道你這兒的情形是完全不同的。我才不管呢，我也不在乎對你那麼說。」

「是啊，那沒什麼。」

「對。你跟我一塊兒回飯店吧？」

「如果你願意。」

「我當然樂意。」

與前一晚一樣，她又施予了他快樂，同時喜歡著他，僅此而已。

他們談起了他的工作，他專事腦前葉切除術。「好傢伙，不誇張地說，我切開過幾百個腦袋了。」

「做這些你不覺得有什麼不舒服的嗎？」

「爲什麼要不舒服？」

「可你知道當你做完那種手術，一切就都成了定局，那些人就再也不是原來的了？」

「可這就是目的呀，他們大都再也不想和原來一樣了。」然後，他性格中講求公正的一面又讓他補充道：「但是我得承認，有時候我也在想，我已做了幾百例，眞的都是性命攸關的事。」

「那些俄國人可不會讓你這麼幹的。」艾拉說。

「是不會。所以我才想去跑一趟，看看他們有什麼別的辦法。告訴我，你怎麼會了解腦前葉切除術的？」

「我以前跟一個精神病醫生有過一段戀情，他同時也是位神經學專家，不過不是腦外科醫生，他曾對我說過他絕不會推崇腦前葉切除術，除非在極特殊的情況下。」

他突然說：「自從我說了我是做那種手術的專家後，你好像就不那麼喜歡我了。」

她頓了一下，說：「不是這麼回事。可我有點不由自主了。」

他又大笑起來，說道：「好吧，我也是不由自主的啊。」過了一會兒他又說：「你剛才說你曾有過一段戀情？」

艾拉一直在想著她剛才提到保羅時所說的「我曾有過一段戀情」，和他常說的「奇妙的一段」簡直就如出一轍，或者不管他用什麼詞來描述，其意義都是相同的。她發現自己不知不覺地轉到了那條思路上：很好！既然他把我說成那樣，那麼我就是，我還高興這樣呢。

辛・梅特蘭德在問：「你愛他嗎？」

在此之前，愛這個字在他們之間還從未有人說過，他提到他妻子時也沒用這個字。

她答：「很愛。」

「那你不想結婚？」

她正色道：「每個女人都想結婚的。」

他從鼻子裡噴出一陣大笑，然後他轉過來看著她，目光敏銳：「我不了解你，艾拉，你知道吧？我對你一無所知。但我知道你是那種極爲獨立的女人。」

「好吧，不錯，我想我是。」

他伸出手臂來摟住她，道：「艾拉，你教會了我不少東西。」

「我很高興。希望那都是讓你愉快的。」

「是啊，那當然。」

「很好。」

「你在笑我了吧？」

「不過就一點兒。」

「那都沒關係，我不在乎。你知道嗎，艾拉，今天我對別人提到了你的名字，他們說你寫過一本小說，是嗎？」

「每個人都寫過一本小說。」

「如果我告訴我妻子我遇到了一位眞正的作家，她會永遠也平衡不了的，她對文化以及那一類的事跟著了魔似的。」

「可是或許你最好還是別告訴她。」

「我要是讀了你的書會怎麼樣呢？」

「可你從不看小說的。」

「我可以讀，」他性情很好地說，「是關於什麼的？」

「哦……讓我想想。那裡面充滿了內省、正義感，一件又一件的事兒。」

「你對它不當回事嗎？」

「我當然是當回事的。」

「很好，很好。你不是要走吧？」

「我必須得走了——我兒子再過四小時就要醒過來，再說，我不像你，我需要睡眠。」

「好吧。我不會忘記你的，艾拉。我在想，如果跟你結婚，會是什麼樣呢？」

「我有種感覺，你不會太喜歡的。」

她穿起了衣服，他則舒舒服服地躺在床上，轉著眼珠，深思地看著她。

「那麼說我是會不喜歡的嘍，」他笑著說，伸展了一下雙臂，「我大概是會不喜歡的。」

「沒錯。」

他們分了手，彼此仍情意綿綿。

她坐計程車回到家，輕手輕腳地上了樓梯，不想吵醒茱麗亞。但茱麗亞的房門裡透出一絲燈光，她從屋裡喊了出來：「艾拉嗎？」

「是我。麥克爾沒事吧？」

「他睡得一點兒聲息都沒有。你那兒怎麼樣？」

「很有趣。」艾拉有意這麼說道。

「有趣？」

艾拉走進臥室。茱麗亞靠在枕頭上躺著，邊抽菸邊看著書。她用琢磨的眼神瞧著艾拉。

艾拉道：「他是一個很好的男人。」

「那不錯啊。」

「明天早上就會變得極度沮喪起來。實際上這會兒我已經感覺到這種情緒了。」

「因爲他要回美國了。」

「不。」

「你臉色很難看。怎麼回事？他在床上一點都不行嗎？」

「不怎麼樣。」

「噢，是這樣，」茱麗亞寬容地說，「來根菸嗎？」

「不，我得在那情緒打擊到我之前上床睡覺。」

「它已經打著你了。你幹嘛要跟一個並不吸引你的男人上床呢？」

「我並沒有說他不吸引我啊。問題在於，除了保羅之外，我跟任何男人上床都無濟於事。」

「你會過去的。」

「是的，當然了。可是需要很長一段時間。」

「你得挺住。」茱麗亞道。

「我也想這樣。」艾拉說著道了晚安，回自己房間去了。

♠〔藍色筆記繼續：〕

一九五四年九月十五日

昨晚麥克爾說（我已有一星期沒見到他）：「安娜，看來我們這場偉大的戀愛要結束了嗎？」這是他典型的說話方式，明明是他在把一切推向結束，卻說得像是我的責任。我微笑著，並非我所願地挖苦道：「可至少這還是一場偉大的戀愛吧？」他接到：「呵，安娜，你編著生活的故事，講給自己聽，卻不知道什麼是眞，什麼是假。」「這麼說我們所有的並不是一場偉大的愛了？」這話聽來很是嚇人，而且還帶著懇求的意味，儘管我並沒打算這麼說。因爲他的話讓我覺得無比沮喪而寒心，就好像在否定我的存在似的。他怪里怪氣地說：「如果你說是，那就是；你說不是，那就不是。」「這麼說你的感覺不算了？」「我？可是安娜，幹嘛要算我呢？」（他的話音苦澀而譏嘲，但又帶著感情。）事後我內心便又衝突起每每在這種爭執過後就會緊緊攫住我的一種感覺，那便是不眞實感，就好像我這個人的物質存在正在消融瓦解。於是我便又想到這一切又是多麼滑稽，爲了讓自己從這種情緒中恢復過來，我只有動用麥克爾最不喜歡的那個安娜，那個深思而苛刻的安娜。很好，既然他說我在編我們兩個人的故事，那麼我該把這些都寫下來，盡我所能的做到眞實無誤，記下每一天每一個時刻的事。就是明天，明天晚上我就要坐下來開始寫。

一九五四年九月十七日

昨晚我什麼也寫不出來，因爲我太不快活了。而現在我當然已在疑惑是否是由於我對於昨天發生的一切太過清醒，反而使一切都走樣了。正是因爲我的有意識把昨天變成了特別的一天嗎？無論如何，我該把這些都記下來，看看會是什麼樣子。我很早就醒了，大約是五點鐘左右，我想是被隔壁詹妮特的動靜弄醒的，不過那會兒她一定又已睡著了。窗玻璃上有灰色的水氣，在灰濛濛的光線中，家具影影綽綽的，顯得巨大無比。麥克爾和我面朝窗子躺著，我的雙臂伸進他的睡衣裡邊摟著他，雙膝則頂在他的膝蓋窩裡，一股強勁的熱流從他身上貫注進我的體內，平復著我的心靈。我的腦中在尋思：他很快就不會再回來了。也許我知道這是最後一次，也許不知。也許這就是最後一次了吧？但是現在麥克爾暖烘烘的身體正睡在我的臂彎裡，而我心中又清楚他再也不會回來，這兩種感覺似乎是怎麼也聯繫不到一塊的。我把手往上移了移，他的胸毛在我的掌心中滑過，有一些粗糙。這給了我強烈的快感。他醒過來，覺察到我一直醒著，尖聲道：「安娜，怎麼了？」他的聲音尚在夢中，聽來驚懼而惱怒。然後他翻了個身，又睡了。我瞧著他那張緊繃的臉，想看出夢在他臉上留下的痕跡。有一次他從睡夢中突然驚醒過來後曾對我說：「我親愛的安娜，如果你要跟這樣的一個男人睡覺，而他就是歐洲過去二十年歷史的化身，那麼你就別抱怨他會做那些惡夢。」這話是憤憤不平的，因爲我不是那段歷史的一部分，儘管我知道這也正是他跟我在一起的原因之一，我的內心沒有什麼遭到過根本性的毀滅。今天早晨我看著這張睡夢中仍緊張不安的臉，又一次試著去想像，假如這是我的親身經歷，我又會是怎樣呢，也就是說：「一家之中包括父母在內有七個人死於毒氣室。我的大部分親近的朋友也都死了；共產黨人被共產黨人所謀殺。倖存者大多成了陌生國家中的難民。我的餘生將在一個永遠不可能成爲我眞正的家園的國家中度過。」但是和往常一樣，我仍無法去設想這一切。外面下起了雨，光線因而也變得灰暗而濃重。他的臉這時不再繃著了，放鬆下來，顯得明朗、平靜而自信，眼瞼靜靜地闔著，上面是舒展而光滑的眉。我甚至可以看到他孩子時的模樣，天不怕地不怕，雄糾糾氣昂昂，臉上帶著開朗、無慮而機靈的微笑。同時我也能看到他老了以後的樣子，他會是一個脾氣暴躁、聰明而精力充沛的老頭，有一點點智者自閉的孤獨。我內心充滿了一種女人對於孩子的情感，一種巨大的勝利感，因爲這個人存在著，戰勝了所有的不可能、戰勝了死亡，一個呼吸著的有血有肉的生命奇蹟般地就在這兒。我的這種感覺支撐在自己的心頭，讓它深入進去，以抵抗另一種他即將離開我的感覺。他一定是在睡夢中感覺到了，他醒過來說：「睡覺，安娜。」說著他微笑了一下，雙眼仍閉著。這笑是強烈而溫暖的，跟他說「可是安娜，我幹嘛要算」全然不同，這笑來自另一個世界。我不由想到：眞是胡鬧，他當然是不會離開我的，因爲若是他有離開我的意思，他絕不會對我那樣笑的。我仰躺在他身邊，小心不讓自己睡著，因爲詹妮特一會兒就要醒了。雨水打濕了窗格玻璃，屋裡的光線搞得像蒙上了一層灰濛濛的水霧，窗格也在輕輕地搖晃。颳風的夜晚窗子總會使勁地晃動，但我並不會醒來，可只要詹妮特在床上翻個身，我就會醒。

這時一定有六點了。我的雙膝一陣緊張，意識到這就是我以前常對糖媽媽提及的那種「家庭婦女情結」，它又一次控制了我。這種緊張感一來，便意味著接下來一天的程序又被接通了，這時內心的平和當然業已離我而去，我得給詹妮特穿衣做早餐打發她上學去再給麥克爾做早餐還不能忘了我的茶葉快喝完了等等等等。在這種百無一用而顯然無可避免的緊張感作用之下，怨忿的開關便也接上了。怨忿什麼呢？怨忿一種不公。因爲我不得不花這麼多的時間在這些瑣事上。這種忿懣的情緒集中到麥克爾身上，儘管理智告訴我這一切與麥克爾一點兒關係也沒有，但我還是對他感到憤憤不平，因爲他的一天是被秘書和護士簇擁著的，會有各種職位上的女性來幫他卸掉精神上的負累。我試著想讓自己放鬆下來，想關掉這股子思緒。但是我的四肢已開始疼起來，我得轉個身子了。隔牆又傳來一陣響動——詹妮特醒了，幾乎是同時，麥克爾也動了幾下，我感覺到頂著我臀部的他勃起了。我的忿恨於是有了具體表現：他倒會選時候，這個我正覺得不安並傾聽詹妮特動靜的時候。但是這股怒氣與他是無關的。很久以前，還是我在糖媽媽那兒進行心理治療的時候，我已認識到這種憤怒，這種不平，都是非個人的，而是我們這個時代中的婦女病。我可以從女人們的臉上、她們的聲音中，還有她們寫到雜誌社來的信中辨別出這種病症來。對於男女不平等的忿恨不滿，就是當代婦女的情意結，一種非個人的有毒情緒。那些不明白這一點的婦女，便會把這種情緒歸咎到她們的男人身上，而那些如我這樣有幸知道這種情緒是非個人化的婦女，則會在內心與之展開搏鬥，一種耗竭心力的搏鬥。麥克爾從我後面進入了我的身體，他還在半夢半醒的狀態，動作猛烈而親密。他這樣的要我並未摻入他的個人情感，因此我的反應也不是他愛我時候的那個安娜。並且我同時有一半的腦子在設計著若是外面傳來詹妮特的腳步聲，我該如何馬上起來並且走過去不讓她進屋。但她不到七點，是從不進來的，這是規定。我想她也不會走進來，不過我還是得提防著點。當麥克爾抓住我並且進入我身體的時候，隔壁一直有動靜，我知道他也聽見了的，並且對於他來說，在這種有風險的情形下跟我幹正是一部分樂趣所在。詹妮特，那個八歲的小女孩在他來說部分也代表著女人——別的女人，因爲跟我睡覺，他背叛了她們；另一部分才代表著孩子，在孩子面前，他正在堅持履行他在生活中的權利。每當他說到他自己的孩子時，他從來都帶著一種半是疼愛半是不服的微微的笑意，他稱他們爲他的繼承、他的刺客。而對一牆之隔的我的孩子，他是絕不肯犧牲他的自由來騙取信任的。我們完事後他說：「現在，安娜，你該爲詹妮特把我拋在一邊不管了吧？」他說這話的口氣像是一個被媽媽爲了弟弟妹妹的緣故而怠慢了的孩子，儘管我心中的忿恨因此而猛地強烈了起來，我還是咬緊牙關，像往常那樣控制住了自己，腦中只是想：假如我是個男人，我也會這樣的。這種做爲一個母親的自控和自律性是如此的強烈，我無法自欺說假若我是男人，並且不必如此自控，我就會有任何不同。但我還是費了點兒時間才穿好衣服去到詹妮特那兒，忿恨正像一股毒流在我體內洶湧。去找詹妮特之前我很快地洗了洗雙腿間的部位，以免性生活留下的氣味影響到她，儘管她根本就不會知道這是什麼氣味。其實我喜歡這氣味，並且討厭這麼快就洗掉它，我這麼做得歸咎到我此時的壞情緒上。（我也想到我如此關注自己的一切反應其實正加劇了這種情緒，因爲正常的情形下是不會如此強烈的。） 然而當我走進詹妮特的屋子，關上身後的房門，看到她坐在床上，一頭黑髮亂蓬蓬的，那張蒼白的小臉（像我的模樣）微笑著，這個時候，那股忿恨不平的情緒即刻在自律的習慣下消失得無影無踪，並且就在同時轉換成了一種疼愛的情感。這時是清晨六點三十分，這間小屋子十分的陰冷。詹妮特的窗子上也淌著灰色的雨水。我點著了瓦斯爐，她則坐在床上，身邊全是從她的漫畫上撕下來的一片片彩色圖頁。她邊看著畫頁邊瞧著我是否和平時一樣地在忙活著。對詹妮特的憐愛之情使我彷彿縮小了，變得和她一樣大，變成了詹妮特。碩大的黃色的火焰就像一隻巨眼，窗子也是巨大的，好像任何東西都進得來；一束灰濛濛的、不祥的光線在期待著太陽升起，若是撥開雨霧，它或者是天使，或者就是魔鬼。然後我又讓自己回到安娜，我看到了詹妮特，一個坐在一張大床上的小孩子。一列火車經過，牆跟著輕微地晃起來。我走過去吻了吻她，從她那健康的軀體上散發出來的氣息十分好聞，還有她的頭髮，就連她睡衣的質料上也帶有一夜睡眠後附著的體香。等她的房間暖和過來後我便去廚房給她準備早餐，麥片、煎蛋，還有茶，都放在一張托盤上。我端著托盤走進她的房間，她坐在床上吃著早餐，我則坐在一邊喝茶，抽菸。整座屋子安靜極了，莫莉大約要再過兩三個小時才會醒來。托米昨晚回來很晚，還帶了個女孩，他們也該還睡著。隔牆隱約可聞一個嬰兒的啼哭聲。這給了我一種延續的感覺，休息的感覺，因爲詹妮特也曾這般啼哭過，這是嬰兒在被餵飽以後要接著入睡前發出的哭聲，心滿意足而迷迷糊糊的哭聲。詹妮特說：「我們爲什麼不再生一個寶寶？」她常這麼問。而我則答：「因爲我沒有一個丈夫，而你也得有了丈夫以後才能生寶寶。」她問這個問題的部分原因是她想讓我再生個孩子，部分則是爲了消除對於麥克爾所處位置的疑慮。然後她問：「麥克爾在嗎？」「在，他在睡覺。」我語氣肯定，這種肯定使她放了心，接著吃她的早餐去了。現在房間已很溫暖了，她從床上爬下來，穿著她的白色睡衣，那麼弱小而楚楚可憐。她伸出手臂來摟住我的脖子，一前一後地搖晃著，嘴裡邊在哼哼：搖啊搖，寶寶搖啊搖。我也邊搖著她邊哼著歌謠，哄她開心。她變成了隔壁的那個嬰兒，我不會有的那個嬰兒。然後，她猛地放開了我，我就像是一株被某個重物拉彎了腰的樹，突然間失了重，又反彈了回去。她穿起了衣服，嘴裡還在哼哼唧唧，人也是迷迷瞪瞪的，仍是全不爲外界所動的樣子。我想這種無憂無慮還能在她的心頭保持上幾年，直到生活的壓力也降臨到她的身上，那時她會開始盤算：再過一個半小時我得記著去煮馬鈴薯，開一張採購清單出來，然後別忘了給衣服換個領子，還有……我非常非常地想保護她免於承受這種壓力，推遲它的降臨，然後我又告訴自己我必須順其自然，這種需要其實是安娜想保護安娜的需要。她慢慢地穿著衣服，仍自嘀咕著，不時哼哼幾聲。就像一隻陽光下懶洋洋、踉踉蹌蹌盤旋低飛的小蜜蜂。她穿上了一條紅色的有褶短裙，上身是一件深藍色的針織衫，下面還穿了一雙深藍色的長筒襪，一個漂亮的小姑娘，詹妮特。安娜。那個嬰兒在隔壁睡著了，一種溫馨安謐的氣氛瀰漫過來。所有的人，除了詹妮特和我，都在睡覺。這是一種親密而疏離的感覺，這感覺始於她出生的時候，那時整個城市都睡了，只有我和她兩個人醒著，是一種令人覺得溫情、慵懶而深切的愉悅。她在我眼裡是如此的柔弱，我只想伸手過去把她拉過來，以免她走錯一步，或者哪怕是一個無心的閃失。但同時她又是如此的強壯，好像會站成永恒。而那正是我與麥克爾睡在一起時的感覺，只想勝利地放聲大笑出來，因爲不管死亡的陰影有多麼沉重，我眼前還有這如此美妙、儘管並不安全的，但是永生的人。

這時已快八點了，另一個壓力便也如約而至，因爲麥克爾的一天將要開始，他要趕往倫敦南部的醫院上班，所以他得準時於八點鐘起床。他更願意詹妮特在他醒來之前就已經去了學校，我也樂於如此，因爲這樣可以把我自己分成兩半，詹妮特的母親，麥克爾的情婦，這兩個不同的角色便可以各得其所。要是同時扮演這兩個身分，實在是一件令人緊張的事。雨已經不下了。我擦去窗玻璃上的露水以及夜來密集的呼氣凝結成的霧氣，外面的天空陰涼而潮濕，但空氣十分清爽。詹妮特的學校很近，走上幾步就到了。我對詹妮特說：「你得帶上你的雨衣。」她立即提高了嗓音抗議：「噢不，媽咪，我討厭雨衣，我想要我的呢外套。」我平靜而果斷地說：「不，還是雨衣。雨已經下了一整夜了。」「你在睡覺，怎麼知道下了一夜雨？」這一句占上風的反駁倒令她的脾氣順了過來，現在我不用再費什麼事她就會去拿她的雨衣，同時穿上她的橡膠雨靴了。

「今天下午你來接我放學嗎？」「是的，我想會的。不過假如我沒去的話，你就自己回來，莫莉會在這兒管你的。」「或者托米。」「不，托米不管。」「爲什麼？」「因爲托米是大人了，而且他有女朋友了。」我是有意這麼說的，因爲她已顯出幾分對托米女朋友的嫉妒來。她面不改色地說：「托米最喜歡的永遠是我。」說完又道：「如果你沒在那兒接我的話，我就去芭芭拉家玩了。」「好吧，如果是這樣的話，六點鐘我會來接你回家。」她飛快地衝下了樓，搞得聲音很響，聽來就好像有什麼東西順著樓梯滾到房子中間去了似的，我都擔心莫莉會被這聲音吵醒。於是站到樓梯邊去聽下面的動靜，十秒鐘後，前門砰地關上了，我這才讓自己及時關閉掉所有與詹妮特有關的思緒，回到臥室。弓著身子躺在床單下的麥克爾猶如一座暗色的小山丘。我拉開窗簾，坐到床沿，把麥克爾吻醒了。他一把抓住我，說：「回到床上來。」我道：「都過了八點了。」他把他的雙手放到我的胸部，我的乳頭開始灼熱起來，但我控制住自己的反應，又說道：「八點了。」「噢，安娜，可是你早上總這麼麻利、雷厲風行的。」「我只能這樣。」我柔聲說，但我能感覺到我聲音中帶著的不耐煩。「詹妮特呢？」「上學去了。」他的雙手從我的胸上滑了下來，現在我心頭反而湧上一層失望感，因爲這會兒我們不會做愛了，同時也感到一陣輕鬆，假若我們做愛的話，他就會遲到，這樣他對我的脾氣就會變得急躁。當然，還有忿恨不平，那是我的苦惱、我的負擔、我的磨難。這不平是因爲他說的那句話：「你總是這麼麻利、雷厲風行的。」而正是我的麻利和雷厲風行使得他可以在床上多睡兩個小時。

他起床梳洗修面，我則給他做早餐。我們通常在桌邊的一張矮桌子上用早餐，桌布是在匆忙之中鋪就的。現在我們喝咖啡，吃著水果和馬鈴薯，他已是一副職業男士的模樣，衣著筆挺，雙眼明澈而鎭靜。他在觀察我，我知道他這是爲了告訴我點兒什麼。他要在今天提出分手嗎？我想起這是我們一週以來第一回在一起吃早餐。我不願多想這點，因爲既然麥克爾在他自己的家裡覺得受限制而不快，過去的六天他不會和他的妻子在一起吧？那麼他又在哪兒？我的感覺並不完全是嫉妒，那種壓在心頭的隱痛，而是一種失落。但我微笑著，遞給他馬鈴薯，又遞給他報紙。他接過報紙，瞥了一眼，開口道：「如果你能容忍我連續兩個晚上不在——今晚我得在附近的一所醫院做個講座。」我微笑，我們在瞬間交換了一個嘲諷的眼色，因爲這些年來我們共同度過了一個又一個的夜晚，彼此都太了解了。然後他一下子又傷感起來，卻同時又拙劣地模仿著什麼似地說：「啊，安娜，瞧這一切把你折磨得多憔悴。」我只是又笑了笑，因爲說什麼都沒有意義。然後他又換了一副歡快的語調，故意懶兮兮地說：「每天天一擦亮你就忙上了，你已變得越來越麻利了。任何一個男人要是看到一個女人對他變得只剩下效率時，也就是該分手的時候了。」突然我只覺得內心一陣劇痛，我無法再跟他玩這種遊戲下去，只說：「好吧，不管怎樣，我還是喜歡你今晚上能過來。你想在這兒吃晚飯嗎？」他道：「既然你是這麼好的一個廚娘，我似乎不該拒絕和你一道吃飯，是吧？」「我會等你過來。」我說。

他說：「如果你能快點兒穿好衣服，我還可以用車把你送到辦公室。」我猶豫著，因爲我這會兒正在琢磨：如果我今晚要做飯的話，就得在上班之前把吃的都買好。我猶豫著沒答話，他馬上說：「如果你不願意，那我就先走了。」他吻了吻我，吻是我們曾經擁有的所有的愛的一種延續。他下面的話一下子就結束了這個親密的片刻，因爲他換了個話題：「就算我們沒有任何共同點，我們也還有性。」他最近開始這麼說了，而只要一聽他這麼說，我的心頭就會一陣發冷，這簡直就是對我的徹底否定，或者說我就是這麼感覺的，這也意味著我們之間存在著多麼大的距離。我隔著這距離挖苦地說：「這就是我們所有的一切？」而他道：「一切？可是我親愛的安娜，親愛的安娜——可是我得走了，我要晚了。」然後他便走了，臉上帶著一個遭到拒絕的男人的苦笑。

現在我要抓緊時間了。我又梳洗了一下，開始穿衣。我選了一件黑白相間、配有一個白色小領子的毛衣，因爲麥克爾喜歡，並且這樣一來晚上之前我就可以不必再換了。然後我衝下樓，去菜場和肉鋪買了食物。爲麥克爾做飯而買菜對我而言有著巨大的快樂，就像做飯本身帶給我的快感一樣。我想像著裹上了麵包屑和蛋衣的肉，還有在酸奶和洋葱混合的汁中煨著的蘑菇，那又濃又醇、呈琥珀色的湯。想像著我做菜的整個過程，配調味料，掌握火候，還有配菜。我把買來的食物端上來，攤到桌上，這時我又想起小牛肉必須得先拍打平了，而且這件事現在就得做好，要是等晚上回來再做，就會吵醒詹妮特。於是我先把小牛肉拍平，再把這一片肉用紙包好，放在一邊。這時已是九點。因爲手頭已有些緊張，所以不能叫車，得坐公車走。現在我還剩下五分鐘的時間，我很快地清掃了一下房間，又整了整床，換掉晚上弄髒的床單。在把髒床單塞進尼龍口袋的時候，我注意到上面有一塊血跡。但現在肯定還沒到我的月經期吧？我急忙查了一下日子，這才意識到沒錯，就是今天。突然間我覺到一陣疲乏和惱怒，因爲這些感覺與我的來潮總是相伴的。（我不知道如果我不選今天來記下這些感覺是否會好些。然後又決定還是寫下去。這不是我事先設計著要寫的。我忘了我快要來潮的事了。我下定決心這種本能的羞怯的感覺是不誠實的：一個作家不該這麼善感。）我在下體墊上衛生綿，準備下樓，這時我又想起忘了拿些備用的衛生棉了，可我已晚了，便匆匆捲了些衛生棉塞入手袋裡的手帕底下，心頭越來越煩躁不已。同時我已在對自己說，假如我沒有意識到來了月經，也就不會這麼煩躁。可無論如何我也得在上班之前控制住自己的情緒，不然的話這股子壞情緒就要發到辦公室去了。我可能還是坐計程車去的好，這樣我還能多出十分鐘的時間。我在那張大椅子上坐下，想放鬆一下自己，可是我的神經繃得太緊了，必須想辦法解除壓力。窗台上擺著五、六盆爬藤植物，那是一種我不知其名的灰綠色植物，我把這六個陶盆搬進廚房，逐一給它們澆水，看著水浸入土層後冒出來一股股氣泡，空氣中憑添了泥土的氣味，葉子則在水的浸潤下鮮亮了起來。盆中黑乎乎的泥土散發著被水滋潤過的植物特有的氣息，我感覺好多了。於是又把幾盆植物搬到窗台下，這樣可以曬到太陽，假如有的話。然後我一把抓過外套，往樓下衝去，經過尙在睡夢中的莫莉的房前。「幹嘛那麼趕？」她問。我則衝她大喊：「我要遲到了。」聽到這兩個聲音的對比是多麼鮮明，她是慵懶的，慢條斯理的，我則匆忙而緊張。路上一直沒有計程車，直到我走到公共汽車站，公車倒來了，於是我上了車，就在這時下雨了。我的長裙上濺上了污點，我得記住晚上要換，麥克爾很注意這些細節。此刻，坐在公車上的我體會著下腹一陣陣湧上來的那種煩人的拉拽感，感覺很糟。好吧，既然第一天痛得不太厲害，二、三天就會完的。可是既然與別的女人相比我受的痛苦實在也算不了什麼，爲什麼我會如此討厭它呢？——比方說莫莉，她雖然也呻吟著、抱怨著，卻是在快樂地承受著五、六天之久的經期。我的大腦又進入了單調的工作狀態，也就是我今天要幹的的事情，這回是辦公室的工作了。幾乎是同時，我爲自己對每一件事都保持有意識以便把它們記下來這一點開始感到躊躇起來，因爲，就我而言，來月經這件事不過是週期性地進入一種感性狀態，並無任何特別之處。我知道一旦我寫下「血」這個字，就會產生一種誤導，就連我自己重讀一遍時也會有這種感受。因此在我動筆之前我已開始懷疑這種記錄的價值了。我明白我琢磨的是一個有關文學風格和技巧方面的主要問題。比如，當詹姆斯・喬伊斯❷描寫一個男人在大便時，那實在會令你大感震驚。儘管他是有意這麼做的，他在用字面的力量來達到這種攝人的目的。而最近我從一本書評上看到，一個男人說如果他讀到描寫一個女人大便的文字，他會感到噁心。我討厭這種觀點，因爲他的意思顯然是說他不願意看到那種富有浪漫色彩的女性形象打一點點折扣。但他無疑是正確的。我意識到這根本就是一個文學問題。比方說，當莫莉帶著她那種快樂的朗笑大聲對我說：我來了月經時，我會在瞬間壓下心頭的一層嫌惡，儘管我們同爲女人。而且我會開始有意識地去注意是否聞得到那種令人不快的氣味。想到我對於莫莉的反應，我忘了寫作是否應眞實的問題（這可是對自己眞實與否的問題），開始擔心起自己來，我的味道能聞到嗎？這是我所知道的我唯一不喜的氣味。我不介意自己從衛生間帶出來的瞬間的氣味，我喜歡性的氣味、還

❷詹姆斯・喬伊斯：James Joyce（一八八二—一九四一），愛爾蘭小說家，作品多用意識流手法，語言隱晦，代表作《尤利西斯》。

有汗味、皮膚以及頭髮上散發出來的氣味。但是這種淡淡的、半明半昧的經血的味道卻令我討厭，而且憎恨，它實質上是一種腐爛的味道，一種連我自己都覺得陌生的味道，彷彿是強加於我的一種外來物，而不是從我自己產生出來的。儘管如此這兩天我還是得對付一下這個外來物，這種由自己身上散發出來的讓人討厭的氣味。我知道我腦中的所有這些念頭全是由於我讓自己對一切有意識的結果。月經本是一件我毋須特別多想便會對付過去的事情，或更確切地說，只用我處理平日瑣事的那點腦子就足夠了。但是我得把這些寫下來的念頭改變了這種內心平衡，破壞了眞實的情形；因此我把關於自己來月經的想法逐出了心靈，然而在心智上提醒自己一進辦公室就得去洗手間，以確保自己身上沒有任何氣味。我眞的得好好想想接下來與布特同志的會面。我叫他同志是嘲諷式的，他也這麼叫我，以同樣的口氣，安娜同志。上個星期我曾對他說，那時我正爲某件事大爲生氣：「布特同志，你想過沒有，假如我們倆碰巧都是蘇共黨員，那麼幾年以前你大概已經把我給斃了？」「是的，安娜同志，在我看來那不僅僅只是可能而已。」（這正是這個時期黨內典型的一類玩笑。）我們說這話的當口，傑克就坐在那兒，圓圓的眼睛在鏡片後衝我們微笑著。他喜歡看我和布特同志鬥嘴。等約翰・布特離開，傑克說：「有一點你還沒有估計到，你很可能就是那位下令要處決約翰・布特的人。」這話直逼我腦中的夢魘，爲了驅逐掉這種聯想，我開玩笑道：「我親愛的傑克，我所處的位置的實質決定了我才是那個被處決的人——這才是我一貫的角色。」「別太肯定了，如果你了解三○年代的約翰・布特，你就不會這麼急於給他安排到資產階級劊子手的角色上去了。」「而且不管怎麼說，那也並非關鍵所在。」「關鍵在哪兒？」「史達林死了將近一年了，一切還是老樣子。」「變化已經很大了。」「他們把人從監獄裡邊放了出來，可一點也沒有改變當初把人投進去時的態度。」「他們在考慮更改法律呢。」「法律一直在被改來改去的，可並不能改變我所說的那種精神狀態。」停了一會兒他點頭了：「很可能是這樣，可我們並不知道。」他在看著我，神情溫和。我時常會懷疑，讓我們可能進行這一類談話的這種溫情、這種與己無關的局外姿態，是否是一種分裂人格的表現，是大多數人在這樣或那樣的時刻中會做出的一種出賣行爲抑或是一種隱匿起自己鋒芒的力量。我不知道。我只知道傑克是我在黨內唯一可以進行這類談話的人。幾星期前我告訴他我在考慮退黨的事，他的回答是玩笑式的：「我的黨齡已有三十年了，有時候我在想，我和約翰・布特會是我所認識的上千人中唯一留在黨內的人。」「這是對於黨的一種批評呢，還是對於已退黨的那幾千人的批評？」「自然是對那幾千離去的人。」他笑著說。昨天他還說：「安娜，如果你打算退黨，請按慣例提前一個月通知我，因爲你是個很有用的人，我需要時間找人來替換你。」

今天我要對約翰・布特滙報一下我讀完的兩本書。這會是一場戰鬥。傑克僱用了我，做爲他在堅持貫徹黨的精神的戰役中一個有力武器，這種精神在他已蓄勢太久，我們已無法把它說成是乾涸枯竭的了。傑克將要執掌這個出版社了。事實上他本來就是行政主管，只是在他上面還有一位「黨」安置在那兒的約翰・布特。而決定最終出版權的則是黨的總部。傑克是一位「優秀共產黨員」，也就是說，他是眞正地、誠實地把那種錯誤的清高從腦中驅除了出去，那種清高可能會使他對自己失去一部分獨立性產生不滿。對於在約翰・布特下面做一個支委來執行總部的決定，他從沒抱怨過，正相反，他完全擁護這種中央集權制。但他以爲總部的政策是錯誤的，並且還不止於此，他以爲這並不是一個人的錯，也不是某個與他持不同政見的組織的錯，他很簡略地稱之爲黨在「這個時代」中陷入了思想的一潭死水中，並且誰也無能爲力，只能靜觀以變。與此同時他還準備站到他所一向摒棄的知識分子的立場上去。他與我們的不同之處在於，他是以十年甚至百年的眼光來瞻望黨的前途的（我抓著他的話頭搶了一句：就像天主教會），而我則以爲思想衰落很可能是終結性的。這個話題我們一談起來就沒完沒了，吃中飯時談，辦公室工作的間隙也談。有時候約翰・布特也在場，他就旁聽，甚至也參加進來。這種討論令我又是著迷又是惱怒，因爲在這一類爭論中我們所用到的語言與黨的公開「路線」可謂相去十萬八千里，更有甚者，在社會主義國家裡這樣談話可是會被視作叛黨行爲的。然而在離開黨以後，這是令我懷念的地方——那是一群把自己的人生放置到某種氣氛中去的人們，他們的生命很自然地要與某種核心哲學聯繫到一起。這就是爲什麼那麼多人要離開黨或者以爲自己該走卻沒有走的原因。相對於黨內的某類知識分子來說，我在黨外所遇見的人群或者知識分子幾乎都是既不了解情況，又浮淺而充滿偏見的。而悲劇在於這類知識分子的責任感，這種崇高的嚴肅性卻處於虛無之中，它與英國，或是現在的社會主義國家並不相干，而是聯繫到多年以前存在於國際共產主義中的精神，儘管這種精神後來被求生存而不顧一切幾近瘋狂的鬥爭潮流，也就是我們現在所指的史達林主義所扼殺。

下了公車後我便意識到那即將到來的這場戰鬥已讓我有些興奮過度了，而想要在與布特同志的戰鬥中取得成功，根本要素是保持鎮靜。我可不鎮靜，而且我的小腹也在隱隱作痛，此外我已遲到半小時。我總是小心不讓自己遲到，並且準點下班，因爲我是不拿報酬的，並且我也不想因此而享有什麼特權。（麥克爾開玩笑說：你眞是體現了英國上層階級爲社會服務的傳統，我親愛的安娜。你爲共產黨工作，不取分文，當年你祖母正是這樣爲忍饑挨餓的窮人工作的。這是我經常拿自己窮開心時的笑話，但當麥克爾這麼說時，卻會傷害到我。）我立即到洗手間，動作飛快，因爲我晚了，我檢查了一下自己，換了衛生棉，用好幾盆水沖洗雙腿間的部位，以驅除那股子酸酸的腐味。然後我聞了聞自己雙腿和前臂的氣味，提醒自己一兩個小時就要下來換洗一下，這才上樓，穿過我自己的辦公室走到傑克門前。傑克與約翰·布特在一起。傑克道：「你身上眞好聞，安娜。」一聽此話我立刻放鬆了下來，能夠轉動自己的腦子了。我看著行動遲緩、面色晦黯的約翰·布特，一個已流失了所有水分的上了年紀的男人，想著傑克曾對我講起過他的青年時代。那是三〇年代早期的時候，他也曾快活、容光煥發、而且談笑風生。他曾是一個才華橫溢的演說家，反對那時的官僚作風，他那時根本就是尖銳而無所顧忌的。傑克對我說完這些時，曾十足嘲弄地瞧著我難以置信的神情，順手遞來一本約翰·布特寫於二十年前的一本書，一部關於法國革命的小說。這是一部充滿生氣、活力四溢、鼓舞人心的作品。此刻我又看了看他，腦中不覺在想：英國共產黨眞正的罪行是毀了一大批優秀的人，不然也把他們變成了蓬頭垢面、形同灰塵的辦公室人員，整天與其他黨員一同生活在一個封閉的小組中，與這個國家中的一切都割裂了開去。然後我所用的那個詞便讓我吃了一驚，並且令我不快起來：「罪行」，這個詞出自共產黨的詞庫，並且也毫無意義。其間所涉及的某種社會進程使得「罪行」這類詞顯得十分愚蠢。想到這一層，我感覺到腦中出現了一種新的想法，我又接著傻乎乎地思忖下去：像別的機構一樣，共產黨也仍會通過對它的異己的兼容並蓄而繼續生存下去，要嘛吸收，要嘛就消滅。我尋思著：我總以爲社會社團的內部結構莫過於此，都是一個執政黨或者政府相對於其他的一些反對黨；相對強一些的黨派最終要嘛被反對黨所改變，要嘛就遭到排擠。但實情根本不是這樣，突然間我的看法變得完全不同了。不，那是一群冷酷、僵化的人相對於如曾經的約翰・布特那樣的年輕而朝氣蓬勃的革命者，整體便是建築於這兩者間的相對平衡。然後是一群猶如現在的約翰・布特那樣僵化冷酷的人相對於另一些充滿活力、頭腦敏銳而毫不畏懼的年輕人。但是活力喪失、思維枯竭的根源在於，沒有對於生機勃勃的生活的投入。如此他們便無法生存下去，如此才會退化得這麼快，輪番地枯萎，淪爲朽木。換句話說，我，「安娜同志」，還有布特同志那種譏諷的語調，現在想起來都只令我感到害怕——讓布特同志活著，讓他吃飽喝足，在某個適當的時候你就變成了他。當我想到這裡時，已經無所謂對，也無所謂錯，只剩了一個過程，一種輪迴而已。我害怕起來，因爲我身體中的每一個部位都要大聲尖叫出來，不要過這種人生。然後我又回到一種夢魘之中，那似乎是一個我已自閉於其中許多年的一個地方，只要我一不提防，就會陷進去。這夢魘有許許多多的樣子，不管是睡時還是醒時，它都會出現，最簡單的畫面可以是這樣：有一個蒙著眼睛的男人背靠一堵磚牆站著，他已被折磨得奄奄一息。在他對面有六個人舉槍瞄準他預備射擊，第七個人是下令開槍的人，他已舉起了手。只要他的手往下一揮，子彈齊發，那囚徒便即倒地身亡。但就在這時出了個插曲——也並不算有多意外，因爲第七個人一直在凝神諦聽，以防有任何意外發生。牆外的街道上傳來一陣喧嘩和爭鬥聲。六個人抬起眼來，探詢地瞧著他們的指揮官，那第七個人。指揮官站在那兒等著外面的事態自行平息下去。有人在嚷：「我們贏了！」指揮官聽到這話便穿過空地，走到牆根那兒，給囚徒鬆了綁，自己站到他的位置上，剛才被綁著的人現在卻綁起了那指揮官。這時出現了這個夢中最恐怖的時刻，他們竟然相視而笑，一絲短暫、苦澀而相互接受的微笑，在這絲微笑間他們就像兄弟一般。這笑裡面所包含的一種可怕的眞實正是我要逃避的。因爲它把所有富有創造力的情感都給一筆勾銷了。那個指揮官也就是第七個人，現在蒙上了眼背靠牆站著。剛才的那個囚徒走到那一小隊士兵面前，他們仍舉著槍預備射擊。他舉起手，揮了下去。子彈齊發，牆前的人應聲倒下，六個士兵都渾身顫慄而膽寒起來，現在他們要去喝上一杯，驅除掉剛才屠殺的記憶。當他們踉蹌著腳步離去的時候，剛才被綁著，此刻已恢復自由身的那個人卻微笑著，並不管他們是如何地在詛咒他、痛恨他。假如沒有換人，他們也會如此咒罵那另一個人。當然，他現在已死去了。而在此人對那六個無辜的士兵投去的微笑中，有著一種十足理解的譏諷之意。這便是那個夢魘。這當口布特同志正坐在那兒等著，臉上帶著他慣常的一絲嘲弄、戒備的笑意，像是在做一個鬼臉。「好了，安娜同志，那麼我們能否出版這兩部作品呢？」傑克不自覺地做了個鬼臉；而我意識到他也跟我一樣，剛剛才明白這兩部書即將要出版了。顯然決定是早就做出了的。麥克爾已讀過這兩部書，還用他那種特有的婉轉口氣說過：「它們倒還算不了什麼，不過我原以爲還要糟。」我說：「如果你眞的對我的想法有興趣，那麼你就該出版其中的一部。提醒你一句，我不覺得哪一本好到哪兒去。」「但是我自然也並不期望它在評論界會達到你那部傑作所產生的影響。」他這話並不是說他不喜歡《戰爭邊緣》這部書，他告訴過傑克他喜歡，但他從沒跟我說起過。他以爲這本書如此成功全有賴於他所謂的那套「資本主義出版業的花招」。並且我當然也同意他的這一看法，只是資本主義那個詞該可以用個別的什麼詞取代一下，比如共產主義，或者婦女雜誌什麼的。他的口氣應該完全配合我們在玩的遊戲，我們都在演自己的角色。我是一個

「成功的資產階級作家」，他則是「擁有工人階級純潔性的看守人」。（布特同志出生於英國上流社會家庭，不過這點當然是毫不相干的。）我建議道：「或許我們可以把這兩本書分別來討論一下？」我把兩捆手稿擱在桌上，把其中一捆推到他那兒。他點了點頭。書名是：《爲和平與幸福》，作者是一個年輕的工人。至少布特同志是這麼稱呼他的。實際上他已年近四十，二十年來一直是共產黨的一個官員，曾做過砌磚工人。書寫得很粗糙，內容蒼白，但是這部小說讓人震驚之處在於它完全陷入當代的迷思。假如那個火星來的虛構人物（或者就這個故事來說，假設是一個蘇聯來的人）看了這本書，他就會得到這樣的印象：(a)英國的城市全都陷於饑寒交迫之中，到處都是失業，暴力橫行，整個是狄更斯筆下的貧民窟，以及(b)英國的工人全都是共產主義者或至少已把共產黨奉爲他們自然的領導者。這部小說簡直與現實毫不沾邊（傑克稱之爲「共產黨式的烏托邦囈語」）。然而，這卻是對於在這個特定階段中共產黨那種自欺欺人的神話的一種極爲精確的再現。這類以不同面目出現的故事在去年一年中我就看到過不下五十種。我說：「你很清楚這是一部糟透了的書。」布特同志那張乾瘦的長臉上掠過一絲冷冷的頑固之色。我不由想起二十年前他自己寫的那部小說，那樣的充滿生氣、精彩絕妙，而這兩者竟可以是同一個人。他此刻道：「那並不是傑作，我也沒這麼說，但我以爲，它是一部優秀的作品。」這話是一種導向，也就是說，別人該附和才是。我若提出異議，他便會反擊，結果仍是一樣的，因爲決定業已做出。這本書就要出版。黨內任何尚有些許辨別力者更會因爲黨的價值在日益貶損之中而感到羞愧。而《工人日報》會讚曰：「儘管有缺憾，仍不失爲一部如實反映黨的生活的小說。」注意到這部小說的「資產階級」評論家則會不屑一顧。事實上一切都將照舊。可突然間我只覺得興味索然，便說：「很好，你們要出版它。沒什麼可說的了。」一陣出奇的沉默。傑克和布特同志甚至相互交換了一瞥目光，布特同志垂下了眼瞼。他在生悶氣。我意識到我的角色或者說作用就是發難，就是扮演一個批評家，如此布特同志就可以在預知反方的前提下捍衛自己的論點。我，實際上正是年輕時的他，正坐在他的對面，他得去擊敗他。我爲自己以前從未明白這個如此顯然的事實而感到羞愧，我甚至想到——若我拒絕擔當這個被動的批評者的角色，或許以前那些書也不至於得到出版？這樣沉默了半晌，傑克用溫和的口氣說：「可是安娜，你這樣沒用。我們指望你在這兒對布特同志的教誨提出一些批評。」我說：「你們知道這本書糟透了。布特同志也知道……」布特同志抬起他那雙無神的、眼角布滿褶子的雙眼盯著我：「……我也知道它不怎麼樣。可是我們也都知道這本書將要出版。」約翰・布特說，「安娜同志，你若能浪費那麼一點兒你寶貴的時間，能不能請你用六個詞，或者八個詞，告訴我這是一部糟糕的書？」「據我所知，作者把他對於三〇年代的記憶完整無缺地挪到了一九五四年的英國，除此之外他似乎有一種這樣的印象，偉大的英國工人階級似乎虧欠於共產黨某種效忠似的。」他的眼中閃動怒火，突然間他舉起一隻拳頭朝傑克的桌上砸去。「出版它，我他媽的不在乎！」他吼道，「出版它，我他媽的不在乎！這就是我要說的。」這一幕如此的稀奇古怪，我大笑。然後我看到這笑正是大家所盼望聽到的。在我的大笑和傑克的微笑中，約翰・布特似乎氣得束手無策了，他一步一步的後撤，退回到自己的堡壘中，只乾瞪著一雙怒氣沖沖的眼睛。「看來我讓你覺得有趣了？安娜。能懇請您解釋一下原因嗎？」我又笑，看了看傑克，後者朝我點頭，示意我解釋給他聽。於是我回過頭來看著約翰・布特，想了想，說：「您剛才所說的正好概括了黨的全部失誤，這簡直就是黨的知識分子的墮落，至今還需用十九世紀人道主義的吶喊，眞理戰勝謊言那一套來捍衛一部由共產黨主義機構出版的滿紙謊言的破書。事實上出版這麼一本書對黨絲毫無礙，也一點兒不會影響到它完整的聲望。」我憤怒極了。然後我才記起我就在爲該機構工作，並且擔任的是一個批評者，而傑克是操作者，實際上他無論如何也得出版這本書。我擔心我這一番話傷到了傑克，便看了他一眼，他默默地回頭，然後他點了下頭，只一下，繼而便露出微笑。這麼一來傑克正撞上了約翰的火氣。布特著實氣得七竅生煙。但這怒火於他而言是正當的，他在捍衛的是好的、正確的和眞實的東西。過後這兩人會討論起這一幕，傑克會同意我的觀點，而書也將得到出版。「那麼另一本書呢？」布特問。但是我已索然並且不復有耐心。我思考著這一切，這應該成爲衡量黨的一個標準，一個實際上表明它如何決策、如何行事的標準，而不是只停留在我與傑克的那些對話上，那對黨是不會有絲毫影響的。突然間我決定我非退黨不可了。讓我覺得有意思的是，好像非得是此刻，而不是其他時刻似的。「那麼，」我高高興興地說：「兩本書都將得到出版，這眞是一次十分有趣的討論。」「是的，謝謝你，安娜同志，的確如此。」約翰・布特說。傑克則在觀察我。我想他知道我心中已有了決定。但他們倆此時又有別的與我無關的事情需要研究，於是我對約翰・布特道了再見，回到我隔壁的房間。傑克的秘書羅絲與我共用這個房間。我們彼此都沒什麼好感，只冷淡地打了個招呼。我又坐回到我堆滿了雜誌和稿紙的桌前。

我負責閱讀共產黨國家出版的英文雜誌和期刊，有蘇聯的、中國的、東德的，等等，如果其中有什麼「適合英國國情」的故事或者文章，我就會拿給傑克，傑克看完會給約翰・布特。事實上幾乎沒有「適合英國國情」的文章或者短篇小說，但我還是廢寢忘食地讀這些東西，傑克也是如此，爲著同一個理由：我們讀的是文字之間及背後的內容，以期準確地判斷出各種思潮及其發展趨勢。然而，如我最近才發覺的，我讀得如此投入是另有原因的。大部分文章都寫得平淡而乏味，十分的樂觀主義，充溢著一種令人費解的歡快情緒，甚至在寫到戰爭和創傷的時候也是如此。這全是由那個神話派生出來的。但是這種粗劣陳腐，不堪卒讀的文字卻也是我的作品的另一面。我爲自己創作《戰爭邊緣》的心理動因感到慚愧。我決心不再寫作，除非有非寫不可的激情。

在過去的一年中，我讀著這些短篇、長篇的小說，偶或也會捕捉到一個眞實的段落、一行這樣的句子或是一句話，我得承認眞正的藝術火花全都來自於一種深層的情感在瞬間的眞實袒露，即便是在翻譯過來的文字中也抹不去這種眞實情感爆發的痕跡。我便這樣閱讀著這些枯躁乏味的資料，祈望能讓我發現哪怕一個完全出自內心眞實情感的短篇小說，甚至一篇短文也成。

於是便成了自相矛盾：我，安娜，一方面在拒絕我自己那種「不健康」的藝術，一方面又在拒絕眼前出現的「健康」的藝術。

問題在於這種文字本身就是非個人的東西，它表現出來的陳腐平庸正是由於它的非人格化的屬性，就好像那是某個新的二十世紀的無名氏寫出來的。

我在黨內的工作一直主要是給小群體做些藝術方面的講座。我時常說這樣的話：「中世紀的藝術是公有的，非個人的，它出自一種群體意識。它沒有資產階級時代的藝術那種激烈而痛苦的個性。而有一天我們將拋棄個性化藝術所有的強烈的自我中心意識，回歸到這樣一種藝術，它不是為了表達自我割裂、與群體分離，而是要表達他對於群體以及同胞的責任感。西方的藝術……」引用一下那句常用之語：「已日益變為一種記錄靈魂痛苦的尖厲呼號。痛苦正在成為我們最深的現實……」我一直在說著這樣的話。大約三個月前，講座進行到一半的時候，我開始結巴起來，並且無法再講下去。以後我再沒做過講座。我清楚地知道那次突然的語塞意味著什麼。

我想到我來是為了給傑克工作，沒有任何理由，因為我想把我對於藝術、對於文學（如此說來還有生命）的深層投入，以及我再度拒絕寫作都放到一個尖銳的焦點上來，一個我每日都要逼得自己審視的所在。

我與傑克談論過此事。他聆神傾聽，表示理解（他總是理解的）。他並且說：「安娜，共產主義的誕生還不到四十年。到目前為止，它所製造的藝術大多數都令人不敢恭維。但是你為什麼不想想這難道不是一個孩子在蹣跚學步嗎？而若是再過一個世紀……」「不如說五個世紀。」我笑他——「再過一個世紀新的藝術可能就會誕生。為什麼不？」我說：「我不知道該怎麼想。可是我開始擔心我一直在說的都是些無稽之談。你意識到了嗎，我們的所有爭論都圍繞著同一個問題，就是個體意識，個體感覺？」這下輪到他來笑我，道：「那麼這個個體感覺是不是將創造出你那歡樂的、無私的、共有的藝術了呢？」「為什麼不？或許這個體意識也處於孩子蹣跚學步的階段呢？」這下他點了點頭，這是在說：不錯，這一切都很有意思，不過我們還是幹活吧。

閱讀這成堆的廢舊資料僅僅是我工作的一小部分。由於沒有人指望這能怎麼樣，我的工作成了一件極為特別的事，一件「福利工作」——這是傑克笑稱，我也這麼說，還有麥克爾，他會說：「你的福利工作進行得怎樣了，安娜？最近又挽救了更多的靈魂嗎？」

在我開始進行今天的「福利工作」之前，我先到洗手間，化了妝，洗了洗雙腿間的部位，腦中則在琢磨著我剛剛做出的那個退黨的決定是否因為我的頭腦比往日清醒，是出於我要記下今天發生的一切的決定？在什麼樣的情況下，那個要閱讀我所記下的東西的安娜是誰？那個令我害怕所做出的判斷的另一個我又是誰？或者至少，當我沒在思考、也沒記錄，無意識的時候，是誰的目光與我的不同，並且是有意識的。也許到了明天，當另一個安娜的雙眼看住我的時候，我會決定不退黨了嗎？有一點是肯定的，我會想念傑克，我還能與誰去討論這些問題而不需要多說別的什麼？與麥克爾嗎，當然，可他就要離開我。除此之外的人，總是生澀而艱難的。但有趣的是：麥克爾是前共產黨人，是叛國者，是迷失的靈魂；傑克則是共產黨官僚。從某種意義上說正是傑克謀殺了麥克爾的同志們（可這麼說來我也是了，因為我也是黨內人士）。正是傑克指稱麥克爾為叛徒，也正是麥克爾把傑克指為劊子手。而這兩個男人（假如他們有幸謀面，他們絕不會說一句互相懷疑的話），卻是我能與之對話並且理解我一切感受的人，因為他們是同一個年代過來的人，擁有同樣的經歷。我站在洗手間內，朝雙臂上噴了些香水，以蓋掉經血的腐味。突然間我意識到我關於麥克爾和傑克的想法正是我關於那個互相開火以及囚犯交換位置的惡夢，我感到迷惑不解。然後我上樓回到我的辦公室，攤開桌上那一大堆雜誌，裡面有《蘇聯對外文化協會》、《蘇維埃文學》、《追求自由的人民醒來》、《新生的中國》，等等，等等，（我已在其中尋覓了一年多的時間）然後我想我再也看不下去了。我只是無法再看了。我對這一切已到了盡頭，或者說它於我也如此吧。我要看看今天的「福利工作」會是什麼。正想到這一層時，傑克進來了，因為約翰・布特已回總部去了，他道：「安娜，跟我一塊兒用些茶和三明治嗎？」傑克領的是共產黨官員的工資，他以此為生，每週薪水是八鎊，他的妻子任教職，掙的錢也是這個數。因此他需要精打細算，其中一條便是不出去吃午飯。我說了謝謝，便走進他的辦公室，我們談了起來。沒有談那兩部小說的事，因為對此已沒什麼可多說的，反正要出版，並且儘管站在不同的位置上我們倆都對此感到慚愧。傑克的一個朋友剛從蘇聯回來，帶回來些有關那兒的反猶太主義的小道消息，還有關於劊子手的傳聞，嚴刑拷打以及各種各樣的凌辱。傑克與我坐著一條條的過濾著這些消息，是否眞實？聽來像眞的嗎？假如是眞的，那又意味著……與此同時我腦中第一百次的想著，多奇怪這個人竟會是共產黨官僚的一員，而且他知道的並不比我更多，也不比別的任何級別的人以及候補黨員多，令人難以置信。我們最後得出結論，史達林一定是腦子出了問題，而且這並非第一次。我們坐著喝茶，吃三明治，推測著天氣情況，假如我們在史達林的最後幾年中生活在蘇聯，我們會把刺殺史達林當作是一件責無旁貸的事。然後傑克說不。史達林已成為他人生體驗中的一個重要部分，是他最深刻的記憶，即便他知道他犯了精神病，有罪，到了扣動左輪手槍扳機的一刻，他仍會扣不下去，反而會把手槍掉過頭來對準自己。我說我也不行，因為「政治謀殺有違我的原則」。如此等等。而我在想我們的談話多麼虛偽，多麼的矯飾，因為我們坐在這安逸舒適、夜夜笙歌的倫敦，我們的生命和自由都安然無恙，沒有受到任何威脅。並且有一點正在讓我越來越覺得害怕——話語已失去了它們原來的意義。我可以聽到傑克和我在說的話，那些詞句似乎確是從我的身體內部某個不明確的地方發出來的，但它們沒有任何意義。我一直在看著，看著掠過我眼前的景象，那正是我們談話的內容——死亡的場面，嚴刑拷打、輪番審訊等等，可是我們說出來的語句與我看到的風馬牛不相及。它們聽來更像是兩個傻子在喋喋不休地饒舌，有如痴人說夢。突然間傑克說道：「你要退黨了嗎，安娜？」我道：「是的。」傑克點點頭，友好而未置可否，讓人覺得有說不出的孤獨。我們之間立刻就出現了一道鴻溝，但並非是出於不信任，因為我們是彼此信任的，那是由於我們即將變得不同的將來。他仍會留在黨內，因爲他已在裡面待太久了，那已成了他生命的一部分，並且他所有的朋友也將在裡面繼續待下去。不久之後，當我們再度見面時，我們就將是陌路人了。然後我又想到他是一個多好的人，還有那些與他一樣的人，而他們是怎樣遭到了歷史的背棄——當我用到這個頗戲劇化的詞時，它也已變得不那麼誇張了，反而成了精確的描述。並且假如我現在對他這麼說，他仍會那樣簡單而友好地點點頭，甚至交換一瞥嘲諷而彼此理解的目光，但看在上帝的份上如何等等（就像那兩個男人在刑場上互相交換位置時的表情一樣）。

我看著他——他坐在他的桌邊，手上舉著一塊吃了一半，乾硬無味的三明治，心無旁騖地看著什麼，活像一個學究——那正是他可能願意做的人，一臉的孩子氣，戴著副眼鏡，一個面色蒼白的知識分子的模樣，而且一本正經。沒錯，就是這個詞，一本正經。然而就在他的背後，他的另一部分裡是血腥、謀殺、淒苦、背叛、謊言等等構成的一部苦難史，就像我自己。他說：「安娜，你要哭嗎？」「極有可能。」我說。他又點頭，然後說：「你應該照你自己的感覺去做。」我笑起來，因爲他說這話完全出於他那種英國式的教養，一種正經的新教徒的觀念。並且他也知道我爲何失笑，他又點點頭，說道：「我們都是由我們的經歷造就的。我就倒楣在做爲一個有知覺的人偏偏出生在三〇年代初期。」突然間我心裡冒出一陣難以忍受的不快，於是我說：「傑克，我要回去幹活了。」說完我回到我的辦公室，把頭枕在雙臂上，心裡直感謝上帝，那個愚蠢的秘書出去吃午飯了。我腦中在想：麥克爾要離開我，我和他已然結束了，儘管他幾年前就已退出了黨，但他畢竟曾是其中的一員。而我也要離開黨了，這意味著我生命中的一個階段結束了。那麼下一步呢？我會走出去，我願意，去變成一個新人，而且我也該變一變了。我像是蛻了一層皮，或者說有如重獲新生一般。那個秘書羅絲走了進來，她抓了抓我枕在雙臂間的腦袋，問我是不是病了。我說我只是缺眠，打個盹。然後我開始繼續我的「福利工作」，等我離開後我會想念它的。我發現自己腦中在這麼想：我會懷念這種感覺的，可以幻想自己在做著某些有意義的事情，而我不知道自己是否眞的以爲這只是一個幻想。

十八個月前，我們在黨內的某本刊物上登了一小段文字，大意是這家以出版社會學著作、歷史書籍等等爲主的「博爾斯和哈特利」公司決定要出版小說。於是幾乎是在同時辦公室裡小說手稿堆成了山，其中有些手稿顯然是已被主人在抽屜裡儲存了多年。我們本來常開玩笑說每一個黨員都肯定是一個業餘小說家，但到此時這已不再是一個玩笑。因爲每一份手稿附了一份來信，閱讀這些來信成了我的工作。大部分來稿都慘不忍睹，不是陳腔濫調的無名之作，就是平庸乏味至極。但是那些信的感覺，卻是全然不同。我一直在對傑克說多可惜我們無法選出哪怕五十封信輯成一個集子。對此他的回答是：「可是我親愛的安娜，那會成爲反黨行爲的，你以爲呢！」

比如一封典型的來信是這樣的：「親愛的普萊斯頓同志：我不知道您會怎麼看我寄去的手稿。那是我四年前寫的，我寄給了我挑選出來的一般所謂『享有盛譽』的出版公司——還用多說嗎！當我看到『博爾斯和哈特利』決定要像對待哲學論著那樣鼓勵小說創作時，我重新鼓起了勇氣想再試試我的運氣。或許這一決定顯示了長久以來黨對於眞正的創作終於做出的嶄新態度？無論如何，我期待著您的決定——毋庸置言！致以同志的問候。又及：找時間寫作對我來說是十分艱難的。我是地方黨支部的秘書（過去十年中該支部已從五十六人減至五十人——這五十人中的絕大多數爲不活動的成員）。我則活躍於我的工會。同時我還是本地音樂協會的秘書——不好意思,不過我想參與這種地方文化活動是不會遭到蔑視的,儘管我也知道總部會怎麼說！我有妻子和三個孩子。因此爲了寫作這部小說（假如可以稱之爲小說！）我每天淸晨四點就起床了，在孩子們和我的好妻子醒來之前寫上三個小時，然後趕到辦公室開始又一天的疲憊工作，任老闆驅使，這裡指的是貝克利水泥有限公司。從沒聽說過？相信不，假如我寫一部關於該公司及其行事的小說，我準得被告一個誹謗罪不可。還用多說嗎？」

再拿一封信出來：

「親愛的同志：我懷著一顆忐忑不安的心，將我的作品寄給您，期望能從您這兒得到一個公正而沒有偏見的回覆——因爲從我們那些所謂的文學雜誌那兒被退稿的次數已太多了。我很高興看到共產黨終於發現應該鼓勵文化的發展，而不是在每個會議上都大談文化卻從不付諸行動。所有那些關於辯證唯物主義以及農民運動的大部頭著作都是很好的，但是現實生活呢？我在寫作方面已有大量的積累，我從戰爭時期（二次大戰）就開始寫作了，那時我在寫我們的隊部小報。以後只要一有時間我就會寫點什麼。但是也有受阻的時候。自有了妻子和二個孩子（我妻子極贊成國王大街上那些大師們的看法，即做爲一個共產黨員，與其塗塗寫寫地浪費時間，還不如上街散發傳單），這意味著我不光要從我妻子，還得從當地黨支部的官員們那兒爭取到寫作的時間，他們對我要擠時間寫作這一點，都抱不信任態度。致以同志的問候。」

「親愛的同志：怎樣開始寫這封信是我最大的難題，但是假如我不願意而且害怕做這種努力的話，我將永遠不會知道您是會眞誠而好心地幫助我呢，還是會把我的信扔進廢紙簍。我首先是做爲一個母親來寫作的。我，就像成千上萬其他婦女一樣，在戰爭後期家破人亡，不得不獨自撫養我的兩個小孩，儘管那時我剛剛完成關於我少女時期的一部自傳體（不是小說），那部書得到了我們最好的一家出版公司的讀者們的極高評價（我想那恐怕是資本家開的公司，當然會帶有偏見——我對我的政治信仰是不避諱的！）可是有兩個孩子嗷嗷待哺的現實使我不得不放棄了用文字來表達自我的指望。我十分幸運得到了一份管家的工作，爲一個鰥夫照顧他的三個孩子，於是五年的日子走馬燈一晃而過。然後他又結了婚（並非很明智的一次婚姻，但這是另一個故事了），他們家不再需要我來操持家務了，我跟我的孩子只好離開了。之後我又找了一份工作，是做牙醫診所的接待員，每週十鎊的薪水得維持孩子們和我的生活，還得維持人前的面子。現在我的兩個兒子都工作了，所有的時間突然又是我自己的了。我已四十五歲，但我討厭那種以爲自己的生活已然結束的想法。朋友們以及同志們告訴我，我的責任是把我的剩餘時間用在與黨有關的事上——對此儘管我一直沒機會去付諸實現，但我也一直在思想中保持著對黨的忠誠。然而——我敢承認嗎？——我對於黨的思緒是紛亂的，而且總是否定的。我無法用我早年對於人類光明未來的信仰來對應現在我們從報章上所看到的東西（儘管那當然都是資產階級的新聞機構，而且那顯然是一場沒有硝煙的戰鬥？）而我相信寫作將更好地實現自我的眞正價値。與此同時，時間在日常的繁瑣以及謀生的勞碌中不覺間就滑過去了，我和生活中精彩的內容已然疏遠而隔膜。請告訴我，我該看些什麼書，我該怎樣來提高我自己，我又該怎樣才能挽回我失去的時間。致以兄弟般的問候。又及：我的兩個兒子都在語言學校念過書，他們遠遠超過了我，在知識上，這令我不無擔憂，令我產生了一種難以抵抗的自卑感。無法敍說我的感激之情，再次感謝您們的慷慨意見及幫助。」

有一年的時間我都在回覆這些來信，會見作者，提供一些實際的建議。比如，我讓那些不得不與當地黨的官員爭取寫作時間的作者到倫敦來。傑克和我帶他們去吃午飯或喝茶，並告訴他們（這類活動傑克是必不可少的，因爲他在黨內的位置已很高）要與這些官員鬥下去，堅持他們有權利擁有自己的時間。上個星期我還幫一位婦女找到法律援助單位，她可以從中得到些如何與其丈夫離婚的建議。

在我處理這些信，或者會見他們的作者時，羅絲．拉蒂莫就在我的對面幹她的活，冷淡中帶著敵意。她是時下典型的那種黨員。出生於中產階級的下層，「工人」這個詞不誇張地說會讓她眼含淚水。當她在演講時，每當用到諸如「英國工人」、「工人階級」這些詞，她的聲調會因爲崇敬而變得柔和起來。每當她下到各省去組織會議或演講後返回辦公室，她總是意氣風發：「多棒的人啊，」她道：「他們棒極了，眞的。」一星期前我收到一封來自一個工會官員妻子的信，羅絲一年前曾與她丈夫共度一個週末，回來後曾發出同樣的眞棒的人這樣的驚嘆。這位妻子抱怨說她已到了忍耐的極限：她丈夫不是把時間放在工會官員、他的同僚們身上，就是泡在酒館，從不管他們的四個小孩。最後照例有一項補充說明，說道他們已過了八年「沒有愛情的生活」

了。我把這封信遞給了羅絲，未發表任何評論，她看了一遍，隨即自衛一般憤憤地急速說道：「我在那兒的時候一點兒也沒看出來。他是骨幹，這些人都是骨幹的力量，這些人都是。」說完她把信遞還給我，一臉燦然地假惺惺道：「我想你是要鼓動她認識自己處境的可悲吧。」

我一想到不必再與羅絲日日面對，我真覺得是種解脫。我並不經常像這樣似地討厭某個人（或者說至多只是一會兒），但是對她卻一直如此。並且我還討厭她的外表。她長了一個又長又細的脖頸，上面還有黑皰和污跡。在這個難看的脖子上，是一張窄窄的、虛僞而粗俗的臉，活像一個鳥頭。她的丈夫也是一個黨員，一個隨和但才智平庸的男人，十分懼內。她有兩個孩子，她依照最典型的中產階級習俗培養他們長大，爲他們的儀態舉止以及未來而憂心忡忡。她曾經是一個很漂亮的姑娘，別人告訴我三○年代她是黨內的「漂亮姑娘之一」。她當然令我害怕，就像我害怕約翰·布特一樣——我怎樣才能不讓自己變得像她那樣呢？

看著羅絲那個不潔的頸子，恍惚中我想起我今天有特別的原因擔心自己的清潔問題，於是我又去了趟洗手間。回到辦公桌時下午的郵件已到了，又有兩份手稿以及隨稿所附的兩封信。其中一封信是一位七十五歲的老人寫來的，他現在孤身一人，靠領取養老金生活，寄望於這部書的出版（讀來實在不敢恭維）將會「使我變得年輕起來」。我決定去看看他，趁我還沒想起我即將辭職這件事。如果我不做這份工作，還有誰會來做呢？恐怕沒有了。那麼，這改變了什麼嗎？在這一年之久的「福利工作」中，無法計算我寫了多少封信、做了多少回探訪，還有我提出的建議，就是那些實際的幫助也已把一切變得不同。或許是幫他們少了一些挫折感，少了一點點不快——但這思路是危險的。它對我來說來得太自然，而且我也怕這麼想。

我去找傑克，他獨自坐在那兒，捲著袖子，雙腳搭在桌子上，嘴上叼著根菸斗。那張蒼白而慧黠的臉上，一副全神貫注的表情，眉頭緊蹙。他比任何時候都更像一個精神放鬆的大學講師。我知道他在思考他自己的工作。他的專長是蘇聯共產黨的歷史，他已就這個主題寫了大約五十萬字。但是現在還不可能印成鉛字，因為他如實地寫了托洛斯基以及如他這樣的一類人。他只是積累起這些手稿、筆記、談話記錄。有時我會笑傑克說：「再過兩個世紀眞理將會昭然於世的。」他則鎭靜地笑答：「或者再過個二十年或者五年什麼的。」他並不在意這個瑣細的工作會長年得不到任何實際的承認，或許甚至在他的有生之年都不能。有一回他說：「假如有某個黨外的幸運兒捷足先登地出版了這方面的書，我絕不會大驚小怪的。但是從另一方面來說，黨外的人不可能像我這樣地接近相關的人和文件。所以有失有得。」

我說：「傑克，我走後會有人來為這些遇到麻煩的人做點兒什麼嗎？」他道：「是啊，可我也付不出這份工資呵。黨內並沒有幾個同志可以像你這樣靠稿費來源生活的。」然後他又緩和了語氣道：「我會看看對那些最困難的做點能力所及的事。」「這兒有一個靠養老金維生的老人，」我說著坐下來跟他商討了一下我們可能做的事。然後他說：「我早知道你是不會給我一個月準備期的，我得接受這一點，是吧？我總覺得你會這麼做，突然決定離開，爾後便一走了之。」「可是，假如我不這麼做的話，我大概根本就走不了了。」他點點頭。「你會另找一份工作嗎？」「我不知道，我得想想再說。」「類似於暫時退而隱居一下是嗎？」「問題在於，我的大腦中似乎是一團亂麻，對任何事情的看法都自相矛盾。」「任何人的大腦都是這樣剪不清，理還亂的，這有什麼關係？」「這樣我們來說當然是有關係的，不是嗎？」（意思是與共產主義應該有關係。）「可是安娜，你難道沒發現整個的歷史長河中……」「噢傑克，我們別談歷史吧，別談五個世紀裡面發生的事了，那純粹是種逃避。」「不，不是逃避。因為在歷史上，總有那麼五個、十個、以至五十個人，他們的觀念是眞正與時代的要求相一致的。而如果我們對現實的觀念不合乎時代，那又有什麼可怕的？我們的孩子……」「更確切地說是我們的子子孫孫，」我接道，口氣已有些被激怒。「好吧我們的子子孫孫，他將回溯我們的歷史，將會清清楚楚地看到我們今天對世界的看法以及看待世界的方式都是錯誤的。但是到那時他們的觀點自然是那個時代的觀點了，沒什麼大不了。」

「可是傑克，那都是些廢話……」我聽到自己聲調尖厲，立即止住沒再往下說。我意識到月經周期在起作用了。每個月都有這樣的時候，我會十分的易怒，因爲它讓我生出無助感，而且情緒難以自控。這回我又一次無名火起，因爲這個男人在大學裡研習哲學多年，我不能對他說：「我知道你是錯的，因爲這是我的感覺。」而且除此之外在他的話中有一種危險而充滿吸引力的東西，而我知道我的火氣部分是由於我在抵禦這種誘惑。傑克沒在意我聲調的陡變，他口氣溫和地說：「不管怎麼說，我希望你該好好想一想，安娜——堅持眞理就是眞理，不可改變，這種態度裡面有一些十分傲慢的成分。」（傲慢這個詞又刺了我一下，因爲我其實總是把自己判定爲傲慢的。）我聲調極弱地說：「可是我一直在思考，思考了又思考。」「不，我還是再說一遍吧：在過去十年或者二十年中，科學已取得了革命性的進步，並且是在各個領域。世界上大概沒有一個科學家能夠領悟所有這些科學成果的涵義，或甚至其中的一部分。只可能是麻州的某個科學家懂一件事，而劍橋的一位科學家懂另外一件，另一位蘇聯的科學家懂第三件，如此等等。但是甚至對這點我也抱懷疑態度。我懷疑這世界上是否還有活著的人能眞正富有想像力地去領悟比如說原子能對於工業的涵義……」我感覺到他已離題萬里，而我仍固執地堅持我原先的觀念：「說來說去，你的意思就是，我們得甘心地被分裂開來。」「分裂，」他說，「沒錯。」「我當然不否認你又不是一個科學家，你沒有那種科學想像力。」我說：「你是個人主義者，那是你一直接受的教育，但是突然間你舉起雙手說你的判斷力出了問題，原因是你沒有接受過物理以及數學的訓練，不是嗎？」他看上去很不好受，這在他是少見的情形，弄得我也不好受。但我仍然繼續我的觀點：「錯亂，被分裂，這是精神方面的問題。而突然間你聳聳肩說由於我們生活的機械基礎變得複雜化了，我們應該學會知足，甚至不要去嘗試把事物做爲一個整體來理解，是嗎？」這時我看到他的面部罩上了一層執拗之色，不由令我聯想到約翰·布特的神情，並且他看來有些惱怒。他道：「不是分裂。這並不是一個富有想像力地去了解發展中的事物的問題，或者說嘗試去了解。而是意味著要盡可能地做好自己的本職工作，做一個好人。」我感覺到他背叛了他本該代表事物。我說：「這是背叛。」「背叛了什麼？」「人性。」他想了想說：「人性的內涵像世間別的事情一樣也會變化。」我說：「那它也變成別的東西了。但是人性代表著完整的人，完整的個性，他要努力對整個世界變得盡可能的有知覺並富有責任感。然而此刻你坐在這兒，萬分的鎭靜從容，並且做爲一個人文主義者你說由於科學進步帶來的複雜化，人類甭想再得到完整，而永遠得是四分五裂的。」他坐在那兒琢磨著我這番話。幾乎是在一刹那我覺到他臉上露出一種未成年人不成熟的樣子，我不知道這種反應是否是因爲我已決定退黨並且對他已有了一定的情感。或者實際上他並不是我一直以爲的那樣。不管怎樣我無法不對自己承認他的臉於我就是一個兄長的臉。並且我記得他是娶了一個大到足以做他媽媽的女人爲妻的，很顯然這是一個特別的婚姻。

我堅持道：「你所說的，不被分裂只會演變爲要做好本職工作的問題之類，我想對隔壁的羅絲來說倒滿適用的。」「不錯，是的，我可以去說，我會去的。」我不信他眞這麼想，我甚至開始在他的話裡找尋幽默的痕跡。然後我才發現他眞的是這個意思。我又一次感到奇怪，爲什麼是到了現在，在我說出要退黨之後，我們之間即刻出現這些不諧音。

突然他從嘴裡拔出菸斗，說：「安娜，我覺得你的靈魂處於危急之中。」

「這有可能。不過那有那麼可怕嗎？」

「你處於一個極危險的境地。因爲你的收入足夠讓你免去工作之勞，這得歸咎於我們的出版制度，稿酬訂得太高。」

「我可從沒因此而自命不凡過。」（我注意到我的調門又升高了起來，趕緊微笑了一下。）「你是沒有。但你那部小小的優秀之作在一段時間內仍可能給你帶來足夠的生活來源，使你可以不必工作。你的女兒又在學校，不會讓你太操心。因此沒有什麼可以阻止你坐在房間的一隅什麼事也不幹，只做沉思狀。」我大笑（笑聲裡有火氣)。「你笑什麼？」「我曾有過一個老師，那是在我騷動的青春期，她常對我說：『別想了，安娜，別在那兒想個沒完，走到外面去隨便做點什麼吧。』」「也許她是對的。」「問題是，我並不這樣認爲。況且我也不信你是對的。」「好吧，安娜，我就沒什麼可說的了。」「而且我一刻也不相信你相信自己是正確的。」聽到這話他的臉微微地紅了一下，面含敵意地迅速瞥了我一眼。我能夠感覺到我臉上也帶有敵意。這種突然在我們之間出現的對抗情緒讓我大感震驚，尤其是到了要分別的時刻。因爲這種敵對感，分別的痛苦比我原以爲的要減輕了許多。我們的雙眼都是濕潤的，我們在對方臉頰上相互吻了吻，緊緊地擁抱了一下。但是毫無疑問這最後的爭論已經改變了我們彼此於對方的感覺。我轉身快步走進我的辦公室，拿了我的外套和提包便下了樓。所幸羅絲沒在辦公室，可以不必做多餘的解釋了。

外面又下起了綿綿密密的毛毛雨，永無休止似的。道旁的建築都是龐然大物，黑呼呼、濕淋淋的，在燈光反射下顯得模糊不清，巴士那猩紅的顏色格外奪人眼目。要去學校接詹妮特，我就算是搭計程車去也太遲了。於是我索性上了一輛巴士，與潮呼呼的人們一道坐在憋悶的空氣中。我唯一的念頭就是洗一個澡，越快越好。我的兩條大腿緊緊地貼在一起，腋窩也已潮濕。我的情緒掉進一片空落之中，但我決定不去多想。爲了詹妮特我也得打起精神來。就是在這條路上我把那個每天去辦公室、與傑克爭論不休、閱讀那些叫人難受的來信、討厭羅絲的安娜扔到了腦後。終於回到家中、但屋裡空無一人，於是我又撥通詹妮特小朋友母親的電話。對方說詹妮特會在七點鐘回家，她剛剛做完了一個遊戲。然後我開始洗澡，讓浴室慢慢充滿令人愜意的蒸氣、水氣。沐浴完畢後我低頭看了看我那條黑白相間的裙子，發現領口有些髒，不能再穿了。這讓我有些惱火，這條裙子在辦公室穿眞是浪費了。重新找了衣服穿，這回是一條條紋便褲，上身是我那條黑色天鵝絨的夾克衫。但是我幾乎能聽到麥克爾說：「安娜，你今晚怎麼穿得那麼孩子氣？」——於是我又仔細地梳了梳頭後，讓自己看來沒有一點孩子氣。此刻我已完全恢復了精神。我開始做兩種飯：一種是爲詹妮特準備的，另一種則是為麥克爾和我。詹妮特這一陣瘋狂愛吃一種菠菜乳酪焙雞蛋的菜。做烘蘋果時我想起忘了買紅糖。衝下樓到雜貨店去買，正趕上要關門，但他們還是好脾氣地讓我進去了。然後我才發現我在做的是一件令他們開心的事，那三個穿著白外套的店員開著我的玩笑，邊叫我親愛的，可人兒。我成了可愛的小安娜，一個小女孩兒。當我再度往樓梯上衝時，莫莉已回來了，托米跟她在一起。他們倆在高聲爭論，我便假裝沒聽見，逕自往樓上走。詹妮特也在那兒了。她興致勃勃，但那與我是無關的，她在學校裡置身於兒童的世界，然後又與她的小朋友一起沉浸於又一個兒童世界，這時她還不願出來。她說：「我能在床上吃飯嗎？」我照例回答她：「噢，可你這樣也太懶了！」她又說：「是的，可我不在乎。」她走開，自己去浴室沖澡去了。我聽到她和莫莉在下三階樓梯上大聲說笑著。莫莉與孩子在一起時，毋須費什麼勁就能和他們打成一片。她在講一個胡謅的故事，說是有幾隻動物占領並控制了劇院，居然沒有人注意到牠不是人類。這故事吸引了我，我也跑到樓梯口那兒豎著耳朵聽起來，樓梯下的托米也在聽，但他一臉不耐而挖苦的神色，他母親與詹妮特或者另一個什麼小孩在一起時，總是比任何時候都更能惹火他。詹妮特哈哈地樂著，邊在浴室裡潑著水玩。我都能聽見水潑落到地板上的聲音。這回輪到我生氣了，因為一會兒我就得去把這些水統統抹乾。詹妮特上來了，穿著她的白色睡袍和睡衣，昏昏欲睡。我下樓去擦浴室裡溢出來的水。等我轉回，詹妮特已上了床，躺在她的那堆漫畫中間。我給她端來她那盤晚餐，上面是一碟焙出來的菠菜雞蛋，焙蘋果，以及一塊乳酪。詹妮特說，給我講個故事。「從前有個小姑娘，名叫詹妮特，」我開始說，她快樂微笑著。我講這個小姑娘如何在一個下雨天去上學，做功課，與別的孩子玩，與小朋友吵架……「不，媽咪，我沒有，那是昨天的事了。我永遠永遠愛瑪麗。」於是我改口，於是變成詹妮特永遠永遠愛瑪麗。詹妮特迷迷糊糊地聽著，吃著飯，不斷把勺從嘴裡送出來又遞回去，邊聽著我編她一天的故事。我看著她，看到安娜在觀察詹妮特。隔壁的嬰兒在哭。那種密切相關的感覺，令人快樂的親密感再度油然而生，我給故事結了尾：「然後詹妮特吃了一頓可愛的晚餐，有加乳酪的菠菜、雞蛋和蘋果，隔壁的小寶寶哭了一會兒後又停住了，他睡著了，於是詹妮特也刷了牙上了床睡覺了。」我拿起托盤，詹妮特道：「我要刷牙嗎?」「當然，故事裡面就是這麼說的。」她把雙腳滑到床邊，套進拖鞋，夢遊似地趿拉到洗臉盆邊，刷了牙，又轉回來。我給她熄了燈，拉上窗簾。詹妮特入睡前的樣子像個成人，她總是仰臥著，雙手枕在腦後，眼睛注視著緩緩閉攏的窗簾，屋外又下雨了，雨點還很大。我聽到樓底下房門關上的聲音：莫莉去劇院了。詹妮特也聽到了，說道：「等我長大了，我也要做個演員。」昨天她還說做個老師來著。然後她迷迷糊糊地說著：「給我哼個曲子吧。」她閉上了眼睛，嘴裡還囁嚅著：「今晚我是小寶寶，我是寶寶。」於是我也哼唱起來，一遍又一遍，詹妮特則傾聽著我唱詞的變化，因為我能無窮無盡的變下去。「搖啊搖，寶寶在你溫暖的床上，你會做又甜又香的美夢，黑夜裡你就待在你夢中，直到清晨你舒舒服服地醒來。」一般來說只要詹妮特覺得歌詞不對胃口，她就會打斷我，要我換詞，但是今晚我估摸得不錯，我一遍又一遍地唱下去，直到她入睡為止。她睡熟時看上去無辜而幼小，我不由得要從自己身上找出力量來去保護她，讓她遠離任何可能對她造成的傷害。今天晚上這種感覺格外的強烈，但我知道這是由於經期令我變得脆弱而渴望某種依靠之故。我把房門輕輕帶上，走出了詹妮特的屋子。

現在得做麥克爾的飯了。我掀開那塊小牛肉，記得今天清晨我就已把它拍平了，這會兒我把它一片片的滾上黃色的蛋漿還有麵包屑。麵包屑是我昨天烘出來的，現在還有一股子新鮮而乾燥的氣味，儘管空氣是潮呼呼的。我又把蘑菇和奶酪一起切成薄片。我還有一盤裝在冰盒裡的骨頭凍，是我自己把骨頭攪碎了做成的。還有我額外煮的蘋果，那是在給詹妮特做飯時從尚溫熱的果皮裡掏出來的，現在我把果泥挖出來，與香草冰淇淋攪拌在一起，再把它拍厚拍實，然後把這一團混合物重新置入完整的果皮中，放回進烤箱。整個廚房都瀰漫起一股香味，這一刻我十分的快樂，快樂極了，以至於我的整個身體都能感覺到空氣中的暖意。然後我的胸口只覺得一陣冰冷，不由得想到：快樂是假的，這不過是每到這種時候的習慣反應罷了，就像過去四年中那些習慣性的快樂一樣。而這快樂已然消失，我只感到極度的疲乏。隨之而來的則是罪惡感。可是我太了解這種罪惡感的來龍去脈以及種種表現形式了。它們只讓我感到厭倦，但我還是得去抵擋它的侵襲。或許我陪伴詹妮特的時間太少了——眞是胡思亂想，假如我做得不夠好，她是不會這樣快樂、這樣舒服的。我太自私了，傑克是對的，我該把注意力放到某個工作上，而不是只關心自己的意念——胡思亂想，但我不信是這麼回事。我不該如此討厭羅絲——算了吧，除非是怪人，她是個讓人受不了的女人。我不用做事便可以獲得生活來源，只不過是因爲一本碰巧成爲暢銷書的小說，而另一些有才華的人卻只能含辛茹苦地去掙錢維持生計——胡扯這又不是我的錯。這一番內心鬥爭直讓我累得不行，可我知道並不止我一個人如此。每當我與另一個女人談及這個問題，她們告訴我她們也是這樣，不得不與內心各種各樣的罪惡感交戰，這種內疚都因自以爲做下了什麼蠢事而生，通常都與工作有關，或者是想擁有自己的時間，而這種內疚實際上是一種過去歲月中延續過來的神經過敏的習慣，就好比我剛才那會兒的快樂，正是一個已然結束的情境中神經質反應。我又溫了一瓶葡萄酒，便走進了自己的房間。低低的白色天花板，灰白幽暗的牆壁，還有壁爐裡紅色的火苗，令我頓生愉悅。我坐進我的大靠背椅，這時我才覺得沮喪極了，我得極力控制才不至於落淚，我想到我不過是在硬撐而已：給麥克爾做飯，等他回來，這一切還有什麼意味？他已有別的女人，他對她遠比對我更在意。我知道這一點，他今晚來不過是出於習慣或者體諒之意罷了。然後爲了把這層沮喪壓下去，我又竭力地讓自己回復到自信，也對別人充滿信心的狀態（就好像走進了我體內的另一間屋子）。爾後我對自己說：他很快就要來了，我們將在一起吃飯、喝酒，他會跟我講講他這一天工作上的事，然後我點上一根菸，他會擁我入懷。我則告訴他我來了例假，他會像往常那樣笑我說：我親愛的安娜，別把你的內疚感加在我身上。每當我來例假時，我很放心地知道麥克爾會很愛護我，幫我驅走因身體無可避免的不適而產生的恨意。然後我們便睡覺，睡整整一個晚上。

我意識到天已越來越晚了。莫莉也從劇院回來了。她問我：「麥克爾要來嗎？」我答：「是的。」但我從她臉上看出她並不認爲他要來。她又問我這一天過得如何，於是我說我已決定退黨了。她點點頭，並說她發現自己曾經是半打不同委員會的成員，總是忙著在爲黨工作，而現在她只從屬於一個委員會，也沒時間分身去做黨內的工作了。「因此我想結果也大致如此了。」她說。但今晚讓她煩心的是托米。她不喜歡他的新女友（我也不喜歡）。她說，「我剛發現，他所有的女朋友都是一個類型的——就是跟我絕對不一樣的類型。不管什麼時候，只要她們在這兒，就總是跟我唱反調。並且托米只要看見我們不怎麼能碰到一起，就會想方設法來促成。換個說法就是，托米在利用他的女朋友們做另一個他，可以說他想說的關於我的話而毋須大聲嚷嚷。你是不是覺得我這麼說牽強了些？」並不，因爲我覺得她是對的，可我說是。我在托米的問題上表現得頗爲圓滑，正如她對於麥克爾離開我的態度——這是我們在互相保護對方。然後她又說起十分遺憾托米做了拒服兵役者，因爲在煤礦的兩年使他在小圈子裡成了某種意義上的英雄，並且「我實在看不慣他那股該死的自得勁兒」。這也觸怒了我，但我說他還年輕，會成熟起來的。「並且今晚我還說了不該說的話。我說，成千上萬的人在煤礦幹了一輩子，他們也沒覺得那有什麼大不了的，看在上帝的份上別以爲那有什麼了不起吧。這麼說當然是不公正的，因爲確實也不簡單，一個他這種出身的男孩子能到煤礦去幹活，而且不管怎麼說，他的確是堅持下來了！……」她點上一根菸，擱在膝蓋上的兩隻手顯得無精打采。然後她說：「讓我害怕的是，我似乎從不可能在人們所做的事中看到什麼純潔無瑕的東西——你知道我的意思嗎？即便他們做的是好事，我發現自己也總是冷嘲熱諷的——這可實在是糟透了，是吧，安娜？」我太清楚她說的是什麼意思了，便說是這樣。我們在沉悶中默默地坐了會兒，還是她開口道：「我覺得托米要娶這一個了，我有預感。」「可他總得跟其中的某個姑娘結婚的。」「我也知道這聽起來像是做母親的在嫉妒兒子要結婚了——反正，也有這方面的因素。可是我發誓不管怎麼說這姑娘不怎麼樣。她是那種太典型的見鬼的中產階級。而且她還曾是一個所謂的社會主義者。你知道，當我第一次見她時我就想：上帝，這個托米強加給我的小保守黨是誰呀？然後她又變成了社會主義者，你知道，那種牛津的學院派社會主義者。學社會學的，你知道，搞得人跟有個幻覺似的，老能看到傑爾·哈迪❸的幽靈在那兒晃。那幫人要能看到他們孵出來的後代是什麼東西可得大吃一驚。托米的這位新任女友準能讓他們大開眼界。你知道，當他們在談論如何讓保守黨兌現諾言的時候，你準能看到他們的談話空氣中充滿了保險政策和銀行存款之類的內容。昨天她甚至對托米說他該為他的老年做點準備了。你還能說什麼？」我們齊聲笑起來，但其實也並沒什麼可開心的。她說了晚安，便下樓去了。她的聲音是輕柔的（類似於我跟詹妮特道晚安），我知道這是因為麥克爾沒來，她替我感到不快。現在已近十一點，我知道他是不會來的了。電話鈴響了，是麥克爾。「安娜，原諒我，可我今天晚上無論如何是來不了了。」我說這沒什麼。他說：「我明天會給你電話——要不然就過兩天。晚安，安娜。」說完又斟酌著字眼道：「假如你特地給我備了晚餐，我很抱歉。」他的「假如」讓我一下子火冒三丈。然後我突地省到我怎麼會對這樣一件區區小事發怒，我甚至笑了起來。他聽到了，說：「呵，是的，安娜，是的……」意思是說我是個無情的人，從不在乎他。但是突然間我再也無法忍受下去了，只說：「晚安，麥克爾。」便掛了電話。

我把所有的做好的飯菜都從爐子裡拿了出來，把還能吃的小心地放好，剩下的都扔掉——幾乎全扔了。我坐在那兒想：好吧，假如他明天給我打電話……可我知道他不會打。我終於意識到這就是結束了。我走過去看詹妮特是否睡著了。我知道她肯定睡著了，但還是要看一眼才放心。然後我覺到一股可怕的黑色漩渦已逼近我周圍，直等著席捲進來，把我的大腦攪成了一鍋粥。我得趕快睡覺去了，一會兒就來不及了。但是痛

---

❸傑爾·哈迪：Keir Hardie（一八五六—一九一五）英國工人運動右翼活動家，第一國際右派領袖之一。主張通過議會道路實現社會主義。

苦和疲憊讓我渾身發顫，我趕緊倒了滿滿一杯葡萄酒，一口喝乾了，然後我便上了床。腦袋在酒精的作用下暈暈糊糊的。明天，我想著——明天，我會對自己負起責任來，會面對我的將來，絕不再讓自己陷於痛苦而不能自拔。然後我便睡著了，但在入夢前的一刻我可以聽到我在哭泣，是夢中的那種哭泣，這回唯有切膚之痛，沒有絲毫的快感可言了。

［以上的全部內容都被劃掉了，下面潦草地寫著：不，這並不成功。照例又是一次失敗。再下面還有一段文字，但字跡全然不同，比前面整個長長的潦草而塗抹過的篇幅都要乾淨整齊得多。］

一九五四年九月十五日

平常的一天。在與約翰・布特及傑克討論的過程中，我做了退黨的決定，現在開始我得注意不要去討厭什麼，就像憎恨我們生活中各個自然出現的階段似的。注意已有了跡象，比如不喜歡傑克的那一刻就是反常的。詹妮特還那樣，沒什麼問題。莫莉憂心忡忡的，她總在擔心托米。她有預感他要跟那個女孩結婚了。可她的預感一般準不了。我意識到麥克爾最終決定要分手了。我得自己振作起來。

自由女性(三)

托米努力使自己適應盲人生活
大人們試圖幫助他

托米在生死線上掙扎了整整一個星期。那一週是以莫莉的那句慣用語而告終的，但她說時的語氣遠非往日那般自信：「是不是怪得很，安娜？他的性命一直在生死之間徘徊，現在他要活過來了，似乎他本來就是不可能死的。可他要眞的死了，我們也會覺得那是件逃不過去的事，不是嗎？」整整一星期，兩個女人就在醫院裡守著托米，醫生們會診、做手術時則在隔壁房間等著。同時還要趕回安娜那裡照顧詹妮特，拆閱些慰問信和接待訪客，剩餘的精力尙需要用來對付遷罪於她倆的理查德。在這一星期裡，時間彷彿停頓了，感覺也麻木了（她們自問也相互詢問，爲什麼除了麻木以及心裡懸著什麼外，已經一無所覺，儘管依照慣例這反應是正常的），她們會談談，儘管只是三言兩語，因爲要談的問題對她倆來說都太熟悉了。無非是莫莉對托米的關心夠不夠，還有他和安娜的關係，以期回想起在什麼時候什麼事情上她們曾讓他徹底失望過。是因爲莫莉離開過一年時間嗎？不，她仍覺得那件事她並沒做錯。那麼是由於她們那種不符合常規的生活？可她們又能拿自己怎麼辦呢？還是因爲托米最後一次去看安娜時說出的和未及說出的話？也許吧，可她們覺得也不像。再說，別人怎麼知道呢！她們也沒有將這個悲劇歸咎於理查德，但當他遷怒於她們時，她們便回敬道：「你瞧，理查德，現在相互指責毫無意義，重要的是接下來該爲他做點什麼。」

托米的視神經被毀壞了，他將失明。但至少大腦沒有受傷，還可以恢復。

現在托米已脫離了危險，時間又變得跟從前一樣。然而莫莉卻跌入情緒的低谷，整小時整小時地低聲抽泣。安娜因此而忙得不可開交，又要管她，又要照顧詹妮特，還不能讓詹妮特知道托米受傷是因爲自殺。她的說法是「出了個事故」。但這說法並不高明，她可以從孩子的雙眼中看到，那件事帶給她的認識是：有一種事故可怕到讓一個人躺在醫院裡一動不能動，永遠陷於黑暗，需要在各色物件和往日的習慣中摸索著生活。因此安娜將這詞稍加修改，只說托米在擦左輪手槍時不小心走了火。詹妮特聽後馬上說家裡並沒有左輪手槍，安娜也說沒有，而且以後也不會有等等，這孩子才終於擺脫了不安。

而與此同時，托米正靜靜地躺在一間光線昏暗的病房內，頭上纏滿了紗布，由人侍候著，卻也無可奈何。但他終於動了動身子，醒過來並且開口說話了，而那些守在他病床邊，在那個時間彷彿靜止的一星期內日夜提心吊膽著他病情變化的人，包括莫莉、安娜、理查德、瑪麗恩，他們心裡知道自己的頭腦中都曾閃過托米將不行了的念頭，然而當他突然開口說話時，大家反而嚇了一跳。因爲現在躺在病床上，裹著繃帶、蓋著白被單的這個托米，已經使他們徹底忘掉了那個固執而頑愚的形象，正是那種性格讓他把一顆子彈射進自己大腦的。他的第一句話是——大家都在屏息靜聽——：「你們都在，是嗎？可我看不見。」這語氣使他們無言以對。他又說道：「我瞎了，是嗎？」這話的口氣再次讓他們覺得這孩子的生還也並沒有緩解他們緊張的神經，儘管他們最初的願望只不過如此。過了一會兒，莫莉給他講了實情。四個人圍站在床邊，低頭俯視著那個纏滿了白色繃帶的頭顱，心中同時交織著恐懼而憐憫的複雜情緒，設想著繃帶後在展開著一場怎樣孤獨而奮勇的搏鬥。然而托米什麼都沒有說。他只是一動不動地躺著，那雙從他父親那兒繼承來的粗厚的雙手就擱在身體的兩側。他抬起手來，摸索著靠到一起，然後交叉放到胸前，一個忍耐的姿勢。他的這個動作使莫莉和安娜不由互相交換了一下眼神，目光中有比憐憫更多的內容，那是一種恐懼感，理查德注意到了兩個女人間的這種默契，怒氣沖沖地呲了呲牙，在屋裡他沒法說什麼，但一到外面他就忍不住了。他們一起從醫院裡出來，瑪麗恩落在後面一些。理查德正對莫莉暴跳如雷，盛怒的雙眼不時轉向安娜，表示她也逃不開責任：「這事你幹的眞他媽的叫漂亮，是吧？」「什麼？」莫莉反問，安娜的胳臂還攙著她。現在他們已走出了醫院，她開始渾身發顫地抽泣起來。「你就這樣跟他說了，他這輩子都得瞎了。這叫幹的什麼事。」「他都知道了。」安娜說，因爲莫莉此時已泣不成聲，而且她十分清楚這並非他的眞正所指。「他知道，他知道，」理查德噓聲道，「他才恢復知覺，你就告訴他，他以後再也看不見了。」安娜不爲所動地回道：「他早晚得知道。」莫莉也沒理睬理查德，繼續著剛才與安娜交換內心恐懼的一瞥時的默契：「安娜，我覺得他早醒過來了，他是在等著我們全部到場——就好像他更樂於這樣似的。這不是太可怕了嗎，安娜？」現在她開始歇斯底里地哭起來，安娜對理查德說：「你就別再刺激她了。」理查德厭惡地嘟噥了一句什麼，轉向一直呆呆地跟在他們三人後面的瑪麗恩，不耐煩地挽起她的手臂，帶她一起穿過醫院那塊繁花點綴、綠意盎然的草地，開車帶著瑪麗恩便走了，連頭都沒回一下，由她們自己去搭計程車。

托米沒出現任何崩潰的跡象，沒有一刻陷入過不快或者自憐的境地。從他開口說話的那一刻起，他就顯出了耐心和鎭靜，與醫生和護士愉快地合作，跟安娜和莫莉，甚至理查德一起商討自己的將來。他成了護士們常忍不住要誇幾句的「模範病人」，沒有一點兒安娜和莫莉如此強烈地感受到的那種不安。護士們不停地說，從未見過這樣的病人，更別說還只是一個二十歲的小伙子，遭遇如此巨大的不幸，卻能這樣勇敢地承受下來。

人們建議托米去一所訓練醫院待一段時間以適應失明，但他堅持要回家。他已充分利用了住院的這幾星期，他甚至已學會了自己吃飯、洗漱和照顧自己，還可以在自己的房裡慢慢走動。安娜和莫莉會坐在一邊觀察他：他已恢復正常了，跟以前沒什麼兩樣。黑色護眼罩遮著他失明的雙眼，他會以堅韌的耐心從床邊挪步到椅子邊，又從椅子那兒摸索到牆邊，他的雙唇因聚精會神而抿得緊緊的，在每一個最小的動作中都滲透著一種頑強的意志。「不，謝謝，護士，我自己行。」「不，媽媽，請別幫我。」「不，安娜，我不需要幫助。」他的確沒要任何人幫助。

大家本來已決定將莫莉位於一樓的起居室讓給托米，這樣他可以減少上下樓的麻煩。這個改動原以爲他會接受，但他堅持她和他的生活應該一如以前。「沒有必要做任何改變，媽媽，我不想有任何不同。」他的聲音也已回復如前，那天晚上造訪安娜時的那種歇斯底里、自喉底發出的刺耳的傻笑聲都已消失無踪。他現在的聲音就像他的動作一樣，緩慢、有力、富有節制，每一個詞都是經過大腦有條不紊的處理之後吐出來的。但是當他說「沒有必要改變」的時候，兩個女人還是不由相互交換了一下眼色，現在他是無從覺察的了（儘管她們仍然無法確信他眞的一無所知），但她們也同時感覺到一層隱約的驚慌。因爲他說話的口氣眞的就好像什麼也沒發生過，就好像他失明這一事實純屬偶然，並且如果做母親的因此而難過不已的話，純粹是自尋煩惱，要不然就是大驚小怪、或者變得愛嘮叨了，就像一個女人因爲家裡不整潔或者一個壞習慣就會生氣一樣。他遷就著她們，就像一個男人順著那些難弄的女人似的。她們倆注視著他，觀察著他，彼此都不由暗暗吃驚，這才掉開頭去，因爲能感覺到那男孩已體味到其間那層無言的驚慌，她們只能這樣束手無策地看著他，而這個男孩則顧自開始他緩慢但顯然並不痛苦的自我調整，回到現在已屬於他自己的那個黑暗的世界中去了。

現在屋裡的一切都和原來一模一樣，包括莫莉和安娜經常坐在上面談天、有著白色軟墊的窗台，她們身後的幾盆鮮花，落在窗玻璃上的雨滴，還有微弱的陽光，都依然如故，只是多了一張整潔的單人床、一張桌子、一把靠背椅子，幾個放東西的置物櫃。托米在學點字，他還在練習本上用一把兒童尺重新學習寫字。他的字跟以前已大不一樣了，又大，又方，一筆一劃，就像小孩子的字一樣。莫莉一敲門，他便會從他的點字書或者練習本上抬起他那張罩著黑眼罩的臉說：「進來。」帶著正襟坐在辦公桌後面的那種人特有的神態，彬彬有禮而漠然。

莫莉原本已推掉了一齣戲中的一個角色以便照顧托米，但這麼一來，她便又回去工作了，重新接過了那個角色。而當莫莉晚上去劇院排戲時，安娜也不再過去看望托米，因爲他說：「安娜，謝謝你費心過來照顧我，不過我一個人待著並不煩，我喜歡一個人。」就像他還是一個健康正常的人時說寧願孤獨一樣。對安娜來說，她原想恢復與托米在出事之前那種無話不談的親密關係，但沒有成功（她感到這個男孩已變得讓她不認識了），於是她順應了他的意思，不再輕易過來了。事實上她也已不知道該跟他談些什麼。單獨與他面對的時候，她總會不由自主地感到一陣陣驚慌，弄得她自己也莫名其妙。

現在莫莉也已不再從家裡給安娜打電話，而是到電話亭或者劇院，因爲電話正好在托米的屋外。「托米怎麼樣了？」安娜會這麼問。莫莉的聲音又已變得響亮而自信了，但總有一種挑釁意味的質問口氣，一種難以消解的痛苦，她會回答：「安娜，眞奇怪我都不知道該說些什麼或者做些什麼。他就待在房間裡，學他的點字，安靜極了。有時候我實在受不了了就闖進他的房間，他會抬起頭來說：『啊，是媽媽，我能爲您做點什麼嗎？』」「是啊，我知道。」「所以我就會不由自主地說些傻話，諸如——我想你要杯茶吧，他總說不要，當然說得極禮貌，於是我就走出去了。現在他已在學著自己煮茶和咖啡，甚至做飯。」「他碰那些壺啊鍋啊一類的東西嗎？」「是啊，我都嚇壞了。我不得不離開廚房，因爲他知道我是什麼感覺，而且他會說，媽媽，不必驚慌，我不會燙著的。」「好了莫莉，我也不知道說什麼好了。」（話到此出現了沉默，因爲兩個人都害怕說出什麼來。）然後莫莉接著道：「人們接二連三地來，當然都是好心，這你知道的吧？」「是，我知道。」「你可憐的兒子，不幸的托米……我總以為生活是一團亂麻，但從沒像現在這麼明白過。」安娜很清楚這點，因為她們倆共同的朋友和熟人常以她為話題，表面友好，卻又暗含惡意。這回他們的議論自然直指莫莉。「莫莉那年丟下托米自顧自走了，這對孩子當然不好。」「我倒覺得跟那事無關。再說，她是深思熟慮之後才做的決定。」或者：「這當然得歸咎於破裂的婚姻。托米所受到的影響一定超出任何人的想像。」「噢，很可能吧，」安娜會微笑著接道，「還有我的婚姻悲劇。不過我相信詹妮特絕不會走這條路的。」而每次當安娜這樣子維護莫莉還有她自己的時候，總還有些什麼，一些讓她倆害怕說出來的什麼，那正是她倆都能感覺到的那層恐慌。

其實最簡單的事實也能說明這一點，就在六個月前，她，安娜，還時不時地打電話到莫莉家閒聊，給托米帶個口信；還去拜訪莫莉，順便也到托米的房間跟他聊聊天；去參加莫莉舉辦的晚會，那種場合托米會以客人的身分出現；她還是莫莉生活中的參與者，她深知她所歷經的男人、她的需要，以及她失敗的婚姻——而如今這麼多年來形成的這一切、這種親密關係竟在一夕之間化為烏有。除非有什麼特別的事，安娜不再給莫莉打電話，因為那電話雖然只是在托米的門外，他也能憑直覺猜出電話內容來，這顯然得歸功於他新具備的第六感了。有一回理查德態度十分粗暴地在電話裡對莫莉說：「你只要回答行或者不行就可以了，我想送托米去度假，讓一個受過訓練的護士跟著他。他會去嗎？」甚至還沒等莫莉回答，屋裡已經傳來托米的大聲回話：「告訴我父親我十分的好，謝謝他，就說我明天會給他電話。」

安娜晚上再也不隨便去莫莉那兒了，就是路過也不會順便進去看一下。她總要在預先打過電話之後才會按響莫莉家的門鈴，聽鈴聲一直傳到樓上，便可以確信托米已然知道是誰來了。門開處，便露出莫莉那張機敏的臉，掩不住的痛苦之下還勉強擠出一些笑容。兩個人走進廚房，邊聊一些無關痛癢的話，有意讓牆那邊的那個大孩子聽著。她們會泡壺茶或者咖啡，有一杯是給托米，他總是拒絕。兩個女人走進曾是莫莉臥室的客廳，坐下來，腦子裡邊想的卻是樓下那個終身殘疾的男孩，現在他才是這個家的中心，他支配著一切，感覺得到這屋子裡的所有動靜，對一切了然於胸。莫莉話很少，也就是習慣性地扯點兒劇院裡的花邊新聞，然後便沉默了，雙唇緊閉，一副憂心忡忡的樣子，雙眼則紅紅的，強忍著眼淚。此刻她簡直一觸即發，隨時會陷入一場嚎啕大哭，只需要一個字，半句話，便會招來洶湧而無可控制的淚水。她的生活已完全改變了。現在她只去劇院上班，去商場買必要的東西，然後便回家，一個人坐在廚房或者客廳裡發愣。

「你沒去看什麼人嗎？」安娜問。

「托米也這麼問。上星期他還說：『媽媽，我不想你僅僅因爲我而中斷你的社交生活。爲什麼不把你的朋友帶到家裡來呢？』我就照他說的做了。我把那個製片人帶到了家裡，你知道，就是那個想跟我結婚的迪克，還記得嗎？他對托米好極了——我的意思是眞心的好，沒有一點惡意。我們就坐在這兒，一起喝了點蘇格蘭威士忌，我頭一回有了這樣的想法，好吧我不管那麼多了——他眞的很好，今天晚上我需要一個男人的肩膀來讓我靠一靠，我差不多就要對他敞開大門，然後我突然意識到就算我只是給他一個兄妹似的親吻，托米也不可能不知道。當然托米是絕不會反對的，是吧？第二天早上他很可能會過來說：『昨晚您還愉快嗎，媽媽？我可太高興了。』」

安娜本想說：你言過其實了吧，但終於克制了沒說。因爲莫莉並沒有誇大，而她也不能對莫莉言不由衷。

「你知道嗎，安娜，每當我看著托米，看著罩著他雙眼的那塊可怕的黑色玩意兒，你知道，那乾淨得不染纖塵的玩意兒，還有他的嘴，你知道他的嘴，固執、堅定不移……我會突然給激怒了……」「是的，我能理解。」「但這樣豈不是太糟糕了？我整個人都在生氣。你知道，那些慢吞吞的、一步一步的動作。」「是的。」「因爲問題在於，這跟他以前一模一樣，只不過更加根深柢固。」「你懂我的意思吧。」「我懂。」「跟怪物似的。」「是的。」「我氣得簡直要尖叫。而事實上，我不得不趕緊離開那房間，因爲我十分清楚我的一切感覺他都知道，而且……」她頓住了，過了一會兒她又努力讓自己說下去，換了挑釁一般的口吻：「他樂於如此。」說著她發出一串高聲大笑，然後道：「他快樂，安娜。」「是的。」現在這話終於出了口，她們同時驟然感到一陣輕鬆。「這是他有生以來頭一回感到這麼快樂。這才是可怕之處——你可以從他的舉止和他說話的語氣中看出這一點——他有生以來頭一次獲得了完整。」莫莉耳聽著這話從自己的嘴裡說出來，不由得倒抽一口冷氣，「變得完整了」，而眞相是殘廢。現在她把臉埋進雙手中抽泣起來，渾身止不住地發顫。終於，她抬起頭來，強笑道：「我不該哭。他會聽見的。」那樣的笑容，實在是帶了幾分勇氣。

安娜頭一次注意到，她的朋友那頭凌亂的金髮上已夾雜了幾縷銀絲，而那雙率直然而傷感的眼睛周圍也有了黑眼圈，顴骨突出，面頰則削了下去。「我覺得你該去染染頭髮。」安娜說。「那有什麼用？」莫莉生氣地說。說完她自己又笑了，道：「我現在都能想像出那一幕來：我做個他從沒見過的時髦髮式得意洋洋地上樓去，而托米已經聞到了染髮劑或者別的什麼味道，一聽到踩樓梯的聲音他就會說：『媽媽，你去染頭髮了？我很高興你沒忘了收拾自己。』」「好吧，不去染也沒什麼，就算他會不高興。」「我想等我習慣了這一切，我會有這心情的……昨天我在琢磨這個詞，我是說習慣。其實生活就是這麼回事，去習慣那些哪怕難於忍受的事……」她的雙眼又紅了，充滿淚水，她用力眨了一下眼睛，硬把它們壓了下去。

幾天後，莫莉從一個電話亭打來電話：「安娜，有件非常奇怪的事情，瑪麗恩現在整天來看托米。」

「她怎麼樣？」

「自從托米出事後，她滴酒未沾。」

「誰告訴你的？」

「她告訴托米，托米又告訴我的。」

「噢。他怎麼說？」

莫莉學著他兒子那種學究似的腔調慢吞吞地說：「總體來說，瑪麗恩這陣子表現的確不錯。她近況很好。」

「他不好嗎？」

「噢不，他也很好。」

「那麼至少理查德該滿意了。」

「他可是大發雷霆，給我寫了好幾封怒不可遏的長信——就在我打開其中的一封時，就算我同時手頭還有十封別人的來信，托米也會準確無誤地問：『我父親怎麼說？』——瑪麗恩差不多每天都來，幾小時幾小時地跟他待在一起。而他就像是一個老教授接待他的得意門生來訪似的。」

「好啊……，」安娜有氣無力地道：「很好啊。」

「是的，我也知道。」

幾天後安娜被叫到理查德的辦公室。他在電話中語氣粗暴而無禮：「我得見見你。你願意的話我也可以去你那兒。」「可顯然你並不願過來。」「我保證明天下午能抽一兩個小時過來。」「算了吧，你肯定沒時間，還是我去你那兒吧。我們約個時間嗎？」「明天下午三點怎麼樣？」「就三點吧。」安娜說道，意識到自己很高興理查德不過來。這幾個月來她腦海中翻來覆去地盡是托米自殺前那天晚上的樣子，他站在她的桌前，一頁一頁地翻著她那些筆記本。近來她寫得極少，很費力。她似乎感覺到那男孩正睜著一雙情緒激動的黑眼睛，目光中含有責備之意，就站在她的身邊。她感到這房間已不再是她自己的了。如果再讓理查德走進來，情形就只有更糟。

她準三點出現在理查德的秘書跟前，心裡明白他自然要她在外面等上一會兒。這樣過了十分鐘，她想該可以滿足他的虛榮心了。十五分鐘後，她被告知可以進去了。

正如托米所說的，坐在辦公桌後的理查德給她留下了一種令她十分意外的深刻印象。這裡是理查德的王國，它的總部占據了這座古老而醜陋的大廈的四個樓層。這裡當然不是眞正敲定生意的地方，而是用於表現理查德及其同僚們的意志和風格。裝飾是得體而千篇一律的國際模式，在世界上任何一個地方都見得到的那種。從踏入那扇高大的前門開始，需得經過電梯、走廊、會客室，這是一個漫長而細緻的心理準備，最後才得以步入理查德的辦公室。他的辦公室地上是六英吋厚的深色地毯，牆上那白色的窗格間鑲著深色玻璃。房間內光線柔和，光線顯然來自牆那邊各色姿態優雅的綠色植物之後。理查德那笨重而結實的身體裹在一身毫無特點的套裝中，坐在辦公桌後面，活像一座建在綠色大理石之上的墳墓。

安娜剛才等在外面的時候仔細看過他的秘書，發現她正是類似於瑪麗恩的類型，那種沒心眼的姑娘，最後變成一個喳喳呼呼、邋里邋遢的婦人。她被這姑娘引進辦公室的幾秒鐘之間，特地留意了一下她和理查德之間的表現，她捕捉到他倆的一個眼神，馬上便明白他們倆已有了瓜葛。理查德見安娜差不多已心中有數，便說：「我可不想聽你演講，安娜。我只想跟你好好談談。」

「難道我不正是爲此而來的嗎？」

他強壓下心頭的不快。安娜沒有坐辦公桌對面他讓她坐的位子，而是坐到了窗台上，與他保持一段距離。他正待說話，桌上的電話閃起了綠燈，他示意抱歉地與對講機說話，然後又說了一聲「對不起」。這時一扇邊門開了，進來一個手拿文件的年輕人，以最謙遜恭敬的姿態將文件放到理查德面前的大理石桌面上，他近乎彎著腰做完這件事，又差不多是踮著腳尖走了出去。

理查德急忙打開文件，用鉛筆在上面做了個記號，準備去摁另一個按鈕之際看到了安娜的臉色，便說：「有什麼好笑的嗎？」

「沒什麼。我想起有人說過，一個公眾人物的重要性可以通過他身邊圍繞了多少個俯首貼耳的年輕人來衡量。」

「莫莉說的吧。」

「正是。那麼你身邊有多少呢?我只是好奇。」

「有兩打吧，我想。」

「就是首相大概也不會有更多了。」

「我敢說沒有。安娜，你非得這樣嗎?」

「我不過是找話罷了。」

「那麼還是別厭煩了。咱們言歸正傳，談談瑪麗恩吧。你知不知道她現在成天跟托米泡在一起?」

「莫莉跟我說了。她還告訴我她已戒了酒。」

「她每天早上都到城裡來，買下當天所有的報紙，然後念給托米聽，這樣折騰到晚上七、八點鐘她才回家。她現在只會談托米和政治。」

「她不再酗酒了。」安娜又說了一遍。

「可她的孩子呢?每天早餐的時候他們能見上她一面，如果走運的話，晚上再能見到她一個小時。她要有一半的時間還記得他們的存在就不錯了。」

「我想你目前該去請個人來幫幫忙。」

「你看安娜，我找你來是想認認眞眞地談談這事。」

「我很認眞。我建議你去找個勤快點的女傭來照管孩子們，等事情自行了結。」

「上帝，那得花多少錢……」話到這兒理查德卻住了口，皺起了眉頭，神情尷尬。

「你是不是不想讓一個陌生女人在自己家裡進進出出,就算暫時的也不行嗎?你不可能擔心要花多少錢，瑪麗恩說你的年收入一開始就是三萬英磅，還不算後來的外快和津貼。」

「瑪麗恩一談到錢就胡說八道。好吧，反正我是不想家裡有一個陌生女人。根本不行!瑪麗恩以前從不知政治爲何物，卻突然間剪貼起報紙來，一張口就是《新政治家》的口氣。」

安娜笑起來。「理查德，那又有什麼關係？嗯，你是怎麼了？瑪麗恩原來喝得那麼凶，但她戒掉了，這比什麼都強吧？我可以肯定她比以前任何時候都更像個好母親。」

「當然那的確能說明不少問題！」

然而實際上理查德嘴唇在發抖，臉也漲得通紅。看到安娜臉上露出明顯的憐憫的神情，他重又鎮定下來，按了按呼叫器，又一個恭恭敬敬的年輕人走進來，他把文件交給他說：「打電話告訴傑森爵士，星期三或者星期四來俱樂部和我一起吃中飯。」

「傑森爵士是誰？」

「你很清楚你並不關心這人是誰。」

「我有興趣。」

「他是個很有魅力的人。」

「好極了。」

「他還是個歌劇迷，精通音樂。」

「妙極了。」

「我們正打算買下他公司的控股權。」

「眞是不錯。好了，理查德，還是回到我們剛才的問題上來吧。你到底是怎麼想的？」

「假如我眞的請一個女傭來代替瑪麗恩照管孩子，那會把我的整個生活攪得亂七八糟。費用只是其次的。」

他還是忍不住補充了一句。

「我怎麼發現你對錢竟如此在意，是因爲三〇年代那段放蕩不羈的生活嗎？我還從沒見過像你這樣生在富豪之家卻又如此計較金錢的人。我想當時你的家庭切斷了對你的經濟資助時，你一定很受打擊吧？你現在簡直就像個心滿意足的鄉村工廠的廠長。」

「是的，你說對了。那的確是個打擊。那是我有生以來頭一回認識到金錢的意義。我永遠也忘不了。而且我承認，我對錢的觀念與那些赤手空拳出來打天下的人是一樣的。瑪麗恩對這點一無所知，可你和莫莉還在一個勁兒地跟我說她有多聰明。」

他憤憤不平地說完最後一句話，那口氣就跟受了多大委屈似的，以致安娜忍不住又大笑起來。「理查德，你可眞有意思，眞的。好了，我們別再爭了。你的家庭拿你對共產主義的一時熱情當了眞，你因此而受了重創，失去了金錢和金錢所帶來的快樂。並且你在女人方面也是那麼不走運。莫莉和瑪麗恩都是夠笨的女人，而且她們的性格也是災難性的。」

理查德這會兒面對著安娜，臉上帶著他特有的固執：「不錯，那正是我的看法。」

「好極了。然後呢？」

然而這時的理查德已將視線從她臉上移開，皺著眉頭盯著深色玻璃上映出來的那雅緻的綠葉。安娜似乎覺得他這次見她並非是出於通常的動機，通過她來攻擊一下莫莉什麼的，而是爲了宣布一個新的計劃。

「你在想什麼心思呢，理查德？你想拋棄瑪麗恩嗎？是嗎？你是不是在設計著讓瑪麗恩和莫莉一起去度過她們的風燭殘年，而你……」安娜發現這一通毫無根據的臆測恰恰觸到了眞相。「噢，理查德，」她不禁說，「你現在不能拋棄瑪麗恩，尤其是她正在戒酒的時候。」

理查德激動地說：「她根本不關心我，她也不願與我待在一起，我像是根本就不該在那兒似的。」他聲音中那種受傷的語氣令安娜驚愕，因爲他顯然是眞的受到了傷害。瑪麗恩從她那有如一個囚徒或者附庸似的生活中的出逃，令他備感孤獨和受傷。

「看在上帝的份上，理查德，這麼多年來你從沒把她放在心上，你只是拿她當一個……」

他的嘴唇又一次劇烈地顫抖起來，黑色的眼睛裡充滿淚水。

「上帝！」安娜只說。她是在想：歸根結柢，我和莫莉都夠傻的。這不是明擺著，這就是他愛一個人的方式，除此之外他什麼也不明白。而這大概也正是瑪麗恩所淸楚的。

她道：「那麼你的計劃呢？你跟門外那姑娘有關係，是吧？」

「是的，至少她愛我。」

「理查德。」安娜無奈道。

「可這是眞的。對瑪麗恩來說，最好是沒我這個人。」

「可你現在不能跟瑪麗恩離婚，這會把她整個兒擊垮的。」

「我甚至懷疑她看不看得到這點。無論如何，我不會做得很突然。這就是我要見你的原因。我想提議瑪麗恩和托米一起去度個假。反正，他們實際上也天天在一起。我可以送他們去任何他們想去的地方，多長時間都可以，想幹什麼就幹什麼。在他們走開的這段時間，我會把瓊慢慢介紹給孩子們。當然他們早就認識她，也喜歡她，但我想讓他們比較自然地接受我將跟她結婚這件事。」

安娜一直坐著沒說話，他忍不住追問道：「好啦，你怎麼說？」

「你的意思是，莫莉會怎麼說？」

「我是在問你，安娜。我想對莫莉可能會是個打擊。」

「這對莫莉根本無所謂。你無論做什麼對她都是無所謂的，你明白這一點。所以你到底想知道什麼？」

她拒絕幫助他，不只是出於對他的厭惡，還有對於自己的厭惡——她討厭自己在他如此不快樂的時候偏偏只有冷冷地坐在那兒，尖刻地評判——安娜仍彎著腰坐在窗台上，抽著菸。

「怎麼說，安娜？」

「如果你問莫莉，我想若是瑪麗恩和托米一起離開一段時間的話，她會輕鬆一些的。」

「那當然，她不就等於卸了包袱了！」

「注意，理查德，你可以在別人面前侮辱莫莉，可別當著我。」

「那麼還有什麼問題呢，假如莫莉都無所謂的話？」

「很顯然，是托米。」

「為什麼？瑪麗恩告訴我，他甚至不願跟莫莉待在同一間屋子裡，他只有跟她在一起才開心，我是指瑪麗恩。」

安娜猶豫了一會，然後說：「托米已經把一切都安排好了，他使他母親留在了家裡，並不是要她來陪，而只是靠近他，像他的囚徒一般。而且他可不願輕易改變這種格局。他會這樣想，假如他與瑪麗恩一起出去度假，就等於給莫莉開了恩，假如莫莉就此恢復了鎮定自若……」

理查德怒不可遏：「上帝，我早該想到，你們是一對滿腦子污穢、令人作嘔、冷酷無情的……」他氣得一下子說不出話來，只呼呼地喘著粗氣。然而他仍疑惑地注視著她，等著聽她會怎麼說。

「你既請我來，我就得說我該說的，讓你罵出來，我或者莫莉。現在我已經滿足了你的要求，我也該回家了。」安娜從高高的窗台上滑落下來站到地上，準備要走。她內心充滿了對自己的厭惡，邊思忖著：理查德找我到這兒跟往常的緣由也沒什麼兩樣，所以我最終仍會羞辱他。可我早知道是這麼回事，那麼我到這裡來就是為了羞辱他以及他所代表的東西。我都成了這齣鬧劇中的一部分了，這眞讓我無地自容。但是儘管她正想到這一層，事實也是如此，站在她對面的理查德卻是一副等著挨打的模樣，她於是接著道：「有些人就是得有別人為他們作出犧牲的，親愛的理查德，這一點你一定懂的吧？不管怎麼說，他是你兒子。」她朝她來時的那扇門走過去，但是那門上並無把手。在這間辦公室裡，門是被外面和理查德桌上的按鈕控制著的。

「我該怎麼做，安娜？」

「我看你什麼也做不了。」

「我可不想讓瑪麗恩占我的上風！」安娜又一次驚詫不已地大笑起來。「理查德，別說了！瑪麗恩已經受夠了，這就是一切。就算最軟弱的人也會找到出路的。瑪麗恩把精力轉向托米是因爲他需要她，這就是一切。我敢肯定她從沒預先設計過——你這麼說瑪麗恩未免……」

「那也沒什麼分別，她心裡面一清二楚，她得意著呢。你知道一個月前她跟我怎麼說嗎？她說：理查德，你可以自己睡，而……」說到這兒他卻住了嘴，差點兒就要替她把話說完。

「可是理查德，你不是一直都在抱怨與她同床嗎！」

「我也許根本就不該結婚。瑪麗恩現在有她自己的房間，而且她也從不在家。爲什麼我還要拿一種正常的生活來自欺？」

「可是理查德……」她又失望地停下來。可他還在等著聽她的下文。她道：「可你還有瓊，理查德。當然你在別處也有私情，可你終究得到了你的秘書。」

「她不想老這麼懸著，她想結婚。」

「可是理查德，秘書是永遠也不會少的。噢，別一副受傷的樣子。你不是至少跟十幾個秘書有過風流韻事嗎？」

「我想娶瓊。」

「可我覺得這事沒那麼容易。就算瑪麗恩跟你離了婚，托米那兒也通不過。」

「她說她不會跟我離婚的。」

「那就給她時間。」

「時間。我再也不可能年輕了，明年就五十，我可浪費不起時間。瓊也二十三歲了，憑什麼她該這麼懸在那兒浪費她的青春而瑪麗恩……」

「你該跟托米談談。你該明白托米是解決一切問題的關鍵所在。」

「我只會從他那兒得到一大把同情。他總是站在瑪麗恩一邊的。」

「或者你該試試把他拉到你這邊來？」

「毫無可能。」

「是啊，我想也不可能。我想你也只能圍著他的軸心轉了，像莫莉和瑪麗恩一樣。」

「我料到你會這麼說——這孩子只是個殘疾人，而聽你的口氣，就好像他是個惡人似的。」

「是的，我知道這也正是你想聽到的。這樣子滿足你的期望實在讓我無法原諒自己。請讓我回家吧，理查德，把門打開。」她站在門邊等著他開門。

「可你在這裡一種讓人揪心的情況下居然還笑得出來。」

「我是在笑，你看得很明白，因爲我們這個偉大國家的一大金融巨頭居然像個三歲孩子一樣在他那昂貴奢華的地毯上氣得上竄下跳。請讓我出去，理查德。」

理查德終於勉勉強強地回到辦公桌邊，按了一下按鈕，門緩緩開了。

「我要是你的話，就再等上幾個月，然後給托米在這兒安排一份工作，一份重要的好工作。」

「你以爲他現在就會樂意接受了？你眞是異想天開。他此時此刻已被左翼政治沖昏了頭腦，他還有瑪麗恩，正在爲那些見鬼的黑人所受到的歧視大抱不平。」

「行了行了。那有什麼不可以？現在時興這個。你不知道嗎？你就是缺點兒時代感，理查德。你歷來如此，你也知道。那不是什麼左翼，而是一種時尚。」

「我早該想到這種事只會讓你高興。」

「噢是的。記住我說的——如果你辦事得當的話，托米會樂意在這兒接受一份工作的，或許能接替你呢。」

「那我會很高興。你總是把我想錯，安娜。我並不眞心喜歡這份熱鬧。我想退休，越早越好，然後去和瓊過一種安安靜靜的生活，也許再生幾個孩子。那才是我計劃中的事情，我並不是天生幹金融的料。」

「自你接管你的帝國以來你已使公司的資產和利潤增值了四倍，瑪麗恩是這麼說的，除非這些都不計算在內。再見，理查德。」

「安娜。」

「還有什麼？」

他疾步上前站到她和那扇半開的門之間，很不耐煩地用屁股猛地一頂，把門給撞上了。這個動作與這間豪華辦公室或是展覽室中那些巧妙隱蔽著的機械設置正好形成了一個反差，提醒站在那兒等著離去的安娜，她自己本身與這兒就是不協調的。她看得到自己：矮小、蒼白、纖瘦，臉上保持著機智而挑剔的笑容。她可以感覺到在自己這層理性的外表下，潛伏著的是不安和焦慮引致的混亂。理查德衣著華貴的臀部那一記粗魯的撞門，卻與她剛剛按捺下去的躁亂心緒是相吻合的，因而要感到厭惡便是虛僞了。明白到這點之後，她只覺得累極了，便說道：「理查德，我看不出這麼做有什麼用。我們每次見面都是如此。」

理查德注意到她一下子變得很沮喪。他就站在她的面前，粗聲喘著氣，他那雙黑色的眼睛瞇了起來，然後他慢慢地露出了一絲譏諷的笑。他要提醒我什麼呢？安娜疑惑著。當然不可能——沒錯，就是那件事。他是在提醒她那天晚上她幾乎就要跟他上床了。她並沒有感到憤怒或是輕蔑，她知道她此刻看起來十分清醒，她道：「理查德，請開門。」他站著，還保持著那副嘲弄的樣子，洋洋自得。她於是越過他走到門邊，想要把門推開。她可以看到自己的笨拙和慌張，徒勞地在那兒推門。然後門自己開了，是理查德回到桌邊按了那個按鈕。安娜頭也不回地走了出去，經過那衣著華麗的秘書，很可能會是瑪麗恩的繼任，走下鋪著淺色地毯、綠葉環繞的前廳，來到讓人厭惡的大街上，她這才大大地舒了口氣。

她朝就近的地鐵走去，頭腦中一片空白，她知道自己幾近崩潰的邊緣。這時正趕上尖峰時間，她被擠入人群。突然間她驚慌起來，最後她不得不從這群壓向售票口的人流中突圍出來，她站住了，斜靠在一面牆上，手心和腋下濕了一層汗出來。這樣的情形最近在尖峰時間已發生過兩次。肯定有什麼地方不對勁，她想著，拚命地控制住自己。我好像努力要在什麼東西的表面上滑行似的——可那又是什麼呢？她仍靠著牆，無法往前面的人流中挪動一步。交通尖峰中的城市——她不可能馬上離開這裡，坐上地鐵，急急趕回五、六英哩外她的住所，誰也出不去。他們所有的人，都牢牢地被困在這城市可怕的壓力之中，只除了理查德和他那一類人。假如她轉身上樓去，要他用車送她回家，他當然會答應，還會很高興。而她當然就會不開心。她別無選擇只有自己往前移動。安娜奮力朝前擠，一直擠入密壓壓的人群，等著買車票，然後順自動扶梯下到地鐵站內摩肩接踵的人群中。站台上有四列地鐵進站，她終於擠進一節車廂。現在最可怕的場面算是結束了。她只能站著，站直了以頂住後面人群的壓力，在這燈火通明、擠擁不堪、氣味難聞的地方再堅持十分鐘、最多十二分鐘她就可以到站了。她眞擔心她會暈過去。

她在想：如果一個人徹底崩潰，會是什麼樣子？一個即將裂成碎片的人在什麼程度上會說：我要崩潰了？而假使我馬上就要崩潰，我又會變成哪種形式呢？她閉上雙眼，看得到眼皮上耀眼的光亮，感受著身體所承受的壓力，聞著汗水塵土混雜的氣味，在意識中覺得安娜縮成了腹中某處的一個死結。安娜，安娜，我是安娜，她不停地重複著。無論如何，我不可以暈倒或者退卻，爲了詹妮特。我可以明天就從這世界上消失，可這對任何人都無關緊要，除了詹妮特。那麼我、安娜又是什麼？是對詹妮特來說的某種必不可少的東西？

那豈不是很可怕，想到這兒，她的憂懼越發強烈。因爲這樣的念頭對詹妮特而言是不利的。現在她不再去想詹妮特，把她排除在思緒之外。這次她看見了自己的房間，那長長的、雪白的、光線柔和的房間和方桌上的各種顏色的筆記本。她還看到她自己，安娜，坐在她的琴凳上寫啊，寫啊，寫啊，寫滿一行，然後劃上重點線，或者劃掉。她看到那一頁頁紙上都是不同的字跡，分開的，打括號的，劃破的——她感到一陣暈眩般的噁心。然後她看到了托米，而不是自己。他站在那兒，雙唇噘著，神情專注，正一頁一頁地翻著她按序擺放的筆記本。

她睜開眼睛，感到一陣頭暈和恐懼。看著耀眼的搖晃著的車頂，亂七八糟的廣告，目無表情的面孔，努力保持著身體平衡的人們和他們呆滯的眼神。有一張臉，就在旁邊六英吋處，面色灰黃，毛孔粗大，濕漉漉的嘴邊滿是褶子。那雙眼睛直勾勾地盯著她，臉上掛著半是畏怯半是挑逗的笑。她不由得想到：剛才我閉目站著的時候，他一直在肆無忌憚地看我，還會想像著我在他底下的樣子。他急促的呼吸已直衝她的面頰。但是還有兩站才能到。她側著身子一吋一吋慢慢地開始移動，在列車的晃動中感到這男人也緊緊地壓了過來，臉上帶著異樣的興奮。他的長相奇醜無比，可是，天啊，他們全都醜陋不堪，我們不都面目可憎，安娜想著。在他漸漸逼近的脅迫中，她的身體厭惡至極地向前挪動著。好容易挨到了站，她使盡全力地從洶湧進來的乘客中衝了出去。那男人也尾隨著她下了車，緊跟她上了扶梯。到驗票口時他已站到了她的身後。她急忙遞過票往前走，但終於忍不住轉過頭來朝那人狠狠地皺了皺眉，他在她身後說：「走走嗎？走走嗎？」邊得意地衝她咧嘴笑著。剛才她在車上閉目沉思之際，他已在臆想中占有並玷汚了她。她邊走邊叫道：「滾開。」她走出地鐵，來到大街上，他仍然緊追不捨。安娜不由得害怕起來，隨即又對自己感到驚奇，反倒爲自己的害怕而有些慌亂，我這是怎麼啦？這種事每天都在發生，這就是都市的生活，我不會拿這當回事的——可她其實已拿它當回事了，正如一小時前在理查德的辦公室，他的男人的好勝心使得他有必要侮辱她一樣，她也當回事地在意了。那男人還在跟著她，令人厭惡地嘻嘻笑著，這一切使她恨不能立刻沒命地跑掉。她想著：要是我能看到或者摸到什麼不是那麼醜陋的東西就好了……。前邊出現了一個水果攤，擺著乾乾淨淨的新鮮李子、桃子和杏。安娜挑了些水果，聞著那股酸酸的、清新的果香，用手摩挲著那或光滑或覆有一層淡淡絨毛的果皮，她感覺好多了。心中的驚慌也消失了。那跟著她的男人站在近旁，嘻皮笑臉地等著，但此刻她已毫不在意。她從他身邊走過，像是根本沒這個人。

她回家晚了，但她並不擔心——艾弗會在家。托米住院期間，因爲安娜經常性要陪莫莉，艾弗便已開始進入她們的生活。他原先只是住在頂樓的一個陌生的年輕人，每天互道早安晚安之後，便各顧各的。現在他成了詹妮特的朋友。安娜去醫院的時候，他帶她去看電影，幫她做功課，而且總是要安娜別擔心，說他很樂意照顧詹妮特。他的確也因此而快樂。然而這一新的格局卻令安娜有些不安。倒不是因爲他的原因，也不是因爲詹妮特，而是每當跟這孩子在一起時，他會表現出最單純、最惹人喜愛的一面來。

此刻，她邊沿著簡陋的台階往家門口走，邊琢磨著：詹妮特的生活中應該有一個男人，她需要一個父親。艾弗對她很好，可他還不是個男人——可我說他還不是男人又是什麼意思呢？理查德是男人，麥克爾是男人，艾弗就不是了？我知道，一個「眞正的男人」其實意味著一種散發於無形的屬於男人的壓迫力，一種富有幽默感的善解人意，艾弗身上絕沒有這些。可是現在不具備這些素質的男人到處都是，而他對她也很有吸引力呀，那麼我所說的「眞正的男人」到底是什麼意思？因爲詹妮特崇拜艾弗。可她也崇拜過他的朋友羅尼，她曾這麼說過。

幾星期前艾弗曾問起他能否讓一個朋友來與他合住，一個經濟拮据並且失業的朋友。這意味著要在他的房間裡再放進一張床去，安娜不免仔細思量了一番。雙方都算是盡力而爲，然而羅尼，這個失業的演員，搬進了艾弗的房間，也上了他的床，而這既然對安娜來說無甚分別，她也就保持了緘默。顯然，只要她不說什麼，羅尼就會一直住下去。安娜知道，羅尼是她爲詹妮特的新友情付給艾弗的代價。

羅尼是個膚色黝黑的漂亮小伙子，有一頭精心修飾過的光亮的鬈髮，笑時會刻意露出一口潔白的牙齒。安娜不喜歡他。但是她也意識到她更多的是不喜歡這個類型而非這個人，便沒有表露出來。他與詹妮特也處得很好，但不像艾弗那樣是發自心底的那種喜歡，而是出於一種策略。或許他與艾弗的關係也是一種策略上的需要。所有這些安娜並不怎麼在意，對詹妮特也不足以構成任何衝擊，因爲她相信艾弗是不會讓這孩子受到任何驚嚇的。然而她還是感到不安。假如我跟一個男人——「眞正的男人」住在一起，或者結婚，那自然就會給詹妮特帶來精神上的壓力。詹妮特會敵視他，不得不接受他，去習慣這一切。而這種怨恨正是由於一個眞正的異性的存在，因爲那是一個男人。或者即使是一個與我沒有性關係的男人住在這兒，或者說一個我毫無興趣的男人，就算這個「眞正的男人」能解除那種精神的壓力，讓一切歸於平衡，那又怎麼樣？爲什麼我偏得認爲該讓一個眞正的男人住在這裡，而不是這個富有魅力、友好而善解人意的年輕人艾弗？甚至只是爲了詹妮特，而不爲我。我是否在說，或者假設（人人都假設嗎？）孩子的成長不能沒有這種精神壓力？可這又是爲什麼？然而我卻明顯地感覺到這一點，不然當我看到艾弗和詹妮特在一起就不會感到不安，他對她就像是一隻友善的大狗，或是一位毫無威脅的大哥哥——我用了毫無威脅這個詞，丟臉，我都覺得丟臉，我居然會這麼想眞讓我自己丟臉。一個眞正的男人，理查德嗎？還是麥克爾？他們倆在教育孩子方面顯然都毫無建樹，但我仍覺得他們喜歡女人勝於男人的本性比之艾弗對詹妮特更有好處。

安娜邁過骯髒、黑暗的台階終於到了自己乾淨的寓所。樓上傳來艾弗的聲音，他正給詹妮特念故事聽。她經過自己的大房間，走上白色的樓梯，看到詹妮特正叉著腿坐在床上，一個黑頭髮的淘氣女孩兒，那個黝黑、不修邊幅而可親的艾弗就坐在地板上，一隻手捧著書，正抑揚頓挫地念著一個講述某所女子學校的故事。詹妮特衝母親晃了晃頭，示意她別打斷。艾弗則眨了眨眼，那隻舉著的手指揮棒一樣地舞上舞下，高聲念道：

「於是貝蒂寫下她的名字應徵曲棍球隊。她會被選上嗎？她有這個運氣嗎？」念到這兒他回復平時的語調對安娜說：「等我們念完這故事就叫你。」又接著念：「一切都要看傑克遜小姐的了。貝蒂不知道上星期三比賽後她希望中選的願望是否是誠心誠意的？她眞的期待夠久了嗎？」安娜在門外停留了片刻，艾弗的聲音裡邊多了一種新的東西：模仿。他在模仿這個女子學校的世界，這個女性的世界。並不是因這故事的荒唐而模仿，而且這是從他意識到安娜的出現開始的。是的，可這又有什麼新鮮的，她也已司空見慣。因爲這種模仿不過是同性戀者的自衞，與「眞」男人那種貌似彬彬有禮的逞勇也沒什麼兩樣，「正常的」男人總是有意無意地要在他與女人之間設置一條界限，不過通常是不自覺地。兩種都是冷漠而疏遠的情緒，只不過前一種更深一步，它們只有程度上的區別，而並無本質的不同。安娜透過門縫瞥了一眼詹妮特，那孩子的臉上帶著快樂然而多少有些不安的傻笑。她能感覺到這拙劣的模仿是衝著她的，因爲她是個女孩子。安娜以一種沉靜而憐憫的心情注視著她的女兒：我可憐的小姑娘，你最好早日習慣這一切，因爲你還將在充斥著這一切的世界中生活。此刻的她，安娜，思緒早已游離開去，艾弗的聲音也不再裝腔作勢，回復了正常。

通往艾弗和羅尼房間的門這會兒開著。羅尼在唱歌，也是模仿詼諧的腔調。這是一首很流行的歌，滿是欲望的呼喊和嚎叫。「今夜給我希望吧寶貝，我們不再爭鬥寶貝，吻我，抱緊我」等等。羅尼同樣也在以嘲弄、流俗而貧乏的方式在模仿著「正常人」的愛情。安娜想著：我怎麼就以爲這一切不會影響詹妮特？我怎麼就想當然地以爲這腐蝕不到孩子？結論就是，我自以爲我的影響，健康的女性的影響會當然地強於他們。可我有什麼理由這樣自信？她轉身下了樓。羅尼不唱了，他把頭探出門縫，那頭精心修飾過的漂亮髮式，使他更像一個帶點男孩氣的姑娘。他不懷好意地笑著。他曾經盡可能明確地說過，他認爲安娜一直在暗中監視他；對羅尼來說最令他心煩意亂的事之一是他總在假想人們的所做所爲都是針對他的，所以你無法忽略他的存在。安娜衝他點了點頭。她不由得想：因爲有這兩個人，在自己家裡我都不能自由行動。我總是提心吊膽的，這還是自己的家。羅尼現在收起了他那種怨恨的表情走出房間，滿不在乎地站在那兒，身子的重心在半邊臀部上。「安娜，我不知道你也喜歡參與孩子的歡樂？」「我只是上來看看。」安娜簡短地說。他現在擺出贏取好感的媚態。「眞是個討人喜歡的孩子，你的詹妮特。」他想起他住在這裡沒花一分錢，全憑著安娜的好心腸。他現在氣極了——沒錯，安娜想到——一個良好教養的年輕姑娘，連說話都帶著幾分靦腆，故意咬字不清。好一個妙齡女郎，安娜心下暗道。她衝他笑了笑，像是在對他說：你矇不了我的，難道你不覺得嗎？她走下樓去，朝上瞥了一眼，發現他仍在原地站著，但並沒在看她，而是盯著樓梯間的牆壁出神。他那張清秀、白淨的小臉此刻卻顯得頗爲憔悴，面帶憂懼。噢上帝，安娜心裡暗叫一聲。我已知道下面會發生什麼事了——我想趕他走，但我卻不忍心這麼做，因爲我要是做得不夠周到的話，反而會因此而內疚。

她走進廚房，慢慢地倒了一杯水，讓水緩緩地流著，注視著水花在杯中四濺，耳聽著那靜靜的水聲，就像她剛才買水果一樣，都是爲了平靜自己的心情，向自己保證一切如常。然而在整個過程中她只是在想：我已失去了平衡。我好像覺得這套房子中的空氣已被污染了，彷彿有一個幸災樂禍的精靈，每一個角落都充滿了邪惡和怨恨。當然這全是胡思亂想。事實上，這會兒我所有的想法都不太對勁，我可以感覺到……然而我不過是在用這種想法解救自己。那麼解救自己的什麼？她再次覺得煩躁不堪，而且害怕，好像在地鐵時一般。她想著：我得打住，我必須要打住——儘管她也說不出來她要停止幹什麼。我得到隔壁去，她做了決定，並且坐了下來，然而——她的思緒並不能停止，腦海中漸漸出現了一口枯井，正被水緩緩地注滿。對了，那正是我的問題所在——我已乾枯，我整個兒空蕩蕩的，我得到什麼地方去找到水源或者……她打開她那個大房間的門，就在窗子的逆光處，有一個巨大的女人的黑影，有點令人害怕。安娜厲聲道：「是誰？」隨即打開燈，那影子便也瞬即恢復了人形。「上帝，瑪麗恩，是妳？」安娜的聲音氣呼呼的，自己剛才竟沒認出人來，眞讓她有些不解。她仔細打量著瑪麗恩，因爲認識她這麼多年，瑪麗恩從來都是一副可憐兮兮的樣子，從沒叫人害怕過。當她這樣子審視一個人的時候她可以看到自己又在重複那個過程，現在她似乎每天要這樣經歷一百次；她會打起全部精神，使自己變得難以對付，而且充滿戒備。但是她此刻已疲憊不堪，而且「井已乾枯」，她讓自己的大腦保持警覺，變成一架小小的、苛刻而冷漠的機器。她想到：正是這種智力，才把我與崩潰橫亙開來——這回她終於得出了結論，有了說法。是的，就在我和崩潰之間。

瑪麗恩說：「眞抱歉我嚇著你了。但是我上樓時聽到你那位年輕人正給詹妮特念書聽，我不想打擾他們。接下來我又覺得，坐在黑暗中眞是好極了。」安娜留意到她說「你那位年輕人」時有點含混其詞，就像一位已婚的人要取悅一個年輕女子那種口氣——她想到與瑪麗恩見面不過五分鍾，卻全都是不快，這讓她不禁聯想到瑪麗恩所生活的那個環境，便說：「對不起，我不該朝你發火，我實在是累了，剛才正好趕上下班尖峰。」她過去拉上窗簾，房間恢復到她所需要的寧靜而樸素的氛圍。「可是安娜，你也太嬌氣了，像我們這些平民百姓每天都要遇到這種事的。」安娜頗爲吃驚地瞥了她一眼，事實上瑪麗恩這輩子就沒面對過平凡如上下班擠車這一類事情。她看著瑪麗恩的臉：無辜的神情，明亮的雙眼，充滿熱情。她說：「我想喝一杯，你也要嗎？」——她才想起來，不過很高興剛才的確是忘了，然後她完全不經心地給瑪麗恩也倒了一杯。瑪麗恩這才開口道：「噢對，我也想來一小杯。托米說正常的飲酒比完全戒酒更需要勇氣。你覺得他說的對嗎？我認爲對。我眞覺得他十分聰明、十分堅強。」「是的，那的確是要困難得多。」安娜背對著瑪麗恩把威士忌倒進酒杯，想著：她到這兒來是因爲她知道我剛剛見過理查德？假如不是爲了這個原因，又爲什麼呢？她說：「我剛從理查德那兒回來。」瑪麗恩端起那杯放在她邊上的酒，明顯地對這個話題不感興趣，道：「是嗎？呵，你總是這麼講交情的。」安娜沒讓自己對交情這個詞皺眉頭，但是已覺到內心一股無名火正在緩緩升起，被她用理智強壓下去了。這時樓上傳來艾弗的大聲朗讀：「射門！五十個熱切的聲音齊聲助威，貝蒂便盡全力跑過球場，把球直射入網。她成功了！全場一片歡呼，貝蒂自歡樂的淚水中看到了同伴們的臉。」

「小時候我最喜歡這些美妙的校園故事了。」瑪麗恩像小姑娘一般咬著舌頭道。

「我不喜歡。」

「可你從來都是這麼個機智的小東西。」

安娜此刻端著她的威士忌坐了下來，打量著瑪麗恩。她今天穿了一件價格不菲的棕色外衣，顯然是新的。她那黑色但稍加銀絲的頭髮剛剛做過，淺褐色的雙眼亮閃閃的，雙頰紅潤，活脫脫是一個富裕、滿足而快活的主婦。

「那也正是我來找你的原因，」瑪麗恩說，「是托米的主意。我們需要你的幫助，安娜。托米總有最妙的想法，我眞的覺得他是個極聰明的孩子，而且我們都認爲該來問問你。」

說到這兒瑪麗恩抿了一口威士忌，做了一個很是厭惡的怪相，放下杯子，喋喋不休地說：「得感謝托米，是他讓我意識到我有多麼無知。還是從我給他讀報開始的，以前我可是什麼都不看。當然他懂的東西眞多，他把道理講給我聽，我眞覺得我跟以前不一樣了，以前我除了自己以外什麼都不關心，現在想想眞叫我覺得慚愧。」

「理查德提到你開始對政治發生了興趣。」

「噢是的，而且他很生氣。當然我母親和我的幾個姐妹也十分惱火。」她像個淘氣的小姑娘一般坐在那裡微笑，雙唇頑皮地抿著，眼角瞬間的餘光中卻閃現出一絲內疚之意。

「我可以想像。」瑪麗恩的母親是一位將軍遺孀，姐妹們則都是夫人或者貴婦，安娜想像得出惹惱她們於她而言是件多快樂的事。

「但是她們當然都是沒有思想的，根本沒有，跟托米教導之前的我一樣。我覺得我的生活好像才剛剛開始。我好像換了個人。」

「你看上去是換了個人。」

「我知道是這樣。安娜，你今天見到理查德沒有？」

「見了，在他辦公室。」

「他有沒有談到離婚的事？我問你是因爲假如他對你說了什麼，我想我就該認眞對待了。他總是威嚇別人——他眞是個惡棍，所以我從不拿他的話當回事。但是假如他眞的談到此事，那麼我和托米就必須認眞對待了。」

「我想他是要娶他的秘書。他是這麼說的。」

「你見到她了嗎？」瑪麗恩咯咯地笑起來，一臉頑皮的樣子。

「見了。」

「你注意到什麼了嗎？」

「你是說她像你年輕的時候？」

「沒錯。」瑪麗恩又咯咯地樂，「這還不好笑？」

「如果你覺得的話。」

「不錯，我是這麼覺得。」瑪麗恩突然吸了口氣，臉色變了。在安娜的眼裡，她突然從一個小姑娘變成了一個陰鬱的婦人。她出神地坐著，神情嚴肅而冷酷。「你瞭解嗎，我必須認爲這一切很好笑？」「是的，我瞭解。」「這一切都是在那天吃早飯時突然發生的。理查德在早餐時間總是很可怕，總是嘮叨我，滑稽的是，爲什麼我會容忍他這樣呢？那天他就這樣絮叨個沒完，責怪我爲什麼老去看托米。事情來得很突然，就像某個謎底猛地被揭開似的，眞是這樣，安娜。他在早餐時近乎暴跳如雷，臉漲得通紅，大發脾氣。我聽著他的聲音，他的聲音是很難聽的，是吧？那是一個惡棍的聲音，不是嗎？」

「是的，的確如此。」

「於是我想——安娜，我希望我能把這說清楚。這眞是一個眞相大白的時刻。當時我就在想：我嫁給他這麼多年，我一直就是在爲他而活。女人都這樣，不是嗎？我從沒想過別的。這麼多年來我夜夜在睡夢中暗自流淚。我大吵大鬧，像個傻瓜，不快樂，而且……可這都是爲了什麼？我是認眞的，安娜。」安娜笑了笑，瑪麗恩接著道：「因爲問題是，他身上簡直一無可取之處，不是嗎？他既不英俊，也不聰明。至於他地位是否顯赫，是否是一個工業鉅子，我才不在乎。你明白我的意思嗎？」「是的，然後呢？」「我想，上帝啊，爲這麼個東西我毀了我的一生。我清楚地記得那個時刻。我坐在早餐桌邊，穿了件寬大的睡袍，是因爲他喜歡我才買來穿的——你知道，就是帶褶邊印花的那種，他習慣看我穿這類衣服，可我不喜歡。我就想，年復一年地我穿著這類我討厭的衣服，只是爲了取悅這麼個東西。」

安娜笑起來。瑪麗恩也笑了，她俊俏的臉上帶著自嘲，目光傷感而一無遮攔。「這很羞人，你說是吧，安娜？」

「是的。」

「可是我敢打賭你從來沒爲那些蠢男人們犯過一回傻。你眞是太明智了。」

「那只是你的看法。」安娜不動聲色地說。但她發覺她錯了，瑪麗恩有必要看到一個自我而堅強的安娜。

瑪麗恩沒理會安娜的說法，自顧接道：「不，你就是很明智，這正是我佩服你的地方。」瑪麗恩雙手十指緊緊握著杯子，啜了一大口威士忌，一口，一口，又是一口——安娜強迫自己不去看。她聽到瑪麗恩又在說：「然後還有那個名叫瓊的女孩。見到她對我來說又是一次猛醒。他愛上了她，他這麼說。但是他愛的究竟是什麼，這才是問題的關鍵所在。他不過是愛上了那個類型，那種能舔他屁股的女人。」「舔屁股」這句粗話竟然從瑪麗恩口中說出，安娜不禁轉過身來看著她。瑪麗恩坐得很不放鬆，她高大的身體在椅子上繃得筆直，雙唇緊抿，十指張開緊抓著手裡的空酒杯，雙眼出神地看著，充滿渴望。

「這哪是什麼愛?他就從沒愛過我。他只愛那種棕色頭髮、胸脯豐滿的姑娘。我年輕時也曾有過誘人的胸部。」

「棕色頭髮的姑娘。」安娜注視著那雙緊抓著空杯子的手說。

「是的。所以那已與我無關。我已經想好了。他大概根本就不知道我是個什麼樣的人。我們還談什麼愛?」

瑪麗恩不自然地笑笑。她把頭往後仰，緊閉上雙目，棕色的睫毛在臉上不住地抖動，顯得十分憔悴。然後她睜開雙眼，目光中在搜尋著什麼，是牆邊方桌上擺著的那瓶威士忌酒。安娜禁不住想，假如她問我再要一杯喝，我就只能給她。這就好像她，安娜，整個人都捲進了瑪麗恩那場無聲的掙扎中。瑪麗恩閉上眼睛，喘著氣，又睜開，瞧著那酒瓶，手指緊緊夾著那隻空酒杯，又閉上了雙眼。

什麼都沒變，安娜想著，對瑪麗恩來說，還不如做個酒鬼的好，這樣她才是個完整的人，就算尖酸刻薄，但是真實，遠勝過清醒，假如她節制飲酒的代價便是要變成個嘰嘰喳喳、靦腆害羞的小姑娘，眞就不如去做酒鬼。此刻這股僵持的空氣已讓人越來越難以忍受，安娜終於受不了了：「托米想讓我做什麼?」瑪麗恩一下子坐直了，放下杯子，轉瞬間由一個哀傷、受到重挫的婦人變成了一個小姑娘。

「噢，他眞是了不起，在所有的事情上他都是這樣的了不起，安娜。我告訴他理查德想要離婚，他表現得眞是了不起。」

「他怎麼說?」

「他說我必須做正確的事情，我所眞正以爲是正確的事情，而不應該自以爲姿態高或者尊貴便稀里糊塗地去縱容他。因爲我的第一個反應就是，讓他離婚好了，那對我又算什麼?我自己有足夠的錢，那不成問題。但是托米說不行，我應該爲理查德的長遠利益考慮一下，這樣我就得讓他面對自己的責任。」「我明白了。」

「是啊。他頭腦如此清醒。尤其是當你想到，他才二十一歲。儘管我想發生在他身上的那起不幸事件也給了他這種報償——我是說，這件事是很可怕，但是當你看到他是那樣勇敢而且從不屈服時，看到他變成一個這樣了不起的人，你就絕不會去想那是一場悲劇了。」「我想也是。」「所以托米要我別去理睬理查德，就當沒這回事。因爲當我說我將用我的生命去做更大的事情時，我是十分嚴肅的。托米已經給我指明了道路。從此我將爲他人而活，而不是爲自己。」「好啊。」「這也正是我來找你的原因。你得幫助我們。」

「那當然，我能做些什麼？」

「你還記得那個黑人領袖嗎，就是那個你曾經認識的非洲人？他是叫馬休斯或者別的什麼？」這倒是完全出乎安娜的意料：「你該不是說湯姆・馬斯朗吧？」

瑪麗恩眞的掏出了一個筆記本和一隻準備好的鉛筆端坐著：「正是。請給我他的地址。」

「可是他在監獄啊。」安娜說。她的聲音聽來有氣無力的。在自己那帶有微弱的反感的語氣中，她意識到她並不只感到無力，還有害怕。那正是與托米在一起時襲遍她全身的那種恐懼。

「當然他是在監獄，那監獄叫什麼來著？」

「可是瑪麗恩，你們打算幹什麼？」

「我跟你說了，我再也不想只爲自己而活著了。我想給這個可憐的傢伙寫封信，看看我能爲他做些什麼。」

「可是瑪麗恩……」安娜看著瑪麗恩，想跟這個幾分鐘之前還在跟自己談話的女人溝通一下。她的目光所碰到的是一雙近乎凝滯的棕色眼睛，一種負疚然而快樂的歇斯底里的目光。安娜沉下聲音，接著道：「那可不是一個管理很好的監獄，像布里克斯頓或者這一類的監獄。那很可能是一個遠離任何地方，位於叢林中的很簡陋的所在，關著大約五十名左右的政治犯，而且很有可能他們連信也收不到。你是怎麼想的？——以爲他們有探親日、權利和諸如此類的東西？」

瑪麗恩噘起嘴不悅道：「我認為這是對那些可憐人的一種極其可怕的否定態度。」

安娜不由得想：否定的態度，是來自托米的——那是共產黨的說法；而可憐的人，卻是瑪麗恩自己的用詞——也許是她的母親和姐妹們施捨過舊衣服的那些人。

「我的意思是，」瑪麗恩歡快地說，「這是一個彼此之間不可分割的大洲，不是嗎？」（引自《論壇報》，安娜想，要不就是《工人日報》。）「應該立刻採取措施重建非洲人對於公正的信念，如果現在還為時不晚。」（是《新政治家》，安娜想。）「至少這種狀況應該引起每個人對於自己利益的全面重視。」（《曼徹斯特衛報》，處於一個尖銳危機的時刻。）「可是安娜，我不清楚你的態度。你肯定不會否認很顯然有些事情是做錯了吧？」（《時代》周刊，白人當局槍殺的二十名非洲黑人並未經審判，將五十多人投進監獄事發一週後發表的社論。）

「瑪麗恩，你到底要說什麼？」

瑪麗恩神情急切地向前傾著身子，舌頭舔著嘴唇微笑，不停地撲閃著雙眼。

「你瞧，假如你眞想涉足黑人政治的話，你可以加入某些組織，托米知道這些組織。」

「可那些可憐的人怎麼辦呢，安娜？」瑪麗恩帶著十分責備的語氣說。

安娜禁不住想到，托米出事前所擁有的政治觀點就早已不是僅僅改變那些「可憐人」的境遇的階段了，要嘛是他的大腦受到了嚴重傷害要嘛就是……安娜坐著沒說話，第一次想到托米的腦子是否眞的受到了傷害。

「托米讓你來問我馬斯朗先生所待的那個監獄的地址，然後你們就可以給那些可憐的囚犯們寄去食品、包裹和慰問信？他很清楚這些東西根本到不了監獄——即使沒有任何意外。」

瑪麗恩那雙明亮的棕色眼睛緊盯著安娜，卻並沒有在看她。她那孩子氣的微笑彷彿是衝著某個迷人然而固執的朋友的。

「托米說，你的意見會是最有用的。我們三個人可以爲共同的事業一起工作。」

安娜不由氣憤起來，她開始明白了。她冷冷地大聲道：「托米可很久沒用過『事業』這個詞了，除非是在諷刺的時候。如果他現在又用了，那麼……」

「可是安娜，這話聽來怎麼那麼玩世不恭，可不像是你的口氣。」

「可你忘了，我們所有的人，包括托米在內，一頭扎進這類美好的事業之中多少年，而且我可以告訴你，假如我們一直是在以你這樣的敬意對待這個詞，那麼我們根本就只能一事無成了。」

瑪麗恩站了起來，顯得極爲內疚，但又暗中心滿意足的樣子。安娜這才明白，瑪麗恩和托米早已把她研究了一遍，並且決定要來拯救她的靈魂。爲了什麼呢？她眞是憤怒至極，而且這憤怒已超出事情本身，她清楚這一點，而這一點總是讓她更爲害怕。

瑪麗恩也看出了她的憤怒，不免既驚又喜，她於是說：「眞抱歉爲這麼點小事來打擾你。」

「噢，這事也不算小啊。你的信可以寄到北方省，監獄管理部門，轉馬斯朗先生收。當然他是收不到的，但這就算是一個姿態了，也就値得了，不是嗎？」

「謝謝你，安娜，你眞幫忙。我們知道你會的。現在我得走了。」

瑪麗恩起身慢慢地走下樓去，就像一個做錯了事但又大膽妄爲的小姑娘。安娜目送她離去，注意到自己站在那兒——冷漠、嚴厲、挑剔。直到瑪麗恩終於走出視線，安娜走到電話機旁，撥通了托米的電話。

隔著半英哩的街道傳過來的他的聲音緩慢而呆板：「打的是○○五六七嗎？」

「我是安娜。瑪麗恩剛走。告訴我，認養黑人政治犯當筆友眞是你的主意嗎？要眞是這樣，我只能說，你是不是有點兒不合時宜？」

停頓了一下。「很高興你打電話來，安娜。我想這會是件好事。」

「對那些可憐的囚犯嗎？」

「說句心裡話，我想這對瑪麗恩有好處。你不覺得嗎？我覺得她需要一些自身以外的興趣焦點。」

安娜道：「你是說這是一種治療？」

「是的。你同意我的看法嗎？」

「可是托米，問題在於，我覺得我還不需要什麼治療，至少是這類方式的治療。」

托米停頓片刻之後謹慎地說：「謝謝你打電話來告訴我你的觀點，安娜。我十分感激。」

安娜很生氣地笑了起來。她以爲他會跟她一起笑的；但是她止不住地懷念起以前的那個托米，他一定早跟著她笑了。她放下聽筒，站在那兒發抖——她只得坐下。

坐下後，思緒也開始湧上來：托米這孩子，他很小的時候我就認識他了。他已重創了自己——而現在我卻把他看成個怪物，一種威脅，叫人害怕的什麼東西。而且我們都感覺到了。不，他並沒有瘋，不是這個問題，而是他變成了另外一個什麼人，叫人不認識了……現在我也想不出來了，以後吧。我得去爲詹妮特準備晚飯了。

一直過了九點，詹妮特的晚飯才終於做好。安娜把吃的放在一個托盤裡端上樓去，邊調整好思緒，把瑪麗恩和托米還有他們所代表的一股腦兒都拋了出去，至少是這會兒。

詹妮特把托盤擱到自己的膝蓋上，道：「媽媽？」

「怎麼？」

「你喜歡艾弗嗎？」

「喜歡。」

「我很喜歡他。他很和氣。」

「是的。他是很和氣。」

「那麼你喜歡羅尼嗎？」

「是的。」安娜遲疑了一下說。

「可你並不眞喜歡他。」

「你怎麼這麼說？」安娜一驚。

「我也不知道，」這孩子說，「我只是覺得你不喜歡他。因爲他讓艾弗顯得很傻。」她沒再說什麼，只是心不在焉地吃飯。有幾次她抬起頭來看看她母親，目光竟是十分敏銳。安娜則坐在那兒任憑她打量，一面保持著自己的鎭定自若。

等她入睡後安娜下到廚房，抽著菸喝了幾杯茶。她現在對詹妮特有些擔憂起來：詹妮特已經完全被擾亂了，可她還不知道爲什麼。不是因爲艾弗——是羅尼造成的。我可以告訴艾弗，羅尼必須走。他當然就會提出爲羅尼付房租，但這還不是問題。我只是覺得這就像我對待傑米那樣……

傑米是個來自錫蘭的學生，在樓上那個空房間租住了兩個月。安娜不喜歡他，但卻無法讓自己去通知他搬走，因爲他是有色人種。這個問題最終以他回錫蘭而告解決。而現在安娜也同樣無法讓一對擾亂了她的平靜的年輕人搬走，僅僅因爲他們是同性戀者。而且他們會像有色人種的學生一樣，很難找到房子。

然而爲什麼安娜要感到有責任呢？……並不是說跟那種「正常的」男人在一起就沒這麼多麻煩了，她這樣對自己說，試圖用幽默感來驅散內心的不安，但並沒有奏效。她又使勁去想：這是我的家，我的家，我的家——這回是企望讓自己充滿強烈的財產擁有感。還是沒用。她坐下來沉思：那麼爲什麼我會擁有一個自己的家呢？因爲我寫了一本自己都感到慚愧的書，掙了一大筆錢。運氣、運氣，不過是運氣而已。而我痛恨這一切——我的房子，我的財產，我的權利。現在才到了令我如此不舒服的關鍵所在，我像所有的人一樣依賴於它。我的。財產。所有物。因爲我有財產我就想去保護詹妮特。保護她又有什麼用呢？她將在英國長大，一個充斥著小男孩式的男人、同性戀和半同性戀男人的國家……但是這股令人厭倦的思緒一露頭，便被另一股強大卻是眞實的激情所取代了——上帝作證，總算還有那麼幾個眞心的男人，我要看著她得到其中的一個。我要看她長大，當她遇到一個眞正的男人的時候能把他辨認出來。羅尼將不得不離開。

想到這兒她朝浴室走去，做睡覺的準備。浴室的燈亮著，她在門邊停了下來。羅尼急切不安地站在她放化妝品的櫃子前，凝視著鏡中的自己，正用棉球沾著化妝水往臉頰上拍，同時竭力地想撫平前額上的皺紋。

安娜道：「我的化妝水比你的好用嗎？」

他轉過身，並無驚訝之色。看得出他是有心要在這兒會到她。

「我親愛的，」他神態安然，頗賣弄風情地說，「我把你的化妝水都給用完了，您不會介意吧？」

「沒什麼。」安娜道。她靠在門上看著他，想弄明白是怎麼回事。

他穿了一件華貴的淡紫色睡袍，上面鑲有淡紅色的圍領，腳蹬一雙昂貴的紅色摩爾式皮拖鞋，繫著金色的皮帶子。他看上去似乎應該是待在某家的閨閣中的，而不是在倫敦的這種學生公寓裡虛度時光。這時他把頭偏向一邊，用那隻修過指甲的手拍著那頭間有灰白的黑髮上的波浪。「我用了護髮潤絲，」他說，「可還是有灰色。」

「很是高貴，眞的。」安娜說。現在她算弄明白了，她擔心自己會把他從這兒扔出去，他對她說話就像是一個姑娘對另一個姑娘似的。她竭力地想讓自己感到有趣，但其實她只感到噁心，並且因此而爲自己感到羞愧。

「可是我親愛的安娜，」他得意地嘟噥著：「讓人看起來覺得高貴當然不錯——假如我可以這麼說的話——以雇主的身分。」

「可是羅尼，」安娜強壓下心頭的厭惡，繼續扮演她原來的角色：「你看上去很有吸引力，儘管頭髮有點兒灰白，我敢肯定會有很多人爲你傾倒的。」

「不如從前了，」他說，「唉，我得承認這一點。當然我還是能把自己收拾得十分漂亮，儘管得費點事兒，可我眞的是要好好保養自己了。」

「也許你該盡快給自己找個有錢的保護人，一勞永逸嘛。」

「噢我親愛的，」他嘆道，臀部莫名其妙地扭了一下，「你怎麼會以爲我沒有找過？」

「我眞不知道這個市場竟已如此的供過於求了。」安娜終於把她的厭惡吐了出來，但是話還沒出口她已然感到羞愧難當。天哪！她心中念叨著，竟有羅尼這種人！要是生成這麼個人——我總在抱怨生爲我這類女人的種種難處，可是老天！——要是我也可能生成羅尼這麼個人呢。

他狠狠地瞪了她一眼。他遲疑了一下，感覺到一股無比強烈的衝動，然後他說：「我還是更喜歡你的化妝水。」他把手放到瓶身上，以示強調。他斜睨著她微笑，一副挑釁的樣子，毫不掩飾對她的仇恨。

她也笑笑，伸手拿過瓶子：「你最好還是給自己也買上幾瓶，怎麼樣？」

他臉上瞬即閃過一絲不自然的笑容，心中明白她已擊敗了他，而他因此而恨她，並且還會捲土重來。然後他的笑容便消失了，隨之出現的是她曾見過的那種冷酷而極端恐懼的神情。他在告誡自己他那股怨恨的情緒是危險的，他應該去討好她，而不是挑釁。

他立即用一種乖巧討好的語調向她道了歉，又道了晚安，然後快步上樓找艾弗去了。

安娜沖了澡，復又上樓去看詹妮特是否已安睡。兩個年輕人的房門還開著。安娜有些吃驚，他們是知道她每晚這個時候都要上樓來看看詹妮特的。接著她便明白了，門是有意開著的。她聽到：「肥屁股母牛……」是艾弗的聲音，他又弄出一種下流的聲音。然後是羅尼：「耷拉著臭汗淋淋的乳房……」他則發出嘔吐的聲音。

安娜被激怒了，幾乎就要衝進去跟他們翻臉。然而她卻發現自己在搖晃，渾身都在恐懼和憤怒中發抖。

她躡足爬下樓梯，希望他們並沒發覺她到過那兒。然而就在此時那扇門砰地一聲關上了，她聽到艾弗的大笑聲和羅尼那種尖聲細氣的陣陣歡笑。她上了床，仍自心驚不已。剛才那幕爲她準備的下流鬧劇實際上也並不比羅尼那女人氣的晚妝和艾弗那種大狗式的友誼更令她難以忍受，所以她應該能夠自己推斷出來，而不是坐等其發生。她感到驚懼是因爲她並不能做到不受其擾。她坐在床上，在黑暗中抽著菸，感覺到一種從未有過的虛弱和無助。她又一次自語：假如我那時垮了……地鐵上的那個男人曾嚇著了她；樓上的兩個年輕人又使她渾身發抖；而一個星期前很晚才從劇院回家的那天，一個男人赤身露體地出現在黑暗中的街角，她根本做不到若無其事，而是膽顫心驚，就好像是對她一個人的襲擊一樣——她覺得彷彿她，安娜，已然受到了威脅。然而，就在不久之前，她還看到安娜穿過那骯髒醜陋、危機四伏的大都市，面無懼色。而此刻那醜惡似乎已逼近過來，近得她幾乎就要倒下，就要尖叫出來了。

然而這個膽小脆弱的安娜又是何時出現的呢？她知道：是在麥克爾離棄她之後。

安娜這時驚慌而虛弱，卻又在對自己笑，笑她這麼一個獨立女性，也只有在被一個男人所愛時，才會對那種下流不堪的性和暴力的性表現出無謂來。她就這樣坐在黑暗中傻笑，其實是在強迫自己笑，想著這世上除了莫莉再沒有人能與她分享這種樂趣了。只是莫莉此時也是自顧不暇。對了——明天必須給莫莉打電話跟她談談托米的事。

這麼一來托米重又回到安娜的腦中，她本來正對艾弗和羅尼犯愁，於是乎亂上加亂，她鑽進被窩裡，緊緊地抱著被子。

事實上，安娜對自己說著，竭力想要保持平靜：我不適合處理任何事情。我總是讓自己置身於事外——混亂之外，就因爲這顆越來越冷漠、苛刻而鎮靜的腦袋。（安娜又一次看見了自己的大腦，像一台小小的冰冷的機器，在頭顱內一步一步地運轉。）

她躺了下來，內心充滿驚懼，腦中又浮現出那句話：泉水已流盡了。跟著這句話又出現了一幅景象：她看到了那口枯井，破敗的井底滿是泥土。

她竭力想去抓住某個思緒，便一下想到了糖媽媽。是了，我得夢見水，她自語著。在這種乾枯的時刻，與糖媽媽在一起的很長一段「經歷」又有什麼用呢，她也不會出來幫助我的。我必須夢見水，我必須夢見如何回到泉水邊。

安娜睡著了，還做了夢。夢見在日中時分她站在一片巨大的黃色沙漠邊上。太陽被空氣中的灰塵遮住了光線，在瀰漫的黃色塵埃中呈現出一種不祥的橘色。安娜知道她必須穿越這沙漠。遠方，在沙漠的盡頭，是連綿的山脈——紫色的、橙色的還有灰色。夢中的色彩異樣的美麗而生動。但是她被它們圍了起來，這些栩栩如生的乾燥的色彩將她嚴嚴實實地裹在中間。四下沒有一滴水。安娜開始穿越沙漠，這樣才能抵達山那邊。

早上醒來時她仍處於這個夢境中，她十分清楚這個夢的意味。它標誌著安娜的轉變，她對自己的認識改變了。在沙漠上她是孤身一人，沒有水，離泉水尚且遙遙。醒來後她明白了要穿越沙漠她就必須卸掉包袱。她是帶著如何處置羅尼和艾弗的困惑而入睡的，但一覺醒來她已明白該怎麼做了。艾弗臨出門上班前她叫住了他（羅尼仍在床上，就像個尙在夢鄉中流連的受寵情婦），她說：「艾弗，我要你搬走。」今天早上他顯得蒼白而憂慮，一副可憐相。沒有比這表情更清楚的了，他只差沒說：我很抱歉，我愛上了他，沒有辦法。

安娜道：「艾弗，你必須明白不能再這樣下去。」

他說：「我一直想對你提這事來著——你是個好人。我眞的願意付羅尼的房租。」

「不行。」

「無論你要多少錢。」他道。即使到了現在，即使他的確爲昨晚的表現而羞愧，而且爲自己的一番田園美景有可能被打破而深感恐懼，他仍然免不了又帶上了那股嘲弄的口氣。

「雖然羅尼已在這兒住了好幾星期，而我從沒提過房租的事，顯然不是因爲錢。」安娜說道。她討厭站在他面前的這個冷漠而語氣譏諷的人，討厭他用這種腔調跟她說話。

他再度遲疑起來。他的臉上此刻極爲鮮明地呈現出內疚、傲慢和驚慌的混雜表情。「你瞧安娜，我已經遲到了。今兒晚上我們再好好談吧。」他已經下了一半的樓梯，這時三步併作兩步地往前衝，他急欲躲開她，儘管他內心是一種要嘲弄和激怒她的衝動。

安娜折回廚房。詹妮特正吃早飯。

她問：「你跟艾弗在談些什麼？」

「我建議他搬走，或者至少那個羅尼得走。」看到詹妮特正要表示異議，她很快又補充道：「那間屋子是給一個人住的，而不是兩個。而他們又是朋友，他們大概喜歡住在一起吧。」

令安娜詫異的是詹妮特沒再說什麼。整個早餐過程中她都很安靜，若有所思的樣子，跟前天晚上用餐時一樣。直到快吃完她才開口道：「我不能去上學嗎？」「可你是在上學。」「不，我是說上眞正的學校。寄宿學校。」「所謂寄宿學校並不是昨晚艾弗念給你聽的那種故事裡的樣子。」詹妮特似乎還要說什麼，但卻沒再繼續這個話題，像往常一樣上學去了。

沒隔多久，羅尼從樓梯上走下來，今天比平時要早得多。他精心打扮過，略施粉黛的臉色顯得猶爲蒼白。他第一次主動要求替安娜去購物。「我在家居瑣事方面可在行了。」被安娜拒絕後，他便坐在廚房裡愉快地跟她聊天，他懇求的目光自始至終追隨著她。

但是安娜決心已下，那天晚上艾弗來她房間面談時，她仍拒不改初衷。因此艾弗最終建議說羅尼走而他要留下。

「不管怎麼說，安娜，我在這兒住了這麼多個月了，並且我們之間從未有過什麼不愉快。我同意你的看法，羅尼是有點兒過分了。不過他就要搬走了，我向你保證。」安娜遲疑著，他緊跟著又強調說：「還有詹妮特，我會想她的。並且假如我說她也會想我的話，應該也不為過。當你那可憐的朋友遭遇她兒子那起不幸事件而你忙於幫助她的時候，我們已經有了密切的交往了。」

安娜妥協了。羅尼搬了出去。他走時大肆表演了一番。似乎安娜是個壞女人才會把他趕走的（她都覺得自己是個壞女人了）。而艾弗則得明白他從此失去了他的情婦，這位情婦的最低價格是棲身之所。艾弗因此而對安娜懷恨在心，也並不加以掩飾。他很不開心。

但是艾弗的鬱鬱不樂意味著一切又已回到托米出事前的樣子。她們幾乎看不到他。他又變成了那個在樓梯上碰面時互道早安晚安的年輕人。多數的晚上他都在外面。不久安娜聽說羅尼沒能抓住他的新保護人，便在附近一條街上的一間小屋裡安下身來，艾弗供養著他。

筆記部分(三)

♠〔黑色筆記本現已完成了它最初的規劃，每一頁都已寫滿。左面的標題是，「素材」，下面寫著：〕

一九五五年十一月十一日

今天在人行道上，一隻肥胖的倫敦本地鴿子在匆忙趕路的人群腳下蹣跚而行。一個男人踢了牠一腳，那鴿子直躥向空中，撞在一根路燈桿子上，掉下來後牠的脖子直了，嘴也張開了。那人站在那兒，很是不解，他本以爲這鴿子會飛走的。他偷偷看了看周圍，想溜走。但爲時已晚，一個面色通紅的凶悍婦人已向他走來。「你這個畜生！你踢鴿子！」男人的臉這時也紅了。他窘迫地咧咧嘴，想逗人發笑。「牠們從來都是飛走的。」他看著衆人，想求得同情。那婦人喊道：「你殺死了牠——你竟然去踢一隻可憐的小鴿子！」但是鴿子並沒有死；牠伸長脖子靠著路燈柱，想抬起腦袋來，牠的翅膀拍起來又落下，一次又一次。這時周圍已聚集了一小群人，其中包括兩個十五歲左右的男孩，他們有著像街頭強盜那樣警覺的面容，神情尖厲，兩人嚼著口香糖，站著不動。有人在說：「去打保護協會（RSPCA❶）的電話吧。」那婦人嚷道：「要是這惡棍沒踢那可憐的小東西，也沒必要這麼費事。」男人僵在那兒，一副可憐相，成了衆矢之的。然而唯獨那兩個男孩

---

❶RSPCA：皇家野生動物保護協會的縮寫。

一副無動於衷的樣子。其中一個仰著臉說：「監獄就是關這種惡人的地方。」「對，對。」婦人叫道。她實在太忙於對這個踢鴿子的人義憤塡膺，都沒顧上去看那隻鴿子。「監獄，」另一個男孩說：「我說，該揍他一頓。」婦人這時才警覺地看了看這兩個男孩，意識到他們是在拿她取樂。「對，還有你們倆！」她氣呼呼地衝他們嚷，聲音中滿是咬牙切齒的憤怒。「那可憐的小鳥在遭罪，你們竟還逗樂。」這下兩個男孩眞的咧開嘴笑起來，儘管跟這起事件中的那個惡棍那種滿面羞愧和困惑的笑大異其趣。「笑，還笑。該揍的是你們，千眞萬確。」她道。這時過來一位看上去頗有經驗的男人，他皺著眉彎下身子去看那隻鴿子，然後他直起身來說：「牠快死了。」他說對了，鴿子的眼神已朦朧起來，血從牠張開的嘴中湧出。此刻那婦人終於撇下那三個令她氣不過的傢伙，弓下身去看這隻鴿子。她微張著嘴，帶著一種叫人討厭的好奇之色。鴿子喘著氣，扭了扭腦袋，便耷拉了下去。

「牠死了。」那個有經驗的人說。

那個踢鴿子的傢伙這時已恢復了鎭定，他顯得很難過，但顯然不想再扯下去了：「我很抱歉。但這是個意外。我還從沒見過鴿子走在路中間不會躲閃的。」

我們全都以非難的目光看著這個毫無同情心的傢伙。

「一個意外！」婦人道。「一個意外！」

但此時人群已漸漸散開。那個有經驗的人撿起那隻死鴿子，但這顯然是個錯誤，因爲接下來他就不知該如何是好了。那闖了禍的人也開始往外溜，但婦人緊追不捨，喊著：「你留下姓名地址，我要告你。」那人厭煩道：「噢，別小題大作了。」她追上去道：「我想你把謀殺一隻可憐的小鴿子稱作是小題吧。」「不管怎麼說也不算什麼大事啊，這樁謀殺並不大。」其中一個十五歲男孩敲著邊鼓，雙手揷在夾克的口袋裡咧著嘴傻笑，他的夥伴機靈地接道：「你說得對，這謀殺只是小事一樁，沒什麼大驚小怪的。」「沒錯，」頭一個男孩應道，「那麼鴿子的事啥時算大事？啥時算小事？」婦人轉向這兩個孩子，那傢伙鬆了口氣，趕快往外溜，但他的神情極爲懊悔而自責。那婦人此時拚命地在找詞來罵這兩個小傢伙，而那個有經驗的男人還捧著死鴿子站著，仍不知如何是好，一個男孩嘲弄道：「先生，您是想做鴿子派吃嗎？」「你再無禮，我就叫警察了。」那人反應很快地說。婦人不由得樂了，說道：「對對，早就該叫警察了。」其中一個男孩表示不相信和驚奇地吹了一個很長的口哨，極盡嘲弄之意。「正該這樣」他說，「去叫警察啊。他們會以偷竊公共場所的鴿子的罪名扣押您的，先生！」他倆笑著跑了，以最快的速度，不然可要丟面子了，因爲已有人去叫警察了。

現在這裡只剩下盛怒的婦人，有經驗的男人，死鴿子和幾個旁觀者。男人四下看看，見路燈旁有個垃圾箱，便走過去要把死鴿子扔進去。可那婦人攔住了他，她抓過鴿子說：「把牠給我吧。」聲音裡充滿柔情，「我要把這可憐的小東西埋在窗下。」男人如釋重負地趕緊走了。她嫌惡地看著鴿子嘴裡滴下的黑紅的血，也走了。

十一月十二日

昨夜我夢見了那隻鴿子。牠讓我想起了什麼，但我又不知道到底是什麼。在夢裡我竭力地想回憶起來。然而醒來後我就知道那是什麼了——是發生在瑪肖庇旅館一個週末的一件事情。我已有許多年沒想這件事了，然而此刻它卻清晰得如同昨日。我又一次煩惱起來，因爲我的大腦裡裝了如此之多塵封而不可觸及的東西，除非是偶然的刺激，像昨天發生的那種事。那像是一個比較平淡的週末，不像最後一個週末那樣風起雲湧的，因爲那時我們與布斯比夫婦仍然很友好。我記得布斯比夫人走進餐廳來吃早飯的時候拎著一支點二二口徑的來福槍，對大伙說：「你們誰會射擊？」保羅拿過槍來說：「我那學費高昂的教育裡還算是沒忘了教會我們打松雞和野雞這檔子美事。」「噢，沒有比這再有趣的事了，」布斯比夫人說，「這附近倒也有松雞和野雞，不過不太多。布斯比先生說過他想吃鴿子派。他也曾拿著槍跑來跑去的，不過他爲此而丟了一根手指頭，所以我想假如能勞駕你……？」

保羅好奇地舉著槍打量，最後說：「好吧，我還從沒想過可以用來福槍打鳥，不過要是布斯比先生能打，那我也能。」

「這並不難，」布斯比夫人說，像往常一樣裝著被保羅有教養的外表所迷惑，「小山之間有一片很小的沼澤地，那兒鴿子多的是。你可以讓牠們停穩了，然後一隻一隻瞄準了去打就是。」

「那可不算打獵。」吉米神情煞是認眞。

「天啊，那可不算打獵！」保羅邊嚷嚷邊玩鬧起來，一隻手揪著自己的眉，另一隻手把來福槍送得遠遠的。

布斯比夫人一下子鬧不清是否該拿他的玩笑當眞，不過她又解釋道：「這可是很公平的。在你沒把握之前別開槍，那麼還會造成什麼傷害？」

「她說得對。」吉米對保羅說。

「你說得對，」保羅又對布斯比夫人說了一遍，「對極了。我們就這麼辦。布斯比老闆的鴿子派需要幾隻鴿子？」

「少於六隻是不行的，不過假如你能多打，我也可以爲你做片鴿子派。可以換換口味麼。」

「沒錯，」保羅道，「是會換個口味。瞧我們的吧。」

她鄭而重之地謝過他，留下來福槍走了。

吃完早餐，大約是十點鐘，我們很高興有事情可以打發中餐前的那段時間了。旅館門前有一條小路可以折到大路上，從那兒向右拐出，延著早期非洲人的足跡，這條留有車轍印的小路蜿蜒過草地，一直伸向七英哩之外一片荒野之中的羅馬天主教會。教會的汽車有時會開進來，運來些生活用品，有時農場的工人們會成群結隊地經過或者從教會裡出來，教會擁有一個很大的農場。但是更多的時候，小路上空無一人。這一片田野是高起的沙地，起伏不平，中間時有聳起的小山丘。這兒的土壤似乎不太吸收雨水，下雨時水滴打在堅硬的土地上濺起二、三吋高，但暴雨過後一小時，土地馬上就又乾了，只有水溝和小河裡的水在大聲地流著。前一天夜裡曾下過一場大雨，睡覺的時候鐵皮屋頂似乎都在搖晃，而且就在我們頭頂上咚咚地響個不停，但此刻陽光燦爛，晴空萬里，我們走在柏油路邊的白色細沙面上，乾裂的沙土之下露著黑色潮濕的泥土。

那天早上我們是五個人，我不記得別人都上哪去了。也許因爲是週末，只有我們五個人來到這家旅館。保羅扛著槍，從頭到腳都是戶外打獵的裝扮，連他自己也覺得有些好笑。吉米跟在他旁邊，發胖的身體顯得不太靈活，他臉色蒼白，那雙聰明的眼睛時不時總要回望一下保羅，處於他這個位置，因爲心中有渴望他反而變得低眉順目，而內在的隱痛卻也使他總愛冷言冷語。威利，我，還有瑪麗羅斯走在後面。威利拿著本書，我和瑪麗羅斯則穿著度假裝，色彩鮮艷的粗棉褲和襯衫。瑪麗羅斯是藍色棉褲和玫瑰色上衣，我則穿著玫瑰色褲子和白色襯衫。

我們一離開大路轉到那條沙土小徑上就不得不放慢了速度，小心走路，因爲今天早上大雨過後這兒便成了昆蟲的樂園。所有的蟲子似乎都鑽了出來，進入了狂歡。低低的草叢之上有成千上萬隻大小不同的白色蝴蝶，撲閃著白中帶綠的翅膀上下翻飛。那天早上，這一種類的蝴蝶從蛹中孵出、擁出或是爬出來，一起歡慶牠們的自由。而在草地上，整個路面都是某種成雙成對、顏色鮮亮的蚱蜢，也有成千上萬隻。

「一隻蚱蜢跳到了另一隻的背上。」保羅在前面輕聲而認眞地說。他停了下來，在他旁邊的吉米也順從地停下。我們在他倆後面站住。「奇怪，」保羅說，「我以前還不明白這首歌的內在或者說具體意涵。」這是很怪異，但我們沒一個人覺得困窘，而是敬畏。我們站在那兒笑，高聲地笑。四周到處都是正在交配的蟲子。

一隻蟲子的雙腿牢牢地立在沙土上，另一隻看上去一模一樣的蟲子緊緊地夾在牠的背上，使底下的那隻不能移動。還有一隻正努力要爬到另一隻的背上去，而被爬的那隻便保持不動，顯然是要助牠一臂之力。但上面那隻急切而激動之下用力過猛，把兩個都拉得倒向一邊。還有正在交配的一對，似乎配合不太好，上面那隻翻落下來，底下那隻便立在原地不動，等著牠再度爬上來，或者等另外一隻完全一樣的來取代牠。但是我們周圍全都是快活交配的蟲子，一個爬在另一個的背上，瞪著又黑又亮、傻乎乎的圓眼睛。吉米爆發出一陣大笑，保羅在他背上重重地捶了一拳。「這些小破蟲子不值一看。」保羅道。他說得沒錯。一隻，幾隻或甚至一百隻看起來都可能是迷人的，牠們色彩鮮艷，在翠綠的青草叢中若隱若現，但是要是有上千隻紅色的和綠色的蟲子，睜著空洞的黑眼睛，便會顯得很荒謬、很討厭，總之，極其愚蠢。「還不如看蝴蝶。」瑪麗羅斯說著便欣賞起蝴蝶來。牠們眞是漂亮極了。我們還從沒見過這樣的景象，白色的蝶翅旋舞在藍色的天空之下，朝下看去，在遠處的水澤中，翻飛於綠草叢中的蝴蝶就像一團熠熠閃耀的白色光霧。

「可是我說親愛的瑪麗羅斯，」保羅道，「你當然是在以你那種可愛的方式想像著這些蝴蝶如何在享受生的樂趣，或者僅僅就是玩樂，可事實上不是這麼回事。牠們只是在尋求那骯髒的性，跟那些粗俗不堪的蚱蜢沒什麼區別。」

「你怎麼知道？」瑪麗羅斯小聲而誠懇地問。保羅放聲大笑，他知道他這樣笑時很有魅力，然後他轉身走到她邊上，把吉米一個人丟在前頭。一直守在瑪麗羅斯邊上的威利讓位給保羅，朝我過來，但我已挪到吉米身邊，他可是孤身一人。

「這眞是奇特。」保羅的聲音是眞的很意外的樣子。我們朝他說的方向看過去。在成群的蚱蜢中有兩對與衆不同。其中的一對，一隻個頭很大，顯得十分強而有力，兩條上了彈簧一般的雙腿使牠看去有如一個活塞，而騎在牠背上的伴兒卻是個小不點兒。牠幾乎爬不到最高處。而就在牠們旁邊的另一對情形正好相反：

一隻小得可憐的蚱蜢被騎在下面，這使牠顯得更小了，幾乎要被上面那個大傢伙壓扁了。「我要做個小小的科學實驗。」保羅對衆人宣布。他小心翼翼地抬腳越過腳下的昆蟲，走到路邊的草叢中，他放下手中的槍，揪下一莖草稈，然後單膝跪在沙地上，用敏捷而冷漠的手將蚱蜢掃到邊上去，這時他小心地將那隻大個的蟲子從小個身上撥了下來，但牠只一下便跳回了原位，準確得讓人吃驚。「我們需要做兩個這樣的實驗。」保羅又說。吉米立刻也折了一根草稈，在他旁邊找了個地方，彎下身來。不得不與蟲子湊得這麼近，他惡心得臉都扭曲了。兩個年輕人便這樣蹲在沙地上，撥弄著草稈子做著他們的實驗。威利，我和瑪麗羅斯則站在一邊看著。威利皺著眉。「多沒意思。」我在旁邊冷嘲熱諷。儘管那天早上我們倆像往常一樣並不算十分友好，威利還是衝我做了個笑容，不無樂趣地說：「不管怎麼說，挺有趣兒。」我們相視而笑，既帶著感情也帶著痛苦，因爲這樣的時刻於我倆而言實在是太少了。站在兩個男孩那邊的瑪麗羅斯在看著我們，神情嫉妒而痛楚。她看到的是幸福的一對兒，自己則孤身一人。我受不了她這樣，便拋開威利朝她走過去。瑪麗羅斯、我在保羅和吉米後面彎下身來，看著眼前的景象。

「現在成了。」保羅說。他已經又一次把那個大傢伙從小不點兒身上弄開。吉米卻笨手笨腳地沒弄成，他還沒來得及再試一次，保羅的大蟲子已經又回到了原位。「噢，你這蠢貨。」保羅氣呼呼地說。他經常對吉米發這種脾氣，因爲他知道吉米崇拜他。吉米爲了掩飾他受到的傷害，扔掉草稈不太自然地笑起來。這時保羅卻把兩根草稈都抓在了手中，將一大一小兩隻爬在上位的蚱蜢扒拉下來，換了換位置，使牠們變成很相配的兩對，兩大兩小。

「這就對了，」保羅道，「這才是科學的方式。多清楚，多簡單，又是多麼令人滿意。」

我們五個人全站在那兒，審視著眼前符合常理的結果。然後我們又一次開始笑起來，直笑得上氣不接下氣，連威利也不例外，因爲這一幕實在是太荒唐了。與此同時周圍那成千上萬隻色彩斑斕的蚱蜢仍在繼續著牠們繁殖後代的工作，並不需要我們的幫助。即使我們剛才的那個小小勝利很快也告吹了，那隻大個蚱蜢已從另一隻大蚱蜢身上掉了下來，原來在牠底下的則立刻翻身爬了上去。

「該死的。」保羅收起了笑容。

「沒有什麼證據，」吉米努力想使自己的聲音也與他朋友那種低沉的聲調相吻合，但是沒有做到，因爲他的聲音總跟斷了氣似的，幾近刺耳，顯得很滑稽：「沒有證據表明我們所謂的自然界中的事物比讓給我們來安排更完善合理些。又有什麼證據能表明這些小東西雌雄有別呢？或者說非得是」——他的語氣一反常態——「非得是雌和雄來配？因爲我們都知道，雄的和雄的，雌的和雌的，是一種淫亂和放縱……」他的話音在一陣急促的笑聲中頓住。看著他那張聰明的臉上激動而窘迫的神情，我們心裡全都明白，他是在奇怪，爲什麼他每回說話或者說能出口的話聽來總是這麼費力，這是保羅的原話。因爲假如這番言論由保羅來發，他總會說得我們每個人都開懷大樂。然而他的話卻只能使我們難受，而且更加淸楚地意識到我們正處於這些醜陋的、爬來爬去的昆蟲的包圍之中。

保羅突然跳過來去踩那些蟲子，先是那對他撮合起來的大個兒遭了殃，繼而是那對小的。

「保羅。」瑪麗羅斯叫了一聲，渾身發抖地看著那堆被踩爛了的彩色翅翼、眼珠、還有白漿。

「典型的溫情主義者的反應。」保羅故意學著威利的腔調說，威利則面露微笑，表示他對此心知肚明。可這時保羅又認眞起來：「親愛的瑪麗羅斯，今晚之前，或者再延長一點，明晚之前，幾乎所有這些蟲子都會死掉——就跟你的蝴蝶一樣。」

「噢不。」瑪麗羅斯看著雲影一樣翩飛的蝴蝶，悲痛萬分，這時她的眼裡已沒有蚱蜢了。「可這是爲什麼？」

「因爲牠們太多了。假如牠們都存活下來會是個什麼情形？那將構成一場侵略。瑪肖庇旅館得在成群爬動的蚱蜢中毀滅，而與此同時，不管你信不信，那些不祥的蝴蝶跳著勝利之舞，歡慶布斯比夫婦以及他們那妙齡女兒的死亡。」

瑪麗羅斯被觸著了隱痛，她面色蒼白，不再去看保羅。我們全都知道她又想起了她死去的兄弟。這種時刻她的樣子顯得孤獨極了，讓人情不自禁地想用雙臂去抱住她。

然而保羅還沒發揮完，這回他學起了史達林的口氣：「這是不言而喻的，毋庸置疑——事實上也根本毋須多言，因此我何必要來費這番口舌——但是，有沒有必要來說或者不說一件事情顯然並不重要。因爲衆所周知，自然界是從不吝惜的。用不了幾小時，這些昆蟲就會在互相打鬥、撕咬、蓄意謀殺、自殺甚至笨拙的交配中死去，在自相殘殺中死去。要不就是被鳥類吃掉，甚至可以說此時此刻鳥兒們正等著我們走開，好來享受牠們的大餐。當我們於下個週末再回到這個令人賞心悅目的地方，或者下幾個週末，假如我們政務繁忙的話，我們將像往常那樣沿著這條路散步，也許會看到一兩隻這種紅紅綠綠的蟲子在草間蹦來跳去，便會心中讚歎，牠們多漂亮啊！我們大概絕不會去想到即使在那時仍有成千上萬具屍體正埋入牠們最後的安息地，就在我們的腳下。我甚至不用再提蝴蝶，牠們無與倫比的美麗，儘管這並沒有更多的用處，我們將會動情地、甚至經常性地懷念牠們——如果我們不是過多地忙於我們慣常的那些無聊消遣的話。」

我們都有點兒不明白他幹嘛要故意又拿起了軟刀子往瑪麗羅斯的創口捅。她痛苦地笑了笑，而一直爲內心的憂懼所折磨、時刻擔心自己會被擊垮或者殺死的吉米，笑得也跟瑪麗羅斯一樣彆扭。

「我想說的其實只是，同志們……」

「我們知道你想說什麼。」威利粗暴地打斷他，很是生氣。或許每到這種時刻他就當仁不讓地成了這個小群體的「長者」，如保羅所言。「夠了，」威利又說，「我們去打鴿子吧。」

「這毋庸置疑，不言而喻。」保羅又操起史達林最愛用的開場白，只爲跟威利唱唱反調，「如果我們繼續這種毫無意義的討論，我的布斯比老闆的鴿子派可就永遠沒指望了。」

我們沿著小路在滿地的蚱蜢中間往前走。大約又走了半哩地，前面出現了一座小山頭，或者說是一堆坍在那兒的大塊花崗岩，以此爲界，就像劃了一道線似的，蚱蜢就此消失。牠們竟然一隻不剩，就好像從不存在，絕種了一般。只有蝴蝶還在那兒翩翩飛舞，像遍地開滿了白色花瓣。

我想那該是十月或者十一月分。絕不是因爲有那些昆蟲，用這種方式來識別季節我向來是十分不在行的，我這麼斷定只是因爲那日天氣的熱度。雨季將盡的時候，空氣中含有一股濃烈的味道，很好聞，那就是冬日將臨的預兆了。但是我記得那天熱浪直撲我們的面頰、手臂、雙腿，甚至穿透了衣服。所以沒錯，雨季應該才開始不久，短短的青草一叢叢地簇立在白沙地上，煞是醒目。而且那個週末距離保羅死前的最後一個週末應該還有四、五個月的時間。幾個月後的那天晚上，我和保羅穿過夜空中瀰漫的深重霧氣，手拉著手正是沿著這條小道奔跑，直到最後一起滾入濕漉漉的草叢中。是哪一片草地呢？或許就在我坐著打鴿子子的地方附近。

我們走到那個小山頭，前方又迎面出現了一個大的，兩山間的空地正是布斯比太太所說的鴿群出沒之地。我們偏出小路走到大山包頭腳下，我還記得我們如何靜悄悄地走過去，陽光直曬在我們背上。那情景歷歷在目，蔚藍的晴空下，五個衣著鮮艷的年輕人，像五個小小的亮點，穿過點點白色的蝴蝶，行走於長滿青草的淺澤之中。

山腳下有一片高大的樹叢，我們在那裡安頓下來。距我們約二十碼之外還有一片樹林，一隻鴿子在那邊的葉叢間咕咕地叫著。叫聲在我們弄出的響動中停頓了，但確認沒什麼危險之後便又繼續。那種咕咕的叫聲軟趴趴的，催眠一般地讓人直犯睏，就像蟬鳴——這時我們才聽到蟬鳴，才意識到周圍早已是蟬聲四起。蟬的叫聲就像是得了瘧疾或者用了太多的奎寧，那種一刻不停的尖厲的噪音猶如鼓搗在耳，簡直要讓人發狂。很快你就會什麼也聽不見了，就像你也聽不到奎寧在血液中尖叫一樣。

「只有一隻鴿子，」保羅開口道：「布斯比太太可把我們給矇了。」

他把來福槍架到一塊岩石上，瞄了瞄鴿子，又托起槍試，我們以為他就要射擊了，他卻把槍放了下來。

我們懶洋洋地打算午休一下。地上的影子很深，草地柔軟而富有彈性，而太陽正當頭。我們身後的那個山頭高聳入藍天，頗有氣勢，但並不給人以壓迫感。這一帶鄉間的山丘很會騙人。看著都十分偉岸，臨近了卻變小了，零散了，因爲它們是由一堆又一堆又大又圓的花崗岩組成的，所以只要你站在一座山丘腳下，便可以透過裂縫或者細小的間隙清晰地看到山那邊的沼澤地，而那些高高堆起的巨大的石塊在陽光下熠熠生輝而又搖搖欲墜，宛如一個卵石堆成的巨人。這座山丘曾被我們考察過，所以我們知道那裡面布滿了各種工事和壁壘，是七、八十年前馬紹納人❷為托禦馬塔貝列人❸的襲擊而建。同樣也四處可見布須曼人❹的繪畫巨作，至少在它們被來自旅館的客人投石取樂而遭到毀損之前算得上是巨作。

「設想一下，」保羅說：「假如我們是一小隊被圍困在此的馬紹納人，馬塔貝列人在攻近，他們全副武裝，敵衆我寡，而且，據我所知，我們不是能征善戰的族類，只是一個傾心於和平的藝術、民風淳厚的民族，馬塔貝列因而總是勝者。我們十分清楚，我們這些男人很快就將死於非命，而你們這些倖免於死的女人們，安娜和瑪麗羅斯，將被擄到更爲好戰而驍勇的馬塔貝列高級部落中去。」

「她們會先自殺的，」吉米說，「是吧，安娜？是吧，瑪麗羅斯？」

「當然。」瑪麗羅斯沒脾氣地答。

---

❷馬紹納人：Mashona，居住於非洲東南部津巴布韋和莫三比克。

❸馬塔貝列人：Matabele，居住在非洲津巴布韋的祖魯人。

❹布須曼人：Bushmen，非洲納米比和博茨瓦納等地的居民。

「當然。」我也說。

鴿子仍在咕咕地叫。這回能看見牠了，是一隻線條優美的小鴿子，天空襯著牠黑色的影子。保羅拿起槍，瞄準射出。鴿子應聲而落，耷拉著翅膀一個筋斗一個筋斗地自天空中翻下來，然後重重一聲落到地上，從我們坐的地方都能聽見。「我們需要一條狗。」保羅說。他期望吉米能一躍而起把鴿子取回來。儘管我們感覺到吉米很不情願，但他終於還是站起了身，向旁邊那片樹林走過去，取回那隻此刻已毫無美感可言的死鴿子，把它扔到保羅腳下，便又坐了下來。在烈日下走了那麼幾步已把他搞得滿臉通紅，襯衣上也刮了幾個大口子，他索性把衣衫除了。他那裸露出來的上身蒼白而肥胖，幾乎像個孩子。「這樣好多了。」他帶著挑釁一般的口吻說。他明白我們在看他，而且很可能帶了評論的目光。

樹林此刻了無聲息。「一隻鴿子，」保羅道，「只夠我們的老闆塞牙縫。」

從遠處的樹林傳來幾聲鴿子叫，十分輕微。「耐心點兒吧。」保羅說著放下槍，抽起了菸。

威利看起了書，瑪麗羅斯仰面躺著，把一頭柔軟的金髮枕在一叢青草之上，閉上了雙眼。吉米則找到了新的好玩的。兩簇分開的草叢間有一條顯然是被水沖出來的沙溝，很可能就是昨夜的暴雨沖成的。現在它已形成了一個微型的河床，大約有兩英吋寬，這會兒已被上午的太陽烤乾。而在白沙地上有十來個淺淺的圓坑，大小不一，分布也不等。吉米趴在地上，拿一根堅硬的草稈在一個大點的坑底部擰著轉，這樣細細的沙土便成片地剝落下來流到坑底，不一會兒那個圓得十分完美的淺坑便算是給毀了。

「你這白痴。」保羅罵道。跟平時一樣，每逢這種時刻他對吉米就會變成這種又氣又惱的聲音。他眞的搞不明白有些人怎麼就會這麼愚不可及。他從吉米手中搶過草稈，小心地在另一個沙坑的底部撥弄著，才沒一會兒他就把那隻建造沙坑的蟲子給掏了出來，一隻小蟻獅，雖然只有一根大火柴頭那麼點兒，卻已是這一種類中的大號了。蟻獅從保羅的草稈上掉落到一塊鬆軟的白色沙土上，立刻便撒開腿沒命地往前移動，轉眼間已消失在起伏的沙土之下。

「行了。」保羅粗暴地對吉米說，把草梗還給了他。保羅似乎對自己這麼發火略感窘困，吉米一聲不吭，臉色更蒼白了。他只是拿著那截草稈，看著那一小塊正在鼓起的沙土。

而與此同時我們的注意力已全部集中到新落到對面樹叢中的兩隻鴿子身上。牠們開始發出叫聲，但顯然牠們並無意於配合彼此，兩股輕柔的聲音持續不斷，有時也相得益彰，有時則全無關係。

「牠們眞漂亮。」瑪麗羅斯抗議了，她的雙眼仍閉著。

「可是，牠們註定得死，跟你的蝴蝶一樣。」說著保羅舉起槍射擊。被打中的鴿子從枝頭落下，這回的聲音像是一塊石頭。另一隻受驚的鴿子倉皇四顧，尖尖的小腦袋不停地左右轉動，一隻眼則向空中看去，會不會是一隻餓鷹撲下來擄去了牠的同伴，然後牠又看了看地面，顯然牠並沒有認出躺在草地上那血淋淋的東西就是牠的同伴，因爲片刻的沉寂之後，牠又開始咕咕地叫喚了，而來福槍也已又上好了膛。說時遲，那時快，保羅舉槍射擊，鴿子筆直地掉落到地上。現在誰也不去注意吉米，他仍聚精會神地看著他的小蟲子，連頭都沒抬一下。那兒已又形成了一個極圓的小坑，坑底部那隻看不見的小蟲子正在沙土下奮力挖掘。吉米顯然並沒去注意又打落了兩隻鴿子，保羅也沒看他，只是皺眉等待著，輕輕地吹著口哨。只過了一會兒，甚至並沒有看我們或者保羅一眼，吉米已開始臉紅了，然後他費力地站起身，逕自走到那片樹林，將兩隻死鴿子提了回來。

「我們其實並不需要狗。」保羅明言。他說這話的時候吉米還未及走到半路上，但他還是聽到了。我得這麼想，保羅是不想讓他聽見這話的，但眞聽見了他也並不怎麼在意。吉米坐下來，在陽光下的草地上這麼來回折騰了兩趟，可以看到他肩頭那白皙而厚實的肌肉已經開始發紅。吉米又回頭看他的小蟲子去了。

四周再一次陷入靜寂，聽不到一隻鴿子的叫聲。陽光下三隻血淋淋的鴿子堆在一小塊突起的岩石上。粗糙的灰色花崗岩面上點綴著一塊塊暗紅、綠和紫色的苔蘚，而草地上凝結的猩紅色血滴還在閃閃發亮。

空氣中有一股血腥味。

「那幾隻死鳥會變味兒的。」威利插嘴道，剛才他一直在看書。

「牠們應該放得再高那麼一點兒。」保羅道。

我可以感覺到保羅的視線在吉米身上掃了好幾下，而吉米再度不安起來，我當即起身，把那些翅膀鬆垂、軟塌塌的死鴿子扔到背陽處。

這時每個人都覺到一陣如芒在刺的壓迫感，保羅說：「我想喝點什麼。」

「還得過一小時酒吧才開門。」瑪麗羅斯道。

「好吧，我只希望能有足夠多的倒楣蛋前來自投羅網，酒吧一開門我可就要走了。我還是把鴿子讓給別人來打吧。」

「我們可誰都沒你能打。」瑪麗羅斯說。

「這點你再清楚不過了。」吉米突然譏諷了起來。

他一直在觀察沙溝。這時已很難分辨哪個蟻洞是新形成的了。吉米盯著一個大點兒的坑，它的底部有一個小小的隆起，那便是守在那兒的魔頭的身體，而那一小片黑色的枝節就是那魔頭的牙了。「我們現在所需要的就是些螞蟻了。」吉米說。「還有些鴿子。」保羅補充道。然後，爲了回敬吉米剛才對他的挖苦，他又說：「我又能拿自己的天賦怎麼辦呢？這都是老天爺決定的，好壞都在他。反正，在我身上，他老人家倒是沒怎麼吝惜。」

「這不公平。」我插話道。保羅怪模怪樣地衝我會意地一笑，笑得很迷人。我也朝他笑了笑。威利清了清嗓子，眼皮都沒抬一下，仍顧自看他的書，可那聲音太滑稽了，就像劣等劇院裡的那種，以致我和保羅同時爆發出一陣難以自控的笑聲，通常這能帶動別人，少則一個兩個，多則全體人員一齊放聲大笑。我們笑了又笑，只有威利還坐那兒看書。可我現在還能想起他那聳起的雙肩，那是一種隱忍的姿勢，還有他緊抿的雙唇，一種痛苦的表情。那時我純粹是無意中注意到的。

突然間我們的耳邊掠過一陣裂帛一樣翅膀掀動的尖厲聲音，一隻鴿子轉瞬間落在幾乎就在我們頭頂的一根樹枝上。發現我們之後牠又振翅飛開了，繼而又折起翅膀，繞著那樹枝轉了好幾圈，一邊歪過腦袋來打量我們。牠那明亮的黑眼睛活像那些在小路上交配的蚱蜢的圓眼睛。我們都可以看見牠那靈巧的粉紅色爪子緊緊抓住樹枝，還有牠翅膀上的點點陽光。保羅舉起了槍——這回幾乎是垂直角——射了，鴿子掉在我們中間，鴿子血濺了吉米一胳膊。他的臉煞時又白了，但他擦去血跡，沒說什麼。

「這事兒變得叫人噁心了。」威利說。

「從一開始就是。」保羅鎮靜地接道。

他俯下身，從草地上揀起鴿子檢視。鴿子還活著，牠的身子軟軟地掛著，但那黑色的雙眼卻定定地看著我們，接著它們被一層薄膜蒙住了，但牠又很明顯地微微抖了一下，活了過來，在保羅的手中掙扎了一陣子。「我怎麼辦？」保羅的語氣突然衝了起來，不過他迅即恢復了常態，說笑道：「你們想讓我冷血地把牠弄死？」

「是的。」吉米面對保羅，挑釁一般地說。他的血液又衝上了他的面孔，一塊一塊斑駁的紅暈把他的臉搞得傻呼呼的，但他的眼睛一刻也沒離開保羅。

「好極了。」保羅道，他嘴唇緊閉，不屑一顧。但他這時也真有些束手無策了，只知輕托著鴿子，吉米則坐等保羅行動。而與此同時那鴿子在保羅的雙手中縮進了牠那泛著光澤然而已然凌亂的羽毛中，腦袋則縮進身子裡，又僵直地抖動起來，倒向一邊，這時牠那雙漂亮的眼睛也已慢慢閤上，但牠仍在一次又一次地掙扎，拚命也要活過來。

然後，像是爲了給保羅解圍似的，牠突然就斷了氣，保羅遂把牠也扔到那堆死鴿子上面去了。

「你他媽的什麼都那麼走運。」吉米憤憤不平地說了一句，聲音都有點兒發顫，連他那稜角分明的嘴，他頗爲自傲地引爲「頹廢派」的雙唇，也一起在抖動。

「是的，我明白，」保羅道，「我很明白。上帝對我偏心。因爲我得向你承認，親愛的吉米我根本不可能去擰斷這隻鴿子的脖子。」

吉米傷痛地轉過身，又去專注於他那些蟻獅的小坑了。剛才他光顧了保羅，沒留意有一隻極小的、輕得像一根絨毛一樣的螞蟻由坑的邊緣掉進去，這會兒已被那隻蟻獅咬在牙間。這是一齣規模如此之小的死亡之戰，整個場景，那坑、蟻獅和螞蟻，都可以輕輕鬆鬆地放到一根小手指甲上，比如瑪麗羅斯那粉色的小指甲。小螞蟻消失於一層白沙之下，不一會兒利齒就又露了出來，上面乾乾淨淨的什麼也沒有，準備應付下一頓。

保羅從槍裡退出彈匣，裝入一粒子彈，啪地一聲重重扣上槍栓。「我們還得再打兩隻，才談得上達到布斯比大媽的最低要求。」他道。但樹林早已空蕩蕩的，灼熱的陽光下茂密的樹林靜悄悄的，綠色的樹枝微微晃動著，輕盈而美妙。能看得到的蝴蝶這時也已無多，只剩十幾隻還在酷熱之中翩翩起舞。熱浪從草地上、沙土塊上層層升起，尤以突起於草地的岩石上冒出的熱氣爲甚。

「什麼也沒有，」保羅說，「什麼動靜也沒有。眞是沒勁。」

時間在流逝。我們抽著菸，等著。瑪麗羅斯平躺在那兒，閉著雙眼，一派愜意。威利在看書，千辛萬苦地在提高自己。他看的書是《史達林論殖民地問題》。

「這兒又有一隻螞蟻。」吉米興奮地嚷嚷著。一隻差不多有蟻獅那麼大的螞蟻橫衝直撞地從草稈之間躥過來，急得有點兒沒頭沒腦，只有嗅到了什麼氣味的獵狗才那個樣子。牠逕自由坑的邊緣掉了下去，這一次我們及時看到了那棕色發亮的利齒如何一下就到了螞蟻跟前，咔嚓一聲從中間咬住螞蟻，幾乎把牠斷爲兩截。一場搏鬥開始了。白色的沙粒沿著坑的兩邊落下來，牠們就在沙子之中廝殺。然後一切又復歸寧靜。

「這塊土地上的一些東西，」保羅說道，「會讓我終生難忘的。想想我們這些在溫室中長大的好孩子，吉米還有我這樣的，以及我們所擁有的一切，富足的家庭，公立學校以及牛津大學，我們能不感激這兒讓我們見識了自然界的眞相：血腥的尖喙和利爪嗎？」

「沒什麼好感激的，」吉米道，「我討厭這地方。」

「可我喜歡。我的一切都得歸功於它。我再也不會把我從學校學來的那些關於民主的陳腔濫調掛在嘴邊，自以爲高明地充當起自由派來。現在我可懂得多多了。」

吉米道：「我或許也明白得多了，但是只要一回英國，我就還會繼續去講那些高明的陳腔濫調。我在這兒不會太久了。我們的教育爲我們所預備的說到底就是這漫長而了無意義的一生。除此它還能給我們什麼呢？就說我自己，我可不想讓那樣的人生就此開始。等我一回去——如果我眞能回去的話，我就要……」

「嗨，」保羅嚷道，「又來了一隻鳥。噢不，又飛了。」一隻鴿子朝我們這邊飛來，看到我們之後在空中來了個急轉彎，之後眼看著就要降落在另一片樹林上，牠又臨時改了主意，遠遠地飛走了。大約兩百碼之外，一隊農場的工人正從小路上經過。我們靜靜地看著他們。他們一路說著笑著，但是一發現我們，他們立刻也停止了談笑，轉過臉去繼續往前走，好像這樣一來就可以避開我們這些白人所帶來的任何可能的罪惡。

保羅輕聲嘆道：「我的上帝，我的上帝，我的上帝。」接著他換了種口氣，一派輕鬆地說：「客觀地來看一下這個問題吧，可以稍加參考威利同志及諸如此類的人物所能提供的全部意見——威利同志，我想請您客觀地思考一點東西。」威利放下書，臉上就要露出挖苦的神情。「這個國家比西班牙還要大，有一百五十萬黑人，假如估計個總數的話，以及十萬白人。這裡，就在這裡，包含了一個值得你花兩分鐘的沉默來思考的問題。那麼我們會想到什麼？你可以設想——你盡可以放開去想，除非你要把它們都說出來，威利同志。這只是時間的沙灘上一捧毫無意義的沙子——這想像不壞吧？——沒什麼創意，但總歸是貼切的——這一百五十萬強一點的人生存於這一小塊上帝賜予的土地上，不過是爲了讓彼此過著悲慘的生活……」聽到這裡威利又拿起了書，旁若無人地看起來。「威利同志，你盡可以用你的眼睛看書，但是讓你心靈的耳朵聽好了。因爲事實是——事實——是這裡有足夠養活每一個人的糧食！——有足夠的材料爲每一個人蓋房安身！——還有足夠的聰明才智，誠然它們此刻還深埋在樸實無華的外表之下，不爲人所知，除非有人獨具慧眼——足夠的聰明才智，我是說，它們可以在這依然一片黑暗的世界中燃起光明。」

「你從哪兒得出的結論？」威利問。

「這並不是推論。我被一種新的……觸動了一下，是一種耀眼的光亮，沒有什麼比它更……」

「可你所說的是適用於全世界的眞理，並不僅僅只是這個國家。」瑪麗羅斯道。

「棒極了瑪麗羅斯！我一直期待著威利同志的看法，難道你能說實踐中的一些原則仍不能與你的哲學相對應？」

威利說話了，他的腔調完全是我們意料之中的。「沒有必要比階極鬥爭的哲學觀察得更深刻些。」然後，就像他觸著了一個什麼按鈕似的，吉米、保羅和我忍無可忍地大笑起來，威利是從不跟著笑的。

「我很高興地看到，」他口氣嚴厲地在一邊說，「優秀的社會主義者——至少你們當中有兩個自稱爲社會主義者，應該發現這竟有如此好笑。」

「我沒覺得好笑。」瑪麗羅斯說。

「什麼你都覺得不好笑，」保羅道，「你知道你從來不怎麼笑嗎，瑪麗羅斯？你從不笑。而我，儘管我的生活態度只能說是病態，而且每過去一分鐘，病勢就加劇一分，可我還在笑著。你卻是怎麼回事？」

「我沒什麼人生態度可言。」瑪麗羅斯平躺在那兒說，那身色彩鮮亮的粗棉褲讓她看上去就像一個乾淨俐落的小娃娃。「不管怎麼說，」她接著道，「你們也不是在笑。我聽得夠多的了。」——她說的就好像她並非我們之中的一分子，而是一個局外人——「而且我發現你們越說到惡劣的事情笑得越多。反正我不認爲那是笑。」

「你和你兄弟在一起的時候笑嗎，瑪麗羅斯？還有跟妳那個走運的好望角情人一起的時候呢？」

「我笑的。」

「爲什麼？」

「因爲那時很幸福。」瑪麗羅斯簡短地答。

「上帝啊，」保羅驚嘆道，「我就說不了這話。吉米，你曾因幸福而笑過嗎？」

「我從沒幸福過。」吉米答。

「安娜，你呢？」

「我也一樣。」

「威利？」

「當然。」威利頑固地維護著他的社會主義，那幸福的哲學。

「瑪麗羅斯，」保羅說道，「你說的是實話。我不相信威利，但我信你。你簡直讓人嫉妒，瑪麗羅斯，姑且不論別的。你知道這點嗎？」

「知道，」瑪麗羅斯答道，「是的，我想我比你們當中任何人都要幸運。我不覺得幸福有什麼錯。有什麼錯嗎？」

沉默。大家面面相覷。然後保羅一本正經地朝瑪麗羅斯鞠了個躬：「跟往常一樣，」他恭恭敬敬地說，

「我們無以爲答。」

瑪麗羅斯重又閉上雙目。一隻鴿子突然落在對面的樹林，保羅開了一槍，但沒打中。「眞失敗。」他故作悲痛地嘆道。鴿子還在原地待著，吃驚地看了看槍響的地方，瞧見一片樹葉被保羅的子彈掀落，飄向地面。保羅退出空彈匣，慢吞吞地重又上好，瞄準，射擊。鴿子應聲而落。吉米固執地站著沒動。還是不動。而保羅就在這場內在的較量將以他的失敗告終之前，他突地站了起來，戰勝了自己，「我自己去撿。」說著他信步走過去取那隻鴿子，我們都看出吉米不得不拚命控制住自己才不至於馬上便翻身跳起，跑過草地去跟上保羅。保羅打著哈欠把死鴿子提了回來，扔在那一堆鴿子中。

「血腥味重得簡直讓人受不了。」瑪麗羅斯說。

「耐心點，」保羅道，「我們的定額就快達到了。」

「六隻足夠了，」吉米說，「我們沒人會去吃的，布斯比先生可以一個人吃個夠。」

「我當然要吃，」保羅道，「你們也會吃的。當你們面對這樣一道美味，這樣一張滿是肉汁和棕色嫩肉的香噴噴的鴿子派，你們眞以爲你們還能想起這些鳥兒那輕柔的歌聲曾被那致命的一擊粗暴地打斷？」

「是的。」瑪麗羅斯說。

「是的。」我也說。

「威利？」保羅再問，想最後做個結論。

「或許不會吧？」威利仍看著書，邊答了一句。

「女人心腸太軟，」保羅說道，「她們會一邊看我們吃，一邊隨便來上兩口布斯比太太的美味烤牛肉，而後很厭惡地嘗一小口鴿子派，因爲我們的粗野而越發地愛我們。」

「就像馬紹納女人和馬塔貝列男人在一起一樣。」吉米道。

「我喜歡去想想那種年代，」保羅說著放下手中上好膛的槍，目光投向面前的樹林：「多麼簡單。簡單的人爲著完全正當的理由，土地、女人和食物而相互廝殺。不像我們。跟我們完全不一樣。就拿我們來說——你知道以後會怎麼樣？我來告訴你們。經過像威利那樣隨時準備奉獻給他人的好同志或者是我這樣只關心自身利益的人一番努力工作，我可以預言五十年之後，此刻伸展於我們面前，只有蝴蝶和蚱蜢出沒於其間的這片美好而空曠的鄉野，就將被一座座半獨立式的房屋所覆蓋，裡面住著衣著考究的黑人工人。」

「那有什麼不對？」威利反問道。

「這是進步。」保羅說。

「是的沒錯。」威利道。

「爲什麼是半獨立式的住宅？」吉米問得極爲認眞。只要一談起社會主義的未來，他總會立刻嚴肅認眞起來。「在社會主義制度下人們住的應該是帶花園的漂亮房子或者寬敞的公寓。」

「我親愛的吉米！」保羅道，「令人遺憾的是你的經濟學知識眞是少得可憐。社會主義或者資本主義——不論是哪種制度，所有這些適合開發的肥沃的土地，對於那些投資嚴重不足的國家來說，都將以一種可能的比率得以開發——您在聽嗎，威利同志？」

「我聽著呢。」

「並且，由於政府面臨著要盡快安置大批無家可歸的人民這一首要問題，不管其制度爲社會主義抑或資本主義，都將選擇先行建造最經濟而實用的住房，最好的與更好的兩種願望總是相互違背，這一可以想像的前景便是一個工廠向著湛藍的天空吐著濃煙，四周是一片又一片廉價而雷同的住房。我說得對嗎，威利同志？」

「你很正確。」

「還有呢？」

「那並非問題所在。」

「這只是我的觀點。所以我才會老想著馬塔貝列人和馬紹納人那種純粹的野蠻。而另外一方面的原因想起來就太可怕了。那就是我們這個時代的現實了，無論社會主義或者資本主義——你以爲呢，威利同志？」

威利略作沉思，然後說：「是有著某種表面上的相似但是……」他的話被我們爆發出的一陣大笑所打斷，笑的先是保羅和我，然後是吉米。

瑪麗羅斯對威利說道：「他們並不是在笑你所言，而是因爲你每次一開口總是不出他們所料。」

「我看出來了。」威利道。

「不，」保羅說，「你錯了，瑪麗羅斯。我同時也在笑他說的話。因爲我其實深恐眼前這一切都不眞實。願上帝不讓這樣的事情發生吧，我是太武斷了，不過我眞擔心——就我而言，我將一次又一次飛離英國到海外巡查我的投資項目，很有可能也將飛越這片地區，而我會俯視那噴著煙的工廠及其周圍的住宅，想起那些快樂而詳和的、田園詩一般的日子並且……」一隻鴿子落到了對面的樹上，接著又是一隻，再一隻。保羅開了一槍，一隻鴿子被打了下來，他又開一槍，第二隻也被打中。第三隻鴿子像被彈弓彈了一下似地躥出樹林直往天空衝去。吉米站起身，走過去把兩隻血淋淋的鴿子拎回來，扔到鴿子堆中，然後說：「七隻。看在上帝的份上，夠了吧？」

「夠了，」保羅說，放下了來福槍，「現在我們趕緊沿小路去酒吧，還來得及在它開門之前把手上的血污洗掉。」

「快看，」吉米叫道。一隻比最大的蟻獅還大一號的小甲蟲正穿過高高的草叢，向這邊爬來。

「沒用，」保羅道，「這個可不會輕易就範的。」

「或許吧。」吉米說著，一下把甲蟲扯進那個最大的坑裡。接著便是一場劇鬥。那閃亮的棕色利齒一下鉗住了甲蟲，但甲蟲踹了起來，把蟻獅也拖到了坑邊上。白沙滾滾落下，小坑塌陷了，而在這方圓兩英吋不斷起伏翻滾的沙土之下，那場靜得讓人窒息的戰鬥仍在繼續著。

「假如我們聽得見的話，」保羅道，「空氣中就會充滿了尖叫、呻吟、喉音以及喘氣聲。但是如我們親眼所見，主宰著這一片沐浴著陽光的草原的是詳和與安寧。」

隨著一陣翅膀的搧動聲，又一隻鴿子落下。

「不，別。」瑪麗羅斯痛切地說，她睜開雙眼，用一隻肘撐著支起身子。但已經遲了，保羅早已一槍中的。這隻鴿子還來不及落地，又有一隻飛過來，輕輕落在樹幹頂端的一截細枝上。保羅又射，鴿子掉下，這回伴隨著一聲驚叫和一陣絕望的撲騰翅膀的聲音。保羅起身跑過草地，撿起那隻死鴿子和受了傷的另一隻。我們看見他嘴唇緊閉但神情絕然地掃了一眼那隻正在掙扎中的鴿子，擰斷了牠的脖子。

他走回來，扔下兩隻鴿子道：「九隻。到此爲止了。」他看上去蒼白而虛弱，儘管如此，他仍沒忘了向吉米遞過去一個得意而嘲弄的笑。

「我們走吧。」威利說道，闔上了書。

「等等。」吉米說。沙土現在沒動靜了。他拿一根細草稈挖進去，先是拖出了那隻小甲蟲的屍體，然後是蟻獅的。這時我們才看到那蟻獅的利齒已嵌入甲蟲的身體，蟻獅的腦袋也已蕩然無存。

「其寓意便是，」保羅道，「只有天敵才拚個你死我活。」

「可誰來決定誰是誰的天敵，誰又不是呢？」吉米又說。

「沒你的事，」保羅道，「瞧你是如何把自然的平衡給打亂的。這裡只有一隻蟻獅，卻有成百的螞蟻，本來是爲了塡飽牠的肚子的，現在全部倖免於難了。還有這隻甲蟲，死得多冤。」

吉米小心翼翼地一步步邁過布滿圓坑的亮閃閃的沙地，不敢再去驚擾那些守候在坑底的蟲子。他套上襯衫，罩住了他那汗濕的發紅的上身。瑪麗羅斯也站起來，依然是她那種溫順、耐心而堅忍的樣子，彷彿從來也沒有自己的意願。我們全都站在一處陰影的邊緣，誰都不願走進正午酷熱的陽光底下去，幾隻僅剩的蝴蝶在炎炎烈日下跟喝醉了酒似地旋來旋去，直轉得我們頭暈目眩。我們一站起來，剛才我們躺在其下休憩的林子突然活絡了起來。林子裡面的蟬已然無比耐心地沉默了整整兩個小時，只爲了等我們走掉，現在終於一隻接一隻的扯開了嗓子尖聲嘶叫起來。而近旁的那片樹林不經意間又多了兩隻鴿子，正在那裡咕咕地叫喚。保羅琢磨著牠們，手中的槍在緩緩移動。「不，」瑪麗羅斯叫，「請別。」

「爲什麼不呢？」

「求你了，保羅。」

那九隻鴿子的粉紅色的腳被紮在一起，抓在保羅那隻沒拿槍的手上，這一捆鴿子不停地晃來晃去，往下滴著血。

「這太可惜了，」保羅板著臉說，「不過爲你，瑪麗羅斯，我就忍了。」

她衝他笑了笑，並非出於感激，而是包含了她經常用此對付他的一種冷冷的責備之意。他也朝她笑笑，他那張黝黑的、招人喜歡的臉，那雙藍色的眼睛，都是一副由著她來打量的神情。他倆往前走到一起，死鴿子的翅膀自碧綠的草叢上一路拖過去。

我們三個跟在後面。

「多可惜，」吉米發著議論，「瑪麗羅斯總跟保羅唱反調。因爲毫無疑問他倆就是所謂的那種天生的一對。」他說時極力想帶點譏諷的口氣，他幾乎辦到了，但還是不完全，他對於保羅的嫉妒使他的聲音變得十分刺耳。

我們在後面看著，他們兩個，的確是完美的一對。兩個人都是那樣的輕捷而優雅，陽光照在他們那發亮的頭髮上，映得他們那褐色的肌膚也閃著光澤。然而瑪麗羅斯自顧自在走，根本不去看保羅一眼，於是後者那雙藍色眼睛看她的目光中所包含的懇切和想入非非之意便全部落了空。

回去的路上熱得讓人沒法說話。經過那座小山丘時，陽光直射在那大塊的花崗岩上，熱得人直發昏的暑氣陣陣襲來，我們趕快走了過去。一切都顯得那麼寂靜而空曠，只有幾聲蟬鳴和遠處一隻鴿子的啼聲。過了小山頭後，我們放慢腳步，邊尋找著蚱蜢的影子，發現那些色彩鮮明、緊緊夾在一起的一對對蚱蜢幾乎已全部消失。剩下的幾對，一隻騎著一隻，就像畫出來的掛衣鈎似的，上面還有畫出來似的又圓又黑的眼睛。為數已很少。而蝴蝶則幾乎已全部不知去向。間或有一兩隻有氣無力地飄過被陽光烤焦的草地。

我們都被曬得頭暈腦脹，被血腥味搞得有點噁心。

到旅館後我們沒說一句話就各自分開了。

［黑色筆記的右面，在「錢」的標題下繼續。］

幾個月前我收到一封寄自紐西蘭《石榴評論》的來信，邀一篇小說稿。我回了信，說我不寫小說。他們又來信說要「您的部分日記，假如您有這習慣的話」。回信過去說我對於出版個人日記這種事持懷疑態度。想像著去構思適合他們的口味的日記倒令我覺得十分有趣，而且是一本來自一個殖民地或者說大英國協一個自治區的文學評論雜誌；與中心文化圈隔絕的地方總是更能容忍那種比一本正經猶有過之的腔調，尤其是相對於諸如倫敦或者巴黎這種地方的編輯及其作者們來說（儘管有時我也懷疑）。以下這本日記可以屬於一個年輕的美國人，他依靠他幹保險業的父親所提供的補助生活。他已發表了三個短篇小說，第四個業已完成，是部長篇小說。他喝酒喝得厲害，不過更喜歡做的事是讓人動動腦子；偶爾也抽大麻，不過只是在他的朋友從美國來看他的時候。他對那個無文明可言的地方，美國，嗤之以鼻。

四月十六日。**在羅浮宮的台階上**。想起了多拉。那個女孩是眞遇上麻煩了。不知她現在解決了問題沒有。得給父親寫封信，他上封信的口氣傷著我了，難道我們就得這樣彼此永遠隔閡下去？我是一個藝術家——上帝啊！

四月十七日。**里昂碼頭**。想到莉莎。我的上帝，那已是兩年前的事了！我又對自己做了些什麼呢？是巴黎奪走了我的時間……得去重讀普魯斯特❺。

四月十八日。**倫敦**。**皇家騎兵衛隊廣場**。一個作家就是世界的良心。想到瑪麗。如果是爲了藝術，作家有責任背叛他的妻子、他的國家以及他的朋友。還有他的情婦。

四月十八日。**白金漢宮外**。喬治・艾略特❻是富人中的吉辛❼。必須得給父親寫信。只剩九十美金了。

五月九日。**羅馬**。**梵諦岡**。想到了范妮。我的上帝，她那一雙美腿，猶如天鵝雪白的脖頸。不知她有問我們還能找到共同語言麼？

---

❺普魯斯特：Proust（一八七一～一九二二）法國小說家。其創作強調生活的眞實和人物的內心世界，以長篇小說《追憶逝水年華》［七卷］而名聞世界。

❻喬治・艾略特：George Eliot（一八一九～一八八〇）英國女作家。主要作品是《織工馬南傳》和《亞當・比德》等。

❼吉辛：Gissing（一八五七～一九〇三）英國小說家，一生窮困潦倒，作品以否定當代社會的態度反映倫敦下層生活。

題沒有！一個作家，應該是馬基維利❽式的靈魂工程師。應該重讀托馬（沃爾夫）❾。

五月十一日。坎伯尼亞（西班牙鄉村—譯者）。想到了傑瑞——他們殺死了他。這幫畜生！好人命短。我可不想活得太長，到三十歲我就自殺。這是貝蒂說的。說這話時萊姆樹的黑影正打在她臉上，看上去活像一個骷髏。我吻了吻她的眼窩，用我的唇去感受那白骨的所在。假如下週前還得不到父親的回音的話，就出版這本日記。去他的吧。必須重讀托爾斯泰❿。他之所言的每一句都能落到實處，但是我所處的這個年代，或許現實已將詩意消耗殆盡了，我可以把他供入我的衆神殿中。

六月二十一日。霍爾斯（巴黎—地名—譯者）。和瑪麗談話。儘管客人多得她分身乏術，她還是給了我免費的一夜。上帝啊，我幾乎要熱淚盈眶，將永誌難忘！當我自盡的時候我會想起一個街頭賣淫女子無償地奉獻了一夜給我，只是因爲愛。我不會得到更多的溢美之辭。批評家才是知識分子的娼妓，而並非記者。重讀《芬妮坡》在考慮寫一篇題爲〈性是人們的鴉片〉的文章。

六月二十二日。弗洛爾咖啡館（巴黎—譯者）。時間是一條河流，順著它流逝了多少我們那星星點點的思想。我的父親要我回家。他就永遠也無法理解我嗎？爲朱爾斯在寫一篇色情作品，題目是〈腰〉。五百美金。讓老

---

❽馬基維利：Machiavelli（一四六九～一五二七）意大利政治思想家、歷史學家、作家，主張君主專制。

❾沃爾夫：Wolfe（一九〇〇～一九三八）美國小說家，著有自傳體長篇小說《天使望鄉》、續集《時間與河流》等。

❿托爾斯泰：Tolstoy（一八二八～一九一〇）俄國作家、思想家。主要作品有長篇小說《戰爭與和平》、《安娜．卡列尼娜》、《復活》等。

爹見鬼去吧。藝術是我們那遭到背叛的理想的一面鏡子。

七月三十日。倫敦。公共廁所，萊斯特廣場。啊，我們的城市夢魘中那些失落的城市！想到艾麗斯。在巴黎時我所體會到的欲望與在倫敦時截然不同。性在巴黎散發著一種叫人說不清、道不明的氣氛（原文在此係法語——譯者）。而在倫敦，性只是性。要回巴黎。我該去讀一讀波舒哀⓫嗎？我已在看第三遍我自己寫的《腰》這部小說。寫得好極了。雖然沒有把自己最好的一面寫進去，但也是次好的一面。色情文字才是五十年代眞正的新聞作品。朱爾斯說他將只付給我五百美元的稿酬。這雜種！給父親拍了電報，通知他我完成了一部作品並即將出版。他給我寄來了一千美金。在麥迪遜大道⓬的眼裡，《腰》充其量不過只是一粒唾沫星子。得去讀斯湯達爾⓭。

認識了年輕的美國作家詹姆士・沙弗。給他看這本日記，他也來了興致。於是我們一同又策劃了一千字左右的篇幅，他把它們寄給了美國的一本小型刊物，稱這是一位羞於投稿的朋友所作。結果它被登了出來，他帶我出去吃午飯，以示慶賀。席間告訴我如下的事：一個名叫漢斯・P的評論家，極爲自命不凡的一個傢伙，寫了一篇文章評論詹姆士的作品，說他的作品內容十分不健康。這位評論家就要來倫敦。詹姆士以前一直十分冷落這位漢斯・P，因爲他不喜歡他，但這回他特地拍了一封充溢著阿諛奉承之辭的電報到機場，又

⓫波舒哀：Bossuet（一六二七～一七〇四）法國天主教主教。

⓬麥迪遜大道：Madison Avenue，意指美國廣告業。

⓭斯湯達爾：Stendhal（一七八三～一八四二）法國小說家。十九世紀法國現實主義文學先驅，代表作有長篇小說《紅與黑》、《巴瑪修道院》等。

差人將一束鮮花送到飯店。當漢斯・P從機場抵達飯店時，他已在門廳迎候，手拿一瓶蘇格蘭威士忌和另一束鮮花。之後他又充當了他倫敦之行的導遊，令漢斯・P頗有受寵若驚之感。漢斯・P在倫敦逗留了兩週，詹姆士一以貫之，對漢斯表現得必恭必敬。漢斯・P臨走的時候站在一個很高的道德高度上說：「你當然了解我是從來不允許個人感覺來干擾我做爲一個評論家的良心的。」對此詹姆士回答：「本人深感墮落。」他這麼對我說的。——「是呵，不過是呵，我也看到了，但是小伙子，這是溝通的問題——是呵。」兩週後漢斯・P又寫了一篇關於詹姆士作品的評論文章，其中說詹姆士作品中所體現那種道德沉淪更多的是年輕人的憤世嫉俗，是對現實生活的一種誠實態度，而並非作者本人的生活觀。詹姆士在地板上打著滾笑了一下午。

詹姆士與通常意義上的青年作家正好相反。一般來說，他們開始的姿態都會盡可能的天眞，在有意無意間，他們是在以天眞的外表保護自己。但是詹姆士從一開始就離經叛道。比如，面對一個聲稱要將他的一部作品搬上銀幕的導演，自然是那種常規的電影，「我們會完全尊重原著，當然仍要做一些改編」——詹姆士會用一整個下午，不動聲色地做出熱切不已的樣子，給他們提供離題越來越遠的改動意見，說是一切爲了票房。弄得那導演反而一分鐘比一分鐘坐立不安起來。不過，據詹姆士說，你所能想出的任何一條改動意見都不會比他們打算做的更爲匪夷所思，所以他們永遠也不知道他是不是在笑他們。然後他離開他們，帶著一種似乎「激動得難以言喻」的心情。「莫名其妙的是」，他們似乎眞生氣了，以後便再也不跟他聯繫。或者又如在某個社交場合，某位稍微表現出自命不凡的評論家或者名流，詹姆士便會坐到他或她的跟前，一副刻意討好的樣子，且恭維之辭不絕於耳。事後他會笑個不停。我對他說他這樣做很危險，他則回答說這並不比做一個「天性正直的誠實的年輕藝術家」來得更危險。「正直，」他說，一臉聰明的樣子，搔了搔褲襠，「是罩在金錢外面的一塊紅色破布，或者也可以換種說法，正直就是窮人的遮羞布。」我說這樣講也沒什麼不對，不過——他打斷我道：「行了，安娜，那麼你對這些裝腔作勢的人和事又會怎麼說？你跟我之間又有什麼區別？」

我承認他說得沒錯。然後，我們從這個年輕美國人的日記成功發表這件事上又找到了新的靈感，我們決定再創作一部，這回的作者是位剛進入中年的女性，她在一個非洲殖民地待了好幾年，生性易感因而受盡折磨。這部稿將投給《頂點》的編輯魯珀特，他一直在問我要「近期的一些作品」。

詹姆士曾見過魯珀特，很討厭。魯珀特是個多愁善感的人，無精打采的樣子，有些歇斯底里，同性戀，十分聰明。

復活節。肯辛頓的俄羅斯東正教教堂的大門正好開在二十世紀大街的中段。在若隱若現的陰影中，是香煙繚繞，是心懷古老的虔誠頂禮膜拜的信徒。空曠而寬闊的樓層。幾個神父正全神貫注地主持著他們的儀式。幾個信徒跪在堅硬的木質地面上，往地上叩頭。就幾個人，不錯，但卻是眞的。這就是現實。我知道這現實。不管怎麼說，這是人類的大多數，他們把自己託付給了宗教，異教徒只是少數人。異教徒嗎？啊，對於貧乏得沒有信仰的現代人來說這眞是一個令人開心的詞！別人都跪著，而我還站著。我，頑固的我呵，我感覺得到我的雙膝在打彎，我是唯一拒不下跪的人。神父們面容莊嚴、祥和、男性。幾個快樂而面容蒼白的少年一臉虔誠的肅穆，很可愛的樣子。耳邊響起充滿男性之雄渾力量的俄羅斯歌曲。我的雙膝快支撐不住了……我發現我竟已跪下。我那總能堅持到底的小小的自我上哪兒去了？我管不了那麼多了。我意識到一種更深刻的情緒。淚眼模糊中我似乎覺得那幾個莊嚴的神父在搖晃，且面目不清起來。這已經太過了。我踉踉蹌蹌地站起身，逃離了這個地方，它不屬於我；這份莊嚴，不屬於我……我是否從此以後最好別再把自己描述爲一個無神論者，而稱自己爲不可知論者更合適？無神論者這個概念有時候是如此的空洞，尤其是當我想到（例如）那些神父那種高貴的熱誠之時。那麼不可知論者就比較搭調了？還得赴那個鷄尾酒會，我要遲到了。不打緊，伯爵夫人不會注意的。我總是覺得如此悲哀，去做皮雷利伯爵夫人……眞讓人提不起半點精神，是因爲我曾做過四個著名男子的情婦？不過我想我們每個人在這個冷酷的世界中都需要戴上一副小小的面具。酒會像往常一樣擠滿了倫敦文學界的名流菁英。立刻發現了我親愛的哈里。我是多麼喜歡這一類個子高高的、前額蒼白、俊馬一樣的英國人——多麼高貴。我們在酒會那一片烏鴉鴉的嘈雜聲中交談。他建議我在《戰爭邊緣》的基礎上寫一個劇本，只側重於原作中殖民地背景之上的核心悲劇，即白人的悲劇。這是對的，當然了……關於貧富，關於飢餓、營養不良、無家可歸。這種平淡無奇的落魄人生（是他的用詞——多麼敏銳，這一類型的英國男人具有多麼眞實的感性，遠勝過任何女人的直覺！）怎麼能與現實相比，與白人現實中的窘境相比？聽他說著，我對自己這部作品有了更深的理解。我又想起了僅僅在一英哩之外，那些跪在俄羅斯教堂冰涼的地面上以前額叩地的人，是怎樣心懷著對於一種更深刻的眞理的敬意。我的眞理呢？啊不！無論如何我已決定從今以後我將稱自己爲不可知論者，而非無神論者，並且明天我要和我親愛的哈里共進午餐，商討我的劇本。在我們分手的時候，他——十分輕柔地——用力握了握我的手，是一種沁涼而全然是詩意的壓迫力。我回了家，我的思緒比任何一刻都更貼近現實本身。然後，我靜靜地上了我那張清爽的、窄窄的床。每天更換乾淨的床單讓我覺得有無比的必要。啊，是怎樣一種感官的（不是肉欲）愉悅在身體中蔓延，帶著沐浴後的芳香，躺在沁涼而潔淨的床褥之間，等待著睡意的悄然降臨。啊，多幸運的你……

復活節星期日

我與哈里共進了午餐。他的屋子太迷人了！他已經爲這齣戲構思出了一個輪廓。他認爲他的親密朋友弗雷德爵士就可以擔任主角，當然，在尋找贊助人方面絕不會有通常的麻煩。他建議將原作中的情節進行一點小小的改動。一個年輕的白人農場主人應該注意到一個美貌異常而且聰明過人的黑人少女。他試圖去影響她，使她能自覺地去學習和提高自己，因爲她的家庭就是當地土著黑人。但是她誤會了他的動機而愛上了他。然後，當他（噢，如此婉轉地）對她解釋了他的眞正意圖之後，她立刻變成了個潑婦，對他破口大罵，極盡挖苦。他全部承受了下來。但是她卻去叫了警察告他蓄意強姦。他同時還得默默地忍受來自社會的非難。他被送進監獄的時候只用自己的雙眼指責她的行爲，她這才羞愧難當地轉過了身去。這將是一部眞實而富有震撼力的戲！它象徵著，正如哈里所言，具有高尚精神境界的白人走入了歷史的困境，被拖入非洲的荒蠻泥潭之中。如此眞實，如此尖銳，如此的令人耳目一新。具有一種逆流而上的眞正的勇氣。從哈里那兒出來後我走回家中，現實以它白色的翅膀敲擊著我的心弦。我把步子放得很慢，這樣才不至於錯過那每一點美好的體驗。然後我就上了床，帶著浴後的芳香在乾淨的床上，讀哈里借給我的《效仿基督》。

我覺得所有這些都有點兒沒頭沒腦的，但詹姆士說不，他說他絕對能忍受。詹姆士似乎應該是對的。不過我那很難得一現的感性因素在最後一刻起了作用，我決定將它作爲隱私保留。魯珀特給我送了張便條來，說他十分理解，有些純私人化的體驗是不便公開的。

〔黑色筆記在這兒用別針別了一頁紙，上面是一篇小說稿的複印，是詹姆士．沙弗應某本文學刊物之約瀏覽了十幾本小說之後拼湊出來的。他把這篇東西寄給編輯，建議他們用這篇來頂替他們原先所約的評論稿。編輯的回信中也表示了對這篇小說稿的熱情，希望能允許他們發表於刊物中——「不過您的評論在哪裏呢？沙弗先生，我們想這期就發表。」話到此詹姆士和安娜便明白他們這回算是落空了；世界上有些事情是不可能仿效的。詹姆士於是就這十幾篇小說認認眞眞寫了一篇評論文章，將它們逐一分析過來，洋洋千言。安娜與他再也沒寫過拼湊性的故事。〕

芭蕉葉上的血跡

弗……，弗……，弗……，芭蕉樹幽靈一般悄聲地對蒼老的非洲上空的月亮唱著，一邊用葉子將風一一地篩過。幽靈。時間的幽靈和我的痛苦的幽靈。夜鷹的黑色翅膀，夜飛蛾的白色翅膀，剪碎了月亮的影子。弗……，弗……，芭蕉樹說，而映在隨風而動的樹葉上的月色痛苦地轉成了蒼白色。約翰，約翰，我的棕色皮膚的姑娘唱著，她交叉著雙腿坐在屋檐下的夜色中，月亮把她的眼睛變得神秘而幽深。我在夜晚親吻過那雙眼睛，那雙無情的悲劇中受難者的眼睛，不要再如此冷漠了吧，非洲！因爲芭蕉葉即將衰老而變成深紅色，紅色的泥土則會更紅，紅過我那黑色的愛人新上的唇紅，而她就在那店中被那利欲薰心的白人商人強暴了。

「現在別動了，睡吧努尼，月牙尖尖充滿了威脅，而我要掌握我的和你的命運，還有我們這些人的命運。」

「約翰，約翰。」我的姑娘吸著氣道，她嘆息聲中帶著的渴望正如那閃閃發光的樹葉在召喚著月亮的照耀。

「現在該睡了努尼。」

「可是我的心靈因爲對命運的不安和罪惡感而漆黑一團呢。」

「睡吧，睡吧，我不恨你我的努尼。我總是看到白種男人的眼睛鈎子一般直盯著你晃動的臀部我的努尼。我都看到了。清楚得猶如我看得見芭蕉樹葉對月亮的回應，還有那白色利箭一般的暴雨如何穿透我們這塊野蠻生番的土地。睡吧。」

「可是約翰，我的約翰，對你的背叛讓我良心難安，我的男人，我的愛人，但是我是被迫的，那不是眞正的我。」

弗……，弗……，芭蕉葉說著，夜鷹厲聲叫著，似要抹殺掉那已然灰黯無光的月亮。

「可是約翰，我的約翰，只是爲了一隻小小的唇膏，爲了買一隻小小的唇膏，我的雙唇渴望著它，想爲你而變得更美麗，爲了你啊我的愛人，當我買它的時候我發現了那雙冷酷的藍眼睛，正熱辣辣地盯在我處女的腿上，然後我就跑了，從那家店裡一直向你跑回來，要向我的愛人跑回來，我的唇是爲你而紅艷的，只爲你啊我的約翰我的男人。」

「現在睡吧，努尼。別再叉著雙腿坐在月亮的陰影裡讓它笑話了。別再坐在那兒爲你的痛苦而哭泣，你現在所體會到的痛苦也是我的痛苦，是我們這個民族的痛苦，永遠都是如此我的努尼我的姑娘。」

「可是你的愛呢，我的約翰，你對我的愛在哪裡啊？」

啊，仇恨如一條口吐紅焰的黑暗中的蛇，蜿蜒著滑過芭蕉樹的根部，在我蛛網纏結的胸腔中燃燒著。

「我的愛，努尼，是你的，也是我們的民族的，還屬於那條吐著仇恨的火焰的蛇。」

「啊唉，啊唉，啊唉！」我的愛，我愛的努尼尖聲叫著，那聲音像是要刺穿她那神秘的子宮，那讓那個白人燃燒著欲望的地方，渴望占有的地方。

「啊唉，啊唉，啊唉！」這悲鳴聲發自茅草小屋裡的老婦人們，她們聽到了隨風傳過去的我的決心，還有那被蹂躪的芭蕉葉發出的嗚咽。**風聲啊，去把我的痛苦大聲地傳給自由世界聽吧，在地上回應的蛇啊，爲我去咬這個無情無義的世界的後腳跟吧！**

「啊唉，啊唉，我的約翰，那麼我腹中的孩子該怎麼辦呢？他壓得我的胸口沉甸甸的，這孩子我要奉獻給你，我的愛，我的男人，而不是給那可恨的白人店主，他在我驚慌外逃的時候絆著了我的腳後跟，我摔倒在地上，地上的塵土是什麼也看不見的，那是太陽落山的時刻，那一個時刻整個世界都被那永不會老去的黑夜出賣了。」

「睡吧，睡吧，我的姑娘，我的努尼，這孩子屬於這個世界，他將承擔命運的重荷，承受那神秘的混血帶給他的苦難，他是一顆復仇的種子，我全部仇恨的化身。」

「啊唉，啊唉。」我的努尼尖聲叫著，在茅草小屋的屋檐下痛苦地蜷縮著，眼神深不可測。

「啊唉，啊唉。」老婦人們悲嘆著，聽到了我的堅強決心，她們是生活的見證者，她們的子宮已然乾枯，但在她們的茅草小屋中她們能聽到最無聲的吶喊。

「現在睡吧，我的努尼。許多年以後我會再回來。但此刻我要做一個男人應做的事。不要攔我。」

月光下有深藍色和綠色的幽靈，被我的仇恨一一分解開來的幽靈們。而芭蕉樹下那紫色的塵土中是深紅的蛇。它們中間是無數的答案，那個答案，在成千上萬個決心之後的那個答案，還有那個決心。弗……，弗……，芭蕉葉說道，而我的愛人在低吟：「約翰你要離開我去哪兒，我的腹中充滿了對你的渴望啊，我會一直在這裡等你。」

我現在就去城裡，到那荷槍實彈下灰濛濛的大街上去找那個白人，我會先找到我的弟兄們，把那條吐著仇恨的火焰的蛇也交到他們手上，我們將一起把那欲火中燒的白人揪出來，殺了他，讓芭蕉樹不再生出異果，讓我們這塊被蹂躪的土地不再哭泣，讓心靈的塵土在雨水中沖刷乾淨。

「啊唉，啊唉。」老婦人們尖聲叫道。

這是在月色陰森的夜晚發出的淒厲叫聲，是無名謀殺中的慘叫。

我的努尼輕手輕腳地走進了小屋，她和她的孩子，月光下紫綠相間的陰影中空了，那兒空了，我的心中卻已裝好那復仇的決心。

黑檀樹上的閃電憎恨著樹葉，玫瑰木樹上的驚雷則劈死了大樹，番木瓜樹甜蜜的果實收到了靛藍色的復仇之火。弗，弗，芭蕉葉說，在蒼老的月亮下鬼影一般。而我要走了，我對芭蕉葉說。一陣又一陣異乎尋常的顫慄撕碎了橫遭打擊的森林那些縱橫交叉的夢想。

我義無反顧地往前走去，塵土的回聲在隱隱約約的時間中湮沒了下去。我走過芭蕉樹，還有那我所鍾愛的仇恨之蛇，它們在我身後唱著：去吧，男人，去到城裡復仇。而芭蕉樹葉上的月亮變得緋紅，唱著弗，弗，尖叫著，高喊著，嘯嘯作聲，噢紅色我痛苦的顏色，緋紅是我交織於心中的痛苦，噢紅色與緋紅色的我的仇恨正從與月亮對吟的樹葉上一點一點滴下。

〔這裡別了一頁從《蘇維埃文學》上剪下來的關於《戰爭邊緣》的書評，上面的日期是一九五二年八月。〕

在這部令人鼓舞的處女作中所揭露出來的英殖民地的剝削委實令人震驚，一部在反對者密切審視之下寫作並得以出版、將英帝國主義背後的眞相公之於衆的大膽之作！無論如何要欽佩這位年輕作家的勇氣，但她那受社會責任感驅使的正義之舉不應使我們忽略她在描寫發生在非洲的階級鬥爭時所使用的錯誤手法。故事敍述的是一位年輕的飛行員，一個眞正的愛國者，在偉大的反法西斯戰爭中以年輕的生命爲國捐軀，故事描寫他如何先是陷於一個所謂的社會主義者的小群體中，其實他們是一群遊戲於政治，頹廢的白人征服者。與這幫富有的貴族社會主義者在一起只令他感到厭倦，他終於把注意力投向了底層的勞苦大衆，於是他結識了一個單純的黑人少女，她幫助他認識到眞正的勞動階級的生活現實。然而這裡卻正是這部動機良好卻被誤導了的小說的致命之處。因爲一個出身於英國上流社會的年輕男子憑什麼會跟一個廚子的女兒走到一起？一個作家在通往藝術的眞實性這條路上所苦苦尋找的應該是具有代表性的人和事。這種格局便沒有，也不可能有任何典型意義。假設這位年輕作家敢於拿出眞眞正正的勇氣，將她的男主人公塑造成一個工人階級出身的白人，而女主人公則爲黑人工人，會怎樣呢？假如是這樣一種設計，她也許已找到了一種方式，無論是政治意義上的，還是社會意義、精神意義上的，從而有可能爲未來非洲爭取自由的鬥爭燃起一線光明。這部小說中勞苦大衆在哪裡？具有階級意識的鬥士在哪裡？他們根本就沒有出現。不過別讓這位富有才華的年輕作家氣餒吧！藝術的高峰正是讓志向高遠者來攀登的！前進吧！爲了全世界！

〔《蘇維埃報》所載關於《戰爭邊緣》的書評，日期是一九五四年八月。〕

壯麗而原始的非洲！這部描寫戰爭期間發生在非洲大陸平原和叢林深處的一個故事的小說不過才從英國抵達，但是一經打開，便放射出了多麼耀眼的光輝。

毫無疑問，藝術中的典型性格與科學性的類型觀念，無論就內容還是形式來說都是大異其趣的。因此，當作者在開卷之初引用一段讓人聯想起西方社會學家那種老一套的話時，其實也包含了一種深刻的眞實性：「據說，亞當是因爲偷吃了禁果才犯了原罪。我要說那是因爲他提出了自己的需要，是因爲他有了自我，我的意志，我以及諸如此類」——於是我們毫無理由地以一種迫不及待的心情去讀她的作品。無論如何讓我們迎接她所給我們帶來的東西，充滿信心地期待著，也肯定她會做到，當她慢慢懂得一個眞正的藝術家應該有一個革命的人生的時候——給我們帶來明確的內容、深刻的思想、人性，當然還有藝術質量。隨著故事的深入，這一感覺愈發強烈起來：人性在這片依舊未被開發的大陸上的演變是多麼的高貴，具有多麼眞實的深度呵；這種感覺始終伴隨著你，不時喚起你心中的共鳴。因爲那個年輕的英國飛行員，還有那個天眞的黑人少女，令人過目難忘。感謝作者那令故事扣人心弦的能力吧，其未來的潛力尚且不可限量。親愛的作者，我們讀者異口同聲地要對您說：努力吧！記住藝術需要沐浴著眞理之光！記住在關於非洲以及全體第三世界國家的文學中，要結合其強大的民族解放運動而創建全新的實實在在的理想主義體裁，這是一個相當艱難而錯綜複雜的過程！

（《蘇維埃殖民地自由文學》雜誌所載關於《戰爭邊緣》的書評，日期一九五六年十二月。）

在非洲反抗帝國主義壓迫的鬥爭中也有它的荷馬和傑克·倫敦。同時也有出色的心理學家，也並非無一點可取之處。而當廣大的黑人民衆還在跋涉之中，當每天都有新的英雄人物站到民族主義運動的前列，對這樣一部記敍了一個發生於一位畢業於牛津大學的英國年輕軍官和一位黑人少女之間的愛情故事，我們又能說些什麼呢？在這本書中她是唯一來自人民的代表，然而她的性格仍是模糊的，缺乏深入的，並不能令人滿意。不，這位作者應該去學習一下我們的文學，那種健康而進步的文學，那是任何人都會受用無窮的。這是一部消極的小說。我們可以從中察覺到弗洛伊德的影響。還有一種神秘主義的成分。至於小說中所描繪的那群「社會主義者」，作者試圖諷刺卻並沒有做到。文中有些內容是不健康的，甚至行文中也有含糊其詞的成分。讓她去學學馬克・吐溫吧，那種健康的幽默才會讓進步讀者覺得如此可親，去學學他是如何讓人們對那些被歷史所拋棄的僵死、落後而陳舊的東西發出笑聲的吧。

♠〔紅色筆記本繼續：〕

一九五五年十一月十三日

自史達林於一九五二年去世之後黨內便進入了多事之秋，按老資格的人的說法，這在以前是根本不可能的。前黨員和現黨員們一群一群地聚在一起討論黨內將發生什麼變化，無論是莫斯科還是英國。第一個要我參加的會議（這時我退出黨籍已有一年多），其成員包括九名黨員和五名前黨員。並且我們這些前黨員這回沒有一個人像從前那樣受到諸如「你是叛徒」之類的指責。我們被當作社會黨人看待，得到了充分的信任。討論進行得十分緩慢，這時已形成了一個模糊的計劃——要在黨的機要部門撤換「僵化的官僚」，這樣一來共產黨就會徹底改變，變成一個眞正的英國黨派，毋須再向莫斯科令人厭煩至極地效忠，也沒有義務再言不由衷，等等，成爲一個眞正的民主黨。我發現我又一次置身於一個充滿興奮的心情而決心堅定的人群中——而其中好些人退出黨都有許多年了。這一計劃可以概括爲：(a)對那些經過多年的無所事事和欺上瞞下思維已老糊塗了的那些「老傢伙們」，黨要予以剝奪權利，並責其聲明與過去斷絕一切關係。這是首要的。(b)破除以往與國外一切共產黨派的聯繫，期望他們也在整頓中，並與過去脫離了關係。(c)召集成千上萬曾爲共產黨員的人以及那些曾出於厭惡而退黨的人，一起來參加復興的聚會。(d)要……

〔在這兒紅色筆記開始塞滿有關俄羅斯共產黨第二十屆全會的剪報，各類人士關於政治的信件，以及政治會議的議事日程，等等。這一堆紙片用一根橡皮圈紮住，釘在這一頁上。接下來又是安娜的手跡：〕

一九五六年八月十一日

我意識到我並非是第一次這樣幾星期以至幾個月地投入到狂熱的政治活動中最後卻一無所獲。更有甚者，我很有可能早已預計到這個結果了。第二十屆全會雲集了比以往多出一兩倍的人員，黨內外人士都有，都想看到一個「新的」共產黨。昨晚我參加了一個差不多開到凌晨的會。快到結束的時候，一個奧地利社會黨人，他之前一直未發一言，做了一個頗幽默的簡短演說，大致內容是：「我親愛的同志們，我一直在傾聽諸位的發言，其中所體現出來的人類的忠誠之源實在驚人！你們的發言總合起來可以歸結如下：你們知道由男人和女人組成的英國共產黨的領導層在經過史達林時代這麼多年的積累之後已經徹底腐敗。你們知道他們將會不惜一切去保住他們目前的位置。這些你們全都清清楚楚，因爲今天晚上你們已在此舉了數不清的例子，他們壓制議案的執行、操縱選票、壟斷會議、撒謊、欺騙。用民主的手段根本無法將他們轟出辦公室，這部分是因爲他們太肆無忌憚，部分則是由於一半的黨內成員天眞得難以相信他們的領導會玩這樣的欺騙伎倆。但是每回你們說到這兒你們就慢吞吞地打住了，明明到了該做一個顯而易見的結論了，你們卻轉而去談些白日夢，那口氣就好像你們要做的就只是呼籲那些領導同志們趕快全體辭職，因爲他們要這麼做了就會爲黨帶來最大的利益。這就好比你們提議去懇請一位職業竊賊退休，因爲他的快手給他的職業帶來了惡名。」

我們哄堂而笑，但討論還在繼續。因爲他話中盡是調侃的口氣，也就沒有必要嚴肅的予以回應。

事後我又想起這個插曲。很久以前我就認定在一個政治性的會議上，眞理往往就是從這樣的言論或者當時不經意間的一句話中脫口而出的，因爲它的調子不屬於會議。它們或者是幽默的，或者是諷刺的，甚至是憤怒或者不滿的——然而這才是眞話，而所有那些長篇演說和報告統統不過是廢話。

我剛剛看了我在去年十一月十三日寫的日記，我眞要驚訝於我們的天眞。不過相信有可能會產生一個嶄新的、誠實的黨還是很讓我受鼓舞。我眞的相信這完全是可能的。

一九五六年九月二十日

一直沒再去參加任何會議。有消息說將要重建一個全新的「眞正的英國共產黨」做爲試點，同時對現存的這個共產黨進行改組，當然我也是聽說。人們在思考這兩個互爲對手的共產黨將如何共存，不過顯然也並不憂慮。兩個黨派的大半精力必將用於相互攻擊和詆毀，互不承認對方是共產黨。但是就算這樣也並不比用民主手段把老傢伙們「扔出去」，並從黨的「內部」進行改革的提議愚蠢多少。愚蠢。但是我卻埋頭在裡面好幾個月，就像成百上千別的一點兒不笨的人們那樣，只因爲有多年投身政治的經歷。有時候我想若說有一種經歷是人無法從中學得任何經驗的，那便是政治經歷了。

人們成批成批地從共產黨的陣線上退下來，傷透了心。具諷刺意味的是他們是在爲自己之前的單純和忠誠而無比傷心以至徹底懷疑起來。像我這樣幻想少得多的人（我們都是持有一些幻想的——我的幻想是使反猶太主義成為「不可能」）倒是一直比較鎮靜，而且隨時可以重新振作，我們已經接受了這樣一個事實，也就是說英國共產黨終將慢慢退化為一個很小的黨派。喧囂塵上的新說法是「重思社會主義的位置」。

今天莫莉給我打來電話。托米參與了一群年輕的社會黨人組成的新團體中。莫莉說他們在談話的時候她就坐在一個角落裡聽著。她覺得彷彿「一下子年輕了一百歲」，當初她第一次接觸到共產黨時就是這感覺。「安娜，這眞不可思議！這一切太奇怪了。就說他們這幫人吧，既沒有時間追隨共產黨，這倒也很正常，同時也沒時間去追隨工黨，要是這麼一來就很解釋不通也沒什麼可大驚小怪的，他們有那麼百來人，全英國各地都有，他們說起話來的那種口氣就好像英國最多再有十年就會變成社會主義國家，當然是通過他們這些人的奮鬥。你知道，就好像一個嶄新而美好的社會主義英國不日即將誕生，而他們將成為主人翁。我都覺得他們跟瘋了似的，要不然就好像是我瘋了……可問題在於，安娜，他們就跟我們當初一模一樣，難道不是嗎？甚至他們中間現在通行的行話也與我們如出一轍，這麼多年來我們都在拿這些行話彼此說笑，現在倒成了他們的發明了。」我說：「但是莫莉，你肯定更願意他變成一個社會黨人，而不是某一類職業人士吧？」「不過，當然了。這很自然。問題是，安娜，他們難道就不能比我們聰明些？」

♠〔黃色筆記繼續：〕

第三者的陰影

小說在此所指的「第三者」，先前是保羅的妻子，繼而變成由關於保羅妻子的想像中幻化出來的另一個年青的艾拉，然後又變成關於保羅的記憶，最終才是艾拉自己。在艾拉精神崩潰和瓦解之際，她一把抓住了那個完整、健康而快樂的艾拉。連結這幾個不同的「第三者」之間的紐帶一定要十分清晰：這紐帶便是正常，但其實並不止此，它更意味著要維持一種「體面的」生活所必要的習慣、態度或者情緒，而實際上這正是艾拉所根本拒絕的生活方式。

艾拉搬進一所新公寓。茱麗亞十分不滿。原來她們的關係中那點讓人琢磨不透的微妙處，在茱麗亞的這種態度之下倒一下昭然若揭了。茱麗亞在兩個人的關係中一直處於支配地位，而艾拉也就任其支配，或者至少她顯得如此。茱麗亞從本質上來說是個性情寬厚的人——善良、熱情、肯付出。然而她現在已過分到去找她倆共同的朋友訴苦，說艾拉占了她多少好處，是在利用她。而艾拉此刻則一個人與兒子待在這一大套尚需要清掃和粉刷的又髒又醜的公寓裡，想到，從某種意義上說茱麗亞的怨言並沒有錯誤。她一直以來更像是一個心甘情願的囚徒，有著囚徒一般隱密於心頭的不羈本性。離開茱麗亞的家就好像女兒終要離開母親一樣。或者，她不無幽默地想到又一個解釋，記得保羅曾很不友好地開玩笑說她「嫁給了茱麗亞」，那麼現在就像是一個婚姻的破裂。

艾拉有一段時間比任何時候都更孤獨。對與茱麗亞友誼的破裂她想了很多。因爲她對任何人都沒有像對茱麗亞這麼親近，假如「親近」便意味著對彼此的信心和共同體驗的話。然而這份友誼到現在卻只剩了怨恨和不滿。而且她仍忍不住要去回想離開她已很久的保羅。到現在已有一年多了。

艾拉很明白，與茱麗亞一起生活，便意味著她擁有了一層保護色，而絕不會招致某一類關注。她現在完完全全地成了「一個獨自生活的女人」，而這一概念與「兩個女人合住一套房」是完全不同的，儘管對此她以前從來沒想到過。

舉個例子來說，她搬進新公寓三週後，威斯特大夫就來了電話，告知他的妻子度假去了並請她吃晚飯。艾拉去了，難以置信，這並不是一次公事方面的晚餐，儘管關於妻子不在家的事兒他倒是說得愼之又愼。吃著吃著艾拉終於搞明白威斯特大夫是想跟她發生婚外關係。她還記得保羅離她而去之時他曾多麼小心翼翼地傳給她那些不善之辭，想到他大概早已暗中記了她一筆，等著今天這樣的機會來跟她清算。她同時很清楚，假如她今晚拒絕了他，他會馬上開出另一張有三、四個女人的名單來，因爲他在那兒不屑地說：「別人有的是，你知道。你總不會指責我，讓我一個人孤零零的吧。」

艾拉觀察著辦公室裡的動向，終於，將近某一個週末的時候，她發現派翠西亞·布倫特對威斯特大夫的態度發生了一百八十度的變化。原先那個冷峻、幹練的職業婦女形象現在一變而爲溫柔，幾乎少女似的了。派翠西亞是威斯特大夫最後的一個選擇了，因爲他曾試過兩個女秘書但均未成功。艾拉暗中觀察著，幸災樂禍地看著威斯特大夫終於把這場追逐結束在對他來說最糟的選擇上；同時因同爲女性而憤慨於派翠西亞·布倫特竟會是一副感恩戴德而且受寵若驚的模樣；又替她感到害怕，因爲接受威斯特大夫的恩惠很可能便斷送了她在此間的前途；又好氣又好笑的則是當威斯特大夫被她自己拒絕之後，曾特別對她聲明：你可以不要我，但是你看，我並不在乎！

而所有這種種情緒竟是強烈得讓她難以忍受，根源則是與威斯特大夫根本無關的怨氣。艾拉很不喜歡這種感覺，並爲此而感到羞愧。她自問爲什麼就不能替威斯特大夫想想，一個沒有幾分魅力的中年男人，娶了一個說得上能幹卻很可能是乏味的妻子，爲什麼他就不可以給自己尋找點浪漫？但再怎麼想也沒用，她依舊痛恨而且鄙視他。

在一個朋友的家裡碰到了茱麗亞，兩人之間顯得很僵。艾拉「碰巧」跟她聊起了威斯特大夫。兩個女人很快又跟朋友似的了，就好像從來也沒鬧僵過。但是她們此刻的朋友關係完全是建立在對於男人的評論上的，而這一點在她們以前的關係中永遠處於從屬地位。

艾拉關於威斯特大夫的事也引發了茱麗亞的另一個故事：一位與茱麗亞同在一個戲院的男演員有一天晚上送她回家並且上樓來喝了咖啡，他坐在那兒開始抱怨他的婚姻。茱麗亞對艾拉說：「我跟平常一樣好心好意地給了他許多建議，可是這麼沒完沒了地聽下去我煩得都快要叫出來了。」捱到凌晨四點鐘，茱麗亞客氣地說她實在是累了，而他也該回家了。「但是親愛的你可以想見，這在他是一種極大的挫敗。我都看得出來，那天晚上他要是搞不定我的話，他的自尊心就會徹底完蛋。所以我就跟他上了床。」那男人陽痿了，茱麗亞倒也不以爲意。「到了早上，他問他晚上是否還能再過來。他說，我至少應該給他一個可以挽回的機會。不管怎麼說他還算有點兒幽默感。」於是這個男人與茱麗亞又過了一夜。結果也沒好到哪裡去。「自然他四點鐘就得離開，這樣他家裡的那個小婦人就會相信他是工作到這麼晚了。臨走前他轉過頭來對我說：『你是個性冷感的女人，我第一次見到你就覺得了。』」

「天啊。」艾拉道。

「沒錯，」茱麗亞狠狠地道，「滑稽的是，他是個好男人，我的意思是，我從沒想到這種話會從他的嘴裡說出來。」

「你就不該跟他上床。」

「可你也知道那種情形——總會碰到那種時候，當一個男人的男性尊嚴看上去受到了傷害的時候，你就會看不下去，你就會想去幫他一把。」

「這話是不錯，可他們事後就會盡可能狠狠地把我們一腳踹開，我們憑什麼幫他們？」

「是啊，可我就是從來也吸取不了教訓。」

幾週後，艾拉又見到茱麗亞，告訴她說：「有四個男人給我打電話來說他們的妻子不在，這四個人我以前可連半點都沒招惹過，而且每次電話裡的聲音都還有些忸忸怩怩的，一副討好樣兒。這眞是不可思議——你很熟悉的一個男人，同事了許多年，然後因爲他們的妻子要離開一段時間，就足以讓他們的聲音也變了，而且他們似乎滿心以爲你迫不及待地要跟他上床呢。你覺得他們那些腦袋裡都是怎麼想的？」

「最好是不去想。」

艾拉一時間有一種想去安撫茱麗亞的衝動，對她說（她說時就意識到這就好像她有時會覺得有必要去取悅或者寬慰一個男人一樣），「好吧，不管怎麼說，我住在你那兒的時候就沒這種事。這本身就挺奇怪的，不是嗎？」

茱麗亞的臉上掠過一絲得意之色，像是在說：這就是了，在有些方面我對你是有好處的，而後……

接下來的一刻兩個人都覺得有些彆扭。出於一種膽怯之心，艾拉沒有去說茱麗亞在她離去這件事上表現得很沒風度，也沒有再要求「打開天窗說亮話」。而在這種讓人不舒服的沉默中，隨著那句「這本身就挺奇怪的，不是嗎」，一個想法很自然地就冒了出來——他們會不會認爲我們是同性戀？

艾拉也曾想到過這一點，那時是出於好玩。這時她轉念又想：不。假如他們認爲我們是同性戀，他們早就蜂擁而至了，這對他們是很有吸引力的。我所認識的任何一個男人只要一談起同性戀來，都是津津有味的樣子——不管明顯還是不明顯。這是他們那叫人不可理喻的虛榮心的一面：以爲他們是那些迷途婦女的救世主。

艾拉的腦中一一閃過這些尖刻的字眼，不由得渾身一震。回到家後她試圖想分析一下占據了她的思維的這股情緒，卻只是一種噁心得要死的感覺。

她覺得好像她這輩子什麼事都碰上了。妻子暫時不在的已婚男人，卻想來跟她發生關係——等等，等等，倒退十年遇到這種事她才無所謂,連想都不想,至多當它是一個「自由女性」所應有的冒險和機會的一部分。但是十年前有一些東西她雖然有所感覺卻未必能夠明瞭,現在則很清楚了,那是一種對那些妻子們的得意感、勝利感;因爲她,艾拉,這個自由女性的生活比起那些被婚姻所束縛的蠢女人們要激動人心得太多了。一想起自己曾有過的這種感覺,她都覺得慚愧。

她也想到自己與茱麗亞說話的語調中帶著一股類似於老處女的刻薄勁。男人。敵人。她決定不再跟茱麗亞談及心事,或者至少,不能再這麼尖酸地說話了。

緊接著,便出了下面這件事情。編輯部的一個助理編輯跟艾拉要一起處理一系列就感情方面的問題求助的信件——這同時也是來信中最常見的一部分。艾拉與這個男人在辦公室裡一連工作了好幾個晚上。他們準備寫出六篇文章來,每一篇都有兩個標題,一個是正式的,另一個則是艾拉和她的同事拿來打趣用的。比如,「你有時對你的家庭會產生厭煩感嗎?」艾拉和傑克的設計是:「救命!我快給逼急了。」再如:「不管家庭的丈夫」,演化成「我的丈夫四處亂睡」。諸如此類。艾拉和傑克兩個人時不時便大笑不止,對這種過於簡單的文章風格更是大加取笑,然而他們寫得很認眞,一副追根究柢的勁頭。兩個人都十分清楚他們說笑是因爲這些信件讓辦公室感染了不快和低落的情緒,而且他們也明白這些文章並不能解決任何問題。

他們合作的最後一晚傑克開車送艾拉回家。他已結婚,有三個孩子,年齡在三十左右。艾拉非常喜歡他。她邀請他進屋來喝點什麼,他便隨她上了樓。她知道那個時刻即將到來,他會要跟她做愛的。她的腦中則想著:可他對我還沒有產生這種吸引力呢。不過也許會有的,只要我能拋開保羅的影子。假如上了床,我怎麼知道他對我就產生不了吸引力?再說,我也不是一下子就被保羅迷住的。這後一個思緒令她吃了一驚。她坐在那兒聽著那個年輕男人說話,講一些讓她高興的事,腦中卻在思忖著:保羅一度常常開玩笑說我對他並非一見鍾情,其實他說得十分認眞。而現在我卻自己說出了這話。但這並非事實,大概是因爲他有言在先我才會這麼想的……可是毫無疑問，如果我老這麼沒完沒了地想著保羅，我對別的男人是怎麼也產生不了情緒的。

艾拉與傑克上了床。她將他歸爲勝任型的情人。「不好色的男人是從書上學來做愛技巧的，那本書的名字或許會是《如何令你的妻子滿足》。」他的快感之獲得是在於把一個女人弄到床上，而非性本身。

兩個人快快樂樂地、友好地繼續著他們在辦公室一起工作時的那種美好感覺。然而艾拉卻在拚命克制著才能不讓自己哭出來。對這種突如其來的沮喪她並不覺得陌生，她用這種方法來對付它：這根本就不是我的沮喪；這是一種犯罪感，但不是我的罪過；這罪惡感源自過去，與我所否定的雙重標準有關。

傑克聲明他必須回家了，然後便開始談起他的妻子。「她是個好女孩。」他評價道，他聲音中的居高臨下不由得令艾拉心中一寒。「我敢打包票，就算我越了軌她也不會有絲毫的疑心。當然了，她也是整天給孩子們纏得夠煩的，他們的確不少，不過她應付得過來。」他繫上了領帶，坐在艾拉的床頭穿上鞋子。他十分健康，臉是一張沒有任何滄桑的、開朗的孩子臉。「有這麼個老婆我眞是走運。」他接著又道。但這回他的話中帶有一股怨恨，對他妻子的怨恨。而艾拉知道他跟她睡覺這件事很微妙地成了他對他妻子表示輕蔑的一種方式。他一副心滿意足的樣子，但並不是因爲做愛的快感，對此他所知甚少，而是因爲他向自己證明了什麼。他跟艾拉道別，說：「好了，言歸正傳，我妻子是世界上最好的妻子，但她絕不是個讓人興奮的交談對象。」艾拉克制著自己，沒有說一個帶著三個小孩的女人，住在郊外的一所房子裡只守著一台電視機，她還能有什麼興奮可談的。而這種憤慨之深連她自己也覺得吃驚。她知道，他的妻子，那個在幾英哩外倫敦近郊的某所房子中正等待著他歸家的女人，從他一踏進臥室的門檻起，便已從他那洋洋自得的神情裡猜到他跟另外一個女人睡了覺。

艾拉決定，一，在她愛上某個人之前，她將守身如玉；二，這件事情她不打算跟茱麗亞談論。

第二天她給茱麗亞打了電話，她們一起吃的中飯，她把這事告訴了茱麗亞。這樣做的同時，她也在深思，因爲她對派翠西亞・布倫特一貫拒不投入任何信任，或者至少從不跟她一起對男人冷嘲熱諷地評頭論足（艾拉想到派翠西亞那種對男人幾乎毫無惡意的嘲諷，也正是此刻在她心頭即將成形的一股怨恨之氣，而她已決意絕不讓它成事），但她卻準備對茱麗亞吐露心事，而後者內心的痛苦正在迅速轉化爲一種傷害性的輕蔑情緒。她於是又決定不再沉湎於與茱麗亞的這種談話，想到兩個以對男人的批評爲基礎的女性朋友，即使不是生理上的同性戀者，也是心理上的。

這次她堅守了自己的諾言，沒有跟茱麗亞再多談下去。她因此而感到隔絕而孤獨。

接下來又有了新情況。她開始爲性飢渴所苦。艾拉感到害怕，因爲她以前從沒像現在這樣體會過性飢渴本身，而不是針對任何一個具體的男人，或者至少從她進入青春期以來還沒有過，它總是伴隨著對一個男人的幻想。現在她都難以入睡，她只有依靠自慰，同時想像著男人的種種可恨之處。保羅已完全消失，她已失去了她所體驗過的那熱情而強壯的男子，記憶中剩下的只是一個冷酷的背叛者。她在空虛中忍受著性飢渴的煎熬，事實上這令她深受其辱，因爲她想到這便意味著她是依賴於男人而「獲得性」的，同時「被侍候著」，從而「得到滿足」。她就用這種詞來羞辱自己。

之後她意識到她掉進了一個關於她自己、關於女人的謊言，她必須得忠於這個事實：當她與保羅在一起的時候，每一回都是在保羅的激發下她才有性欲的，而在保羅離開她的幾天中，她的性欲便如休眠一樣，直到他回來；再有，她此刻強烈的性飢渴並非出於性，而是由她生活中一切的情感飢渴造成的。也就是說，一旦她重新愛上一個男人，她便會恢復正常，即：一個女人性欲的起落應該是與男人相呼應的。也就是說，女人的性欲受著男人的牽制，如果他是一個眞正的男人的話：那麼，從某種意義上說，她就是被他摁到床上的，她並沒有去想到性。

艾拉緊緊抓住這一想法，一邊又想：每一次我經歷一個乾枯的時期，一段死氣沉沉的日子，我總是讓自己緊緊抓住幾個詞，代表某種認識的幾個說法，即使它們也是呆板而毫無意義的，但是心裡明白生活會重又回來，一切也會重新恢復生氣。可這又是件多奇怪的事，一個人就這麼守著幾句話不放，還對它們深信不疑。

與此同時，也有男人在接近她，但都被她拒絕了，因爲她知道她不會愛他們的。她給自己的說法是：我只跟能讓我愛上的男人睡覺。

然而不過才幾週，便又發生了下面這件事。艾拉在一次聚會上遇到了一個男人。她已又變得對參加晚會十分小心，那種「再度應市待價而沽」的感覺令她無比痛恨。那人是個編劇，加拿大人。他的外形並不怎麼吸引她。但他十分聰明，有一種她所喜歡的美洲人所特有的機敏的冷面幽默。他的妻子也在晚會上，是個美麗的姑娘，那種渾身上下裝扮得無懈可擊的漂亮。第二天早上，這個男人突然造訪艾拉的寓所。他帶來了琴酒、調酒的飲料、還有鮮花，戲稱此爲「一個男人帶著鮮花和琴酒來引誘一個頭天晚上剛剛在聚會上認識的女郎」。艾拉被逗樂了。他們喝著、說著、笑著。笑過之後，兩個人便上了床。艾拉一直在讓他快活，但她自己一點感覺也沒有，並且差不多就要斷定他也沒什麼特別的感覺。因爲就在他進入的那一瞬間，她腦中閃過一念：這都是他設計好要做的事，僅此而已。她想：好吧，既然我都沒什麼感覺，又爲什麼要挑剔他呢？這不公平。繼而她又心中不平起來：可這就是關鍵所在。是男人的欲望激發起女人的欲望的，或者說本就該如此，所以我這麼挑剔也沒什麼不對。

事後他們又接著飲酒、說笑。他信口扯到，顯然跟他們之間發生的事無關：「我有一個我所喜歡的漂亮妻子，我有一份我愛的工作，現在我又有了個姑娘。」艾拉明白她就是那個姑娘了，而與她睡覺這件事就是他幸福生活的其中一個設計或者說計劃。她意識到他希望這關係能持續下去，他也理所當然地以爲會這樣。她暗示說就她而言這筆交易已然結束，她這麼說的時候他臉上掠過一道令他變得醜陋的自負之色，儘管她說得十分婉轉、誠懇，而且溫順，彷彿她的拒絕是因爲情勢所迫，而並非她自己的意願。

他沉著臉琢磨著她：「你怎麼了，寶貝，我沒有讓你滿足嗎？」他精神不振地問，頗爲失落。艾拉趕忙向他保證說他讓她很滿足，然而不是這麼回事。但她明白這並非他的過錯，因爲自從保羅離開她之後她就一直再沒有過眞正的性高潮。

她的語氣不由自主地顯得有點乾巴巴的：「好了，我覺得這種關係對我們倆中的任何一個人來說都不夠有說服力。」

又是一次銳利、不耐而冷靜的逼視。「我有一位美麗的妻子，」他道，「但她並不能在性方面完全滿足我。我還有更多的需要。」

艾拉無話可說了。她覺得她彷彿進入了一個不太正常的、情感上沒有男人的世界，這個世界與她毫無關係，儘管她有時偶爾也會誤入。然而她也意識到他的確是搞不懂他的給予有什麼問題。他的陰莖很大，他在床上很棒。這就是一切了。艾拉站在那兒，一言不發，想到他在床上對於肉欲的厭煩正是出自他那冷漠的對於生活的厭煩感的另一面。他也站在那兒從頭到腳地打量著她。現在，艾拉想著，現在他就要開始抨擊我了，他得讓我嘗嘗這滋味。她做好了接受的準備。

「我明白了。」他慢吞吞地說著，語鋒銳利，帶著一種受傷的虛榮心，「根本沒必要在床上放一個漂亮女人，只要把注意力放在其中的某一個部位就足夠了——無處不可。甚至在醜女人身上也總能找到一點點美的，比如耳朵，或者一隻手。」

艾拉頓時笑起來，同時想去抓住他的目光，想他也一定會笑的。因爲就在幾個小時前他們還沒上床的時候，他們之間的關係還無比融洽而開心。他剛才的話顯然是在模仿一個歡場老手的口吻。他當然是該笑的了？但是沒有，這話的本意是要傷害，而且他並不想收回這本意，即使一個微笑就能辦到。

「好在我還算長了一雙漂亮的手，要是別的都不值一提的話。」艾拉最後說道，聲音已全無一點感情色彩。

他走到她身邊，拿起她的雙手吻了吻，一臉倦容，一邊口氣放蕩地說：「漂亮，寶貝兒，漂亮。」

他走了，她則第一百遍地想到，只要一碰到情感問題，這些聰明的男人就會大失他們平時表現於工作中的水準，就會變成另一類玩意。

那天晚上艾拉去了茱麗亞家，發現茱麗亞正處於她稱作「派翠西亞式」的情緒中——即，譏諷而非辛酸。茱麗亞不無幽默地告訴艾拉，幾天前那個說她是「性冷感的女人」的演員又出現了，帶著鮮花，好像什麼也沒發生過似的。「他對我不去演這齣戲眞的感到十分吃驚。他從未有過的讓人開心而友善。而我坐在那兒看著他，想起當時他走後我哭得有多慘——你還記得吧，整整兩個晚上，我從沒對任何人這麼好心好意過，一心讓他放鬆下來，然後他卻說我……而就算在那種時候我也不能去傷害見鬼的他的感覺。於是我又坐在那兒想：你以爲他都忘了他曾說過的話或者他爲什麼要那樣說嗎？還是他們以爲我們對這種話不在乎？我們是不是讓人覺得堅強得足以承受任何東西？有時候我覺得我們全都處於一種性狂亂的狀態。」

艾拉毫無表情地說：「我親愛的茱麗亞，是我們自己要做自由女性的，而這便是我們要支付的代價，如此而已。」

「自由，」茱麗亞道，「自由！如果他們不自由我們自由又有何用？我對上帝發誓，他們中的任何一個，即使是其中最優秀的，仍然保持著關於好女人和壞女人的傳統觀念。」

「那麼我們又怎麼樣？自由，我們自己這麼說，然而事實是他們只要跟個女人在一起就會勃起，隨便什麼女人，而我們除了跟我們所愛的男人在一起，便不會有性高潮。這又還有什麼自由可談？」

茱麗亞道：「這麼說來你可比我幸運多了。昨天我還在想：過去五年中與我上過床的十個男人中，有八個是陽痿或者早洩。我只是怪自己——當然了，我們總是這樣，把一切責任都往自己身上攬，這還不奇怪嗎？

但是即使是那個說我性冷感的該死的演員，最後還很好心腸地說了一句，當然是順口提到的，說他這輩子只找到一個跟他合得來的女人。噢，別忘了他這麼說只是爲了讓我好受些，沒別的。」

「我親愛的茱麗亞，你沒坐下來把他們一個個好好地數一遍？」

「還沒到我想的時候，沒有。」

艾拉發現她又進入了一種新的情緒或者說階段中。她突然完全沒有了性欲。她把這歸結於與那個加拿大編劇的事件，但她並不十分在意。她現在冷漠、超脫而充實，不但已想不起被性飢渴所折磨是個什麼滋味，而且也不相信她還會再度有那種渴望。然而她十分清楚，這種自我充實而沒有性欲困擾的狀態，不過是爲性所支配的另一種表現罷了。

她打電話給茱麗亞，聲言她已放棄了性，放棄了男人，因爲「她不可以再被打擾」。茱麗亞那溫和的懷疑論在艾拉的耳邊嗡嗡作響，但她說：「我是當眞的。」「祝你好運。」茱麗亞最後道。

艾拉決定重新開始寫作，她搜尋著在她頭腦中業已成形、只等著被記錄下來的那本書的影子。她把大塊的時間留給了自己，只等著辨出腦海中那本書的輪廓來。

我看到艾拉，一個人在一間空曠的大房間裡緩緩地走來走去，思考著、等待著。我，安娜，看到了艾拉，當然那就是安娜，但問題也就在此，因爲她並不是安娜。此刻的我，安娜，寫下：艾拉打電話給茱麗亞聲言，等等，然後艾拉從我身上飄走，變成了另一個人。我不明白當艾拉從我身上分離出去而變成艾拉自己的那一刻都發生了什麼。沒有人知道。叫她艾拉，而不是安娜，這便足夠了。爲什麼我會選擇艾拉這個名字？有一次我在一個晚會上遇到一個名叫艾拉的女孩，她同時給幾家報紙撰寫書評並爲一個出版商審閱手稿。她纖瘦而小巧，膚色黝黑——體型跟我屬於一類。頭髮則用一個黑色的蝴蝶結紮在腦後。她的眼神令我過目不忘，那是一雙戒備森嚴的眼睛，就像一個堡壘的兩個哨孔。人們在狂喝濫飲。主人過來給我們續杯，才往她的杯子裡倒了一英吋，她伸出手來，一隻纖瘦、白皙而小巧的手，蓋住了杯子，只淡淡地點點頭：「夠了。」然後當他執意要加滿時，她仍淡淡地搖了搖頭。主人走開了。這時她發現我一直在看她，便端起那隻盛著一英吋紅酒的酒杯，說：「這是正好能令我喝到陶醉的確切量。」我笑起來。但她沒笑，她很嚴肅。隨後她把那點酒喝了下去，說道：「沒錯，就這麼多。」又感覺了一下酒精在體內的作用，她再次淡淡地微微點了點頭。「是了，這樣正好。」

好了，我是絕不會這樣的。那絕不會是安娜。

我看到艾拉，一個人，在她的大房間裡踱來踱去，她那一頭黑色的直髮用一根寬寬的黑帶子束在腦後。要不就整小時整小時地坐在椅子裡，那雙白皙而小巧的手垂在膝上。她皺著眉頭盯著它們，思考著。

艾拉在她的頭腦中找到了這樣一個故事：一個女人，爲一個男人所愛，在他們長長的關係史中那個男人一直在挑剔她對他的不忠，指摘她對於爲他的嫉妒心所不容的社交生活以及做一個「職業婦女」的嚮往。而這個女人，在他們整整五年的關係中事實上也從來沒多看別的男人一眼，從不外出，也忽略了她的職業，從而在任何方面都可以令他無可挑剔了，但就在這時他卻棄她而去。她於是開始亂交，只爲晚會而活著，徹底放棄了職業，也爲此而犧牲了她的男人以及朋友。這故事的核心在於這個新的人格是由他一手所創的，她所做的一切，包括她的性行爲，爲了職業而採取的背叛行爲，等等，全都是出於一種報復的思想：好吧，這就是你想要的，這就是你希望我達到的。而後，經過一段時間的分離之後他們又碰面了，這時她也建樹起了自己全新的人格，他重又愛上了她。因爲現在的她才是他所一直希望的，他之所以離開她實際是因爲她變得太安靜、順從而忠誠。然而這一回，當他再度愛上她時，她卻極爲不屑一顧地拒絕了他：因爲現在的她並非「眞正」的她。他曾經摒棄的是她那個「眞正的」自我，便意味著他背叛了眞正的愛，而現在他所愛上的只是個贋品。她用她眞正的自我拒絕了他，那是他曾背叛和摒棄過的。

艾拉沒有去寫這個故事。她只擔心寫下來就有可能弄假成眞。

她又在頭腦中搜索下去，發現這樣一個故事：

一個男人和一個女人。她，在經歷了多年的自由之後，迫切需要一份嚴肅認眞的愛情。而他則扮演了一個執著於感情的戀人角色，出於避難或者隱匿的需要。（艾拉是從那個加拿大劇作家身上獲得對於這個人物的構思的——從他的冷落和他那種做戲一般的情人感覺：他視自己爲一個角色中的人，擁有一個情婦的已婚男子的角色。艾拉所借用的正是這加拿大人的這個側面——視自己爲角色中人的一個男人。）這個女人因爲過於飢渴、過分緊張，使得這個男人的感情變得比他自己以爲的還要冷淡起來，儘管他對自己原有的淡漠並不甚清楚。而這個曾經從沒有占有欲、從不嫉妒、也從不苛求的女人，現在卻變成了一個看守，她好像已不是她自己，而是被另外一個人格所支配著。而她則眼瞧著自己墮落爲這個爲占有欲所支配的悍婦而滿心驚詫，就好像這個自己與她毫無關係似的。而且她對此還深信不疑。因爲當那個男人指責她成了一個妒火中燒的密探時，她還懇切地答道：「我不是嫉妒，我也從沒嫉妒過。」艾拉驚奇地看著這個故事，因爲從她自己的經歷中是尋不出這個故事來的。那麼它是從哪兒來的呢？艾拉想到保羅的妻子——但是不會。她太謙恭而逆來順受，不可能引申出這樣一個人物來。或許沒準就是她自己的丈夫，那個謙卑、嫉妒而怯懦的男人，那個因爲自己作男人的無能而足可使女人歇斯底里起來的人？大概吧，艾拉想著，這個與她關係如此短暫，顯然她從沒眞正投入過感情的男人，她的丈夫，正是她故事中那個悍婦的男性原型？不管怎麼說，她還是不打算寫這個故事。它已經寫在她的腦海中，但她卻認不出那是她的作品。也許我是從別的地方看來的？——她困惑著：要不就是別人講給我聽而我忘了從哪兒聽來的了？

大抵就在這期間，艾拉去看了她的父親，自上次見過以來已有一段時間了。他的生活沒什麼變化。他依然很安靜，專注於他的園藝，他的書，一個軍人變成了某種神秘主義者。或者，他從來都是一個神秘主義者？艾拉頭一次感到不解：嫁給這樣一個男人會是什麼情形？她很少想到母親，她去世得太早，但此刻她卻在竭力喚起對她的回憶。她看到的是一個能幹、快樂地忙碌著的婦人。有一天晚上，在那間有著白色天花板和黑色樑柱、滿是書籍的房間裡，她坐在壁爐對面看著他父親邊看書邊抿兩口威士忌，終於忍不住談起了她的母親。

她父親的臉上因驚恐而呈現出一種最為荒謬的神色；顯然他也已有許多年沒再想起這位故去的婦人了。但艾拉並不肯放過他，直到他終於開口，他生硬地道：「你母親總的來說於我而言太好了。」他不自然地笑著，那雙漠然的藍眼睛卻突然間不安地轉動起來，神情猶如一隻受驚的動物。他這一笑傷害了艾拉的感情，但她也明白是為什麼：她是在替她那做為人妻的母親而生氣。她思忖著：茱麗亞和我的問題其實很簡單，我們做別人的情人做得太久了。她大聲道：「為什麼是太好？」不管他父親這時已端起了書做為一種遮掩。他的聲音越過書的上端傳來，一個生命火花將盡的老人，突然間變得像三十歲的人那樣激動：「你母親是個好女人，也是個好妻子。但她沒有頭腦，一點兒都沒有，所有那一類特性在她身上根本就不存在似的。」「你指性嗎？」艾拉強迫自己追問下去，儘管她十分討厭將此與自己的父母聯繫在一起。他笑著，受了冒犯的樣子，眼睛又轉起來：「當然所有你們這些人都是不在乎談論這種事的。可我從來不談。是的，性，如果你們願意這麼說的話，她整個人都與那種事扯不上。」那本書，關於某位英國將軍的回憶錄，擋住了艾拉的視線。艾拉仍緊追不捨：「那麼，您對此怎麼辦的呢？」書的邊緣似在抖動。一陣停頓。她的話實際是說：難道你就沒教教她？她父親的聲音隔著書本傳過來——一種簡潔然而遲疑的聲音，簡潔是因為訓練有素，遲疑則是因為他對私生活的諱莫如深：「在我忍受不下去的時候，我就到外面去找個女人。你想我該怎樣？」這句你想

我該怎樣不是針對艾拉說的，而是對她的母親。「她嫉妒！她並不咒我，但她醋勁大得像隻病貓。」

艾拉道：「我的意思是，或許她是因爲害羞。也許您該教教她吧？」她想起保羅說過的，沒有性冷感的女人，只有無能爲力的男人。

那本書緩緩滑落到他父親那瘦得柴棒一般的雙腿上。那張乾瘦臘黃的臉上開始泛紅，藍色的眼睛凸出來，像昆蟲一般：「聽好，我所關心的只是婚姻——看看，看看，你就坐在那兒，我想這就足以辯護了。」

艾拉道：「我想我應該說我很抱歉——不過我是想了解她，她畢竟是我的母親。」

「我早已不想她了。多年不想了。有時候你賞光來看我一次，我才會想起她來。」

「這是讓我覺得您不想常見到我的原因嗎？」艾拉問道，但她面帶著笑容，迫使他看著自己。

「我從沒這麼說過吧？我只是沒什麼特別的感覺。可是所有這些家庭的紐帶——家庭成員，婚姻什麼的，對我來說很虛。你是我的女兒，我想是這麼回事。你一定會了解你母親。我眞的感覺不到，那種血緣關係——你有感覺嗎？反正我沒有。」

「我有，」艾拉道，「當我在這兒跟您在一起的時候，我就能感覺到某種聯結。我不知道那是什麼。」

「我也不知道。」老人已恢復常態，又回到他那個遙遠的世界中，不會再接受任何情感的衝擊了。「我們是人類——不管這意味著什麼。我不知道。我很高興見到你，只要你能抽空來看我。千萬別以爲你不受歡迎。只是我老了，你還不知道那意味著什麼。所有那些東西，什麼家庭啊，孩子啊，都已不眞實，也已與我無關。至少對我是這樣。」

「那麼還有什麼是有關的？」

「上帝吧，我想。不管那意味著什麼。噢，當然，我知道它對你來說是毫無意義的。爲什麼要有呢？有時候也會有靈光乍現，彷彿又來到沙漠中——那是軍隊，你知道。或者是某個危險的時候。現在有時也會有這種感覺，是在夜裡，我想到我孤獨一人——這點很重要。人這種東西，就是一團亂七八糟。人們應該各自分開而獨處才是。」他抿了一口威士忌，盯著她看，神情中一副為眼前所看到的而震驚的樣子。「你是我的女兒，我想是這麼回事。我對你一無所知，然而當然會盡我所能地幫助你。我走以後你將得到我所有的財產——不過這你也知道。而且錢也不會太多。但是我並不想了解你的生活——再說我也不會讚賞的，我想是吧。」

「是的，您絕不會讚賞的。」

「你那位丈夫，那個呆瓜，也不會理解的。」

「那是很久以前的事了。假如我告訴您我曾愛上一個有婦之夫達五年之久，而那是我一生中最重要的事情，您會怎麼想？」

「那是你的事。與我無關。還有就是男人們的問題了，我想。你不像你的母親，這有關係。你更像在她死後我的一個女人。」

「您為什麼沒跟她結婚？」

「她已結婚，忠於她的丈夫。我想她這樣是對的吧。在那個範圍內那曾經是我生活中最美好的事情，但那個範圍——對我而言永遠也不是最重要的。」

「您就從來也沒關心過我？我在做什麼？您甚至也不想想您的孫子？」

現在他很明顯地在往後退，他一點也不喜歡這種壓迫感。

「不想。噢，他是個好玩的小傢伙。見到他總是很高興。但是他也會像別的所有人那樣變成個吃人的傢伙。」

「吃人的？」

「是的，吃人的。除非人與人彼此隔絕開來，不然他們就會相互呑食。至於你——我又知道些什麼？你是個現代女性，對她們我一無所知。」

「一個現代女性。」艾拉微笑著，聲音發乾。

「是的。你的書讓我這麼想。我想你是在按你自己的意願生活，我們每個人都是如此。所以祝你好運。我們全都只能依靠自己，誰也幫不了誰，人們還是彼此分開的好些。」

說到這兒他拿起了他的書，突然緊盯了她一眼，最後一次警告她這場談話已然結束。

艾拉獨自一人待在房間裡，凝視著她心靈的池水，等待著那影子慢慢成形，讓故事自己顯現出來。她於是看到了一個年輕的官員，害羞、拙於辭令然而驕傲；還看到一個羞怯而快活的年輕妻子。這時浮現在她腦海裡的不再是一個形象了，而是一幅記憶中的畫面，她看到這樣的情景：深夜，她的臥室，她在裝睡。她的父親和母親站在屋子中央。他用胳膊攬著她，她害羞靦腆得像個小姑娘。他吻了她，她卻流著眼淚衝出了臥室，留下他一個人站在那兒，生氣地揪著鬍子。

他仍是獨自一人，離開他的妻子而鑽進書本，去做那些枯躁而乏味的，很可能屬於一個詩人或者神秘主義者的男人的夢去了。而事實上在他死後，人們果然在他鎖著的抽屜裡發現了他的日記、詩歌以及散文篇章。

艾拉對於這個結尾感到吃驚。她從未想過她父親有可能會去寫詩，或者乾脆說寫作。她又去拜訪了她的父親，在最短的時間內。

深夜，壁爐裡的火苗在幽幽燃燒，房間內一片寂靜。她問：「父親，您寫過詩嗎？」那本書一下子滑落在他那枯瘦的雙腿上，他目不轉睛地盯著她：「你怎麼會知道的？」

「我不知道。我只是覺得你或許會寫。」

「可我連個鬼影子都沒告訴過。」

「我可以看看嗎？」

他坐著有一會兒沒動，捋了捋他那現在已發白的硬梆梆的鬍鬚。然後他起身打開了一個抽屜，遞給她一札詩稿。這些詩的主題全都是關於寂寞、失落、不屈不撓以及孤獨的冒險之類，通常寫的是軍人。T・E・勞倫斯：「在羸弱的人之中一個羸弱的苦行者。」隆美爾：「夜晚戀人們駐足於城外，那裡，一英畝見方的沙地上斜斜地插滿了十字架。」克倫威爾：「信念、高山、紀念碑以及岩石……」又是T・E・勞倫斯：「……在靈魂的懸崖峭壁上行走。」又是棄絕一切的T・E・勞倫斯：「純潔之行爲以及乾乾淨淨之回報，且總有他自己的強音，像所有言而必信的人。」

艾拉把它們遞回去。那孤僻的老人接過詩稿，將它們重又鎖進抽屜。

「您從沒想過發表嗎？」

「當然沒有。那又有什麼用？」

「我只是不明白而已。」

「當然你不同。你寫作就要出版。不過，我想人都這樣。」

「您從沒說過，您喜歡我的小說嗎？您看過嗎？」

「喜歡？寫的是不錯的，那種事兒。不過那個可憐的傻瓜，他爲什麼要自殺來著？」

「人們就這麼做。」

「什麼？人人都想在這個或者那個時候結束自己？那還寫它幹什麼？」

「您也許說得對。」

「我不是說我有多正確。我只是那麼覺得。那是我這種人和你們這些人的不同。」

「哪方面，指我們自殺嗎？」

「不。你總在提問。是幸福。那種東西。幸福！我想不起來思考過這個問題了。你們這些人——你們似乎以爲有些東西本就是你們該得的。那都是因爲共產主義。」

「什麼？」艾拉嚇了一跳，倒覺得有趣起來。

「是的，你們這些人，你們全都是赤色分子。」

「可我不是共產黨人。您把我跟我的朋友茱麗亞混爲一談了。就算她現在也已經不是了。」

「那也沒什麼區別。他們已經對你產生了影響。你們全都以爲自己無所不能。」

「好吧，我想那倒是眞的——在『我們這類人』的思想深處是有這麼一種信念，認爲一切都是可能的。可您似乎擁有這麼少的東西就知足了。」

「知足？知足！那又是個什麼字眼？」

「我的意思是不管結果是好是壞，我們總是準備著去做各種嘗試，努力地去與衆不同。可您似乎對某些事只是聽天由命。」

老人坐下來，情緒激烈，面色惱怒。「你書中的那個傻小子，他只想著自殺。」

「或許是因爲有些東西他以爲應該屬於他的，其實卻屬於每一個人，而他並沒有得到。」

「你是說，或許？或許嗎？是你寫的書，你就應該知道。」

「或許下回我該試著寫寫這個——想要成爲別樣的人，該怎樣努力先去打破自己原有的一切。」

「你說得就好像——人就是人。一個人只能是他自己。他不可能成爲別的什麼。你無法改變自己。」

「是了，那麼我想這就是我們之間眞正的區別了。因爲我相信你可以改變。」

「那我就無法苟同了。我也不想這樣。光自己就夠難對付的了，別說更複雜的了。」

這次與她父親的一番對話使艾拉開始了一系列新的想法。

現在，在搜尋一個故事的輪廓的過程中，一次又一次，除了失敗、死亡、譏諷的模式之外她一無所獲，而這些都被她堅決摒棄了。她努力想構思出一個幸福的主題，或者關於一個簡單的生活，但都沒成。

之後她發現自己在想：我還是應該接受以我自身體驗出發的故事形式，儘管那便意味著一個不快樂的主題或至少是一種枯竭。但我可以由負面轉向正面。一個男人和一個女人——對了。兩個人都到了極限。因爲竭力要超越他們力所不能及的自身的局限，兩個人都崩潰了，而就在這精神的混沌之上，一種新的力量誕生了。

艾拉注視著自己的心靈，就像目光穿透心湖找到了那已然成形的故事。但她的腦海中仍只有一系列乾巴巴的句子。她等待著，耐心等待著那些畫面一一出現，直到變成活生生的場景。

♠〔約有一年半之久，藍色筆記中包括了各種不同類型的簡短記錄，不僅有與藍色筆記中原來的內容相吻合的，也有來源於別的筆記本中的任何內容。這一部分開始如下：〕

一九五四年十月十七日：安娜・弗里曼，生於一九二一年十一月十日，弗蘭克・弗里曼上校和梅・福蒂斯丘的女兒；家住貝克街二三號；畢業於漢甫斯泰德女子高中；一九三九—一九四五年的六年期間在中非；一九四五年與麥克斯・沃爾夫成婚；次年，一九四六年，生一女；一九四七年與麥克斯・沃爾夫離異；一九五〇年加入共產黨，一九五四年退出。

〔每天都有一個簡短的流水帳式的日常生活記錄：「早起。讀了什麼什麼。看見了什麼什麼。詹妮特病了。

詹妮特很好。莫莉得到了一個她喜歡／不喜歡的角色，等等。」一九五六年的某一個日期之後，一條重色黑線從紙面上劃過，標誌著這些單純的流水帳的終結。而最後一年半的記錄則全部被劃掉，每一頁上都打了又粗又黑的大叉。從這裡開始安娜又有了與前不同的記錄，不再是一筆一劃的日常生活的隻言片字，而是快捷流利的，有些部分由於書寫太快而顯得十分潦草：」

所以這一切又是一個失敗。藍色筆記，在我的期望中應該是所有筆記中最眞實的一部，現在卻比任何一本都更糟。我原本希望它是關於實際生活的簡要記錄，以便在我重讀時能給我某種形式上的眞實感，但是這類記錄就像對於一九五四年九月十五日所發生的事的陳述那樣破綻百出，此刻叫我讀來只覺難堪，因爲它的情緒化，也因爲它的主觀性，假如我寫的是「九點半我去廁所拉屎二點鐘撒尿而四點鐘我出汗了」，這會比我只寫我的思想要眞實得多。而我仍然搞不懂是爲什麼。因爲儘管生活中的一些事諸如上廁所或者當你來了月經去更換一下衛生棉都會在一種幾近無意識的狀態下完成，但是我卻能記起二年前這樣一件事的每個細節，比如我還記得莫莉把經血弄在了裙子上而我不得不提醒她在她兒子回來之前趕快上樓去把它換掉。

而當然這絕不是一個文學性的問題；這與跟糖媽媽一起的「體驗」如出一轍。我記得我曾對她說我們在一起的大半時間她的任務就是要讓我意識到、去專注於那些爲了今日的生活我們曾用整個童年學會忽略掉的那些具體的事實。而然後她的回答就可以很明確，即：童年時代的這種「學習」是錯誤的，不然我就毋須每週三次地坐在她對面的椅子上向她求助了。我知道我對此的回答是得不到她的回應的，或者說至少不是在我希望的層次上，因爲我很清楚我要說的屬於「理性引申」，她會將之歸於我的情感問題。我是這麼說的：「在我看來心理分析的過程從本質上來說就是迫使一個人回到幼稚期，然後再通過把一個人的所知具化到腦力的原始狀態而得到拯救——一個人被迫回到諸如神話、民謠以及一切屬於野蠻或未開化階段的社會年代中。因爲如果我對你說：我在那個夢中識別出了怎樣怎樣的一個神話；或者在關於我父親的情感中，印證的是那首民謠；或者那段回憶的氣氛類似於一首英格蘭搖籃曲——這樣你就會微笑，你很滿意。如你所知，我早已脫離了幼稚期，我已完成了質變，因爲我早已把神話具化到生活中了，同時也保全了那部分記憶。但實際上我所在做的，或者說你在做的就是在一個人的幼年記憶中打撈，然後把它們與屬於人類童年時代的藝術或者創意揉在一起。」對這一番話，她當然會面露微笑。然後我又說：「我現在是在以其人之道還治其人之身。不過我談的並非你之所言，而是你的反應。因爲每當你眞正地開懷而且興奮起來的時候，當你眼睛發亮的時候，也正是我說到諸如我昨夜做的夢與安徒生關於小美人魚的童話幾乎是一個模子裡出來的時候。但是一旦我試著用現代的用語來調動一次經歷、一個記憶或者一個夢，想說得尖銳些，不帶感情因素些，或者複雜些，你馬上就會顯出厭煩和不耐。因此我從中可以推出眞正能讓你高興、能打動你的，是那個原初的世界。難道你沒意識到我從沒有，一次都沒有像平時對朋友那樣，或者就像你平時出了這間屋子時你的朋友講話那樣地談起過我的一次經歷，或一個夢，因爲你會皺眉頭——而且我發誓這種皺眉或者不耐煩根本就是你的下意識。難道你會說你皺眉頭是故意做給我看的，因爲你認爲我還沒眞正打算走出那個童話世界？」

「然後呢？」她微笑著說。

我說：「這笑看起來舒服多了——要是在某間畫室裡跟你說話，你就會這樣笑的——不錯，我知道你要說這又不是畫室，而我之所以會在這裡是因爲我有問題。」

「然後呢？」——微笑。

「我想說，有一點是顯而易見的，即神經質這個詞指的或許就是一種高度有意識、高度進化的狀態。精神病的根本就是衝突。而生存的根本在當前，只要不是置若罔聞，完全地就是衝突。實際上我已談到我是如何看待人類的，可以說——不管他或她，他們正常是因爲他們選擇了封閉，不管在哪個層面。人們通過封閉自己、把自己局限起來而得以保持神志正常。」

「那麼你跟我在一起的體驗對你是好是壞呢？」

「可現在你的口氣又回到了會診室。我當然覺得好多了。但這是臨床治療式的用語。我只擔心這種好轉的代價是要生活在童話和夢想裡面。心理分析能否成立看的是它能否讓人從心智上變得更健全，而不是治療角度的身體康復。所以你的問話的眞正意味應是：我現在是否比以前活得輕鬆了？我是否少了些衝突、少了些疑問，簡言之少了些神經過敏？好了，你知道我的確如此。」

我還記得她如何坐在我對面，那個敏捷而精力充沛的老婦人，穿著俐落的上衣和裙子，她那頭白髮攏在腦後草草地打了個結，正對我皺著眉頭。我很高興，因爲在這個皺眉的片刻之間，我們是在心理醫生——病人的關係之外。

「你看，」我說，「如果我坐在這兒描述我昨晚做的一個夢，關於狼的夢，比方說，而且發展得十分完善，你臉上就會出現某種神情。而我知道那是什麼意思，因爲我自己就能感覺到，那是一種認可。那種認可的快感，出自一點兒拯救性的工作，所謂的幫助紊亂無序的進入有序。然後另一個紊亂的思路也得到拯救並得以『命名』。你知道當我『命名』什麼的時候你是怎麼笑的嗎？那就好像你剛剛救上來一個落水者。而我知道那種感覺，就是開心。但是這裡面也有可怕之處——因爲我從不知道何謂開心，在我醒著的時候；但是睡時，在某一類夢中——當狼群從森林裡衝出來，當城堡的大門洞開，或者當我站在白色沙灘上的白色廟宇的廢墟前，身後是藍色大海和天空，又或者當我像伊卡羅斯⑭那樣在空中飛翔的時候——在這些夢中，不管裡面包

⑭〔希神〕伊卡羅斯：巧匠Daedalus之子，與其父雙雙以蠟翼黏身飛離克里特島，因飛得太高，蠟被陽光融化，墜愛琴海而死。

含了多叫人害怕的因素，我都會快樂地笑著。而我知道爲什麼——因爲所有這些痛苦、殺戮以及暴力全都安全地待在夢境裡邊，傷不著我。」

她默不作聲，只凝神看著我。

我說：「你的意思是不是說或許我並沒準備好深入下去？那麼我想如果我已對此不耐煩，已主動想要過渡到下一階段，是否就算是準備好了？」

「你說的下一個階段指什麼？」

「下一個階段，當然就是走出安全的童話世界，安娜・沃爾夫要一個人往前走。」

「一個人？」她道，又生硬地補充道，「你是共產黨人，這是你說的，可你卻想獨善其身，這就是你所謂的矛盾嗎？」

說到這兒我們倆都笑起來，話題本來可以到此結束了，只是我又說了下去：「你談到了個人化。到目前爲止它對我的意味是這樣的：個人對於自己早期生活各方面的認識是把它們都當成人類總體體驗的一個側面。當他有一天能夠說出：我所做的一切，我所感受到的一切，不過是重複了一個最典型的夢想，或者一個史詩般的故事，或者歷史中的某個片斷，這時他才算自由了。因爲他把自己從經驗中分離了出來，或者說就像把一塊馬賽克重新組合出一幅十分古老的圖案，在這一切都到位之後，他也就從個體的痛苦中解脫了。」

「痛苦？」她輕聲問道。

「得了，親愛的，人們到你這兒來可不是因爲受折磨於快樂過度。」

「不錯，他們來的理由一般跟你差不多，他們說他們對什麼都沒感覺了。」

「但是我現在有感覺了。我可以感覺到一切。但是一旦如此，你馬上就會趕不及地說——別理它，快把那痛苦擱到傷不著人的一邊去，把它轉化成一個故事或者變成過去。可我不想這麼做。是的，我知道你想讓我說什麼——因爲我搶救下了這麼多關於痛苦的私人資料——如果我掩飾它，我就不得超生了；我『努力通過它』，接納下來，把它變成普遍的體驗，因此我更堅強了。好得很，我接受，我就這麼說。那現在又該如何？我已厭倦了那些狼群、古堡、森林，還有神父。它們用任何形式現身我都能對付得了。可我已經跟你說了，我要走開，自己走，安娜・弗里曼自己。」

「你自己？」她又問了一遍。

「因爲我相信我身上有足夠多由種種經歷構成的領域是女人們從未體驗過的……」

一絲淺笑在她臉上緩緩展開——是那種「指導式微笑」，我們又回到了心理分析師與病人的關係。

我說：「不，先別笑。我絕對認爲我現在的生活方式在婦女來說是前所未有的。」

「前所未有的？」她道，我都能聽到每當在這種時刻她那含在話中的聲音——彷彿海浪拍打著古老的海灘，是死去不知有幾百年的人們的聲音。她能夠僅僅用一個微笑或者一種聲調便喚起一種廣大的時空感，讓我感到愉悅、安心、讓快樂盈滿我的心胸——然而此刻我卻並不需要。

「是前所未有。」我說。

「內容是變了，但形式是依然如故的。」她說。

「不對。」我拒不讓步。

「那麼不同在哪兒?你不會是說從前沒有過女性藝術家吧?沒有過獨立女性?沒有過堅持性自由的女性?我跟你說，在你後面有一長串這樣的婦女，從過去到現在都是，而你得去發掘她們，並且在你自己身上找到她們的影子。」

「可她們不會像我這樣地去注視她們自己；她們也不會像我一樣地去感覺。她們怎麼可能?我不希望當我從噩夢中醒來的時候，明明夢見的是氫彈爆炸帶來的大毀滅，卻有人告訴我說那跟人們對於十字弓的恐懼心理是一樣的。不是這麼回事。這世界上有些東西就是全新的。而且我也不想聽見，當我在電影廠裡偶遇某位蒙古大夫，他在某種程度上執掌著人類心靈的生殺大權，沒有一位帝王曾辦到過，我回來後只覺得整個人都遭到了侵犯，卻有人在這時來告訴我當一個同性戀者邂逅她的葡萄酒商人時就是這感覺。我更不想在我突然擁有了一個幻覺（天知道那有多不容易），一個關於生活不再充斥著仇恨恐懼嫉妒競爭的幻覺的時候，有人說這不過是黃金年代的迴光返照罷了……」

「是嗎？」她微笑著問。

「不是。因爲關於黃金年代的夢想比這要強大千萬倍，因爲它是可能的，正如大毀滅也是可能的一樣。也許是因爲這兩者都是可能的。」

「那麼你還想讓我說什麼？」

「我想從我身上把那些舊的、重複的東西，那些循環往復的歷史、神話與新的東西、與我所感覺到或以爲有可能是新的東西分離開來……」我看到了她臉上的表情，便問道：「你是說我的感覺或者思想沒一點新鮮的？」

「我從沒說過……」她開口道，然後突然把稱呼大化爲我們……「我們從未說過或者說妄斷過人類這一物種的進一步發展是不可能的。你不會是爲這點而責難我的吧，是嗎？因爲這跟我們的原意是相悖的。」

「我之所以責難於你，是因爲你總表現得好像你根本就不信似的。你瞧，假如我今天下午一來就對你說：昨天我在晚會上碰到一個人，他就是夢中那狼的外象，或者騎士，又或者和尚，你聽了會點頭並且微笑。而我們可以同時感受到那種認可的快感。可是假如我說的是：昨晚的晚會上我碰到個人，他很突然地說了些什麼，而我想到那裡面似乎隱含著什麼——那人的性格中有一道裂口，好比是墻上的一條裂縫，由於這道裂縫的存在，一切都將不同了——或許是好，或許是壞，但總歸是不一樣的新的東西——假如我這麼說了，你一定會皺起眉頭。」

「你碰到了這麼個人嗎？」她緊跟著問了一句。

「不，沒有。但有時我也會碰到些人，在我看來他們實際上處於分裂中，他們人格分裂，意味著他們對某些事物是隨時準備接納的。」

她凝神靜默了好一會兒，說道：「安娜，你根本就不該對我說這些。」

我吃了一驚，問道：「你不是有意要我對你說謊吧？」

「不。我是說你該重新開始寫作。」

對這種話我當然只會憤怒，而她當然也知道這點。

「你是在建議我該寫寫我們之間的體驗嗎？怎麼寫？如果我把我們在一小時的思想交流中所說的每一句話都寫下來，那只會讓人覺得雲裡霧裡的，除非我把自己的生活經歷加進去，不然便沒人能明白。」

「那又是什麼？」

「那會是我在某種角度上如何看待自己的一種記錄。因爲第一個星期裡那一小時的記錄，也就是我與你第一次會面，與現在的這一個小時相比，竟會有如此的不同以致……」

「什麼？」

「除此而外，還有文學性問題，品味的問題，這點你似乎從來也沒想到過。你與我一起所做的事情從根本上來說就是打掉羞恥心。我認識你的第一週是不可能這麼說的：我還記得我見到我父親的裸體時那種極端排斥、羞恥和好奇混雜的感覺。我所以能這麼說是因爲我足足用了好幾個月的時間才克服掉這個心理障礙。然而現在我已可以這樣說：……因爲我想我父親去死——可是那看書的人並沒有過類似於崩潰的個人體驗，他會被嚇壞的，就像看到了血腥或者某個與羞恥相關的詞，而這份驚嚇足以令別的一切內容失去意義。」

她毫無表情地說：「我親愛的安娜，你是在用我們共同的體驗使你的拒絕寫作更趨合理化罷了。」

「噢，我的上帝，不，我並不是這個意思。」

「那麼你是否是說有一些作品就是給少數人看的？」

「我親愛的馬克斯夫人，你很清楚承認你說的任何一點都是有違我的原則，就算我眞這麼想過。」

「很好，那麼，假使你曾經這麼想過，告訴我爲什麼有些書是爲少數人而存在的。」

我想了想，然後說：「那是形式的問題。」

「形式？那麼你的內容又如何？我了解你們這些人總是把形式和內容分開而論的是吧？」

「我們這些人可能是分開而論的，我不是。至少到目前爲止還不是。不過現在我要說這就是一個形式的問題。人們對那些有傷風化的內容是並不介意的。他們不在乎藝術去表現謀殺有理、殘忍也有理，而性從性的角度來說也是十分必需的。這些他們都喜歡，只要在內容上稍加處理即可。同時他們也喜歡那種內容，說謀殺是可怕的、殘忍是可怖的，而愛情就是愛情就是愛情。他們所無法容忍的是被告知這一切都是無意義的，他們無法容忍的是形式崩解。」

「這麼說來是藝術中的無形式部分是爲少數人而存在的，假如那玩意兒可以成立的話？」

「可我並非堅定不移地認爲有一些作品只爲少數人而存在。你知道我不是。我的藝術觀點絕不是貴族式的。」

「我親愛的安娜，正因爲你對於藝術的態度如此之貴族，你才會只爲你自己而寫作。」

「別人也是這樣的。」我聽到自己嘟噥著。

「哪些別人？」

「全世界都有，那些悄悄寫書的人，因爲他們自己都害怕自己的思想。」

「這麼說你也害怕你自己的思想？」說著她伸手拿過她的預約簿，結束了我們這一小時的會見。

〔在這兒，又一道粗粗的黑線劃過紙面。〕

我一搬進這套新公寓並開始布置我的大房間時，第一件事就是去買了一張長桌來，把我的筆記本放到上面。而當我還住在莫莉那套公寓裡的時候，這些筆記本是塞在床底下的一隻箱子裡的。買這些本子並非是有意的，在搬到這兒之前我也從沒想過會對自己說：我留有四個筆記本，黑色筆記本，屬於作家安娜•沃爾夫；紅色筆記本，關於政治；黃色筆記本，用於由我自身經歷出發的創作；還有就是藍色筆記本，試著拿它作爲一本日記。住在莫莉那兒的時候這些筆記本還從沒讓我上過心，更不用說當它是一種工作，或者說一種義務來寫了。

生活中那些重要的事情就是這樣不知不覺中顯現出來的，出乎你的意料之外，甚至從沒上過你的腦子。但它們出現的時候，你認出了它們，這就是一切了。

我來到這所公寓，不僅是爲給一個男人（麥克爾或他的後任）留出一個空間，還爲給這些筆記本找一塊地盤。而事實上我現在才發現我搬進來本身就是爲了這些筆記本，因爲直到我買了長桌並把筆記本放到上面，之前的一個星期我就沒過來住。然後我開始讀起來。自我第一次開始記起，我還從沒完整地讀過。但看著看著我不免心煩意亂起來。首先，因爲我之前還從未意識到麥克爾的棄我而去對我造成了怎樣的影響，它又是怎樣地改變了我，或者說改變了我的整個性格。但是歸根結柢，仍是因爲我沒有認清自我。看看我所寫的東西，與我所記得的一切相比似有根本性的出入，而這種不眞實性卻是源於某個我從未想到過的原因——我的刻板，一種強化的批評感、自衛感和厭惡感。

從那時起我決定記藍色筆記，這一本不記別的，只有對日常生活事實的記錄。每天晚上我坐在琴凳上記下這一天，就好像做爲安娜的我把安娜釘在紙頁上似的。每天我都描寫著安娜，比如：今天我七點起床，爲詹妮特做早飯，送她上學，等等，等等，似乎覺得這一天我便因此而可以免於混亂了。但是我現在重讀這些記錄卻覺得毫無意義。我日益被文字的無意義性搞得頭昏腦脹。文字失去了意義。當我想到這一點的時候，文字不再是描述經歷的一種形式，而是變成了一連串毫無意義的絮語，細細碎碎的，與任何體驗都偏離了開去。要不就像是一部電影的聲音慢慢脫離了它原有的軌跡，與電影無關了。當我陷入沉思的時候我就只能寫諸如「我沿著大街在走」這樣的句子，或者便引一句報上的話，「讓經濟措施可充分利用……」而這些語句立刻便分解了開去，我的頭腦則開始醞釀與這些文字毫無關聯的意象，於是我所看到或聽到的每一個字似乎都變成了在意象的大海上漂來漂去的小木筏，我便再也寫不下去了。除非是我寫得很快，根本不回頭看一眼我寫的東西。因爲只要一回頭，那些字句就會游離開去而失去意義，我只能感覺到我自己，安娜，像是一個陷於茫茫黑暗中的跳動的生命，而我，安娜寫下的那些文字卻什麼也不是，或者不過就像是被擠出來的、在空氣中風乾成一條條的毛蟲分泌物。

我不由得想到這一切就相當於是我，安娜的一種分裂，我也正因此才逐漸意識到這一切。因爲文字本身就是形式，而假如我處於這樣一種狀態，即任何樣貌、形式、表述都失去了意義，那麼我也就失去了意義，這一點在我通讀這些筆記本時已變得十分清晰，即我是因爲保有某種智性才成其爲安娜的。這種智性正在分崩離析之中，我十分的害怕。

昨晚我又做到那個夢，如我對糖媽媽說的，是我所有反覆做到的夢中最可怕的那個。她曾要我「給它一個「命名」（賦予它形式），我便說那是個關於毀滅的惡夢。之後當我再度做到這個夢的時候，她又要我想出一個「命名」來，我已可以進一步地說，那是個關於怨恨、惡意之本源的噩夢——那種怨恨之中的快感。

我第一次做到這個夢時，這個意象，或者說形象，是以我所擁有的一個花瓶的形式出現的，那是別人從俄羅斯帶回來的一個鄉土味的木質花瓶，瓶身呈球莖狀，式樣十分憨實而樸拙。上面有猩紅色、黑色和金色相同的圖紋。這個花瓶在我的夢裡是有人格的，這人格便是那夢魘之本，因爲它代表了某種無政府主義和無可控制的東西，某種毀滅性的東西。這個形象或者說物件，因爲不是人類，所以更像是小精靈或者搗蛋鬼一類，在那兒神氣活現地上竄下跳，它威脅的不僅僅是我，還有一切的生命體，但並不針對誰，而且毫無理由。這是我「稱呼」它爲關於毀滅之夢的那次。這個夢第二次出現已是數月之後，但我即刻辨出那是同一個夢，這回的外化是一個老頭，差不多是個小矮子，比起那個花瓶來要可怕得多了，因爲他部分可屬於人類了。這老頭面帶笑容，咯咯地傻笑個沒完，他很醜，但是精力充沛並且強悍，他所代表的又是怨毒、惡意、怨恨中的快感，以及一種毀滅的衝動所帶來的快感。這是我「稱」之爲有關怨恨的快感的那次。這個夢我做了一次又一次，多是在極度疲勞，或者處於壓力之下以及衝突之中的時候，在我覺得自身的防線已十分薄弱或瀕危的時候。夢中的形式多種多樣，但最常見的是一個很老的老頭或者老婦人（但也有一說，這是個雙性人，或根本就是無性別的），這個形象總是活躍非凡，不管是裝著一隻義肢，還是拄著根拐杖，或者駝背，或者在某方面是畸形。並且這東西總是顯得十分強悍，它有一種內在的爆發力，而我知道那正是出自一種毫無目的、毫無針對性、毫無來由的怨恨。它譏笑、厭憎、有傷害性、渴望殺人、渴望死。但它又總是快樂得渾身發顫。我對糖媽媽講了這個夢不下六、七次，她總問：「你怎麼命名它？」我便也總以怨恨、惡意、傷害的快感之類的詞作答；而她便疑道：「只有這些否定的詞，就沒有一點點可以肯定的？」「一點都沒有。」說著我自己也吃了一驚。「也沒有一點點有啓發性的東西嗎？」「對我沒有。」

然後她便那樣地笑了笑，意味著我似乎應該好好地再想想，我便問她：「假如這個意象是一種原始而富有創造性的力量，不管相對於善或惡來說都是如此，那麼爲什麼我會如此害怕？」「或許當你夢做得太深的時候，你便會感覺到那夢的力量，這時好夢惡夢就都一樣了。」

「可這對我來說就太危險了，每次只要我一感覺到那種氣象，甚至那形象還不及出現，我已知道這個夢又要開始了。我就會掙扎著、尖叫著要醒過來。」

「只要你一直怕它，它對你來說就會是危險的。」這話帶著那種慈母般的威嚴，但是每當此時，不管我爲某種傷害或某個問題糾纏得有多深，我都會不顧一切地想笑。而我的確也常常無可控制地笑倒在椅子裡，她則坐在那兒微笑，因爲她剛才已說出了人們面對動物或者蛇時的態度：只要你不怕牠們，牠們便不會傷害到你。

於是我總會不由得去想，她的語義是雙關的。因爲如果說這個形象，或者說意念，通過她的病人的夢境或者說幻覺已使她熟悉得可以一眼便辨認出來，那麼這一切的惡憑什麼該由我一個人來負責？要不然就是惡這個字眼對於一個夢中的意象來說太人格化了，而不管那個部分人格化的形象也寧可假設自己是物的。

換句話說，這件事情的好壞完全是取決於我的嗎？這才是她的話中之意？

昨晚我又做到這個夢，這一次的經歷無與倫比的可怕，因爲裡面甚至沒有物、沒有具體的事或者哪怕是一個小矮人作爲依託，而完全直接面對那種無可控制的毀滅性力量，我無比眞切地感受到那種恐怖、那種無助。這回在夢裡我是跟一個人在一起，開始我沒認出他是誰，後來我才意識到那股怨恨的可怕力量便出自於此人，而他是一個朋友。於是我在夢中尖叫著，拚盡全力想讓自己醒來，終於醒過來後我也給了這個人一個稱謂，意識到這個意念頭一回以人的形式出現了。而當我弄明白這個人是誰時，我只有更爲害怕。因爲將這種恐怖的力量繫於一個虛擬的或者不可知的東西上比放任它於無形、或像現在這樣大化到一個人身上實在要安全得多，尤其這個人具備了一種可以撼動我的力量。

在我神智眞正清醒的時候，我以這種無比清醒的狀態回想這夢，令我害怕的是假如這夢的景象現在已走出了神秘之境，而進入了另外一個人，那麼這只能意味著它也已散落於我體內，或者說一不留神就可能冒出來。

我現在該把與這個夢有關的體驗寫下來。

〔在此安娜劃了一道重重的黑線，下面寫著：〕

我劃這道線是因爲我不想寫。就好像寫本身就會將我捲入更深刻的危險之中。然而我仍得堅守住那個安娜，那個思考的安娜，才可以去觀察安娜所感覺到的以及對它的「命名」。

這一切的發生在我的生活中是全新的。我想許多人在他們的生活中都得有一種幻覺感，一種自我的坦露意識。這種意念的存在使得他們可以說：是的，這個新的人格對我來說很重要，他或者她，是我要生活下去的某個新開端。或者：這種我以前從不知道的情感，並不像我以爲的那樣陌生，現在它就要成爲我的一部分了，所以我得好好處理一下。

現在假如我去回顧一下我的生活並且說：那個時候的安娜，是這樣這樣的一個人。然後，五年之後，她又是如何如何了，這麼說是很容易的。一個人一年、兩年、以至五年的生活都可以被捲起來，疊放在一邊，或者「命名」一下——不錯，在那段時間中，我就是那樣。而現在我正處於這樣一個階段中，當這一切都過去之後我會回頭看上一眼，然後平靜地說：是的，我曾經就那樣。我是一個無比脆弱、苛刻的女人，總是以女性本身做爲一種標準或者尺度來衡量以及拋棄男人們。是的——差不多就是這麼回事。我是這樣一個毫不自覺地就會在男人那兒自討苦吃的安娜。(但是我其實是明白的。而明知故犯便意味著我根本就將其拋諸腦後而變成——可變成了什麼？) 我深深地陷在對我們這個時代的女性來說最常見的一種情緒漩渦中，正是這種情感讓她們變得痛苦，或成爲同性戀，或者陷入孤獨。是的，那個安娜，當時是……

〔又一道黑線：〕

大約是三週前，我去莫莉家參加了一個非正式的政治會議。哈里同志，共產黨的一個高級學者，最近去了趟俄羅斯，做爲一個猶太人，他想去發掘出史達林去世前的「黑暗年月」中猶太人在那裡的情況。他根本是跟共產黨的高級官員們拚鬥了一番後才去成的。他們竭力阻撓，他動用了威脅手段，說是假使他們不讓他走，不助他一臂之力，他就要將此事公開化。他去了，帶回來可怕的消息，他們不希望有一點點洩漏出去。他的論點是這個年代的「知識分子」中常見的那種：總有一次共產黨必須承認並且解釋爲人人所知的眞相。而他們的論點，共產黨官僚的老生常談——要無條件地跟蘇聯保持一致，意思是承認得越少越好。上面只同意他刊登一個小報告，最壞的一面要徹底去除掉。他已經爲黨員和前黨員開過一系列會議，對衆人大談他的發現。現在上面已暴怒了，以開除黨籍威脅他，也同樣以此威脅來他這兒聚會的成員。他就要退出了。

在莫莉的起居室裡集中了四十個這樣的怪人，全是「知識分子」。哈里所告訴我們的的確很糟，不過也並不比我們從報上看到的更糟。我注意到一個坐在我邊上靜靜聆聽的人。在這樣一個情緒激昂的集會中他的安靜反令我矚目。有一刻我們相視而笑了一下，彼此都帶著那種讓人難受的嘲弄表情，現在這已成了我們這類人的標記。會議的正式部分便結束了，約有十個人留下來。我已感覺到那種「關門會議」的氣氛，非黨員應該是不允許加入的，我們便也打算隨別人撤了。但是一番猶豫之後哈里和別的人說我們也可以留下，然後他又說了下去。在此之前我們聽到的就已經夠可怕的了，但此刻所聞比最刻毒的反共報紙上的內容都猶有過之。他們無從得到的事實眞相讓哈里得到了。他談到非人的折磨、毒打、以及最心狠手辣的謀殺。說到猶太人如何被關押在中世紀的牢籠中，如何被施以由博物館拿出來的刑具的刑罰。諸如此類。

他現在所講到的恐怖色彩與之前他面對四十個人時已全然不同。等他講完後，我們問了些問題，而每一次回答便又帶出些未及講到的可怕內幕。我們眼前所見從我們的自身經歷來說是我們十分了解的一幕：一個共產黨人，決心要誠實面對事實，即便到了這一刻還在那兒艱難地與自己搏鬥，不願去相信他在蘇聯的親眼所見。當他結束講話時，那個未發過一言的人站了起來，他的名字該是尼爾森（美國人），開始了一篇激情洋溢的即興演說。他的話語滔滔不絕，因爲他很有口才，而且顯然有豐富的政治經歷。他的語音抑揚頓挫，顯得訓練有素。但此刻他轉換成了責難的口氣。他說西方共產黨之所以會垮掉，或者即將垮掉，是因爲他們失去了講述一切眞相的能力；並且由於長期以謊言瞞哄世人而形成的慣性，使得他們竟對自己都辨明不了眞相了。但是今晚，他說道，在第二屆全會之後，我們大家也都了解了共產黨的現狀之後，我們看到了一個領導同志，我們大家都認識的一個人在黨內是如何爲眞相而與那些比他更爲冷酷的人做鬥爭的，他特意將眞相一分爲二——一種爲四十人的公開集會而預備的溫和的眞相，另一種是更爲嚴酷的眞相，只對一個小範圍的群體。哈里又是尷尬又是難過。那時我們並不知道那些高層官員爲了禁止他的言論動用了怎樣的恐嚇。但他仍只是說，因爲眞相過於駭人聽聞，所以知道的人還是越少越好——這正是他極力反對的那幫官僚的觀點。

這時尼爾森一下子又站起來，開始了一篇更爲激烈、自責式的譴責，幾近歇斯底里，而每一個人的情緒也變得歇斯底里起來——我可以感覺到我自己胸中蠢蠢欲動的這股情緒，而我正是從那個「關於毀滅的夢」中察覺到這種同樣的情緒的，這是進入那個毀滅意象的前奏。我站起身，去謝過哈里——不管怎麼說，退出黨籍兩年來，我還無權參加過這種關門會議。我走下樓去——莫莉一個人在廚房裡哭泣。她道：「你一點事都沒有，你不是猶太人。」

到了街上我發現尼爾森也隨我出來了，他說他可以送我回家。一路上他又變得很安靜，我也已忘了他演說時那種自我鞭笞式的凌厲。他是個四十歲左右的男人，猶太裔美國人，長相和藹可親，有一點點大男人色彩。我知道他很吸引我並且……

〔又一道重重的黑線。接著：〕

我不想寫下去是因爲我得費很大的勁來寫性。多奇怪這禁忌力量之強大。

我把這事交代得太複雜了，太多關於會議的內容。但是要沒有那點共同經歷，儘管我們是兩個國家的人，尼爾森和我也是不會如此輕易地就建立起溝通來的。那第一天晚上他在我那兒待到很晚。他殷勤有加，一直在談論我以及我所過的生活。而女人對於那些能理解我們在打前鋒的男人，通常是會立即有所反應的。我想我都可以說他們會對我們有所「命名」。和他們在一起會令我們感到安全。他上樓去看了看熟睡中的詹妮特。他對這孩子的興趣是出自眞心的。他自己有三個孩子，已婚十七年。他的婚姻是他在西班牙作戰的直接結果。這一晚我們之間的談話嚴肅、穩重而成熟。他走後我用了成熟這個詞。我拿他與我近來遭遇的男人作了一番比較（爲什麼？），那些長不大的男人們。我告誡自己我的情緒太亢奮了。我又一次感到不可思議，在一無所有的狀態下生活是多麼容易，忘記了愛情、歡樂和愉悅。在將近兩年的時間裡不斷地只是那些令人失望的感情遭遇，只是一個又一個的失敗。我已縮進了感情的防線中，變得小心翼翼。然而現在，不過與尼爾森才敍談了一個晚上，這一切便都被我拋到九霄雲外去了。第二天他又過來看我。詹妮特正要出門找小朋友玩，尼爾森與她很快便交上了朋友。他說話的口氣並不止是一個潛在的情人。他說他就要離開他妻子了，他需要與一個女人建立眞正的關係。並說晚上他會在「詹妮特睡後」再來。我愛他這份「詹妮特睡後」再來的知覺，還有他對於我這種生活方式的理解。那天晚上他很晚才來，而且情緒完全不對，一說起話來就喋喋不休而欲罷不能，眼神四下游走，卻不與我相碰。我感覺到我的心在往下沉，而我驟然間的神經質反應和疑懼卻先於我的理智讓我意識到，這將會是又一次失望的。他談到西班牙，談到戰爭。他譴責著自己，就像他在那天會上一樣，捶胸頓足，歇斯底里，因爲他參與了對共產黨的叛變行爲。他說無辜的人因他而遭槍斃，儘管他當時並不相信他們是無辜的。（然而當他說到這兒的時候，我心中一直有個感覺，他並不眞的感到內疚，不是眞正的；他的歇斯底里和喋喋語聲是在抵禦眞實的感覺，因爲假如他不得不面對那罪惡感時，就太可怕了。）有時候他也會變得十分有趣，帶著美國人那種自虐式的幽默。他到午夜時分才走，更確切地說是溜之大吉了，臨走時還在那兒高談闊論，臉帶內疚之色。可以說他是說著說著走出去的。我開始想到他的妻子。但是我相信我的直覺不會錯。第二天早上，他沒打一聲招呼就又來了，我簡直認不出這就是那個高聲說話、歇斯底里的男人，他顯得如此的冷靜、可靠而富有幽默感。他把我弄到床上，然後我便明白問題在哪裡了。我問他是否要這樣，因爲他簡直驚慌失措（而這比什麼都清楚地讓我明白了他與別人的性關係問題），我便直言不諱了，而他還竭力佯裝著沒明白我的意思。然後他才說他對於性懷有深刻的恐懼心理，他從來不能在一個女人體內堅持多過幾秒鐘的時間，而且從無改觀。他緊張而匆忙地從我身上移開，帶著一種本能的反感，急急忙忙地穿上衣服，這一切都讓我看到他內心的恐懼之深。他說他已開始做心理治療，期望很快能「痊癒」。（聽到「痊癒」這個詞我忍不住就想笑出來，人們去接受心理治療，那種治療式的談話時便會用到這個詞，就好像一個人最終還是把自己交給了一個能將他變做別的什麼的大手術似的。）此後我們的關係就變了，有一種友誼，一種信任。因爲有這種信任，我們還互相來往著。

我們做愛了。那是幾個月前的事。現在令我害怕的是——我爲什麼要繼續下去？這絕不是自以爲是，好像我能治癒這男人似的。絕對不是。我很清楚，我太了解這類性無能的人了。這並不完全是同情，儘管部分是。我們需要把男人支撐起來，我總是對我自己還有別的女人身上的這股力量感到驚奇。這很諷刺，尤其像我們這樣生活在一個男人指著我們罵是「被閹割過的」這樣一個時代，別的所有用語也是大同小異。（尼爾森就說他的妻子是「閹割的」——聽得我直冒火，想她必定過得很是淒慘。）因爲眞相在於，女人有一種根深柢固的天性，就是要讓男人成其爲男人。莫莉就是個例子。我想這是因爲眞正的男人已越來越稀少，我們無比恐慌，因而就想去塑造出男人來。

不，眞正讓我害怕的是我的心甘情願。這正是糖媽媽所謂的女性的「消極面」，女人有撫慰和服從的需要。現在我已不是安娜，因爲我沒有了自己的意願。這種事一旦開始，我就已欲罷不能，只能順其自然了。

與尼爾森上床之後的那一週內，我頭一回處於一種我無法控制的局面中。那個名叫尼爾森的男人，那個穩重沉靜的男人消失了。他被一種強烈的不由自主的歇斯底里症所驅使，就連他說過的話、那些有關情感責任的語言也一併無影無蹤了。他被一種強烈的不由自主的歇斯底里症所驅使，我也被捲了進去。我們第二次上床便伴隨著無盡的對話、挖苦式的自責，而且瞬即轉爲對一切女人的歇斯底里的辱罵。然後他就從我的生活中一下子消失了兩個星期。我比我記憶中的任何時候都更爲神經質，更爲抑鬱。我也失去了性欲。一點點熱情都沒有。我能看到安娜在離我很遠的地方，她屬於那個平實而溫暖的世界。我看得見她卻已不記得她所有的那種生活是什麼樣子。他給我打過兩次電話，做了些解釋，顯然對我是侮辱性的，因爲這些藉口是編給「一個女人」，「女人們」，或者「敵人」聽的，而不是安娜；在他自我感覺良好的時候他是絕不會這樣遲鈍的。而我已將做爲情人的他從腦海中註銷，只留下他做一個朋友了。我們之間尚有一種親密感，這是某種出於自知、出於絕望的關係。不管怎麼說吧，之後有一天晚上他又突然闖來，以他的另一面，那「好」的一面出現在我面前。聽他說著說著，我便漸漸地再也想不起他歇斯底里和不能自控時的樣子。我坐在那兒看著他，就跟看著那個健康而快樂的安娜一樣——他遙不可及，她也遙不可及，正宛如一堵玻璃帷幕牆後的影象。噢，是的，我了解那堵玻璃牆，還有它後面那種種美國人的生活，我簡直太了解了——別來碰我，看在上帝的份上別來碰我，別碰我因爲我害怕感覺。

那天晚上他請我去參加他家的一個晚會，我說我去。等他走後我才意識到我不該答應他的，因爲我覺得很彆扭。但是從表面上來看，爲什麼不呢？他從來不曾是我的情人，而我們又是朋友，那爲什麼不去會會他的朋友，還有他的妻子？

一走進他們的公寓我就意識到我做了一個多麼愚蠢的決定，可見得我是怎樣地一點心眼兒也沒動。有時候我不喜歡女人，一點兒也不喜歡我們自己，因爲我們只要一舒適就不動腦子，當我們欲求幸福的時候，我們從來都只憑直覺。好了，反正一走進這所公寓，我就知道我剛才什麼也沒去多想一下，我眞的感到羞愧而且丟臉。

這是一座很大的、租來的公寓，滿是毫無品味也毫無特色的家具。而我知道當他們搬進一所房子並往裡擺放他們自己所選來的物件時，他們也仍會毫無新意的——這就是沒有特點的特點，十分安全。是的，我也十分了解這一點，太了解了。他們提到這套房子的租金，簡直難以置信，一週三十英鎊，這可不是個小數目，眞是瘋了。來了約有十二個人左右，全是影視界的美國人——做「演藝業」的一群，他們當然也沒忘了拿這開玩笑。「我們是做演藝這行的，有什麼不可以？那又沒什麼錯，不是嗎？」他們彼此之間全都知根知底的，這種「知根知底」是因爲他們全都從事這一行，以及工作中隨時都可能的碰面。但是他們仍是友好的，一種很有吸引力的、寬容而隨意的友誼，我喜歡，它令我想起非洲的白人之間那種輕鬆而無拘無束的友情。「你好！你好！你好嗎？儘管我只見過你一面，可我的家就是你的家。」我仍然喜歡這樣。按照英國的標準，他們全都是有錢人。在英國，像他們這樣富裕的人是不談錢的，但是在這些美國人中間都自始至終有一種談錢的氣氛，毫不掩飾他們對錢的憂慮。儘管他們有錢，然而一切都是如此昂貴（他們顯然認爲這也是理所當然的），有一股難以形容的中產階級氛圍便滲透於其間。我坐在那兒，很想把這形容出來。這是一種刻意的平民化，一種自我的降低，似乎他們全都在內心建立了一種讓自己符合實際的需要。但是你卻會很喜歡他們，他們都是很好的人，卻眼看著他們因爲自我的貶抑和禁錮而深深痛苦。那禁錮便是金錢的禁錮。(可這又是爲什麼——他們中有一半是左翼分子，上過黑名單，因爲在美國無法出來工作而到了英國。然而錢，錢，錢，從頭到尾都是錢。）是的，我都能感覺得到那種對錢的憂慮，它就是浮在空中，像個問號。可尼爾森爲這套又大又醜陋的公寓所支付的租金足可以令一個英國中產階級家庭過得舒舒服服。

我暗暗地被尼爾森的妻子迷住了——一半是出於那種平常的好奇心——這個從不曾謀面的人會是什麼樣子？但另一半卻是令我感到羞愧的——什麼是她缺少而我恰恰擁有的？她什麼也不少——我看得明明白白。她很有吸引力。是個高眺、瘦削、近乎單薄的猶太女人，長得十分有魅力，五官輪廓分明，十分惹眼。她有一張表情豐富的大嘴，高聳的、線條優美的鼻子，一雙令人過目不忘的黑色的大眼睛，衣著色彩鮮艷而華麗。她說話的聲音又高又尖（這是我所痛恨的，我討厭高聲說話），笑起來很狂放。她氣質出衆而且十分自信，這當然令我妒嫉，我從來如此。然後，當我看著她的時候，我才發現那只是一種表面的自信，因爲她的眼神一刻也沒有離開過尼爾森。(可他卻並不看她，他害怕看她。）由此我開始了解美國女人了——表面上她們精明強悍、派頭十足，內心深處卻是焦慮不安的。她們對於肩上的壓力也是十分緊張而害怕的。她們害怕。她們就好像獨自跑到了太空中的什麼地方，卻假裝並不感到孤單。她們一看就是孤獨而離群的人，卻在那兒一味地裝蒜。她們令我害怕。

不管怎麼說，反正打從尼爾森走進屋，她的眼睛就再也不曾離開過他。他進來時講著俏皮話，那種自責式的自我解嘲叫我吃驚，因爲這幽默含意太多：「男人遲到了兩小時，爲什麼呢？——因爲他得把自己塞得飽飽的，以面對眼前這個快樂的社交之夜。」（於是他所有的朋友都笑起來，儘管這個快樂的社交之夜就是他們自己。）而她則用同樣歡快、責備而不放鬆的語調回道：「但是女人知道他會遲到兩小時的，就因爲這個歡樂的社交之夜，所以晚餐定於十點鐘開始，請一分鐘也不用去多惦記它！」這下他們全都笑了，而她那雙眼睛，那雙大膽的、盛氣凌人的黑色眼睛便盯住了他，焦慮而不安。「來點蘇格蘭威士忌嗎，尼爾森？」給別人都倒完酒後她問，聲音突然成了一種尖聲懇求。「要雙份的。」他道，語氣中滿是不服而挑釁的意味。於是他們相互對視了片刻，這是突然暴露的一瞬，而另一方就會說笑著掩飾過去。這讓我又開始明白了一件事——他們在彼此遮掩，一直如此。這點讓我特別地不舒服，看著他們彼此間無比友好的樣子，心裡卻十分清楚他們在時刻提防著這種危險的時刻，以便及時地掩蓋過去。我是在座的唯一的英國人，他們對此表現得十分友善，因爲他們都是好人，有著慷慨大方的天性，他們就傳統的美國人對英國人的態度講了許多自嘲式的笑話，眞的是好笑極了，所以我笑得很厲害，而且感覺很不好，因爲我不知道怎樣才能輕鬆自如地回他們以自嘲。我們喝了很多酒，這是那種從一進門開始就自取其便的聚會，盡可能地往肚子裡灌酒就是了。可我還沒習慣，所以我一下子就醉了，還醉得比別人都厲害，儘管他們比我喝得多多了。一個金髮碧眼、個頭嬌小的女人引起了我的注意，她穿著一件綠色織錦緞的中國式旗袍裙，眞的很美，一種玲瓏而精緻的美。她丈夫是個高大而醜陋的黑人，一個電影大亨，她是他的第四任妻子。她在一小時內已喝下了四個雙份，依然冷靜、自持而富有魅力，與此同時，她邊看著她丈夫一個勁兒地灌酒，也哄著他以防他眞的喝醉。「我的寶貝並不是眞的要再來一杯」——她對他柔聲細語，一臉的嬌嗔。他則道：「噢是的，你的寶貝要那杯酒，而且要喝了它。」她便拍拍他說：「我的小寶寶不會喝的，他不喝，因爲他的媽媽要他不喝。」然後，我的上帝，他居然就沒喝。她那種愛撫，那種哄的方式，在我看來無異於侮辱，直到我發現這正是這樁婚姻的基礎——美麗的綠色中國旗袍和長長的、美麗的耳環，對此的回報就是要寵溺他、愛撫他。我感到窘迫，但是在場的別人並無異樣。我坐在那兒，意識到自己在看他們的時候，實在是太拘謹了，而且這也正是因爲我講不了他們那種毫不動聲色的俏皮話，我於是整個兒陷入窘迫之中，而且時刻擔心著再出現一個危險的角落，而他們不及遮掩，便會有可怕的爆發。果然，到了午夜時分這種危險還是出現了，不過我明白已沒必要驚慌，因爲他們所有的人在某一類世故方面都比我要老練得多，而在此方面我是一無所知的，也正是這種富有自知之明的、自嘲式的幽默感才使他們免於眞正的傷害，並且保護著他們，直到內蓄的暴力衝突出來從而演化爲又一次離婚，或者爛醉之後吐出眞言。

我一直在觀察尼爾森的妻子，她是如此的醒目，富有吸引力而且充滿活力，她的眼睛那天晚上就沒離開過尼爾森。那雙大大的眼睛中有一種茫然而混亂的表情，我熟悉這種表情，卻又記不起在哪兒見過，最後終於想起來了：布斯比太太在故事結尾處垮掉了，她的眼神就是這樣的，發狂而混亂，卻又拚命地睜大眼睛，盡力遮掩那種狀態。而我看得出尼爾森的妻子陷於一種無可擺脫而得以控制的歇斯底里之中。然後我明白了他們全都如此，他們全都瀕臨自身情緒的邊緣，但竭力地控制著，維持著常態，而那股歇斯底里的情緒就隱含在他們那冷嘲熱諷式的幽默談吐中，閃爍在他們那敏銳而戒備的眼神中。

然而他們對此早已習以爲常，他們在其中生活多年，除了我以外，並沒有什麼人覺得奇怪。我仍然坐在一個角落裡，因爲醉得太快沒敢再喝，而且一下子喝了這麼多酒使我處於一種高度警覺、高度敏感的狀態，我只能等著那股酒力平息下去——我知道這一切並非我想像的那麼新鮮，與我所見過的一百個英國家庭中的一百個婚姻相比，不過是大同小異，不過是更進了一步，有了自知和自覺。我明白，不管怎麼說，他們是有自覺意識的人，時刻保有自知之明，而且也正是這種清醒，一種自我唾棄式的清醒，才使他們擁有了這種幽默感。而這種幽默絕不是英國人那種不痛不癢的、機智的文字遊戲，而是一種消毒和驅害的方式，一種解除痛苦的文字上的「命名」。就好比農民手摸護身符以驅避魔鬼的糾纏一樣。

我前面已說過，是到很晚的時候，約在午夜時分，我聽到尼爾森的妻子那又高又尖的聲音在響，說著：「好，好，我知道下面的內容。你不會去寫那個劇本的。那你幹嘛還要在尼爾森身上浪費時間，比爾？」（比爾就是那個嬌小乖巧、溺愛丈夫的金髮美人那高大凶悍的丈夫。）她繼續衝比爾嚷嚷著，而比爾則一臉的好脾氣：「他會一連幾個月沒完沒了地談這個本子，最終卻令你大失所望，然後再把時間浪費到另一部永遠不會上演的名著上去……」說完她就笑起來，一種充滿歉意的笑，卻又是狂亂的、歇斯底里的。尼爾森一把抓住這個時機，也就是說，比爾還來不及出面擋一下，他本來是要這麼做的。「這就對了，這就是我的妻子，她丈夫把時間浪費在撰寫傑作上面——那麼，我有沒有在百老滙上演過劇目呢？」他最後一句是衝她尖叫出來的，叫得像個女人，他的臉恨得發青，而且有一種一覽無遺的、慌亂的恐懼之色。於是他們全都笑起來，一屋子的人都開始大聲說笑，要把那危險的一刻蓋過去。比爾則說：「你怎麼知道我不會令尼爾森失望呢，很可能會是這樣，也許該我來寫作品了，我都能感覺到靈感在降臨。」（說著瞥一眼他那美麗的金髮妻子，像是在說：別擔心，親愛的，我不過是在和稀泥，你知道的吧？）但是這番搪塞已不起作用，就連大夥兒的群起說笑也抵不住兩個人之間那股凶猛的對抗之力了。尼爾森和他的妻子站在屋子的另一頭，已顧不得衆人，完全陷入彼此的怨恨以及強烈的哀求情緒中，他們已忘了我們的存在，但是儘管如此，他們的對話中依然是那種要命的、歇斯底里的、自我挖苦式的幽默口吻，可以說是妙語連珠：

尼爾森：聽到了嗎，寶貝兒？比爾要寫當代的《推銷員之死》了，他將以此來擊敗我，那麼這是誰的過錯呢——是我一直所愛的妻子造成的，還能有誰？

她（尖聲笑著，雙眼焦躁而狂亂地轉來轉去，像在刀下扭動的小小的黑色軟體動物）：噢，是我的錯，當然了，還能有誰呢？這就是我的作用麼，不是嗎？

尼爾森：是啊，你當然能起這個作用。我知道你在替我遮著擋著，我也愛你這點。可我難道就沒有東西在百老滙上演過嗎？還有所有那些好評呢？要不這都是我憑空臆想出來的？

她：十二年前，噢，那時你是個優秀的美國公民，還沒上黑名單。可從那時到現在你都做了些什麼？

他：好吧，所以說他們擊敗了我。你以爲我不知道？你非得再提嗎？我告訴你，他們並不需要動用消防隊員和監獄來打倒一個人。有比這輕易得多的辦法……好了，對我來說，是的，就我來說……

她：你上了黑名單，你成了英雄，這就是你後半生的托辭……

他：不，小寶貝兒，不，我的心肝，你才是我後半生的托辭——是誰每天凌晨四點鐘就把我弄醒，又是尖叫又是嚎哭的，好像假如我再不給我們這兒在座的好朋友比爾寫點狗屎的東西，你和你的孩子們就會落魄到博厄利大街⑮打發日子去了。

她（笑著，她的臉笑得都走了形）：很好，這麼說我每天凌晨四點就醒了。很好，所以我也怕了。想讓我搬到備用房間去嗎？

他：是，我想讓你搬到備用房間去。我就可以把每天凌晨那三個小時用來工作，若是我還沒忘了如何工作的話。（突然大笑）只是我也會跟你到備用房間去，說我害怕我可能會在博厄利大街了我殘生。要是當這是個計劃怎麼樣？你和我一起住在博厄利，厮守到老，此愛不渝。

她：你可以拿這編個喜劇，我一定會笑破頭。

他：是啊，假如我老死在博厄利，我一直所愛的妻子一定會笑破頭。（大笑）但是可笑在於，假使你喝得爛醉地癱倒在門邊，我一定會過去幫你的，沒錯，這就是事實。只要你在那兒，我就會跟過去，我需要安全感，是的，這就是我對你的需要，我的心理分析師就是這麼說的，那麼我還用得著跟誰爭呢？

她：是啊，這就對了，這就是你對我的需要，也正是你從我這兒得到的。你需要母愛，上帝保佑我吧。

---

⑮博厄利大街（The Bowery）：原紐約市的一條街。指稱廉價酒吧和乞丐、酒徒充斥的街區。

（他們倆同時放聲大笑，笑得直彎向對方，笑得簡直收不住。）

他：是了，你就是我媽。他這麼說，他總是正確的。既是如此，恨你的母親就沒什麼錯的，書上是這麼講的。此說也正合我意，所以我對此並不感到負疚。

她：噢別，爲什麼你要感到負疚，你何必負疚呢？

他（大喊，那張黝黑而英俊的面龐扭曲了）：因爲你令我覺得負疚，對你來說我總是不對，好像我只能這樣，媽媽是一貫正確的。

她（突然止住笑，顯得萬分絕望）：噢，尼爾森，別老這麼纏著我不放了，別這樣，我快受不了了。

他（輕柔而陰惡的）：這麼說你受不了了？可惜，你得受得了才行。爲什麼呢？因爲我要你受得了，就這原因。嗨，也許你該去找個心理分析師。爲什麼總要我來幹這種苦活？對了，這不解決了，你可以去看心理醫生，我沒病，是你病了。你病了！

（但她已經放棄了，轉身離開他，步子蹣跚而絕望。他勝利一般地又跳到她面前，但又被嚇住了）：現在你又是怎麼了？接受不了，哈？爲什麼？你怎麼知道你沒病？爲什麼總是我的不對？噢，別那個樣子！想讓我感覺不好，像往常那樣，哈？好了，你贏了。好，我是錯的。只是請你別生氣了——就這會兒。我總是在不對的一方，我這麼說過，是吧？我也認了，是吧？你是女人，所以你正確。好，好，我不是在發牢騷，我只說事實——我是男人，所以我錯了，行嗎？

但這時那個小巧的金髮女人突然間站了起來（她至少已喝掉了一瓶蘇格蘭威士忌的四分之三，但依然沉著而冷靜，像隻甜蜜可人的、剛睜開迷濛的藍眼睛的小貓）說道，「比爾，比爾，我想跳舞，我想跳舞，親愛的。」比爾一骨碌跳起來，去把唱機打開了，於是室內一下子充滿了阿姆斯壯晚期音樂的聲音，老阿姆斯壯那充滿懷疑的小號和充滿懷疑的、溫和的聲音。比爾已將他小巧美麗的妻子擁在懷中，舞了起來。可他們是在模仿，在學一種溫情脈脈而性感的舞蹈。這時別人也全都跳了起來，只有尼爾森和他的妻子站在圈外，也不理睬衆人。但沒有人再去留意他們，人們已聽夠了。然後尼爾森猝然伸出一隻拇指來指著我大聲說：「我要跟安娜跳。我不會跳舞，我什麼也不會，你用不著告訴我，可我要跟安娜跳舞。」我站了起來，因爲所有的目光都集中到了我身上，像是在說：跳吧，你該跳舞的，你得跳。

尼爾森走了過來，拿著腔調大聲地說：「我要跟安娜跳舞。跟我——跳舞！跟我跳——安娜。」

他的眼神中布滿了絕望，是一種自暴自棄、悲慘而痛苦的神情。他又假裝道：「來吧，讓我們幹吧，寶貝兒，我喜歡你這樣子。」

我大笑。（我聽到自己的笑聲，刺耳並且帶著懇求。）衆人也笑開了，大家都鬆了口氣，因爲我扮演了我的角色，那危險的一刻便算是過去了。並且尼爾森的妻子笑得最響，然而她還是敏銳而恐懼地審視了我一眼，我便知道我已成爲他們這場婚姻之戰的一部分內容，而且有關我的一切，安娜，也許都將給這場戰爭火上加油。他們或許會在凌晨四點至七點那種可怕的時刻圍繞著我無休無止地鬥嘴，只要他們一從憂心忡忡的夢中醒來（可是憂慮什麼?）,便往死裡打，我甚至都能聽到他們的對話。我與尼爾森在跳舞，而他的妻子在一邊看著，痛苦而憂慮地微笑著，我聽到了那段對話：

她：不錯，我想你準以爲我不知道你跟安娜·沃爾夫的事。

他：沒錯。你不知道而且你永遠也不會知道，是吧?

她：所以你就以爲我不知道，可我知道，我只是想看看你的樣子！

他：看著我，寶貝！看著我，心肝！看著我，親愛的，看哪，看哪，看哪！你看到了什麼？勒沙里歐⑯？還是唐・璜⑰？不錯，那就是我。對極了。我已跟安娜・沃爾夫搞過了，她正是我喜歡的類型，我的心理醫生也這麼說，我跟我的心理醫生有什麼可爭的？

在那曲狂放的、痛苦的、大笑聲中的舞蹈之後，每個人都跳得裝腔作勢起來，而且迫使在場的所有的人也都亦步亦趨，最後，爲了大家親愛的生命起見，我們互道晚安，各自回家。

尼爾森的妻子在我臨走時也吻了吻我。我們全都相互親吻而告別，一個快樂的大家庭，儘管我很清楚，他們也明白，這當中的任何一個人都有可能在明天因爲失敗，或者酗酒，或者不合而分離出去，從此再也不會謀面。尼爾森的妻子在我的臉頰上吻了吻，先是左邊，後是右邊，半帶著熱情，而且是眞誠的，像是在說：很抱歉，我們只是無能爲力，這跟你毫無關係；同時又半帶著探詢之意，像是說：我很想知道你身上有什麼吸引尼爾森的地方正好是我沒有的。

而且我們甚至還交換了嘲諷而苦痛的一瞥，似是在說：好了，這與我們倆都無關，眞的！

然而這一吻讓我很不舒服，我都覺得自己像個騙子。因爲我意識到有些事情只要我動動腦子早就可以明白的，而根本不必等到踏進他們的公寓。事實上，連結尼爾森和他妻子兩個人之間的紐帶十分地緊密，而且

⑯勒沙里歐：Lothario，源出英國劇作家Nicholas Rowe一七〇三年創作的The Fair Penitent一劇中的人物，指稱專事勾引女性的登徒子。

⑰唐・璜：Don Juan，西班牙傳奇中的一個浪蕩子，專門玩弄女性的荒淫貴族，屢見於西方詩歌、戲劇中。

一輩子也破不開。他們被一切最親密的枷鎖綁縛在一起，彼此互爲對方的精神痛苦之源。他們共有彼此製造和接受痛苦的經歷，痛苦遂成了愛情的一面，他們也正是以此來理解這個世界以及成長的涵義的。

尼爾森打算要離開他的妻子，但卻是永遠也不可能離開的。她將爲被拋棄而慟哭，但她並不知道她永遠也不會爲他所拋棄。

那晚的聚會之後我回到家，筋疲力竭地倒在椅子裡。有一幅畫面不斷地跳進我的腦海，像是一部電影中的一個鏡頭，接下來我看到了一組電影鏡頭。一個男人和一個女人在一座房頂上，腳下是忙碌的城市，但是嘈雜的市聲和其中的熙攘卻遠遠地在他們下面。他們漫無目的地在房頂上走來走去，有時擁抱一下，但幾乎是試驗性的，兩個人似乎是在琢磨著：這是什麼感覺——然後就又分開，重又無目的地遊走。接下來男人走向女人說：我愛你。她則害怕地問：你這是什麼意思？他又說：我愛你。於是她擁抱了他，而他卻緊張地匆忙走開了，她便問他：爲什麼你要說愛我呢？他則回答道：我想聽聽說出來是什麼感覺。而她道：可是我愛你，我愛你，我愛你——他卻走到了房頂的邊緣，站在那兒要往下跳——只要她哪怕再說一遍：我愛你，他就會跳下去。

我入睡後又夢見了這組電影畫面——是彩色的。這回不是在房頂上，而是在一片五光十色的薄薄的霧靄中。一團色澤精妙的霧氣漩成了一個渦，一個男人和一個女人就在這裡面走動。她在找他，但是一旦她撞到他或者說發現了他，他就緊張地從她身邊遁開，又回頭看看她，然後走開，越走越遠。

晚會後的第二天早上尼爾森打電話來說他想要娶我。我想起了那個夢，便問他所爲何來。他叫起來：「因爲我願意。」我說他與他的妻子是不可分割的。這時那個夢，或者說那組電影畫面，戛然而止了。他的口氣也變了，轉而幽默道：「我的上帝，要是此話當眞，我可就麻煩了。」我們又多說了一會，然後他說他告訴了他妻子他跟我睡過。我氣憤極了，我說他這是在利用我與他妻子開戰。他開始對我刺耳地叫罵起來，就像在頭天晚上的聚會上罵她一模一樣。

我掛上了電話，幾分鐘後他又打了過來。這回他開始爲他的婚姻辯護，不是對我，而是對著某個無形的旁觀者。我想他並不十分在意我是否在那兒聽著。當他說到他的心理醫生在度假，要一個月才回來時，我明白了那個人是誰。

他掛斷電話時衝我——女人又叫又嚷。一小時後他來電話說他很抱歉，他是個「瘋子」，一切都歸結於此。然後他說：「我沒傷著你吧，安娜，沒有吧？」這話讓我猛然一呆——那個可怕的夢境似乎又要重現。然而他還在往下說著：「相信我，我只想跟你有一種眞實的關係。」——說到這裡，語氣又轉爲酸澀——「假如人們所說的愛是可能的，那是比我們表面擁有的更爲眞實。」然後又傳來那固執而刺耳的聲音：「可我想讓你說我沒有傷害你，你得說啊。」我好像覺得被一個朋友搧了一耳光，或是衝我吐了口唾沫，或者，嘿嘿地笑著，邊拿出一把刀子來直戳進我的身體。不過我還是說他肯定是傷著我了，但也不能算是失信；我也照著他的口氣說話，就好像這傷害在我們這番遭遇的三個月之後就可以不著痕跡了。

他又說：「安娜，我想——當然我還不至於這麼壞——假如我能想像出一個人該如何，假如我能設想去眞正地愛一個人，眞正地爲一個人而活……那是一種未來的藍圖，是吧？」

不管怎麼說這些話還是打動了我，因爲這讓我覺得一半我們所做的事以及我們努力要做的人，都是爲了要設計出未來的藍圖。於是我們完全朋友式地結束了這場談話。

但是我仍坐在那兒，在一團寒冷的霧氣中想著：男人都是怎麼了，怎麼竟可以這樣跟女人說話？多少個星期以來尼爾森一直在糾纏我——以他的一切魅力，他的熱情，以及他對於女人的經驗，尤其是在我生氣或者當他知道他說了什麼格外難聽的話的時候，更是千方百計地要博取我的歡心。然後他卻可以漫不經心地說：我傷害你了嗎？因爲對我來說，男人這種一筆勾銷的做法，只要我一想起來就會覺得難受而失落（就像身處一團寒冷的霧氣中），一切都失去意義，就連我說的話語也空洞起來，跟學舌似的，變成一種語義上的機械模仿。

在他打來電話問是否傷害了我之後，我做了這個夢並且意識到它意味著那種毀滅的快感。夢是我和尼爾森之間的一場電話交談。但他和我是在同一個房間裡。他的外表顯示著他是一個可信賴的、熱情洋溢的男人。然而他一開口說話笑容就變了，他臉上現出一種突如其來而毫無來由的惡意。我感覺到那把刀子扎進了我的肉中，在我的骨縫間，那柄刀鋒就擦著骨頭磨來磨去。我說不出話來，因爲那種危險。那毀滅。全是來自於一個我親近的人，一個我喜歡過的人。然後我開始對著聽筒講話，我能感覺到我的臉上緩緩綻開了一絲笑容，那是一種怨恨的快樂。我甚至還走了幾個舞步，搖頭晃腦地，幾乎像個木偶似地一擺一擺地跳著那只會活動的花瓶的舞蹈。我記得我在夢中想著：現在我是那只罪惡的瓶子，接下來則是那個老侏儒，再然後是那個駝背老婦人。然後是什麼？然後是通過話筒傳進我耳中來的尼爾森的聲音：「然後是女巫，再然後是那個小女巫。」我醒了過來，耳中還在響著那可怕的、怨毒的、喜悅無比的聲音：「女巫，再然後是那個小女巫！」

我的情緒非常低落。在很大程度上我完全依賴著我的另一個角色——詹妮特的母親。我不斷地問自己——多麼不可思議，當我的內在已如一潭死水、神經質、而且毫無生氣，而我依然能爲詹妮特而活著，並且鎮靜而富有責任心。

我沒再做那個夢。但是兩天前我在莫莉家碰到個人。他來自錫蘭⑱。他對我表現得很主動，但都被我一一拒絕了。我害怕被拋棄的感覺，害怕又一次失敗。但我又自覺羞愧難當，現在我成了個膽小鬼。因爲只要一個男人發出性愛的信號，我的第一反應就是逃，不管逃到什麼地方，只要能遠離傷害。這讓我十分驚恐。

---

⑱錫蘭：Ceylon，斯里蘭卡的舊稱。

〔這裡劃過一道粗黑線。〕

德・西爾瓦來自錫蘭。他是莫莉的一個朋友。多年前我就在她家見過他。他幾年前來到倫敦，謀了個記者的差事，但十分拮据。後娶了個英國女人。他給人最深的印象是在晚會上的那種冷漠而諷刺的態度。他對人有一套自己的妙論，極盡挖苦，卻絕對是不偏不倚的。想起他的時候，我還能看到他就站在一群人之外，旁觀著，微笑著。他與妻子住著一間臥室與起居室連在一起的屋子，過著在文學圈外圍的封閉式生活。他們有一個年幼的孩子。因爲在這裡不足以謀生，他決定回錫蘭去，但他妻子不願意。他是一個上流社會家庭的小兒子，家中十分勢利，對他娶了個白種女人一直不滿。他最終還是說服了妻子與他一同回去了。由於他家不會接納他的妻子，所以他爲她在外面找了住處，他的時間一半與妻子孩子在一起，另一半則屬於他的家庭。她想回英國，他說可以，但說服她再要一個孩子，而她本來是不想要的。第二個孩子一生下來，他就坐上飛機了。

我突然接到他的一個電話，要找莫莉，她剛巧外出了。他說他之所以會在英國是因爲「他在孟買中了彩票，結果是得了一張飛往英國的免費機票。」後來我聽說這並非事實，他去孟買是爲了完成一個新聞採訪任務，到了那兒一衝動，借了錢就飛到英國來了。他寄希望於曾借錢給過他的莫莉能再度負擔他的生活費用。莫莉不在，他就想試試安娜這兒。我說我這會兒沒錢借給他，這倒不是假話，不過既然他說他跟所有的人都斷了聯繫，我就請他來吃晚飯並邀請了些朋友來見他。他沒來，但直到一週後才打來電話，凄凄慘慘的，一副孩子氣的腔調，抱歉說他情緒低落得不想見人，「那天晚上怎麼也想不起我的電話號碼了」。之後我在莫莉家見到了他，莫莉已回來了。他還是那樣，冷漠、孤僻、機智。他得到了一份記者的工作，滿懷情義地說他妻子「大概下週就要過來與他團聚」。就是那天晚上他邀請我，而我跑掉了。有充分的理由。但是令我恐懼的並非是對人的判斷，而是我在逃離所有的男人，因爲這個原因當他第二天打電話過來時，我請了他來吃晚飯。從他吃飯的樣子我能看出來他並沒吃飽。他顯然是忘了自己曾說過妻子「大概下週」就要過來，這會兒他說「她不想離開錫蘭，她在那兒十分開心」。他說這話時毫無表情，好像他自己也在傾聽這話似的。到這一刻爲止，我們都相談甚歡，且十分友好。但在提到他妻子時似乎便多了一層意思，我能感覺得到。他一直用淡漠、深思而敵意的目光掃射著我。而這種敵意與我是無關的。我們走進我的大房間。他在屋裡敏捷地走了幾個來回，頭偏向一邊，像在傾聽似的，不時朝我投來冷淡而感興趣的一瞥。然後他坐下來，說：「安娜，我想告訴你一些發生在我身上的事。不，就坐下聽我說就是了。我就想告訴你而且我希望你就坐在那兒聽著什麼也別說。」

我坐下來聽他說，這種順從讓我嚇了一跳，因爲我知道我該說不的，而且本來就要出口。因爲這其中包含著敵意和攻擊性——絕不是針對個人的，但卻無處不在。他給我講了這個故事，看著我的臉，面帶微笑，神情恍惚而漠然。

幾天前的一個晚上他吸食了大量的大麻煙，然後走到大街上，那是梅費爾附近的一個地方——「你知道，安娜，那種金錢和腐敗的氣味，你都能聞見。這倒很吸引我。我有時會走到那兒去聞聞那股腐敗的味道，它讓我興奮。」他在人行道上看到一個女孩，便逕自朝她走過去說：「我覺得你很漂亮，肯跟我睡覺嗎？」除非是借著酒勁或是吸了大麻，他說他是絕不會這麼幹的。「我並不覺得她漂亮，但她的衣服很漂亮，而一見我這麼說了之後，我也就立刻覺得她很漂亮了。」她極其簡單地回答說，好的。」我問，她是不是個妓女？他頗爲不耐，但語氣平靜地說（彷彿他早料到我有這一問，甚至就等著我來問似的），「我不知道。這無關緊要。」他說這無關緊要的口氣讓我吃驚。那樣的冷酷，無情——他是在說：這跟別人又有什麼關係呢，我在說的是我。她對他說：「我覺得你挺英俊的，我願意跟你睡。」當然他是個英俊的男人，身形矯健而富有活力，面貌也很有光采，但卻是一種冰冷的英俊。他對她說：「我想來點特別的。我同你做愛，就好像我在不顧一切地愛著你，但是你一定要無動於衷，你必須只給我性，而且你別管我說什麼。你答應我嗎？」她笑道：「行啊，我答應你。」他們去了他的房間。「那是我有生以來最有意思的一個晚上，安娜。是的，我可以發誓，你信我嗎？你得信。因為我做得就像是在愛她，在不顧一切地愛她。而且我甚至都當眞了。因為——你肯定了解這一點，只愛她那一個晚上，你可以想像那會是多奇妙的一件事。所以我對她說我愛她，我像一個陷入情網不能自拔的男人。可她卻不斷地出戲，每隔十分鐘我就能看到她的表情在發生變化，對我的反應也像是個被愛著的女人。於是我不得不中斷遊戲對她說：不，你不是這麼答應的。我愛你，可你知道我不是眞的。可是那天晚上我的確是眞的，因為那一晚上我無比喜歡她。我還從沒這麼愛過。但她的回應不斷地在破壞氣氛。最後我只得打發她走，因為她已經愛上我了。」

「她氣憤嗎？」我問。（因為聽著聽著我就氣憤了起來，我也知道，他就想讓我氣憤。）

「是的，她非常氣憤。她用盡一切髒話來罵我。但這對我毫無作用。她罵我是虐待狂和暴徒，全是這一類的詞。我無所謂。我們有言在先，她也同意了。然後她再把一切給弄糟。我只想在我的一生中能有那麼一次，可以去愛一個女人而不必付出什麼作為回報。不過這當然也無關緊要。我講給你聽這事也是因為這毫無所謂。你明白這點嗎，安娜？」

「你後來再見過她嗎？」

「沒見過，當然不會了。我重又回過那條搞到她的街道，儘管我明知再也見不到她了。我希望她是個妓女，但我知道她不是，因為她告訴過我。她在一間咖啡館裡工作，她說她想要墜入情網。」

那天晚上再晚些的時候，他又對我講了下面這個故事：他有一位好友，畫家B。B已結婚，但從來沒有在這樁婚姻中得到過性滿足。（他道：「婚姻中當然是從來也不會有性滿足的。」而「性滿足」那個詞聽來像是個醫學術語。）B住在鄉村。村裡的一個女人每天都來打掃屋子。大約有一年的時間，B每天早晨都要和這個女人睡，就在廚房的地板上，而此時他的妻子就在樓上。德・西爾瓦去看望B，B正好外出了，他妻子也不在。德・西爾瓦於是待在這所房子裡等他們回來，那個清掃房子的女人照例每天都會過來。她告訴德・西爾瓦她已和B睡了一年的時間，說她愛他，「不過，我對他當然還不夠好，這只是因為他妻子對他來說不夠好。」「這是不是很有意思，安娜？那句話，他妻子對他來說不夠好——就不是我們的語言，不是我們這類人的語言。」「那就用你自己的話說。」我說。但是他把頭歪向一邊，說道：「不，我喜歡那種說法——喜歡其中的熱情。所以我也同她做了愛。就在廚房的地板上，那兒有一塊家織的小地毯，一切都與B一模一樣。我想這麼幹只因為B幹過。我也不知道為什麼。並且，這對我來說當然是無所謂的。」後來B的妻子回來了，她先回來是為了給B整理一下房間。她很高興見到德・西爾瓦，因為他是她丈夫的朋友，而她「努力想在床第之外取悅她的丈夫，因為她在床上對他不夠關心」。德・西爾瓦用了整整一個晚上的時間想搞明白她是否知曉她丈夫與那個清潔婦做愛的事。「最後我發現她並不知情，於是我說：『當然，你丈夫與那個清潔婦的那樁風流事什麼也算不上，你不必介意。』她一下子爆發了，嫉妒而恨得發狂。你能理解嗎，安娜？她不斷地說：他跟那女人每天早晨在廚房的地板上睡。她無休無止地重複著這句話」這樣一來德・西爾瓦只好竭盡全力地去使B的妻子安靜下來，他是這麼說的，然後B回來了。「我告訴了B我都做了些什麼而他原諒了我。他妻子說要離開他，我想她是要離開他的，因為他跟個清潔婦『在廚房的地板上』睡。」

我問道：「你這麼做是為了什麼？」（聽著自己的問話，我感到一陣出奇的寒冷，是一種近乎麻痺的恐怖，我處於某種恐怖之中而不自覺。）

「為什麼？為什麼你要問呢？那有什麼關係？我只想看看會發生什麼，僅此而已。」

說著他笑了起來。一種提示性的、極為狡黠、開心而興致勃勃的笑。我認得這笑容——那正是我做的夢的本質，是我夢中的人發出的笑。我眞想逃出這間屋子去。然而我又尋思道：這種特性，這種理性的「我想看看會發生什麼」，「我想看看接下來會發生什麼」就游蕩於空氣中，存在於你所碰到的如此之多的人身上，它已成爲我們所有這些人的一部分。它的另一面就是：無所謂，這對我無關緊要——這話在德・西爾瓦的講述中從未間斷過。

那一夜我同德・西爾瓦一起度過。怎麼會呢？因爲這對我來說無關緊要。它對我的影響，這種影響的可能性，早已被推得遠遠的。並且，它只屬於那個健康正常的安娜，她正漫步在地平線一端的白色沙灘上，可望而不可及。

對我而言，那一夜是死氣沉沉的，正如他那種興致勃勃而不帶任何感情色彩的笑容。他冷靜、淡漠、心不在焉。這事對他來說亦無關緊要。但是有那麼幾次他會突然變成一個無助而需要母愛的孩子。比起他的冷漠超然和奇特之處來，我更留心這種時刻。因爲我不斷地轉著一個念頭：一切當然是由他而起，而不是我。因爲男人總是主動的，是男人帶動起了我們。早上醒來時，想起我是如何地抱著這個念頭不放，如何從來都是固執於此，不由覺得自己蠢極了。因爲事實爲什麼就非如此不可呢？

我給他做了早餐。我覺得冷而且淡漠。枯萎了——彷彿我已了無生氣和熱力，就好像他抽空了我的生命一般。但是我們卻異常友好。我感覺到友好而疏遠。他臨走時說他會給我電話，而我則說我不會再跟他睡的了，他臉色一下子變得極爲氣憤的樣子，看著他的臉，我不由想起當那個他在街上搞到的女孩對他的示愛有所回應時，他必也是這個樣子，就是此刻他臉上的這副表情——憤怒而粗暴。但我並未料到他會這樣。過了一會兒他的臉又轉成了那張微笑而冷漠的面具，他問：「爲什麼？」我說：「因爲有沒有跟我睡過覺你壓根兒就不在乎。」我以爲他會說：「可你也不在乎。」這麼說我也就接受了。但是突然間他又崩潰了似地變成了夜晚那個可憐兮兮的孩子，說：「可我在乎，事實上我在乎。」他只差捶胸以表明心跡了——那隻握緊的拳頭就要打在胸口上，但他硬生生收住了，這一切盡在我眼中。這時我又一次感覺到夢中的那團霧——一切都毫無意義，情感則是空洞無物的。

我說：「不，你不是的。但我們可以繼續做朋友。」他聞言便沒再多說什麼，逕自下樓去了。那天下午他給我打來電話，給我講了兩三個冷漠、有趣而刻毒的故事，都是關於我們共同認識的人的。我知道還會有點什麼事，因爲我有種忐忑不安之感，但又想不出來會是什麼。接下來他心不在焉地、近乎毫不在意地說：「我想讓我的一個朋友今晚在你樓上的房間裡睡一夜。你知道，就是在你的臥房上面的那間。」

「可那是詹妮特的房間。」我說。我不明白他要說什麼。

「但你可以把她搬出去——不過也沒關係。樓上的任何一個房間都成。我今晚十點左右帶她過來。」

「你想帶一個女朋友到我家來過夜？」我笨得還沒弄明白他的用意，但我氣憤了，我本該明白的。

「是的。」他無動於衷地答。然後又是滿不在乎、冷冰冰的聲音：「算了，都無所謂的事。」隨即掛了電話。

我還站在那兒琢磨著，然後我就明白了，因爲我生了氣，於是我又把電話打了回去，對他說：「你是不是說想帶個女人到我家來，然後你就跟她睡覺？」

「是啊。可不是我的朋友。我打算從車站帶個妓女過來。我就想在你房間的正上方跟她睡，這樣你就能聽見我們的動靜了。」

我一句話也說不出來。他問：「安娜，你生氣了？」

我說：「如果你不是爲了存心要氣我，也不會想出這一招來。」

接下來他就像個孩子似地哭叫起來：「安娜，安娜，對不起，原諒我吧。」他開始慟哭失聲。我相信他一定是站在那裡，用沒拿話筒的那隻手捶打著自己的胸口，要不就是拿頭往牆上撞——不顧一切地，我都能聽到那種砰砰的重擊聲，不管這是哪種舉動發出來的。而我十分淸楚這一切都是他從頭設計好的，從他打電話來說要帶個女人到我家來那一刻始，如此就可以捶胸或撞牆作爲結束，這就是一切的一切。於是我掛斷了電話。

之後我接到過兩封信。第一封是冷淡、惡意而無禮的——不過總的來說無關緊要，因爲它不知所云，這封信可以在十幾種情形下寫成，而每種情形可以是完全不同的。所以這也就是這封信的問題所在——它的自相矛盾。另一封信兩天之後收到，是一個孩子歇斯底里的嚎哭。第二封信比第一封要讓我難受多了。

我夢見過德·西爾瓦兩次。他在我的夢中成了把快樂建立在別人的痛苦之上的化身，而且沒有僞裝，就是他生活中的那個樣子，微笑而刻毒，冷漠而好奇。

莫莉昨天打電話來。她聽說他已拋棄了他的妻子，還有兩個孩子，分文沒給他們留下。他那個富裕的上流社會的家庭倒是把他們都給收留了下來。莫莉道：「這件事的關鍵之處當然是在於他要她生第二個孩子，好把她拴得牢牢的，儘管她本來是不情願的，而這樣一來他就可以脫身了。然後他就滾到了英國，我想他是寄望於我的。可怕的是假如在那個關鍵的時刻我正好在，我就只會從表面上去看這件事：可憐的僧加羅文人無以維生，只能拋妻別子來到有錢的倫敦文人大市場來碰碰運氣。我們這些人有多傻，一貫如此，永遠別指望有什麼改變，而且我太知道下次再遇到這種事，我仍然學不到任何東西。」

我在大街上偶遇到B，我認識他有一段時間了。跟他一起去喝了咖啡。談到德·西爾瓦時他很動感情。他說他曾勸德·西爾瓦「對他妻子應再好些」。他說他，B，願意支付給德·西爾瓦的妻子一半的生活費用，只要德·西爾瓦能保證付另一半。「那麼他付了那一半了嗎？」我問。「當然他沒有。」B說，他那張迷人而聰明的臉上充滿了抱憾之意，不僅僅是爲德·西爾瓦，也是爲整個世界。「德·西爾瓦現在在哪裡呢？」我問，其實我已猜到了。「他就要到鄉村來做我的鄰居了。那兒有個他喜歡的女人。事實上是每天早上到我家來打掃房間的女人，她還會繼續來爲我家打掃的，對此我很高興。她很好。」

「我很高興。」我說。

「我也是，我眞的很喜歡他。」

自由女性(四)

安娜和莫莉往好的方向影響著托米。
瑪麗恩離開理查德。安娜感覺不到自己。

安娜在等理查德和莫莉。夜已很深，將近十一點了。高大潔白的房間裡，窗簾已經拉上，筆記本也已被擱置一邊，盤子裡的酒和三明治則虛位以待。安娜懶洋洋地倒在椅子裡，只覺得精神疲憊不堪。她現在才明白，她並不能完全掌握自己的所作所為。還有，這天晚上早些時候，透過艾弗半開的門，她看到了穿著睡袍的羅尼。看來他似乎是又搬回來住了，現在就看她是否要把他們兩個都轟走了。她一直在一個念頭裡轉：這又有什麼關係呢？就算要她和詹妮特收拾起東西搬出去，把房子留給艾弗和羅尼，也不過是為了避免大吵大鬧。而這麼一個離神經錯亂也不算太遠的想法並不令她感到驚奇，因為她斷定她很可能已經瘋了。她想不出有什麼能讓她開心的，有好幾天她一直留心著從腦海中閃過的各種念頭和形象，不帶任何感情色彩，最後發現沒有一樣屬於她自己。

理查德說過他會去劇院把莫莉一塊兒接過來，她目前正在一齣戲中扮演一個風流輕浮的寡婦，要在四位新的候選丈夫中挑出一個來，而這四個人一個比一個更有吸引力，以至於要開個討論會了。三個星期前，瑪麗恩因爲跟托米待得很晚，就在樓上安娜和詹妮特曾住過的那套空房間裡睡了一晚。第二天托米通知他母親說瑪麗恩在倫敦需要一處臨時住所，她當然會付全額房租，雖然她只想偶爾過來住住。自那以後，瑪麗恩只回家過一次，目的是取衣服。她住到了莫莉的樓上，實際上是悄悄地離開了理查德和她的孩子們。然而她自己似乎還沒醒悟過來，於是每天早上在莫莉的廚房裡都會上演循循規勸的一幕，瑪麗恩會說昨晚待到那麼晚眞是太不像話了，但她今天會回家去料理一切事情的——「眞的，我保證，莫莉。」——好像她得對莫莉負責任似的。莫莉給理查德打過電話，要他必須做點什麼，但他不肯。鑒於這種情形他已雇了個管家，而他的秘書瓊也已安排妥當。他很高興瑪麗恩終於走了。

接下來又發生了一件別的事情。托米本來自出院後就一步也沒邁出過他的蝸居，這回卻同瑪麗恩一起去參加了一個與非洲獨立有關的政治集會。之後，在那些相關國家駐倫敦總部外面的大街上發生了一次自發性的遊行。瑪麗恩和托米也跟進了這支以學生爲主的遊行隊伍。隊伍與警察發生了些許衝突，托米沒有帶他的白色手杖，也沒有任何外在標幟能說明他是個盲人，他沒有按照命令「往前走」，於是他被捕了。瑪麗恩和他剛才就已被人群沖散，這時她一頭撞到了警察身上，歇斯底里地尖叫起來。他們跟其餘十幾人一起被帶到了警察局。第二天早上他們被判罰款。報紙在顯著的位置登了一篇關於「本市知名金融家的妻子」的報導。這下理查德給莫莉打電話了，輪到莫莉拒絕幫助他。「你對瑪麗恩才不會關心呢，你現在這麼在意了，不過是因爲報界會追蹤下去，還可能把瓊給曝光出來。」於是乎理查德只好打電話給安娜。

整個談話過程中安娜發現自己一直手舉聽筒站著，臉上掛著一絲淡淡的冷笑，兩個人在電話中針鋒相對。她覺得她幾乎是不由自主地，就好像不管是她還是理查德都只能這樣說話，彷彿是兩個瘋子間的對話。

他氣得語無倫次：「這簡直是場鬧劇嘛。這是有計劃的，你們幹的好事，就想報復。非洲獨立，何等可笑！自發遊行。你把共產黨那套東西灌輸給了瑪麗恩，她太天眞，分不淸別人是何居心，這一切不過是因爲你和莫莉想出我的糗。」

「可是當然就是這麼回事，親愛的理查德。」

「是你們想搞出這麼一個笑話來，公司總裁的妻子成了赤色分子。」

「當然。」

「我要看著你們被揭發出來。」

安娜在想：這件事情的可怕之處在於，假如這不是在英國，理查德的憤怒將意味著有人會失業，會進監獄，會被槍殺。而在這兒他不過是個暴怒的男人而已，但是他也意味著某種無比可怕的力量的存在……而我不過是站在這兒，給他些無力的諷刺。

她挖苦地道：「我親愛的理查德，不管是瑪麗恩還是托米都沒預先策劃過什麼，他們僅只是跟著人群往前走而已。」

「跟著走！你以爲你在耍弄誰呢？」

「碰巧我也在場。你不知道在那種特殊的時刻所發生的遊行事實上是自發的嗎？共產黨對年輕人已失去了從前的號召力，而工黨又太矜持，組織不了這種事。因此所發生的事不過就是一幫年輕人上街去表達一下他們對於非洲或者戰爭或者諸如此類的事情的看法而已。」

「我早該想到你也會在場的。」

「不，你不必如此。因爲這純屬偶然。當時我正從劇院回家，看到一群學生沿著大街在跑。我跳下公共汽車，走到前面去想看個究竟。要不是看了報紙，我還不知道瑪麗恩和托米也在那兒。」

「那你打算對此做點什麼？」

「我什麼也不打算做。你可以自己去對付共黨威脅嘛。」

安娜掛掉了電話，心知此事並沒完，而且事實上她會去做點什麼的，有種內在的必然性使她不得不爲。很快，莫莉的電話就來了，處於崩潰的狀態：「安娜，你得去看看托米，試試能不能讓他理智些。」

「你試過了嗎？」

「怪就怪在這兒，我甚至無法試一下。我一直在提醒自己——我不能在自己的房子裡竟跟個客人似的，倒讓托米和瑪麗恩成了主人。我幹嘛要這樣？可接下來那怪事就發生了，我給自己打了半天的氣去找他們，去面對他們——不過面對不著瑪麗恩，她不在。而我卻發現自己在想：可是爲什麼不可以？這又有什麼關係呢？誰在乎啊？我發現自己聳了聳肩。晚上從劇院回家時我就輕手輕腳地上樓進我自己的房間，生怕打擾了瑪麗恩和托米，要是我在那兒感覺就跟犯罪似的。你能理解嗎？」

「是的，不幸的是我能。」

「是啊。可是讓我害怕的是——假如你用文字來眞實地描述一下這種情形——你知道，我丈夫的第二任妻子搬進了我家因爲她離開我的兒子便活不下去，等等——這就不僅僅只是奇怪，而是——不過當然了，這也沒什麼關係。你知道我昨天是怎麼想的嗎，安娜？我坐在樓上，跟隻老鼠似的一動都不敢動，只怕打擾了瑪麗恩和托米，我想不如乾脆打個包隨便走到哪裡去算了，這兒就留給他們了，又想到我們的下一代只朝我們看一眼，就會在十八歲時結婚，絕不離婚，並且恪守道德信條，諸如此類，因爲如若不然，那種種的混亂實在是令人膽顫……」說到這裡莫莉的聲音也顫抖起來，她即刻收住話道：「請你去看看他們吧，安娜，你得去，我簡直已經什麼都應付不了了。」

安娜穿上她的外套，拎起提包，準備去「應付」。她一點也不知道該說什麼，甚至也不知道自己在想些什麼。她站在屋子的中央，空得像一個紙口袋，準備去找瑪麗恩，還有托米，去說——什麼？她想到了理查德，他那種脫不出俗套的受挫後的憤怒；想到莫莉，她所有的勇氣都消散在那無力的哭泣中；想到超越痛苦之後的瑪麗恩又陷入一種冷漠的歇斯底里狀態；還有托米——但她只能看見他，看到那張失明而倔強的臉，她能感覺到一種來自於他的力量，卻說不出那是什麼。

突然間她咯咯地笑了起來。安娜自己也聽到了這笑聲；不錯，托米自殺前那天晚上來看我時就是這麼笑的。多奇怪，以前我從沒聽自己這麼笑過。

托米體內這麼咯咯笑的那個人怎麼了？他徹底消失了——我想當子彈穿過他的頭顱的時候，托米已經把他也給殺了。多奇怪我竟會發出如此響亮而毫無意義的咯咯的傻笑！我要對托米說什麼？我甚至都不知道發生了什麼。

這都是怎麼回事？我得去找瑪麗恩和托米並且說：你們必須停止再這樣自命爲關心非洲的民族主義，你們倆不都十分明白這一套全是胡扯嗎？

安娜又咯咯地傻笑起來，覺得這一切都毫無意義。

那麼，湯姆·馬斯朗會怎麼說呢？她想像著自己與湯姆·馬斯朗面對面地坐在咖啡館裡，跟他講關於瑪麗恩和托米的事。他會認眞傾聽並且說：「安娜，你告訴我這兩個人願意爲非洲的解放而工作嗎？那我幹嘛要去關心他們的動機呢？」不過接下來他就會大笑的。沒錯。安娜都能聽到他的笑聲，那種深沉、渾厚、發自肺腑的笑聲。沒錯，他會把手放到膝蓋上大笑，然後搖頭說：「我親愛的安娜，我希望我們也有你這樣的問題。」

聽到這笑聲之後，安娜感覺好多了。她趕忙撿了幾張能令她想起湯姆·馬斯朗來的各式紙片。她把它們一股腦都塞進包裡，然後就衝到了大街上，朝莫莉家趕去。走過那天遊行時瑪麗恩和托米被捕之處時她又想開了。那次遊行根本就不是過去共產黨組織的那種井然有序的政治遊行，也不是工黨的那種集會。相反，它是鬆散的，嘗試性的——人們有時會做些莫名其妙的事情。由年輕人組成的人流像水流一樣朝那些總部擁去。沒有人指揮也沒有人控制。然後人流把大樓圍了起來，近乎猶猶豫豫地喊上幾句口號，就好像是爲了聽聽自己喊出來的聲音似的。隨後警察就來了。就連警察也在那兒犯著躊躇，他們不知道下面會發生什麼。安娜站在一邊觀察：在那躁動而鬆散的人群和警察的後面，隱含著一種內在的東西或者說是動機。約有十幾個，或者那麼二十個年輕人，臉上帶著同一種神情：沉著、嚴峻而虔誠，他們在前行中有意地逗弄、激怒著警察。他們會衝過一警察，或者跑到他前面去，有意無意間蹭歪了警察的頭盔，或者撞一下他的胳膊，然後他們就閃開了，接著再回來。警察們開始盯上了這群年輕人。他們一個個被逮了起來，這都是他們自己招來的。而在被捕的瞬間每一張臉上都顯出一種滿足，一種成就感。也有那麼一刻是在暗中搏鬥著的，警察盡可能地動用了可允許的暴力，臉上會突然閃現出一種殘忍的表情。

與此同時，更多並非爲了來向警察挑戰的招惹官方的學生們則仍在那兒呼喊著口號，檢驗著他們的政治呼聲，而他們與警察的關係就完全不一樣，彷若井水不犯河水。

而托米被捕時臉上會是一種什麼樣的表情呢？安娜不用看就知道了。

當她推開托米房間門時，他正一個人待在屋裡，他立刻就問：「是安娜嗎？」

安娜忍住了沒說：你怎麼知道？而是問道：「瑪麗恩呢？」

他語氣生硬而狐疑，道：「她在樓上。」他很可能會大聲說：「我可不想讓你見她。」他那雙黑洞洞的眼睛緊盯著她，那空無一物的目光幾乎全集中在她身上，以至於她都覺得自己一無遮掩，那黑黑的凝視竟是如此地讓人透不過氣來。但是那目光還沒有完全聚焦在她身上，那個被他阻攔或者說警告的安娜站在稍稍偏左的地方，安娜神經質地感覺到她在被迫著往左移，以直接進入他的視線，或者說無形的視線。安娜道：「我上樓去了，不過請別麻煩了。」因爲他已欠起身來，像是要來攔住她。她關上屋門，逕自上樓到她與詹妮特曾住過的那套房間。她想她離開托米是因爲她跟他沒什麼聯繫，無話可說；而此刻她要去看瑪麗恩，也沒什麼可說的。

樓梯又窄又黑。安娜的頭從黑呼呼的樓道中伸出來，終於踏上刷成白色的、乾乾淨淨的平台。從開著的門裡她看到瑪麗恩正埋首於一張報紙中。她歡快而客氣地衝安娜笑笑。「你看！」她呼喊了一聲，得意洋洋地把一頁報紙遞給安娜。那上面有一張瑪麗恩的照片，附言是：「可憐的非洲人被如此對待，實在是叫人厭惡。」等等。評論是惡意的，但顯然瑪麗恩看不出來。她從安娜的肩頭處看著那報紙，一邊笑著，一邊頑皮地微微聳聳肩，一種罪惡式的快樂幾乎令她有些坐立不安。「我母親和我的姊妹們惱火透了，她們簡直氣得要發瘋。」

「我可以想像。」安娜毫無表情地說。她聽到自己那細微的聲音既冷漠又尖刻，看到瑪麗恩本能地往回縮了縮。安娜坐在罩有白布罩的扶手椅上，瑪麗恩則坐在床上。她看上去像個大姑娘，這個漂亮卻又邋遢的婦人，顯得惹人憐愛又有些賣弄風情。

安娜想：我到這兒，大概是爲了讓瑪麗恩正視現實。那麼她的現實又是什麼？酒精之下的可怕的誠實。爲什麼她就不可以這樣，爲什麼她就不可以咯咯地樂著、撞掉警察的頭盔、與托米策劃這策劃那地度過她的後半生？

「見到你眞高興，安娜。」瑪麗恩道，等了等看安娜沒說什麼。「你想來杯茶嗎？」

「不。」安娜說著便站起身來，但爲時已晚，瑪麗恩已走出這間屋子到隔壁的小廚房間去了，安娜便也跟了過去。

「這間小套房有多可愛啊，我太喜歡了，你多幸運，還在這兒住過，我眞不捨得離開這兒。」

安娜不由的去打量這套迷人的小公寓，矮矮的天花板，乾淨明亮的窗戶，一切都是潔白的、明亮的、清新的。裡面的每一件東西都會喚起她的痛苦，因爲這幾間小小的、可愛的屋子裝的都是她與麥克爾的愛，詹妮特在這裡度過了四年的童年生活，而她與莫莉逐漸加深的友誼也是自此而始的。安娜斜倚在一面牆上看著瑪麗恩，後者的雙目中閃著一層歇斯底里的光，但卻在扮演著一個輕快的女主人的角色，而在那目光之後是一種極度的恐慌，她害怕安娜會出於責任把她送回家，使她離開這白色的避難所。

安娜一下子止住了自己的思緒；有一些什麼在她心底已經死掉了，或者說已經跟現實毫無關係了。她成了一具空殼。她站在那兒，瞧著諸如愛情、友誼、責任、義務之類的詞，心知不過只是謊言。她感覺到自己聳了聳肩，瑪麗恩卻看到了，她臉上頓時現出一層眞正的恐慌來，她哀求一般地叫了一聲：「安娜！」

安娜朝瑪麗恩微笑了一下，她知道笑得很空洞，轉念一想，算了，也沒什麼關係。她又回到剛才那個房間，坐下，腦中一片空白。

不一會兒，瑪麗恩端著茶盤也走進來。她看上去雖有愧疚，卻也有不服之意，因爲這個安娜她以爲是她要對付的。她開始手忙腳亂地擺弄那些個茶匙和茶杯，想擺脫掉那個無形中的安娜；然後她嘆了口氣，把茶盤推到一邊，臉上的表情開始放鬆下來。

她道：「我知道理查德和莫莉要你過來跟我談談。」

安娜坐在那兒沒吭聲。她覺得自己會一直這樣無聲地坐下去。然後她意識到她要開始說話了。她想：我都不知道我要說什麼？我也不知道這個要說話的人是誰？多奇怪的事，坐在這兒，等著聽一個人說話。她近乎夢遊一般地道：「瑪麗恩，你還記得馬斯朗先生嗎？」（腦中在想：我要談到湯姆．馬斯朗了，多奇怪的事！）

「馬斯朗先生是誰？」

「那個非洲領導人。記得嗎，你還是爲他來找我的。」

「噢對了，一下子沒想起來。」

「今天早上我還想到他。」

「噢是嗎？」

「是的。」（安娜的聲音依舊鎮靜而淡漠。她自己都聽著。）

瑪麗恩開始明白過來，神情也顯出了憂傷，她使勁扯著一縷散落下來的頭髮，一圈一圈的繞到手指上。

「兩年前他在這兒的時候情緒十分低落。他花了好幾星期的時間想見見殖民大臣，但還是被冷落在一邊。他很清楚不久他就要進監獄了。他是個極聰明的人，瑪麗恩。」

「是啊，他一定很聰明。」瑪麗恩勉強地衝安娜笑了笑，很快又收住了，像是在說：是啊，你就一直很聰明，我知道你的話的用意。

「有一個星期天他給我打來電話說他很累，想放鬆一下。於是我就帶他坐河船去了一趟格林威治。回來的路上他十分沉默，只是坐在船上微笑著，一直看著河岸。你知道，瑪麗恩，從格林威治回程的路上，倫敦那些堅固結實的建築群是不是讓人印象十分深刻？郡議會大廈，還有那高聳入雲的商業大樓，碼頭、大船、船塢，然後是西敏斯特……」（安娜的語氣十分柔和，仍好奇於下面自己要說什麼。）「所有的建築都已有幾個世紀的歷史了。我問他在想些什麼。他說：白人殖民者並不令我感到灰心喪氣。上一次我蹲監獄也並不感到灰心——歷史是屬於人民的。但是今天下午我感覺到了英帝國那猶如一塊墓碑一樣壓在我身上的分量。他說：你注意到沒有，要使一個社會的公共汽車能準點運行，商業信函能及時得到回覆，你能相信那些部長們不會受賄，這一切需要幾代人的努力？這時我們正經過西敏斯特，我記得我當時在想那些政客們很少有人能具備哪怕他一半的品格——因爲他是個聖徒式的人，瑪麗恩……」

安娜的聲音沙啞了。她自己也聽出來了，尋思道：現在我知道是怎麼回事了，我已經瘋了，我跟瑪麗恩和托米都瘋到一塊兒去了，對自己的所作所爲也已經完全失控。然後她又想：我用到了聖徒這個字眼，可是在我神志清醒的時候從沒用過這個詞，我不知道它是什麼意思。她的話音又繼續了下去，聲調提高了，近乎尖厲：「是的，他是個聖徒，一個苦行者，而不是犯神經病。我對他說要是把非洲獨立這樣一個命題轉化爲公共汽車是否準點和商業信函是否整齊規範這樣的問題，就太讓人感到悲哀了。他說也許是很悲哀，但人們就會這樣來看待他的國家。」

安娜開始哭了起來。她坐在那兒看著自己哭。瑪麗恩也看著她，她身體前傾、雙目炯炯，她實在感到好奇，而且一臉的難以置信。安娜止住淚水，又說下去：「我們在西敏斯特下了船。走過議會大廈時他說——我估計他當時是想到了裡面那些庸庸碌碌的政客們——我根本就不該去從政。一場民族解放運動，使得所有的人都幾乎不由自主地捲了進去，如同樹葉被吸進吸塵器似的。然後他凝神思索了一會兒，又說：『我想等我們贏得獨立後，很有可能我會又進了監獄。在革命的頭幾年裡我這種人是不適合的。我不適於去對公衆做演說，寫些分析文章倒能令我更覺自在些。』然後我們去了一個地方喝茶，他說：『總而言之，我估計我這一生中相當長的時間會在監獄中度過。』他就是這麼說的！」

安娜的聲音又一次沙啞了起來。她在想：老天，要是我再這麼坐在這兒看自己多愁善感下去，我會把自己搞得極不舒服的。沒錯，我就是在讓自己不舒服。她大聲地說，聲音都在發顫：「我們絕不該令他爲之奮鬥的事業變得庸俗化。」然而她腦中卻在想：我的每一句話都在把他庸俗化。

瑪麗恩道：「聽起來他很了不起。不過他們不可能都像他那樣。」

「那當然了。他有一個朋友，夸夸其談，煽動性極強，他酗酒而且到處玩女人。他也許會成爲第一位首相，因爲他身上什麼樣的素質都兼而有之，從普通人的意義上來說，你知道。」

瑪麗恩大笑。安娜也笑。她們笑得很響，怎麼也收不住。

「還有一個，」安娜接著又說，（誰呢？她想。我當然不會去談查理・塞姆巴吧？）「他是個工會領袖，名叫查理・塞姆巴。這個人凶暴、易怒、好鬥、忠誠——當然他就崩潰了。」

「崩潰?」瑪麗恩突然道。「你指什麼?」

安娜尋思道:不錯,我一直就想說說查理來著。事實上大概我說了這麼多就是想把話題引到他身上。

「那麼就說垮了吧。可是你知道嗎,瑪麗恩,眞正奇怪的是,他剛開始垮下來時,居然沒有一個人看出來。因爲那邊的政治——他們十分暴力,而且勾心鬥角、彼此猜忌,爾虞我詐——與伊麗莎白時代的英國十分相似……」安娜頓住了。瑪麗恩煩躁地皺起了眉頭。「瑪麗恩,你知道你看上去很生氣嗎?」

「是嗎?」

「是的,因爲想想那些悲慘的事情是一回事,而要允許非洲政治與英國政治有任何相似之處又是另一碼事了——即便是很久遠年代的英國政治也不行。」

瑪麗恩臉紅了,然後又笑了。「接著說他呀。」她道。

「好。查理開始與他最親密的朋友湯姆•馬斯朗爭執起來,後又波及到他所有別的朋友,指責他們在他背後耍陰謀整他。接下來他開始給這兒像我這樣的人寫信訴苦。我們也無法看到我們本該看到的事。然後我突然又收到一封來信——我把它帶來了。你想看看嗎?」

瑪麗恩伸過手來,安娜把信遞給了她,腦中在想:當我把這封信裝進包裡的時候,我並沒意識到爲什麼……這封信是份複印件,已經分別寄給過好幾人。信頭上親愛的安娜是用粗鉛筆寫的。

「親愛的安娜,上封信我給你講了反對我的陰謀以及妄圖毀掉我一生的敵人。我從前的朋友也已和我反目,他們在我的國土上發表演說,告訴人們說我是議會的敵人,也是他們的敵人。與此同時我病了,我寫信來望你能給我寄些乾淨的食品,因爲我害怕囚犯的手。我病了,因爲我發現我妻子已被警察和總督他本人給收買了。她是個品性惡劣的女人,我要跟她離婚。我已被兩次非法拘留,而且我會受盡他們的折磨,因爲我孤立無援。此刻我獨自一人待在家中,無數隻眼睛透過房頂和牆壁在監視著我,他們給我吃過許多種由人肉

(死人肉)、爬行動物,包括鱷魚在內的肉所製成的危險食物。鱷魚是要報仇的。夜裡我都能看見牠的眼睛在朝我發著亮光,而牠那張闊嘴已穿過牆壁朝我直伸過來。快來救我吧。致以兄弟般的問候,查理·塞姆巴。」

瑪麗恩拿信的手鬆了下來,垂到身體的一邊,坐在那兒沒吭聲,然後她嘆了口氣,站起身,像個夢遊人一般地過去把信遞回給安娜,復又坐下,把壓在底下的裙子拉拉直,十指交叉地握住了。然後,她出神一般地說:「安娜,昨晚我整整一夜都沒睡著,我再也不能回到理查德身邊去了,我不能。」

「那孩子們怎麼辦?」

「是的,我也知道。但是糟就糟在,我覺得無所謂。我們是因爲愛一個男人才會爲他生孩子的。反正,我覺得是這麼回事。你可以說你不是這樣,但對我來說就是事實。我恨理查德,眞的恨他。我想我已經不知不覺地恨了他許多年了。」瑪麗恩又緩緩地站起身來,動作也跟夢遊人一樣。她的雙眼在房間中掃了一遍,在尋找酒。有一小瓶威士忌立在一堆書的頂端,她去倒了半杯酒,舉著酒杯坐下來,啜了幾口。「所以我爲什麼不可以待在這裡跟托米在一起?爲什麼不可以?」

「可是瑪麗恩,這是莫莉的家……」

就在這時,樓梯上傳來一陣腳步聲,托米上樓來了。安娜看到瑪麗恩的身子抽動了一下,隨即恢復了鎮定,她放下威士忌酒杯,用一塊手絹迅速地擦了擦嘴。她現在只出神地轉著一個念頭:樓梯那麼滑,可我不能去幫他。

慢慢地,那堅定然而盲目的腳步踏到了樓上,並在那兒停住,托米轉過身來,觸著了牆壁。他對這房間還不太熟悉,便手扶門框站住,然後他那無聲而失明的注視便轉向了屋子中央,他鬆開門,走了進來。

「再往左些。」瑪麗恩說。

他往左挪了挪,一步邁過了頭,膝蓋磕到了床沿,他急忙轉身以防摔倒,然後坐下,又撞了一記。現在他開始探詢地往房間四處打量。

「我在這兒。」安娜道。

「我在這兒。」瑪麗恩道。

他對瑪麗恩說：「我想你該開始做晚飯了，要不然開會前就沒時間了。」

「我們今晚要去參加一個大會。」瑪麗恩對安娜說，歡快中帶著些罪惡感，與安娜的眼光一相遇，做了個鬼臉，便把目光移開了。就在那一刻，安娜看到，或者更確切地說是感覺到，不管別人指望她對瑪麗恩和托米「說」什麼，她已經都說了。這時瑪麗恩對托米說：「安娜認爲我們做事的方式不對。」

托米把臉轉向安娜。他那兩片厚厚的、執拗的嘴唇上下一起啓動，這是她沒見過的——他的上下兩片嘴唇自己咂摸著，一切失明所帶來的不確定性，本來是他堅決不肯表現出來的，現在倒全體現在這兒了。他的嘴，先前是他那深藏的、堅定意志的形象標誌，總是處於他的控制之下，現在卻成了他身上唯一失控的部位了，因爲他對自己坐在那兒蠕動著雙唇是無意識的。在那間小屋明徹的、淡淡的燈光下，他警覺地坐在床上，非常年輕，非常蒼白，一個孤獨無助的男孩，有兩片脆弱而惹人憐惜的嘴唇。

「爲什麼？」他問道。「爲什麼？」

「實情是，」安娜道，聽著自己的聲音又回復了冷冰冰的幽默，所有的狂亂都消失了，「實情是，倫敦到處都是衝來衝去亂撞警察的學生，而你們倆倒找了個好地方做起了研究，想做專家。」

「我以爲你是來把瑪麗恩從我這兒帶走的。」托米說得很快，而且帶著點脾氣，自他雙目失明之後還沒人聽他用這種語氣說過話。「她憑什麼要回到我父親那裡去？你是想要她回去嗎？」

安娜道：「瞧，你們倆幹嘛不離開這兒一段時間去度度假？這會讓瑪麗恩有時間想想下一步的事情，同時也會給你一個機會離開家到外面去試試你的翅膀，托米。」

瑪麗恩道：「我都不用想，我不會回去的。有什麼用呢？我不知道該拿自己下面的生活怎麼辦，我只知道要再回到理查德身邊去我就完了。」她的雙眼蓄滿了淚水，她站起來跑到廚房去了。托米轉過頭，聽著她跑開去，仍挺著脖子傾聽著她在廚房裡的動靜。

「你對瑪麗恩一直很好。」安娜低聲說。

「有嗎？」他道，並沒有盼著聽到這話。

「問題是——你得替她想想。一樁二十年的婚姻破裂，不是件易事——跟你的年齡也要不相上下了。」她站起來。「而且我覺得你也不該對我們這樣挑剔。」她說得極快，音調低沉，令她驚奇的是這話聽來就像是個懇求似的。她尋思道：我並不那麼覺得，那為什麼要這麼說呢？他微笑著，不好意思起來，面有悔恨之色，臉也紅了。他的微笑直對著她左肩後的某個地方，她便往他凝視的視線裡挪，腦中在想：我現在說的任何話以前的那個托米就都能聽到了，但她卻想不出該說什麼好。

托米說：「我知道你在想什麼，安娜。」

「什麼？」

「在你的內心裡你肯定在想：我不過是一個他媽的福利工作者，純屬浪費時間！」

安娜放鬆地笑起來，他在逗她。

「差不多是那樣。」她道。

「對，我早知道你就是那麼想的。」他挺得意地說，「行了安娜，自從我試圖開槍自殺以來，我想了很多諸如此類的事情，我得出的結論是你錯了，我覺得人都需要別人對他們好。」

「你說得也許很對。」

「是的。沒人會眞的去相信那些大事有什麼用處。」

「沒人嗎？」安娜冷冷地反問，想起了托米所參與的那次遊行。

「瑪麗恩難道不再給你讀報紙了嗎？」她問道。

他微笑，笑得也像她一樣冷冰冰的，說道：「不錯，我知道你是什麼意思。不過也沒什麼分別，這是眞的。你知道人們眞正想要的是什麼嗎？我說的是每一個人。這世界上的每一個人其實都在想：我只希望有那麼一個人可以與我眞正地交談，眞正地理解我，眞心地對我好。這才是人們眞正眞正想要的，只要他們能說眞話。」

「好吧，托米……」

「噢是的，我知道你在想我的大腦已在那次槍殺事件中給毀了，沒準也是，有時候我自己也這麼認爲，不過我深信那都是眞的。」

「這並非令我一直不解的原因——如果說你是變了，是因爲你對待你母親的方式。」

安娜看得出來血直往他的臉上湧，接著他又平復了下去，坐在那兒沉默了。然後他做了個手勢，意思是說：好吧，不過讓我一個人待會兒吧。安娜說了再見便走了出來，經過瑪麗恩時，後者正背轉著身子。

安娜慢騰騰地回了家。她不知道他們三個人之間都發生了什麼，或者說爲什麼要發生，或者，更確切地說，下一步他們又該如何預期。但是她知道有些障礙已經消除，並且從現在起一切都將發生變化。

她在床上躺了一會兒，詹妮特從學校回來後又爲她忙活了一陣，她還瞥到了羅尼的影子，心知之後還會有一場意志的較量，然後便坐下來等莫莉和理查德。

一聽到兩個人上樓來的腳步聲，她已準備好要應付一場不可避免的爭吵，但看起來這回是大可不必了。他們倆幾乎如朋友一般地走了進來。莫莉顯然已令自己不要顯得那麼火藥味十足，況且剛從劇院出來的她不及梳妝打扮，身上便也少了那股總能激怒理查德的鮮活勁。

他們坐下來，安娜給他們斟酒。「我見過他們了，」她報告似的說：「並且我認爲一切都會沒事的。」

「你是怎麼完成這驚人的變化的？」理查德問道，他話中帶刺，但語氣卻沒什麼特別。

「我不知道。」

沉默，莫莉與理查德面面相覷。

「我眞的不知道。但是瑪麗恩說她不會再回到你身邊了，我想她是說眞的。我還建議他們到什麼地方去度個假。」

「可我已經這麼說了好幾個月了。」理查德道。

「我想如果你能給托米和瑪麗恩安排一次旅行，去你的某處產業，建議他們調查一下那兒的情況，他們是會去的。」

「這眞讓我感到震驚，」理查德說，「你們倆這主意我可是很久以前就提出過的，現在倒好像是你們想出的新招似的。」

「事情已經發生了變化。」安娜道。

「你又沒解釋一下。」理查德道。

安娜猶豫了一下，然後對莫莉而不是理查德說：「很奇怪的事。我到了那兒，腦子裡面卻一點兒都沒譜該說點什麼。然後我的情緒就像他們一樣完全失控，我甚至笑了起來。這樣反而奏效了，你明白嗎？」

莫莉想了想，然後點了點頭。

「我可沒明白，」理查德說，「不過無所謂，下面又怎樣？」

「你該去找瑪麗恩把事情都安排一下——別老說她，理查德。」

「我並沒說她，是她找我的碴，」理查德憤憤不平地說。

「還有莫莉，我想你今天晚上該跟托米談談了，我的感覺是他已作好談話的準備了。」

「那樣的話我現在就去，趁他還沒上床睡覺。」

莫莉站起身，理查德也跟著站了起來。

「我得謝謝你，安娜。」理查德說。

莫莉笑起來：「下次見面還得是冤家，我敢肯定，不過能有這麼一次禮尚往來，總是讓人開心的。」

理查德也勉勉強強地笑了笑，不過總算是笑了出來。他挽起莫莉的胳臂，兩個人下樓去了。

安娜上樓到詹妮特那兒，在黑暗中坐在熟睡的孩子身邊，像往常一樣能感覺到對詹妮特那種保護的衝動，但是今天晚上她仔細審視了一番這種愛：我明知沒有一個人是完美的，人都要經受各種煎熬，不停地奮鬥，他們能說出來的最響亮的話也就是他們還在奮鬥著——可是爲什麼一碰到詹妮特身上，我就會覺得事情對她就能不同，憑什麼呢？這是不可能的。我把她推進這樣一場戰鬥，但是一看到她熟睡的樣子，我就完全感覺不到了。

安娜在那兒歇了一會，緩過勁來後便離開了詹妮特的房間。她關上房門，站在黑暗中的樓梯平台上。現在該是去找艾弗的時候了。她敲了敲門，把門推開了一條縫，衝著黑暗說：「艾弗，你得走了。明天你就得從這兒離開。」一陣沉默，然後傳來一個緩慢而近乎是溫和的聲音：「應該說我明白你的意思，安娜。」

「謝謝，我原也指望你能明白的。」

她關上那門便下樓去了。多簡單！她想。爲什麼我會把這事想得很難呢？接著她腦中出現了一幅清晰的圖像，艾弗手拿一束鮮花走上樓來。毫無疑問，她想著，明天他會來討好她，會手捧一束鮮花上樓來，討她歡心。

她對此是如此的有把握，到了中午她就乾脆等在那兒，直到他眞的手舉一大捧鮮花爬上樓來，臉上掛著一個立意要取悅女人的男人那種倦怠的笑容。

「獻給世界上最好的女房東。」他囁嚅著說。

安娜接過花，略微一遲疑，便劈頭把花朝他臉上砸了過去，氣得渾身發抖。

他站在那兒笑著，臉上轉而做出男人受到不公正責罰時的那種表情。

「好吧好吧，」他咕噥著。「好吧好吧好吧。」

「滾出去。」安娜道，她這輩子還從沒這麼生氣過。

他上了樓，隔了一會兒她便聽到他收拾行李的聲音。不久他便下來了，兩手各拿一個衣箱，他的家當，也是他在這世界上的全部財產。噢多讓人難過，這可憐的年輕人，他所有的財產都在這兩只箱子裡了。

他把所欠的房租放在桌上——是前五個星期的，因爲他手頭拮据。安娜頗覺有意思地發現自己還需努力壓下要把錢還給他的衝動。與此同時他則站著，心中厭惡而深感倦怠：這個見錢眼開的女人，可是你又能對人有什麼指望呢？

但是他必然是在那天早上就把錢從銀行裡取了出來或者從別處借了來，也就是說他已料到她此意已決，不會因鮮花而有所改變。他一定是對自己說：我還可以抓住機會用鮮花去軟化她一下子，我得試試，這值五個先令。

筆記部分㈣

♠［黑色筆記在此不再按原先所設想的那樣化分爲兩個部分，即「素材」部分，和「錢」的部分，開始貼滿各式剪報，上面都標有日期，年分的跨度是一九五五、五六、五七年。這些剪報無一例外是關於非洲某地的消息，內容不外是暴力、死亡、騷亂、以及仇恨。其中只有一篇是安娜的手跡，日期爲一九五六年九月：］

昨晚我夢見要拍一部關於瑪肖庇飯店那群人的電視劇。劇本都已寫好，是別人寫的。導演一直在向我擔保：「你一看到劇本就會滿意的，恰恰就是你要寫的那個樣子。」但是出於這樣那樣的原因我始終沒有看到劇本。我去了電視劇的排練場。「布景」是在瑪肖庇飯店外面鐵軌邊的橡膠樹下。導演居然把氣氛掌握得這麼好，令我很滿意。然後我才發現那「布景」全都是實景：他不知怎麼的把整個場景都搬到了中部非洲，故事就要在橡膠樹下開拍，甚至包括諸如白色塵土中揚起的葡萄酒味，烈日下尤加利樹葉的氣味這樣的細節。接著我就看到攝影機順著軌道推進來，就要開拍，它們對準那群準備開演的人來回推進，讓我想起了槍。戲開始了。我卻開始感到不自在起來。後來我才明白導演對於鏡頭選擇，或者說時機的掌握，已經把「故事」給改變了。完成後的片子所顯示出來的東西一定會與我記憶中的內容截然不同。但我是沒有力量去阻止導演和攝影師的，所以我就站在一邊看著那群人（他們中也包括安娜，我自己，但不是我記憶中的她）。他們按他們的思路說話，我都不記得有哪些對話，他們的關係也全然不同。我焦灼不安。終於等到全部拍完，攝製組四散開去，到瑪肖庇飯店的酒吧喝酒去了，攝影師們（現在我才看清他們全是黑人，所有的機械人員都是黑人）在把攝影機推出軌道並進行拆卸（因它們也是機械設備），我對導演說：「為什麼你要改變我的故事？」我看出他沒聽明白我的話。我本以為他是有意而為，覺得我的故事不怎麼樣。他卻很受傷害的樣子，當然是一臉的吃驚。他說：「可是安娜，你不是看見那些人都在嗎？我所看到的不也正是你看到的嗎？他們不也說了那些話嗎？我只是拍下那兒所有的一切罷了。」我不知該說什麼好，因為我發現他是對的，而我所「記得的」卻有可能是失實的。因為我的沮喪他也很是不安，說道：「來喝上一杯吧，安娜。你不明白嗎，我們拍了些什麼並不重要，只要我們有拍就好了。」

我該結束這本筆記了。要是糖媽媽要我給這個夢來個「命名」，我會說是關於毫無結果的夢。除此之外，做了這個夢之後，我就再也想不起瑪麗羅斯的眼睛是怎麼動的，還有保羅笑起來的樣子。它們就此消失了。

［兩道黑線劃過，標誌著黑色筆記的終結。］

♠［像黑色筆記一樣，紅色筆記的內容也為一九五六及一九五七年間的剪報所取代，上面都是些發生在歐洲、蘇聯、中國、美國的事件，與同期關於非洲的剪報一樣，所涉內容也多與暴力有關。剪報中凡有「自由」兩字出現，安娜都用紅鉛筆在其下劃上紅線。到剪報全部結束的地方，安娜對所劃的紅線做了個統計，自由這個詞一共出現了有六七九次之多。這一階段安娜唯一的手跡如下：］

昨天吉米來看我。他剛隨一個教師代表團從蘇聯訪問歸來，給我講了下面的事。哈里·馬休斯是個教師，爲在西班牙作戰而放棄了他的工作。戰鬥中他負了傷，折了一條腿，不得不在醫院待了十個月。他用這段時間好好地思考了一下西班牙的一切——共產主義那套玩意兒，等等，又讀了大量的書，開始對史達林產生懷疑，便也有了不可避免的內心交戰，之後退出共產黨，加入了托派。後又與他們吵翻而離開。因爲腿已成殘，無法繼續參戰，他開始訓練自己去教那些弱智兒童。「對哈里來說毫無疑問不存在什麼弱智兒，只有先天不幸的兒童。」整個戰爭期間他都在國王十字路附近的一間簡陋的小屋中度過，他的種種行爲絕不只是一時的英雄行爲，並不僅只是把人從轟炸後及燃燒中的房屋中救出來等等。「他在這個地區差不多是個傳奇人物，不過當然在人們開始四處尋找一個將兒童及老婦人救出來的跛腿英雄時，他們是找不到哈里的，因爲毫無疑問假如他就此以英雄自居的話，他會瞧不上自己的。」戰爭結束後吉米從緬甸歸來，去看了他的老朋友哈里，但兩人爭執了起來。「我是百分之百的共產黨員，而哈里呢，卻是個不要臉的托派，所以兩個人互不相讓，直到最後徹底斷了交。但是我又很喜歡這個蠢貨，所以就始終關注著他的動向。」哈里過著兩種生活。他的外部生活完全是獻身式的，不僅僅是在一所學校裡教那些落後的兒童，而且十分成功，他還每晚把該地區（一個窮困地區）的兒童請到自己的寓所來，給他們上課。他教他們文學，訓練他們閱讀，還給他們做測驗。他這樣子一天要教十八個小時的書。「在他來說，睡眠顯然純屬浪費時間，他訓練自己每晚只睡四個小時。」他一直蝸居在這一間屋子中，直到一個飛行員的遺孀愛上了他，他才搬進了她的公寓，有了兩個房間。她有三個孩子，他對她很好，但是如果說她現在的生活已全部奉獻給了他，他則仍是屬於孩子們的，他生活在學校和那些街巷之間。這便是他的外在的生活。與此同時他在學俄語，他收集有關蘇聯的書籍、小册子、剪報，他在爲自己構築一幅自一九〇〇年以來關於蘇聯，或者更確切地說是俄國共產黨的眞實的歷史畫面。

吉米的一個朋友大約在一九五〇年去看過哈里，並對吉米說起他。「他總穿一件粗質地的襯衣，要不就是那種軍人式的短上衣，趿雙拖鞋，髮型也仍是軍人式的。他從來不笑。一幅列寧像掛在牆上——當然這就不用說了。還掛了幅小點兒的托洛斯基像。那寡婦在後面恭敬地忙活來忙活去的，孩子們則一會兒從大街上衝進來，一會兒又衝出去。而哈里則在那兒談論蘇聯，那時他的俄語已十分流利，而且對那段歷史中的每一場爭執或者說陰謀都瞭如指掌，更不用說那場大清算了。而這一切又都是爲了一個什麼目的呢?安娜，你永遠也猜不到的。「我當然能猜出來，」我說，「他是在爲那一天做準備。」「當然。一語中的。那可憐的瘋子把一切都設想好了——當這一天到來的時候，俄國的同志們會在同一個時刻突然發現光明。他們會說：『我們已迷失了方向，偏離了正途，目標也已模糊不清，但是在那兒，英國倫敦的聖潘克拉斯，有一位全知的哈里同志。我們要請他過來，向他討教。』時間在流逝，形勢也在江河日下，但在哈里的眼裡卻是越來越光明了。從蘇聯傳來的每一個新的醜聞似乎都在增長著哈里的士氣。哈里的兩個房間裡報紙都已堆到了天花板，而且已開始分流到寡婦的房中。他的俄語已流利得宛如母語。史達林逝世了——哈里點了點頭，心中暗想：不會太久了。然後是第二十屆議會：很好，不過還不夠。接下來哈里在街上遇到了吉米，兩個政見不同的宿敵，他們彼此皺了皺眉頭，渾身都僵著，然後才點了點頭，笑了笑。哈里把吉米帶回那寡婦的公寓，兩人喝了茶。吉米說：「有一個代表團要去蘇聯，我負責組團，想參加嗎?」哈里的臉一下子亮了。「想像一下吧，安娜，我坐在那兒，跟個呆子似的，心中則在想：好了，這可憐的托洛斯基分子的內心總算是有了個寄托，他對於我們的豐饒之母始終是深情一片的。但是自始至終他腦中的念頭只是：屬於我的時刻即將來臨了。他不斷地問我是誰提出了他的名字，這一點顯然對他十分重要，所以我就沒說這不過是我當時腦中一閃的念頭。我也並沒怎麼意識到他竟會相信是『黨親自』從遙遠的莫斯科召喚他，要尋求他的幫助。不管怎麼樣吧，長話短說，我們三十個快樂的英國教師一起去了莫斯科。而最快樂的當然是可憐的哈里，他在他那件軍人式的短上衣的每個口袋裡都塞滿了文件和材料。我們抵達了莫斯科，他滿懷著熱切不已的期望。他對我們其餘的人很友善，但我們很有自知之明地將此歸因於這樣一個事實：他是很瞧不上我們那種相對而言的無聊生活的，但他決意不表露出來。除此而外，我們中的絕大多數都是前史達林主義者，並且不可否認的是，這些日子以來遠不止一個前史達林主義者在遇到托派的時候感受過一陣或者不止一陣的刺痛。無論如何，代表團開始了他們那熱鬧風光的行程，訪問工廠、學校、文化宮，還有大學，更不用說演講和各式宴會。而哈里呢，身著他的軍人短上裝，拖著他那條殘疾的腿，帶著他那種革命者的嚴肅神情，活生生是列寧的化身，只是那些傻乎乎的俄國人卻偏偏認不出來。他們當然對他的嚴肅和深沉十分驚佩，但卻不止一次地問起哈里爲何要穿這樣怪誕的衣服，甚至，我想起他們還曾問過他是否有內心深藏的悲傷。與此同時，我們的友誼卻得到了恢復，晚上總會在房間裡聊聊這聊聊那的。我注意到他看我的神情越來越惶惑不安，我發現他開始狂躁起來了。而我仍對他腦中所想一無所知。不管怎麼說，到了我們訪問的最後一夜，我們要去與一些教師組織進行聚餐，但哈里不去，他說他不太舒服。回來之後我去看了他，他就那樣坐在窗邊的一把椅子裡，那條跛腿就在面前伸著。他起身來迎接我，很是興高采烈的樣子，然後他發現只有我一個人，情緒便一落千丈了，我都能看出來。他盤問了我半天，終於發現他之所以能被邀加入這支代表團完全是因爲我在大街上見到他之後的一閃念頭。都怪我告訴了他，我當時眞該狠狠地踢自己一腳。我發誓，安娜，當我開始悟到這一層的那一刻，我眞希望我要能編幾個關於『赫魯雪夫親自』如何如何的故事就好了。他一直在說：『吉米，你得告訴我眞相，你請我來的，那不過是你的主意？』沒完沒了，眞夠讓人受的。這時翻譯突然間走進來，看我們是否已準備睡覺，並且來告個別，因爲明早我們就見不到她了。她是一個二十至二十二歲之間的姑娘，甜美極了，有兩條黃色的長辮子和一雙灰色眼睛。我敢說代表團中的每個男人都愛上了她。她進來時一臉的疲憊之態，因爲要照顧三十個英國教師，陪他們在各式文化宮和學校之間轉上兩個星期，可眞不是鬧著玩的。但是哈里卻在一瞬間找到了機會。他拉過一把椅子，說道：『奧爾佳同志，請坐。』簡直不由人分說。我很清楚下面將要發生什麼，因爲他已親手打開了那些論文和文件，把它們一一擺放到桌上。我本想阻止他的，他卻只朝門那兒點了點頭。哈里若是朝門點點頭，有人就得出去了。於是乎我就回了我自己的房間，坐在那兒抽菸，等著。那時已是淩晨一點。我們應該在清晨六點起床，以便在七點鐘趕到機場。到了六點的時候奧爾佳走了進來，累得面色慘白，顯然是一副困惑不解的樣子。沒錯，就是這個詞，困惑不解。她對我說：『我是來告訴你，我覺得你有必要好好照看你的朋友哈里，我想他是不很舒服，他太興奮了。』於是乎，我對奧爾佳講了他在西班牙作戰的完整記錄，他的英雄主義行爲，我還順帶編了兩三個故事，她然後說：『是的，一眼就能看出他是個極好的人。』說完她幾乎就要止不住地哈欠連連了，於是她就睡覺去了，因爲第二天她就又要開始陪同另一個來自蘇格蘭的愛好和平的牧師代表團去活動。然後哈里進來了，他一臉的憔悴，跟個幽靈似的，激情已喪失殆盡。他生活的全部支柱都已倒場。他告訴了我剛才發生的一切，我則不停地催促他，因爲我們必須得出發去機場了，而我們倆整整一夜連衣服都沒換過……」

哈里當時顯然是把那些紙張和剪報一一攤在桌上後便開始了一場關於俄羅斯共產黨的演說，從伊斯克拉的日子講起。奧爾佳面帶微笑、充滿魅力地坐在他的對面，拚命壓下一個又一個的哈欠，保持著一個公民對於進步的外賓的禮貌。說到某處的時候她問他是不是一個歷史學家，但他回答說：「不，我和你一樣是個社會主義者，同志。」他帶她回溯了那些年中所有的陰謀、英雄主義，以及知識分子間的較量，無一遺漏。到了淩晨三點的時候她說：「能原諒我一小會兒嗎，同志?」她走了出去，他則坐在那兒想她是去找警察去了，那麼他馬上就會被逮捕，然後被「流放到西伯利亞」去。吉米問他對於流亡西伯利亞有何感想，也許會是件好事也不一定，哈里回答說：「爲了有那樣的一刻，怎麼都值得了。」因爲此時他當然早已忘了他是在對一個二十二歲的金髮美人發表演說，她的父親死於戰火，現在一個人照顧著寡母，並打算在明年春天與《眞理報》的一個記者結婚。當時他只是在對歷史本身發言。他無精打采地等待著警察的到來，一副聽天由命的樣子。奧爾佳回來了，卻是端了兩杯從餐館裡要的茶。「這種服務簡直讓人太過受寵若驚，安娜，所以我都能設想他坐在那兒只等著鐐銬的到來了。」奧爾佳坐下來，把他那杯茶推到他面前，並且說：「請說下去，對不起剛才打斷你了。」不一會兒她就睡了過去，哈里這時剛說到史達林策劃好要在墨西哥刺殺托洛斯基的當口，毫無疑問哈里坐在那兒眼瞧著奧爾佳，一句話說了一半突然就斷了，她那光滑的辮子跟肩膀一起垂了下來，腦袋也歪到了一邊。然後他把那些紙張整理起來，放到一邊，再輕輕地把她搖醒，對她抱歉說他惹她煩了，她對自己的表現難堪得不得了，但還是解釋說儘管她十分喜歡她的工作，但給一個又一個代表團馬不停蹄地做翻譯，實在是很辛苦，「再加上，我母親身體很弱，晚上回家後我還得做家務。」她緊握住他的一隻手說：「我要給你一個保證，我保證當我們的歷史學家重寫我黨的那段歷史，同時對史達林時期強加的那種扭曲進行必要的修正之後，我一定會去讀的。」顯然她因爲自己的有失風度而表現出來的窘迫已完全把哈里給征服了。兩個人相互安慰了半天，然後奧爾佳便離開了，到吉米那兒對他說他的朋友興奮得過了頭。

我問吉米接下來又怎樣了。「我不知道。我們必須得趕快換好衣服、收拾好行李，然後我們就啓程回來了。哈里沉默不言，看上去一臉病容，不過也就是這些。他重重地謝了謝我讓他參加了這個代表團：『一次很有價值的經歷。』他是這麼說的。上星期我剛去看過他，他最終娶了那寡婦，她懷孕了，我不知道這又能說明什麼，假如有的話。」

〔這裡是兩道黑線，標誌著紅色筆記的終結。〕

♠〔黃色筆記繼續：〕

1. 一個小故事

一個渴望愛情的女人，遇到了一個比她年輕得多的男人，不過也許只是情感年齡上的年輕，而非實際年齡。她騙自己說這是男人的天性使然；而對他而言，不過是又一樁韻事罷了。

2. 一個小故事

一個男人用一種成熟的語言、一種情感上成熟的人所運用的語言得到了一個女人。她慢慢才發現這種語言出自於他腦中的一念，而與他的情感毫無關係；實際上他在感情上還只是個處於青春期的男孩。然而，儘管心中明白，她仍不可自抑地要被這種語言所打動和征服。

3. 一個小故事

最近一則書評裡看到這樣一段話：「一件很不幸的事——女人，即使是她們當中最優秀的，也往往會愛上不值得她們愛的男人。」這則評論自然出自於男人。事實上當「好女人」愛上「不值得」的男人時，一般來說要嘛是因爲這些男人給她們這樣「定了位」，要嘛就是因爲這些男人身上有一種說不清的天性中的東西，而那正是那些「好」男人或「正派」男人身上不會有的。那些正常的好男人，一般都已到了頭，再無潛力可挖。這個故事是關於我在中非的一個朋友安妮的，一個「好女人」嫁給了一個「好男人」。他是個公職人員，很體面，也富有責任感，還悄悄地寫些蹩腳詩歌。她愛上了一個酗酒、好色的礦工，還不是那種有穩定收入的礦工，不是經理，也不是職員、業主。他從一個小礦換到另一個小礦，這些礦多是朝不保夕的，全憑運氣。

等到這個礦倒閉或者爲某個大公司的礦所吞併，他就離開。有一天晚上我跟這兩個人待在一起。他剛從三百英哩外叢林中的某個礦上回來。她呢，胖呼呼的，臉色發紅，已由一個漂亮姑娘變成了個家庭主婦。他端詳著她說：「安妮，你天生就是個海盜的老婆。」我還記得我們是如何地哄堂大笑，因爲這一切的荒唐，郊區一間小屋子裡的海盜們，海盜以及那正派體面的丈夫和安妮，這位好妻子因爲與這個居無定所的礦工之間的關係而充滿犯罪感，但並不是出於肉體，多的是精神上的愧疚。然而我仍記得當他這麼說時，她用怎樣感激的目光瞧著他。幾年後他死於酒精。有許多年我沒有她的任何音訊，之後才收到她一封來信：「還記得×嗎？他死了。你會理解的——我的生命已失去了意義。」這個故事，假如用英國式的套路來說，就是一個生活閉塞的好妻子愛上了浪跡於咖啡館的酒鬼，自稱他會去從事寫作，並且或許有一天他還眞寫了，不過那不是這個故事的關鍵所在。這故事要從那個富有責任心又體面的丈夫的角度去寫，寫他對於那流浪漢的魅力是毫不理解的。

4. 一個小故事

一個身心健康的女人愛上了一個男人。她發現自己病了，而那病狀是她有生以來從不曾有過的。她慢慢才明白這不是她的病，病的是那個男人。她也終於搞明白了這病的本質，並不是從他身上、他的言談舉止處，而是從這病在自己身上的反映來明白的。

5. 一個小故事

一個女人有違自己所願地墜入了情網。她是幸福的。然而睡到半夜她卻醒了。他坐起身，像是處於什麼危險之中似的，說著：不，不，不。然後又回復了意識，控制住了自己。他緩緩又躺下，沒說話。她想說：

你說不是什麼意思？因爲她內心充滿了恐懼。但她沒有說。她又轉回夢鄉，在睡夢中哭泣起來，把自己哭醒了，他始終沒再入睡，她於是焦急地問，你的心在跳嗎？他聲調低沉地說：不，是你的心在跳。

6. 一個小故事

一個男人和一個女人在戀愛中。她是因爲對愛的飢渴，他則是爲了尋求慰藉。一天下午，他很小心地說：「我得走了，要去看看——」但她知道這不過是個藉口，她聽著他在那兒喋喋不休地解釋個沒完，內心失望極了。她說著：「當然了，當然。」他突然爆發出一陣年輕人特有的大笑，挑釁一般地說：「你眞是寬容。」她道：「你說寬容是什麼意思？我又不是你的保護人，別拿我當成個美國女人。」他一直到很晚才上她的床，她朝他轉過身來，並沒睡著。她能感覺到他摟著她的胳膊，很小心，很有分寸，心裡明白他並不想跟她做愛。他的陰莖是軟的，儘管（這使她很生氣，這也是她天眞的地方）他在她的大腿間蹭來蹭去的。她厲聲道：「我睏了。」他不動了。她感覺很糟，因爲他會受傷的。突然間她意識到他勃起了，她卻很失落，因爲只是她的拒絕才令他想要她。然而她仍是愛他的，便朝他轉過來。做愛之後，她意識到對於他來說這就像是完成了一件什麼事情。她的語氣本能地尖刻起來，衝口而出道：「你剛跟別的什麼人做過愛。」他馬上道：「你怎麼知道？」然後就好像他沒說你怎麼知道這話似的，又道：「沒有的事，你胡思亂想呢。」然後，看她內心難受而沉默不語，他沉鬱地說：「我並不覺得那有什麼。你得明白，我並不看重這事。」最後這句話令她立時覺得自己無足輕重起來，而且是一種被毀滅的感覺，就好像她並不是作爲一個女人而存在的。

7. 一個小故事

一個四處漂泊的男人碰巧在一個女人的房子中停了一下，他喜歡並且也需要這個女人。他對於渴望愛情的女人有著多年的經驗，通常他都會克制住自己，但這回，他所說的話以及他允許自己所動的感情都是模糊不清的，因爲他在這個階段需要她的善心。他與她做了愛，但是對他來說這與他以前所經歷過的一百次做愛也沒什麼兩樣。他意識到他對於一種情感安慰的臨時需要已使他陷入了他最害怕的境地：一個女人對他說，我愛你。他中止了這關係，正式說了再見，把這關係結束在友誼上。走了。在日記中他寫道：離開了倫敦，安娜充滿責備之意。她恨我，不管了，讓她恨去吧。數月後又有一記，可以是這樣的：安娜結婚了，很好。也可以是這樣：安娜自殺了，可憐，一個好女人。

8. 一個小故事

一位女藝術家——畫家，作家，這都無所謂，反正，她獨自一人生活。但是她的整個生活其實圍繞著一個缺席的男人，她日以繼夜地等待著他。比方說她的公寓對她一個人來說就太大了。她的整個大腦都被這個要進入她生活的男人占據了，與此同時她已不再寫作或者作畫，但是在自己的心目中，她仍是以「藝術家」自居的。終於有一個男人走進了她的生活，他也算是個藝術家吧，但尚未成形。她的藝術家氣質薰陶著他，他吸取著養分，從中獲得靈感，就好像她是個發電機，在把能量源源不斷地輸送給他。終於有一天，他以一個羽翼豐滿的、眞正的藝術家形象出現了，而她體內的那個藝術家卻死亡了。在她不再成其爲藝術家的那一刻，他離開了她，他需要的是具有這種特質的女人，這樣他才可以去創造。

9. 一篇小小說

一個美國「前共黨分子」來到了倫敦，沒有錢，沒有朋友，還在影視界的黑名單中。在倫敦的美國人聚居地，或者說是美國「前共黨分子」聚居地，都知道他早在三、四年前就已開始在黨內以批判的態度看待史達林主義了，而那時他們尚無此勇氣。他去找他們尋求幫助，以為既然事件的結局已證明他是正確的，他們會就此忘記對他的敵意。但是他們對他的態度卻仍是先前忠於職守的黨員或者追隨者時的老樣子，他仍是個叛徒，儘管事實上他們自己的態度也早已轉變了，並且捶胸頓足地懊悔沒有早與黨決裂。他們之中開始流傳一個謠言，出自一個先前恪守信條、唯命是從、現在發瘋一般反悔的黨員之口，說這個新來的美國人是聯邦調查局的特工。這群人信以為眞，便拒絕給他以友誼和幫助。他們一邊把這個人驅逐出去，一邊在那兒煞有介事地談論著俄國的秘密警察、反美活動委員會的行為以及告密者、前共黨分子等等。這個新來的美國人自殺了。他們於是圍坐在一起，回憶以往的政治事件，找出許多不喜歡他的理由，以此來驅除內心的罪惡感。

10.

一個男人成了一個女人，由於某種神經方面的原因而失去了對於時間的概念。這顯然是一部電影，只要有人去拍就可以拍得很好。不過我是永遠也不會有機會去寫下這個本子來的，所以就沒必要去想了。可是又止不住地要去想。一個「現實感」走失了的男人，卻因此而獲得了比「一般人」更深刻的現實感。今天戴維曾漫不經心地說：「你那個名叫麥克爾的男人，他有負於你是事實，但你不能為這件事所左右，假如你為一個蠢到不能承擔起你來的人而心碎，你成什麼人了？」他說得就好像麥克爾還在「令我失望」的過程中，而不是多年前的事。並且他當然談的是他自己。有那麼一會兒，他就是麥克爾。我的現實感動搖了，破裂了，但是有些東西又是十分清晰的，是某種啓示性的東西，儘管很難說清那是什麼。（這類議論應該是藍色筆記的，而不是這裡。）

11. 一篇小小說

兩個人，可以是任何一種關係——母子，父女，情人，都無所謂。他們中的一個是嚴重的精神病患者。他把自己的病症傳給另一個，於是有病的人就好了，而健康的人卻病了。我還記得糖媽媽給我講過一個病人的故事。一個年輕男子來找她，說自己陷於嚴重的心理困擾之中。但是她發現他一點毛病也沒有。於是她讓他把他父親找來。他的家人，一共是五個，一一來到她的診室，他們全都很正常。然後他母親也來了。看上去十分「正常」的她實際上卻極爲神經質，但是她通過把這種神經質傳給家人而保持住了平衡，尤其是她最小的兒子正是最大的受害者。最後糖媽媽給這位母親做了治療，儘管爲了讓她前來就診而費了許多周折。那個先來找她的年輕人也終於發現自己身上的壓力頓消了。我記得她還說：不錯，在一個家庭或者一個群體中，往往那個最「正常」的是真正有病的，但是由於他們的性格很強，便可以安然無恙，而那些性格較弱的成員，倒體現出了他們的病症。（這類議論也該歸入藍色筆記，我得把這一則分出去。）

12. 一個小故事

一個丈夫對妻子不忠，並不是因爲他愛上了另一個女人，而是爲了要維護自己在婚姻中的獨立性。他跟另一個女人上完床後回來，十分小心地不想顯露出任何馬腳，但是卻又無意中做了些露餡的事，比如香水味、唇膏印，或者忘了洗掉性愛的氣味，實際上他並非無意，儘管這點連他自己都不知道。他需要對他的妻子說：「我並不想只屬於你。」

13.一篇小小說，題目是〈不受女人約束的男人〉

一個五十歲左右的男人，是個老光棍，或者也許有一段短暫的婚姻，妻子去世了，或者是離婚了。假如是個美國人，他就是離婚了，若是個英國人，他的妻子就是被他擺在一邊，他甚至還與她住在一起，或者是住在同一套房子裡，但是沒有任何情感接觸。到了五十歲的時候，他已與數十個女人發生過戀情，其中有那麼三到四次是認眞的。這認眞的幾次都是與希望嫁給他的女人發生的，她們與他持續著這種無正式婚約的婚姻，直到有一天他非娶她們不可的時候，他就中斷這關係。到五十歲時他已很冷淡，對自己的性能力十分焦慮，他有五、六個女友，全都曾是他的情婦，現在也都已結婚了。他曾是五、六個老朋友家庭中的闖入者。他像個孩子，離不開女人，越來越會發呆，動作也越來越遲緩，老是給某個女人打電話，要她辦點什麼事。外表看來他仍是個衣冠楚楚，機智而好挖苦的男人，能使年輕一些的女性在一週左右的時間裡對他保有這種印象。他這樣子與姑娘們或年輕女人發生過關係，然後再轉回那些能起到保母或護士作用的年長女人的懷抱。

14.一篇小小說

一個男人和一個女人，結婚了或者是有一段很長的關係，兩個人都在偷偷地看對方的日記（這對兩個人來說都是一種對於對方的敬意），日記裡非常坦率地記錄著彼此間的想法。而且兩個人也都知道對方在看自己的日記，但是這種狀態還是保持了一段時間，漸漸地，他們開始編起來，先是無意識地，後來變成有意識地要去影響對方。直到形成這樣一個局面，兩個人各有兩本日記，一本是爲自己準備的，鎖在抽屜裡，另一本則供對方閱讀。然後有一天一個人說漏了嘴，要不就是搞錯了日記本，另一個就指責他／她看了自己的秘密日記。一次可怕的爭吵使兩個人從此分手，並不是因爲原來的日記本——「可是我們誰都知道大家都在看那些日記，那都不算什麼，可你怎麼可以如此不誠實地偷看我的秘密日記呢！」

15. 一個小故事

一個美國男人，一個英國女人。她全身心地渴望被占有、被享用。他也全身心地渴望被享用，希望自己是一把能爲她所彈奏、爲她帶來快樂的樂器。出現了情感的僵局。他們於是開始探討，這探討本來是圍繞著性和情感的，到後來卻轉爲對兩個不同社會的比較。

16. 一個小故事

男人和女人，兩個人在性方面都很驕傲，也都有過經歷，也很少會以一種富有經驗的樣子去與別人接觸。突然間兩個人都開始討厭對方，當審視這一種情緒時（假如他們不是自我檢查者，這一切也就沒什麼了），卻又轉成了對自身的厭惡。他們像是彼此照見了自己，相互打量一番後，做個鬼臉，便各自離開了。再度相遇時，彼此間多了一層幽默，在此基礎上他們成了好朋友，一段時間後這種具有諷刺意味的友誼又轉變成了愛情。但是第一次的可怕經歷使他們的愛情受阻了，他們之間已不會產生感情。

17. 一篇小小說

一對放浪形骸的男女，他們的聚合有著下面這種具有諷刺意味的節奏感。他擁有著她，經歷使她對此十分謹慎，但慢慢地，她在感情上還是降服了。從她完全投入自己的那一刻起，他的情感就中止了，他對她失去了欲望。受了傷害的她痛苦之中便投入了另一個男人的懷抱。但這時那頭一個男人卻又對她恢復了興趣。

但是儘管他只要一想到她與別的男人睡覺就興奮不已，但她卻因爲這個事實而冷卻了。然而漸漸地她也就在感情上屈從了他。就在她感到十分理想的時候，他又一次冷淡了下去，找了另一個女人，她則投向另一個男人，等等。

18. 一個小故事

與契訶夫的《親愛的》主題是一樣的。但這回女人不是爲了迎合一個又一個不同的男人而改變自己，而是爲了呼應一個在心理上反覆無常的男人，如此在一天之中不管是與他對抗還是迎合於他，她都可以變幻出五、六個不同的人格來。

19. 浪漫而嚴格的寫作學校

週六晚上夥伴們到外面去野，巴狄、戴維和麥克，都是眞正的朋友，一群狂野的週末幫。天下著雪。寒氣襲人。紐約城眞是冷。但對我們倒是十分眞實。巴狄，那長著一副猿猴肩的傢伙，雙腿叉開站著，瞪著眼睛，抓了抓他的褲襠。巴狄是個夢想家，黑黑的眼睛總是出神一般，目光憂鬱，他常當著大家的面手淫，他是無意識的，而且純潔，一種好奇心使然的純潔。此刻他站在那裡，悲哀地下垂著的肩頭上落滿了白色的雪花。戴維抱住他把他摁倒，兩個人在潔白無瑕的雪地上滾成一團，巴狄呼呼地直喘氣。戴維用拳頭直擊巴狄的肚子，噢眞正的好朋友眞正的愛，在一個眞正的週六晚上曼哈頓寒冷的峭壁下玩耍。巴狄都快凍暈了。「我愛這雜種。」戴維說，這時巴狄早已伸開了四肢仰天躺著，忘記了我們，也忘記了這城市的憂傷。我，麥克，獨行者麥克，則分開站著，心中有著想了解一切的負擔，我十八歲，很孤獨，瞧著我的夥伴們，戴維和巴狄。巴狄醒過來了。他那似已瀕死的嘴唇上沾滿了唾沫，他全吐到唾沫一樣白的雪堆裡去了。巴狄坐起來，喘著氣，看見戴維雙臂抱著膝蓋在注視著他，那雙布朗克斯人❶特有的憂傷的眼睛裡充滿了感情。巴狄那多毛的左拳直擊戴維的下巴，這回戴維四腳朝天地倒下了，倒在冰凍的雪地上。巴狄大笑，坐在那兒笑個沒完，等著挨揍呢。男人吶，眞是瘋子。「你要幹什麼，巴狄？」我說道。麥克這獨行者卻是眞愛他的好朋友的。「哈哈哈，你看到他臉上的表情了嗎？」他邊說著邊笑得上氣不接下氣地打著滾，手還抓著褲襠。「你看到了嗎？」戴維喘著氣，又活了過來，他翻滾著，呻吟著，終於坐了起來。然後戴維和巴狄便打了起來，是眞打，一邊開心地笑著，又笑著雙雙摔倒在雪地裡。我，麥克，說話很快的麥克，站在那兒既難過又開心著。「嗨，我愛這狗娘養的。」戴維喘著粗氣道，朝巴狄的上腹扔了個雪團，巴狄則用前臂擋住了，說道：「天哪，我愛他。」但這時我聽到冰冷的人行道上傳來如音樂一般美妙的鞋跟叩地的聲音，我便說道：「嗨，夥計們。」我們站在那兒等待著，她來了，羅西踩著那甜美的高跟鞋奏出的旋律，從她那黑呼呼的廉價公寓的臥室裡走了過來。「喔，夥計們，」羅西邊打著招呼，邊甜甜地笑著。我們站在那兒看著，眼瞧著這位驕傲而肉感的羅西，那眞正性感的身軀從人行道上朝我們旋過來，一邊還扭動著滾圓的臀部，勾得我們心癢難搔，這一切可眞讓我們覺得悲哀了。然後巴狄，我們的巴狄走開了，他遲疑著，目光是悲哀的，對著我們這些同樣流露出悲哀之色的夥伴們說：「我愛她，夥計們。」兩個朋友走了，一個是神氣的戴維，另一個是說話飛快的麥克。然後我們便站在那兒看著我們的朋友巴狄，爲命運所操縱的巴狄，他點了點頭，跟在了羅西的身後，他那顆純潔的心在隨著她那高跟鞋所奏出的甜美韻律而跳動。神秘的時間的翅膀把我們給擊倒了，雪花一樣潔白，隨著我們的羅西們的死去和木屋裡的葬禮，時間將把我們全部捲走。看著巴狄走進那註定要滅亡的雪片的永恆之舞中，乾燥的霜花在他的衣領上也結出了韻味，眞讓人覺得又是悲哀又是美麗。而我們這時對他的愛是難以

---

❶布朗克斯：Bronx，美國紐約市一行政區名。

形容的，發自內心的、悲傷的，對時間的目的一無所知，但卻無比眞實，而且嚴肅。我們愛他，那時我們轉過身來，兩個朋友已走了，大衣拍打著我們純潔的雙腿。於是，戴維和我，我——麥克，都悲傷起來，因為悲劇的徵兆也叩擊著我們珍珠般的心靈，他——戴維，我——麥克，那時對生活都是傻呼呼的。戴維搔著他的褲襠，這個貓頭鷹一般緩緩地抓搔著的純潔的戴維。「喂，麥克，」他道，「有一天你得把這一切寫下來，爲了我們大夥兒。」他結巴著，說得十分含混，一點也不伶牙俐齒了，「你會寫嗎，嘿夥計？寫我們的心靈是如何在曼哈頓白雪覆蓋的行人道上，在資本主義財神的緊追不捨下給毀掉的。」「喂，戴維，我愛你。」我說，我那孩子般的心靈裡面交織著愛的情緒。我於是一拳打在他的下頷骨上，嘴裡嘟噥著愛這個世界，愛我的朋友，愛所有的戴維、麥克和巴狄們。他走了，然後我，麥克，像把他放在搖籃裡一般地哼哼著，寶貝，我愛你，城市叢林裡的友誼，年輕人的友誼，多麼純潔。而時間的風在吹拂，落在我們充滿愛的純潔的肩頭的雪花註定是要溶化的。

如果我已回到了大雜燴風格，那麼就該打住了。

〔兩道黑線之下，黃色筆記也到此結束。〕

♠〔藍色筆記繼續，但未註明日期：〕

人們聽說我樓上的房間空著，便開始給我打電話詢問。我一直說我不想出租，但我也正缺錢用。兩個做生意的姑娘來看過房子，她們是從艾弗那兒聽說我有一間空房的。但是我隨即又發現我不想租給女孩子住。詹妮特和我，再來兩個姑娘，那就是一屋子的女人了，我不希望是這樣。然後來了幾個男人。其中有兩個馬上讓人覺得似乎這套房子中只有你跟我兩個人，於是我把他們打發走了。有三個需要的是母愛，無家可歸的棄兒似的，我很清楚不出一星期我就會置身於需要照料他們的位置上。因此我最終決定不再出租，我要去找份工作，再搬到一套小些的房子中，什麼樣的都行。而與此同時詹妮特一直在追問：眞是可惜艾弗一定要走，我希望我們能找到一個跟他一樣好的人，諸如此類。然後突然間她說她想去寄宿學校上學，她在學校的朋友也要去那兒。我問她爲什麼，她則說是想有小夥伴和她一起玩。我一下子覺得很是傷心，便拒不同意，過後又因此而對自己很是不滿。告訴她說我會再考慮一下——最現實的問題是錢，但其實我眞正考慮的是詹妮特的性格，什麼是最適合她的。我常常想假如她不是我的女兒（我不是指遺傳方面，而是指她因爲由我養大而成爲我的女兒），她會是我所能想得出來的最最平凡的孩子。而這正是她的本色，儘管她有著表面上的獨特性，儘管有莫莉家的影響，還有我與麥克爾之間長期的關係，以及他的消失，儘管她是所謂的「破裂婚姻」的產物，每當我看著她的時候，她不過就是個可愛、聰明、普普通通的小姑娘，生來就要過一種無憂無慮的生活。我幾乎要寫：「我希望如此。」可是爲什麼？我對那些沒有過親身體驗、沒有追求過新領域的人是毫不耐煩的，但是一旦輪到自己的孩子，你就根本受不了去想他們也要經歷這些。當她說「我要去寄宿學校」時，她帶著一種任性的可愛，想試試做一個女人的勇氣，她眞正想對我說的是：「我想變得普通，想做個平凡的孩子。」她是在說：「我想要逃出這複雜的環境。」我想這是因爲她一定意識到了我的日益加劇的消沉。的確，與她在一起時，我把那個萎靡不振而易受驚嚇的安娜趕走了。但她一定感覺到安娜還在那兒。而且，我不想讓她走當然是因爲她是使我得以正常的原因。只要跟她在一起，我就必須得令自己單純、有責任感，充滿愛心，所以她身上維繫著那個正常的我。而她上學之後……

今天她又問：「我什麼時候去寄宿學校上學呢，我想跟瑪麗一起去。」（她的朋友。）我告訴她我們得搬出這套大房子，找一所小點兒的，還有我得去找份工作。不過當然也沒那麼急。《戰爭邊緣》的版權第三次爲一家電影公司買走，不過不會有什麼結果的。不管怎麼說我也不希望這樣。假如我相信電影能拍出來，我也不會去出賣版權了。進帳的錢足以維持我們過一種簡樸的生活，就算詹妮特去上寄宿學校也沒什麼問題。

我一直在調查新式學校。

告訴了詹妮特，她說：「我想去一所普通的寄宿學校。」我說：「就算是一所最普通的英國女子寄宿學校也是不尋常的，它們在世界上獨一無二。」她又說：「你很明白我的意思。再說，瑪麗也要去。」

詹妮特過幾天就要走了。今天莫莉打來電話說城裡有個美國人在找房住。我說我不想出租了。她則說：「可你得一個人住在這麼大一套房子裡啊，你又不必見他。」我堅持不租，她又說：「可我覺得這是對社會的一種對抗心理。你怎麼了，安娜？」這句你怎麼了擊中了我，因爲這當然是對抗性的，而且我也不在乎。她道：「發發善心吧，他是個左翼美國人，身無分文，又上了黑名單，而你呢，獨住一套公寓，還空了這麼多的房間。」我說：「假如他是個流落在歐洲的美國人，他就會去寫美國式的傳奇，並且會接受心理治療，還有一樁不幸的美式婚姻，而我將不得不聽他講他的煩惱——我是說問題。」但是莫莉沒笑，說：「你得留神點，不然就會像別的離黨分子一樣了。我昨天碰到湯姆了，他已把做黨員的歷史留在匈牙利了，對許多人來說，他都曾經是個非正式的靈魂工程師，現在卻完全變了個人。我聽說他突然把他家出租房的房價抬高了一倍，而且也不再當老師了，而是去了一家廣告公司。我打電話問他對自己的行爲到底是怎麼看的，他回答說：『我被人當傻子看都當夠了。』所以安娜，你也小心點兒吧。」

於是後來我說就讓那美國人來住吧，只要我不必見他就行，莫莉就說：「他人不錯。我見過他，牛氣得很，而且固執己見，不過他們都是這個樣子。」我說：「我並不認爲他們性急無禮，那只是過去留下來的成見，那時的美國人很冷漠，而且與世隔絕，他們在彼此之間以及周圍的世界之間都夾了一層玻璃或者冰。」「哦，但願你說得對吧，」莫莉道：「可我很忙。」

事後我又想了想我說的話，有意思的是直到我說出口之前，我也並不知道我是這麼想的。但這又是千眞萬確的。沒錯，他們可以是目中無人而且吵吵鬧鬧的，但更多的時候他們則好脾氣極了，是的好脾氣，這正是他們的特點。在瘋狂的外表之下，他們其實十分害怕捲進去。我一直坐在那兒回想著我所認識的美國人。現在想起了好多。我還記得與尼爾森的一個朋友、F君共度的一個週末。起初我是很放鬆的，還在想：感謝上帝，到底是個正常人。然後我才明白，他的一切都是經過大腦的。他「床上的活很棒」，是個自覺而極有責任心的「男人」，但卻沒有熱情。一切都是準確無誤的。他用一切動聽的話去維護他那「在家的」妻子（但事實上他卻是怕她的——怕的不是她而是她所代表的那種社會義務）。還有那些謹愼而不加承諾的婚外情，只付出恰如其分的熱情——一切都經過了精心的計算，不管是這樣或那樣的關係，感情就只有這麼多。是的，這就是他們的特性，精打細算、精明而冷漠。當然，感情是個陷阱，它把你推進社會的網，也怨不得人們要左右掂量了。

我又回到了去糖媽媽那兒時的精神狀態中。我曾對她說過，我不會感覺了。這個世界上除了詹妮特以外我什麼都不關心。那離現在都有七年了？——多少是這樣吧。離開她時我曾說：你教會了我哭泣，所以沒什麼可謝你的了，你使我又恢復了感覺，但那太痛苦了。

要找個巫醫來幫我找回感覺，這方法眞是太過時了。因爲現在當我想到這一點時，極目之際所有的人都在努力不去感覺。冷漠，冷漠，冷漠，就是這個詞。它是旗幟，始於美國，現在輪到了我們。我想起倫敦城裡參與政治和社會活動的成群的年輕人，托米的朋友，那群新派社會黨人——而那就是他們的共通點，有限的情感，還有冷漠。

竟是身處這樣可怕的一個世界，感情已成罕物。眞奇怪怎麼我以前就沒看出來。

人們總是本能地要退回不動感動的狀態中，以保護自己免受痛苦，激憤之中我還記得我曾對著糖媽媽說：「假如我對你說氫彈爆炸了，毀掉了半個歐洲，你會咂咂舌頭，嘖，嘖，而假如我因此而痛哭流涕，你就會責備一般地皺皺眉頭，或者做個手勢，讓我去回憶，或者去思考一些我有意驅除掉的情感。什麼樣的情感呢？哦，當然是快樂了。想想看，我的孩子，你會這麼說，或者是暗示性的，提到毀滅中的創造性！想一想禁錮在原子彈裡的隱含的創造力！讓你的思緒停留在那些衝破一百萬年來沉積的岩漿而躋身入光明的嫩綠的小草上吧！」她當然聽著聽著就笑了。緊跟著這笑容就變了，變冷了，這時便出現了那種我等待已久的時刻，在這樣的片刻中我們已不是分析師與病人的關係，她說：「親愛的安娜，這麼說來爲了使我們的神經保持強健，我們就得去仰賴於那些衝破一百萬年的時光而生長出來的小草？」

但是並不僅僅只是這恐怖已四處可見，人們還有一種感覺得到這恐怖的害怕心理，這使他們冷漠。不止於此。人們知道自己生活在一個已經死亡或者垂死的社會裡，他們拒絕感情，因爲任何一次感情的結局都只是貧窮、金錢與權利這些內容。他們工作卻又鄙視他們的工作，他們因此而變得冷漠。他們也相愛，但深知這愛是不純粹的，或者說是扭曲的，於是他們冷漠起來。

爲了保有愛、感覺和溫情，可能眞的很有必要模糊地去感受這一切，即便爲了那份虛幻和自我貶抑感，或爲了某種觀念，一片只是出於主觀想像的陰影——或者如果我們所感受到的只是痛苦，那就必須得去接受，同時承認別無選擇，怎麼也強過那精明的、算計好的、沒有承諾的、因懼怕後果而吝於付出的……我聽到詹妮特上樓的腳步聲。

詹妮特今天去上學了。學校並沒規定非穿制服不可，但詹妮特願意穿。眞是不可思議，我的孩子會想穿制服。在我的記憶中穿制服從來沒讓我覺得舒服過。矛盾：當我是個共產黨員的時候，卻沒有在爲穿制服的人工作，而是正相反。詹妮特的制服是一件難看的灰綠色及膝短上裝，外罩一件黃褐色的套衫，這衣服裁得能把一個十二歲的小女孩變得無比難看，同樣還有一頂難看的、硬梆梆的暗綠色圓頂帽。但是她倒很開心。這套制服的樣式是女校長選定的，我去拜訪過她——一位可敬的英國老婦人，有學問、冷漠而睿智。我該想到她體內的那個女人在二十歲前就死掉了，很可能是她自己親手扼殺的。一想到要把詹妮特送到她那裡，我就覺得似乎是爲她找了個父親的形象，會嗎？但最奇怪的是，我想當然的以爲詹妮特會牴觸她，比方說會拒不肯穿那身醜極了的制服，然而詹妮特卻並不想與任何事情作對。

一旦穿上這身制服，大約在一年前她所表現出來的，猶如穿上了一件漂亮衣服一般的那種任性而嬌寵的小姑娘的魅力便瞬即消失了。站在車站月台上一群同齡女孩中間，她是一個穿一身難看制服的漂亮小姑娘，她那年輕的胸脯藏在制服下面，毫無魅力可言，連她的舉止也變得十分大衆化。看著眼前的她，我不由的無比懷念那個皮膚黝黑、活蹦亂跳、長著一雙黑眼睛的年齡更小些的女孩，她渾身都是活潑潑的女孩氣，本能地意識到做爲一個女孩子所具有的力量因而無比機敏。與此同時我腦中又閃過一個十分殘酷的想法：可憐的孩子，這個社會裡充滿了艾弗和羅尼之類的人，充滿了膽小怕事的男人，他們像給雜貨過秤似地計較著自己感情上的得失，假如你將在這樣一個社會裡長大，你就得以你的校長、斯特里特小姐爲楷模了。因爲那個迷人的年輕姑娘在視野中的消失，我有一種感覺，好像某種無比寶貴而脆弱的東西被解救了出來，不至於遭到傷害了，這裡面還有一種直指男人的勝利般的惡意：好吧，你們這樣地看低我們嗎？——那麼我們就自救吧，總有一天你們會重新對我們刮目相看的。對這份惡意和怨毒我本該感到羞愧的，但卻沒有，因爲其中有太多難以形容的快感。

那個美國人，格林先生今天要來，所以我把他的房間收拾了出來。但他又打來電話說他應邀要去鄉間待一天，可否明天過來？還小心翼翼地說了許多抱歉的話。很煩，因爲一些安排好的事又不得不要改變。後來莫莉來電話說她的朋友珍妮告訴她，她，也就是珍妮，跟格林先生待了一整天，「帶他去蘇活區❷轉了轉」。我聽了直生氣。然後莫莉又說：「托米見了格林先生，他不喜歡他，說他太散漫，這評語倒挺合格林先生的胃口，你沒覺得嗎？雖說人都是不可貌相的，但托米從不認可任何人。不覺得這很奇怪嗎？他是這樣子的一個社會主義者，還有他所有的朋友，他們全都是那麼可敬並且充滿小資色彩，每遇到一個人，只憑著他們自己那一點兒生活閱歷就開始對人評頭論足。自然托米那個可怕的妻子比任何人說得都更難聽，她說格林先生不過是個叫化子，因爲他甚至沒有一份固定工作。你又能說什麼？這姑娘要做了個地方商人的妻子倒不錯，還得是個稍帶點兒自由派傾向的商人，用來唬唬他的保守黨朋友。而她卻是我的兒媳，正在寫一部關於憲章派的大作，每週存下兩英鎊來以備老來之用。無論如何，既然托米和那個小騷貨不喜歡格林先生，便意味著你有可能喜歡，所以說有德也未必就一定有報。」聽她說這一番話，我就一直在笑，然後我想如果我笑得出來，那就說明我的狀態並非如我想像的那麼糟。糖媽媽有一次曾對我說起，爲了讓一個抑鬱的病人笑，她用了六個月的時間。然而不管怎麼說詹妮特這麼一走，留下我一個人在這套大房子裡，我的情緒無疑是只能更壞。我百無聊賴，不知該幹些什麼好，腦中一直在想糖媽媽，但是以一種不同於以往的方式，似乎想想她就能幫我解脫似的。解脫什麼呢？我又不想得到解脫。因爲詹妮特的離去提醒我想到了別的事情——時間，當一個人沒有了壓力，時間會成爲什麼樣子。自打詹妮特出生以來，在時間上我就再也沒有了自由。有了孩子便意味著從此有了時鐘的概念，永遠要在某個時刻內提前把事情做完，再無解脫之日。從詹妮特出生的那一

❷蘇活區：Soho，英國倫敦一地區，多夜總會及外國飯店。

天起，那個安娜就回到了沒有出頭之日的生活中。今天下午我就這麼坐在地板上，望著天色漸沉，自己是這世界上的一個居民，這會兒便可以說夜幕已經降臨，而不是：在一小時之內我就必須把菜給燒上。並且突然間我又回到了我早已忘記的一種精神狀態中，想起孩提時代的一些事來。那時每到晚上我總是坐在床上玩我所謂的「遊戲」，先是把我所在的這間屋子在腦海中創造出來，床、椅、窗簾，一件一件地給它們取好名字，直到在我的腦中成爲一個整體，然後就移出房間，開始設計整座房子，再挪出房子，慢慢地設計街道，接著還可以升上天空，俯瞰倫敦，那伸展開去的巨大的城市廢墟，但是腦中同時保有著房間、屋子、街道的意象，然後又擴展到英格蘭，不列顛島上的英格蘭，然後是大陸邊上一片小小的群島，慢慢地，慢慢地，我都一個大洲一個大洲、一個海洋又一個海洋的創造出了全世界（但是這「遊戲」的關鍵點是在拓展這麼博大的一個空間的同時，隨時在腦海中保有對於那微不足道的小小臥室、房子以及街道的印記），直到最後的目的地，我升到了太空中，俯視著這個世界，一個在漫漫太空中爲太陽所照耀的球體，在我的腳底下轉動。接著，既已到了星星環繞著我，而小小的地球就在我腳下旋轉的地步，我又開始去設想一滴充滿生命之活力的水，或者一片綠葉。有時候我能達到我想要的境界，廣袤與渺小並存的境界。要不我就執念於一個生物上，池缸裡的一條魚，一朵花，或一隻飛蛾，然後再去創造，給這花、蛾子、魚的生命以「命名」，慢慢地便可以在其周圍設想出一片森林來，或者是海水池子，或者是吹偏了我的雙翼的有習習晚風的夜空。然後是出去，一下子從渺小步入太空。

孩提時這麼玩是很容易的。到現在我似乎覺得因了這「遊戲」我得以在一種興奮的狀態中過了許多年。但現在就太難了。今天下午只過了沒一會兒我就已疲憊不堪，但我還是成功了，雖然只維持了數秒鐘，我俯瞰著地球，陽光熾烈地照在亞洲的中部，而美洲大陸則完全陷於黑暗中。

索爾・格林來看了房間，並把東西也搬了過來。我直接帶他去房間，他只掃了一眼便說：「行，行。」

這口氣是如此的隨便，我便問他是否又是馬上就要走。他謹慎地瞟了我一眼，我已知道那是他的特點，然後便開始喋喋不休地解釋了一大堆，措辭十分小心，跟那天他為了要去鄉間而抱歉的口氣一模一樣。這倒提醒了我，我說：「我想你那天是和珍妮・旁德去蘇活區明察暗訪去了吧。」他似乎是一驚，繼而便是一副被冒犯的樣子，而且是非比尋常的，好像他在作案現場被逮住了似的，然後他的臉色又變了，變得謹慎而小心起來，又開始沒完沒了地解釋這計劃何以會改變，等等，這些話越發地離奇，因為顯然全是編的。突然間我厭煩起來，便說我問的只是房間的事，因為我計劃搬到另一所房子去，所以假如他打算長住，還是另找地方的好。他嘴裡說著行，行，但又好像沒在聽我說什麼，甚至也根本沒怎麼看一看房間。隨我走出來後，卻把行李留在了那兒。接下來我便說了作為女房東的客套話，關於住在這兒他可以「無任何限制」，我是用玩笑的口吻說的，但他卻沒聽明白，於是又給他解釋說，假如他要留宿女友，我是不會介意的。他的笑讓人吃驚，那麼響，那麼突然，而且是被觸犯的感覺。他說他很高興我把他看作是一個正常的年輕人，這是典型的美國人的反應，當他的男子氣受到質疑的時候一種本能的對抗，於是我就沒有繼續先前的玩笑，那是關於他前任房客的趣事。總而言之我覺得一切都很彆扭、不和諧，因此我就下到廚房去了，他願不願意跟下來就隨他了。我煮了壺咖啡，他出門時順道拐進廚房，我便遞給他一杯，他遲疑了一下，打量著我，我還從未被一個異性的目光這樣無理地打量過，這裡面沒有幽默感，也沒有熱情，只有牧場主人比較貨物的感覺。這目光是如此的露骨，我終於說：「我希望我通過了。」但他卻又爆發出那種突然而讓人不舒服的大笑，說著：「行，行。」——換句話說，他要嘛是無意間已在收集我的幾句得罪他的話，要嘛就是過分拘謹而不肯承認這一點。所以我就沒再多提，只和他一起喝咖啡。跟他在一起我只覺得不舒服，不知道是什麼原因，也許是他舉止上的問題吧。他的外表中有種讓人心煩意亂的特質，就好像人們在看他時本能地想要找到點什麼，卻又找不到。他長得白淨，頭髮剪得很短，像金光閃閃的刷子一般。個頭不高，儘管總覺得他很高，但仔細再一看才發現不是，只因爲他穿的衣服都太肥大之故，顯得鬆鬆垮垮的。他是人們眼中那類中等個、身材結實、肩膀寬厚的美國人，有一雙灰綠色的眼睛，方正的臉，我一直這麼打量著他，到這會兒我才意識到我是想仔細瞧瞧這個人，我看到的是一個瘦弱、全身都不協調的男人，衣服自他的寬肩膀上鬆鬆地掛下來，然後便遇到了他的目光，他那灰綠色的眼睛是冷冷的，時刻戒備著，這是他身上最突出的特點，他一刻都不曾放鬆過。出於對一個「來自美國的社會主義者」同伴的感覺，我問了他一兩個問題，但馬上又不想多問了，因爲他總是答非所問。爲了找話說，我就問他爲什麼要穿這麼肥大的衣服，他很受驚的樣子，像是沒想到我怎麼會注意到這一點，然後便含糊其辭起來，說他的體重減輕了很多，正常情況下他應比現在重十多磅。我便問他是不是病了，他則又顯得是被冒犯了的樣子，像是在他身上施加了什麼壓力或者被監視了似的。我們倆默默地坐了一會兒，我心裡在巴望著他離開，因爲似乎不管說什麼，他都會不舒服。然後我提起莫莉，他一直沒說起她，令我吃驚的是他的態度似乎就變了。突然間談話中出現了一種睿智，我不知道是不是還有別的方式來說出這種情形：他十分專注的樣子，而他談起莫莉的方式，他對於她的性格及其處境那種無比準確的描述都令我著實震驚了一下，我意識到除去麥克爾之外，我還沒遇到過第二個男人可以對女人有如此敏銳的洞察力。他對她的「說法」讓我很受震動，假如她能聽到，她一定會高興的……

[日記從此處開始，安娜在某些地方加注了星號，並給星號一一編上順序。]

……而這讓我好奇心大發，還嫉妒不已，於是我說了些（＊1）自己的事情，這樣他就談起了我。更確切地說，他是在教育我。好像他是一個公正的學究，大談一個女人獨身生活的種種危險、意想不到的難處以及所得，等等。就是這同一個人，十分鐘以前還在冷冷地、近乎敵意地對我進行著一個異性的觀察，現在卻在給我無與倫比的混亂和難以置信感。而且在他此刻的談話中，剛才那種樣子也已蕩然無存，既沒有半遮半掩的好奇心，也沒有常見的說著說著突然咂一下嘴唇的可能。相反地，我不記得還有別的男人對我這樣的女人所過的這種生活談得如此純粹、坦率而友好。有一刻我大笑了一陣，因爲我竟被「說得」如此之高（＊2），然而在他的談話中我好像還是一個小姑娘，可實際上我比他還要大上幾歲。奇怪的是他竟沒有聽到我的笑聲，倒不是因爲我的笑觸怒了他，或者等我笑完，或者問問我爲什麼要笑，都沒有，他僅只是繼續在那兒說，就好像已忘了我的存在。這讓我極不舒服，因爲對於索爾來說我簡直就已經不存在了，要是能結束這場談話我會很高興的，我也不得不這麼做了，因爲我還在等一個要購買《戰爭邊緣》的公司來人。那個人來了之後，我卻決定不出售小說的版權了。他們想拍的是電影，所以我就想我幹嘛堅持了這麼多年之後現在就輕易放棄了，只因爲我頭一回開始缺錢用。於是我便對他說我不賣了。他以爲我已出售給了別家，他是無法相信一個要生存的作家會對高價位不動心的。所以他就不斷地把價格往上抬，情形變得十分荒謬，因爲我一直在拒絕，可笑極了，我開始大笑——這使我想起我在笑而索爾充耳不聞的那一刻，因爲他對我爲什麼要笑一無所知，他就一直那麼看著我，就好像我，那個在大笑的眞正的安娜對他而言是不存在的。而當他離去的時候，雙方都很不愉快。不管怎麼說，再回到索爾這邊，當我告訴他我在等人來時，他慌亂的樣子讓我意想不到，就好像我並不只是在說要等一個生意人過來，而是把他轟了出去一般。然後他又控制住了那副慌張而自衛的樣子，點了點頭，變得極爲冷漠而孤僻，逕自便下樓去了。他走後我心情壞透了，與他面對的整個過程中都充滿了衝突和不諧音，並且斷定讓他過來是個錯誤。不過後來當我告訴索爾我不想出售小說版權讓人來拍電影時，我說得十分戒備，因爲對這種事我已習慣了人們會拿我當傻子看待的，然而他卻理所當然的認爲我是對的。他說他之所以最終辭去了他在好萊塢的那份工作，原因就是那裡面已沒有人會相信一個作家會寧可拒絕財源滾滾，也不願看著自己的小說變成一部劣質電影。他說話的口氣一如所有那些曾在好萊塢幹過的人們——對於那些腐敗已極的事情竟可以如此堂而皇之地存在的一種冷嘲而難以置信的絕望。然後他又說了些讓我震動的話：「我們時刻都得站穩自己的立場，是的，有時候我們也會站錯立場，但關鍵是得有立場。在這一點上我比你優越……」（我很震驚，但這回很不舒服，他說在這一點上比我優越時有一種陰鬱的感覺，好像我們在進行某種競爭或是戰鬥似的）「……也就是說，我一直以來所承受的要我屈服的壓力要比在這個國家所經受的要直接和明顯得多。」我知道他的意思，但仍想聽他親口解釋一下，便問：「向什麼屈服呢？」「假如你不知道，我也無法告訴你。」「哦，可我知道。」「我想也是，我希望如此。」接著他又一次沉鬱起來：「相信我，那是我從那個鬼地方學到的一樣東西——那些沒有準備好堅持住一個立場的人們，一旦遇到不利的情形，他們就會失去原則，出賣自己。而且別說什麼出賣給誰？假如能夠輕而易舉而又準確地說出來，當我們偶爾碰到不利的情形時也就根本不必堅持什麼原則了。我們不應該害怕自己是幼稚的、愚蠢的，這是我們任何人都不應該害怕的一件事……」，他又開始給我上課了。我喜歡有人給我上課，我喜歡聽他說。當他這麼滔滔不絕之時，已經又一次注意不到我了——我敢說他已然忘了我還在那兒——既然他忘了我，我便可以毫不顧忌地直視他了，他背靠著窗子站立的姿勢活像我們在電影裡看到的那類年輕的美國人——很性感很男人的樣子，性欲勃漲。他懶洋洋地站著，兩手拇指伸進腰帶裡邊，其餘的手指則垂著，卻又像是直指著他的陽具——每當我在電影裡看到這種姿勢，我就總覺得很有趣，因爲與之相配的偏又是一張年輕、涉世未深、孩子氣的美國人的臉——那張孩子氣十足、毫不設防的臉，以及男子漢式的站姿。索爾就那麼站在那兒對著我大談來自社會的、要讓人服從的壓力，一方面卻又採取了性感的站姿。這雖然不是有意的，但卻是直對著我來的，而這也太直白了，我開始惱火起來，事實上同時有兩種語言在對我說話。這時我才注意到他跟上次不一樣了。先前我一直在看著他，感覺很彆扭，因爲我想看到的並不是眼前他這個樣子，並不是這個套著鬆鬆垮垮的衣服、瘦骨嶙峋的男人。但此刻他卻穿著合身的衣服，看上去很新，我意識到他必定是跑出去剛買回來的。他穿一條藍色新牛仔褲，把雙腿和臀部裹得很緊，上身是一件緊身的深藍色毛衣。這套貼身的打扮使他看上去很瘦，但仍是怎麼看都不對勁，因爲顯得他的肩太寬，臀部也太翹。我打斷了他的長篇獨白，問他是不是因爲我這天早上說了什麼才去買新衣服穿的。他皺了皺眉頭，停頓了片刻，很不自然地回答說，他可不想被人看成是個鄉巴佬——「我雖然土點，但也不想太土了。」我又一次覺得不舒服起來，說道：「難道以前就沒人告訴過你，你的衣服都是掛在身上的嗎？」他沒吭聲，就好像我什麼也沒說似的，雙目猶如出了神一般。我又說：「就算沒人跟你說吧，你總有鏡子啊。」他生硬地笑了笑，說：「女士，這些日子我都不愛照鏡子，我總以爲自己是個滿帥氣的小伙子呢。」他說這話的同時更擺出那副懶洋洋的、性感的站姿。當他的血肉與骨架貼合在一起的時候，我就能看到他的本色了，他是體寬而結實的，一個洋溢著健康活力的膚色白皙而強壯的男人，有一雙冷漠而犀利的灰色眼睛。但是他這一身纖塵不染的新衣服卻在突出他外表的不和諧，他看上去完全地不對勁，我發現那是一種病態，他的臉色是一種蒼白。而他仍那麼無精打采地站著，並不看我，安娜，卻又在對我進行一種性挑釁。我在想這一切眞是太可怪了，同是這個人，卻又能對女性做出如此眞切的觀察，而他所用的言辭也包含著如此純粹的熱情。我幾乎就要應戰了，想對他說：你用成年人的口氣跟我說話，卻又站在那兒跟個屁股上插滿左輪手槍的牛仔英雄似的，到底想玩什麼呢？但是在我和他之間仍存在著相當一段距離，他又開始侃侃而談，開始上課，無論如何我說我累了，然後便上床睡覺去了。

今天玩了一天的「遊戲」。到了下午的時候終於豁然開朗，達到了我的目標。好像如果我能達成某種自我約束，而不是漫無目的地閱讀，漫無邊際地胡思亂想，我就能戰勝我的抑鬱。詹妮特不在眞是糟透了，早上都沒必要起床了，生活失去了外在的形式。所以必須得找到一種內在的形式感。假如這「遊戲」不再起作用的話，我就得去找份工作了。無論如何，爲了經濟的緣由我也非如此不可了。(發現自己不吃飯，卻在瞧著硬幣，我討厭要幹許多活。）我想去找份福利性質的工作——我擅長幹這個。今天這兒眞是安靜。沒有索爾·

格林的影子。莫莉後來打來電話——說珍妮・旁德對格林先生算是「陷進去了」，又補充說她覺得任何與格林先生有染的女人都會變得稀里糊塗的。（警告嗎？）（＊3）「他就是那種你跟他睡過一夜之後必定會把他的電話號碼忘得一乾二淨的男人。假如我們還是那類女人，也就是說，跟一個男人只睡一夜，啊得了，那都是過去的事了……」

今晨醒來之後有一種前所未有的感覺。我的脖子又僵又硬，我能感覺得到我的呼吸，以至於不得不逼自己做深呼吸。更要命的是，胃疼極了，更確切地說是膈膜下面的部位，就好像那地方的肌肉全擰成了一團。腦子裡面滿是忐忑不安的胡思亂想。這感覺最終讓我明白了這一切的不適並非是我所以爲的消化不良，脖子那兒著了涼什麼的。我打電話給莫莉，問她那兒有沒有那種分析症狀的醫學書，要是有的話可否給我念念描寫一種焦慮狀態的部分。直到這時我才發現我是在經受一種焦慮的折磨——我對她說我要證實一下一部小說對此種狀態的描述。然後我坐下來，查找我焦慮的原因。我並不擔心錢，有生以來我還從不曾爲缺錢而憂慮過，我也不怕受窮，再者不管怎麼說一個人只要下決心去掙錢，就總能掙到的。我也不擔心詹妮特，我發現自己簡直沒有任何理由焦慮。把我現在所處的狀態歸爲焦慮狀態使我多少緩減了一會兒，但是今晚（＊4）的確很嚴重。實在是反常。

今天一大早電話鈴就響了——珍妮・旁德找索爾・格林。敲了敲他的門，沒有回音。有好幾次他都是徹夜不歸的。正要告訴她他不在，又一想這恐怕不妥，要是她眞的「陷進去了」呢。又敲了敲門，往裡看了看，他竟然在。驚奇於他的睡態，在潔淨的被單下他整個身體都捲成一團。叫了他一聲，仍沒回答，便走近他，把一隻手放到他肩上，還是沒反應。突然間感到一陣恐怖——他一動也不動，有那麼一會兒我都覺得他是不是死了，簡直就是絕對的靜止，我能看到他那張蒼白的臉，就像被輕輕揉皺了的白紙一樣。試著想把他推醒。手一摸過去一片冰涼，都能感覺到那股寒氣直往我的手上爬。我感到害怕。甚至現在我都能自我的手掌心上感覺到他的身體透過睡衣散發出來的涼氣。然後他醒了，醒得很突然，幾乎是同時伸出雙臂來摟住了我的脖子，跟個受了驚嚇的孩子似的。這時他已坐起身，兩條腿也已掛下床來，他看上去著實嚇得不輕。我說：「看在上帝的份上，不過就是珍妮・旁德的電話。」他瞪直了眼睛，用了大半分鐘的時間才聽明白我在說什麼，我又重複了一遍，他這才跌跌絆絆地朝電話走去。對著電話只簡短地說著：「嗯，嗯，不。」我走過他身邊下樓去了。這件事讓我有些心煩意亂，我都能感覺到手心裡那股逼人的寒氣，而他摟住我脖子的動作又表述著一種與他清醒時完全不同的語言。我衝上面喊他下來喝點咖啡，叫了好幾遍他才走下來，一語不發，面色極爲蒼白，一臉的戒備之色。遞給他咖啡並說：「你睡得可眞夠沉的。」他說：「什麼？嗯。」然後他心不在焉地評了幾句咖啡，便又不作聲了。他並沒在聽我說話，目光雖是集中而小心翼翼的，卻也早已走了神，我想他就沒看見我。他坐在那兒攪動著他的咖啡，然後他便開始說話了，我敢說這是他隨口扯到的一個話題，這會兒不管扯什麼都是可能的。他在談該如何把一個小女孩養大，對此他十分有見地，談得也十分在行。他滔滔不絕地說下去，中間我也說了些什麼，但他根本就沒有意識，他只是顧自己談下去——我發現我已走了神，但是那一半的注意力卻又讓我發現在他的話中我只聽到了「我」這個字。我，我，我，我——我開始感到這個字就好像是從機關槍裡向我射出來的子彈一樣。有那一麼一會兒我都想像他那快速移動的嘴成了一把什麼槍，我插進話去，但他不聽，我又插進去說：「你對於兒童眞是很有知識，你結過婚嗎？」他愣了一下，嘴唇微張，眼睛一動不動，緊跟著爆發出一陣年輕人特有的大笑：「結婚，你開誰的玩笑呢？」這話觸怒了我，這對我明顯的是個警告。這個就婚姻問題警告了我這個女人一下的男人，全然不同於那個收不住話頭的男人，那個不由自主地用了衆多精闢之語（儘管每一秒都用「我」這個字來標點）大談如何將一個小女孩培養爲一個「眞正的女人」的男人，也全然不同於第一天見面時那個用目光剝光我衣服的男人。我覺得我的胃抽搐起來，終於弄明白我的焦慮狀態的起因是索爾・格林。我把我的空咖啡杯推到一邊，說我該去洗澡了。

我已記不清他當時是怎麼反應的了，就好像他是被人打了一下或是踢了一腳似的，因爲有人說他還有別的事要做，他隨即如同被人命令了一下似地慌忙就從椅子上站了起來。這回我說：「看在上帝的份上，索爾，放鬆點吧。」他本能地做出了一個想逃跑的動作，但他控制住了，可是這一刻的自控顯然是調動了他全身的肌肉。然後他遞給我一個富有魅力而機敏的微笑，說：「你說得不錯，我想我的確不是世界上最輕鬆的男人。」這時我還穿著我的睡衣，去浴室還必須得經過他。當我走過他身邊時，他本能地擺出了一副「體面人的姿勢」，大拇指勾在腰帶上，手指朝下，跟個公子哥似地故意面帶譏諷地直盯著我。我說：「很抱歉我可沒穿得跟要進後屋的瑪琳·黛德麗❸似的。」一陣被激怒的、響亮而年輕的笑聲。我沒理睬他，逕自洗澡去了。躺在浴盆裡，我緊緊抓住每一點領悟，但又如旁觀著一樣地觀察著「焦慮狀態」的症狀。好比有一個經受著我從未體驗過的疾病折磨的陌生人已然佔據了我的軀體。然後我把浴室清理完畢，坐到房間的地板上，試著玩我的「遊戲」。我沒玩成。然後我發現我將會愛上索爾·格林。我記得起初我還在一個勁的嘲弄這想法，接著才分析了一下，之後便接受了，不僅僅是接受，還努力爭取來著，就好像那是我應得的。索爾一整天都在樓上。珍妮·旁德來過兩次電話，有一次我正好在廚房便聽到了。他在以他那種小心而細致的方式告訴她說他無法去她那兒吃晚飯了因爲……接著便開始大談一次去理查蒙德的旅行。我去跟莫莉吃了晚飯。我們誰也沒提索爾在我這兒的事，自此我明白我已經愛上了索爾，而男女間的忠誠要勝過朋友間的忠誠，這一點也已經不言自明。莫莉一反常態地跟我談起索爾如何征服倫敦之類的事，無疑她是在警告我，但是其中也包含著一種占有欲。而對於她所提到的每一個爲他所吸引的女人，我內心都隱隱地有一種平靜的勝利感，這種感覺差不多就來自於他那種浪子的姿勢，拇指勾在皮帶裡，還有那種冷漠而譏誚的注視，卻與那個對我「筆手劃腳」的

❸瑪德琳·黛德麗：美籍德國女演員，一九三〇年主演影片《藍天使》一舉成名，同年赴美好萊塢拍片。

男人毫無關聯。我回來時，他正在樓上，可能也是故意的。邀請他喝咖啡。他若有所思地說我很幸運，有朋友，而且生活安定，他指的是我與莫莉吃晚飯的事。我說我們之所以沒請他同往是因爲他自己說已有約在先了。他馬上問：「你怎麼知道的？」「因爲我聽你在電話裡這麼對珍妮說的。」一個自衛而受驚的瞪視，意思再清楚不過了：這跟你有什麼關係？我很生氣，便說：「如果你想說私人電話，你只需把電話搬到你自己的臥室去打，並且關上門。」「我會這麼做的。」他道，絲毫不爲所動。又出現了那種彆扭和不快的時刻，我可眞不知道該如何應付了。我開始問一些他在美國的生活的問題，固執地要衝破他躲閃之間的障礙。有一刻我問他：「你沒覺得你從不正面回答問題嗎——這是爲什麼？」他停頓了片刻，回答說他還沒習慣歐洲，在美國不會有人來問你是不是共產黨。

我說他這麼不遠千里地來到歐洲，卻要用到美國式的防人方式，眞是很遺憾。他說我很對，但是要改對他來說已很難了，我們便開始談起了政治。他正是常見的那種既痛苦又憂愁、死命保持住某種平衡的矛盾人物，跟我們大家都一樣。晚上睡覺的時候我想清楚了，愛上這種男人無疑是愚蠢的。躺在床上，我在心裡面琢磨著「愛上」這個詞，就好像它是一種我不想得的疾病的名字似的。

每當我煮咖啡或茶時，他總會在我周圍的什麼地方出現，他上樓的動作會很僵硬，連點頭也是。這種時候他身上就會散發出一種寂寞感，顯得十分孤獨，我都能感覺得到那種孤獨，就像他身體周遭的寒氣一樣。我會很正式地邀請他和我一起喝咖啡，他便也正式地接受。今天晚上他坐在我對面說：「我有一個朋友，就在我要動身前來歐洲之時回了家鄉，對我說他已對風流事和陷入情感圈套那類事感到厭倦了，統統都乏味極了，而且毫無意義。」我大笑著說：「旣然你這位朋友閱歷如此之豐富，他必然知道這是經歷了太多戀情之後的普遍狀況。」他馬上接道：「你怎麼知道他閱歷很豐富？」又出現了那種熟悉的讓人不快的時刻，因爲首先，再明顯不過他說的就是他自己，起初我還以爲他是在嘲諷什麼。然後呢他又猛的繞到了自己身上，變得多疑而戒備起來，就好像那次電話引起的事一樣。但是最糟的還在於他並沒有說「你怎麼知道我閱歷很豐富」，而是說成「他閱歷豐富」，但又顯然就是他自己。甚至，他在警告性地瞪了我一眼之後又把目光移開了，好像在瞪著別人，瞪著那個他似的。到目前爲止，我對這種時刻的認識都不是通過言語，甚至也不是對方的表情，只要我的胃猛地抽搐一下，我就馬上會感覺到。我先是覺得心煩而焦慮，有一種緊張感，繼而我就會迅速回憶一下我們說過的話，或者整件事，便會發現這種不快，這種讓人一驚的時刻，彷彿是某種物質中間的一道裂縫，從中還流出了別的東西，而這種東西很是可怖，對我充滿敵意。

說了這個閱歷很豐富的朋友之後我就不再說話了，我在想他冷靜聰慧的理性和他笨拙的時刻（我用笨拙這個詞來掩飾其中可怕的一面），眞是有天壤之別。眞的，爲了呼吸順暢我便沉默不語了。通常，在這種時刻之後我會變得害怕。心中便會油然生出一種憐憫心理，不由得想到他在睡夢中伸出手臂來摟住我的時刻，那個孤獨無依的孩子。

後來他又回到那個「朋友」的話題上，就好像他前面根本沒提起過似的。我覺得他已經忘了在半小時前他還提到過他。我說：「你的這位朋友」——（他又一次望著屋子的中央，與我們倆都無關似的，只看著那個朋友）——「他是從此不想陷入任何圈套了呢，還是不過是另一次自我體驗的小小動力？」

我發現自己特別加重了陷入圈套這個詞的語氣，我也明白我的口氣怎麼就激怒了起來。我說：「每次只要你一談到性或者愛你就說：他陷入了圈套，我陷入了圈套，或者他們陷入了圈套。」他爆發出他那種突兀的笑聲，但並不是會意的笑，所以我又說：「總是被動式。」他馬上道：「你指什麼？」

「你這話讓我極其地不舒服，你意思無疑就是——我是陷入圈套，她也是陷入圈套的，她們（女性）都是，可做爲男人的你當然不是，你不陷入，而是設置圈套。」

他緩緩地說道：「女士，你當然知道如何讓我覺得自己很土。」但這完全是在學一個粗魯的美國人的口氣。

他的目光中閃爍著敵意，而我也怒火中燒，幾天來內心積壓的感受終於爆發了，我說：「前天你在大談如何與你的美國朋友一起，共同反對語言在使性墮落這一現象——你把你自己描繪成了正宗的清教徒，捍衛著索爾・加勒哈德❹，但你卻在談陷入情感圈套，你從來不說一個女人，你只說娘們、爛貨、嬰兒、娃娃、鳥兒，你談屁股和胸脯，每次只要你提到女人，我所能想像的就只是櫥窗裡的木頭模特兒，一堆被肢解的人體器官，乳房啦，大腿啦，或者屁股什麼的。」

我氣的要命，這很自然，但又覺得荒唐，便不由得更生氣，我說：「我想那就是你所謂的古板吧，不過要是一個男人只會談成堆的屁股和嬰兒以及諸如此類，我實在就看不出他對性會有什麼健康的態度。怪不得美國人在性生活方面全他媽的有麻煩。」

過了一會兒他才極為淡漠地說：「有生以來我還是頭一回被人指為反女性主義者。你也許會有興趣知道，我是我所認識的美國男人中唯一一個對美國女人在性方面的罪惡不橫加指責的，你以為我不知道男人會因為自己的無能而反過來遷怒女人嗎？」

不管怎麼說這話使我緩解多了，怒氣也平息了下來。我們談起政治，因為在這個話題上我們還未有過分歧，好像又回到了黨內，不過這回是當一個黨員便意味著要堅持高標準、為什麼而奮鬥的時候。他是因為「過早的反對史達林」而被踢出黨外的，之後又因為是共黨分子而上了好萊塢的黑名單。這是我們這個年代最為典型的故事之一，不過他的不同之處在於他並沒有懷恨在胸，也沒有牢騷滿腹。

我第一次能和他開玩笑了，他便也敞懷大笑起來。他穿著他的新牛仔褲，新的藍毛衣、運動鞋。我對他

---

❹加勒哈德：Galahad，亞瑟王傳奇中的聖潔騎士，因品德高尚純潔而得聖杯。

說他眞該爲自己還穿著美國新教的制服而感到無地自容，他則說他還未成熟到可以加入到那一小撮毋須穿制服的人類行列中去。

我無可救藥地愛上了這個男人。

最後這句話我是在三天前寫下的，但是，我並沒有意識到我寫出這句話來用了整整三天的時間，我在愛著，所以時間過得飛快。兩天前的那個晚上我們聊得很晚，而那種緊張感卻在增長。我眞想笑，兩個人在性來臨之前各自迂迴地兜著圈子，總是很滑稽的。那時我還有些不情願，因爲我的確是在愛了，而且我發誓我們倆誰都可以中止此刻的交流而互道晚安。最後他走過來，用雙臂摟住我說：「我們倆都很孤獨，讓我們彼此善待對方吧。」我注意到他的話中有一點低沉的意味，但只當沒聽見了（＊5）。我都已忘了和一個眞正的男人做愛是什麼感覺了，我也忘了躺在自己所愛的人的懷裡是什麼滋味。對這樣子去愛的感覺我只感到陌生，所以樓梯上的一個腳步聲也能令我心跳，而手掌貼住他的肩頭所感受到的熱量就是生命的全部歡樂了。

那是一週前的事了。除了說我幸福之外，我什麼也說不出來了。（＊6）我是如此幸福，如此的幸福。我一個人坐在房間裡，望著地板上的陽光，經過幾個小時專注於「遊戲」的過程，我已抵達那樣一種狀態——平靜、愉快而心醉神迷，萬物都已融爲一體，如此花瓶中的一枝花也能自成一體，而肌肉的緩慢伸展就可以是推動宇宙的能量了。（＊7）索爾也很輕鬆，已全然不同於剛走進我的房子來時那個緊張而多疑的人了，而我的心神不安也消失了，那個曾在我體內存在過一會兒的那個病人（＊8）已了無踪影。

讀這最後的一段，我的感覺是彷彿是別人寫的。我記下這一段的那天晚上，索爾沒有下到我的房裡來睡，沒有任何解釋，就只是沒來。他冷漠而生硬地點點頭，便上樓去了。我了無睡意地躺在那兒，想到當一個女人開始與一個新的男人做愛時，一個新的生命在她體內就誕生了，它有它自己的情感反應和性反應，它有自己的規則和邏輯。我體內的這個生命被索爾不聲不響便上樓去這個舉動給冷落了，於是我感覺到它在顫抖，然後蹺起來，縮成了一團。第二天早上，我們一起喝咖啡，我向桌子對面的他望去（他顯得格外蒼白而緊張），我意識到假如我對他說，你昨晚爲什麼不來我房間，爲什麼你不做任何解釋，他會皺起眉頭並且充滿敵意。

那天的晚些時候，他來到我的房間和我做了愛。但這並非眞正的做愛，他是事先想好了來做愛的。我體內的那個生命、那戀愛中的女人卻絲毫未被涉及，因而她拒絕被他睡。

昨晚他說：「我得去看看……」緊跟著便是一堆冗長而七彎八拐的解釋。我說：「沒關係。」但他還在那兒沒完沒了的解釋，我就不耐煩起來。我當然明白是怎麼一回事，但我不想知道，儘管事實上我已在黃色筆記裡把眞實原因都寫了出來。然後他又帶著點慍怒和敵意說：「你很大方啊，是不是？」他昨天也這麼說過，我也已把它記在黃色筆記中了。我突然大聲道：「不是。」他臉上掠過一絲難以理解的茫然表情，我記得我以前見過這種表情，而且絕不想再看見。大方這個詞對我來說其實無比陌生，跟我一點關係也沒有。他很晚才上我的床，並且我知道他剛剛跟另一個女人睡過。我說：「你跟別的女人睡覺了，是吧？」他呆了一下，悶悶地說：「沒有。」我沒接他的話，他便又說：「可這並不能說明什麼，不是嗎？」奇怪在於，剛才說沒有的那個男人是在維護他的自由，而現在說這話的這個男人卻是在懇求，簡直就是兩個人，我都沒法把兩者聯繫在一起。我沉默不語，又一次心神不寧起來，然後便出現了第三個男人的聲音，是親切而深情的：「現在睡吧。」

我很順從地聽了第三個男人的話，便睡了，意識到還有另外兩個安娜，與這個乖孩子似的安娜是分離的，一個是受到冷落的戀愛中的女人，孤苦伶仃地縮在我體內的某個角落裡，另一個則是好奇而神態超然的安娜，她面帶譏諷地旁觀著，邊說：「好吧，好吧。」

我睡得很淺，惡夢不斷。總在重複的那個夢是關於我和那個惡毒的矮個老頭的。夢中我甚至像遇到熟人似地跟他點了點頭——你在這呢，我知道你會再出現的！他有一個巨大的陽具，穿過他的衣服直伸出來，威脅著我，這很危險，因爲我知道這個老頭恨我而且想傷害我。我讓自己醒轉過來，竭力在讓自己平靜下去。索爾就躺在我的身邊，像一大塊死沉死沉的、冰冷的肉。他仰臥著，但是就算在睡著的時候，他的姿勢也是防守的。在清晨朦朧的光線下我能看見他的臉，警覺的臉。我似乎聞到一股極強烈的酸味，這可能是索爾的，他可是個有潔癖的人，然後我才發現那酸味是從他脖子上的肉發出來的，並且我知道這是恐懼的味道。他處於恐懼之中，在夢中爲恐懼所纏繞，然後他開始跟個嚇壞了的小孩子一樣嗚咽起來。我知道他病了（儘管在那幸福的一星期中我拒絕承認這點），我的內心充滿了愛情和憐憫，我開始摩擦他的肩頭和脖頸，要讓他暖過來。到早上的時候他又渾身發冷了，這寒氣來自他體內，是他的恐懼發出的氣味。等他暖過來之後，我就又睡了。一進入夢鄉我就變成了那個老頭，而這老頭卻成了我，但我同時又是那個老婦人，所以我就成了中性人，我還變得刻毒而充滿毀滅性。再醒過來時，懷中的索爾又是一片冰涼，簡直就是一團寒氣。我必須得先擺脫掉自己夢中的恐怖才有可能再去把他也暖和過來。我自語著：我已經變成過那個惡毒的老頭，也已做過那惡狠狠的老太太了，或者說是兩個同時做的，下面還能是什麼呢？這時光線已經透進了房間，雖是灰濛濛的，我已能看清索爾。假如他沒病，他的皮肉就會呈現出他這類男人的色澤，一種暖調的暗褐色，會是一個肩寬體壯的男人，肌肉緊綳綳的，但現在卻是蠟黃的，面頰瘦削得肌膚都鬆弛了下來。突然間他從夢中驚醒過來，一骨碌坐起，渾身戒備地向四周搜尋著敵人。然後他看到了我，便笑了笑，我都能想像出若是那個有一張寬闊而呈棕色臉龐的索爾·格林這樣地笑起來會是什麼樣，那會是健康的笑。然而此刻，他的笑卻是怯怯的，驚恐的。出於恐懼，他與我做了愛，因爲他害怕孤獨。這並不是那個戀愛中的女人本能地要去拒絕的虛假的愛情，而是出於恐懼的愛，而那個內心也在懼怕的安娜接受了這愛，我們是兩個驚恐萬狀的生命，在恐懼中相愛。與此同時我的大腦也一直處於戒備狀態。

有一個星期了，他就沒有靠近過我，同樣也沒有解釋，什麼都沒有，他成了個陌生人，進門，點頭，上樓。整整一個星期我眼看著那個女性的生命在收縮，然後變得氣憤，變得妒火中燒，那是一種可怕的、惡意的嫉妒，我自己卻並未意識到。我上樓去對索爾說：「這算哪種男人，跟一個女人做愛的時候，從頭至尾似乎都是盡享其間的，之後卻戛然而止，連句禮貌點的謊話都沒有？」一陣肆無忌憚的大笑。然後他說：「你問這算哪種男人？你問得很好。」我說：「我想你是在寫那部偉大的美國式小說吧，寫那個年輕主人公如何尋找自我。」「對。」他說，「可我也並不打算接受從舊大陸來的居民的那種腔調，不知出於什麼讓我覺得不可理解的原因，這些人從來也沒懷疑過他們的自我。」他大笑，變得冷酷而充滿敵意。我也冷酷起來，也在大笑，這純粹的敵意帶來的冷冰冰的感覺卻讓我倍覺快意，我說：「很好，祝你好運吧，不過別拿我做你的試驗品。」說完便下樓去了。幾分鐘後他也下樓來，這回不再是個精神上的戰士了，卻顯得親切而體貼。他說「安娜，你是想在生活中尋找一個男子漢，你是對的，你該得到一個的，不過。」「不過什麼？」「你在尋找幸福，這個詞對我來說從來都是毫無意義的，直到我親眼看著你要把它像蜜糖一樣製造出來。上帝知道，任何人，甚至一個女人，也都是無法從這種結構中製造出幸福來的，不過。」「不過什麼？」「這就是我，索爾·格林，我不幸福，我也從沒有幸福過。」「這麼說是我在利用你了。」「說得對。」「公平交換，因爲你也利用了我。」他臉色變了，很是受驚的樣子。「原諒我提到這一點，」我說，「不過你一定想到過你是在利用我吧？」

他笑了，是眞正的笑，不含任何敵意。

然後我們去喝咖啡，談政治，更確切地說是談美國。他嘴裡的美國是冷酷而無情的。他談到好萊塢，談到那些「紅色」作家，還有那些在麥卡錫的壓迫之下乾脆倒向「紅色」的作家，那些受人尊敬又突然倒向反共的作家，談到那些向調查委員會告發他們的朋友的人。（＊9）他說到這些事的時候，激憤的情緒中又有一種置身事外而津津樂道的口氣。講了關於他老闆的一件事，這個老闆把他叫到辦公室問他是不是共產黨，那時索爾已不是黨員，實際上在此之前他就已被黨驅逐了出來，但他拒絕回答。老闆大爲遺憾，然後就說索爾必須辭職。索爾便辭了職。幾星期後他在一個聚會上又遇到這個人，他開始哭起來，自責不已。「你是我的朋友，索爾，我總願意拿你當朋友去想。」這種腔調我已經從索爾，從尼爾森還有別人那兒聽過無數回了，他說話時我感覺到體內有一股無法平靜的激憤情緒，使我無法不去蔑視索爾的老闆，去蔑視那些以迎合共產主義來庇護自己的「紅色」作家，更蔑視告密者。我對索爾說：「你說得都不錯，但我們現在所說的，還有我們的態度，都基於這樣一種假設，也就是說人們是可以有足夠的勇氣站起來捍衛他們自己的思想的。」他抬起頭來，目光銳利而富於挑戰性。通常他說話的時候神情是木然的。目光中也空無一物，總像在自言自語，只有當他整個的人都回神到他那雙冷靜的灰色眼睛中時，我才意識到我已經多麼習慣於他這種方式了——只是自言自語，幾乎意識不到我的存在。他道：「你指什麼？」我意識到這還是頭一回我把這一切都想得如此透徹，因爲有他在這兒，我的思路竟十分清晰，我們倆的許多經歷都太相像了，但我們又是多麼不同的兩個人。我說：「你瞧，就拿我們倆來說。我們誰也沒做過那種事，表面上是一套，私下裡又是另一套，對朋友是一套，對敵人又是另一套。我們中誰也免不了要屈從於某種壓力，擔心被人疑爲是叛徒。我記得我至少這麼想過十多遍：我之所以害怕這麼說，或只是這麼想上一想，不過是因爲擔心被人以爲是黨的叛徒。」他凝視著我，目光犀利，帶著一種譏諷的味道。我對這種譏諷並不陌生，那是「革命式的譏諷」，我們誰都曾經精於此道，所以我就沒理會他，顧自說下去：「所以我的意思是說我們這個時代那種本該無畏而直言，誠實而可信的人，卻都變得專會諂媚奉承、謊話連篇，而且冷酷，不管是出於對嚴刑拷打或者監獄懼怕心理，還是擔心被人視作叛徒。」他叫起來，幾乎是不加思索地叫起來：「中產階級的腔調，就這麼回事，這下你可原形畢露了，不是嗎？」我一下就語塞了。因爲不管從他對我說過的話，還是他用過的口氣，都無法使我料到他會這麼說，這是一把從武庫中取出來的、專用於嘲笑和譏諷的武器，我不免大吃一驚。我說：「不是這麼回事。」他還用那種口氣說：「很久以來我所聽到的最離奇的紅色嘲諷。」「那麼你對你那些黨內舊友的評論我想就是公正的了？」他沒回答，卻皺起了眉頭。我又說：「我們知道，從美國的情形就可以看出來，整個知識界都會被迫習慣性地採取反共的態度。」突然間他說：「所以我愛這個國家，在這兒就不會發生這種事。」又是那種不諧而令人震驚的感覺，因爲他這話那麼傷感，就像是從自由派的儲藏櫃裡取出的存貨似的，正如他別的話也是共黨儲藏櫃裡的存貨一樣。我說：「冷戰期間，當共產黨的呼喊聲最高時，這兒的知識分子也一樣。是的，我知道沒人還記得這事。現在每個人都被麥卡錫震住了，但與此同時我們的知識分子們卻又不把這放在眼裡，還說事情並不如他們以爲的那樣糟。就像他們在美國的反對派一樣，我們的自由派也大多仍在或公開或隱蔽地維護著反美行動委員會。一個主編會給趣味較低的報紙寫一封失去理智的信，說什麼假如他知道他老朋友中的某某和某某是間諜的話，他就會直接去MI5告發他們。沒人會以爲他有多壞。而所有的文學社團和組織都捲入了最原始的反共產黨的活動——他們所說的，或者說絕大部分內容當然都對，可問題在於，他們說的話你都可以在任一天的趣味小報上找到，他們並不想去眞正的了解什麼，他們只是在那兒沒命地嚷嚷，如同一群狂吠不止的狗一樣。所以我很淸楚地可以看到只要這狂熱再升高那麼一點兒，我們的知識分子就會把反英行動委員會擠得水洩不通了，而與此同時，做爲赤色分子的我們，卻處於黑白難辨之中。」

「哦？」

「從過去三十年我們所目睹的事實來看，在那些民主國家，至於獨裁國家就不用提了，眞正能夠逆潮流而行，眞正可以不惜一切代價爲眞理而戰的人實在是太少了，以至於……」

他突然道：「對不起。」邁著僵硬而木然的步子便走了出去。

我坐在廚房裡回想著我剛才說的話。我和所有我所熟識的人，他們中有一些是很好的人，我們都深深地陷於共產黨的規範中，自欺欺人。而那些「自由黨」的或「自由主義」的知識分子卻很容易捲入這樣或那樣的政治迫害運動中去。很少有人眞正地去關心自由、自由權，去關心眞理，很少。也很少有人具有勇氣，那種一個眞正的民主社會所需仰賴的勇氣。一個自由社會中若是沒有具備這種勇氣的人，就會死亡或者從不可能誕生。

我坐在那兒，情緒消沉而壓抑。因爲所有我們這些在西方民主社會中長大的人都有一種根深柢固的信仰，那就是自由和自由的權利是可以得到伸張的，會戰勝重重的壓力，而這種信仰似乎也會戰勝一切的反對力量。這種信仰本身大概就潛伏著危險。坐在那兒我想像著這個擁有各種國家、制度、經濟集團，堅固而穩定的世界；在這個世界上就算是談一談自由或者個人意識都會變得越來越荒謬可笑。我知道這種想像是別人寫過的，我也不知是從哪兒看來的，但此刻它並不是文字和思想，而是在我的身體和神經中眞切感覺到的一種東西。

索爾穿戴整齊地走下樓來。現在的他是我稱爲「他自己」的時候。他帶著一種怪兮兮的幽默，簡單地說：「很抱歉我剛才走了出去，我不能接受你的看法。」

我說：「這些日子來我腦中的每一點思想都是灰黯而消沉的，或許我自己都不想接受。」

他走到我身邊，伸出雙臂來環住我說：「我們是在互相安慰，這又是爲了什麼？我眞奇怪。」他仍摟著我說：「我們得記住有我們這種經歷的人註定會覺得壓抑而且毫無希望的。」

「或者，也許正是有我們這種經歷的人才最有可能懂得眞理，因爲我們自己就是這樣？」

我給他做了頓午飯，現在我們又談起了他的童年。典型的不快樂的童年，破碎的家庭，等等。午飯後他便上樓去了，說是要工作。但幾乎是一轉身他又下樓來了，斜靠在門框上說：「我一向可以連續工作好幾個小時，可現在幹不到一小時我就得中斷一下。」

我又感覺到那種彆扭了。現在，當我都想出了究竟之後，一切便十分淸晰了，但當時我卻怎麼也摸不著頭腦，因爲他說得就好像他已然工作了一小時而不是頂多就五分鐘。他站在那兒，懶洋洋地，又顯得煩躁不安。然後他說：「我家那兒有位朋友，他的父母在他還是個孩子時就離異了，你覺得這對他會產生影響嗎？」我一下子怎麼也答不上來，因爲「這位朋友」再明顯不過了就是他自己。而他不到十分鐘前還在談論他自己的父母。

我說：「是的，我肯定你父母的離異對你有影響。」

他的身子一下挺直了，一臉狐疑之色，而後道：「你怎麼知道的？」

（＊10）我說：「你記性太壞了，幾分鐘前你還在告訴我你父母的情況呢。」

他站在那兒，警覺而戒備，陷入了沉思。他的臉因布滿疑雲而顯得很尖刻。接著他語無倫次地說道：「哦，我是在想我的朋友，那都是……」說著他轉過身上樓去了。

我則稀里糊塗地坐在那兒，直想把事情理出個頭緒來。他是眞的忘了跟我說過這事，而我又想起在過去的幾天裡就出現過好多回這樣的情形——他告訴了我某件事，幾分鐘後又跟從沒說過似的再提一遍。比方說昨天，他說：「你還記得我初次來這兒的時候嗎？」說的口氣就像是已經過去了好幾個月似的。還有一次他說：「那次我們去印度餐館。」可我們中午才在那兒吃的飯。

我走進我的大房間，關上房門，我們之間有一條默契是只要我關上房門，便意味著不想有人打擾。有時候我關著房門的時候會聽到他在我頭頂上走來走去，或者下樓下到一半，這時就好像有一種壓力要促使我去把門打開似的，而我也就去開了門。但是今天我卻把門關得緊緊的，坐在床上努力地想思考一下。我微微地出了層汗，而且雙手冰涼，呼吸也很急促。一種焦慮緊緊地攫住了我，我一遍一遍地對自己重複著：這不是我的焦慮狀態，不是我的——但毫無作用。（＊11）我躺在地板上，腦袋下面墊了個墊子，放鬆四肢，開始做我的「遊戲」，或者說試一試，但沒用，因爲我能聽到索爾在樓上四處徘徊的動靜，他的每一下響動都牽動著我的全身。我想我該離開這所房子，去見個什麼人。誰呢？我知道我是不可以跟莫莉來談索爾的。但我還是給她掛了個電話，她隨便地問了一句：「索爾怎麼樣？」我便答：「很好。」她說她見到了珍妮・旁德，「對他眞是一片痴心。」我已有好幾天沒想到珍妮・旁德了，所以我很快地扯了點別的，便又躺到了地板上。昨晚索爾曾說：「我得出去走走，要不然我就睡不著。」他這麼一出去就是三個小時。珍妮・旁德住的地方從這兒步行需一小時，坐車則十分鐘就夠了。沒錯，他在走之前給什麼人打過電話，也就是說，他在我家裡就已跟珍妮安排好了會面，他去她那兒跟她做了愛，回來再上我的床睡覺。不，我們昨晚沒有做愛。因爲，我不自覺地在保護自己而拒絕那種清醒所帶來的痛苦。(儘管從理智的角度來說我並不在意，在意的是體內的那個我，她嫉妒而氣惱，並且想要他也嘗嘗滋味。)

他在敲門，在門外說：「不是要打擾你，我想出去散會兒步。」不知道是怎麼回事，我過去把門打了開來——他已然要下樓往外走了，我問道：「你是要去見珍妮・旁德嗎？」他呆住了，然後才慢慢地轉過身來面對著我：「不，我只是去散步。」

我什麼也沒說，因爲我在想既然我這麼單刀直入，他是不可能撒謊的。我本該問：「你昨晚是不是去見珍妮・旁德了？」現在我明白了我之所以沒問是因爲害怕他否認。

我說了些冠冕堂皇而無關緊要的話便轉回房間，把門關上了。我無法思想，甚至也不能動彈，我病了。我不斷地對自己說，他得走，他得離開這兒，但我知道我不可能讓他走，於是就只有不停地對自己說：你得把自己拔出來些。

他回來時，我知道我等他的腳步聲已有好幾個小時了，那時天都快黑了，他高聲地跟我打了個過分友好的招呼，便逕自進了浴室。(＊12) 我坐在那兒想：他根本就不可能是從珍妮・旁德那兒回來，還能想到要去把性愛的味道洗掉，而明知我會一淸二楚，這不可能。然而我又明白這是可能的。我坐著拚命給自己打氣，想問出這句話來：你跟珍妮・旁德睡覺了嗎？

等他走進來時我便說了這話。他粗魯地放聲大笑起來，說道：「不，我沒有。」然後他深深地看了我一眼，便走過來把我摟在他懷中。這一切他做得如此乾脆而熱情，我一下便全部屈服了。他非常溫柔地說：「你看安娜，你對一切都太敏感了。放鬆一點。」他愛撫了我一下又說：「我覺得你應該去試試，去理解一些事情——我們是兩個十分不同的人。另外一點就是，我來之前你一個人住在這兒的生活方式對你並不好。沒關係了，我已在這兒了。」說著他便把我放倒在床上，開始安撫我，好像我生病了。事實上我也的確是病了。我的大腦在翻騰，胃也在痙攣。我什麼也不能想，因為這個如此溫柔的男人也恰是我的病根。後來他說：現在該給我做晚飯吃了，這對你是有好處的，上帝保佑你吧，你眞是一個很好的主婦，你該找一個很好的、安定的丈夫結婚的。」說著又沉鬱了下去，（＊13）「上帝幫助我吧，我總似乎獨具慧眼的。」我給他做了晚飯。

今天一大早電話鈴就響了。我拿起電話，是珍妮・旁德。我叫醒索爾，告訴他有電話，便走出房間去了浴室，我在那兒又是放水又是忙活的，把聲音搞得很響。等我轉回來時他也已又躺在床上了，身子蹺著，快睡著的樣子。我本來想等著他告訴我珍妮說了些什麼或者想幹什麼，但他隻字未提電話的事，我又生起氣來。但是昨夜的一整夜都是溫暖而深情的，睡夢中他還像個情人那樣轉向我，吻我、撫摸我，甚至叫我的名字，所以這一切的愛都是給我的。我不知道該怎麼想了。早餐後他說得出去一趟，他冗長而詳盡地解釋說要去見幾個電影廠的人。他臉上那僵硬而執拗的表情，還有那一堆毫無必要的複雜說明都在告訴我，他要去見的是珍妮・旁德，他在跟她講電話的時候已經約好了。他一走我便上到了他的房間，屋裡的一切都是纖塵不染而井井有條的，然後我開始翻看他的稿子。我記得我一直在想這還是我生平頭一回翻看另一個人的信件或者說私人文件，但我一點也沒對自己感到有什麼驚奇，因為好像我有這個權利，因為他撒謊了。我又是生氣又是難過，但翻得還是很有條理的。在一個角落裡我發現了用橡皮筋紮起來的一打信，是一個美國姑娘寫來的，他們曾是情人，她在信中怪他一直不回信。然後是一打寄自一個巴黎姑娘的信件，同樣也是抱怨他不肯回信。我把信放回原處，不算很小心，不過管他呢，便又開始找別的東西。然後便發現了一堆日記。（＊14）我記得當時還想眞奇怪他的日記是按日期順序寫的，不像我的那樣全部都被打亂。我翻了一下他早期的日記，並不逐字看，而只是想獲得一個印象，那便是沒完沒了的新地名和不同的工作，以及沒完沒了的女孩子的名字。而如同一條線一樣貫穿這些地名和女人名字的，則是詳盡的關於孤獨、遺世和隔絕的描述。我坐在他的床上，努力想把兩個形象結合到一起，一個是我所了解的，另一個則是出現在日記中的顧影自憐、冷漠、算計而無情的男人。然後我又想起在我讀自己的日記時，我也根本就認不出那是我自己。當你寫自己的時候，就會出現奇怪的事情，也就是說，這個自我是直白的，而不是表現出來的那個自我，如此寫出來的東西就會是冷酷而無情的，而且評頭論足。換句話說，要是沒有這種評論，這日記就會失去生命——沒錯，就這話，毫無生氣可言。寫到這兒，我發現我又回到了黑色筆記中我寫威利的那一點上。假如索爾對他的日記來個總結，或者說，以後來的他對年輕時的自己來個總結說：在對待女人方面，我眞不是個好東西。或者：我這麼對待女人很正確。或者：我不過是對當時發生的事做個記錄罷了，我並不想對自己來什麼道德評判——不管他說什麼，都是不相干的，因爲他日記中所缺的只是活力、生命和魅力。「威利讓他的眼鏡片在屋子中間閃閃發光並說……」「索爾，體格壯健而魁梧，站在那兒微咧著嘴笑著，——嘲笑著自己那誘惑者的站姿，慢吞吞地說著：來吧寶貝，我們幹吧，我喜歡你的格調。」我繼續讀著他的日記，初時不免被其中的冷酷和殘忍嚇壞了，然後再通過對索爾的了解把它們轉化爲活生生的索爾，於是我發現我的情緒也在不斷變幻著，從憤怒、一個女人的憤怒，轉爲對於認知一個生命體的快感。

但是當我翻到一則讓我感到害怕的記錄時，那快樂便消失了，因爲我在我的黃色筆記裡寫過它，是出於另外一種認識。令我害怕的是在我寫的時候我似乎看到某種可怖的第二景象，或者說是類似於此的某物，是某種直覺。有一種理智在運轉，而這種理智要是用在生活中就太痛苦了，一個人要是這麼生活的話肯定是活不下去的。三則記錄：「必須離開底特律，我所需要的都已得到了。梅維絲在找麻煩。一個星期前我還愛她愛得發瘋，現在卻什麼都沒有了。奇怪。」第二則：「梅維絲昨晚來到我的公寓，我和瓊在一起，不得不去大廳把梅維絲打發走。」第三則：「收到傑克寄自底特律的來信，梅維絲用剃刀割了手腕，他們把她及時送到了醫院。眞可惜，一個好姑娘。」之後就再沒有關於梅維絲的記錄了。我很氣憤，是那種性戰爭所帶來的冷冰冰的怒火，我氣極了，乾脆就不再去想它，把那堆日記放到了一邊，要把它們通讀一遍恐怕得花上幾個星期，而我已興味索然。現在我好奇的是他會怎麼寫我。我找到了他第一次來到這所公寓的日期。「見到了安娜‧沃爾夫。要是我打算在倫敦待下去，這會合適。瑪麗給我提供了一個房間，但那會有麻煩的。她是個好貨色，但也就是這樣了。安娜並不吸引我，這種情形就很有利。瑪麗辦了個舞會，珍妮也參加了。我們跳了舞，事實上在舞池裡就幹上了。她纖細、瘦小，一股男孩氣——把她帶了回去。幹了一通宵——噢好小子！」「今天，跟安娜談話了，記不得我都說了些什麼，我也不覺得她能聽進去什麼。」有幾天沒記。接著：「眞有意思，我喜歡安娜勝過任何別人，但我並不喜歡跟她睡覺。也許得過上一段時間？珍妮在找麻煩。讓這些女人們都見鬼去吧，眞的！」「安娜在找珍妮的麻煩，這對她可太不好了。」「與珍妮分手了。可惜，她是我在這個見鬼的國家裡遇到的最好的貨色。咖啡館裡有個瑪格麗特。」「珍妮打來電話。不肯放過安娜。不想讓安娜惹上麻煩。和瑪格麗特約會。」

那是今天記的，這麼說他是去找瑪格麗特了，而不是珍妮；令我吃驚的是我竟對看別人的私人日記一點也不感到奇怪，正相反，因爲抓到了他的隱私，我還卑鄙地得意不已呢。

（＊15）他日記中那句「我並不喜歡和安娜睡覺」深深地刺痛了我，有那麼一會兒我都透不過氣來。更糟的是，我對此不理解。還有更糟的，有那麼幾分鐘的時間我都對我體內的那個女人失去了信心，不知她是根據索爾是否眞心來做愛而做出回應的呢，還是並非如此。她是不可以受到欺騙的，片刻之間我都想到她是在自欺。而相對於他是否喜歡我，我似乎更在意他是否想跟我睡覺，這點讓我十分羞愧，因爲充其量我也只能是個「好貨色」罷了。我把他的日記也漫不經心地推到一邊，還帶著點輕蔑，如同我推開那堆信一樣，然後我便下樓來寫下了這些。但是我腦子太亂，只能這麼毫無條理地寫下來。

我剛剛到樓上又去看了一眼他的日記——他寫「我不喜歡跟安娜睡覺」的那一星期就是他都不怎麼下樓來的那幾日。那之後，他一直就如一個爲某個女人所吸引的男人那樣地在與我做愛。我不明白他這話，我什麼都不明白。

昨天我強迫自己問他：「你病了嗎？要是病了，病在哪兒？」我幾乎料到他會這麼問的：「你怎麼知道的？」我甚至笑了起來。他小心地說：「我想假如你自己出了問題，你就該把它藏在肚子裡，別去影響別人。」他說得很認眞，儼然一個富有責任心的男人。我說：「可事實上你自己就在這麼做。這有什麼錯嗎？」我好像覺得自己陷入了一團心理的迷霧之中。他又正色道：「我希望我沒有影響到你頭上。」「我又沒在抱怨，」我說，「但我認爲把事情鎖在心裡並沒什麼好處，你應該把它們都說出來。」

他突然間暴躁起來，充滿敵意地說：「你這口氣就像個他媽的心理醫生。」

我在想，在任何一次談話中，他怎麼會同時是五、六個不同的人；我甚至在等那個有責任心的他再度回來，他果然回來了，說：「我的狀態不是太好，這是眞的，要是這都顯出來了，我眞的很抱歉。我會盡可能做得好些的。」我說：「這不是做得再好些的問題。」

他不想再談下去了，一種被緊追不捨而受傷的表情出現在他臉上，他需要防禦。

我給佩因特大夫掛了個電話，我說我想知道一個人要是失去了時間概念、而且同時會是好幾個不同的人，這人出的是什麼毛病。他回答說：「我不在電話裡診病。」我說：「噢得了吧。」他說：「親愛的安娜，我想你最好還是約個時間來談。」「這不是爲我，」我說，「是一個朋友。」一陣沉默，接著他說：「別大驚小怪的，你會吃驚地發現有多少走在大街上的體體面面的人，他們不過是自己的鬼影子罷了。約個時間吧。」「爲了什麼呢？」「嗯，我就猜測一下吧，也不想多說，這都是因爲我們生活的這個時代。」「謝謝。」我說。「不約個時間了？」「不了。」「這可太遺憾了，安娜，你太淸高了，假如你同時是好幾個不同的人，你會依賴於哪一個呢？」「我會向適當的人轉達你的診斷的。」我說。

我找到索爾對他說：「我給我的醫生打了個電話，他認爲我病了。我對他說我有個朋友——你明白嗎？」索爾看上去警覺而煩躁，不過他還是咧嘴笑了笑。「他說我該跟他約個時間，不過對於同時是幾個不同的人而且失去時間感這點不該有什麼大驚小怪。」

「這是我給你的印象嗎？」

「對，是的。」

「謝謝。我想他在這一點上是正確的。」

他今天對我說，「旣然我能從你這兒得到心理治療，還是免費的，我幹嘛要在心理醫生那兒浪費錢？」他說得很放肆，一副得意的模樣。我對他說把我置於這樣一個角色對我來說不公平。他則帶著同樣的得意與憎恨說：「英國女人！公平！人人都在相互利用。你在利用我營造一個好萊塢式的幸福之夢，而我則同樣在利用你那點兒巫醫的經歷。」一會兒之後我們便做了愛。每當我們爭執的時候，我們彼此憎恨著，跟著性愛便也從中產生，這是一種狂風暴雨式的性生活，是我以前從未體驗過的，（＊16）與我體內那個戀愛中的女人也毫無關係，她也對此完全否認。

今天他批評我在床上的一個動作，我便意識到他是在拿我與別人作比較。我指出在做愛這個問題上有不同的流派，我們就來自於兩個不同的流派。我們彼此憎恨著，但這一切又讓人很開心，因爲他只琢磨了一會兒便哈哈大笑起來。「愛情，」他說，多愁善感得跟個中學生似的，「是國際性的。」「性交，」我說，「是個民族風格問題。英國人是不會像你這樣做愛的。我指的當然是那些的的確確在做愛的人。」他開始編起一支流行歌曲——「我會喜歡你的民族風格，只要你也喜歡我的。」

這座公寓的牆日益在壓迫著我們，一天又一天，我們就這麼待在裡邊。我感覺到我們兩個人都瘋了。他哈哈大笑之後說：「是了，我是瘋了，用了我短短的一生才認清楚，現在又怎樣？要是我寧可瘋掉，又會怎麼樣？」

與此同時我的焦慮變得無時不在，我都已忘了我正常地醒轉來是什麼感覺了。然而我又在觀察著自己的這種狀態，甚至想：得了，我是永遠不會受焦慮的折磨的，這樣的話只要有機會我都可以去體驗一下別人的焦慮。

有時我也會試著去做做那種「遊戲」。有時我則在這個本子以及黃色筆記上寫點東西。不然就去注視光線在地板上的變幻，如此一粒塵埃、一個木結都會在我眼裡放大，具有了某種象徵意義。樓上的索爾在那兒走來走去，走來又走去，有時會出現一段長時間的沉默。不管是沉默還是腳步聲都在牽動著我的神經。每當他離開屋子去「散一小會兒步」時，我的神經似乎就會伸出去跟隨著他，彷彿繫在他身上似的。

今天他一走進屋來我就本能地感覺到他跟別人睡過了。我問了他，不是出於受傷的心理，而是因爲我們是兩個對手。他說：「沒有的事，你憑什麼這麼想？」接著他的臉又變得貪婪、狡詐而鬼鬼祟祟起來，說道：「如果你願意我會給你出示證據。」我笑了，儘管我直生氣，而這笑倒讓我緩了過來。我變得瘋狂，爲一種前所未有的冷冰冰的嫉妒所糾纏，我成了個偷看別人日記和私人信件的女人，然而每當我笑的時候，我就又會恢復正常。他不喜歡我的笑，因爲他說：「連囚犯們都會學著用某種語言說話。」我便說：「那是假設我從前不是個囚犯，而如果現在成了囚犯，那或許是因爲你需要的緣故。」

他的臉色開朗了，他坐到我的床上，以他隨時都能轉換出來的單純說：「問題在於，當我們接受了彼此之後，你便想當然地接受了忠誠，但我卻沒有，我從不忠實於任何人，在我身上就沒這回事。」

「撒謊，」我說，「你的意思是說，當一個女人開始在意你，或者說找到了你的時候，你就只會去再換到下一個？」

他展露出他那坦率而年輕的笑，而不是那種帶有敵意的年輕人的笑，說：「這話說得或許也有道理。」

我幾乎就要說，那就接著去換吧，但奇怪的是我並沒有說，在他身上我用的是什麼邏輯呵。在我幾乎要出口「接著去換」這句話的一閃念之間，他已飛快地瞥了我一眼，目光中帶有懼怕之色，說：「要是這對你是有關係的，你該早告訴我。」

我說：「那麼我現在就告訴你，這對我關係很大。」

「好。」他停頓了一會兒，小心地說。他的臉上又現出了鬼鬼祟祟的狡詐之色，他腦子裡在想什麼我一清二楚。

今天他在說完一個電話之後便出去了好幾個小時，我直接上樓去翻看他最近的日記。「安娜的嫉妒快讓我發瘋了。見了瑪格麗特，去了她家。漂亮的小妞。」「瑪格麗特對我冷淡。在她家遇到了德蘿茜。下星期等安娜去看詹妮特的時候，我要偷偷地溜出去，等那隻貓不在的時候！」

讀著這則日記，我有一種冷冷的勝利感。

然而儘管如此，我們談著談著，也會有長時間充滿深情的時刻，而且我們做愛，我們每晚都同床共枕，睡得很深很香甜。然後一句話之間，所有的甜蜜就會轉化成仇恨。這座公寓一會兒是充滿愛意的綠洲，一會兒又會變成戰場，甚至四周的牆都會因我們的仇恨而振動不已，我們像兩隻困獸一樣在那兒遊鬥，彼此說出的話都是那樣可怕，以致事後想來兀自震驚不已。但是我們倆又都在這一點上十分的能說會道，聽著彼此說的話，兩個人又會哈哈大笑起來，直笑得滾到地上。

我去看詹妮特。一路上都在受著痛苦的煎熬，因爲我知道索爾在與德蘿茜做愛，不管她是誰吧。跟詹妮特在一起的時候我也無法將之拋諸腦後。她顯得很快活——遠遠地離開我，成了一個小女生，一心一意的和她的朋友在一起。回到火車上，我在想這一切有多麼奇怪——整整十二年，我每一日的每一分鐘無不是圍繞著詹妮特在轉的，她的需求就是我的時間表。然而她上學了，就是這麼回事，我一下子轉換成了那個從沒生過詹妮特的安娜。我記得莫莉說過同樣的話：托米十六歲時與幾個朋友去度假，她每天的生活就變成了在屋子裡四處地轉，對自己感到驚奇。「我覺得我好像從來就沒有過孩子。」她不停地這麼說。

快到家時，我緊張得胃抽得越來越厲害。一進家門我就直想吐，便跑到洗手間去吐，我還從未緊張成這樣過。之後我便朝樓上喊索爾，他在。他快快活活地走下樓來。嗨！怎麼樣，等等。在我注視著他的時候，他的臉色悄悄地轉成了鎮定自若，隱藏著幾分得意，而我可以看到自己的樣子，冷漠而充滿敵意。他道：「你幹嘛這麼看著我？」接著又道：「你想要發現什麼？」

我走進我的大房間。那句「你想要發現什麼」是我們對話中一句新的語言，朝更深的憎恨又邁進了一步，在他說這話的時候，那股純粹的恨意直往上在湧。我坐在床上竭力地想思考一下。我意識到這種恨已使我全身都處於懼怕之中。我對於精神方面的疾病知道些什麼？一無所知。但是一種本能又在告訴我，我沒必要害怕。

他也跟著走進來，坐在床頭，嘴裡哼著一支爵士樂的調子，邊觀察著我。他道：「我給你買了幾張爵士樂唱片，爵士會讓你放鬆下來的。」

我說：「很好。」

他說：「你眞是個要命的英國女人，是不是？」這話說得很是憤怒，很不喜歡我的樣子。

我說：「你要不喜歡我，走就是了。」

他目光驚異地掃了我一眼便走了出去。我等著他回來，知道他會的。他顯得沉著而冷靜，兄弟一般，而且充滿深情，他把一張唱片放到我的唱機上，我翻了翻這些唱片，是阿姆斯壯和貝西．史密斯的早期音樂。我們靜靜地坐在那兒聽，他則觀察著我。

然後他道：「怎麼樣？」

我說：「所有這些音樂都是愉快、熱情，令人樂於接受的。」

「還有呢？」

「跟我們沒什麼關係，我們不是這樣的。」

「女士，我的性格的形成就源自阿姆斯壯、貝克特和貝西．史密斯。」

「那就是說從那時起這音樂又發生了些變化。」

「音樂發生的變化也就是美國發生的變化。」說著他沉鬱起來：「我覺得你最後對爵士樂也會有一種很自然的天賦的，需要的也就是這個。」

「爲什麼你在每件事上都這麼愛競爭呢？」

「因爲我是美國人。美國是個競爭的國家。」

那個沉靜的兄弟般的他已然消失了，仇恨在捲土重來。我說：「我想我們最好今晚就分手，有時候你眞讓我受不了。」

他一副受驚的樣子。然後他的臉又恢復了鎭定，這時候他原先那張戒備而病態的臉似乎也已得到了控制。他友好地笑了笑，平靜地說：「不怪你。我也受不了我自己。」

他出去了。幾分鐘後，我已經上床躺下，他卻又下來了，走到我床邊微笑著說：「挪過去一點。」

我說：「我不想吵了。」

他說：「我們對此都毫無辦法。」

「你不覺得我們吵得很莫名其妙嗎？我又不管你跟誰睡覺，而你也不是要對女人施以性虐待的男人。所以我們顯然是在爲別的原因而吵，那麼又是什麼？」

「是一種有趣的體驗，瘋狂。」

「很可能，一種有趣的體驗。」

「爲什麼這麼說？」

「再過上一年，我們就會回頭看看並且說：那時我們是那樣的，眞是妙極了。」

「那有什麼錯嗎？」

「自大狂，我們這群人都是。你說，我就是我這個樣子，因爲美國在政治上就是如此，我就是美國。而我則說我代表了我們這個時代的女性。」

「我們倆很可能都對。」

我們很友好地去睡覺了，可是這一覺把我們倆都改變了。我醒來的時候他躺在一側，正強做笑臉看著我。他問道：「你做了什麼夢？」我說：「什麼夢也沒做。」說完我卻記了起來，我做了很可怕的夢，但是那種惡意而不負責任的東西這回卻體現在了索爾身上，整個的這場惡夢中這傢伙都在那兒大笑著對我緊追不捨，它用雙臂緊緊地箍住我，使我不能動彈，又說：「我要傷害你，這讓我快活。」

這記憶如此的可怕，我從床上起來遠遠地離開他，到廚房煮咖啡去了。大約一小時之後，他穿好了衣服走進來，他的整張臉猶如一個拳頭。「我要出去一下。」他說。他在邊上待了一會兒，想等我說點什麼，然後慢慢地下樓梯，還回頭看著，指望我能叫住他。我仰躺在地板上，放上阿姆斯壯的早期音樂，開始嫉妒起那個輕鬆、愉快而善意的音樂世界。四、五個小時之後他回來了，臉上帶著報復之後的得意之色。他說：「你為什麼不說話？」我說：「沒什麼可說的。」「你怎麼不回擊？」

「難道你沒意識到你老在問我為什麼不回擊嗎？假如你想領受懲罰，請找別人。」

我說的時候他在認眞琢磨，然後出現了奇特的變化。他饒有興致地說：「我需要受懲罰嗎？哼，眞有意思。」他坐在我的床頭，皺著眉頭彈了彈他的下巴，說道：「這會兒我不太喜歡我自己，我也不喜歡你。」

「我不喜歡你也不喜歡我自己，可我們誰也並不喜歡這樣，所以為什麼要以此來自尋煩惱呢？」

他的臉色又變了，狡猾地說：「我想你以為你知道我都做了些什麼吧。」

我一言未發，他站起身，繞著屋子遊走起來，自始至終那雙尖厲的目光就沒離開過我：「你永遠都不會知道的，是吧，你也無法知道。」我的一語不發並不是為了拒絕爭吵，或出於自控，而同樣是這場戰鬥中的一件冷武器。我沉默了足夠長一段時間後說：「我知道你都幹了些什麼，你一直在和德蘿茜發生關係。」

他馬上反問：「你怎麼知道？」然後，他就好像沒問這句話似地又說：「別再問我問題，我就不再對你撒謊了。」

「我並不是在問問題，我看了你的日記。」

他停下了腳步，不再繞著滿屋子走了，站在那兒看著我。我冷靜而饒有興致地注視著他的臉，那上面先是出現了懼色，繼而是憤怒，然後是一層詭秘的得意之色。他說：「我並沒有跟德蘿茜發生性關係。」

「那就是別的什麼人。」

他開始咆哮起來，兩手在空中揮舞著，咬牙切齒地說：「你在監視我，你是我所知道的最愛嫉妒的女人。自從我到了這兒，我還沒碰過一個別的女人，這對一個像我這樣血氣方剛的美國男孩來說已經很不簡單了。」

我惡狠狠地說：「你血氣方剛，我眞高興。」

他叫起來：「我是個大男人，不是女人的玩物，不能讓人鎖起來。」他不停地叫喊著，而我意識到這正是我前天曾有過的感覺，再往前多邁一步就會滑到那無意志的深淵去。我，我，我，我，我，他喊叫著，所有的話語之間都毫無關聯，還有一種不明所指又亂劍傷人般的自大傾向，而我的感覺是彷彿被機關槍的子彈橫掃了一氣。他的我，我，我，我，我，簡直沒完沒了，我再也不想去聽了，過了一會兒我發現他突然安靜了，反倒焦急地望著我。「你怎麼啦？」說著他走過來，在我身邊跪下，把我的臉扭到他這邊，說：「看在上帝的份上，你得明白性對於我來說並不重要，不重要。」

我說：「你的意思是說性是重要的，但你和誰發生性關係並不重要。」

他把我抱到床上，動作溫柔而深情。他說著，充滿了厭惡自己的口氣：「當我敲開一個女人的家門時，我總能給自己攬一身的事。」

「那你幹嘛要去敲一個女人的家門呢？」

「我也不知道。在你使我意識到這一點之前，我一點都不知道。」

「我希望你能自己請個巫醫。我一直都這麼說，一直都是，你會把我們兩個人都搞垮掉的。」

我開始哭起來，我覺得彷彿置身於前夜的夢裡，雙臂被緊緊地夾住了，而他卻在笑，在傷害著我。這時的他是友善而溫柔的，然後我突然間醒悟到，這所有的一切，這欺辱與溫情的循環反覆，不過是爲了這一刻他可以來安慰我。我跳下了床，爲自己竟允許被他所恩寵而直生氣，然後我點了一枝菸。

他沉鬱地說：「我可以把你治趴下，但你不會屈服太久的。」

「算你運氣，你可以一遍又一遍地這麼幹，從中得到快感。」

他陷入了沉思，出了神一般，目光十分遙遠：「告訴我，爲什麼？」

我衝他喊到：「跟所有的美國人一樣，你的母愛也成問題。你把我當作你的母親。你總想騙過我，我得被哄騙過去，這點很重要。你撒謊然後我信了，這點很重要。然後，當我受到傷害的時候，你對於我、對於你母親的那種殘酷無情的感覺又使你害怕了，所以你必須得來安慰我，讓我鎮定下來……」我歇斯底里地嚷嚷著。「我對這一切感到厭倦了。那種哄小孩式的談話也讓我夠了。這一切都乏味得讓我噁心……」我住了口，看著他，他那張臉就跟被摑了一記耳光的小孩的臉似的。「現在你就開心了，因爲你能把我氣得衝你尖叫。爲什麼你不惱火？你該火的——我在叫你呢，索爾．格林，我這樣輕蔑地叫你，你怎麼還不火。以你三十三歲的年紀，還坐在那兒聽我這番如此直白的陳腔濫調，你眞該感到難爲情。」說完這番話，我簡直就筋疲力竭。我陷入了一個焦慮而緊張的殼中，我都能聞到其中的味道，那種神經上的疲倦就如一團走了味的霧氣一樣。

「說下去。」他道。

「這是你能從我這兒得到的最後一次無償的闡釋。」

「過來。」

我不得不過去。他把我按倒在邊上，大笑起來。他與我做了愛。我應付著這冷淡已極的性愛。應付冷漠是很容易的，因爲如同溫柔一樣，冷漠也是傷不到我的。然後我發現自己變冷淡了，因爲我感覺到了這裡面有一種新的東西，我不用想就明白了，他並不是在跟我做愛。我難以置信地對自己說：他是在跟別的什麼人做愛呢。他變換了聲調，開始帶著厚厚的南部口音說話，他半說半笑著，口氣很放肆：「夫人，您當然是個好貨色，沒錯，毫無疑問，我要告訴全世界呢。」連觸摸我的感覺也和從前不同，觸摸的並不是我，他的手撫摸過我的臀部然後說：「我說，你的體形是一個健壯的女人的體形。」我說：「你把我們倆搞混了，我是那瘦弱的一個。」

震驚。我眞的看到他脫離了他原有的性格。他翻過身去仰躺著，用手遮著雙眼，喘了喘氣。他的面色十分蒼白，然後他說話了，不再帶著南方口音，是他自己的聲音，但是那個流浪漢的他，就像他說「我是個道地的美國男孩」那種口吻，他道：「寶貝，跟我你得放鬆點，得跟喝優質的威士忌那樣。」

「那正是你的特性。」我說。

又一次的震驚。他掙扎著想擺脫掉自己，他喘著氣，放慢呼吸，然後又恢復了正常的聲音：「我是怎麼了？」

「你是說，我們倆怎麼了。我們倆全都瘋了。我們陷入了瘋狂而不能自拔。」

「你！」這口氣是惱怒的，「你是我所認識的女人中最他媽正常的一個。」

「此刻不是。」

我們躺了很長時間，誰也不說一句話。他在輕輕地撫摩我的胳膊。樓下大街上傳來卡車震耳的轟轟聲，而那輕柔的撫摸使我的緊張情緒緩解了，一切的瘋狂和仇恨都已煙消雲散。然後是又一個漫長的、日色漸沉的下午，彷彿與世隔絕一般，接下來是沒有盡頭的黑夜，整座房子有如一隻船漂浮在黑暗的海面上，它似乎就是在漂來漂去，與外界生活隔絕著，且自給自足。我們放那幾張新唱片，做愛，只有我們兩個人，索爾和安娜，兩個人都瘋了，像是在別的什麼地方，在某個地方的另一間屋子裡。

（＊17）我們過了一星期快樂的日子。電話鈴沒響，也無人來訪，只有我們倆。但現在這一切已結束了，他又變了，於是我就坐下來寫。我明白我在寫的是——快樂。這就夠了。不管他是否說，你在像製造糖漿一樣的製造著快樂，都無關緊要。這一星期來我都毫無坐到桌邊來記筆記的欲望，沒什麼可寫的。

今天我們起得很晚，我們放了音樂，也做了愛。然後他上樓回了趟自己的房間，再下來的時候卻拉長了臉，我看了看就知道他的情緒變了。他在房裡踱來踱去，邊說著：「我煩，我煩。」話裡充滿了敵意，於是我便說：「那就出去吧。」「我要是出去了，你又會說我是去和別人睡覺。」「因爲你想讓我這麼說。」「那好，我走。」「去吧。」他站在那兒滿腔仇恨地盯著我看，我覺得我的胃抽緊了，那團焦慮的陰雲黑壓壓地落在了我的心頭。我就這麼眼看著那快樂的一星期就此逝去了，心中在想：再過一個月詹妮特就要回家，而這個安娜將不復存在。我就這麼眼看著那快樂的一星期……要是我知道如何把這個無助的受難者打發走，我現在就可以去做，因爲這對詹妮特來說是必要的。那麼爲什麼我沒有做呢？因爲我不想，這就是全部的理由。有些事情必須得走到頭，有些過程必得完成……他覺得我已經冷落了他，他心神不安起來，說道：「要是我不想走，幹嘛非走不可？」「那就別走唄。」我說。「我去幹活了。」他突地冒出了這麼一句，皺著眉頭，然後便走了出去。幾分鐘後他又折了回來，斜靠在門上，我都沒動一下，我就一直坐在地板上等他回來，因爲我知道他會。天快黑了，房間在陰沉下來，屋外的雲影也漸漸地暗了。我坐在那兒觀察著夜色漸臨的街道上空，天色是如何地斑斕多彩，我竟毫不費力地進入了「遊戲」的超然狀態中，我變成了這可怕的城市和成百上千萬人群中的一部分，而坐在地板上的我同時也高高地坐在城市之上，俯視著它。索爾這時走進來，斜倚著門框，語帶責備：「我從沒像現在這樣過，跟一個女人纏得這麼緊，甚至不能很輕鬆地去散會兒步。」他的語氣與我的感覺相去甚遠，我便說：「你已在這兒待了一星期了，並不是我要你這樣，是你自願的，現在你的情緒已經變了，爲什麼我的情緒也要變呢？」他一字一頓地說：「一星期可不算短了。」他這麼一說我才發現，直到我說出一星期這個概念，他還不知道都過去了多少天了。我很想知道他以爲這一段時間有多長，但還是沒敢問。他站在那兒皺著眉頭，斜看著我，像撥樂器似的彈著自己的兩片嘴唇，停頓了片刻，他的臉擰了擰，現出一些狡猾之色，說道：「可是前天我才看的那部電影呀。」我知道他的意思，他是想假裝只有兩天，一方面是想看看我是否認定了這就是一星期，一方面則是因爲他討厭去想他竟給了一個女人整整一星期。屋子裡面越來越黑了，他在費力地看著我的臉，屋外的光線照得他的灰色眼睛閃閃發亮，他那長著一頭金髮的四方腦袋也閃耀著光澤，看上去他就像一頭警覺而充滿威脅的野獸。我說：「你是在一週前看的那電影。」

他冷冷地道：「既然你這麼說，我也只能相信了。」說完這話他向我跳過來，扳著我的雙肩使勁地搖我：

「我討厭你這麼正常，我討厭你這點。你是個正常人。你有什麼權利這樣？我突然明白了，你什麼都記得，大概我說過的任何一句話你都記得清清楚楚。在你身上發生過的一切你都記得，這簡直叫人難以忍受。」他的手指扣住了我的肩頭，怒容滿面。

我說：「不錯，我什麼都記得。」

但並無勝利感。他看我的樣子使我明白了，我在他心目中是一個莫名其妙地掌握一切的女人，因爲她能回過頭來看，哪怕是一個笑容，一個動作、手勢；還能重複地聽那些說過的話，還有解釋——一個時間帶不走的女人。我不喜歡那個正直的、小小的眞理保衛者身上的那股子一本正經和自負勁。當他說：「這就像是成了一個囚徒，跟一個知曉他一切行踪的人住在一起，不僅僅是上星期的事，還能說：三天前你都做了這個那個。」我能感覺到的是一個跟他住在一起的囚徒，因爲我多渴望擺脫掉這無一遺漏、無從迴避的記憶。我的胃絞緊了，腹部開始隱隱作痛。

他說：「過來。」——說著轉過去朝床那兒做了個手勢，我順從地跟過去。我不可能拒絕。他從牙縫裡擠出這句話來：「過來，過來。」或者是說，「來吧，來吧。」他似乎小了很多歲，好像回到了他二十歲的樣子。我說不，因爲我不想要這頭凶猛粗暴、年輕力壯的雄性動物。他的臉上頓時現出一種帶著嘲弄的殘忍表情來，說：「你在說不，這就對了，寶貝，你應該多說不，我喜歡。」

他開始輕撫起我的脖子，而我則說不，我都快要哭出聲來了。看見我流淚，他的聲音變溫柔了，但又十分的得意，他跟個鑑賞家似的一一吻掉我的淚水，說著：「來吧，寶貝，來吧。」這一次的性愛是冷淡的，一切都是出於仇恨、厭惡。過去一星期來那個在生長、在生機勃勃的女性的生命縮進了角落在瑟瑟發抖，而那個曾經有能力與她的對手一起從那拚鬥式的性愛中得到快感的安娜，此刻已倦怠而虛弱，再也無力戰鬥了。他們很快就完了事，彼此都覺得厭惡，他說：「見鬼的英國女人，在床上也不行。」但是他這種傷害我的方式卻使我從此得到了解脫，我說：「是我的錯。我就知道絕好不了的，只要你變得粗野，我就會討厭這種事。」

他仰面倒在床上，躺在那兒一動不動，想著心事，嘴裡則嘟囔著：「還有人對我說過這話，就在最近，誰呢？什麼時候？」

「你的另一個女人也說你粗野，是吧？」

「誰？我才不粗野呢，我從來也不粗野的。我粗野嗎？」

說這話的人顯然是個好人，我不知道該說什麼好了，生怕把這個他趕走，而使另外那個他又回來。他說：「我該怎麼辦呢，安娜？」

我說：「爲什麼你不去找巫醫呢？」

一聽這話，他的哪根神經像是又被觸著了似的，得意地哈哈大笑起來，說：「你想讓我進瘋人院嗎？既然我都有了你，還花什麼錢去找心理醫生？你也得爲你是個健康正常的人付出點什麼呀。你已經不是第一個告訴我要去找精神病大夫瞧瞧的人了，算了吧，我才不會聽命於任何一個人呢。」他從床上一躍而起，喊起來：「我就是我，索爾・格林，我就是我這個樣子就是這個樣子。我……」他開始不由自主地我、我、我的嚷嚷了下去，但突然間又戛然而止，似乎是還要再繼續下去的，但他卻站在那兒，張著嘴，一句話都沒說出來，半天才道：「我，我是說我……」像是一陣機槍猛射之後的零星散射一樣，隨即他便恢復了常態：「我要出去了，我得離開了這個地方。」他走了出去，一陣狂奔似地衝上了樓，我聽到他在那兒一個個地拉開抽屜，又使勁地關上。我不由得想：興許他是要徹底的走了？但是過了一會兒他又下來了，敲了敲我的門，我笑起來，想他用敲門來表示道歉還挺幽默的。我說：「進來，格林先生。」他走進來，很不開心的樣子，但說得禮貌而正式：「我決定要去散會兒步，關在這所房子裡，我都覺得自己在發霉。」

我這才意識到，剛才他在樓上自己房間裡那最後幾分鐘發生的事情使他改了主意。我說：「好呵，今兒晚上正適合散步。」

他說話的語氣中帶了孩子般的坦率、熱情：「是呀，你說得很對。」他像越了獄的囚徒一般下樓去了。我躺了很久，聽著心臟在那兒重重地撞擊，感覺著胃在攪動，然後我起來寫下了這些內容。然而，關於那些歡樂，那些如常的時刻，還有那些笑聲，卻是不會有隻言片字的。五年或者十年之後，當重讀這些文字，將只是一部關於兩個人的，瘋狂而殘酷無情的記錄。

昨晚，當我寫完日記之後，我取出一瓶威士忌，給自己倒了半杯。我坐著一小口一小口的喝著，刻意地要讓酒精滑進體內，觸到下腹那繃著的緊張感，讓它麻木而感覺不到疼痛。我想著：假如我跟索爾廝守下去，我很快就會變成一個酒鬼。又想：我們是多麼地容易落入俗套呵，我竟然可以失去我的意志，鬼迷心竅地成了個嫉妒狂，而我對於智力高過一個有病的男人竟有一種惡毒而瘋狂的快感，但所有這些也沒有像「你可能會變成一個酒鬼」這個念頭更讓我感到震驚，儘管變成一個酒鬼與別的那些相比簡直不算什麼。我喝著蘇格蘭威士忌，腦中則想著索爾。我想像著他離開我這兒，到樓下去給他的一個女人打電話，嫉妒像毒藥一樣浸入了我的血液，使我無法正常地呼吸，更使我的雙眼疼痛欲裂。我想像著他蹣跚地穿過這城市，病病歪歪的樣子，而我又滿心恐懼著，想到我眞不該讓他走，儘管我是攔不住他的。我坐了很長時間，擔心著他的病情。然後我想起了另外的那個女人，嫉妒便又開始在我的血液中作起祟來。我恨他，想起他日記裡那種冰冷的調子我就恨他。我上了樓，一邊告誡自己不要去看他的日記，一邊心裡又很明白我就是來看他最近幾天寫的東西的。日記隨隨便便地攤開在那兒，我都懷疑他是否故意寫了些什麼來給我看的，上個星期他隻字未記，但在今天的日期下他寫著：是個囚徒，會慢慢地紊亂而瘋掉。

我分明感覺到一股憤恨的火焰在燃遍我的全身。

後來我又冷靜地想了一會兒，在那個星期中他一直在盡可能地使自己放鬆而快樂，所以我幹嘛還要爲這則日記而感到受傷害呢？但我的確又感到受傷而難受，就好像這則日記把屬於我們倆的那一週給一筆勾銷了。我坐在那兒注視著自己如何想像著索爾和另一個女人在一起的情景，心想：他討厭我而寧願去找另外的女人也沒什麼錯誤，我的確可恨。於是我便開始滿嚮往地想外面的那個女人，她一定善良、大度而強健，能給予他所需要的一切而又不求任何回報。

我記得糖媽媽曾「教育」我說爲嫉妒心所困擾是同性戀的一種表現。但這番教誨在當時對我來說純屬紙上談兵，與我，安娜根本就扯不上。我都懷疑我是不是想同此時與他在一起的那個女人做愛。

這時我突然有種豁然開朗的感覺，我明白我已然進到（＊18）他的狂亂之中：他是在尋找這個聰穎、善良而母性的女人，她既可以是個性伙伴，也同時是個姐姐；而我因爲已變作他的一部分，也在尋找這個女人，不僅僅是爲了他，也爲我自己，因爲我需要她，原因是我想變成她。我明白我再也無法與索爾分開了，這讓我前所未有地害怕起來。因爲理智在告訴我這個男人一直在重複著同一個規則：以他的聰明和同情心去追求一個女人，對她深情無限，而一旦她作出情感上的回應，他便逃掉。並且這個女人越是優秀，他就逃得越快。我的理智使我對這一切了然於胸，而我就這麼坐在我黑呼呼的屋子裡，眼瞧著倫敦紫色的夜空，那氤氳著濕氣的朦朧光暈，全身心地沉浸在對於那個神秘女人的嚮往中，渴望變成她，但只是爲了索爾的緣故。

我發現我躺在地板上，胃部的緊張感使我幾乎無法呼吸。我到廚房又喝了些威士忌，那種焦慮才緩解了一些。然後我又回到大房間，瞧著那個渺小而無足輕重的安娜，待在一座醜陋衰敗的房子中的一套醜陋而陳舊的公寓裡，四周是黑暗中的倫敦那無處不在的垃圾，想藉此回到我自己。但我無法辦到。相反地，如此被困於安娜、這個無足輕重的弱小生命的恐怖之中令我感到無地自容。我不停地在對自己說：外面還有個世界，而我漠不關心到已有整整一個星期沒看任何報紙。我拿來上星期的報紙，把它們全攤在地板上。這一週裡發生了不少事情——這兒一場戰爭，那兒一處爭端，這就好像你雖然漏掉了一套系列電影中的幾部，但憑著事件本身的內在邏輯仍能推斷出發生了什麼事情。我感到厭倦而疲乏，知道我根本無需看報，只憑我在政治方面的閱歷就可以準確無誤地推測出上週的事了。胸中升起一股平庸之極的感覺，這股厭惡的情緒與我的恐懼摻雜到了一起，然後突然間我獲得了一種新的認識，新的理解。這種認識來自安娜，那個坐在地板上瑟瑟發抖的弱小生命，這便是那個「遊戲」，但這回是因爲恐怖。恐怖，那惡夢中的恐怖襲擊著我。我猶如處於惡夢中一般地體驗著戰爭的恐怖，並非是那種可以用理智去平衡的那種戰爭的可能性，而是在以我的整個精神和想像在感知戰爭的恐怖。我在報紙上讀到的內容現在已變成眞實可觸的東西，而絕不只是抽象的文字上的恐懼。我大腦的平衡、我的思維方式也出現了轉化，出現了與幾天前相同的重新組合，當時在對世界朝著黑暗的強權發展的眞正動向有了全新的認識之後，那些諸如民主、獨立、自由的字眼便漸漸地暗淡了下去。我知道，但是這個寫下來的詞當然不可能傳達出這種認識的眞正內涵，因爲只要是已存在的事物便會擁有其自身的邏輯和力量，世界上規模龐大的武器庫也有其內在的力量，而我的恐懼、惡夢中眞實的神經恐懼，也正是這種力量的一部分。我在一種全新的認識中感覺到這一點，如同一幅眞實的畫面。並且我也明白了索爾和安娜之間的那種殘酷那種仇視還有我我我我，也是戰爭邏輯中的一部分，並且我也知道這種情緒會有多強烈，它將從此糾纏住我，變成我看待這個世界的一部分方式。

然而此刻，在我寫下這些的時候，重讀我所寫的這些東西的時候，它們不過就是落在紙上的文字，我甚至無法對自己證明這是對於一種具有毀滅性的力量的認識。昨晚我無力地躺在地板上，幻覺中感到了那股毀滅的力量，這感覺強烈無比，我都覺得它從此將伴隨我的餘生，但在我此刻寫下的文字中是看不到這種認識的。

一想到戰爭的爆發以及隨之而來的混亂，我就感到不寒而慄，然後我想到了詹妮特，那個在女子學校念書的那個快樂而普普通通的小姑娘，我不覺氣憤起來，想到任何地方的任何一個人都可以傷害她，我氣得一下就站了起來，有力量去抵抗那恐怖了。恐怖終於離我而去，只留存在報紙的字裡行間了，我卻也已筋疲力竭。我癱軟在那兒，再也不想去傷害索爾了，我脫掉衣服上了床，神智十分清醒。我能感覺到當瘋狂不再死死地掐住索爾的喉嚨時他的那種輕鬆感，他會想：終於可以解脫一段了。

我躺在床上想著他，有一種溫暖的感覺，而且超然於物外，身心都很有力量。

然後我就聽到了他在外面輕輕的腳步聲，我的情緒立時就變了，心頭湧上一陣又一陣的懼怕和焦慮。我不想讓他進來，或者說是我不想讓那個躡手躡腳、側耳傾聽我這兒動靜的人走進來。他在我的門外站了一會兒，我不知道那時有幾點了，從天光來看，應該已是凌晨。我聽到他踮著腳尖非常、非常小心地上樓去了。我恨他。這麼快就又恨上了他，我自己都嚇了一跳。我躺著，心中在盼著他下來。然後我就爬上樓去了他的房間，我打開他的房門，藉著窗外射進來的昏暗光線，我看到他蹺曲著身子，躺在乾乾淨淨、整整齊齊的毯子下面。我的心在一片憐愛之中縮緊了。我也鑽進毯子，躺到他的身邊，他轉過身來，一下就把我抱緊了。他抱我的方式讓我明白了一切，他在街上走了一夜，拖著病體，孤單而淒清。

今天早上我先起了床，讓他繼續睡，我去煮了咖啡，打掃了屋子，還迫自己看了看報紙。我不知道下樓來的會是哪一個他。我只是坐在那兒看報，那種欲了解一切的勇氣早已不再，唯剩下理智，腦中則在想著我，安娜·沃爾夫，是如何地坐在那兒等待著，對於誰將走下樓來一無所知，是那個溫柔深情、兄長一般的男人，那個了解我、安娜的那個男人呢；還是那個狡黠而藏頭露尾的大孩子；或者那個滿懷仇恨的瘋子？

那都是三天前的事了。這三天來我一直處於狂亂之中。那天他下樓來時整個一臉的病容，他的雙眼深陷在發青的棕色眼窩之中，亮得猶如一對高度警覺的動物，他嘴唇緊閉，有如一把兵器。他全身上下洋溢著一股士兵的派頭，但我很清楚他所有的精力都用於支撐住自己以免於崩潰了，而他所有不同的性格側面此刻也已都融匯成那為了生存而拚搏的一個。他不斷向我投來懇求的目光，而他自己卻毫無所覺，這是一個已處於極限的生命。爲了這個生命的需要，我不由得感到神經繃緊了，同時也做好了承受的準備。報紙就攤在桌子上面，他一走進來我就把它們推到了一邊，感覺到前一晚上我所經歷的恐怖現在距他太近，太危險，儘管我自己當時並沒有體會。他喝著咖啡，邊開始談起政治，順帶著瞥了幾眼那堆報紙。他是在強迫自己談話，所以話裡沒有了我我我，也不再帶著那種對世界的狂妄指責和藐視，而是用談話來支撐住自己。他一刻不停地說著，但是他的眼神卻在暴露他的心不在焉。

假如我把那種時候的話都錄下音來的話，就只能是些前言不搭後語的、莫名其妙的話。而那天早上的會是一盤有關政治的談話錄音，全是些讓人摸不著頭腦的政治術語的大雜燴。我坐著傾聽那一串串鸚鵡學舌般的術語冒出來，可以給它們標上：共產黨人、反共分子、自由黨人、社會黨人。還能把它們一一區分開來：共產黨人，美國人，一九五四年。共產黨人，美國人，一九五六年。托洛斯基分子，美國人，五〇年代初期。早熟的反史達林主義者，一九五四年。自由派，美國人，一九五六年。等等。我在想，我要眞是個心理醫生的話，我完全可以從這一串又一串的胡語中發掘出一些什麼來，直接對應到他的身上，因爲他是個徹底的政治人物，這也是他最本質的時候。因此我就問了他一個問題，看得出來他身上有什麼東西被抑制了一下，然後他又回過神來，喘著粗氣，眨了眨眼睛，這時他才看見了我。我又重複了一遍這個問題，關於美國的社會主義政治傳統崩潰與否的問題。我不知道這樣子阻斷他的語流是否合適，因爲他只有這樣才能保持自己的完整而免於崩潰。然後，就像是一架機器，比如要舉起某件重物的起重機似的，他的身體繃緊了，挺得直直的，他開始說了。我說的是他，想當然地以爲我能確認出一個他來，而且有那麼一個他是眞正的男人。我憑什麼以爲他此刻所在的那個自我比之於其他更是他自己？但我又的確這麼認爲。當他說話的時候，他就是那個在思考、判斷、交流的人，那個傾聽我講話、願意承擔責任的人。

我們開始討論歐洲的左派的狀況，各地社會主義運動的分裂情況。這些我們以前當然全都探討過，但是從來沒像這次談得如此平靜而清晰。我記得我一直在想兩個神經如此緊張而焦慮不安的人怎麼可能這樣冷靜而理性，眞是奇怪極了。我又想到我們這麼大談政治運動，大談這個或那個社會主義運動的發展或者失敗，而直到昨天晚上我才最終悟出我們這個時代的眞理就是戰爭，是戰爭的無所不在。而我又在懷疑談論這個問題是不是根本就是個錯誤，因爲結論是如此的令人沮喪，而正是這種沮喪使他病魔纏身的。但這麼想的時候已經太遲了，而能讓一個眞正的人坐在我對面，而非那隻嘮叨學舌的鸚鵡，倒也叫我大感寬慰。然後我說了幾句什麼，忘了具體內容了，他整個人一抖，像是換了一個不同的檔，怎麼樣才能說得更清楚些呢？——他體內的某個地方震動了一下，隨即轉換成了另一個他，這回他成了個單純的社會主義者，一個工人階級出身的大男孩，是個男孩，而不是男人，於是那一串一串的口號又開始了，他的整個身體扭動著，邊做著手勢對我漫罵不休，因爲他針對的是一個中產階級的自由派。我坐在那兒想，眞是奇怪，我明明知道這會兒在說話的那個人並不是「他」，而他的辱罵也是機械的，是出於他從前的性格，但卻依然傷到了我，並使我氣憤不已，我的背部又開始隱隱作痛，胃也絞起來。爲了擺脫掉這種反應，我走進了我的大屋子，他跟在我後面喊：「你吃不消了，你吃不消了，見鬼的英國女人。」我抓住他的肩膀搖晃著他，我把他給搖醒了，他喘著氣，大口大口的呼吸著，把頭放到我的肩上待了一會兒，然後晃晃悠悠地走到我的床邊，臉對著床就倒了下去。

我站在窗邊向外望去，拚命地去想詹妮特，以此讓自己平靜下來。但她卻似乎離我十分遙遠。陽光，是慘淡的冬日陽光，也一樣遙不可及。街上的一切離我也很遠，過往的行人不是人，而是提線木偶。我感到體內有一種變化，是一種滑出去的傾向，我很清楚這變化就是邁進混亂的又一步。我摸了摸紅窗簾的料子，手指上的感覺是死的，又滑又黏。這被機器加工出來的、毫無生命的東西像張死人皮或者屍體那樣的掛在我的窗前。我又觸摸了一下窗台上花盆裡的植物，以前每當我觸摸植物的葉子時，對那正在生長的根莖、那正在呼吸的葉子我都會有一種親切感，但此刻的感覺卻十分的不快，就好像那是一個被囚禁在陶瓷盆裡的充滿敵意的小動物，或者小矮子，對我懷恨在心。因此我試圖把更年輕、更強壯的安娜們召集到一起，那個在倫敦念書的女學生，還有我父親的女兒，但我又發現這些安娜都離我很遠了。於是我又想到非洲大地上的那個角落，我讓自己站在熠熠生光的白沙灘上，讓陽光照到我的臉上，但我卻再也無法感覺到陽光的熱度了。我想到了我的朋友馬斯朗先生，但他距我也十分遙遠。我站在那兒，盡力地去想像一個黃燦燦的熾熱的太陽，拚命想把馬斯朗先生召到記憶中來，但突然間我完全不再是馬斯朗先生，而成了那個瘋顛顛的查理・塞姆巴。好像他是站在我側一點的地方，但又是我的一部分，這個黝黑的小個子活像個尖尖的釘子，那張機敏而激憤的小臉直盯著我，然後他就融進了我的身體。我住在北方省的一個小茅草屋裡，我的妻子是我的敵人，而我在國會的同事們，他們曾經是我的朋友，現在卻要想辦法毒死我，而在某個地方的蘆葦叢中躺著一條死去的鱷魚，它是被一柄塗了毒藥的長矛刺死的，而我那被我的敵人收買的妻子卻要用鱷魚肉來餵我，只要我的唇一沾這肉，我就死定了，因爲我那滿腔仇恨的祖先在發怒。我都能聞到那冰冷而腐爛的鱷魚肉散發出的臭味，從草屋的門戶看出去就是那條死鱷魚，在蘆葦叢中那溫熱而散發出腐爛氣味的河面上微微浮動著。接著我看見我妻子的眼睛正透過建造我的茅屋的蘆葦在朝我窺視，她在判斷是不是能夠安全地進來。她彎下腰從茅屋的門那兒鑽了進來，一隻手拉著裙子的一角，我恨這隻狡猾而會撒謊的手，而她的另一隻手則托著個錫盤子，裡面盛著一片片等著我去吃的死肉。

　　這時在我的眼前出現了這個人寫給我的信，我一下從惡夢中驚醒過來，好像從一張照片中走出來似的。我站在窗邊，因爲變成了這麼個人而嚇得直冒冷汗，查理・塞姆巴，瘋狂而偏執，白人恨他，他的同志也與他脫離了關係。我還站在那兒，但已累得渾身乏力，我想把馬斯朗先生召喚出來。我都清清楚楚地看到他了，他弓著腰，穿過陽光下的一個垃圾場，從一個鐵皮屋頂的棚戶向另一個棚戶走去，很有禮貌地微笑著，他的笑容就永遠是這樣的溫和，而且自得其樂，但是他還是與我隔得遠遠的。我一把抓住窗簾，以防自己倒下，手指間能感覺到窗簾那種冰冷的滑膩，就如同死肉一般，我閉上了眼睛。在那一陣陣的虛脫中我意識到我是安娜·沃爾夫，從前的安娜·弗里曼，正站在倫敦一所又老又醜的公寓的窗台邊，而在我身後的床上躺著的是索爾·格林，流浪的美國人。但我不知道我在那兒站了有多久了，我如同大夢初醒一般地又回到了我自己，卻不知道是在哪兒醒來的。我望著那寒冷的、發白的天空，那冰冷的、失了眞的太陽，小心地轉過身來，朝屋裡望去。屋子裡這時已很黑了，地上的煤氣燈燃著一束溫暖的火苗，索爾一動不動地躺著。我小心翼翼地走過地板，好像腳下的地拱起了似的。我彎下身去看索爾，他熟睡著，寒冷似乎已離他而去了。我躺到他的身邊，讓身子貼住他蜷著的背部。這時，突然的，我的神智完全恢復了正常，而且我也明白了當我說我是安娜·沃爾夫，這是索爾·格林，我還有孩子名叫詹妮特時的全部涵義。我更緊的抱住了他，這時他猛然轉過身來，一隻胳臂抬起來像是要去擋住一記拳擊似的，然後他看到了我。他的臉是死灰色，臉部的骨骼在薄薄的皮膚下凸顯出來，憔悴的雙眼黯淡無光。他的頭垂到了我的胸前，我抱住了他。他又睡了過去，我則努力地想去感受一下時間的存在，但時間卻已離我而去。我靠著這個男人冰冷的身軀躺著，猶如靠著的是一塊冰，我在盡力地使自己暖和過來，以便去溫暖他的身子。但他身上的寒氣卻鑽進了我的體內，我只好把他輕輕地推進毛毯，我們躺在暖暖的纖維織物底下，漸漸地寒冷消失了，他那緊貼著我的身體也暖了過來。現在我又想到剛才成爲查理·塞姆巴的體驗，但我卻怎麼也想不起來了，就像我也「記不起」我是如何在最後明白了戰爭在我們所有人的身上都在起作用一樣。換句話說，我又正常了。但是正常這個詞本身是沒有意義的，正如瘋狂這個詞也毫無意義一樣。一種無限的感覺令我十分壓抑，那是浩淼無邊給人帶來的壓力，但與我所做的那個「遊戲」是兩回事，只是其中虛無的那一面。我顫抖了，我看不出我因什麼而要瘋狂或者正常。從索爾的頭頂望過去，屋子裡的一切都顯得詭秘而充滿威脅，廉價而毫無意義，並且甚至此刻我都還能感覺到窗簾在手指間那種無生命的黏滑感。

我睡著了，還做了夢。這回是沒有任何僞裝的夢。我是那個刻毒的、兼具男女兩性的矮人，那「毀滅中的快樂」的體現者；索爾是我的夥伴，也兼具男女兩性，既是我的兄弟，也是我的姐妹。我們在巨大的白色建築群底下某處開闊地跳舞，那裡面堆滿了具有毀滅力量的龐大而充滿威脅性的黑色機器。但是夢中的他和我，或她和我，卻是友好的，彼此之間沒有敵意，只是懷有共同的惡意和怨恨。夢中還有一種可怕的懷舊感，對死的嚮往。我們在一起，在愛中接吻。很可怕，甚至在夢中我就知道這很可怕。因爲在夢中我就意識到了，在我們所有的人的夢中，愛與柔情的精粹都集中在一個吻或者是一個擁抱上，但在這兒卻是兩個半人的生命在那兒親吻擁抱，慶賀毀滅。

這個夢中有一種可怕的快樂。醒來的時候只覺屋子裡很黑，火苗很紅，巨大的白色天花板上布滿了寧靜的倒影，我的內心一片快樂與祥和，我只是奇怪怎麼這樣一個可怕的夢卻能讓我獲得寧靜呢。然而我想起了糖媽媽，心想也許這是我第一次「正面的」做了個夢——儘管我也不知道那是什麼意思。

索爾仍沒有動彈。我只覺得渾身都有些發麻，便動了動肩膀，他醒了，受驚一般地喊了出來：「安娜！」就好像我在另一個房間或者另一個國家似的。我說：「我在這兒。」他的性器勃起得很大，我們便做了愛。在做愛的過程中我也感受到了夢中做愛時的那種暖意。然後他坐起來道：「天啊，幾點了？」我說：「我想是五、六點吧。」他說：「老天，我可不能拿我的生命就這麼睡過去。」說著便衝出了房間。

我躺在床上，感到很幸福。此時充溢我身心的快樂比世界上所有的痛苦與瘋狂都要強烈得多，或者說我是這麼感覺的。但此後幸福已開始在悄悄地消散，我躺在那兒尋思著：我們如此需要的這個東西到底是什麼？（「我們」在這裡是指女人。）它的價值又是什麼？與麥克爾在一起的時候我曾擁有過它，但它對他來說卻毫無價值，因爲不然的話，他也不會離開我。現在與索爾在一起，我又擁有了它，就好像它是一杯水，而我渴極而一把抓住了它。我不想去思考它，不然的話，在我和窗台花盆裡的矮小植物之間，與窗簾的黏滑恐怖之間，甚至與那條等待於蘆葦叢中的鱷魚之間，就什麼也不存在了。

黑暗中我躺在床上，聆聽著索爾在我的頭頂上唏里嘩啦、乒乒乓乓地忙活，而我已感到被出賣了，因爲索爾已然忘了那「幸福」。他上樓這一舉動本身已在他自己和幸福之間劃了一道鴻溝。但是在我看來這還不僅僅是在否定安娜，還否定了生活本身。我覺得在此有一個對女性來說的可怕的陷阱，但我還不清楚它是什麼樣的。因爲那個爲女性所奏出的新的強音是毋庸置疑的，那正是被出賣的信號。它頻頻出現在她們的著述中、她們的言談中，有如管風琴上的一個莊嚴、自憐的音符。它就在我的身上，安娜被出賣了，安娜失去了愛，安娜被人否定了幸福，而是誰說「你爲什麼要否定生活」，而不是「你憑什麼否定我」？

索爾又回來了，一副精力充沛而躍躍欲試的樣子，他瞇起了眼睛說：「我要出去一下。」我則說：「行呵。」他出去了，像個逃跑的囚犯。

我仍在原處躺著，努力地想不去在意他像個逃跑的囚犯這一事實，搞得自己筋疲力竭。我的情感業已關閉，但大腦在運轉，一個個的畫面在閃現出來，像部電影。我則在檢視著這些一一閃過的畫面，或者說是場景，現在我發現它們對於某一類人來說是很常見的幻象，好比出自共同的資源庫，爲成千上萬的人所共有。我看見一個阿爾及利亞士兵被綁縛在一個刑架上，而我同時也是他，不知道自己還能這麼堅持多久。我又看到一個共產黨人被關在共產黨的監獄裡，這監獄當然是在莫斯科，但這回他所承受的是精神上的折磨，是否能堅持下來就是一場運用馬克思主義辯證法而進行的戰鬥。這一幕的結局是這個共產黨囚犯在經過幾天的爭論後，他認爲他將採取以個人道德爲準的立場，當時就有一個人說：「不，我可做不到。」對此這個共產黨囚徒只是笑笑，他覺得他已沒必要說，「這麼說你已經承認你錯了。」然後我又看見了古巴的士兵、阿爾及利亞的士兵，手握著槍在站崗。接著是英國應徵入伍的士兵，他們將被輸送到埃及戰場上去，悄無聲息地死在那兒。接著又是一個布達佩斯的學生，朝一輛巨大的俄國黑色坦克扔過去一枚自製炸彈。再後來是一個中國的農民，跟著百萬人的遊行隊伍在往前行進。

這些畫面在我眼前跳躍著。五年以前它們不是這個樣子，五年以後也還會變樣，但此刻這些畫面把某一類人連到了一起，雖然從個人來說，他們彼此之間是一無所知的。

畫面終於停了下來，我於是把它們一一的又回顧了一遍，再一個個的羅列出來，卻沒有馬斯朗先生的影子，不由得想到幾小時前我還曾做過那個發瘋的塞姆巴先生，而且不費吹灰之力。我對我自己說我要變成馬斯朗先生，我要變自己爲這個形象。我想方設法地製造著場景，試著想像自己是一個白人占領國中的黑人，人格尊嚴受到了汚辱。我想像著他先是在教會學校就讀，後又轉赴英國求學。我努力地要把他創造出來，但徹底失敗。我想讓這個溫文爾雅又妙語如珠的形象出現在我的房間裡，但是不行。我對自己說這是因爲這個人與別人不同，他有一種超凡脫俗的氣質。他是那種人，只要他相信某個行動對衆人的利益來說是必要的，他就會去積極地行動、發揮他的作用，即使他對於行動的結果保留他的懷疑態度。我似乎覺得這種超脫的特質正是我們這個時代最需要的，但擁有這種氣度的人實在是太少了，當然我自己也相差很遠。

我睡了過去。醒來時天已快大亮，慘白的天花板一動不動的懸在我的上方，街上的燈光透進來散射於其上，紫色的天空中還帶有點點冬日的月光，空氣濕漉漉的。我的身體孤獨難耐，因爲索爾不在身邊的緣故。我沒再多睡，遭到背叛的女人那種仇恨的情緒快把我撕裂了。我緊咬著牙關躺在那兒，拒絕思考，因爲思考的結果只能是這種鄭而重之、欲哭無淚的情感。然後我聽到索爾回來了，他悄無聲息地走進來後便直接上樓去了。這一次我沒有起身，我心裡知道這意味著今天早上他會因此而怨恨於我，因爲他那種背叛的需要在令他內疚，他因此而需要我過去給他以不斷的再保證。

他很晚才又下樓，那時已近中飯時間，而我很清楚這個人是恨我的。他十分冷淡地說：「你爲什麼讓我睡到這麼晚？」我說：「我幹嘛要告訴你該什麼時候起床呢？」他說：「我午飯得出去吃，是頓工作午餐。」我能聽出來這並不是什麼工作午餐，他以前也用這種口氣說過話，所以我一淸二楚。

我又覺得很不舒服了，便回到自己的屋子，把筆記本拿了出來。他也走過來，站在門邊看著我，說：「我想你是在記錄我的罪行吧！」看我在這麼做他似乎很滿意。我把其中的三個本子收了起來。他問道：「你幹嘛要用四個筆記本？」我說：「很明顯的事，因爲有必要把自己分割開來，但從現在起我將只用一本了。」聽到自己這麼說我都覺得很有意思，因爲話出口之前我自己也不知道。他站在門檻中間，雙手抓著門框，那雙瞇縫起來看著我的眼睛中只有仇恨。那扇白色的門上嵌有過了時的裝飾線，十分淸晰，顯得很是多餘，它讓我聯想到希臘神廟，還有那些柱子，這些裝飾線就是從那兒搬來的，然後這一切又讓我聯想到埃及的寺廟，從那兒又引伸至蘆葦叢和鱷魚。他就那麼站在那兒，那美國人，用雙手緊抓著中間的歷史，以防自己摔倒，心中充滿了對我這監獄看守的仇恨。如我以前說過的那樣，我又說：「你不覺得這一切很反常嗎？我們兩個都擁有一種大到可以包羅萬象的性格，不管性格這個詞指什麼吧，從政治、文學到藝術，無不都在其內，但是現在我們倆神經都不正常得很，一切的一切便都集中於一件小事上：我不想讓你出去同別人睡覺，而你因此得對我撒謊。」有那麼一會兒他回復到他自己，認眞琢磨著我的話，然後這個自我又淡化了，或者說溶解了，那個狡猾的敵對者開口道：「你不是想這麼著讓我上圈套吧。」說著他就上樓去了，幾分鐘後他再下樓時，還快活地說：「哈，再不走我就晚了。待會兒見，寶貝。」

他走了，把我也一起帶走了。我能感覺到我身上的一部分離開了這屋子緊隨著他，我甚至知道他是怎麼走的，他是跌跌撞撞下的樓，在走上大街之前先站了一會兒，然後才小心翼翼地上路，邁著美國人那種警覺的步子，好像隨時都在戒備著，直到看見一把長椅，或者某處的一個台階，便坐下來。他把魔鬼拋在了身後，我的公寓裡，有那麼一刻他獲得了自由。但是我能感覺到從他身上散發出來的那股冰冷的孤獨之氣，這股寒氣也將我裹在其中。

我看著這筆記本，心想要是我能寫點什麼，安娜就會回來的，但我卻無法伸出手去抓筆。我給莫莉掛了個電話，她一拿起聽筒，我就意識到我無法跟她談發生在我身上的事，我沒辦法跟她說。她的聲音一如既往的快活而且實在，像一隻奇怪的鳥在那兒吱吱喳喳，我聽到我自己的聲音也是快樂的，但空洞無物。

她問：「你那個美國人怎樣了？」我則答：「挺好的。」我又道：「托米怎樣了？」她道：「他剛簽了個系列講座，到各地去講煤礦工人的生活，這你清楚，題目就是『煤礦工人的生活』。」我說：「好極了。」她道：「差不多吧。他同時還在談要去阿爾及利亞的民族解放戰線或者古巴去參戰。昨天晚上他們來了一群人，全都說要走，參加哪個革命倒無關緊要，只要是個革命。」我說：「他妻子不會喜歡這樣的。」「是啊，他氣勢洶洶地跟我爭起來，以爲我要阻止他的時候，我也是這麼跟他說的。我說這事不在我，而在你那個敏感的小妻子。我說我會祝福你的，什麼地方的革命都無所謂，隨你了，因爲顯然我們誰也無法忍受像現在這樣地過下去。他說我十分的消極。後來他給我打來電話說不幸的是目前他是上不了戰場了，因爲他要去做一系列關於煤礦工人生活的講座。安娜，是不是就我才是這樣的？我覺得我好像生活在一場荒誕的鬧劇裡邊似的。」「不，並不只有你。」「我知道，所以情形就更糟。」

我放下了話筒。我與床之間的地板似乎在鼓起、在起伏，四周的牆也似在往裡鼓，然後飄浮出來，沒入了廣大的空間。有那麼一會兒我站在那空間裡，牆壁消失了，我好像站在建築物的廢墟上面。我知道我必須上床，所以我小心翼翼地走過那起伏不定的地板，躺到了床上。但是我，安娜，並不在那兒。接著我便睡了，儘管迷迷糊糊之際我就知道這不會是一個平平常常的睡眠。我看到安娜的軀體躺在床上，一個又一個我認識的人在進入房間，他們站在床頭，似乎是想把自己融入安娜的軀體。我站在一邊觀看，饒有興致地想看看下一個走進屋來的會是誰。瑪麗羅斯，這位漂亮的金髮姑娘面帶微笑地進來了。然後是喬治•洪斯羅，布斯比太太，還有吉米。這些人停下來，看了看安娜，就又往前走了。我在一邊猜測著：她會接受哪一個呢？就在這時我意識到了危險，因爲保羅進來了，他已死了，我看到他向她彎下身去的時候，臉上露出了陰沉而怪誕的笑容，然後他便融進了她的體內，我嚇得尖叫起來，拚命地穿過一堆漠然的鬼魂衝向床邊，衝向安娜，我自己。我拚盡全力地要重新進入她，我在與寒冷搏鬥，那是一種可怕的寒冷，我的手足都已凍僵了，而安娜因爲那個已死的保羅的進入也是一身的寒氣，我都能在安娜的臉上看到保羅那冰冷的來自陰間的笑容。爲了我自己的生命我歷經一番搏鬥之後，終於又返回到我自己的體內，我躺著，渾身冰冷冰冷。睡夢中我又回到了瑪肖庇，但這回鬼魂們只乖乖地守在我周圍，像是各安其位的星宿，保羅也是其中之一。我們坐在尤加利樹下，有月光的夜空中瀰漫著塵埃，溢出的甜酒的氣味撲鼻而來，旅館的燈光則從馬路對街照射過來。這是個很平常的夢，因爲能做這樣的夢，我知道我已從分裂中解脫了出來。這場夢在一陣懷舊的痛苦之中緩緩散去。我在夢中對自己說：堅持住，只要你能到藍色筆記上去寫下來，你就能辦到。但我的手冰冷而麻木，根本握不住筆。後來，雖沒有抓到筆，但我的手卻握住了一管槍，我不是安娜了，而成了名士兵。我可以感覺到我身上穿著軍裝，但這軍裝我以前從未見過。我是在一個冷颼颼的夜晚裡，與幾隊在我身後悄然行進的士兵一起要去完成個任務。我可以聽到金屬與金屬的碰撞聲，槍枝已架在一起，我的前方就有敵人，但我並不知道敵人是誰，我的任務又是什麼。我發現我的皮膚是黑色的，開始我以爲我是個非洲人或者說黑人，然後我才看到自己那古銅色的小臂上又黑又亮的汗毛，那隻手臂端著槍，月光映得槍身閃閃發亮。我明白了，我是一個站在阿爾及利亞山坡上的阿爾及利亞士兵，要與法國人作戰。這時安娜的大腦卻在這個人的腦袋中運轉，她在尋思著：是的，我要殺人，甚至去拷打別人，因爲我必須這麼做，但是不爲了什麼。因爲人們雖然在組織、在打仗、在殺人，但已不可能不知道新的暴政也將從中產生。但是人們又不得不去打仗，去發起戰爭。接著安娜的思維就像蠟燭的火苗一樣燃盡了。我是那個阿爾及利亞士兵，信仰帶給我無比的勇氣。恐怖又一次進入夢中，因爲安娜再度面臨著全面分裂的威脅。恐怖又把我帶出了這個夢境，我不再是那個哨兵，守在月夜裡與跟在後面悄然行進的他的同伴一起去進行一場夜戰。我從阿爾及利亞那乾燥而散發著陽光的味道的土地上跳將起來，越入了空中。這是個飛翔的夢，我已有很久沒做這樣的夢了，而我高興得幾乎要叫出來，因爲我又能飛了。飛翔的夢的本質就是快樂，在輕快而自由的運動中的快樂。我飛到了地中海的高空中，並且我知道我可以飛到任何一個地方。我想去東方，想去亞洲，我想去拜訪那兒的農民。我飛得高極了，山川大海都在我的腳下，雙足輕輕鬆鬆地踏在空氣之上。我飛過了高山，現在我的腳下是，中國。我在夢中說：我到了這兒因爲我想做一個農民，同其他農民在一起。我在一個村莊上方飛低了下來，看見農民在田裡耕作，他們身上有一種明確的目標感，我被吸引住了。我降到中國這塊古老的土地上，有一個農婦正在她茅屋的門邊站著，我朝她走去，就像剛才保羅站在熟睡的安娜身邊，彎下身去想變做她一樣，我也站到了農婦身邊，想要融入她、變成她。要變成她很容易，因爲她是個年輕婦女，正懷著孕，但勞作已使她受到了摧殘。然後我意識到安娜的大腦還在她的腦袋裡運轉，我在那兒機械地思考著被我歸爲「進步的和自由的」思想，以及，不管她是這樣或那樣，都決定於這個運動、那場戰爭，或者一段經歷。然後，就像在阿爾及利亞的山坡上發生過的一樣，安娜的思維開始閃爍不定，漸漸消逝了。而我則自語著：「這回別讓消失的恐怖嚇跑了，要守住。」但是這恐怖太強烈，甚至把我從農婦的體內趕了出來，我站在她身旁，看著她走過田地，與一群男男女女一起勞動去了，他們都穿著制服。但此時恐怖已毀了我的快樂，我的雙腳怎麼也踩不住空氣了，我往下蹬呀，蹬呀，瘋一般地蹬著，拚命地想要再升上去，好越過那把我與歐洲隔開的黑呼呼的高山，從我現在所站的地方望過去，那些高山似乎只是廣袤的陸地邊上微不足道的一個小角，彷佛是我要重新進入的一種疾病。但我卻飛不起來了，我無法離開這塊農民在其間耕作的平原了，要陷落在此的恐怖把我嚇醒了。醒來時已近傍晚時分，房間裡黑成一團，下面的街道上傳來車水馬龍的喧囂聲。我把一個因變成過別人而改變了的人弄醒了，我一點也不在意安娜如何如何，我並不喜歡是她。我是懷著一種令人厭倦的責任感而去成爲安娜的，如同穿上一件髒衣服一樣。

我起了床並且開了燈，聽到樓上有響動，也就是說索爾已然回來了。一聽到他的聲音我的胃就又絞緊了，我又變回了那個失去了意志、生病的安娜。

我衝著樓上喊他，他則回喊下來。他的聲音是輕快的，我的不安因之也消散了。接著他走下樓來，我又不安起來，因爲他臉上有意做出了一副古怪的笑容，我眞不明白這回他又是在扮演哪一個角色？他坐到我的床上，抓起我的一隻手，有意用一種怪兮兮的欣賞的樣子看著它，我知道他是在拿我的手和他剛剛離開的那個女人的手作比較，或者說是一個他想讓我相信他剛剛離開的女人。他說：「也許我還是更喜歡你指甲上的指甲油。」我說：「可我並不塗指甲油的啊。」他說：「好吧，不過要是你塗的話，我大概會更喜歡。」他不停地翻著我的手，邊興致勃勃而驚奇地端詳著，邊觀察我的反應。我把手抽了回來。他說：「我想你是要問我去哪兒了吧？」我沒吭聲。他又道：「你要不問的話，我就不說假話。」我還是沒說話，覺得好像被吸進了一個流沙區，或者被推到了一條傳送帶上，要把我運到一個粉碎機上去。我離開他，走到窗前，外面一片漆黑，只有雨水是亮晶晶的，屋頂又濕又黑，窗玻璃上結了一層霜氣。

他從我身後過來，雙臂環過來抱住了我。他在微笑，一個意識到自己對於女人的力量的男人，滿意地看到自己在這樣一個角色位置上。他穿著他那件緊身的藍毛衣，袖子高高地捲起著，小臂上的淺色汗毛亮閃閃的。他臉朝下看著我的眼睛說：「我發誓我沒說謊。我發誓。我發誓。我沒有別的女人，我發誓。」他的聲音充滿了一種戲劇性的強烈感，而他那凝神的雙眼也顯得格外熱切。

我不相信，但在他懷中的安娜卻信他，甚至當我眼瞧著我們兩個在扮演這種角色時，我還在難以置信我們竟能演出這一類情節戲。然後他吻了我，就在我要回應他的吻時，他又掙脫開，帶著他在這種時刻特有的沉鬱問我他曾問過的話：「你爲什麼不跟我鬥？爲什麼不反抗？」我則回答：「我爲什麼要反抗？爲什麼你非鬥不可？」而這話是我曾說過的，這種對話我們以前全都進行過。接著他就用手把我拽到床邊，跟我做了愛。我好奇地想搞明白他是在跟誰做愛，因爲我知道那不是我。這另一個女人似乎需要大量愛的勸告和鼓勵，並且幼稚。他是在跟一個幼稚的女人做愛，她的胸很平但手卻異常漂亮。突然他說：「是的，我們要有個孩子，你是對的。」這一場完事後他翻下身來，喘著氣，叫喊道：「看在上帝的份上，那就完了。一個孩子，你就眞要結果了我了。」我說：「並不是我想給你生個孩子，是安娜。」他猛地抬起頭來看著我，又垂下腦袋笑起來，說道：「這就對了，是安娜。」

我去了浴室，覺得不舒服極了。回來時我說：「我得去睡覺。」我翻過身去睡，以便離開他。

但在睡夢中我又在向他走去。這一夜全都是夢。我在一個接一個的扮演同索爾唱對台戲的角色，而他也一樣。好像是在一齣戲裡，但台詞一直在變，好像是一個編劇把這齣戲反反覆覆地寫了無數遍，但每回又都略有不同。我們把所能夠想到的互相對抗的男女角色都演了一遍，夢中的每一次循環將近結束時，我都會說：「行了，這我已經體驗過了，是吧，我的確在一段時間裡體驗過它了。」就好像是活了一百次。我只是驚奇於有多少女性角色是我在生活中沒有扮演過的，有多少是爲我所拒絕扮演，或者就沒給過我扮演的機會的。即使在夢中我也知道現在演出她們，我是會受到指責的，因爲在生活中我是拒絕這些人物的。

清晨我在索爾身邊醒來。他身體很冷，我不得不去把他暖過來。我是我自己，並且強健。我直接坐到長桌旁，打開這本筆記。在他醒來之前，我一直寫了很久。他一定早醒了，而且在我看到他之前已觀察了我一段時間。他說：「與其在你的日記中記錄我的罪過，爲什麼你不再寫一部小說呢？」

我說：「我可以給你舉出十多個理由來爲什麼不寫，我也可以就這個問題談上個把小時，然而眞正的原因只是我患了作家障礙症，這就是一切的一切。而且這也是我第一次承認這一點。」

「也許吧。」他說著頭歪向一邊，深情地微笑了一下，讓我頓覺心裡暖洋洋的。接著，當我也向他報以微笑時，他卻不笑了，臉色又陰沉下來，中氣十足地說：「不管怎樣，知道你在這兒編寫這些筆記，眞讓人要發瘋。」

「任何一個人都會告訴我們，兩個作家是不應該在一起的。或者更確切地說，一個爭強好勝的美國人不該跟一個寫過一本書的女人待在一起。」

「說得很對，」他道，「這對我的性別優越感來說是個挑戰，這可不是開玩笑。」

「我知道不是。不過請別再給我來一通那套關於男女平等的大話吧。」

「也許我是該給你來一通講話的，因爲我很喜歡這麼做。只不過這些話連我自己都不相信。事實上，對你寫了一部成功的小說我是很不平的。我一直就是個僞君子，實際上我就喜歡生活在一個女性是二等公民的社會裡，我願意做老闆，也喜歡有人奉承。」

「好啊，」我說，「現在這個社會，以女性爲二等公民的人並不在少數，既然如此，我們也只能依賴於那些至少不是僞君子的男人了。」

「好了，現在這個問題已經解決了，你可以給我煮咖啡喝了，那才是你在生活中的角色呢。」

「願意效勞。」我說，我們於是心情很好的吃了頓早餐，兩情相悅。

早飯後我拎著我的購物籃，沿著伯爵大院路往前走。我喜歡買點吃的和用的，喜歡那種待會兒要爲他做頓飯吃的感覺，儘管同時我也悲傷著，心知這一切不會長久的。我想著：他很快就要走的，這種能夠照顧一個男人的快樂也會隨之結束。我已準備回家了，但卻頂著灰濛濛的雨絲站在一個街角裡，周圍是撐開的雨傘和擠來擠去的人流，我不明白我幹嘛要等在那兒。然後我穿過大街，進了一家文具店，走到擺滿了筆記本的櫃台。那裡面的筆記本多與我那四本大同小異，但這並不是我想要的。這時我看見了一個厚厚的大本，價格不菲，我打開了它，裡面的紙厚而白，紙質很好，沒有橫線。摸上去手感很舒服，略有些粗粗的，但十分光滑。本子的封皮很厚，呈暗金色，我還從沒見過類似的本子，我並且問了店員這本子是做什麼用的，她說是一個美國顧客特別爲自己訂做的，但卻一直沒來取。他已付了訂金，所以價錢沒我想像的那麼貴，儘管如此，還是很不便宜，但我想要它，便把它買下帶回了家。只要摸摸它、看看它，我都覺得快樂得很，可我眞不知道我要它是做什麼用的。

索爾走進我的屋子，煩躁不安地走過來走過去，然後他看見了那個新本子，他一下子撲過去便抓住了。「噢這可眞漂亮。」他說，「幹什麼用的?」「我還不知道呢。」「那就給我吧。」他說。我幾乎就要衝口說：「行啊，拿去吧。」發覺自己像鯨魚噴水一樣地想把東西給出去。我對自己很不滿意，因爲我自己明明是想要這個本子的，但卻差一點就要給了他。我知道這種服從的欲望來自於我們所處的施虐狂與受虐狂的怪圈中。我說：「不，你不能拿走。」我費了很大的勁才說出這話來——我甚至都結巴了。他拿起本子，笑著說：「給我，給我，給我。」我則說：「不行。」他原以爲我會給他的，所以他在說給我給我的時候還在開著玩笑，但此刻他站定在那兒，斜睨著我，嘴裡還在小孩似的嘟噥著給我給我給我，但臉上已全無了笑意。他已經變成了一個小孩子。我都能看見那個新的人格或者應該說是舊的人格，如何像動物鑽進樹叢那樣的進入了他的體內。他的身體彎曲踡縮成了一柄武器，他的那張臉，在是他「自己」的時候是友善、敏銳而多疑的，此刻卻是一副小謀殺者的面容。他手裡拿著筆記本，猛地一轉身，就要朝門口奔去；(＊19)而我清楚地看到他像個貧民窟的小孩兒一般、街頭少年幫的一員，從商店的櫃台上抓起東西就跑，或者在躲避警察的追捕。我說：「不，你不可以拿走。」好像是對一個小孩子說話似的，他緩緩地回復了他自己，所有的緊張感都從他身上消褪了。他放下本子，心情又好起來，甚至面露感激之色。我在想這一切有多奇怪，他竟會需要有個人對他說不，而他漂進的是我的生活，我偏是很難說出不來的。而現在因爲我說了不，他又放下了本子，他渾身上下都顯得像是個被剝奪了什麼根本所需的孩子，他最想要的東西卻不能屬於他，這一切讓我震驚，我想說：「拿走吧，看在上帝的份上，這不重要。」然而現在我卻不能這麼說了，而這個根本無關緊要的東西，一本漂亮的新筆記本，竟如此迅速地成了爭鬥的一部分，我眞覺得怕了。

他在門口站了一會兒，一副被遺棄的樣子，而我則看著他如何挺了挺身子，彷彿看到少年時的他多少次也這樣挺了挺腰，抬起肩頭，「把一切掖到腰帶下」，正如他曾對我說過的，每個人在遇到挫折時都必須這樣。

接著他說：「好吧，我得上去工作了。」他慢吞吞地上樓去了，但並沒有工作，因爲我聽到他在樓上徘徊的腳步聲。接著那種緊張感又捲土重來，儘管我已擺脫了有好幾個小時了。我眼睜睜地瞧著那雙痛苦之手抓住了我的胃，它的手指戳進了我脖子和後背的肌肉裡。那個患病的安娜又回到了我身上，而我知道正是我頭頂來回不定的腳步聲把她召來的。我放上一張阿姆斯壯的唱片，但是那單純而和熙的音樂離我卻太遙遠了。換了一張穆里甘的音樂，但是那自憐自艾的調子卻正是此刻瀰散於我屋子裡的病態氛圍，於是我關掉了音樂，心想：詹妮特就要回家了，我得停止這一切，我該打住了。

這是陰沉又寒冷的一天，甚至連冬日裡的一線陽光都不曾出現。現在外面又下起雨來。窗簾都拉上了，兩隻煤油爐也都點燃了。屋裡很黑，爐子裡的紅光映在天花板上，疊出兩束時隱時現的光圈，而煤油爐上燃著的紅火對於火眼以外幾英吋處的寒冷就已無能爲力了。

我一直坐在那兒瞧著那本嶄新的、漂亮的筆記本，愛不釋手地翻來又翻去。索爾已經用鉛筆趁我沒注意的當口草草的在前頁上塗了幾行字，中學男孩子的那套咒語：

> 不管是誰，只要看了裡邊的內容，
> 他都將被詛咒，

此乃我之所願。

索爾・格林，他的書。（！！！）

這讓我發笑，我因此而差點就要上樓去把本子給他。但是我不會去的。我不會，我不會。我要把藍色筆記和其他筆記一起裝起來，我要把四本筆記都裝起來，我要開始寫一本新的筆記了，我的一切都只在這一本筆記裡邊。

〔這兒重重地劃過兩道黑線，藍色筆記到此結束。〕

金色筆記

不管是誰，只要看了裡邊的內容，
他都將被詛咒；
此乃我之所願。
索爾．格林，他的書。（！！！）

公寓裡是如此黑暗，如此的黑暗，就好像黑暗就是寒冷的化身。我在公寓裡穿來穿去，打開了所有的燈，把黑暗逼退到窗外，但是那寒冷的幽靈仍欲欺入屋內。直到我打開我那間大屋子的燈，我才發現我錯了，這裡本就不應該有光。於是我讓屋子重又回到黑暗中，只有兩隻石蠟取暖器和煤油爐上的火苗是屋中的亮點。我躺下來，想到我們這個小小的地球，它的一半處於寒冷的黑暗中，在茫茫無邊的黑夜中旋轉。我躺下沒多久，索爾便來了，也在我身邊躺下。「這間屋子很奇特，」他說，「就像一個世界。」他枕在我脖子後的胳膊溫暖而有力，我們做愛，然後他便睡了。當他醒來時他的身體已變得十分暖和，不再帶著那令我畏懼的一身寒氣。他說：「現在我大概可以工作了。」毫不掩飾他的自我中心，想想我也如此，尤其在我欲得到什麼的時候，我不由得哈哈大笑起來。他也跟著笑，笑得怎麼也停不下來。我們笑倒在床上，又滾到地板上。然後他從地上跳了起來，拿一種十分英國式的腔調說：「這可不行，絕對不行。」說完便走了出去，還在笑。

魔鬼已從公寓裡離去，我一絲不掛的坐在床上，在三股暖氣的圍擁中琢磨著這個念頭。這些魔鬼。就好像那種種的恐慌、畏懼和焦慮並非發自我的體內，也與索爾無關，而只是某種外來的力量，只不過擇機進進出出而已。我這麼想著，也欺哄著自己，因爲我需要這種單純快樂的時刻——我，安娜，一絲不掛的坐在床上，裸露的雙臂交叉地抱在胸前，雙乳被擠在中間，空氣中有性愛的餘味以及汗味。似乎我肉體的快樂所帶來的那股熱力足以驅走這世界上所有的恐懼。然後樓上的腳步聲便又開始響了起來，它們就在我的頭頂之上移動，從這兒走到那兒，像一支行進中的軍隊。我的胃在抽搐，我就這麼眼睜睜地看著我的幸福一點一點在消散。轉眼之間我成了另一種狀態的人，一個自己全然陌生的人。我意識到我的肉體令我反感，這是從沒有過的事。我甚至對自己說：嗨，這可是個新體驗，以前我只在書上看到過。我記得尼爾森曾對我說起他如何看著他妻子的身體內心卻充滿了對那女體的厭惡，他討厭她腋窩下的汗毛和陰部的陰毛。他說，有時候他把他妻子當作是一種蜘蛛，張牙舞爪的四肢中間是一張毛茸茸的、貪婪的嘴。我坐在床上，端詳著我那瘦瘦的、白皙的雙腿和雙臂，還有乳房。那濕濕的、黏呼呼的中間部位看起來讓人噁心，而當我看著我的胸部時，我所能想到的只是它們充滿奶水時的樣子，這個念頭非但沒給我任何愉悅，反而直令我作嘔。我對我自己的身體無比陌生，這感覺使我的大腦完全游離了出去，直到我拚命地想去抓住什麼來穩住自己，最後我想，這一切根本就不是屬於我的念頭，我是在想像中頭一次體驗同性戀者的感覺，而那種叫人噁心的同性戀文學也頭一回於我有了意義。我這才意識到有多少同性戀的潛在情結瀰漫於我們的四周以及自身之中，而人們卻從不自知。

樓上的腳步聲已經停止。我仍被厭惡感緊緊纏住，無法動彈。我知道索爾就會下樓來，說些與我的思緒完全對應的話。這種感知是如此的明確，我索性就坐著等他。那種令人疲憊的自我嫌棄已把這屋子變得悶濁不堪，我等著他用他的聲音、我的聲音來大聲地說出堵在心頭的那口惡氣，聽聽那會是個什麼樣子。他下來了，就站在門口，他說：「我的天，安娜，你在那兒幹嘛，就這麼一絲不掛地坐著？」我的聲音冷靜得猶如是另外一個人在說話：「索爾，你意識到我們對彼此情緒的影響已經到什麼地步了嗎？即使在兩個房間也在所難免。」屋子裡面太黑，我看不到他的臉，只看得到他的身形，一個十分敏捷地站在門邊的影子，像是隨時都要飛掉，從這個赤裸地坐在床上、拒人於千里之外的安娜身邊逃開。他用男孩式的令人反感的語調說：「穿上點衣服。」我說：「你聽到我的話了嗎？」因爲他根本沒在聽。他說：「安娜，我告訴你了，別那樣坐著。」我又說：「你覺得這是怎麼回事，爲什麼像我們這樣的人就非得去體嘗一切的滋味？我們好像被逼得非要盡力跟別人不同似的。」這回他聽進去了，說道：「我不知道。我又不是非去試不可，我就是這個樣子。」我說：「我不是試圖如此，而是被迫得如此。你覺得以前的人也會爲他們沒有親身經歷過的事情而受盡折磨嗎？還是只有我們才這樣？」他悶聲悶氣地說：「女士，我不知道，我也不管，我只希望我是從中解脫出來的。」然後他不再那麼厭惡，頗友好地對我說：「安娜，你沒覺得這樣有多冷嗎？再不穿衣服你就要感冒了。我走啦。」他走了。隨著他下樓梯的腳步聲，我自暴自棄的惡劣情緒也已隨他而去。我坐在那兒盡情享受身體本身帶給我的愉悅，甚至包括去感覺大腿內側的肌膚因乾燥而生的細褶子，儘管那是皮膚開始老化的跡象。我想著：是了，這就對了，我的一生如此幸福，我根本不在乎變老。但是我還在這麼想著的時候，這一種安全感已然再度消失。厭惡感重又回來了。我赤身裸體地站在房子中央，讓來自三個方向的暖氣襲遍我的全身，這正是一個啓示，而我知道——這是那種人人皆知，卻很少眞正了悟的事情——人的健全程度便取決於這樣的小事，諸如：當平滑的鞋底踩在粗粗的地毯上時感覺到快樂；感覺著暖氣吹拂著皮膚而無比愉悅；筆直地站著，意識到骨骼在肌肉下活動自如而自得其樂。如果能感覺到這些樂趣，那麼對於生活的信念便也絕不會有半點動搖。但是我就什麼也感覺不到。地毯的質地對我來說是毫不相干的，不過是一種加工物罷了；我的軀體纖瘦而弱不禁風，像一棵營養不良的蔬菜，一株缺乏光照的植物；而當我去摸我的頭髮，它們也黯淡無光。我彷彿覺得我腳下的地板在急速隆起，四壁在渙散。我知道我又進入了一個新的思維空間，跳離我曾經的健全狀態已越發遙遠。我明白我得趕快上床睡覺去。但是我已無法走路，我就附在地板上，手足並用地爬到床邊，再躺上去，鑽進被子。但是我依舊感到孤立無援。我不由想起了先前的安娜，她可以隨意做夢，控制睡眠時間，自由進出於夢與非夢之間，在睡夢中的世界裡十分自在。但我已不是那個安娜。天花板上的反射光區此刻變成了兩隻虎視眈眈的眼睛，一隻動物的眼睛在盯著我。那是隻虎，四肢撐開了趴在天花板上，而我是個孩子，知道這屋裡有隻老虎，儘管我的大腦一個勁兒地告訴我說沒有。三面都有窗子的牆外冷風呼嘯，震得窗框顫個不停。冬日稀薄的光線映在窗簾上，那也不是什麼窗簾，而是那頭獸留下的一條條腥臭而發酸的肉片。我彷彿覺得我置身於一個獸籠，那老虎想撲過來就能撲過來。籠裡的死肉味，老虎身上的腥臭，還有陣陣恐懼簡直快讓我暈厥過去。然後，在一陣胃部的痙攣中，我睡著了。

　　那是一種只有在生病時我才體會過的睡眠，十分的淺，好像就躺在水面上，而真正的睡眠則在我下面無底的地層深處。因此從頭至尾我都能感覺到我躺在床上，感覺到我是在睡覺，而思維也異常的清晰。但與另一個夢中我站到一邊看見安娜在睡覺不一樣，在那個夢中我還看著別人如何彎下身去侵犯她。但在這個夢中，我只是我自己，我知道我在想什麼，又夢著什麼，所以必然有一個人格游離於躺在那兒睡覺的安娜之外，但那究竟是什麼人我卻無從得知，這個人似乎是來防止安娜分裂的。

　　就在我躺在夢中的水面之上，而且已開始極緩慢地下沉的時候，那人說：「安娜，你在背叛你所信仰的一切，你在陷入自我、主觀，你陷入你自己的需要之中。」但是那個只想滑入水底的安娜並不願理睬他。這個漠然於事外的人又說：「你總以為自己是個堅強的人，但是那個男人比你要強一千倍，他在這種內心交戰中已力拚了好幾年，而你不過才幾星期就準備徹底放棄了。」但是那個睡意正濃的安娜剛剛潛到水面之下，正搖搖晃晃地欲深入她下面那漆黑一片的水底。那忠告者在說：「戰鬥、戰鬥、戰鬥。」我晃晃悠悠地躺在水下，聽不到任何聲音。然後我明白過來，下面的水底十分危險，到處擠滿了怪物、鱷魚，以及我根本想像不出來的可怕東西，它們全都老氣橫秋、不可一世。然而正是那危險本身在把我往下拉，我需要這危險。這時，穿過那層層阻隔的水，我聽到了那聲音：「戰鬥呵。戰鬥呵。」我發現那水根本就不深，只不過是一個汚穢的籠子底部一層淺淺的、泛著酸臭味的濁水罷了。而在我上面的籠子頂部，伏著那隻老虎。那聲音這時說：「安娜，你知道怎麼飛。飛吧。」於是我像個喝醉了的女人一樣，用雙膝在淺淺的汚水裡慢慢地往前爬，然後站起身來，雙足踏住那缺乏流通的空氣，試著去飛。但這太艱難了，空氣如此稀薄，根本就托不住我，我幾乎快暈過去了。好在我還記得以前是怎麼飛的，於是我拚盡全力抵住每一步下跌之力，我升了上去並且抓住了籠子頂部的鐵欄杆，老虎就趴在那兒，牠呼氣中的臭味幾乎要讓我窒息過去。但我還是穿過鐵欄杆把自己拉了上來，站到老虎旁邊。牠一動不動，只衝我眨眨牠那綠色的眼睛。在我的頭上仍有房頂，我必須得用腳把空氣往下踩，才能把自己一點一點推上去。我又開始使勁折騰，慢慢地我升了上去，這時房頂消失了。那隻虎悠閒地趴在一個小小的、毫無作用的籠子上面，眼睛一眨一眨，一隻爪子伸了出來碰著了我的腳。我知道我根本用不著害怕這隻老虎，這是一隻皮毛光滑的漂亮動物，正舒舒服服地躺在溫馨的月光下面。我對老虎說：「這是你的籠子。」牠毫無反應，只打了個哈欠，露出兩排白牙。然後便傳來人們過來抓老虎的喧鬧聲，他們會抓住牠把牠關進籠子去。我催促道：「跑啊，趕快跑啊。」老虎終於站起來，甩了甩尾巴，又左右晃了晃腦袋。現在牠散發出令人畏懼的味道。聽到人聲喧嘩和鬧哄哄的足音，牠莫名恐慌地突然伸出爪子在我的前臂上抓了一下。我看見鮮血從我的胳膊上流了下來。老虎從房頂上一躍而下，落到人行道上，然後竄進房子周圍一排排圍欄的陰影裡，跑掉了。我悲從中來地開始哭泣，因爲我知道人們會去把牠抓住，將牠關入籠子的。然後我發現我的手臂根本沒有傷口，它已不治而癒了。我心中難過地哭著，邊對自己說：那隻老虎就是索爾，我不想讓他被抓住，我希望他能跑到世界上的任何地方。然後這個夢，或者說這個覺變得越來越淺，接近將醒未醒之間的狀態。我自語著：我要寫一個關於安娜和索爾以及老虎的劇本。於是大腦中與此相關的那部分思維便繼續運轉了下去，琢磨著，就像一個孩子在撳動地板上的磚塊——而且是一個被大人禁止玩耍的孩子。因爲她知道這是一種逃避，創造出安娜和索爾以及老虎這樣一種格局只不過是拒絕思考的一個藉口，因爲在這裡面安娜和索爾的言談和行爲都將只是痛苦的代名詞，而劇中的「故事情節」本身也將不過是痛苦的具體化而已，所以便成爲一種逃避。而我大腦中的一部分同時使我明白，正是那個漠然無謂的人格使我免遭分裂，我開始控制我的睡眠。這個具有控制力量的人格堅持要我把劇中關於老虎的那部分擱在一邊，而且要停止玩那些磚塊。他說我應該回顧一下，一幕幕的看看我的生活，而不是像我慣常那樣去編織一個個故事，這樣便毋須去直視生活本身。這樣的回顧有一種不同尋常的意義，就像一個牧羊人點數他的羊群，或者一齣劇的預演，是一種檢驗，以獲取最終的把握。這很像我小的時候因爲夜夜受困於惡夢而採取的辦法。每晚入睡之前我都會神志清醒地先躺在那兒，把白天發生的一切全部回想一遍，找出任何潛藏著的令人畏懼的因素，因爲那很可能就是惡夢的一部分來源。我得一遍又一遍的在心裡默念著這一件件讓我害怕的事情，像沒完沒了地做禱告似的，彷彿是要在睡覺之前給大腦消一遍毒。但是此刻在我睡夢中所發生的，卻並非是要通過對過往的逐一回憶來驅走它們對我今天的作用力，而是爲了要確認我依然擁有著它們。然而我也知道既然我已搞明白它們依然還在，我就得用另一種不同的方式來「列舉」它們，這便是爲什麼那個具有控制力量的人格要迫我回憶了。我首先重訪了瑪肖庇尤加利樹下的那群人，是空氣中飄溢著酒香的月夜，月光把樹葉的形狀清晰地投影在白色的沙地上。但是那種富有欺騙性的懷舊色彩消失了，變得十分平靜，而且那些景象猶如一部快速放映的電影。然而我也不能不看到喬治·洪斯羅從那輛停在星光下閃閃發亮的鐵軌邊的黑色貨車處走來，端著肩縮著脖子，充滿飢餓感地注視著瑪麗羅斯和我；聽著威利不成曲調地哼著布萊希特歌劇中的唱詞；看著保羅如何假惺惺地朝我們殷勤地欠欠身，面帶笑容，朝著靠近花崗岩區石的那一排寢室走過去。接著，我們也尾隨其後，沿著沙土小路往前留達。他面朝著我們站在那兒等，笑容中帶著冷漠的自得，但他並沒在看我們，這一隊在酷熱的陽光下朝他走來的人，他的目光越過我們，落在瑪肖庇旅館上，我們也一個個停下腳步，轉過身去往回看。竟然有成千上萬隻蝴蝶停落在旅館的大樓上，整座大樓簡直像是要在一團旋舞的由白色花瓣或者蝶翅組成的雲團中炸開來，彷彿一朵白花慢慢綻放在水氣瀰漫的深藍色天空中。然後一種恐懼感開始湧上我們的心頭，我們知道我們全都被欺騙了，那完全是一種視覺上的錯覺。我們凝視著那氫彈爆炸的過程，一朵在藍天下開放得如此完美的白花，它一會兒收攏，一會兒旋轉著，看得我們幾乎忘了走路，儘管我們明知它對我們構成了一種怎樣的威脅。但是這死亡的形式竟是如此美不勝收，我們只有斂聲屏氣，靜靜觀看，直到這沉默被一種緩緩逼近的沙沙聲，什麼東西擦著地面爬行的聲音所打斷，我們往地上看去，原來是蚱蜢。牠們那粗粗的生殖器足有幾英吋長，把我們團團圍住。這時那個看不見的放映員突然啪地一聲把這一幕給關掉了，像是在說：「這就夠了，反正你知道牠們都還在那兒。」說話之間他已開始放映這片子中別的部分。這回放得很慢，因爲好像出了什麼技術故障，他（那個看不見的放映員）把片子倒回去好幾次，再重新來過。問題似乎是片子拍得太差，影像模糊不清。有兩個似在相互較量的人，他們是同一個人，但卻是分開的，像是在爲了進入電影中而進行著一場無聲的決鬥。其中一個人是保羅・塔那，那個出身於底層而後成爲醫生的人，他那股憤世嫉俗的勁兒支撐著他使他得以奮鬥下來，但是這一特性同時也與他的理想主義背道而馳，並最終擊敗了他。另一個人是麥克爾，那個來自歐洲的難民。當這兩個人最終合二爲一時，一個全新的人誕生了。我可以清晰地看到那一刻，這個人形的複製品、這個欲被注入麥克爾的或者保羅・塔那的性格的模型，像是膨脹了、變形了，猶如有一個在他的作品體內工作的雕塑家把自己的肩、自己的腿塑入了那個模型，讓他不再是保羅，也不再是麥克爾。這個新人體型高大而魁梧，具有雕塑作品特有的英雄氣質，但不管怎麼說，我仍能感覺到他身上的一種眞正的力量。然後他說話了，我能聽到那個微弱的眞正的嗓音，但當他的話出口時，便被那全新的、強有力的聲音完全吞沒、壓滅了下去：「可是我親愛的安娜，我們並不像我們自己所以爲的那樣是失敗者。我們用一生的時間努力奮鬥的目的只是爲了讓人們比我們少遲鈍那麼一點兒，好去接受那些大人物們永遠了然於胸的眞理。他們從來都是淸淸楚楚的，幾千年來莫不如此，要把一個人禁錮在一個孤獨之域會讓他變成個瘋子或者一頭野獸。他們從來都知道一個害怕警察或者他的地主的窮人是個奴隸。他們知道心懷恐懼的人是殘忍的。他們更知道暴力源自於暴力本身。這些我們也都知道。但是這世界上的芸芸衆生知道嗎？他們不知道，而這便是我們的工作，去告訴他們。因爲大人物們是沒有這番精力的。充斥著他們的大腦的是如何在金星上建立殖民地，他們早已在想像中勾畫出一個充滿著自由和高貴的人類的社會圖景了。而與此同時，芸芸衆生們卻落後於他們整整一萬年，心靈爲恐懼所占據。大人物們是不該勞這個神的，而且他們也對，因爲他們知道有我們這些推巨石的人。他們知道我們會不懈地從一座巍峨的高山的底部將巨石沿山坡往上推，而他們當時卻會站在山頂，已然一身輕鬆。你和我，我們將窮盡我們的一生，以我們全部的智慧和力量，將這塊巨石一寸一寸地推高。在這一點上他們全仰仗著我們，所以他們是對的。也因此我們並非無用。」話音漸漸消失，這時影片的內容又換了。但這回片子放得十分馬虎，畫面一會兒一換。我知道這一簡短的對於過去的「造訪」是怎麼回事了，所以他有必要提醒我還得繼續下去。保羅．塔那和艾拉，麥克爾和安娜，茱麗亞和艾拉，莫莉和安娜，糖媽媽，托米，理查德，威斯特博士——這些人相繼閃過，速度快得使他們都有些變形，然後片子斷了，更確切地說是放完了，畫面已亂成一團，一片刺耳的軋軋聲。放映員在隨後的靜寂中說道（他說話的聲調令我震驚，因爲這是一種我全然陌生的聲音，極爲灑脫、實際而挖苦，一種再正常不過的腔調）：「那麼你憑什麼認爲你對於過去的強調全都放對了地方？」他說那個「對」字時含著一種拿腔拿調的鼻音。這是對馬克思主義術語中的那個「對」字的嘲弄，還帶了點類似於中學教師的那股一本正經的勁頭。每次我只要一聽到「對」這個字，我就會突然噁心起來，而我十分清楚那是一種什麼樣的感覺──那是過度的壓力造成的噁心，因爲總是過高要求自己。正自難受中，那聲音又說話了：「你憑什麼認爲你所強調的重點是對的？」說著這個放映員又把片子從頭至尾地放了一遍，或者更確切地說，是多部片子，於是我可以在它們再度閃過銀幕的時候，一一地給它們以命名。關於瑪肖庇的影片；關於保羅和艾拉的影片；關於麥克爾和安娜的影片；關於艾拉和茱麗亞的影片；關於安娜和莫莉的影片。於是我看到了所有這些電影，那種老一套的製作精良的電影，像從電影廠裡拍出來的一樣。然後我看到了字幕，什麼都不能比這更令我痛恨的了，這些影片竟全是由我導演的。放映員一直放得很快，到了演職員名單出現的時候他卻停了停，我都可以聽見他在看到「安娜・沃爾夫導演」時發出的嘲笑聲。接著他又放映了幾幅場景，每個畫面都像模像樣地滿是謊言、假象以及愚蠢。我衝那放映員喊道：「這些可不是我的，我沒拍過這樣的片子。」放映員本就有些厭倦了，聞聽此言便把畫面關了，等著我去說明他錯在哪裡。這種時候很可怕，因爲內心的壓力是要我從我業已混亂的生活中重新創造出秩序來。時間一分一秒的過去，我的記憶卻是一片空白，而且我已分不清哪些是我所創造的，哪些是爲我所知的，我只知道我所創造的全都是錯。那是一個漩渦，一個沒有舞步的舞蹈，就像在潮濕的沙質陸地上那悶熱的空氣中白色蝴蝶的舞蹈一般。那放映員仍在原地等著，面帶嘲諷。我一下子明白了他腦中在想些什麼，他是在想那些素材都經過了我的編排，以便與我所知道的相吻合，如此才會破綻百出。突然間他大聲說道：「瓊・布斯比會怎麼看待那段時間？我敢打賭你寫不出瓊・布斯比來。」聽他這麼一喝，我的大腦立刻自顧自的運轉起來，以一種我完全陌生的方式，而我便也開始寫關於瓊・布斯比的故事。我簡直對那些一瀉而出的字句無能爲力，而寫出來的整個是最刻板的女性雜誌上那種最單調乏味的東西，這種挫折感幾乎令我淚流滿面；可怕的是只不過在我自己的風格上一點小小的改動便成了這麼無趣的東西，其實只是幾個詞的不同，比方如：「瓊，一個剛滿十六歲的女孩，躺在陽台上的帆布躺椅中，目光透過沐浴在金色陽光中的叢叢綠葉看著路面，她知道會發生點什麼事，這時她的母親自她身後走進屋來說：瓊，過來幫幫我，該給旅館做晚飯了——瓊沒有動彈。她母親停了一會便走了出去，沒再多說什麼。瓊確信她母親也知道將有事發生。她想著：親愛的媽媽，你深知我的感覺。然後事情便來了。一輛卡車開來，停在旅館門前的油泵邊，他下了車。瓊便嘆了口氣，不慌不忙地站起身來。然後，像是有一股外力在推動著她似的，她離開房間，沿著她母親剛走過的那條小道朝旅館方向走去。那站在油泵邊的年輕人似乎也意識到了她的到來。他轉過身，他們的目光相遇了……」我聽到那個放映員在笑。他開心極了，因爲我對於這些文字的湧出毫無辦法，他像個虐待狂似的開心不已。「我告訴過你，」他的一隻手已舉起，又要重新播放電影，「我告訴過你，你寫不了。」我醒了過來，屋子裡很黑，悶得要死；三處閃閃的火光照耀著屋子。那些夢做得我筋疲力竭。但我一下子就清醒了過來，因爲索爾就在公寓裡。我聽不到他的任何動靜但我可以感覺到他的存在，我甚至知道他就站在門外幾步遠的地方，就要走進屋來。我幾乎可以看見他在門外躊躇不定的樣子，他扯著自己的嘴唇，拿不定主意該不該進來。我叫了一聲：「索爾，我醒了。」他走了進來，假裝沒事似地說：「嗨，我以爲你還睡著呢。」我明白了夢中的那個放映員是誰了。我說道：「你知道嗎，你成了我的某種潛意識，或者說一個批評家，我剛剛還夢到你是這個樣子。」他看了我很久，神情冷峻，然後說：「如果我成了你的潛意識，那才是個笑話，你當然是我的。」我說：「索爾，我們彼此很不合適。」他的話眼看著就要衝口而出：「我也許對你不合適，可你對我來說就很好。」——因爲他臉上已顯示出說這話時必然要帶著的故作深奧然而傲慢的神情。我打住了他的話頭：「你得來打破這種關係，我本該做的，但是我沒有足夠的力量。我感覺到你比我要強得多，原來我還以爲正相反呢。」

他眼中的我這時憤怒、排斥而狐疑。他則瞇起眼睛來斜睨著我。我知道現在他就要開始對我發難了，他的性格決定了我從他身上的這一種攫取會令他懷恨在心的。我也知道當他完全是「他自己」的時候，他會去認眞思考我說的話，並且他是可以承擔起這份責任來的，事實上，他會按我說的去辦。

這時他陰沉著臉說：「這麼說你要把我一腳踢開了。」

我說：「我不是那個意思。」——這是對那個可信賴的人說的。

他道：「我沒有順著你的思路走，所以你就要把我一腳踢開。」

我自己也不知道是怎麼回事，坐起來便衝他尖聲叫道：「看在上帝的份上，別說了，別說了，別說了。」他本能地往後一縮，我知道在他看來女人歇斯底里的尖叫便意味著他有可能遭到襲擊。我不由得想到這一切的不可思議，我們兩個會在一起，彼此之間會變得如此親密，因爲我這一生中也沒有襲擊過任何人。他甚至已挪到了床的另一頭，隨時準備從一個尖叫而充滿攻擊性的女人身邊逃掉。我不叫了，但哭起來：「你沒發現這是一個循環嗎？我們一直在繞著它轉啊轉。」他的臉色因爲敵意而陰暗下來，我知道他現在需要拚力克制著才能不走。我轉過身，壓下心中一陣陣的噁心感，說道：「不管怎麼樣吧，詹妮特一回來你就會走的。」

我沒想到我會這麼說，或者這麼想。我躺在那兒琢磨著。可的確就是這麼回事。

「你這是什麼意思？」他好奇地問，不再那麼敵意了。

「假如我有的是個兒子，你就會一直待下去。你會跟他玩到一起去，至少在一段時間內，直到你覺得足夠爲止。但是既然我有的是個女孩，你就會走掉，因爲你會把我們看作是兩個女人，也就是兩個敵人。」他緩緩地點點了點頭。我又說：「多奇怪，我老是被宿命和註定的感覺所纏繞。但這完全是巧合，我有個女孩而不是男孩。純屬巧合。所以你要走也是巧合使然。我的生活也將因此而徹底改變。」把一切歸咎於巧合令我覺得輕鬆多了，也沒有那麼強烈的被困的感覺了。我說：「多奇怪，養一個孩子對於女人來說是進入某種不可避免的宿命的感覺。然而在我們內心深處最感受縛的不過仍是某種屬於巧合的東西。」他斜視著我，已沒了敵意，反只見深情。我說：「無論如何，這世界上沒人能改變我生女孩而非男孩的現實，這只能是巧合。你想，索爾，假如我有的是個男孩，我們就會建立那種你們美國佬所謂的關係，一種長久的關係。也許一切早就不一樣了，誰知道呢？」

他輕聲道：「安娜，我眞的讓你這麼不開心嗎？」我借用了他那種沉鬱的語調——既然他這會兒沒用，而且他此刻正無比溫和而善解人意，我說：「我可沒上巫醫那兒去費時找事，進知道他們又會對我做些什麼。我全是自己給自己找罪受。」

「別提那些巫醫了。」說著他把手放到我的肩上。他面帶微笑，對我充滿了關切，在這一個片刻他完全是個好人。然而我已看到掩藏於他內心的那股陰暗的力量，此刻已又浮現在他的雙眼中。他在拚力掙扎著。我能感覺到那正是我在睡夢中進行的那種掙扎，想要抗拒那個欲侵入我體內的異己。但是他掙扎得十分艱難，他坐在那兒，雙目緊閉，額頭沁出了一粒粒汗珠。我拿起他一隻手，他一把抓住了，說著：「好了安娜。好了。好了。別擔心。相信我。」我們坐在床上，緊緊握著對方的雙手。終於他擦去額頭的汗，然後吻了吻我，說：「來點兒爵士樂吧。」

我放了張阿姆斯壯的早期音樂，順勢坐到地板上。這個有著閃閃的火光、黑影搖曳的大屋子宛然如一個世界。索爾躺在床上，聽著爵士樂聲，臉上一副極其滿足的神情。

在那個時候我已「記不起」那個有病的安娜了。我知道她就守在邊上，只要某個按鈕一被觸動，她就會走過來——不過也就是這些。我們沉默了很久。我奇怪著，當我們再開始說話的時候，會是哪兩個人在說。我尋思著要是有一台錄音機，錄下我們在這間屋裡幾小時幾小時的談話、爭鬥、辯論以及精神的不適，那現在早已有了生活在世界上各個不同地方一百個不同的人的聲音，那將全都是他們的話聲、吵鬧聲、爭論聲。我坐在那兒想著一旦我們倆開始說話，誰會第一個喊出來，於是我說：「我一直在思考。」這話不管我們倆誰說出來都會很可笑，「我一直在思考。」他大笑著說：「這麼說你一直在思考。」

「既然一個人會被一種不屬於他的人格所侵入，那爲什麼人們——我是指芸芸衆生，就不會爲異己所犯呢。」

他躺著，隨著爵士樂的節奏嘴唇也在那兒啪啪作響，像是撥弄著一把想像中的吉他。他沒有答腔，只作了個鬼臉，似是說：我聽音樂呢。

「問題是，同志……」我煞住了話頭，聽到自己說出這個字眼來時帶著怎樣一種嘲諷的懷舊感，現在我們全這樣。我不由想到這與那個放映員那種嘲笑的聲音倒是首度合拍了——這正是懷疑和毀滅的一面。

索爾放下那把想像中的吉他，開口說道：「好吧同志，如果你是說群衆會受到外界情緒的影響，那麼我很高興。同志，說明你一直不爲所動地在堅持著你的社會主義原則。」

他在說到同志以及群衆這類字眼時語氣是挖苦的，但此刻他的聲音又怨恨起來：「所以我們所要做的一切，同志，就是要像裝空箱一樣的，把那些好的有益的純正善良祥和的情感裝滿群衆的大腦，就像我們現在這樣。」這番話完全沒有挖苦之意，既不全是那個放映員的語氣，但離得也不太遠。

我說道：「那就是我所說的事情，那種愚弄，可你從不。」

「當我從那場純粹的革命中垮下來，我才發現這個分崩離析的我自己哪方面都是我所痛恨的。因爲我從來沒有刻意地想要變得如人們所謂的那樣成熟。直到不久之前，我的一生似乎都是在爲那樣的一個時刻而準備著，只等著人說『端起槍』，或者『去經營集體農莊』，又或者『去組織個糾察隊』。我一直以爲我只能活到三十歲。」

「所有的年輕人都覺得他們到三十歲就會死。他們無法接受衰老。要是說他們錯了，那我又是什麼人？」

「我可不是所有的人。我是索爾·格林。也難怪我要離開美國，那兒已沒有一個人與我有共同語言了。」

他們全都是怎麼了——我曾經認識一大堆人，我們也都曾是改變世界的一群。而現在我也開車走遍全美國，去看望我的那些老朋友，他們全都結婚了，或者事業有成，只有酒後才吐些眞言，因爲美國的價值觀變質了。」

他說到結婚這個詞時那種低沉的口氣讓我大笑起來，他抬起頭看看我爲什麼笑，然後說：「噢是的，是的，我是說眞的。我走進一個老朋友的漂亮的新公寓，便會對他說：『嗨，你做這種工作是什麼意思？你知道它已經變質了，你也明知道你是在毀自己。』而他會說：『可我的妻子和孩子怎麼活呢？』我便說：『我聽說你把你的老朋友都給告了密，這是眞的嗎？』他會咕嘟再喝下一口酒說：『可是索爾，我有妻子和孩子。』上帝。所以我痛恨妻子和孩子，我恨他們也是對的。好吧，笑吧，還有什麼比我這種理想主義更可笑的——它已是這樣的不合時宜，這樣的幼稚！有一件事情你再不能對任何人說，那麼也就是說：只有你自己心裡最明白，你不該這樣生活下去。所以爲什麼還要過這種日子？不，你不可能這樣說，你是個自命不凡的人……說這些又有什麼用，人們已經沒那麼多勇氣了。我眞該在今年早些時候就去古巴投奔卡斯楚，然後戰死在那兒。」

「顯然不會了，因爲你沒去。」

「宿命論又來了，剛才你還對機會雙手歡呼呢。」

「假如你想戰死，你周圍有一打革命暴動等著你呢。」

「這種有組織的生活不適合我。你知道嗎，安娜？我眞想回到當年我們那一群理想主義者中間，一同站在街角，堅信我們將改變全世界，那是我一生中唯一快樂的時光，如果能回去，我眞寧願放棄一切。是的，行啦，我知道你要說什麼。」

因此我什麼也沒說。他抬起頭來看著我，說：「可我當然是想聽你說點什麼。」

於是我說：「所有的美國男人都愛往回看，無比懷戀他們的年輕時代，因爲那時還沒有事業與婚姻的壓力。每當我遇到一個美國男人，我會等著看到他容光煥發的一刻——那便是他談到他當年的戰友們的時刻。」

「謝謝，」他聲調低沉，「那就使得我把我所體會過的最強烈的情感封在了心口，任其自生自滅了。」

「我們所有人的問題就都出在這兒。我們所有最強烈的情感一次又一次的被鎖入心中，由於某種原因，這些情感已經不屬於我們所處的這個時代了。什麼是我最強烈的願望——就是要和一個男人在一起，相愛，不過就是這些。在這方面我其實是眞有才能。」我聽到自己的聲調也低沉得跟他差不多了，然後我就站起身，往電話方向走去。

「你要幹什麼？」

我撥了莫莉的電話，邊說：「我給莫莉打個電話。她會問：你那個美國人怎樣了？我就說：我正跟他戀愛呢。一樁情事——就這個詞。我一直喜歡這個詞，內涵多麼豐富而又是輕鬆愉快的！然後，她又會說：那不算是你有始以來最爲明智的一件事吧？我會說不是。這事就算過去了。我想聽她說出這話來。」我站在那兒聽著電話鈴聲在莫莉的寓所裡響起來。「我現在談的是我的一段五年的生活——那個時候我愛著一個男人，他也愛我。不過我那時當然十分的幼稚。階段而已，都過去了。我對自己說：然後我要經歷的階段就是去尋找會傷害我的男人了。我需要這個。又是階段，也過去了。」電話鈴仍在響著。「有一個階段我曾是個共產黨人，這從整體來說是個錯誤。儘管那段經歷是有用的，再說一個人也不會有太多那樣的經歷。階段，都過去了。」莫莉那兒一直沒人接電話，因此我把聽筒又掛上。「看來她的話得留到下回說了。」我說。

「可她不會那麼說的。」他說。

「可能吧。但我還是想聽聽，那都無所謂。」

頓了一下。「我會怎麼樣，安娜？」

我邊回答他邊琢磨著我要說的話，想理出一條思路來：「你會衝破你的現狀，奮鬥出一條你自己的路來。你會變成一個十分溫和，睿智而善良的人，當人們需要有人提醒他們是在爲一個崇高的事業而瘋狂時，他們就會來找你。」

「我的天，安娜！」

「聽你這口氣，就好像我汚辱了你似的！」

「又是我們的老朋友成熟了！得了，我可不想吃那一套。」

「噢，可成熟終舊是一切的一切吧？」

「不，不是。」

「但是我可憐的索爾，你已上了這條道，沒法回頭了。看看那些在五十或六十左右的成功人士吧，當然他們中也有一些人……眞的很出色，成熟而智慧。他們是眞正的人，那個詞怎麼說來著，散發著安祥之光。而他們又是如何抵達這種境界的呢？我們全都知道，是吧？他們中的任何一個都有過一部情感的罪惡史，噢那條鋪滿了血淋淋的屍體、通往成熟的悲哀之途，如此才成就了那五十歲的，智慧而寧靜的男人或者女人！而除非你在三十歲左右的時候是個狂暴的吃人生番，不然你就不可能臻於智慧和成熟等等的境界。」

「我就要變成個吃人生番了。」他大笑起來，但依然沉鬱著。

「噢不，你不會。我已經可以看到一個平和而成穩的中年人，就在一英哩之外。他們在三十歲的時候也激烈地奮爭過，他們唾棄一切、挑釁一切，要在一切方面掙脫性的束縛。而我都可以看見現在的你，索爾·格林，身心強健，一個人把自己關在某處一座冰冷的公寓裡，不時有節制地呷幾口陳年蘇格蘭佳釀。是的，我可以看見，你得把自己重新灌出一個合適的樣子來。你會成爲那種體格魁梧、強健、性格堅韌的中年男子，像一隻端著架子的棕熊，這時你那金色的小平頭的髮際也已稍稍地染上了點灰白，而且你還很有可能戴上了眼鏡。你會變得沉默，而那時你已可以沉默得十分得體。我甚至已看到了一副乾乾淨淨的、金色中略微偏灰的鬍鬚。人們會問：知道索爾·格林嗎？這才是男人！多麼有力！多麼從容！多麼安詳！提醒你一句，那些鋪路的屍體中總會有一具時不時地發出低微的哀訴之聲——還記得我嗎？」

「我想請你明白，所有那些屍體會起來只是一個，全都源出於我，假如你沒弄懂這點，你就什麼也不明白。」

「噢我明白，但這絲毫也並不能減低讓人難受的程度，因爲那些犧牲者總是在如此心甘情願地奉獻他們的血和肉。」

「難受！我對人是有用的。我提醒他們，喚起他們，把他們都推到正路上去。」

「廢話。那些如此心甘的去做犧牲品的人正是那些做不成食人生番的人，他們不夠強悍，也不夠殘忍，上不了這條通往成熟的金光大道，也不可能最終如智者一般地聳聳肩了。他們知道自己已然放棄，而心裡面眞正想要說的是：我已放棄了，但是能爲你們奉獻出我的血和肉我只感到快樂。」

「嘎，嘎，嘎。」他的臉繃緊了，以致兩條金色的眉在額上擰成了一條直線，他齜著牙，氣哼哼地笑起來。

「嘎，嘎，嘎。」我也回道。

「你，照我的理解，就不是食人生番了？」

「噢當然是了。但是我也提供援助和安慰，從沒間斷過。不，這跟聖徒不一樣，我是要做一個推巨石者。」

「那指什麼？」

「有一座黑色的高山，它代表著人類的愚蠢。有一群人要把一塊巨石推到山上去。每當他們將石頭抬高幾尺，就會爆發一場戰爭，或者革命，於是那塊巨石便滑下來——並不到底，每次總落在比起始之處高個幾英吋的地方。於是這群人就又用肩扛起巨石往上推。於此同時，山頂上站著那麼幾個佛人。他們偶爾往山下看一眼，點點頭然後說：很好，推石者還在那兒幹活。但我們卻是在思考著宇宙的本質，或者當人們不再相互仇恨、恐懼和殺戮的時候，這世界會是個什麼樣？」

「嗯，我想我願意做那山頂上的佛人。」

「不幸的是，我們倆都是推石頭的人。」

突然間他一下子跳起來，像根啪地一聲折斷了的鋼絲彈簧一樣，從床上蹦到了地上，他的眼中也頓時充滿了仇恨，說道：「噢不，你別，噢不，我不想……我不……我，我，我。」我不由得想，他回到了他自己了。我去了廚房，拿回來一瓶蘇格蘭威士忌，躺在地板上，邊喝著酒邊聽他說話。我躺在地板上，看著天花板上金黃色的燈光印出的圖紋，耳聽著下著大雨的窗外劈劈啪啪的雨聲，感到胃在一陣一陣抽搐。有病的安娜又回來了。我，我，我，我，像挺機關槍在那兒有規律地掃射一般。我似聽非聽，好像那是一篇由我捉刀別人代念的講演。是的，那也是我，是每一個人，那些我，我，我，我。我不是。我將要。我不會。我應該。我想。——我們全都是這麼說的。他如同一隻野獸一般地在屋裡遊來走去，一隻會說話的野獸，他動作粗暴而精氣充沛，強而有力地向外噴出我，索爾，索爾，我，我想，諸如此類的字句。他那對綠色的眼珠彷彿凝固了，目光呆滯，兩片嘴唇則像是一把勺，或者一把鏟子，一挺機關槍，噴射出充滿火藥味、無比激烈的字句，有如一粒粒子彈。「我不會被你毀滅的，任何人都不能。我可不想被關起來，囚禁起來，被馴化，聽人說要保持安靜待在原地別動照吩咐去做，我可不會……我想哪兒就說哪兒了，我可不買你的帳。」我可以感覺到他那潛藏在性格深處的暴力衝擊著我的每根神經，我感覺到我的胃裡正翻江倒海；背部的肌肉緊繃得有如電線，我手抓著蘇格蘭威士忌的酒瓶躺在那兒，一口一口的喝著，感覺著醉意一點一點襲上來，我聽著，聽著……我意識到自己已在那兒躺了很久，大概有幾個小時了，而索爾一直在那兒大闊步走來走去，高聲嚷嚷著。有那麼一兩次我也說了點什麼，朝他不絕的語流中甩過去幾句話，這就好比有一台人工操作的機器，本來轉得好好的，突然間被外界的某個響動打斷了一下，那機師便得重檢一下，查查槍口，或者金屬出口是否都已就緒，以準備射出下一波的我我我我我我。我還站起來過一次，他只是視而不見，除了他以我為敵方非得蓋過我的聲音以外，別的時候他根本就不看我，我走過去放上阿姆斯壯的音樂，一半是為我自己，我需要貼近這純粹而柔和的音樂來得到安慰。我說著：「你聽，索爾，聽啊。」他微蹙起眉頭，雙眉抽動著，機械地說：「啊？什麼？」然後就又我我我我我的繼續，我要讓你看看你的道德你的愛情還有你的法律，我我我我。於是我取下阿姆斯壯的唱片，放上他的音樂，冷靜而理性的音樂，那種為拒絕瘋狂與激情的人而預備的超然的音樂，他停了那麼一會兒，然後雙腿跟斷了似地一屁股坐了下來，他把頭埋在胸前，閉上雙目，聆聽著那溫柔的機槍鼓點聲，這鼓點代替了他先前的語聲開始充滿整個房間。然後，他換回了自己的聲調，說：「我的上帝，我們失去的都是什麼，我們失去的我們失去的，我們怎樣才能失而復得呢，我們怎樣才能失而復得。」而後，我都可以看到他的大腿肌肉怎樣地又抽搐了，把他又一把蹬了起來，一切就好像沒發生過似地又回到了原樣，我去把唱機關了，因為他並不聽，他只聽得見他自己的聲音，我我我，我重又躺下來，聽著他的話語一句句射到牆上又彈回來，濺得四處都是，我我我，只是那個赤裸裸的自我。我難受極了，一陣痛楚緊緊地揪住了我，而子彈還在那兒四處飛濺，有那麼一會兒我的眼前一陣發黑，並且重新回到了我以前做過的惡夢中，在那個夢中我知道戰爭是如何地在等待著我們，不過我也的確知道。我在一個悄無聲息的城市裡，沿著一條空曠的大街奔跑，道旁是髒兮兮的白色房子，然而到處是無聲等待著的人們，這時附近一個小小的、醜陋的死亡容器軟綿綿地炸了開來，在一片等待的靜默中無聲地炸開，散發出死亡的氣息，炸碎了那些房子，又把人炸得血肉橫飛，我尖叫著，但是聽不到聲音，也沒人在聽，別的所有的人也一樣，他們在悄無聲息的房子裡尖叫著，但誰也聽不見。當我從這陣眩暈中緩過神來時，索爾正站在牆邊，用背抵著牆，腿部和背部的肌肉緊緊地貼在牆上，他在注視著我。他終於看見我了，這麼長時間這還是頭一次，他終又回來了。他面色慘白，毫無血色，雙眼發灰而疲勞，眼神中充滿恐怖，因為我躺在那兒痛苦地縮成了一團。他用自己的聲音說道：「安娜，看在上帝的份上，別這樣。」說完他又遲疑起來，緊跟著他又變成了那個瘋子，因爲現在已不只是我我我我，還有我反對女人，女人是監獄看守，是良心，是社會的聲音，而且他的仇恨直對著我兜頭澆過來，因爲我是個女人。而此刻威士忌已開始在我體內發生作用，我四肢發軟，腦袋發木，而這個被背叛的女人的心中湧起一股脆弱無力而麻木的情感。嗚嗚，你不愛我，你不愛，男人再也不愛女人了。嗚嗚，而我那秀美的、染著粉紅色指甲油的手指正指著我那有著粉紅色乳頭的、被背叛的雙胸，我開始抽泣，而那無力的、麻木的、被威士忌沖淡了的淚水正代表著女性。我哭的時候卻看見他牛仔褲下的那個部位挺了起來，而我也濕了，這眞是可笑，噢這麼一來他就要來撫愛我了，就要來愛憐遭到背叛的安娜和她那受傷的白皙的胸脯了。然後他像個假正經似的、用學生式的反感口氣小聲說道：「安娜，你喝醉了，起來，別躺在地板上了。」我說，「我不。」我仍哭泣著，沉溺於虛弱中。於是他把我拽了起來，一臉的反感但又欲火中燒著，然後他便進入了我體內，他脹得很大，但卻像個中學生同他第一個女人做愛一樣，一下子便完了，他羞愧難當，一頭的汗。我很不滿意，便用他的口氣說：「現在該回到你自己的年齡層了吧。」他反感地說：「安娜，你喝多了，現在你該去睡會兒。」說著他伏在我身上吻了吻我，踮著腳尖走了出去，像個懷有罪惡感的中學男生，因爲他的第一次性交而倍感自豪似的。而我看到他，看到索爾·格林，那個美國好男孩，因爲幹了他的第一個女人而變得多愁善感而羞愧。我躺在那兒笑起來，不停地笑，笑著笑著便睡了過去，醒來時還在笑。我不知道我夢見了什麼，反正醒來時一身的輕鬆，然後才發現他就在我邊上。

他身上很冷，於是我用雙臂摟住他，覺得十分快樂。因爲這種幸福感，我知道剛才在夢中我一定輕鬆而愉快地飛翔過，那便意味著我不會總是那個有病的安娜。但是他醒過來的時候顯然已被那幾個小時的我我我我搞得筋疲力竭，他臉色發黃，神情痛苦。起床後我們倆都疲憊不堪，我們坐在寬敞明亮的廚房裡喝著咖啡，悶悶地各看各的報紙，誰也無力開口。直到他說：「我得幹活去了。」但是我們知道我們不會。於是我們重又躺到床上，累得一動不想動，我甚至希望前天晚上那個渾身蘊蓄著凶殺的力量的索爾能再回來，耗盡了的感覺實在是太可怕了。然後他說：「我不能再躺在這兒了。」而我也說：「沒錯。」但我們並沒有移動。他終於起身下床了，更確切地說是爬下去的。我則在想：他會怎樣把自己從這裡弄出去，他得長點力氣才能辦到。而儘管我胃部的一陣痙攣已讓我知道了是個什麼結果，我仍很有興趣看個究竟。他面對著我說：「我要出去走走。」我說：「好啊。」他偷瞧了我一眼，到外面穿衣服去了。然後他又折回來，說道：「你爲什麼不攔我？」我說：「因爲我不想。」他又說：「如果你知道我要去哪裡，你就會攔我了。」我聽到我的口氣變硬起來：「噢，我知道你要去到一個女人那兒。」他道：「可是，你永遠都不會知道的，是吧？」

「是的，而且也無所謂。」

他原本是站在門邊的，現在他又挪進了屋子，在那兒舉棋不定起來，像是勾起了他的好奇心。我想起了德・西爾瓦的話：「我想看看會發生什麼。」

索爾想看看會發生什麼。而我也想看看。我能感覺到我的內心有一股惡狠狠的、但又分明是快樂的興致，它超過了一切——就好像他，索爾，還有我是兩股未知的力量，兩股不知名的力量，沒有人格。就好像這間屋子中裝了兩個無比邪惡的人，假如其中一個突然間倒地死去或者開始痛苦地尖叫，另一個便會說：「好了，就這麼回事，是吧？」

「無所謂。」他道，現在他又沉鬱起來，但這回只是一時性的沉鬱，一種反複過多次的沉鬱，或者說就是重複，因爲這方式已陳舊得不足以令人信服。「你怎麼說都無所謂，但你時刻緊盯著我的一舉一動，跟個間諜似的。」

我口氣歡快，還笑著，這笑聲就像是奄奄一息的喘息（我聽到過處於極端壓力之下的女人所發出的這種笑，這是我學來的）：「我要是間諜，那也是你造成的。」他站在那兒沒說話，卻好像是在凝神諦聽似的，彷佛他下面要說的話就是一個錄音的回放：「我可不想被任何一個女人拴住，過去沒有，將來也不會。」那句「過去沒有，將來也不會」是脫口而出的，像是錄音放了快速一樣。

然後我聽到自己同樣是惡狠狠的、幸災樂禍的聲音：「如果說你所謂的被拴住指的是你的女人對你的一舉一動瞭如指掌，那麼你現在就已經被拴住了。」

說著我爆發出一陣虛弱得跟斷了氣似的、然而是得勝一般的大笑。

「你這麼覺得。」他充滿惡意地說。

「我了解的就是這些。」

這個話題便到此爲止了，兩人彼此注視著對方，覺得很有意思，我說：「行了，我們永遠也不必再這麼說了。」他很有興致地說：「但願如此吧。」說完他就急匆匆地出去了，像是爲這兩句話所驅使似的。

我站在那兒便想：只要我上樓去看看他的日記就能找到眞相了。但是我知道我不會這麼幹的，永遠也不會。這一切都結束了。但是我覺得非常的不舒服。我走進厨房想喝杯咖啡，卻給自己倒了一小杯蘇格蘭威士忌。四面環顧廚房，它顯得既乾淨，又亮堂。接著我卻感到一陣眩暈，它的色澤太鮮亮，亮得都快發燙了。這間總是令我感覺愉悅的廚房此刻卻連最細小的一點瑕疵都不能逃過我的眼睛——在閃閃發亮的白瓷上的一小條裂縫，欄杆上的一點灰塵，油漆在開始褪色。我整個兒陷入一種廉價而汚穢的感覺中。廚房應該重新粉刷過，但是什麼也改變不了這整座屋子的陳舊，這衰敗的房子裡正在衰敗的牆壁。我關上廚房的燈，回到原來的房間，但轉眼間這兒也變得跟廚房一樣不堪入目。紅色窗簾顯得不祥，且俗艷無比，而四周的白牆則已灰暗無光。我發現我在屋子裡轉了一圈又一圈，眼睛只盯著牆、窗簾和門，對組成這屋子的一切無比反感，而那種濃烈的色彩又只讓我覺得虛無。我看著這間屋子有如在端詳一張我所熟識的臉，尋找著壓力或者緊張感的痕跡。就拿我自己或者索爾來說，在我那張乾淨有致的小臉後面，在索爾那張眉目開闊而白淨的顏面之後，應該說他是一臉病容，但誰又會來猜測，誰沒體會過那種種展開於頭腦中的爆發的可能性呢？又比如一張我在火車上見過的女人的臉，從那緊擰的雙眉或者眉心一個痛苦的結中我能看到那下面潛藏著的是一個混亂的內心世界，便不免要去驚嘆人類在壓力之下仍可以自控的能力了。我的大房間，還有我的廚房，都已不再是庇護我的舒適的殼，而是自四面八方襲擊著我的注意力，彷彿有一百個敵人在伺機等待著，只要我的注意力稍一轉移，它們就會從我背後突襲過來。門上的把手需要拋一下光，白漆表面有一道灰塵，紅窗簾上褪色的部位有一道泛黃的條紋，還有藏著我那幾本舊筆記的桌子——所有這些有如翻滾的熱浪，衝擊著我，不斷向我索要著什麼，我只覺一陣陣噁心不止。我知道我得上床去，於是我又只能從地板上爬過去。我躺到了床上，在入睡之前我已感覺到那個放映員就在那裡等我。

我也知道他要告訴我什麼。認識就是一種「啓發」。在過去那幾週的瘋狂和顛倒中，我也有過這種一次又一次「認識」的時刻，但仍不足以將它們用語言表達出來。然而這些認識又是如此地強烈，就像是睡醒之前的夢在一一閃回一樣，以至於我從中所認識到的東西會成爲我認知人生的組成部分。文字、文字，我折騰著文字，指望能有什麼組合，哪怕是碰巧得到的組合，能表達出我之所想。也許音樂會方便些？可是音樂對我來說總像個敵手一般的在撞擊我的耳膜，它不是我的語言。問題在於，眞正的體驗是無可描述的。我不由痛苦地想到，也許像部老式小說似的一排注釋的星號倒會比較有用些。要不就是某種象徵物，也許是個圈，或者一個方塊，什麼都成，只要不是文字。那些大腦中的文字、句型、語序曾消失過的人就會明白我的意思，別人是無法明白的。但是一旦你到了這種程度，就又會有一種可怕的諷刺，你唯有聳肩以對，而它並非是一個可與之一爭的問題，或者一個否定的問題，又或者對錯的問題，你只知道有這麼一種諷刺，總這樣。這是一個得鞠躬的問題，可以說，還需來點彬彬有禮的風度，像對你的老對手一樣：好吧，我知道你在那兒，可我們還得保有那種格式啊，是啊？再說你想過沒有，我們保持著格式，創造著形式，而這恰好是你存在的根本呵？

所以我所能說的只是在我入睡之前我就「明白」我爲什麼要睡覺，以及那個放映員要說的話，還有我不得不學的東西。儘管我已經都知道了，而於是夢本身便有了事後學到了什麼的那種語言，或者說是一種爲強調起見的總結性。

夢境一開始，那個放映員就用索爾那種異常實際的聲調說：「現在我們就來把這些片子再過一遍。」我覺得十分難堪，因爲我實在擔心再看到以前那些浮光掠影的、虛假的電影鏡頭。但這回雖然是同樣的片子，卻有了一種與前不同的特質，在夢中我稱之爲「現實主義」風格，有著早期俄國或者德國電影中的那種粗糙感、生硬感，畫面還跳來跳去的。影片在一段一段的展開，我則全神貫注地觀看著那些我一生中從未來得及去注意一下的細節。而只要碰到某個那放映員想讓我關注的地方，他就會說：「就是這兒，女士，就是這兒。」他這麼一指點，我看得就更仔細了。我發現所有我曾經重視的事情，或者說曾爲我的生活模式所看重的一切，現在都只是一帶而過，速度很快而且無足輕重。比如橡膠樹下的那群人，比如艾拉與保羅躺在草地上，又比如艾拉在寫小說，艾拉在飛機上想死，還有鴿子死在保羅的槍口下——所有這些都滑過去，被吸收掉，讓位於眞正重要的東西。因此我有了大塊的時間去觀看影片中的每一個動作，去注視布斯比太太如何站在瑪肖庇旅館的廚房中，她那敦實的屁股在緊身胸衣的束縛之下擫得跟個架子似的，腋窩下是一塊塊黑呼呼的汗漬，她的臉色因愁苦而發紅，正自動物和禽類的關節處剔著生肉，透過薄薄的牆壁能聽到年輕人那種冷冷的說話聲以及更爲漠然的笑聲。或者，我會聽到威利就在我的耳側不成曲調地哼著極爲淒清的段子；要不就一遍又一遍的看著慢鏡頭中的他，如何看著我與保羅打情罵俏而感到渺茫和受傷，這樣我就再也忘不了這鏡頭了。我還看到布斯比先生，那肥胖的男人如何站在酒吧台後面瞧著他女兒和她的男友在一起。在他把目光從那年輕人身上挪開之前，我看到了他眼中的妒意，但並無敵意，他伸出手去抓過一只空杯子來，往裡注滿酒。還有拉蒂莫爾先生，在酒吧裡喝著酒，儘量不去看布斯比先生，只留神傾聽著他那美麗的紅髮妻子的笑聲。我看著他一次又一次醉得晃晃悠悠地彎下腰去撫摩那隻紅毛狗，摸過來，又摸過去。「都看清了？」放映員說著又開始了另一幅場景。我便看到保羅·塔那，心懷內疚地在大清早趕回家中，看到他迎著妻子的目光走過去，而他那繫著繡花圍裙的妻子就站在他的面前，卻是一副窘迫而乞求的樣子，此時孩子們正吃著早飯，準備去上學。然後他才轉過身去，皺著眉頭，上樓去從一個架子上取了件乾淨襯衣。「看明白了？」放映員說。接著影片的速度開始加快，如同夢幻一般一閃而過，那些在大街上匆匆掠過而又已淡忘的面孔，一隻胳膊的慢動作，一雙眼睛的轉動，所有這些都在說著同一件事——這電影現在已超出了我的體驗，超過了艾拉的體驗，也超過了筆記本的範圍，因爲現在是一種大熔合，影片所展現的不再是單獨的場景、單個的人、面孔、動作、還有目光，而是全部攪在了一起，並且又開始放得極爲緩慢起來，變成了一系列的動作：一隻農民的手彎下去，在往土地上播種；一塊礁石在海水的緩緩侵蝕中仍自熠熠生光；或者，一個人站在月光下貧瘠的山坡上，站成永恒，手中的來福槍時刻都是上膛的；又或者，一個女人在黑暗中清醒地躺著，說著不，我不會自殺的，我不會，我不會。

放映員現在變得沉默了，我衝他嚷道：「夠了。」他卻沒有應聲，於是我只好自己伸手去把那放映機給關了。我仍在夢中，讀到我曾寫過的幾行字：這是關於勇氣的，但卻不是我所理解的那種勇氣。那是根植於每個生命深處的那種微弱而痛苦的勇氣，因爲不公與殘忍也是生命底部的東西，而我之所以僅僅把注意力投向那些英雄的、美的、或者聰慧的東西，是因爲我不接受不公與殘忍，也就不去接受那其實大於一切的一點點忍耐力了。

我挑剔地看著這段我以前寫下的文字，然後拿去給糖媽媽看，對她說：「我們又回到小草的話題上來了，它們會在炸彈爆炸一千年之後，在地殼融化之後，還穿過銹跡斑斑的鐵屑頑強地擠出一線生機。因爲小草的這種意志力與那微弱而痛苦的忍耐力是一樣的，對吧？」（我在夢中冷笑著，小心提防著陷阱。）

「那又怎麼？」她道。

「可問題在於，我並不覺得那該死的小草有這麼值得我崇拜，即便現在也是如此。」

聽到這兒她笑了，挺直了腰板坐在椅子裡一動不動，而且變得脾氣很壞，因爲我反應那麼慢，又總也說不到重點上。沒錯，她看上去就像個失去耐性的家庭主婦，要嘛是把東西放錯了地方，要嘛就是安排好的事兒全亂了套。

再醒來時，天色已近黃昏，房間裡又冷又黑，我的情緒十分鬱悶。我完全就只是女性那白白的胸脯，上面射滿了來自男性的殘酷的箭鏃。我無比的需要索爾，並且就想汚辱他、罵他，然後他當然就會說：噢可憐的安娜，我很抱歉，然後就做愛。

一個小故事，或者是一篇短篇小說，喜劇而諷刺性的：一個女人因爲自己有可能臣服於一個男人而感到害怕，決意要解放自己。她果斷地接受了兩個情人，隔夜輪流和他們睡覺，當她能夠說她能同時從兩個男人得到快樂時，才是她獲得自由的時刻。兩個男人開始本能地感覺到了對方的存在，一個變得很嫉妒，而且真正的愛上了她，另一個則變得冷漠，而且戒備起來。但是，儘管她絕望地發現她仍跟以前一樣覺得不自由，她仍對這兩個男人宣稱她現在已得到了完全的解放，她最終達到了同時與兩個男人靈與肉完美結合的理想。那個變得冷漠而戒備的男人聞言覺得很有意思，還就婦女解放的問題談了些不偏不倚而機巧的看法。而那個她其實愛著的男人卻感到受傷而震驚，最終離她而去，留給她的是那個她不愛而他也不愛她的男人，他倆只能進行理智的對話。

這故事的創意讓我頗爲著迷，我開始琢磨該如何把它寫出來。比方說，假如我用艾拉而不是我的名義來寫會怎樣？我已經有一段時間沒想到艾拉了，而且我也意識到她在這期間也一定發生了變化，比如她很可能變得更為警覺了。我看到她的髮式也改變了，她會把頭髮再次束到腦後，看上去很厲害的樣子，她的衣著也會經常變換。我看著艾拉在我的房間裡走來走去，接著便開始設想她與索爾在一起的情景——她會表現得更理性，我想，比方說會比我冷靜得多。過了一會兒我就發現我是在重複以前做過的事，我在創造「第三者」——一個從整體來說比我優秀的女人。因為我可以明確地注意到艾拉是置現實於不顧的，她按自己的意志行事，並且她的心胸在不可思議地變得寬闊起來。但我並非不喜歡我創造的這個新形象，我只是在想我們用頭腦一步步想像出來的這些絕妙而慷慨的人物很有可能成為現實，因為我們需要他們，他們也總想像著他們的存在。然後我開始笑起來，因為想像中的我與實際的我有多少差距啊，更不用說去與艾拉相提並論了。

我聽到索爾上樓來的腳步聲，我很想看看走進來的到底會是個什麼人。一看到他，我就知道這一天魔鬼不會在我的房間裡出沒了，儘管他看上去很是疲憊，面色也不好。而且魔鬼也許從此就消失了，因為我同時也知道他打算說什麼。

他坐到我的床邊上說：「真是滑稽，你居然還一直在笑。剛才我散步的時候一直在想你。」

我於是似乎看到他如何在一條條街道之間穿行，穿過他思維的混亂地帶，緊緊抓住那瞬間的思想火花或者說字句，以使自己解脫出來。我說：「那麼你都想了些什麼？」——等著這位教員開口。

「因為你在一個瘋狂的城市裡衝來衝去，拚命設計著有如出自聖誕爆竹上的箴言似的道德準則，好來拯救我們兩個。」

「你為什麼笑？」

他冷冷地說：「真遺憾你怎麼這麼了解我，我還以為我這麼從容鎮定地出現會讓你大吃一驚的。不錯，我想不過也就是聖誕爆竹上的箴言罷了。」

「那好啊，就聽聽吧。」

「首先就是，你並沒有笑夠，安娜。我一直在想，小姑娘會大笑，老婦人也會大笑，但你這個年齡的婦女卻是笑不出來的，因爲你們整個兒已被生存的嚴酷現實纏得緊緊的了。」

「可我眞的都快笑破頭了——我笑的是自由女性。」我給他講了我那個故事的簡短情節，他坐在那兒聽著，面帶譏笑。然後他說：「我指的不是那種笑，是眞正的發自內心的笑。」

「我會把這放到我的日程上去的。」

「不，別這麼說。聽著安娜，如果我們並不相信那些被我們擱到日程表上去的事情會成爲事實，那我們就沒什麼指望了。只有那些被我們鄭而重之地放到日程表上的事物才有可能解救我們。」

「我們要去相信那些美麗的圖畫嗎？」

「我們必須去相信那些似乎是不可能的美好藍圖。」

「好吧。還有呢？」

「第二，你不可以這樣下去了，你得重新開始寫作。」

「假如我能，我當然就會去寫。」

「不，安娜，這還不夠。你爲什麼不把剛才講給我聽的那個故事寫下來呢？不，我不想聽你常說的那些廢話，只要告訴我一句話就行，爲什麼不。你要想稱之爲聖誕爆竹上的箴言也罷，不過剛才我在四處漫步的時候就想，要是你能在腦子裡將之簡化、濃縮，你就可以充分地審視它一番然後擊敗它了。」

我開始笑，但他又說：「不，安娜，除非你這麼做，不然你眞的會崩潰的。」

「說得好極了。但我無法寫這個故事也寫不了別的，因爲只要我一坐下來寫作，就會有人走進這個房間，從我的肩頭往下看，不讓我寫下去。」

「是誰？你知道嗎？」

「我」當然知道。他可能是個中國農民，也可能是卡斯楚的一個游擊隊員，或者是一個參加民族解放陣線戰鬥的阿爾及利亞人，或者馬斯朗先生。他們站在這間屋子裡並且說，「與其你亂寫一氣地在這裡浪費時間，爲什麼不爲我們做點事？」

「你很明白他們誰也不會說話的。」

「是的，但你也十分明白我在說什麼。我知道你一清二楚，這對我們所有的人來說都是個詛咒。」

「不錯，我的確明白。可是安娜，我要強迫你寫作了。拿一張紙和一枝筆出來。」

我把一張乾乾淨淨的白紙平放到桌上，選了一枝筆，等著。

「即便寫不出來又有什麼關係，你何必如此自傲呢？寫吧。」

我的大腦一片空白，十分的驚慌，我放下了筆。卻看到他的雙目緊盯著我，不放過的逼迫著我——我只好又拿起了筆。

「那麼我來給你起個頭吧。有兩個女人，安娜，寫下來：兩個女人單獨待在倫敦的一所公寓裡。」

「你想讓我以兩個女人單獨待在倫敦一所公寓裡爲開頭寫一部小說？」

「乾嘛要那麼說呢？寫下來，安娜。」

我寫了下來。

「你會寫這部書的，你會寫的，你會一直把它寫完。」

我說：「我寫不寫對你來說爲什麼會顯得如此重要？」

「啊，」他自我解嘲一般絕望地嘆了一聲，「問得好。好吧，因爲如果你行，那麼我也行。」

「想讓我給你的小說也起個頭嗎？」

「說來聽聽。」

「在阿爾及利亞一座貧瘠的山坡上，一個士兵望著月光把他的來福槍照得閃閃發亮。」

他笑了。「我能寫這個，你卻不能。」

「那就寫吧。」

「條件是你得把你那本新的筆記本給我。」

「爲什麼？」

「我需要，沒別的。」

「好吧。」

「我得走了，安娜，你知道的吧？」

「是的。」

「那就給我做頓飯吃吧。我從沒想過我會對一個女人說，給我做頓飯吃。可以把這看作是邁向他們所謂的成熟的第一步了。」

我做了飯，之後我們便睡覺了。今天早上是我先醒的，他還在睡著，消瘦的面龐帶著病容，我禁不住想他是不可能走的，我不能讓他走，他這個樣子是不能走的。

他醒了，我則竭力控制著自己才沒把這話說出來：你不能走，我要照顧你。只要你說你會留在我身邊，我願意爲你做一切。

我知道他正與自己的軟弱交戰。要是沒有幾週前他在睡夢中無意識地伸出手臂來摟住我脖子這一幕，不知道又會是什麼樣。現在我就想讓他伸過手臂來摟住我的脖子，我躺著，拚命控制著不去碰他，而他也在拚命克制著不來理我，這眞是太奇怪了，任何一個溫情和愛憐的舉動都像是違背自己意志一樣的艱難。我的大腦疲乏極了，以至於思路全部中斷，這時一股悲憫之痛襲遍我的全身，我把他摟進了懷裡，心知這是對自己的一種背叛。他立刻也緊緊地抱住我，這是一種眞正的親近感，但只維持了短短的片刻，很快，我的假象也導致了他的假象，他用「小孩」一般的聲音嘟噥著：「我是個好孩子。」他在他母親面前也不會這麼說，因爲這根本就不是他的語言，而是從文學作品裡來的。他嘴裡嘟嘟囔囔地，故作傷感地學說著這話，不過也不完全如此。然而當我朝下看他的時候，映入眼瞼的首先便是那張機敏而呈現病容的臉，跟著嘴裡的話而顯出的故作傷悲的表情，接著臉又痛苦地擰了一下，這時他看到了她在瞧他，而且面帶恐懼之色，他那雙灰色眼睛便瞇了起來，一副敵視而挑釁之色，我們倆於是不可避免地四目相對，彼此都感到羞愧和恥辱。接著他的面色放鬆下來，不一會兒他就睡了過去，腦中記憶全失，就像剛才在我伸出手去摟他之前的那一個片刻，思維一片停頓一樣。然後他身子一抽，突然便醒了，一下子就掙脫了我的懷抱，迅速敏捷地掃了一眼屋子四周，看看有沒有敵人，便站起了身，所有這些動作一個緊跟著一個，快得就像是在霎那間完成的。

他說：「我們倆誰也不能再這麼消沉下去了。」

我說：「是的。」

「好了，一切都結束了。」他說。

「了結了，全了結了。」我說。

他起身去把他僅有的幾件東西裝進提箱。但他很快又下來了，斜倚在我的大房間的門上。他是索爾・格林，我看到的是索爾・格林，這個幾週前步入我的公寓的男子。他穿著新買的緊身衣服，以貼合他的消瘦身材，一個收拾得很俐落的瘦小的男子，有一副過寬的肩膀，輪廓分明的瘦削臉龐，這些都在顯示他的身體應該很壯，肌肉也應該很發達，並且當他病癒而重獲健康之後，應該會重新變成一個強健而結實的男人。我都可以看到在這個有一頭柔軟蓬鬆的金髮、瘦小而膚色白皙、面容蠟黃的男人身邊，站著的是一個強健的棕色肌膚的男人，如同一個要把它原有的軀體吞沒進去的影子一樣。與此同時他看上去動作敏捷而俐落，像換了一身輕裝似的，步履輕捷，小心而謹愼。他站在那兒，兩個大拇指勾住腰帶，其餘手指下垂（但此刻看著卻像是一個浪蕩子在學著騎士風度），他面帶譏諷地望著我，那雙冷靜的灰色眼睛提防著，但又全然是友好的。我對他的感覺就好像他是我的一個兄長，無論我們怎樣分開，哪怕天各一方，我們仍然會血肉相連，彼此牽念。

他道：「在那本書裡替我寫下第一個句子吧。」

「你想讓我爲你寫嗎？」

「是的，寫下來吧。」

「爲什麼？」

「你是這群人中的一分子。」

「我不這麼覺得，我討厭拉幫結夥的。」

「那麼你就想一想。我們這樣的人就一些，但散布在世界各地，儘管我們叫不出來彼此的名字，但我們卻互爲依賴。我們一直在相互依靠著，我們就是一個群落，我們是不肯放棄，仍將繼續奮鬥下去的一群。我告訴你，安娜，有時候我眞想拿起一本書來說：好極了，你已把它先寫了出來，是嗎？你眞棒，很好，我就不用再寫了。」

「那麼好吧，我就爲你把第一句話寫下來。」

「很好。寫吧，我會回來取這本書的，然後跟你道別，我要上路了。」

「你要去哪兒？」

「你很清楚我自己也不知道。」

「有時候你必須得知道。」

「好吧，好吧，可我還不夠成熟呢，你忘了嗎？」

「或許你該回美國去。」

「爲什麼不呢？世界的任何一個地方，愛情都是一樣的。」

我笑了，去打開了漂亮的新筆記本，他則下樓去了，我寫道：「在阿爾及利亞一座貧瘠的山坡上，一個士兵望著月光把他的來福槍照得閃閃發亮。」

〔安娜的記述到此便結束了。金色筆記上接下來便是索爾．格林的東西，是關於阿爾及利亞士兵的一個短篇小說。〕

這個士兵原是個農民，他覺得生活並不是他原先所期望的那個樣子。是誰讓他這麼覺得的呢？是一個無形的它們，可以是上帝，也可以是國家，或者法律，或者命令。他被法國人抓獲後受了許多折磨，後逃了出來，重新加入了民族解放陣線，發現自己在受命拷問那些法國戰俘。他知道自己應當對此有些什麼感覺，儘管實際上卻沒有。有一天晚上他與被他拷打過的一個法國俘虜討論起自己的心理狀態。這個法國俘虜是個年輕的知識分子，一個學哲學的學生。這個年輕人（兩個人在囚室裡秘密交談著）抱怨說他生活在一個知識分子的牢籠裡，他認識到，而且好多年前就已經認識到他的任何一個思想，任何一種情感，無不可以在書架上找到，那上面的名字一個是「馬克思」，一個是「弗洛伊德」，他的思想和情感猶如註定要落入槽裡的彈子一樣，對此他懊惱極了。年輕的阿爾及利亞士兵發現這很有趣，他可從沒發現過這點，他說，令他感到困擾的——儘管他並不眞的那麼苦惱，他只是覺得應該這樣——是他所想到的或者說感覺到的總是與別人對他的期望不一樣。阿爾及利亞士兵說他很羨慕這個法國人——或者更確切地說，他覺得自己應該羨慕他。而法國學生卻說他打心眼兒裡羨慕這個阿爾及利亞人，說他眞希望他一生中能有一次，僅僅一次，他可以想自己所想，用自己的感官去感受，不需要任何人的指點，也不爲弗洛伊德和馬克思這兩位老祖父所左右。兩個年輕人的聲音很不明智地越說越響，尤其是那個法國學生，說著說著恨不得叫喊起來。指揮官走了進來，發現這個阿爾及利亞人在跟那個他本該看守的法國學生促膝交談。阿爾及利亞士兵說：「長官，我執行過命令了，我拷問了這傢伙，但您並沒有告訴我不可以與他交談。」指揮官認定他是個奸細，也許是在被俘期間被收買了，便下令槍斃他。第二天早上，阿爾及利亞士兵和法國學生，被雙雙擊斃於山坡上，他們並排躺著，初升的陽光照在他們的臉上。

〔這部短篇小說後來發表了，演繹得非常出色。〕

自由女性(五)

莫莉結婚了，安娜在戀愛。

詹妮特最初問她母親她可否去上寄宿學校時，安娜是很不樂意的。她痛恨寄宿學校所代表的一切。對各式「新式」學校進行了一番調查之後，她同詹妮特又談了一次，但與此同時這小姑娘卻把已就讀於一所普通寄宿學校的一個小朋友帶到了家裡，以幫她說服母親。兩個孩子雙眼放光，但又在擔心安娜不同意，大談著學生制服啊，宿舍、郊遊什麼的。安娜心裡明白這所謂的「新式」學校恰恰並非詹妮特所需。她實際上是在說，「我想做個平平常常的人，我不想跟你一樣。」她已看過一眼那個日日生活在混亂和嘗試之中的世界，就像噴湧的水柱頂端永遠旋轉不停的圓球一樣，那裡的人們永遠在尋求新的體驗或者冒險，她斷定這種生活是不屬於她的。安娜說：「詹妮特，你知道那兒的一切與你所熟悉的生活有多麼不同嗎？它意味著你要和士兵一樣的列隊走步，要跟別人沒有二致，還要在固定的時間裡做固定的事情。要是你不小心的話，你也會跟別人一樣受到處分，絕無餘地。」「是的，我知道。」這個十三歲的小姑娘微笑地回答。那微笑是在說：我知道你痛恨這一切，可我爲什麼要恨呢？「你會苦惱的。」「我可沒覺得。」詹妮特說著突然間情緒低落了下去，她不願去多想了，對她來說，接受她母親的生活方式就夠她苦惱的了。

在詹妮特去了學校之後，安娜才醒悟到自從生育孩子以來她是如何的生活在一種強加於自己身上的規律之中——早上定時地起床，晚上早睡以免疲勞因爲次日還要早起，還要安排一日三餐，調節好自己的情緒以免影響到孩子。

現在她一個人住在這套無比寬敞的公寓裡，她應該搬到一所小些的公寓更合適些。她也不想再出租房間了，羅尼與艾弗的那段經歷已經把她給嚇住了。但是她被嚇著這一事實卻更令她害怕——她這是怎麼了，那麼難以承受人與人之間的糾葛，害怕被捲進去嗎？這與她自己的想法可謂是背道而馳，於是她退了一步：她要在這所公寓再住上一年；她要出租一間屋子，並且找一份合適的工作。

一切好像都變了。詹妮特走了，瑪麗恩和托米則在理查德的資助下去了西西里，還隨身帶了一大堆關於非洲的書。他們想去拜訪一下多爾西，看看他們是否能像瑪麗恩所說的那樣，「給這可憐的人一點幫助。知道嗎，安娜？我一直在桌上放著一張他的照片呢。」

莫莉也一個人守著一幢空空的房子，她把自己的兒子留給了前夫的第二任妻子。她讓理查德的兒子們來與她同住，理查德對此很高興，儘管他仍在爲兒子的失明而怪罪莫莉。莫莉照料著這幾個孩子，而與此同時理查德則同他的秘書一道去了加拿大，安排三個新的鋼廠的財政問題。這是一次類似於蜜月的旅行，因爲瑪麗恩已同意離婚了。

安娜發現自己大部分的時間裡都在無所事事，並且斷定唯一的辦法就是給自己找個男人，就像給自己開了一劑藥似的。

莫莉的一個朋友給她打了個電話，因爲她自己沒時間打，她忙著照料理查德的兒子們呢。這個人就是尼爾森，她在莫莉家見過的一位美國劇作家，還跟他吃過幾頓飯。

他在電話裡說：「你要再不見我，我可要警告你了。我已經第三次發現我實在受不了我妻子了，我有危難。」

吃晚飯的時候他們的話題多集中在政治上。「歐洲的赤色分子與美國的赤色分子之間的區別就在於，歐洲的赤色分子就是共產黨，而美國的赤色分子從來沒有哪怕是小心翼翼地亮出過一次黨員的身分。在歐洲，你看到的是共產黨及其追隨者，而在美國你看到的則是共產黨和前赤色分子。我曾是個赤色分子，並且我對這種差別也堅信不移。我不想給自己再惹更多的麻煩了。好了，現在我已向你表明了我的立場，今晚你會讓我與你一同回家嗎？」

安娜尋思著：其實只有一種眞正的罪過，那就是讓自己相信二等貨只是二等貨。再說，老這麼盼麥克爾下去盼得到頭嗎？

所以她就和尼爾森過了一夜。但她很快就發現他有嚴重的性功能障礙，她表現得很有風度，裝得滿不在乎的樣子一直在幫他成事。到了早上，他們友好地分了手。事後她才發現自己在啜泣，情緒低落得一塌糊塗。她對自己說這麼乾坐著可不是個辦法，她得找個男性朋友出來，給他打個電話，但她卻沒這麼做，她已無力去面對任何人了，更不用說再來上一段感情糾葛。

安娜發現自己在用一種奇特的方式打發時間。從前她總是要讀大量的報紙、刊物、雜誌，要了解每個地方的新聞，這對她簡直是場折磨。但是現在，她會很晚才起床，然後喝咖啡，她會坐在自己房間的地板上，身邊堆著五、六份報紙、十幾份週刊，她會慢慢地、翻來覆去地去讀。她試圖把事情一件件的聯繫起來，然而，以前她看報時總能把發生在世界各地的事都在大腦裡組合成一個畫面，現在這種她所熟悉的有機的組合卻消失了，她的大腦似乎成了一架天秤，在衆多相異的事物、事件中尋找著平衡。問題不在於發生了一系列的事件，以及這些事件可能帶來的後果，而在於她，安娜，彷彿成了一個知覺的關鍵點，成千上萬互不相關的事實在向她襲來，並且一旦她無力掂量和平衡，並且進行周密的思考，她就會抓不住關鍵。所以，她會對著下面這些陳述發呆：「十公噸彈藥在地面爆炸引起的熱幅射所產生的危害將波及半徑爲二十五英哩的區域，而一場半徑爲二十五英哩的大火將吞噬掉面積爲一千九百平方英哩的地區，若炸彈在預測點附近爆炸，那麼就將包括目標區人口最稠密的地帶，也就是說，在一定的晴朗的大氣條件下，這片廣大區域內的一草一木都將逃不掉這場毀滅性的災難」——但是現在可怕的並不是這些語句，而是她無法將此與下面這段話在想像中對應起來。「我是一個總在接連不斷地毀掉未來可能性的人，因爲我對現狀的看法總在不斷的變換中。」這樣她就會盯著這兩段話發楞，直到這些字似乎也從紙頁上脫離了出去，彷彿字與其涵意分離了一般。但是那些字意卻依然留存在那兒，卻失去了字形，但也可能更可怕（儘管她不知道這是爲什麼），連字形都已限制不住它了。如此，既然她已在這兩段話面前敗下陣來，她便索性把它們放到一邊，去注意另一段：「歐洲人很少意識到非洲的現狀與過去根本就是不一樣的。」「形式，我想（不是史密斯先生所提出的新新浪漫主義），也許就會時髦起來。」這樣她能在地板上幾小時幾小時的坐下去，全神貫注於那些報章的片斷。不一會兒，她又開始了一個新動作，她把那些報章上的豆腐塊仔細地一一剪下，用圖釘固定到牆上，這個房間的四壁白牆開始貼滿這些大大小小的剪報。而她則在其中慢慢地走過來走過去，看著釘在那兒的內容。等到圖釘用完時，她對自己說再這麼毫無意義地釘下去就太蠢了，但她還是穿上外套，下樓去街上又買回來兩盒圖釘，再機械地把剩下的剪報一一按到牆上。但是報紙在越堆越多，每天早上在門口的墊子上都會新到一大落，她則每天早上都要坐到地板上，奮力給這堆新到的印刷品分門別類，再到街上去買更多的圖釘。

她似乎覺得自己就快瘋了，這便是她所預見的「崩潰」，「垮掉」。但是她又覺得自己好像一點兒都沒瘋，而是因爲別人沒有像她那樣地投入於報紙中那個時刻變化著的世界，因而自然而然地就會漠不關心。儘管如此，她知道自己的確是瘋了。她無法控制地去逐一細讀那一堆堆的報刊，一塊塊的剪下來，再釘得滿牆都是，而於此同時她又知道只要詹妮特從學校一回來，她就會變回安娜，那個負有責任心的安娜，而那種沉迷也將隨之消失。她知道做爲詹妮特的母親的健康身心和責任感遠比要去了解這個世界的欲望重要，而且她也深知事物都是相互關聯的，詹妮特的母親只有依然是一個有能力承擔的女人，這個世界才會是可以理解的，並且爲文字所規範、所「命名」。

詹妮特即將在一個月後回來與安娜沉迷於剪報這件事糾纏在了一起，攪得她心神不寧。她因此而翻出了她的四本筆記，自從托米出事以來，她還沒動過它們。此刻她一頁一頁的翻看著這些日記，卻覺得與自己毫無關聯。她知道是某種她自己也不理解的罪惡感把她和她的日記隔開了。她不知道，永遠也不會知道托米的企圖自殺是否因看她的日記而起；或者，假如眞是這麼回事，那麼是其中的哪部分內容令他絕望至此，或者，會不會她還是太傲慢了。「這是傲慢，安娜，也是不負責任的表現。」是的，他是這麼說過。可是，除了知道她曾令他失望，而且她也不足以給予他所需要的東西之外，她眞不知道發生了什麼。

有天下午她睡了一覺並且做了夢。她知道這是她以前常做的夢，不過形式不同而已。她有兩個孩子，一個是詹妮特，飽滿而容光煥發；另一個則是托米，還是個小嬰孩，而她在餵他奶吃。她的雙乳已然乾癟，因爲詹妮特已把乳汁全吸吮走了，所以托米顯得又瘦又小，她眼睜睜地瞧著他瘦下去而無能爲力。他越來越蒼白，瘦得皮包骨頭，眼睛也瞪得直直的，直到縮成很小的一團，在她醒來之前消失了，整個的做夢過程中她都攪在一種不安、分裂而罪惡的情緒中，但是醒來後，她又實在找不出理由她爲什麼會做這樣一個讓托米挨餓的夢，除此而外，她知道在這個夢的別種樣式裡，那個「挨餓」的人可以是任何一個人，也可能就是她在大街上擦肩而過的一張令她過目不忘的臉。但是毫無疑問她又對這個一晃而過的人產生了某種責任心，要不然她又爲什麼會夢見她令他或她失望呢？

做了這個夢之後，她又開始發瘋般折騰那些報紙，剪下新聞，把它們都貼到牆上去。

那天晚上，她坐在地板上，放著爵士樂，因爲無法「搞懂」那些剪報的意義而倍感絕望。她有一種全新的感覺，好像是種幻覺，關於一個全新的、迄今爲止還難以弄明白的世界的畫面。這種感覺實在是太可怕了，是一個與她以前所熟知的現實全然不同的現實，並且來自於一個她從未體驗過的感覺領域。它並非是那種「壓抑」，「不快」，或者感到「失望」一類的情緒，這感覺的根本在於像快樂或者幸福這一類的詞毫無意義。半天她才從這種了悟中回過神來，但不知已過去了多久，因爲剛才在其中時早沒有了時間概念，她只知道她經歷一種無法用語言描述的體驗，因爲語言在此已無能爲力了。

不管怎麼說，她又一次手握筆管站在了筆記本面前（這枝筆裸露脆弱的內裡，像隻海獸，或者說就像隻海馬），一本一本的翻過去，只等著那「了悟」依著自己的特質該落在哪本上就是哪本。但是這四個本子以它們各自不同的分類和屬性毫不爲所動，安娜只得放下了筆。

她又試著放了好幾段不同的音樂，爵士的，巴哈的，史特拉汶斯基的，心想或許音樂能表達出語言所不能的東西。但是有那麼一會兒音樂的節奏越來越快，幾乎把她搞得心煩意亂，好像是一直敲到了她的內耳膜上，那種聲響對於那個部位來說不啻敵人一般，所以當然是抵制。

她對自己說：我眞不相白爲什麼我始終難以接受語言的不精確性以及容易出錯這一點。要是我以爲語言足以表達事實，我也不會記了日記又不讓人看——當然，除了托米以外。

那天晚她幾乎一夜無眠，輾轉之際她又在重新思考那些老問題，政治思潮啦，我們這個時代的行爲模式啦，簡直想想都頭疼。所以想著想著就平庸了起來，因爲像往常一樣，她的結論是她的任何行動都將是無規範可循的，不想以「好」或「壞」來界定行爲的標準，她只想隨心所欲，當然希望結果能盡如人意，但也不過就是希望而已。但是如果從這種思維角度來說，她會發現自己所做的決定會讓她付出一生或者自由的代價。

她一大早就起了床，很快就發現自己手裡抓著滿滿的報紙和圖釘站在廚房裡，她的那間大屋子凡在她手能夠伸及的地方都已被剪報貼滿了。這時她放下了手裡新剪下來的東西和成捆的報刊雜誌，自己都感到震驚，轉念又想：既然把一間屋子都貼滿了也沒讓我覺得有多吃驚，那麼開始第二間屋子又有什麼好大驚小怪的——或者至少，還不至於奇怪到要洗手不幹了。

但是，她還是更想停下來，不再去往牆上貼些互相之間風馬牛不相及的豆腐塊消息。她站在那間大屋的中間，對自己說去把那些報紙從牆上剝下來，但卻怎麼也做不到。她又一次繞著四壁瀏覽過去，要在腦中把一個消息和另一個消息，一段話和另一段話聯繫起來。

就在這時電話鈴響了，是莫莉的一個朋友打來的，說一個左翼美國人想臨時租住一個房間。安娜開玩笑說如果他是個美國人，那麼他就該在寫一部史實性的小說，同時也在接受心理分析，並且正跟他的第二個妻子辦離婚手續，不過她又說可以租給他一個房間。稍後美國人打電話來說他將於下午五點過來。安娜穿好衣服，準備迎接他，才意識到除了出去買些吃的和圖釘以外，她已有好幾個星期沒怎麼收拾自己了。快到五點鐘時他卻又來了個電話說他來不了了，他得去見他的經紀人。令安娜感到意外的是在他陳述與經紀人的約會時竟會如此詳盡。幾分鐘後莫莉的朋友又來了個電話，說米爾特（那個美國人）要去參加她家的晚會，問安娜是不是也願意過來？安娜一陣心煩，聳了聳肩，不想再去多想，然後她謝絕了邀請，再換上睡袍，坐回到地板上那一堆堆的報紙中間。

那天晚上很晚的時候門鈴響了，安娜開開門，見到了那個美國人。他抱歉說沒事先打個電話過來，她則抱歉說沒來得及換件衣服。

他很年輕，她估摸著是在三十歲左右，棕色的頭髮短而密實，可說是一頭好毛，一張消瘦的臉上透著靈氣，鼻梁上架了副眼鏡。他是那種精明強幹又很聰明的美國人。她很了解他，比起與他年齡相仿的英國人，她認爲他不知要老到多少倍，她是指他是來自那個令人絕望的國度的一員，而歐洲人對這一點尚不得而知。

他們上樓時他開始爲不得不要去見經紀人而說了些道歉的話，但她打斷了他，只問他晚會上玩得是否盡興。他不自然地笑了笑，說道：「看來是什麼也瞞不了你。」「你完全可以說你是想去參加一個晚會啊。」她說。

他們倆進了廚房，彼此打量著，相視而笑。安娜在想：一個沒有男人的女人只要遇到一個男人，不管他是哪種男人，也不管他是什麼年齡，總會去想，「也許就是這個人了」，哪怕只是一閃念。而這也正是我對他撒謊去參加晚會而感到莫名氣惱的原因。這種總在期待著什麼的感覺眞叫人煩透了。

她道：「你想去看看你的房間嗎？」

他站著，一隻手托在廚房裡一把黃色油漆的椅子的靠背上，顯然是爲了撐著點自己，他在晚會上一定沒少喝，嘴裡則說著：「好啊，我想看看。」

但他卻沒挪動。她道：「你在我這兒有個好處——我從不喝醉。但有幾件事我得說一說。其一，我很了解美國人都不怎麼有錢，所以房價很低。」他笑了一笑。「其二，你在寫一部史詩性的美國小說而且……」「錯了，我還沒開始寫呢。」「同時你還在接受心理分析治療，因爲你有問題。」「又錯了，我去看過一次精神病醫生，發現還不如交給自己來辦。」「好啊，這倒不錯，至少可以和你談談話了。」

「爲什麼你這麼防著別人呢？」

「我得承認我這人有點兒攻擊性。」安娜大笑著說，有意思的是，她發現自己同時也有種一碰就想哭的傾向。

他說：「我在這麼一個不適宜的時間闖進來只是想今晚就睡在這兒。我在Y市住過，那是我所待過的我最不喜歡的城市了。現在我已經自做主張把行李箱也帶來了，而且我也耍了個小花招，把箱子放在了門外。」

「那就拎進來吧。」安娜說。

他下樓去取箱子了，安娜則到大屋子裡去給他拿亞麻床單。她剛才進屋的時候腦子裡面什麼也沒想，但她一聽到他從後面把門關上的聲音就呆住了，才醒過來這間屋子是個什麼樣子，地板上堆的是報紙刊物，牆上釘的是紙片，床上也是一片狼藉。她抱著枕頭和床單衝他轉過身來，說：「要是你自己能把床鋪理一下的話……」但他已然進了房間，銳利的雙眼透過鏡片在打量著眼前的一切。然後他就坐在了長桌邊，那上面還放著她的筆記本，兩條腿還晃來晃去。他在打量她（她都能看到自己的模樣，穿了一條褪了色的紅睡袍，黑髮一綹一綹地從未施一點脂粉的臉上掛下來），同時也在打量著四壁、地板和床。接著他故作震驚地道：「呵。」但臉上卻浮現出關切的表情。

「他們說你是個左派。」安娜挑起了話頭說，有意思的是她發現這話是她爲了對這一切有個解釋而脫口而出的。

「早就是過時貨了，那是戰後的事。」

「我是在等你說：我和另外三個美國的社會黨人要……」

「是另外四個。」他幾乎是偷偷地挨近了一面牆，摘掉眼鏡去看那些紙片（顯出他眼睛的近視），並且又嘆了一聲：「呵。」

他小心地把眼鏡又戴上，說：「我認識一個人，他曾是個一流的新聞記者。要是你很想知道他跟我是什麼關係，他在我心目中是個父親的形象，一個赤色分子。然後他出了好幾件事，簡單地說吧，打從三年前起一直到現在，他就那麼待在紐約的一所冷冰冰的公寓裡，在掛著窗簾的房間讀報紙。他的報紙一直堆到了天花板，至於他的活動空間，保守地估算一下，也只剩了兩平方米。但是沒被報紙占領之前，那可是套挺大的房子。」

「我才犯了兩星期的病。」

「我覺得我有責任提醒你一下，這種東西是會滲透進你的生活的，進而還會占據你的大腦，——我那可憐的朋友就是個例子。順便提一句，他的名字叫漢克。」

「自然。」

「他是個好人。看到有人變成這個樣子，總是讓人覺得挺悲哀的。」

「好在我還有個女兒，她下個月就要從學校回家，那時我就會恢復正常了。」

「也可能會在暗中持續下去。」他坐在桌邊說，邊晃悠著兩條細長細長的腿。

安娜開始鋪床。

「這是爲我鋪的嗎？」

「我可是喜好沒整過的床的。」趁她彎腰整床的當口他不聲不響地靠近了她，這時她說：「對於那種不動感情的、速戰速決式的性愛我已經夠了。」

他回到了桌邊，說：「是嗎？那麼我們從書上看來的那種熱烈而纏綿的性愛又都去了哪兒呢？」

「全跑到地下去了。」安娜說。

「還有，我甚至連速戰速決都算不上。」

「你到底做沒做過這種事？」安娜直截了當地問。

床鋪好了，她轉過身來。兩人相視而冷笑了一下。

「我愛我的妻子。」

安娜笑起來。

「是啊，所以我才要跟她離婚，或者說是她要跟我離婚。」

「嗯，有個男人也曾愛過我——我是說，眞正的愛。」

「後來呢？」

「後來他就拋棄了我。」

「可以理解。愛情眞是太麻煩了。」

「性則太冷漠。」

「你是說你禁欲嗎？」

「不是吧。」

「我想也是。」

「也沒什麼區別。」

「旣然話都說明了，我們可以上床睡了嗎？我有點喝醉了，直犯睏。而且我一個人睡不著。」

這句「我一個人睡不著」的話帶著情緒極端的人那種冷酷感，令安娜爲之吃驚，她於是重新打量起他來。他微笑地坐在她的桌邊，一個絕望而強打著精神的男子。

「我能一個人睡。」安娜說。

「那麼就從你比我優越這一點來說，你也可以大方些麼。」

「這倒沒什麼問題。」

「安娜，我需要。要是有人有需要，你得給他。」

安娜沒吭聲。

「我眞該什麼也不問，也不提任何要求，別人要我開路我就開路。」

「噢是嗎？」安娜道。突然間她心頭升起一股無名火，直氣得渾身發抖。「你們這類人什麼都不要，到了你們需要的時候，就又什麼都要。」

「我們就生活在這麼個時代裡。」他說。

安娜笑起來，怒氣也隨之消失了。他也突然爆發出一陣大笑，笑得很是痛快。

「昨晚你又是在哪兒過的？」

「和你的朋友貝蒂一起。」

「她不是我的朋友。是我一個朋友的朋友。」

「我和她睡了三個晚上。過了第二夜後她對我說她愛上了我，要爲我而離開她的丈夫。」

「很正常啊。」

「你不會像她那樣的吧？」

「我也很有可能啊。任何一個女人只要喜歡上一個男人都會這樣的。」

「可是，安娜，你得明白……」

「噢，我明白得很。」

「那麼我不必去收拾我自己的床了？」

安娜開始哭起來。他走過來，在她身邊坐下，用雙臂摟住了她。「這眞叫人發狂，」他說，「我在這世界上到處流浪，他們告訴過你嗎？——每當我打開一扇門，裡面就會有一個人是處於困擾之中的。只要你去打開一扇門，就會發現一個精神上四分五裂的人。」

「也許全讓你給碰上了。」

「就算是這樣，那些門的數量也多得讓人吃驚——別哭了，安娜。這全看你樂意不樂意，而且你好像也沒那麼不願意。」

安娜仰面躺在枕頭上，一言不發。他靠近她弓身坐著，一下一下的咬著自己的嘴唇，臉上似有愁容，但理智而成竹在胸。

「你憑什麼認爲到了第二天早上我就不會說：我要你留在我的身邊。」

他小心地道：「你太聰明了。」

他小心翼翼的口氣很令她反感，她說：「那就是我的墓誌銘了：安娜・沃爾夫長眠於此，她的一生太過精明，把所有的人都趕跑了。」

「要是你把他們留下來，也許就更糟，我大概能提醒你。」

「也許你說得對。」

「我去換件睡衣，馬上回來。」

安娜一個人在那兒待著，她脫了長袍，拿不定主意是該換上睡袍呢還是睡衣，最後還是選了睡袍，因爲憑本能她就知道他更喜歡睡衣——這是一種對自我的維護。

他進來了，穿著長袍，戴著眼鏡。他向躺在床上的她招招手，然後便走到一面牆那兒開始把那些剪報一條條的往下撕。「一個小小的服務，」他說，「不過我覺得已經耽擱了好一會兒了。」安娜聽著那輕微的撕報紙的聲音，圖釘散落到地板上輕微的啪嗒聲，而她則頭枕著雙臂躺著，傾聽著這些響動，有一種被保護和被在意的感覺。每隔幾分鐘她會抬起頭來看看他的進展，白牆在漸漸地顯露出來。這花費了不少時間，他幹了總有一個多小時。

終於，他說：「好了，總算幹完了。又多了一個清醒的靈魂。」然後他張開雙臂把撤下的一大堆碎報紙片抱攏在一起，堆到長桌下面。

「這些本子都是什麼？另外一部小說？」

「不。我只寫過一部小說。」

「我看過。」

「你喜歡嗎？」

「不。」

「是嗎？」安娜來了情緒，「噢，這很好。」

「俗不可耐。要是你問我，我就只能這麼形容。」

「我會要你待到明天早上的，我已經感覺到了。」

「可這些有益於人身心的本子到底是做什麼用的？」他開始去翻筆記的封皮。

「我不想讓你看裡邊的內容。」

「爲什麼？」他邊說邊已讀起來。

「只有一個人看過。他試圖自殺，但未遂，反而把自己的眼睛搞瞎了。現在他變成了另一個人，而以前他寧願爲此自殺。」

「讓人難過。」

安娜抬起頭來看他，他臉上是一副故作嚴肅的笑容。

「你的意思是，這一切是你的過錯？」

「不一定。」

「好了，我可從沒想過自殺。可以說我更多的是靠女人身上的養分而活的人，我吸取別人的精力，但絕不是個自殺者。」

「這又沒甚麼可炫耀的。」

一陣沉默。然後他說：「是啊，正如實際所發生的，而且我也從各個角度都思考過，我要說這是可以說明的。我並沒在炫耀什麼，我只是想說出來，給它一個定義。至少我是明白的。這就是說我能戰勝它。要是你知道我認識的人裡邊就有多少是在慢性自殺、或者依靠吸取別人的營養而活，你一定會吃驚的，而他們自己對此卻一無所知。」

「不，我不會吃驚的。」

「是的。但我了解這一切，我也知道自己在做什麼，這也正是我要戰勝它的原因。」

安娜聽到他那兒發出單調的啪嗒、啪嗒聲，她的筆記本全都閤上了。耳中傳來那個年輕快活而敏銳的聲音：「你在想做什麼？要把事實眞相都囚禁起來嗎？爲了眞實性等等嗎？」

「差不多是這樣吧，不過並沒什麼好處。」

「但是要讓那種刼掠成性的罪惡感纏著你也沒什麼好處，一點好處也沒有。」安娜聞言笑起來。他唱起一支歌，是那種流行曲子：

劫掠成性的罪惡感，
吸食著我也吸食著你，
別讓那劫掠成性的罪惡感吃定你，
別讓他……

他走到她的唱機旁，從她的唱片裡翻出一張布魯貝克❶的音樂。他說：「從家裡出來又回到了家裡。我

❶布魯貝克：Brubeck（一九二〇），美國爵士樂作曲家和鋼琴家，以能把古典音樂風格同爵士樂融合而著稱。

離開美國是爲了渴望有新的冒險，可是每到一個地方，我都能發現與那兒一模一樣的音樂。」他坐下，鏡片後面閃爍著莊嚴而歡快的目光，隨著爵士的節奏他噘起了兩片嘴唇，肩膀也一晃一晃的。「毫無疑問，」他說，「音樂給人以一種連續感，沒錯，就是這個詞，一種確鑿無疑的連續感，從一個城市到另一個城市，伴隨著同樣的音樂，而且在每一扇門後面，都是一個跟自己一樣的瘋子。」

「我不過是暫時性地發發瘋而已。」安娜說。

「噢，那當然。不過你畢竟是瘋過了，這就夠了。」說著他走到床邊，脫了他的袍子鑽進被窩，他顯得友好而隨便，像個兄長一般。

「你有沒有興趣知道爲什麼我會這樣狼狽？」他停頓了一會兒說。

「不。」

「那我也要告訴你，我無法跟我喜歡的女人睡覺。」

「俗透了。」

「噢我同意。陳舊又乏味，眞正俗不可耐。」

「對我來說也悲哀已極。」

「對我不也是種悲哀嗎？」

「你知道我現在的感覺嗎？」

「知道。相信我，安娜，我知道。並且我很抱歉，我並不是個古板的人。」一陣沉默。他又道：「你一定在想：那麼我怎麼辦呢？」

「奇怪透頂，我是在這麼想。」

「想讓我幹你嗎？這一點我還是能辦到的。」

「不。」

「不，我也知道你不會這麼想，這樣很對。」

「都無所謂。」

「你要是我的話，感覺會是如何？全世界我最喜歡的女人就是我妻子，最後一次我幹她還是在我們的蜜月裡，打那以後就完了。三年後她覺得太痛苦，便說她受夠了。你能怪她嗎？我能嗎？但她喜歡我勝過世界上任何人。前三個晚上我同你朋友的朋友貝蒂一起度過，我並不喜歡她，但我喜歡同她幹上一把。」

「噢別這麼說。」

「你的意思是這種話你以前也聽過？」

「多少聽過吧。」

「是啊，我們全都聽過。我是否該去找找社會學方面的原因——沒錯，就是社會學這個字眼，從那兒去找找原因？」

「不用，我對此很了解。」

「我想也是。好吧，沒錯，好吧。但是我要戰勝它。我跟你說，我是最相信人的智力的，我要這麼說——需要徵得你的同意嗎？我得信人應該知道自己問題出在哪兒，承認有問題，然後說：我要戰勝它。」

「好極了，」安娜說，「我也如此。」

「安娜，我喜歡你。謝謝你讓我待在這裡，要是讓我一個人睡的話，我會發瘋的。」頓了一下之後他又說：「你有個孩子，眞是很幸運。」

「我很明白這一點。也正因此我才會正常，而你就瘋瘋顚顚的。」

「沒錯。我妻子不想要孩子，其實她心裡是想的，但她對我說：米爾特，我不想同一個只在喝醉時才對我硬得起來的男人生孩子。」

「用這種話嗎？」安娜有些反感地說。

「不，寶貝，不是的。她說：我不想和一個不愛我的男人生孩子。」

「頭腦太簡單了。」安娜的語調中充滿了痛苦。

「別用那種口氣說話，安娜，不然我就得走了。」

「難道你不覺得這事多少有些不可理喻嗎？一個男人走進一個女人的公寓對她說：我得跟你同睡一張床，因爲我要是一個人睡的話就會空落得要發瘋，但是我不能同你做愛，因爲如果做了，我就會恨你的。」

「比我們或許會提及的其他現象更奇怪嗎？」

「不。」安娜很明智地了結了這個話題，又補充道：「謝謝你幫我把那些廢紙從牆上都撕了下來，謝謝了。要不然再過上幾天，我就眞受不了了。」

「我很樂意效勞。安娜，在我說話的這一刻，我是個失敗者，這一點不必你來告訴我。不過也有一方面是我很擅長的，那就是看出一個人處於困擾之中，而且知道該採取什麼樣的措施最有效。」

他們睡了。

到早上的時候，她抱著他的雙臂覺到一陣異樣的寒冷，他整個的人就像是一塊冰，她都覺得抱著的是個死人。她慢慢地把他的身子擦熱，這時他醒了過來，帶著溫暖和感激，他進入了她。但到了這會兒她已對他有了戒備心理，她根本放鬆不下來，渾身都是緊的。

「你看，」事畢後他說，「我知道你會這樣的，我做得不行嗎？」

「不，你沒問題。只是對於男人來說，勃起時的那種強烈欲望是難以自制的。」

「不管怎麼說，你也該有這欲望才是。因爲我們現在開始得花不少精力去喜歡對方了。」

「可我並非不喜歡你呀。」他們彼此都十分喜歡對方，有悲傷，但也相敬相親，像是結婚三十年的夫妻一般。

他同她一起待了整整五天，晚上與她同床而眠。

到第六天的時候，她說：「米爾特，我想要你留下來跟我在一起。」她說時學著別人的口氣，一種氣恨而自虐式的口氣，他則微笑著頗懊悔地說：「是啊，我知道我該搬走了，是該搬走的時候了，可我爲什麼要走，爲什麼非走不可呢？」

「因爲我要你留下來。」

「可你爲什麼不能承受呢？爲什麼？」他的雙眼在鏡片後面閃著焦慮的光，嘴唇微微地一開一合，顯得有點兒滑稽，但他的臉色卻是蒼白的，前額上也沁出了亮晶晶的汗珠。「你得承受我們兩個人的負荷，你必須得這樣，懂嗎？難道你沒看到，這對我們倆比只對你自己更糟嗎？我知道你在對自己不滿，而且你也對，但假如你現在不承擔起我們倆來，而是眼瞧著我們這麼下去……」

「對你也一樣。」安娜說。

「不一樣，因爲你更堅強，更善良，所以你就該承受這一切。」

「你會在下一個城市裡找到另一個更善解人意的女人的。」

「要是我有這運氣的話。」

「我希望你有。」

「是的，我知道你會這麼希望的。我很明白。謝謝你……安娜，我能的。你完全有理由認爲我不行，不過我會的，我知道我行。」

「那就祝你好運。」安娜微笑著說。

他走之前，兩個人站在廚房裡，淚水在各自的眼睛裡打轉，誰也不願意打破這一刻。

「安娜，你不想讓步嗎？」

「爲什麼不呢？」

「那就很遺憾了。」

「還有，也許有時候你也可以再來我這兒住一兩個晚上。」

「行啊。你有權這麼說。」

「不過下次你來的時候我會忙得不可開交，起碼有一點，我要去工作了。」

「噢你先別說，讓我猜猜看，你會做一些社會事務方面的工作？讓我好好想想，你大概會去做一名社會心理工作者或者教書，或是幹些類似的工作吧？」

「差不多。」

「我們都會歸結於此的。」

「可你不會，你的史詩小說會助你擺脫這一切的。」

「這麼說不友好，安娜，太不友好了。」

「我就沒覺得有什麼友好。我只想喊，只想叫，我想把所有的東西都打碎。」

「我說過，這是我們這個時代的黑暗面，沒有人提及，但只要你去打開一扇門，迎接你的就是一聲淒厲、絕望但是聽不見的尖叫。」

「好吧，不管怎麼說得謝謝你幫我從先前的境地中拔出來。」

「隨時願意效勞。」

他們吻別。他手拎著箱子，輕快地下樓去了，到樓底下時他轉過身來說：「你應該說——我會寫信的。」

「可我們都不會寫的。」

「不錯，但還是讓我們保留住這種形式吧，這形式至少是……」他揮了揮手，走了。

當詹妮特回家時，發現安娜正在四處物色一套小型的公寓，並且找了份工作。

莫莉給安娜打來電話，說她要結婚了。兩個女人在莫莉家的廚房裡重聚，莫莉在爲兩個人做沙拉和煎雞蛋。

「他是誰？」

「你不認識的。他是我們從前常稱之爲進步商人的那類人。出生於東區❷的猶太窮小子，後來發了財，就捐些錢資助共產黨，以獲得良心上的安寧。現在他們則在資助那些進步事業。」

「噢，他很有錢嗎？」

「太多了。在漢普斯丹❸還有一處房子。」莫莉轉過身去，背對著安娜，安娜則在咀嚼著這話的意思。

「你打算如何處理這套房子？」

「你還猜不出來？」莫莉轉回來，她的聲音裡又回復了以往那種乾脆俐落的挖苦勁兒，笑容也是揶揄而迷人的。

「你不會是說瑪麗恩和托米要接手這處房子吧？」

「還能有誰？最近你見過他們嗎？」

「沒有，也沒見過理查德。」

---

❷East End：東倫敦，倫敦東區。靠近港口，多工人住宅，同西倫敦的高樓大廈成對比。

❸漢普斯丹：Hampstead，倫敦西北部一個區。

「嗯，托米看來是會繼承理查德的衣缽了。他已一切就緒，只等著交接了。理查德則會慢慢引退，可以去跟瓊把生活穩定下來。」

「你是說，他非常幸福而且心滿意足了？」

「嗯，我只是上週在大街上跟他打了個照面，看他狀態極好，不過還是別太早下結論吧。」

「沒錯，別這樣的好。」

「托米絕不會像理查德那樣極端保守而不進取，他說一些進步的大企業的努力以及他們對政府部門施加的壓力，就會改變整個世界。」

「行啊他，至少他與這個時代是合拍的。」

「別這麼說，安娜。」

「那麼，瑪麗恩怎樣了？」

「她在騎士橋買下了一家服裝店。她想賣高檔服裝——你知道，高檔服裝與漂亮服裝是有區別的。她周圍是一群鬧哄哄的同性戀小子，他們揩她的油，但她挺羨慕他們，她很開心，喝酒稍有些過量，覺得他們很好玩。」

莫莉雙手放在大腿上，手指尖攏緊，惡意地不加註任何評論。

「好啊。」

「你那個美國人怎樣了？」

「嗯，我和他戀愛了一場。」

「不算是你做過的事情當中頂明智的，我應該這麼認爲。」

安娜笑了。

「有什麼好笑的嗎？」

「嫁給一個在漢普斯丹擁有一處房子的男人會讓你遠離激動人心的人群的。」

「是的，感謝上帝。」

「我打算工作了。」

「你的意思是，你要寫作了？」

「不是。」

莫莉轉過身去，把煎鷄蛋平攤在盤子裡，往籃子裡裝滿麵包。她打定主意什麼也不說了。

「你還記得諾恩大夫嗎？」安娜問。

「當然。」

「他剛剛開了一處婚姻福利中心，是半官方半私人性的組織。他說他的那些嚷嚷著這兒疼那兒不舒服的病人中，有四分之三實際上就是婚姻生活的不和諧導致的，或是因爲沒結過婚。」

「那你就去給他們出點主意了。」

「差不多吧。我還準備加入工黨，一週兩次給失足少年上個課。」

「這麼說來我們倆都要深入最根本的英國生活中去了。」

「我可是竭力地想避免那種說法。」

「你說得對——不過就是想去做點婚姻福利方面的工作麼。」

「我很善於處理別人的婚姻問題。」

「噢是嗎。不過或許某天你會發現我坐在你對面的椅子上也不一定。」

「這我很懷疑。」

「我也是。一個你即將走進去的婚姻究竟尺寸如何眞的是不可知的。」說著莫莉自己煩躁起來，雙手做了個不快的手勢，擠了擠眉眼說：「安娜，你對我的影響很壞。在你進來之前，我已經完完全全地屈服了。不過實際上我也覺得我跟他會處得很好的。」

「我看不出有什麼不行的。」安娜說。

短暫地沉默了一會。「這一切都太奇怪了，是吧，安娜？」

「太怪了。」

過了一會兒，安娜說她得回去接詹妮特了，她同一個小朋友去看電影，這會兒應該看完回家了。

兩個女人互相吻了吻，各自分了手。

大師名作坊㊿

金色筆記 The Golden Notebook

著　者——多麗斯・萊辛
譯　者——程惠勤
董事長
發行人——孫思照
社　長——莊展信
出版者——時報文化出版企業股份有限公司
台北市108和平西路三段二四〇號四F
發行專線——(〇二)二三〇六—六八四二
讀者免費服務專線——〇八〇—二三一—七〇五
(如果您對本書品質與服務有任何不滿意的地方，請打這支電話。)
郵撥——〇一〇三八五四～〇時報出版公司
信箱——台北郵政七九～九九信箱
電子郵件信箱——liter@mail.chinatimes.com.tw
網址——http://publish.chinatimes.com.tw/

主編——鄭麗娥
編輯——高桂萍
校對——許琳英・禹曲辰
排版——普辰電腦排版有限公司
製版——成宏照相製版有限公司
印刷——嘉雨印刷事業股份有限公司

初版一刷——一九九八年十二月一日
定價——新台幣六〇〇元

◎行政院新聞局局版北市業字第八〇號

Printed in Taiwan
ISBN 957-13-2769-7

國家圖書館出版品預行編目資料

金色筆記 / 多麗斯・萊辛著 ; 程惠勤譯. --
初版. -- 臺北市 : 時報文化, 1998[民87]
面 ; 公分. -- (大師名作坊 ; 50)
譯自 : The golden notebook
ISBN 957-13-2769-7(平裝)

873.57 87015391

請沿虛線摺下裝訂，謝謝！

編號：AA50	書名：金色筆記
姓名：	性別：＿＿＿＿＿ 1.男　2.女
出生日期：　年　月　日	身份證字號：
＿＿＿＿ 學歷：1.小學　2.國中　3.高中　4.大專　5.研究所（含以上）	
＿＿＿＿ 職業：1.學生　2.公務（含軍警）　3.家管　4.服務　5.金融　6.製造　7.資訊　8.大眾專播　9.自由業　10.農漁牧　11.退休　12.其它	
地址：＿＿＿＿縣（市）＿＿＿＿鄉鎮區＿＿＿＿村＿＿＿＿里＿＿＿鄰＿＿＿＿路（街）＿＿段＿＿巷＿＿弄＿＿號＿＿樓　郵遞區號＿＿＿＿＿＿	

（下列資料請以數字填在每題前之空格處）

＿＿＿＿ **您從哪裡得知本書／**
1.書店 2.報紙廣告 3.報紙專欄 4.雜誌廣告 5.親友介紹
6.DM廣告傳單 7.其他

＿＿＿＿ **您希望我們爲您出版哪一類的作品／**
1.長篇小說　2.中、短篇小說　3.詩　4.戲劇　5.其他

＿＿＿＿ **您對本書的意見／**
＿＿＿＿ 內容／1.滿意　2.尚可　3.應改進
＿＿＿＿ 編輯／1.滿意　2.尚可　3.應改進
＿＿＿＿ 封面設計／1.滿意　2.尚可　3.應改進
＿＿＿＿ 校對／1.滿意　2.尚可　3.應改進
＿＿＿＿ 翻譯／1.滿意　2.尚可　3.應改進
＿＿＿＿ 定價／1.偏低　2.適中　3.偏高

您的建議／

＿＿＿＿＿＿＿＿＿＿＿＿＿＿＿＿＿＿＿＿＿＿

＿＿＿＿＿＿＿＿＿＿＿＿＿＿＿＿＿＿＿＿＿＿

＿＿＿＿＿＿＿＿＿＿＿＿＿＿＿＿＿＿＿＿＿＿

廣告回郵
北區郵政管理局登
記證北台字1500號
免貼郵票

時報出版
CHINA TIMES PUBLISHING COMPANY
為重智慧與創意的文化事業

地址：台北市108和平西路三段240號4 F
電話：（080）231-705（讀者免費服務專線）
（02）2306-6842。2302-4075（讀者服務中心）
郵撥：0103854-0 時報出版公司

請寄回這張服務卡（免貼郵票），您可以——
●隨時收到最新消息。
●參加專為您設計的各項回饋優惠活動。

MASTERPIECE
大師名作坊

世界一流作家名作精粹

寄回本卡，大師名作將優先與您分享